Robert Jordan

Der Sturm bricht los

PIPER FANTASY

Zu diesem Buch

Das Gebiet der Zwei Flüsse wird von blutigen Kämpfen erschüttert: Die »Kinder des Lichts«, religiöse Fanatiker und Feinde der Aes Sedai, haben ein Heer entsandt. Zudem fallen Trollocs ein, schnabelbewehrte Tiermenschen aus dem Gefolge des Dunklen Königs. Rand al'Thor, der Wiedergeborene Drache, und seine Gefährten führen einen verzweifelten Kampf gegen die finsteren Mächte. Doch deren Herrschaft scheint sich zu festigen, als auch noch ein geheimnisvoller Mann auftaucht, der sich der »Schlächter« nennt. Mit immer vernichtenderen Schlägen dringen die Feinde ins Land vor. Und das Rad der Zeit dreht sich unentwegt weiter …

Robert Jordan, geboren 1948 in Charleston, US-Bundesstaat South Carolina, begeisterte sich seit seiner Jugend für die phantastische Literatur und schrieb zunächst erfolgreiche »Conan«-Romane. In den neunziger Jahren begann er seinen weltberühmten Zyklus »Das Rad der Zeit«, ein in der Fantasy einzigartiges Werk epischer Breite, das inzwischen knapp dreißig Bände umfaßt und Millionen Fans in der ganzen Welt gefunden hat.

Robert Jordan

Der Sturm bricht los

DAS RAD DER ZEIT 9

Aus dem Amerikanischen von
Uwe Luserke

Piper München Zürich

Von Robert Jordan liegen in der Serie Piper vor:
Drohende Schatten (8551)
Schattensaat (8557)
Der Sturm bricht los (8559)
Zwielicht (8560)
Die Herrschaft der Seanchaner (8575)

Als Hardcover-Broschur bei Piper:
Das Rad der Zeit 1. Das Original. Die Suche nach dem Auge der Welt
Das Rad der Zeit 2. Das Original. Die Jagd beginnt

Deutsche Erstausgabe
August 2004

Titel der amerikanischen Originalausgabe:
»The Shadow Rising 3«, Tom Doherty Associates (TOR Books),
New York 1992

Deutsche Erstausgabe:
Wilhelm Heyne Verlag GmbH & Co. KG, München 1995
Umschlagkonzept: Büro Hamburg
Umschlaggestaltung: Nele Schütz Design, München
Umschlagabbildung: Geoff Taylor, England
Innenillustrationen: Johann Peterka
Karte: Erhard Ringer
Autorenfoto: Agentur Luserke, Friolzheim
Satz: Schaber Satz- und Datentechnik, Wels
Druck und Bindung: Clausen und Bosse, Leck
Printed in Germany ISBN 3-492-28559-7

www.piper.de

INHALT

Aile Daschar
Bandar Eban
Dhagon
ARAD DOMAN
Akuum
Katar
Toman Halbinsel
Ebene von Almoth
Falme
Baer
Ver-schleierte Berge
Jeha
Tanchico
Andahar
TARABON
GHE
Elmora
ARYTH-MEER
Die Schattenküste
Amador
AMADICIA
Scharla
Ebou Dar
Tremalking
Qaim

Die Große Fäule
Schayol Ghul
Das Verdorbene Land
Berge des Verderbens
Tarwin Paß
Fal Dara
Niamh Paß
don
Chachin
Schol Arbela
Fal Moran
SALDAEA
KANDOR
ARAFEL
SCHIENAR
Aiel Wüste
Ivo
Schwarze Hügel
Luan
Tar Valon
Brudermörders Dolch
Drachenberg
Haevin
Jangai Paß
Gaelin
Caralain Steppe
Cairhien
CAIRHIEN
Alguenya
Rückgrat der Welt
ANDOR
Caemlyn
Weißbrücke
Vier Könige
Aringill
Manetherendrelle
Storn
Hügel von Kintara
Erinin
Iralell
AN
Lugard
MURANDY
Far Madding
Haddon-Sümpfe
Stedding Schangtai
Cary
ALTARA
Ebenen von Maredo
TEAR
ILLIAN
Tear
Godan
Illian
Mayene
MEER DER STÜRME
Cindaking
Inseln der Meerleute

KAPITEL 1

Jenseits des Steins

Reste des Regens von frühen Morgen tropften noch von den Ästen der Apfelbäume und ein Purpurfink hüpfte an einem Zweig entlang, wo Obst reifte, das dieses Jahr niemand ernten würde. Die Sonne stand schon hoch am Himmel, verbarg sich aber hinter dichten, grauen Wolken. Perrin saß mit übergeschlagenen Beinen am Boden und überprüfte geistesabwesend seine Bogensehne. Die gut verpackten, eingewachsten Sehnen neigten dazu, bei feuchtem Wetter zu erschlaffen. Der Sturm, den Verin heraufbeschworen hatte, um sie in der Nacht ihrer Rettungsaktion vor den Verfolgern zu verbergen, hatte selbst sie durch seine Gewalt überrascht. In den darauffolgenden sechs Tagen hatte es noch dreimal solche herabtrommelnden Platzregen gegeben. Jedenfalls glaubte er, es seien sechs Tage vergangen. Er war seit jener Nacht einfach nicht zum Nachdenken gekommen, hatte sich nur von den Ereignissen treiben lassen und auf das reagiert, was auf ihn zukam. Die stumpfe Seite seiner Axt drückte ihm in die Seite, aber er bemerkte es kaum.

Niedrige, grasbewachsene Erhebungen zeigten, wo Generationen von Aybaras beerdigt waren. Die ältesten der geschnitzten hölzernen Kopfbretter, längst gesprungen und kaum noch lesbar, trugen Daten, die beinahe dreihundert Jahre zurücklagen, auf Gräbern, die sich fast nicht mehr von der Grasnarbe abhoben. Doch die Erhebungen, die wohl vom Regen ausgewaschen, aber noch nicht von Gras bewachsen waren, die schafften ihn. Wohl waren Generationen von Aybaras hier bestattet worden, aber sicher nie vierzehn zur gleichen Zeit. Tante Neain lag drüben bei Onkel Carlins älterem Grab, und ihre beiden Kinder neben ihr. Großtante Ealsin lag in der gleichen Reihe wie Onkel Edward und Tante Madge und ihre drei Kinder, in derselben langen Reihe wie seine Mutter und sein Vater. Dann Adora und Deselle und der kleine Paet. Eine lange Reihe von Grabhügeln, wo die ersten Grashalme aus dem nassen, braunen Erdboden lugten. Er zählte, ohne hinzusehen, die Pfeile, die noch in seinem Köcher steckten. Siebzehn. Zu viele waren beschädigt worden, und nur die stählernen Pfeilspitzen waren das Aufheben wert gewesen. Keine Zeit, neue anzufertigen; er würde bald nach Emondsfeld zum Pfeilmacher gehen müssen. Buel Dawtry machte gute Pfeile, bessere sogar als Tam.

Ein schwaches Rascheln hinter ihm ließ ihn witternd die Nase in die Luft stecken. »Was ist los, Dannil?« fragte er, ohne sich umzusehen.

Man hörte förmlich, wie dem hinter ihm Auftauchenden der Atem stockte und er einen Augenblick lang überrascht innehielt, und dann sagte Dannil Lewin: »Die Lady ist hier, Perrin.« Keiner von ihnen konnte sich daran gewöhnen, daß er schon wußte, wer kam, bevor er ihn sah, auch im Dunkeln, aber es war ihm mittlerweile gleich, was sie an ihm seltsam fanden und was nicht.

Er sah sich mit gerunzelter Stirn um. Dannil wirkte magerer als zuvor. Die Bauern konnten auch nicht so viele auf einmal durchfüttern, und die Jagd brachte so unterschiedliche Ergebnisse, daß sie einmal ein Festmahl vor sich hatten und ein andermal hungerten. Meist hatten sie gehungert. »Die Lady?«

»Die Lady Faile. Und auch Lord Luc. Sie sind aus Emondsfeld hergekommen.«

Perrin erhob sich geschmeidig und ging mit langen Schritten los, so daß Dannil sich beeilen mußte, um mitzuhalten. Er zwang sich dazu, das Haus nicht anzublicken – die verkohlten Balken und rußverschmierten Schornsteine, die aus dem Schutt ragten, wo das Haus gestanden hatte, in dem er seine Jugend verbrachte. Er suchte statt dessen die Bäume nach seinen Spähern ab, jedenfalls diejenigen, die dem ehemaligen Bauernhof am nächsten standen. So nahe beim Wasserwald standen hier viele hohe Eichen und Schierlingstannen und recht große Eschen und Lorbeerbäume. Dichtes Laub verbarg die jungen Burschen, deren triste Bauernkleidung Tarnung genug war, so gut, daß sogar er Schwierigkeiten hatte, sie auszumachen. Er würde mit den weiter entfernten ein Wörtchen reden müssen, denn sie sollten ja eigentlich dafür sorgen, daß sich niemand ohne Warnung nähern konnte. Selbst Faile und dieser Luc.

Das Lager befand sich in einem ausgedehnten Dickicht, wo er als Kind sich einst vorgestellt hatte, im tiefsten Urwald zu sein. Der Boden war dicht mit Unterholz bewachsen. Man hatte zwischen den Bäumen Decken gespannt, um sich vor Wind und Wetter zu schützen, und weitere Decken lagen auf dem Boden zwischen den kleinen Küchenfeuern. Auch hier tropfte es von den Zweigen. Die meisten der beinahe fünfzig Männer im Lager – alle jung – waren unrasiert, entweder weil sie Perrin nachahmten, oder weil es unangenehm war, sich mit kaltem Wasser zu rasieren. Sie waren gute Jäger. Alle anderen hatte er heimgeschickt. Doch auch die Dagebliebenen waren nicht daran gewöhnt, mehr als ein oder zwei Nächte hintereinander im Freien zu verbringen. Und auch nicht an das, was er sie tun ließ.

Gerade jetzt aber standen sie herum und bestaunten Faile und Luc, und nur vier oder fünf hatten ihre Langbögen in der Hand. Der Rest der Bögen lag beim Bettzeug, genau wie die meisten der Köcher. Luc stand da und spielte müßig mit den Zügeln eines hochgewachsenen, schwarzen Hengstes herum, ganz das Urbild träger, rotgekleideter Arroganz. Seine kalten blauen Augen ignorierten die ihn Umstehenden. Die Witterung des Mannes hob sich von der der anderen deutlich ab. Sie war ebenfalls kalt und abweisend, beinahe so, als habe er nichts mit den Männern in seiner Umgebung gemein, nicht einmal die Menschlichkeit.

Faile eilte herüber, um Perrin lächelnd zu begrüßen. Ihr enger Hosenrock gab beim Gehen ein leises Rascheln von sich, als graue Seide über graue Seide streifte. Sie roch schwach nach süßer Kräuterseife und nach sich selbst. »Meister Luhhan sagte, wir könnten dich hier finden.«

Er wollte eigentlich fragen, was sie hier mache, ertappte sich jedoch dabei, daß er sie in die Arme nahm und in ihr Haar hineinsagte: »Es ist gut, dich wiederzusehen. Du hast mir gefehlt.«

Sie wich ein wenig zurück, um besser zu ihm aufblicken zu können. »Du siehst müde aus.«

Er beachtete ihre Worte nicht; er hatte keine Zeit dazu, müde zu werden. »Habt ihr alle sicher nach Emondsfeld gebracht?«

»Sie sind in der Weinquellenschenke.« Plötzlich grinste sie. »Meister al'Vere hat eine alte Hellebarde gefunden und sagt nun, wenn die Weißmäntel kämen und sie holen wollten, bekämen sie es erstmal mit ihm zu tun. Alle sind sie jetzt im Dorf, Perrin. Verin und Alanna, die Behüter. Geben natürlich alle vor, etwas anderes zu sein. Und Loial. Er hat einen ziemlichen Aufruhr hervorgerufen. Sogar noch mehr als Bain und Chiad.« Das Grinsen verflog und wurde zu einem Stirnrunzeln. »Er bat mich, dir eine Botschaft zu überbringen. Alanna verschwand zweimal, ohne ein Wort zu sagen, einmal davon allein. Loial behauptete, Ihvon schien überrascht gewesen, daß sie weg war. Er sagte, ich solle mit niemanden anders darüber sprechen.« Sie musterte sein Gesicht. »Was bedeutet das, Perrin?«

»Vielleicht nichts. Ich bin nur einfach nicht sicher, ob

ich ihr vertrauen kann. Verin hat mich vor ihr gewarnt, aber kann ich Verin vertrauen? Du sagst, Bain und Chiad seien in Emondsfeld? Ich schätze, das bedeutet, daß er auch über sie Bescheid weiß.« Er wies mit dem Kopf in Lucs Richtung. Ein paar der Männer hatten ihn angesprochen und ihm schüchtern Fragen gestellt, die er nun mit leutseligem Lächeln beantwortete.

»Sie sind mit uns gekommen«, sagte sie bedächtig. »Sie erkunden jetzt die Gegend um dein Lager. Ich glaube, sie haben keine hohe Meinung von deinen Wachposten. Perrin, warum willst du nicht, daß Luc von den Aiel weiß?«

»Ich habe mit einigen der Leute gesprochen, deren Höfe niedergebrannt wurden.« Luc war zu weit weg, um zu hören, was sie sprachen, doch er senkte seine Stimme noch mehr. »Wenn man Flann Lewins Hof dazuzählt, besuchte Luc am Tag des Angriffs oder einen Tag früher fünf der angegriffenen Höfe.«

»Perrin, der Mann ist auf gewisse Weise ein arroganter Narr – ich habe gehört, daß er etwas angedeutet hat von einem Anspruch auf einen Thron in den Grenzlanden, obwohl er uns gesagt hat, er käme aus Murandy – aber du glaubst doch nicht wirklich, daß er ein Schattenfreund ist? Er hat den Leuten in Emondsfeld ein paar wirklich gute Ratschläge erteilt. Als ich sagte, alle befänden sich dort, meinte ich tatsächlich alle.« Sie schüttelte staunend den Kopf. »Hunderte und Aberhunderte von Menschen aus dem Norden und dem Süden, aus jeder Himmelsrichtung, mit ihrem Vieh und ihren Schafen, und alle sprachen von den Warnungen des Perrin Goldauge. Dein kleines Dorf bereitet sich auf die Verteidigung vor, wenn es nötig ist, und Luc war in den letzten Tagen überall zu finden.«

»Perrin wer?« Er schnappte nach Luft und verzog schmerzhaft das Gesicht. Dann wollte er das Thema schnell wechseln und fragte: »Aus dem Süden? Aber ich bin doch gar nicht weiter südlich gewesen als hier.

Ich habe mit keinem Bauern gesprochen, der weiter als eine Meile südlich des Weinquellenbaches wohnt.«

Faile lachte und zupfte ihn am Bart. »Die Neuigkeiten verbreiten sich, mein feiner General. Ich glaube, die Hälfte aller erwartet von dir, daß du sie zu einem Heer ausbildest und die Trollocs bis zur Großen Fäule zurücktreibst. Man wird sich an den Zwei Flüssen die nächsten tausend Jahre über Geschichten von dir erzählen. Perrin Goldauge, der Trolloc-Jäger.«

»Licht!« knurrte er.

Trolloc-Jäger. Bisher hatte er wenig getan, um das zu rechtfertigen. Zwei Tage nach der Befreiung von Frau Luhhan und den anderen, an dem Tag, als Verin und Tomas weggeritten waren, waren sie auf die noch rauchenden Ruinen eines Bauernhofs gestoßen – er und fünfzehn der Burschen von den Zwei Flüssen. Nachdem sie begraben hatten, was in der Asche gelegen hatte, war es ihnen leichtgefallen, der Spur der Trollocs zu folgen, denn Gaul war ein meisterhafter Spurensucher und Perrins Nase hätte ebenfalls schon gereicht. Der beißende Gestank der Trollocs war noch nicht verflogen, jedenfalls nicht für ihn. Ein paar der Burschen hatten gezögert, als ihnen klar wurde, daß er es ernst gemeint hatte und wirklich die Trollocs jagen wollte. Falls der Weg sehr weit gewesen wäre, hätte sich wahrscheinlich einer nach dem anderen heimlich gedrückt, aber die Spur führte direkt zu einem Wäldchen, das keine drei Meilen entfernt lag.

Die Trollocs hatten keine Wachen aufgestellt, wahrscheinlich, weil sie keinen Myrddraal dabei hatten, der sie aus ihrer Faulheit aufscheuchte, und die Männer von den Zwei Flüssen hatten keine Mühe, sich lautlos anzuschleichen. Zweiunddreißig Trollocs starben, viele davon noch in ihren verdreckten Decken, von Pfeilen durchbohrt, bevor sie Lärm machen oder Schwert oder Axt erheben konnten. Dannil und Ban und die anderen hatten einen großen Sieg feiern wollen, bis sie herausfanden, was sich in dem großen, eisernen Kochtopf der Trollocs befand, der in der Asche des Feuers lag. Die meisten rannten davon, um sich zu übergeben, und mehr als einer weinte. Perrin hob selbst das Grab aus. Nur eines; er fand keine Möglichkeit, zu unterscheiden, welches Körperteil zu wem gehörte. So kalt, wie er sich in seinem Inneren fühlte, wußte er doch: Er hätte es selbst nicht durchgehalten, wenn er gewußt hätte, was da zu wem gehörte.

Spät am nächsten Tag zögerte keiner, als er wieder eine stinkende Spur aufnahm. Zunächst knurrten einige unwillig und wollten wissen, wem er nun wieder folge, aber dann fand Gaul die Spuren von Hufen und Stiefeln, die zu groß waren, um zu menschlichen Füßen zu passen. In einem anderen Wäldchen in der Nähe des Wasserwalds steckten einundvierzig Trollocs und ein Blasser. Sie hatten Wachen aufgestellt, doch die meisten davon schnarchten auf ihren Posten. Es wäre aber auch nicht anders verlaufen, wären sie alle wach gewesen. Gaul tötete diejenigen, die tatsächlich wach waren. Er glitt wie ein Schatten zwischen den Bäumen hindurch. Die Anzahl der Männer von den Zwei Flüssen war mittlerweile auf beinahe dreißig angewachsen. Diejenigen, die den Kochtopf nicht gesehen hatten, hatten zumindest davon gehört. Sie schrien beim Schießen. Die Befriedigung in diesen Schreien klang nicht weniger wild als das kehlige Heulen der Trollocs. Der schwarzgekleidete Myrddraal war der letzte gewesen, der starb – wie ein Stachelschwein mit Pfeilen gespickt. Niemand holte sich später diese Pfeile zurück, auch nicht, nachdem das Winden und Um-sich-Schlagen aufgehört hatte.

An diesem Abend regnete es zum zweitenmal. Stundenlang goß es wie aus Kübeln, der Himmel war voll von aufquellenden, schwarzen Wolkenbergen, und es blitzte unablässig. Seither hatte Perrin keine Trolloc-Witterung mehr aufgenommen, und alle möglichen

Spuren waren vom Boden weggewaschen worden. Die meiste Zeit hatten sie mit Umwegen verbracht, um den Patrouillen der Weißmäntel zu entgehen. Alle behaupteten, diese seien jetzt häufiger anzutreffen als vorher. Die Bauern, mit denen sich Perrin unterhalten hatte, sagten übereinstimmend, die Patrouillen hätten sich mehr dafür interessiert, ihre entflohenen Gefangenen und deren Befreier zu finden, als nach Trollocs zu suchen.

Eine ganze Reihe der Männer hatte sich mittlerweile um Luc versammelt. Er war so groß, daß sein rotgoldener Haarschopf über ihre dunkleren Köpfe hinausragte. Er schien zu reden, und sie hörten zu. Und nickten.

»Hören wir mal, was er zu sagen hat«, sagte Perrin grimmig.

Nur ein wenig Schubsen, und die Männer von den Zwei Flüssen machten Faile und ihm Platz. Sie lauschten alle ganz aufmerksam dem Mann im roten Wams, der große Reden zu schwingen schien.

»... also ist das Dorf jetzt relativ sicher. Eine Menge Leute befinden sich dort, die es verteidigen werden. Ich muß sagen, ich genieße es, von Zeit zu Zeit unter einem richtigen Dach zu schlafen. Frau al'Vere bereitet in ihrer Schenke ausgezeichnetes Essen. Ihr Brot gehört zum besten, das ich je gegessen habe. Es geht wirklich nichts über frisches, warmes Brot und frisch geschlagene Butter, und dann abends die Füße hochlegen und einen Krug guten Weins genießen oder einiges von Meister al'Veres gutem, dunklem Bier.«

»Lord Luc meinte, wir sollten jetzt nach Emondsfeld gehen, Perrin«, sagte Kenley Ahan und rieb sich die gerötete Nase mit einem schmutzigen Handrücken. Er war nicht der einzige, der sich nicht so oft hatte waschen können, wie er es eigentlich für nötig befand, und auch nicht der einzige mit einer kräftigen Erkältung.

Luc lächelte Perrin an wie einen Hund, von dem er

ein Kunststück erwartete. »Das Dorf ist wirklich recht sicher, aber noch ein paar starke Rücken werden überall gebraucht.«

»Wir jagen Trollocs«, sagte Perrin kalt. »Nicht alle haben bisher ihre Höfe verlassen, und jede Bande, die wir aufspüren und töten, bedeutet unzerstörte Bauernhöfe und weitere Menschen, die eine Chance haben, sich in Sicherheit zu bringen.«

Wil al'Seen lachte kurz und hart. Mit seiner angeschwollenen roten Nase und dem unregelmäßigen Sechstagebart sah er nicht mehr so hübsch aus. »Wir haben schon tagelang keinen Trolloc mehr gerochen. Sei vernünftig, Perrin. Vielleicht haben wir sie bereits alle erledigt.« Es gab zustimmendes Gemurmel.

»Ich will keine Uneinigkeit verbreiten.« Luc spreizte voller Unschuld die Hände. »Zweifellos habt Ihr große Erfolge gehabt außer denen, von denen wir schon gehört haben. Ich schätze, Ihr habt Hunderte von Trollocs getötet. Es ist gut möglich, daß Ihr sie alle verscheucht habt. Ich kann Euch sagen, Emondsfeld ist bereit, Euch als Helden zu empfangen. Dasselbe gilt wohl auch für Wachhügel und diejenigen, die in dieser Gegend wohnen. Sind auch Leute aus Devenritt da?« Wil nickte, und Luc klopfte ihm auf die Schulter wie ein alter Kumpel. »Einen Heldenempfang, zweifellos.«

»Jeder, der nach Hause will, kann gehen«, sagte Perrin mit beherrschter Stimme. Faile runzelte warnend die Stirn. So verhielt sich kein General. Aber er wollte niemanden dabei haben, der nicht freiwillig mitkam. Außerdem wollte er auch kein General sein. »Ich für meine Person glaube nicht, daß unsere Aufgabe bereits erfüllt ist, aber Ihr habt die Wahl.«

Keiner gab sich diese Blöße. Höchstens Wil sah aus, als würde er am liebsten gleich wegrennen. Doch zwanzig andere starrten den Boden an und scharrten mit den Stiefeln im vorjährigen Laub herum.

»Also«, bemerkte Luc nebenher, »wenn Ihr keine

Trollocs mehr jagen müßt, ist es möglicherweise an der Zeit, Eure Aufmerksamkeit den Weißmänteln zuzuwenden. Sie sind nicht gerade glücklich darüber, daß Ihr Leute von den Zwei Flüssen Euch entschlossen habt, Euch selbst zu verteidigen. Und soviel ich weiß, wollen sie Euch sowieso alle aufhängen, und zwar als Geächtete, weil Ihr ihre Gefangenen gestohlen habt.«

Einige der jungen Burschen von den Zwei Flüssen tauschten ängstliche Blicke.

In diesem Moment schob sich Gaul durch die Ansammlung, in kurzem Abstand von Bain und Chiad gefolgt. Natürlich mußten sie die anderen nicht erst wegschubsen. Sobald sie erkannten, wer es war, machten die Männer von alleine Platz. Luc zog beim Anblick Gauls nachdenklich die Augenbrauen hoch. Es wirkte sogar mißbilligend. Der Aielmann erwiderte den Blick mit steinernem Gesicht. Die Mienen Wils und Dannils und der anderen hellten sich beim Anblick der Aiel sichtlich auf. Die meisten glaubten immer noch, daß Hunderte weiterer Aiel irgendwo in den Hainen und Wäldern verborgen lägen. Sie fragten sich wohl nie, warum sich die Aiel versteckten, und Perrin berührte das Thema lieber nicht. Falls sie mehr Mut hatten, wenn sie an ein paar hundert Aiel als Verstärkung glaubten, sollte es ihm recht sein.

»Was habt Ihr gefunden?« fragte Perrin. Gaul war seit dem Vortag weg gewesen, aber er konnte schnell sein wie ein Berittener und im Wald sogar noch schneller, und ihm fiel mehr auf.

»Trollocs«, antwortete Gaul so selbstverständlich, als berichte er über die Anwesenheit von Schafen, »die durch diesen zu Recht so genannten Wasserwald nach Süden ziehen. Es sind nicht mehr als dreißig, und ich glaube, sie werden am Waldrand lagern und dann heute abend zuschlagen. Im Süden gibt es immer noch Menschen, die an ihrem Land festhalten.« Mit einemmal grinste er verwegen. »Sie haben mich nicht bemerkt. Sie sind also durch nichts gewarnt.«

Chiad wandte sich an Bain: »Für einen Steinhund ist er eigentlich recht geschickt«, flüsterte sie so laut, daß man es auf zwanzig Fuß Entfernung verstehen konnte. »Er macht höchstens ein wenig mehr Lärm als ein lahmer Stier.«

»Also, Wil?« fragte Perrin. »Was ist jetzt? Willst du nach Emondsfeld gehen? Dort kannst du dich rasieren und vielleicht ein Mädchen zum Küssen auftreiben, während diese Trollocs ihr Abendessen kochen.«

Wil lief dunkelrot an. »Ich werde dort sein, wo Ihr heute abend seid, Aybara«, sagte er mit harter Stimme.

»Niemand geht heim, während sich hier noch Trollocs herumtreiben, Perrin«, fügte Kenley hinzu.

Perrin blickte sich um, und die anderen nickten zustimmend. »Wie steht es mit Euch, Luc? Es wäre uns eine Ehre, einen Lord und Jäger des Horns dabeizuhaben. Ihr könntet uns zeigen, wie man so etwas macht.«

Luc lächelte ein wenig, aber es war wie in Stein gehauen und erreichte bei weitem nicht einmal diese kalten, blauen Augen. »Ich bedaure, aber ich werde noch zur Organisation der Verteidigung von Emondsfeld benötigt. Ich muß für den Schutz Eurer Leute sorgen, falls mehr als nur dreißig Trollocs angreifen. Oder die Kinder des Lichts. Lady Faile?« Er hielt ihr seine Hand hin, um ihr beim Aufsteigen zu helfen, doch sie schüttelte den Kopf.

»Ich bleibe bei Perrin, Lord Luc.«

»Wie schade«, murmelte er mit einem Schulterzucken, als sei der Geschmack der Frauen auch nicht mehr derselbe wie früher. Er zog seine mit Wolfsköpfen bestickten Handschuhe an und schwang sich geschmeidig in den Sattel des schwarzen Hengstes. »Viel Glück, Meister Goldauge. Ich hoffe, Ihr habt alle Glück.« Er verbeugte sich leicht vor Faile, riß hochfahrend sein Pferd herum und gab ihm die Sporen. Der Hengst galoppierte los, und ein paar Männer mußten aus dem Weg springen.

Faile sah Perrin finster an. Ihr Blick versprach ihm eine Lektion in bezug auf Höflichkeit, sobald sie allein waren. Er lauschte dem Hufschlag von Lucs Pferd, bis nichts mehr zu hören war, und wandte sich dann Gaul zu. »Können wir den Trollocs zuvorkommen? Daß wir auf sie warten, bevor sie einen möglichen Lagerplatz erreichen?«

»Die Entfernung wäre gerade richtig«, sagte Gaul, »wenn wir jetzt gleich aufbrechen. Sie bewegen sich auf einer geraden Linie und beeilen sich nicht. Es ist allerdings ein Nachtläufer bei ihnen. Es wird leichter, wenn wir sie in den Decken überraschen, als sie in wachem Zustand zu überfallen.« Er meinte das in bezug auf die Männer von den Zwei Flüssen. An ihm selbst witterte Perrin keinerlei Angst.

Aber einige der anderen rochen stark nach Angst. Doch keiner von ihnen äußerte sich dazu, daß eine Auseinandersetzung mit wachsamen und wachen Trollocs und noch dazu einem Myrddraal vielleicht nicht die beste aller Lösungen darstelle. Sie brachen ihr Lager ab, sobald er den Befehl dazu gab, löschten die Feuer und verstreuten die Asche, lasen ihre wenigen Töpfe auf und stiegen auf das Sammelsurium der verschiedensten Pferderassen und Ponies, die sie irgendwo aufgetrieben hatten. Mit den zurückgeholten Wachtposten, mit denen Perrin noch ein Wörtchen zu reden hatte, waren sie nun fast siebzig Mann. Das sollte reichen, um dreißig Trollocs aufzulauern. Ban al'Seen und Dannil führten nach wie vor jeder die Hälfte der Männer an, wobei Bili al'Dai und Kenley und andere als Unterführer jeweils zehn Reiter unter sich hatten. Auch Wil natürlich. Er war für gewöhnlich kein so übler Bursche, solange er keine Mädchen im Kopf hatte.

Faile ritt auf Schwalbe ganz nahe neben Traber her, als sie nach Süden aufbrachen. Die Aiel liefen voraus.

»Du vertraust ihm wohl überhaupt nicht«, sagte sie. »Du glaubst, er sei ein Schattenfreund.«

»Ich vertraue dir und meinem Bogen und meiner Axt«, sagte er zu ihr. Ihr Gesicht wirkte gleichzeitig traurig und erfreut, aber er hatte ganz einfach die Wahrheit gesagt.

Zwei Stunden lang führte Gaul sie nach Süden, bevor sie sich endlich dem Wasserwald zuwandten, einem Gewirr von hoch aufragenden Eichen und Kiefern und Lederblattbäumen, hohen Eschen mit runden Kronen, und darunter Brombeeren und Schwarzweiden und schließlich dicht mit Ranken durchsetztes Unterholz. Tausende Eichhörnchen keckerten auf den Zweigen und überall flatterten Drosseln, Finken und Rotflügelchen herum. Perrin witterte auch Hirsche und Kaninchen und Füchse. Sie überquerten eine Vielzahl winziger Rinnsale. Vom Schilf eingerahmte Teiche und Sumpflöcher waren das Typische an diesem Wald – manchmal von Bäumen halb überwachsen und manchmal offen, manchmal weniger als zehn Schritt im Durchmesser, ein paar aber auch mehr als fünfzig Schritt breit. Der Boden schien nach all den Regenfällen völlig durchgeweicht und unter den Hufen der Pferde spritzte das Wasser hervor.

Gaul blieb zwischen einem großen, von Weiden umstandenen Teich und einem schmalen, nur einen Fuß breiten Bächlein stehen. Sie waren vielleicht zwei Meilen weit in den Wald vorgedrungen. Die Trollocs würden hier durchkommen, wenn sie ihren Weg wie bisher fortsetzten. Die drei Aiel verschmolzen mit dem Wald, um sich davon zu überzeugen und sie rechtzeitig zu warnen, wenn sich die Trollocs näherten.

Perrin ließ Faile und ein Dutzend Männer bei den Pferden zurück und ließ die anderen in einem Bogen ausschwärmen, um die Trollocs wie in einem Kessel aufzufangen. Nachdem er dafür gesorgt hatte, daß jeder Mann gut versteckt war und genau wußte, was er zu tun hatte, ging er selbst an seinen Platz im Zentrum des Kessels neben einer alten Eiche, deren Stamm dicker als groß war.

Er lockerte die Axt in der Gürtelschlaufe, legte einen Pfeil auf und wartete. Eine leichte Brise strich über sein Gesicht, schwoll an und schwächte sich wieder ab. Er sollte eigentlich in der Lage sein, die Trollocs zu wittern, lange bevor sie in Sicht kamen. Sie sollten geradewegs auf ihn zukommen. Er berührte die Axt wieder und wartete ab. Minuten vergingen. Eine Stunde. Mehr. Wie lange noch, bis die Schattenwesen erschienen? Wenn es bei dieser feuchten Luft noch lange dauerte, würden sie die Bogensehnen austauschen müssen.

Die Vögel verschwanden einen Augenblick, bevor die Eichhörnchen plötzlich nicht mehr zu hören waren. Perrin atmete tief ein und runzelte die Stirn. Nichts. Bei diesem leichten Wind mußte er einfach die Trollocs wittern, sobald auch die Tiere deren Anwesenheit bemerkten.

Ein kurzer Windstoß trug den Gestank zu ihm heran. Es roch nach jahrhundertealtem Schweiß und Verwesung. Er wirbelte herum und schrie: »Sie sind hinter uns! Her zu mir! Die Zwei Flüsse zu mir!« Hinten. Die Pferde. »Faile!«

Auf allen Seiten erschollen mit einemmal Schreie und Rufe, Heulen und wildes Kreischen. Ein Trolloc mit Hammelhörnern sprang in zwanzig Schritt Entfernung aus dem Gebüsch und hob einen Langbogen, doch Perrin zog das gefiederte Ende seines Pfeils mit einer fließenden Bewegung ans Ohr und schoß ihn ab. Fast im selben Moment griff er nach dem nächsten Pfeil, kaum daß der erste von der Sehne war. Sein Pfeil mit breiter Spitze traf den Trolloc genau zwischen die Augen. Er blökte kurz auf, bevor er stürzte. Und sein Pfeil, so groß wie ein kleiner Speer, traf Perrin wie ein Hammerschlag in die Seite.

Er schnappte nach Luft und krümmte sich. Der

Bogen und der neue Pfeil entfielen seinen plötzlich kraftlosen Händen. Ein Schmerz, der von diesem schwarzgefiederten Schaft ausging, durchströmte wellenförmig seinen Körper. Der Pfeil zitterte bei jedem Atemzug, und jedes Zittern brachte neuen Schmerz hervor.

Zwei weitere Trollocs sprangen über ihren toten Kameraden hinweg, einer mit Wolfsschnauze und einer mit Ziegenhörnern, in schwarze Schuppenpanzer gehüllte Gestalten, die auch Perrin um die Hälfte überragten und doppelt so breit waren wie er. Bellend und mit erhobenen Sichelschwertern rannten sie auf ihn los.

Er zwang sich dazu, sich aufzurichten, biß die Zähne zusammen und brach den daumendicken Pfeil kurz über der Spitze ab. Dann riß er die Axt aus der Schlaufe und lief ihnen entgegen. Ihm wurde vage bewußt, daß er dabei wie ein Wolf heulte. Er heulte vor Wut, und vor seinen Augen flimmerte es rot. Sie ragten vor ihm auf. An den Ellbogenschützern und Schultern waren ihre Rüstungen voller spitzer Dornen, doch er schwang die Axt voller verzweifelter Wut, als wolle er mit jedem Schlag einen Baum fällen. Für Adora. Für Deselle. »Meine Mutter!« schrie er. »Seng Euch! Das ist für meine Mutter!«

Mit einem Schlag wurde ihm bewußt, daß er auf leblose, blutige Fleischmassen am Boden einhackte. Grollend zwang er sich zum Innehalten, zitternd ob dieser Gewaltanstrengung wie auch der Schmerzen in seiner Seite wegen. Er hörte nun weniger Rufe. Weniger Schreie. War überhaupt außer ihm noch jemand übrig? »Her zu mir! Die Zwei Flüsse zu mir!«

»Die Zwei Flüsse!« schrie jemand verzweifelt, weiter hinten im feuchten Gehölz, und dann noch jemand: »Die Zwei Flüsse!«

Zwei. Nur zwei. »Faile!« brüllte er. »O Licht, Faile!«

Ein schwarzer Schatten, der zwischen den Bäumen hindurchglitt, verriet ihm den Myrddraal, bevor er ihn klar zu sehen bekam. Ein schwarzer Panzer, wie aus den Schuppen einer Schlange gefertigt, bedeckte seine Brust, und der tintenschwarze Umhang hing trotz des schnellen Laufs bewegungslos von seinem Rücken. Als er näher kam, wurde aus dem Rennen ein langsames Gehen, dem Gleiten einer Schlange ähnlich und voller Selbstvertrauen. Er wußte, daß Perrin verwundet war, daß er eine leichte Beute darstellte. Der augenlose Blick aus dem blassen Gesicht traf ihn wie ein Pfeil und ließ ihn vor Furcht erschauern. »Faile?« sagte die Gestalt spottend. Bei dieser Stimme klang ihr Name, als zerbröckle verbranntes Leder. »Deine Faile – war köstlich.«

Aufbrüllend warf Perrin sich ihm entgegen. Ein Schwert mit schwarzer Klinge lenkte seinen ersten Hieb ab. Und seinen zweiten. Und den dritten. Das leichenblasse Gesicht spannte sich voller Konzentration, aber der Myrddraal schlug immer noch wie eine Viper, wie ein Blitz zu. Nur kurze Augenblicke lang hatte er ihn in die Defensive gezwungen. Nur im Moment. Blut rann an seiner Seite herab, und die Wunde brannte wie das Feuer einer Esse. Er konnte das nicht durchhalten. Und wenn seine Kraft versagte, würde dieses Schwert den Weg zu seinem Herzen finden.

Er rutschte in dem aufgewühlten Schlamm aus, der Blasse zog seine Klinge zurück und – ein herunterzuckendes Schwert trennte den halben augenlosen Kopf ab, so daß er in einem emporsprudelnden schwarzen Blutstrom auf eine Schulter fiel. Der Myrddraal stach blind zu und taumelte vorwärts, stolperte dann, weigerte sich, endgültig zu sterben und versuchte instinktiv, immer noch zu töten.

Perrin wich mühsam vor ihm aus, aber seine Aufmerksamkeit galt dem Mann, der gerade kühl mit einer Handvoll Blätter seine Klinge abwischte. Ihvons farbenändernder Umhang hing ihm schlaff von den Schultern. »Alanna hat mich geschickt, um Euch zu suchen.

Beinahe hätte ich es nicht geschafft, so, wie Ihr euch bewegt, aber siebzig Pferde hinterlassen doch Spuren.« Der dunkelhaarige, schlanke Behüter schien so beherrscht, als zünde er sich gerade vor dem gemütlichen Kaminfeuer eine Pfeife an. »Die Trollocs waren leider an den hier nicht gebunden...« Er deutete mit seinem Schwert auf den Myrddraal, der wohl gestürzt war, aber immer noch um sich stach. »... Schade drum, aber wenn Ihr eure Leute zusammenruft, werden sie es wohl nicht wagen, Euch noch einmal anzugreifen, wenn keiner der Gesichtslosen mehr da ist, sie zu führen. Ich schätze, es dürften etwa hundert gewesen sein. Jetzt sind es ein paar weniger. Ihr habt ihnen einige Verluste zugefügt.« Er begann, gelassen die Schatten unter den Bäumen zu beobachten und nur die Klinge in seiner Hand deutete darauf hin, daß etwas Außergewöhnliches geschehen war.

Einen Augenblick lang staunte Perrin mit offenem Mund. Alanna wollte etwas von ihm? Und sie hatte Ihvon nach ihm geschickt? Gerade rechtzeitig, um sein Leben zu retten. Er schüttelte sich und erhob die Stimme wieder: »Die Zwei Flüsse zu mir! Aus Liebe zum Licht, her zu mir! Hier! Kommt! Hierher!«

Diesmal machte er weiter, bis die vertrauten Gesichter auftauchten und seine Männer durch den Wald heranstolperten. Mindestens die Hälfte der Gesichter war blutverschmiert. Es waren zutiefst erschrockene, verängstigte Gesichter. Einige der Männer stützten andere, und manche hatten die Bögen verloren. Auch die Aiel waren dabei, anscheinend unverletzt – nur Gaul humpelte leicht.

»Sie kamen nicht den Weg, den wir erwartet hatten«, war alles, was der Aielmann sagte. Die Nacht war kälter, als wir erwarteten. Es gab mehr Regen, als wir erwarteten. Etwa so sagte er es.

Plötzlich war Faile mit den Pferden da. Mit der Hälfte der Pferde, Traber und Schwalbe eingeschlossen, und mit neun der zwölf Männer, die er bei ihr gelassen hatte. Eine Wange wurde von einem Kratzer verunziert, doch sie lebte immerhin. Er versuchte, sie zu umarmen, doch sie schob seine Arme weg und knurrte zornig etwas über den abgebrochenen Pfeil, während sie sanft sein Wams von dem dicken Schaft wegschob, um sehen zu können, wo er sich hineingebohrt hatte.

Perrin betrachtete die um ihn versammelten Männer. Es kamen jetzt keine mehr, und er vermißte einige Gesichter. Kenley Ahan. Bili al'Dai. Teven Marwin. Er zwang sich dazu, die Namen der Vermißten festzustellen, zwang sich zum Zählen. Siebenundzwanzig. Siebenundzwanzig fehlten. »Habt Ihr alle Verwundeten mitgebracht?« fragte er bedrückt. »Ist noch jemand dort draußen?« Failes Hand an seiner Seite zitterte. Ihr Gesichtsausdruck, mit dem sie seine Wunde betrachtete, war eine Mischung aus Sorge und Zorn. Sie hatte ein Recht darauf, zornig zu sein. Er hätte sie niemals da mit hineinziehen dürfen.

»Nur die Toten«, sagte Ban al'Seen mit einer Stimme, die so bleiern klang, wie sein Gesicht wirkte.

Wil schien irgend etwas anzublicken, das sich gerade außer Sicht befand. »Ich habe Kenley gesehen«, sagte er. »Sein Kopf hing in einer Astgabel bei einer Eiche, aber der Rest von ihm lag unten am Fuß des Baums. Ich habe ihn gesehen. Jetzt macht ihm seine Erkältung nicht mehr zu schaffen.« Er nieste und schaute verblüfft drein.

Perrin seufzte schwer und verwünschte das Seufzen augenblicklich, denn der Schmerz, der von seiner Seite her hochschoß, ließ ihn die Zähne zusammenbeißen. Faile, die einen grün- und goldgemusterten Seidenschal zusammengeknüllt in der Hand hielt, versuchte nun, sein Hemd aus der Hose zu ziehen. Trotz ihres unwilligen Gesichtsausdrucks schob er ihre Hände weg. Es war jetzt keine Zeit dafür, Wunden zu versorgen. »Die Verwundeten auf die Pferde«, befahl er, als der

Schmerz soweit verebbt war, daß er sprechen konnte. »Ihvon, werden sie uns angreifen?« Der Wald erschien ihm zu still. »Ihvon?« Der Behüter erschien und führte einen dunkelgrauen Wallach mit feurigem Blick am Zügel. Perrin wiederholte seine Frage.

»Vielleicht. Vielleicht auch nicht. Wenn es ihnen selbst überlassen ist, töten Trollocs ihre leichtesten Opfer. Ohne einen Halbmenschen suchen sie sich vielleicht lieber einen Bauernhof aus als jemanden, der sie mit Pfeilen spickt. Geht sicher, daß jeder, der noch auf den Beinen ist, einen Bogen mit aufgelegtem Pfeil trägt, selbst wenn er ihn nicht mehr spannen kann. Dann entschließen sie sich vielleicht, daß der Preis den Spaß nicht wert ist.«

Perrin schauderte. Sollten die Trollocs angreifen, hätten sie genausoviel Spaß wie an einem Tanz zum Sonnentag. Ihvon und die Aiel waren die einzigen, die noch wirklich kämpfen konnten. Und Faile, denn ihre dunklen Augen glänzten vor Zorn. Er mußte sie in Sicherheit bringen.

Der Behüter bot sein eigenes Pferd keinem der Verwundeten an, und das hatte seinen Sinn. Das Tier würde kaum jemand anderes auf seinem Rücken dulden, und ein ausgebildetes Streitroß mit seinem eigenen Herrn im Sattel war eine eindrucksvolle Waffe, falls die Trollocs zurückkamen. Perrin versuchte, Faile auf Schwalbe zu setzen, aber sie hielt ihn davon ab. »Die Verwundeten sollen aufsteigen, hast du gesagt«, stellte sie mit sanfter Stimme fest. »Erinnerst du dich?«

Gegen seinen Willen bestand sie darauf, daß er Traber ritt. Er erwartete einen Protest von den anderen, nachdem er sie ins Unglück geführt hatte, aber keiner machte den Mund auf. Sie hatten gerade genügend Pferde für alle diejenigen, die nicht laufen konnten, und er mußte zähneknirschend zugeben, daß er zu diesen zählte, und so saß er schließlich im Sattel. Die Hälfte aller Reiter mußte sich mühsam festklammern.

Er saß aufgerichtet da und biß die Zähne tapfer zusammen.

Diejenigen, die zu Fuß gingen oder stolperten und auch einige der Reiter klammerten sich an ihre Bögen, als stellten diese ihre Rettung dar. Auch Perrin trug einen und Faile ebenfalls, aber er bezweifelte, daß sie einen Langbogen von den Zwei Flüssen auch nur spannen könne. Nun kam es auf ihr äußeres Erscheinungsbild an, und nur eine Täuschung konnte sie retten. Wachsam wie eine eingerollte Peitsche, so wie Ihvon, wirkten die drei Aiel, die ihnen vorausglitten, die Speere in die dafür vorgesehenen Schlitze am Köchergehänge auf dem Rücken gesteckt und die Hornbögen schußbereit in Händen. Der Rest, er selbst eingeschlossen, war ein zerlumpter Haufen, gar nicht wie die Gruppe, die er angeführt hatte und die so selbstbewußt und voll von seinem eigenen Stolz gewesen war. Doch die Illusion funktionierte ebenso gut wie die Wirklichkeit. Die erste Meile weit durch das Gestrüpp trug der leichte Wind ihm den Gestank der Trollocs zu, die Witterung der lauernden, sie verfolgenden Trollocs. Dann verflog der Gestank allmählich, als die Trollocs zurückfielen, von einer Sinnestäuschung verführt.

Faile ging neben Traber, eine Hand an Perrins Bein, als wolle sie ihn oben festhalten. Von Zeit zu Zeit blickte sie zu ihm auf und lächelte ermutigend, wenn auch die Sorgenfalten auf ihrer Stirn nicht verschwanden. Er lächelte so gut es ging zurück, um ihr vorzumachen, es gehe ihm gut. Siebenundzwanzig. Er konnte nicht verhindern, daß die Namen ihm ständig durch den Kopf gingen. Colly Garren und Jared Aydaer, Dael al'Taron und Ren Chandin. Siebenundzwanzig Männer von den Zwei Flüssen, die er mit seiner Dummheit in den Tod geschickt hatte. Siebenundzwanzig.

Sie wählten den kürzesten Weg aus dem Wasserwald hinaus, und irgendwann am Nachmittag waren sie draußen. Es war schwer zu sagen, wie spät es war, da der Himmel immer noch grau und die Schatten kaum zu sehen war. Mit hohem Gras bewachsene Weideflächen mit gelegentlichen Bäumen erstreckten sich vor ihnen. Ein paar vereinzelte Schafe weideten dort, und in der Ferne waren einige Bauernhäuser zu sehen. Aus den Schornsteinen quoll kein Rauch. Falls sich jemand in diesen Häusern befunden hätte, hätten sie jetzt bestimmt etwas gekocht. Die nächste Rauchwolke, die in den Himmel stieg, war mindestens fünf Meilen entfernt.

»Wir sollten uns für diese Nacht einen Bauernhof suchen«, sagte Ihvon. »Wir brauchen ein Dach über dem Kopf, falls es wieder regnet. Und Feuer. Eine warme Mahlzeit.« Er blickte die Männer von den Zwei Flüssen an. »Wasser und Verbandsmaterial.«

Perrin nickte nur. Der Behüter wußte besser als er, was man in ihrer Lage tun mußte. Wahrscheinlich wußte sogar der alte Bili Congar mit seinem Suffkopf besser als er, was zu tun sei. Er ließ Traber einfach nur hinter Ihvons Grauem herschreiten.

Bevor sie viel mehr als eine Meile zurückgelegt hatten, hörte Perrin mit einemmal ferne Musik. Fiedeln und Flöten spielten da fröhlich auf. Zuerst glaubte er, er träume, aber dann hörten es auch die anderen und tauschten ungläubige Blicke. Dann wandelten sich die Blicke zu erleichtertem Grinsen. Musik bedeutete Menschen, und dem Klang nach in diesem Fall fröhliche Menschen, die etwas feierten. Daß irgend jemand einen Grund zum Feiern hatte, ließ ihre Füße etwas leichter marschieren.

KAPITEL 2

Bei den Tuatha'an

Eine Ansammlung von Wohnwagen kam in Sicht, ein wenig abseits nach Süden hin. Es waren richtige kleine Häuser auf Rädern, hohe Holzkästen, die in den intensivsten Farbtönen bemalt und lackiert waren, rot und grün und blau und gelb. Alle standen in einem großen, etwas unregelmäßigen Kreis um eine alte, mächtige Eiche. Von dort kam die Musik. Perrin hatte gehört, daß sich Kesselflicker, Angehörige des Fahrenden Volks, im Gebiet der Zwei Flüsse aufhielten, aber bisher hatte er sie noch nicht zu Gesicht bekommen. In der Nähe grasten friedlich angepflockte Pferde.

»Ich werde woanders schlafen«, sagte Gaul eingeschnappt, als ihm klar wurde, daß Perrin in das Wohnwagenlager wollte, und ohne ein weiteres Wort trottete er davon.

Bain und Chiad unterhielten sich leise und eindringlich mit Faile. Perrin schnappte genug von ihrer Unterhaltung auf, um zu wissen, daß sie versuchten, Faile davon zu überzeugen, es sei besser, die Nacht mit ihnen in irgendeiner bequemen Hecke zu verbringen als bei den ›Verirrten‹. Es klang so, als seien sie entsetzt von der bloßen Vorstellung, mit den Kesselflickern zu sprechen, geschweige denn bei ihnen zu essen und zu schlafen. Failes Griff an seinem Bein wurde fester, als sie ruhig und entschlossen ablehnte. Die beiden Töchter des Speers blickten sich stirnrunzelnd an. Der Blick aus blauen Augen traf den aus grauen, und beide wirkten äußerst besorgt, doch bevor sie sich den Wohnwagen des Fahrenden Volks weiter näherten, wandten sie sich um und folgten Gaul. Sie schienen aber doch wieder etwas besserer Laune zu sein. Perrin hörte, wie Chiad vorschlug, Gaul dazu zu bringen, daß er irgendein Spiel mitspielen solle, das man wohl den ›Kuß der Jungfrau‹ nannte. Sie kicherten beide, als sie sich aus seiner Hörweite entfernten.

Männer und Frauen arbeiteten im Lager, nähten, reparierten Geschirre, kochten, wuschen Kleidung und Kinder oder stemmten einen Wagen hoch, um ein Rad auszutauschen. Andere Kinder rannten spielend herum oder tanzten zu den Melodien, die ein halbes Dutzend Männer auf ihren Fiedeln und Flöten spielten. Vom ältesten bis zum jüngsten trugen die Kesselflicker Kleidung, die noch bunter war als ihre Wohnwagen, und das in beinahe schmerzhaften Kombinationen, die wohl blindlings ausgewählt worden waren. Kein normaler Mann würde etwas in diesen Farbtönen tragen und bestimmt auch nicht viele Frauen.

Als die zerlumpte Gesellschaft sich den Wagen näherte, breitete sich Schweigen aus. Die Menschen hörten mit Arbeiten auf und beobachteten sie mit besorgten Mienen. Frauen griffen sich ihre Kleinkinder, und ältere Kinder rannten zu den Erwachsenen, um sich hinter ihnen zu verbergen. Manch eines spähte um ein Hosenbein herum oder verbarg das Gesicht im Rock der Mutter. Ein drahtiger Mann, klein und grauhaarig, trat vor und verbeugte sich mit ernster Miene, beide Hände an die Brust gedrückt. Er trug ein leuchtend blaues Wams mit hohem Kragen und eine Pumphose von einem Grün, das beinahe zu leuchten schien. Die Hose hatte er in kniehohe Stiefel gesteckt. »Seid willkommen an unseren Feuern. Kennt Ihr das Lied?«

Perrin, der sich bemühte, sich des Pfeils in seiner Seite wegen nicht zusammenzukrümmen, konnte einen Augenblick lang nur entgeistert den Mann anblicken. Er kannte ihn, den Mahdi oder Sucher dieser Gruppe. *Was für ein Zufall,* staunte er insgeheim. *Von all den Kes-*

selflickern auf der Welt muß ich ausgerechnet die treffen, die ich kenne! Zufälle gefielen ihm nicht. Wenn das Muster Zufälle hervorbrachte, schien das Rad jedesmal die Ereignisse vorantreiben zu wollen. *Ich höre mich schon wie eine verdammte Aes Sedai an.* Er brachte keine Verbeugung fertig, aber er erinnerte sich an das Ritual. »Euer Willkommen erwärmt meinen Geist, Raen, wie Eure Feuer mein Fleisch erwärmen, aber ich kenne das Lied nicht.« Faile und Ihvon warfen ihm überraschte Blicke zu, aber die Männer von den Zwei Flüssen waren noch verblüffter. Den Bemerkungen Bans und Tells und der anderen nach zu schließen, hatte er ihnen gerade wieder einigen Gesprächsstoff geliefert.

»Dann suchen wir weiter«, intonierte der drahtige Mann. »Wie es war, so soll es sein, wenn wir uns nur erinnern, suchen und finden.« Er verzog das Gesicht, als er die blutverschmierten Gesichter vor ihm musterte. Seine Augen wichen ihren Waffen aus. Das Fahrende Volk berührte nichts, was sie als Waffe betrachteten. »Seid willkommen an unseren Feuern. Es wird heißes Wasser da sein und Binden und Salben. Ihr kennt meinen Namen«, fügte er hinzu und blickte Perrin forschend an. »Natürlich. Eure Augen.«

Raens Frau war inzwischen neben ihn getreten. Sie war mollig, grauhaarig, doch ihr Gesicht war faltenlos, und sie überragte ihren Mann um Hauptesgröße. Ihre rote Bluse in Kombination mit einem leuchtend gelben Rock und einem grüngefransten Schal tat dem Auge weh, aber sie verhielt sich ausgesprochen lieb und mütterlich. »Perrin Aybara!« rief sie. »Ich dachte mir doch, daß ich dieses Gesicht kenne. Ist Elyas auch bei Euch?«

Perrin schüttelte den Kopf. »Ich habe ihn schon lange nicht mehr getroffen, Ila.«

»Er führt ein Leben voller Gewalt«, sagte Raen traurig. »Genau wie Ihr. Ein Leben der Gewalt ist befleckt, selbst wenn es lang andauert.«

»Versuche nicht, ihn vom Weg des Blatts zu überzeugen, während wir hier herumstehen, Raen«, sagte Ila knapp, aber nicht unfreundlich. »Er ist verletzt. Sie sind alle verwundet.«

»Wo habe ich nur meine Gedanken?« knurrte Raen. Dann erhob er seine Stimme und rief: »Kommt, Leute. Kommt und helft! Sie sind verletzt. Kommt und helft!«

Schnell versammelten sich die Männer und Frauen und äußerten ihr Mitgefühl, als sie den Verwundeten von den Pferden halfen. Sie führten sie zu ihren Wohnwagen, und wenn nötig, trugen sie die Männer sogar. Wil und ein paar andere blickten besorgt drein, weil man sie voneinander trennte, aber Perrin war es recht. Gewaltanwendung war den Tuatha'an nun wirklich fremd. Sie würden gegen niemanden ihre Hand erheben, nicht einmal, um ihr eigenes Leben zu verteidigen.

Perrin mußte wohl oder übel Ihvons Hilfe annehmen, um vom Pferd zu kommen. Der Schmerz stach ihm wie ein Dolch in die Seite und breitete sich wellenförmig durch seinen Körper aus. »Raen«, sagte er ein wenig atemlos, »Ihr solltet Euch nicht hier draußen aufhalten. Wir haben keine fünf Meilen von hier gegen Trollocs gekämpft. Bringt Eure Leute nach Emondsfeld. Dort sind sie sicher.«

Raen zögerte, wovon er selbst überrascht schien, und schüttelte dann den Kopf. »Selbst wenn ich es wünschte, Perrin, würden meine Leute das nicht wollen. Wir bemühen uns, nicht einmal in der Nähe auch nur des kleinsten Dorfes zu lagern, und das nicht nur, weil uns die Dorfbewohner vielleicht wieder in falschem Verdacht haben würden, die Dinge gestohlen zu haben, die sie einst verloren, oder ihre Kinder vom Weg des Blatts überzeugen zu wollen. Wo Menschen zehn Häuser nebeneinander gebaut haben, da findet man bereits den Samen der Gewalt. Das wissen die Tuatha'an seit der Zerstörung der Welt. Die Sicherheit liegt nur in unseren Wohnwagen und darin, immer in Bewegung zu bleiben und immer nach dem Lied zu suchen.« Sein Gesicht wurde wehmütig. »Von überall her bekommen wir Nachrichten über immer neue Gewalttaten, Perrin. Nicht nur hier an den Zwei Flüssen. Es liegt eine Stimmung der Veränderung über der Welt, der Zerstörung. Wir müssen bald das Lied finden. Sonst glaube ich nicht, daß wir es noch jemals finden werden.«

»Ihr werdet das Lied finden«, sagte Perrin leise. Vielleicht verabscheuten sie Gewalt einfach zu sehr, als daß ein *Ta'veren* dagegen ankäme. Vielleicht konnte nicht einmal ein *Ta'veren* sie vom Weg des Blatts abbringen. Er war auch ihm einst verlockend vorgekommen. »Ich hoffe sehr, daß Ihr es findet.«

»Was geschehen soll, wird geschehen«, meinte Raen lakonisch. »Alles, was existiert, stirbt auch wieder. Vielleicht sogar das Lied.« Ila nahm ihren Mann beruhigend in den Arm, obgleich ihre Augen genauso besorgt dreinblickten wie seine.

»Kommt«, sagte sie dann im Bemühen, ihre Beunruhigung zu überspielen, »wir müssen Euch hineinbringen. Männer reden gern, wenn ihr Wams auch schon brennt.« Zu Faile gewandt sagte sie: »Ihr seid schön, Kind. Ihr solltet Euch vor Perrin in acht nehmen. Ich sehe ihn immer nur in Begleitung schöner Mädchen.« Faile warf Perrin einen abschätzenden Blick zu und versuchte schnell, ihr Gesicht abzuwenden.

Er schaffte es gerade bis zu Raens Wagen – gelb mit rotem Rand, rote und gelbe Speichen in hohen, rotgeränderten Rädern, rote und gelbe Truhen außen festgeschnallt –, der neben einem der Feuer mitten im Lager stand, aber als er den Fuß auf die erste Holzstufe an der Rückseite setzte, versagten ihm die Beine den Dienst. Ihvon und Raen trugen ihn fast nach drinnen, hastig von Faile und Ila gefolgt, und legten ihn auf das an die Vorderwand des Wagens angebaute Bett. Daneben war gerade noch Platz, um sich durch die Schiebetür zum Kutschbock zu zwängen. Es war wirklich wie ein kleines Haus, bis hin zu den rosa Gardinen an den beiden kleinen Fenstern auf beiden Seiten. Er lag einfach da und blickte die Decke an. Auch hier verwendeten die Kesselflicker ihre typischen Farben. Die Decke war himmelblau gestrichen, die Hochschränkchen grün und gelb. Faile löste seinen Gürtel und nahm ihm Axt und Köcher ab, während Ila in einem der Schränke herumkramte. Perrin war nicht in der Lage, irgendwelches Interesse an ihren Aktivitäten zu entwickeln.

»Jeder wird einmal überrascht«, sagte Ihvon. »Lernt daraus, aber nehmt es Euch nicht zu sehr zu Herzen. Nicht einmal Artur Falkenflügel hat jede Schlacht gewonnen.«

»Artur Falkenflügel.« Perrin versuchte zu lachen, aber es wurde ein Stöhnen daraus. »Ja«, brachte er heraus. »Und ich bin bestimmt nicht Artur Falkenflügel, oder?«

Ila sah den Behüter finster an, oder genauer gesagt, sein Schwert, das sie noch schlimmer zu finden schien als Perrins Axt. Dann kam sie mit einem Bündel zusammengerollter Binden zum Bett herüber. Sobald sie Perrins Hemd von dem Pfeilstummel weggezogen hatte, verzog sie schmerzhaft berührt das Gesicht. »Ich glaube nicht, daß ich dazu in der Lage bin, das zu entfernen. Er sitzt sehr tief.«

»Mit Widerhaken versehen«, sagte Ihvon im Plauderton. »Trollocs benützen nicht oft Bögen, aber wenn, dann nehmen sie Pfeile mit Widerhaken.«

»Raus«, fuhr ihn die mollige Frau entschlossen an. »Und du genauso, Raen. Kranke zu pflegen ist nichts für Männer. Warum gehst du nicht zu Moshea und schaust, ob er das neue Rad schon an seinem Wagen hat?«

»Gute Idee«, sagte Raen. »Vielleicht werden wir ja auch morgen weiterziehen. Das letzte Jahr über hatten wir einige sehr schwere Strecken zurückzulegen«, vertraute er Perrin an. »Der ganze Weg nach Cairhien und dann zurück nach Ghealdan und anschließend nach Andor hinauf. Ich denke, morgen geht's weiter.«

Als sich die Tür hinter ihm und Ihvon geschlossen hatte, wandte sich Ila besorgt an Faile: »Wenn er Widerhaken hat, glaube ich nicht, daß ich ihn überhaupt herausholen kann. Ich versuche es schon, wenn es sein muß, aber falls sich jemand in der Nähe befindet, der mehr von solchen Dingen versteht …«

»Es gibt jemanden in Emondsfeld«, versicherte ihr Faile. »Aber kann man das wirklich bis morgen in ihm drin lassen?«

»Das ist vielleicht besser, als ihn durch mich herausschneiden zu lassen. Ich kann ihm etwas zusammenbrauen, damit er keine Schmerzen hat, und dazu eine Salbe gegen Infektionen auftragen.«

Perrin funkelte die beiden Frauen an und fauchte: »Hallo? Erinnert Ihr euch noch an mich? Ich bin hier. Hört auf, über meinen Kopf weg zu bestimmen.«

Sie blickten ihn einen Augenblick lang an.

»Er soll still liegen«, sagte Ila zu Faile. »Er darf schon sprechen, aber gestattet ihm nicht, sich zu bewegen. Sonst verletzt er sich vielleicht noch mehr.«

»Ich sorge dafür«, antwortete Faile.

Perrin knirschte mit den Zähnen und gab sich Mühe, dabei zu helfen, ihm Wams und Hemd auszuziehen, aber die Hauptarbeit mußte er den beiden überlassen. Er fühlte sich so schwach wie dünnes Eisenblech, das jedem Druck nachgeben mußte. Eine Handbreit des daumendicken Pfeils steckte beinahe genau über seiner untersten Rippe in einer angeschwollenen und dick mit geronnenem Blut verklebten Wunde. Sie drückten ihm den Kopf auf ein Kissen herunter, da sie aus irgendeinem Grund nicht wollten, daß er die Wunde anblickte. Dann wusch Faile sie aus, während Ila ihre Salbe mit einem Stößel in einem Steintiegel zubereitete. Beides war aus einfachem, glattem, grauem Stein gefertigt, und es waren die ersten Gegenstände, die er im

Lager der Kesselflicker erblickte, die nicht bunt angemalt waren. Sie strichen die Salbe um die Pfeilspitze herum und wickelten Bandagen um seinen Brustkorb, damit die Salbe nicht unabsichtlich weggewischt werden konnte.

»Raen und ich schlafen heute nacht unter dem Wagen«, sagte die Tuatha'an-Frau schließlich und wischte sich die Hände ab. Sie sah die aus den Bandagen herausragende Pfeilspitze finster an und schüttelte den Kopf. »Einst habe ich geglaubt, daß er schließlich zum Weg des Blatts finden werde. Er war, glaube ich, ein zartbesaiteter Junge.«

»Der Weg des Blatts kann nicht für jeden gelten«, sagte Faile sanft, doch Ila schüttelte erneut den Kopf.

»Er gilt für alle«, antwortete sie genauso sanftmütig und ein klein wenig traurig, »wenn sie es nur wüßten.«

Sie ging, und Faile setzte sich auf die Bettkante. Sie tupfte sein Gesicht mit einem zusammengefalteten Tuch ab. Aus irgendeinem Grund schien er stark zu schwitzen.

»Ich habe einen Fehler gemacht«, sagte er nach einer Weile. »Nein, das drückt es nicht richtig aus. Ich weiß nicht, wie ich es sagen soll.«

»Du hast keinen Fehler begangen«, stellte sie entschlossen fest. »Du hast getan, was zu der Zeit richtig aussah. Es *war* richtig. Ich kann mir nicht vorstellen, wie sie plötzlich hinter uns kamen. Gaul kann doch gewöhnlich gut einschätzen, wo sich der Gegner befindet. Ihvon hatte recht, Perrin. Jeder findet einmal veränderte Umstände vor, von denen er nichts geahnt hat. Du hast aber alle zusammengehalten. Du hast uns herausgebracht.«

Er schüttelte heftig den Kopf, was die Schmerzen in seiner Seite noch verstärkte. »Ihvon hat uns herausgebracht. Was ich fertigbrachte, war, siebenundzwanzig Männer umbringen zu lassen«, sagte er in bitterem Tonfall und versuchte, sich aufzusetzen, damit er sie ansehen konnte. »Einige davon waren meine Freunde, Faile. Und ich bin dafür verantwortlich, daß sie getötet wurden.«

Faile benützte ihr Gewicht, um ihn wieder hinabzudrücken. Es zeigte ihr deutlich, wie schwach er war, als sie ihn so leicht unten halten konnte. »Morgen ist noch Zeit genug, über so etwas zu sprechen«, sagte sie mit fester Stimme, wobei sie sein Gesicht genau musterte, »wenn wir dich wieder aufs Pferd hieven müssen. Ihvon hat uns *nicht* herausgebracht. Ich glaube, es war ihm so ziemlich gleichgültig, wer davonkommen würde, solange er und du es überlebten. Diese Männer hätten sich in alle Himmelsrichtungen zerstreut, wenn du nicht gewesen wärst, und dann hätten sie uns alle einzeln gejagt. Sie hätten sich nicht von Ihvon, von einem Fremden, zusammenholen lassen. Was deine Freunde betrifft …« Sie setzte sich seufzend wieder hin. »Perrin, meint Vater sagt immer, ein General kann sich um die Lebenden kümmern oder die Toten beweinen, aber nicht beides gleichzeitig.«

»Ich bin kein General, Faile. Ich bin ein Narr von einem Schmied, der glaubte, er könne andere Menschen dazu benützen, ihm beim Durchsetzen der Gerechtigkeit behilflich zu sein oder vielleicht Rache zu üben. Ich will das immer noch, aber ich will dafür niemanden mehr benützen.«

»Glaubst du etwa, die Trollocs ziehen ab, weil du findest, deine Motive seien nicht lauter genug?« Ihre Stimme klang so hitzig, daß er den Kopf hob, aber sie schubste ihn beinahe grob auf das Kissen zurück. »Werden sie davon weniger schlimm? Kennst du einen besseren Grund, sie zu jagen, als eben genau das, was sie darstellen? Noch eine Weisheit meines Vaters: Die schlimmste Sünde, die ein General begehen kann, schlimmer, als einen Fehler zu begehen, schlimmer, als zu verlieren, schlimmer als alles, ist, Männer im Stich zu lassen, die auf ihn angewiesen sind.«

Es klopfte an der Tür, und ein schlanker, gutaussehender junger Kesselflicker in einem rot-grün-gestreiften Wams steckte den Kopf herein. Er lächelte Faile mit blitzend weißen Zähnen und vor Charme triefend an, und dann blickte er zu Perrin hinüber. »Großvater hat gesagt, daß Ihr es seid. Ich glaubte, es sei diese Gegend hier, von der Egwene sagte, daß sie herstamme.« Plötzlich runzelte er mißbilligend die Stirn. »Eure Augen. Wie ich sehe, seid Ihr letzten Endes Elyas gefolgt und zu den Wölfen übergegangen. Ich war ja auch sicher, daß Ihr nie zum Weg des Blatts findet.«

Perrin kannte ihn: Aram, Raens und Ilas Enkel. Er mochte ihn nicht. Sein Lächeln wirkte wie das Wils. »Geht weg, Aram. Ich bin müde.«

»Ist Egwene bei Euch?«

»Egwene ist jetzt eine Aes Sedai, Aram«, grollte er, »und sie würde Euch mit Hilfe der Einen Macht das Herz aus dem Leib reißen, wenn Ihr sie zum Tanzen aufforderte. Geht weg!«

Aram riß die Augen auf und schlug schnell die Tür zu. Er blieb natürlich draußen.

Perrin ließ den Kopf zurücksinken. »Er lächelt zuviel«, knurrte er. »Ich kann Männer nicht leiden, die zuviel lächeln.« Faile gab einen erstickten Laut von sich und er sah sie mißtrauisch an. Sie biß sich auf die Unterlippe.

»Ich habe einen Frosch im Hals«, sagte sie mit erstickter Stimme und stand schnell auf. Sie eilte zu der breiten Ablage hinter dem Fuß des Bettes hinüber, auf der Ila ihre Salbe zubereitet hatte. Sie stand dort mit dem Rücken zu ihm und goß Wasser aus einer grünroten Kanne in einen gelb-blauen Krug. »Möchtest du auch etwas zu trinken? Ila hat dieses Pulver hinterlassen, um die Schmerzen zu lindern. Damit kannst du auch besser schlafen.«

»Ich will kein Pülverchen schlucken«, sagte er. »Faile, wer ist dein Vater?«

Ihr Rücken versteifte sich. Einen Augenblick später drehte sie sich mit dem Krug in beiden Händen um. Der Blick aus ihren schrägstehenden Augen war für ihn nicht zu deuten.

Eine Minute verging, bevor sie sagte: »Mein Vater ist Davram aus dem Haus Bashere, Lord von Bashere, Tyr und Sidona, Hüter der Grenze zur Fäule, Verteidiger des Herzlandes, Generalfeldmarschall von Königin Tenobia von Saldaea. Und ihr Onkel.«

»Licht! Und was hatte das alles zu bedeuten, daß er Holzhändler sei oder Pelzhändler? Ich kann mich auch dunkel daran erinnern, daß er mal mit Eispfeffer gehandelt hat.«

»Das war nicht gelogen«, sagte sie scharf, und dann mit schwächerer Stimme: »Nur nicht ... die ganze Wahrheit. Auf den Gütern meines Vaters wächst gutes Bauholz und feines Möbelholz und Eispfeffer, und es werden Pelztiere gezüchtet und noch mehr. Und seine Verwalter verkaufen sie für ihn, also handelt er auf gewisse Weise mit ihnen.«

»Warum konntest du mir das nicht einfach sagen? Dinge vor mir verbergen. Lügen. Du bist eine Lady!« Er sah sie anklagend an. So etwas hatte er nicht erwartet. Ein kleiner Händler als Vater, vielleicht ein ehemaliger Soldat, aber nicht so etwas. »Licht, wieso rennst du dann als Jägerin des Horns herum? Erzähle mir nicht, der Lord von Bashere und was sonst noch habe dich losgeschickt, um Abenteuer zu suchen.«

Sie hielt den Krug nach wie vor in der Hand und setzte sich wieder neben ihn. Aus irgendeinem Grund sah sie immerzu sein Gesicht an. »Meine beiden älteren Brüder sind gestorben, Perrin. Der älteste ist im Kampf gegen Trollocs gefallen, und der andere stürzte bei der Jagd vom Pferd. Damit war ich die Älteste, und das bedeutete, daß ich Buchführung und Verkaufen lernen mußte. Während meine jüngeren Brüder zu Soldaten ausgebildet wurden, während sie sich auf Abenteuer vorbereiteten, mußte ich lernen, die Güter zu verwalten! Das ist nun mal die Pflicht des oder der Ältesten. Pflicht! Es gibt keine Abwechslung, ist langweilig und trocken. Zwischen Beamten in Papieren vergraben sein!

Als Vater Maedin mit zur Grenze der Fäule nahm – er ist zwei Jahre jünger als ich –, war das nun mehr, als ich aushalten konnte. Man bildet in Saldaea Mädchen nicht für den Krieg aus, aber Vater hatte mir als Lakaien einen alten Soldaten zur Seite gestellt. Eran war immer nur zu glücklich, wenn er mir beibringen durfte, wie man mit Messern und mit den Händen kämpft. Ich denke, das hat ihm wirklich Spaß gemacht. Als jedenfalls Vater Maedin mitnahm, hatte sich gerade die Nachricht verbreitet, daß man zur Großen Jagd nach dem Horn aufgerufen habe, also … zog ich einfach los. Ich schrieb Mutter einen Brief, um es zu erklären, und … ritt fort. Und ich war rechtzeitig in Illian, um den Eid des Jägers abzulegen …« Sie nahm das Tuch wieder in die Hand und tupfte ihm den Schweiß von der Stirn. »Du solltest jetzt wirklich schlafen, wenn du kannst.«

»Ich schätze, du bist also Lady Bashere oder so was?« sagte er. »Wie bist du denn dazu gekommen, einen einfachen Schmied zu mögen?«

»Der richtige Ausdruck lautet ›lieben‹, Perrin Aybara.« Die Strenge in ihrem Tonfall widersprach der Sanftheit, mit der sie ihm das Gesicht abtupfte. »Und du bist auch nicht gerade ein gewöhnlicher Schmied, denke ich.« Das Tuch hielt in der Bewegung inne. »Perrin, was hat dieser Bursche gemeint, als er von dir und den Wölfen sprach? Und Raen hat auch von diesem Elyas gesprochen.«

Einen Moment lang stockte ihm der Atem, und er erstarrte. Aber gerade eben hatte er noch geschimpft, weil sie Geheimnisse vor ihm gehabt hatte. Das hatte er nun von seinem Ungestüm und Ärger. Wenn man einen Hammer zu zornig schwingt, trifft man gewöhnlich den eigenen Daumen. Er atmete langsam aus, und dann erzählte er ihr die Geschichte, wie er Elyas Machera kennengelernt und erfahren hatte, daß er sich mit den Wölfen verständigen konnte. Wie seine Augen die Farbe gewechselt hatten und schärfer geworden waren, und genauso sein Gehör und sein Geruchssinn – so gut wie der eines Wolfs. Von den Wolfsträumen. Von dem, was mit ihm geschehen werde, sollte er jemals seine Menschlichkeit verlieren. »Es ist so leicht. Manchmal, besonders im Traum, vergesse ich, daß ich ein Mensch bin und kein Wolf. Wenn ich mich bei einer dieser Gelegenheiten nicht mehr rechtzeitig daran erinnere, werde ich meine Menschlichkeit bei der Rückkehr verlieren und ein Wolf sein. Jedenfalls im Kopf. Eine Art von Halbwolf. Von mir selbst ist dann nichts mehr übrig.« Er hielt inne und wartete darauf, daß sie zusammenzucke und von ihm abrücke.

»Wenn dein Gehör wirklich so scharf ist«, sagte sie gelassen, »werde ich künftig aufpassen müssen, was ich in deiner Nähe sage.«

Er ergriff ihre Hand, damit sie mit der Tupferei aufhörte. »Hast du eigentlich etwas von dem gehört, was ich dir sagte? Was werden dein Vater und deine Mutter denken, Faile? Ein Halbwolfschmied. Und du bist eine Lady! Licht!«

»Ich habe jedes Wort verstanden. Vater wird hinter mir stehen. Er hat schon immer gesagt, daß das Blut unserer Familie zu dünn wird, nicht so wie früher. Ich weiß, daß er glaubt, ich sei schrecklich weich.« Sie lächelte ihn mit so wildem Gesichtsausdruck an, daß es jedem Wolf zur Ehre gereicht hätte. »Natürlich wollte Mutter immer, daß ich mal einen König heirate, der mit einem Schwertstreich einen Trolloc in zwei Stücke haut. Ich denke jedoch, die Axt tut's auch, aber könntest du ihr bitte erzählen, du seist der König der Wölfe? Ich glaube nicht, daß jemand vortritt und dir diesen Rang streitig macht. Ach, dieses Trolloc-Spalten wird Mutter wohl auch reichen, doch hätte sie das andere schon gern gehört.«

»Licht!« sagte er heiser. Das hatte beinahe ernst geklungen. Nein, sie schien es wirklich ernst zu meinen. Aber wenn sie es auch nur halbwegs ernst meinte, hätte er lieber Trollocs getroffen, als ihre Eltern kennenzulernen.

»Hier«, sagte sie und hielt ihm den Krug mit Wasser an die Lippen. »Du hörst dich nach einer trockenen Kehle an.«

Er schluckte und spuckte beinahe wieder aus, als er den bitteren Geschmack wahrnahm. Sie hatte Ilas Pulver hineingerührt! Er wollte mit Trinken aufhören, aber sie goß weiter nach, und er mußte wohl oder übel schlucken, um nicht zu ersticken. Als er schließlich den Krug wegschieben konnte, hatte sie die Hälfte des Inhalts in ihn hineingeschüttet. Warum mußte Medizin immer so furchtbar schmecken? Er vermutete, daß die Frauen es so wollten. Er hätte wetten können, daß die Sachen, die sie selbst einnahmen, keineswegs so schlecht schmeckten. »Ich habe dir doch gesagt, ich wollte das Zeug nicht! Gaaah!«

»Tatsächlich? Das muß ich überhört haben. Aber ganz gleich, du brauchst jedenfalls Schlaf.« Sie streichelte ihm über den Lockenkopf. »Schlaf, mein kleiner Perrin.«

Er wollte erwidern, daß er es tatsächlich gesagt und sie es auch gehört habe, aber irgendwie verwickelten sich die Worte um seine Zunge. Seine Augenlider fielen immer wieder zu. Er konnte sie einfach nicht mehr oben halten, so schwer waren sie. Das letzte, was er noch hörte, waren ihre sanften Worte: »Schlaf, mein Wolfskönig. Schlafe ein.«

KAPITEL 3

Ein fehlendes Blatt

Perrin stand allein in der Nähe der Wohnwagen der Tuatha'an im strahlenden Sonnenschein, und in seiner Seite steckte keine Pfeilspitze und er hatte keine Schmerzen. Zwischen den Wagen hatte man Holzscheite aufgestapelt, um unter den eisernen Kochtöpfen, die an ihren dreibeinigen Gestellen hingen, Feuer zu entzünden, und an den Wäscheleinen hing Kleidung, doch es waren keine Menschen oder Pferde zu sehen. Er selbst trug weder Wams noch Hemd, sondern die lange Lederweste eines Schmieds, die seine Arme bloß ließ. Es hätte wohl jeder gewöhnliche Traum sein können, aber ihm war klar, daß es ein Traum war. Und er kannte das Gefühl, sich in einem Wolfstraum zu befinden, das Gefühl von Realität, und irgendwie konnte er ihn körperlich spüren, so, wie das hohe Gras um seine Stiefel herum von der leichten Brise gestreichelt wurde, die auch sein lockiges Haar durcheinanderbrachte, und so, wie die verstreuten Eschen und Lorbeerbäume auf ihn wirkten. Doch die grellbunten Wohnwagen der Kesselflicker erschienen ihm dagegen nicht real. Sie hatten etwas Flüchtiges an sich, ein Gefühl, sie könnten jeden Moment verschwimmen und sich auflösen. Sie blieben niemals lange am selben Ort, die Kesselflicker. Kein Flecken Erdboden konnte sie festhalten.

Er fragte sich, inwieweit der Erdboden ihn festhalten könne, und griff nach seiner Axt. Doch dann blickte er überrascht hinunter. In der Schlinge an seinem Gürtel hing der schwere Schmiedehammer anstatt der Axt. Er runzelte die Stirn. Einst hätte er den Hammer vorgezogen und hatte sogar geglaubt, er habe sich dafür entschieden, doch jetzt war davon nichts mehr übrig. Die Axt. Er hatte die Axt gewählt. Aus dem Hammerkopf wurde plötzlich die halbmondförmige Schneide mit dem dicken Dorn am oberen Teil, flackerte, wurde wieder zum wuchtigen, kalten Stahlzylinder und flackerte wieder in ständigem Wechsel. Schließlich aber blieb es seine Axt und er atmete tief durch. Das war noch nie zuvor geschehen. Hier konnte er alles mit Leichtigkeit ändern, jedenfalls die Dinge, die er bei sich trug. »Und ich will die Axt«, sagte er entschlossen. »Die Axt.«

Er sah sich um und konnte im Süden gerade noch ein Bauernhaus erkennen. Wild äste auf dem Haferfeld, das von einer locker aufgeschichteten Steinmauer umgeben war. Er fühlte keine Wölfe in der Nähe, und so rief er Springer auch nicht. Der Wolf würde vielleicht kommen, vielleicht aber auch nicht. Möglicherweise hörte er ihn gar nicht. Aber der Schlächter könnte sich durchaus irgendwo hier aufhalten. Mit einemmal zog ein gefüllter Köcher an seinem Gürtel gegenüber der Axt, und er hielt einen kräftigen Langbogen mit einem aufgelegten Hammerkopfpfeil in der Hand. Ein langer Lederschutz bedeckte seinen linken Unterarm. Nichts rührte sich außer den äsenden Tieren.

»Unwahrscheinlich, daß ich so schnell aufwache«, murmelte er in sich hinein. Was das auch sein mochte, was ihm Faile verpaßt hatte, es hatte ihn jedenfalls sofort einschlafen lassen. Daran erinnerte er sich ganz klar, als habe er über ihre Schulter hinweg zugesehen. »Hat mich damit gefüttert wie ein Baby«, grollte er. *Frauen!*

Er machte einen dieser langen Schritte, das Land um ihn herum verschwamm, und er trat auf den Hof vor einem Bauernhaus. Zwei oder drei Hühner rannten vor ihm davon; der von aufgeschichteten Steinen umgebene Schafpferch war leer, und die beiden strohgedeckten Scheunen waren verrammelt. Trotz der Vorhänge an den Fenstern erweckte das Wohnhaus einen Eindruck von Leere. Wenn dies ein echtes Spiegelbild der wirklichen Welt war, und das war der Wolfstraum schon auf seine eigene Weise, dann waren die Leute hier bereits seit Tagen weg. Faile hatte recht: Seine Warnung hatte sich überallhin verbreitet.

»Faile«, murmelte er staunend. Die Tochter eines Lords. Nein, nicht nur eines Lords. Dreimal Lord und dann noch General und Onkel der Königin. »Licht, damit ist sie ja die Cousine der Königin!« Und sie liebte einen einfachen Schmied. Frauen waren schon eigenartige Geschöpfe.

Er versuchte herauszubekommen, wie weit sich die Kunde verbreitet hatte, und ging mit diesen Traum-Riesenschritten, jeder mehr als eine Meile lang, im Zickzack halb hinauf nach Devenritt und wieder zurück. Die meisten Höfe, die er zu sehen bekam, erweckten den gleichen leeren Eindruck. Weniger als ein Fünftel machten einen bewohnten Eindruck, zeigten offene Türen und hochgeschobene Fenster und Wäsche auf der Leine und Puppen oder Reifen oder geschnitzte Schaukelpferde, die auf der Schwelle herumlagen. Besonders die Spielsachen verursachten ihm Magenkrämpfe. Auch wenn sie seine Warnung nicht ernst genommen hatten, waren doch in der Nähe schon genügend Höfe niedergebrannt worden und hätten sie warnen müssen. Ihre Schutthaufen, verkohlten Balken und wie einsame, tote Finger aufragenden Schornsteine mahnten zur Vorsicht.

Er bückte sich, um eine Puppe mit lächelndem Glasgesicht und einem mit Blumen bestickten Kleid, das einer liebevollen Mutter sicher viel Mühe bereitet hatte, wieder aufzustellen, und dann riß er erstaunt die Augen auf. Die gleiche Puppe lag nach wie vor auf den Steinstufen, obwohl er sie aufgehoben hatte. Als er danach faßte, wurde die Puppe in seiner Hand durchscheinend und verschwand.

Aus dem Augenwinkel nahm er etwas Schwarzes am Himmel wahr und hatte keine Zeit mehr, sich über die Puppe zu wundern. Raben, zwanzig oder dreißig in einem Schwarm, flogen auf den Westwald zu. Ihre Richtung wies auf die Verschleierten Berge hin, wo er den Schlächter das erstemal gesehen hatte. Er beobachtete sie kalt, während sie zu kleinen schwarzen Flecken am Himmel wurden und verschwanden. Dann machte er sich auf den Weg, ihnen nach.

Lange Sätze führten ihn jedesmal mindestens fünf Meilen weit. Das Land verschwamm, außer in den kurzen Augenblicken des Stillstands dazwischen. Er befand sich im dichtesten Westwald mit seinem felsigen Untergrund, dann in den von Gestrüpp überwachsenen Sandhügeln und schließlich zwischen den wolkengekrönten Bergen, wo die Hänge und Täler mit Tannen und Kiefern und Lederblattbäumen bewaldet waren. Dann war er in dem Tal, in dem er zum erstenmal den Mann gesehen hatte, den Springer den Schlächter nannte, und an dem Abhang, auf dem er von Tear aus herausgekommen war.

Da stand das verschlossene Wegetor, auf dem das *Avendesora*-Blatt nur eines von unzähligen fein in Stein gehauenen Blättern und Ranken war. Verstreute Bäume, verwittert und vom Wind gebeugt, wuchsen auf der dünnen Schicht von Erdboden zwischen den glasierten Steinen, wo Manetheren zu Asche verbrannt war. Sonnenschein glänzte auf dem Wasser des Manetherendrelle unten im Tal. Eine leichte Brise brachte die Witterung nach Hirschen, Kaninchen und Füchsen bis zu ihm herauf. Nichts Sichtbares bewegte sich.

Er wollte schon weitergehen, da hielt er inne. Das *Avendesora*-Blatt. *Ein Blatt nur.* Loial hatte das Wegetor verschlossen, indem er beide Blätter auf dieser Seite angebracht hatte. Er drehte sich wieder um, und die

Nackenhaare stellten sich ihm auf. Das Wegetor stand offen, beide Flügel wie dichtes lebendiges Grün, das sich im Wind sanft bewegte. Dazwischen zeigte sich diese matt-silberne Fläche, auf der sein Spiegelbild zu sehen war. *Wie denn das?* fragte er sich. *Loial hat doch das verdammte Ding verschlossen!*

Er war sich nicht bewußt, die Entfernung zurückgelegt zu haben, aber mit einemmal stand er direkt vor dem Wegetor. In dem üppigen Bewuchs auf der Innenseite der beiden Torflügel befand sich kein dreifingriges Blatt. Seltsam, daß er sich in diesem Augenblick vorstellte, wie in der Welt des Wachen irgend jemand oder irgend etwas gerade jetzt diesen Fleck passierte, auf dem er stand. Er berührte die matte Fläche und knurrte. Es hätte auch ein Spiegel sein können. Seine Hand glitt darüber wie über das glatteste Glas.

Aus dem Augenwinkel entdeckte er das *Avendesora*-Blatt, das sich plötzlich wieder an seinem Platz auf der Innenseite des Torflügels befand. Er sprang schnell zurück, als sich das Tor zu schließen begann. Jemand – oder etwas – war gerade herausgekommen oder hineingegangen. *Heraus. Es muß herausgekommen sein.* Er hätte so gern bezweifelt, daß es weitere Trollocs oder Myrddraal gewesen waren, die die Zwei Flüsse erreicht hatten. Die Torflügel verschmolzen miteinander und wurden wieder zu Steinfriesen.

Ein Gefühl, beobachtet zu werden, war alles an Warnung, was er erhielt. Er sprang vor. Ein fast nicht mehr sichtbarer schwarzer Schemen huschte durch den Fleck, an dem sich seine Brust eben noch befunden hatte – ein Pfeil. Ein weiter Satz, der die Welt wieder verschwimmen ließ, und er befand sich an einem weit entfernten Abhang, und dann rannte er weiter, aus dem Tal von Manetheren in ein Wäldchen aus hoch aufragenden Tannen, und weiter. Beim Laufen dachte er angestrengt nach. Er stellte sich das Tal vor und rief den kurzen Augenblick, in dem er den Pfeil gesehen hatte, in sein Gedächtnis zurück. Er war aus *dieser* Richtung gekommen, in *diesem* Winkel, als er ihn erreichte, also mußte er von …

Ein letzter Satz brachte ihn zurück auf einen Hang über dem Grab Manetherens. Er kauerte zwischen dürren, windgebeugten Kiefern und hielt den Bogen schußbereit in den Händen. Dort unter ihm, zwischen den verkrüppelten Bäumen und Felsblöcken, war der Pfeil abgeschossen worden. Der Schlächter mußte sich irgendwo dort befinden. Er mußte dort …

Ohne lange nachzudenken, sprang Perrin davon. Die Berge wurden zu grauen und braunen und grünen Schlieren.

»Beinahe«, grollte er. Beinahe hätte er wieder den gleichen Fehler begangen wie im Wasserwald und geglaubt, der Gegner werde sich seinen Wünschen entsprechend bewegen, werde dort auf ihn warten, wo er ihn haben wollte.

Diesmal rannte er, so schnell er nur konnte. Drei blitzschnelle Schritte brachten ihm zum Rand der Sandhügel, in der Hoffnung, nicht gesehen worden zu sein. Diesmal umging er den Ort des Überfalls in weitem Bogen und kehrte viel weiter oben an denselben Berghang zurück, oben, wo die Luft dünner und kalt war und die wenigen übriggebliebenen Bäume wie geduckte Büsche mit dicken Stämmen kauerten, mindestens fünfzig Schritt voneinander entfernt, oben, hoch über einem Punkt, an dem ein Mann sich versteckt haben würde, der einen anderen beobachten wollte, der sich wiederum an den Ort anschleichen wollte, von wo der Pfeil hergekommen war.

Und da erblickte er auch tatsächlich den Gesuchten, hundert Schritt unter ihm. Dunkelhaarig und im dunklen Wams kauerte ein hochgewachsener Mann neben einem tischgroßen Granitvorsprung, den halb gespannten Bogen in der Hand, und betrachtete mit erwartungsvoll-geduldiger Haltung den Hang unterhalb sei

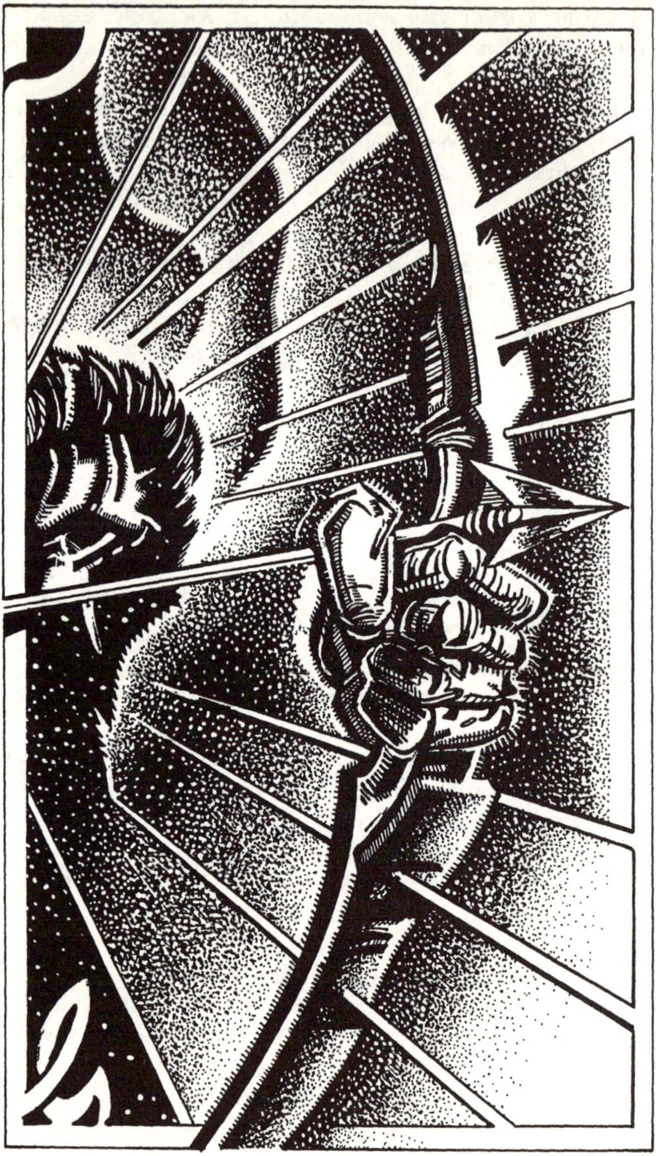

nes Postens. Dies war das erste Mal, daß Perrin ihn richtig sehen konnte; hundert Schritt waren für seine Augen keine Entfernung. Das Wams des Schlächters mit dem hohen Kragen wies einen Schnitt auf, wie man ihn in den Grenzlanden bevorzugte, und sein Gesicht war dem Lans so ähnlich, daß er ein Bruder des Behüters hätte sein können. Nur, daß Lan keine Brüder hatte – überhaupt keine lebenden Verwandten, soviel wußte Perrin –, und hätte er welche gehabt, sie würden sich nicht hier befinden. Aber er kam wohl aus den Grenzlanden. Vielleicht war er Schienarer, doch sein Haar war lang und nicht bis auf eine Skalplocke abrasiert und wurde wie das Lans von einem geflochtenen Stirnband zurückgehalten. Er konnte aber nicht aus Malkier stammen; Lan war der letzte Überlebende dieses Landes.

Wo er auch herkommen mochte, jedenfalls hatte Perrin kein schlechtes Gewissen, als er seinen Bogen spannte und den Hammerkopfpfeil auf den Rücken des Schlächters richtete. Der Mann hatte auch versucht, ihn aus dem Hinterhalt zu töten. Doch ein Schuß bergabwärts konnte schwierig sein.

Vielleicht hatte er sich zuviel Zeit gelassen oder der Bursche fühlte seinen kalten Blick, denn plötzlich verschwamm die Gestalt des Schlächters und schoß in Richtung Osten davon.

Fluchend nahm Perrin die Verfolgung auf. Drei Schritte bis zu den Sandhügeln und ein weiterer in den Westwald. Unter den Eichen und Lederblattbäumen und bei dem dichten Unterholz schien der Schlächter zu verschwinden.

Perrin blieb stehen und lauschte. Stille. Die Eichhörnchen und Vögel schwiegen. Er atmete tief ein. Ein kleines Rudel Hirsche war vor nicht allzulanger Zeit hier durchgekommen. Und da war ein schwacher Hauch von etwas, das zu kalt war, um von einem Menschen zu stammen, zu gefühllos, eine Witterung, die ihm bekannt vorkam. Der Schlächter befand sich in der Nähe. Die Luft war so ruhig wie der ganze Wald. Keine auch noch so leichte Brise zeigte ihm, aus welcher Richtung die Witterung stammte.

»Ein sauberer Trick, Goldauge, das Wegetor zu verschließen.«

Perrin spannte sich an, lauschte angestrengt. Er hatte keine Ahnung, woher die Stimme gekommen war. Nicht einmal ein Blatt raschelte.

»Wenn Ihr wüßtet, wie viele Schattenwesen gestorben sind, als sie versuchten, dort aus den Wegen herauszukommen, würde Euer Herz einen Sprung machen. *Machin Shin* hielt ein Festmahl an dem Tor ab, Goldauge. Aber der Trick war nicht gut genug. Ihr habt ja gesehen, daß das Tor jetzt wieder offensteht.«

Dort drüben auf der rechten Seite. Perrin schlüpfte so leise zwischen den Bäumen hindurch wie damals, als er hier gejagt hatte.

»Zuerst waren es nur ein paar hundert, Goldauge. Gerade genug, um diese närrischen Weißmäntel in Atem zu halten und dafür zu sorgen, daß der Renegat starb.« Die Stimme des Schlächters wurde zornig. »Der Schatten soll mich verschlingen, wenn dieser Mann nicht noch mehr Glück hat als die Weiße Burg.« Mit einemmal lachte er leise. »Aber Ihr, Goldauge, Eure Anwesenheit war eine Überraschung. Es gibt Leute, die Euren Kopf auf einer Pike sehen wollen. Eure kostbaren Zwei Flüsse wird man jetzt von einem Ende zum anderen durchkämmen, um Euch zu fangen. Was meint Ihr dazu, Goldauge?«

Perrin erstarrte neben dem verknorzten Stamm einer mächtigen Eiche. Warum quatschte der Mann soviel? Warum mußte er überhaupt reden? *Er zieht mich richtiggehend an.*

So lehnte er sich an den dicken Stamm der Eiche und beobachtete den Wald. Keine Bewegung. Der Schlächter wollte, daß er sich ihm näherte. Zweifellos wollte er ihn in einer Hinterhalt locken. Und er wollte den Mann finden und ihm die Kehle durchbeißen. Und doch konnte es leicht sein, daß er selbst starb, und wenn das geschah, würde niemand erfahren, daß das Wegetor wieder offenstand und hunderte, vielleicht auch tausende von Trollocs herauskommen konnten. Er würde das Spiel des Schlächters nicht mitspielen.

Mit einem freudlosen Lächeln trat er aus dem Wolfstraum heraus, befahl sich selbst, zu erwachen, und …

… Faile schlang ihre Arme um seinen Hals und knabberte mit kleinen, weißen Zähnen in seinem Bart herum, während die Fiedeln der Kesselflicker ein wildes, hitziges Lied am Lagerfeuer aufspielten. *Ilas Pulver. Ich kann nicht aufwachen!* Das Bewußtsein eines Traumes schwand langsam. Lachend hob er Faile hoch und trug sie in die Schatten hinein, dorthin, wo das Gras am weichsten war.

Das Erwachen dauerte lange, und von seiner verwundeten Seite her zog sich dumpfer Schmerz durch seinen ganzen Körper. Tageslicht drang durch die kleinen Fenster herein. Heller Sonnenschein. Der Morgen. Er versuchte, sich aufzusetzen, und ließ sich stöhnend wieder zurückfallen.

Faile sprang von ihrem niedrigen Hocker auf. Ihre dunklen Augen wirkten, als habe sie überhaupt nicht geschlafen. »Lieg still«, sagte sie. »Du hast dich im Schlaf schon genug herumgewälzt. Ich habe dich nicht mit Mühe davon abgehalten, dich soweit herumzuwälzen, daß sich dieses Ding auch noch den Rest seiner Länge in dich hineinbohrt, um jetzt zuzusehen, wie du das im wachen Zustand fertigbringst.« Ihvon stand wie eine dunkle Klinge an einen Türpfosten gelehnt da.

»Hilf mir auf«, sagte Perrin. Das Sprechen tat weh, aber das Atmen ja auch, und sprechen mußte er jetzt. »Ich muß in die Berge. Zum Wegetor.«

Sie legte ihm mit düsterem Blick eine Hand auf die

Stirn. »Kein Fieber«, murmelte sie. Und dann sagte sie etwas lauter: »Du gehst nach Emondsfeld, wo dich eine der Aes Sedai heilen kann. Du wirst dich *nicht* selbst umbringen, indem du versuchst, mit einem Pfeil in der Seite in die Berge zu reiten. Hörst du mir zu? Wenn ich auch nur ein weiteres Wort über die Berge und das Wegetor höre, werde ich mir von Ila etwas zusammenbrauen lassen, das dich wieder einschlafen läßt, und dann packen wir dich auf eine Trage. Ich weiß nicht recht, ob das nicht sowieso das Beste wäre.«

»Die Trollocs, Faile! Das Wegetor steht wieder offen! Ich muß sie aufhalten!«

Die Frau zögerte nicht einmal. Sie schüttelte augenblicklich den Kopf. »In diesem Zustand kannst du überhaupt nichts dagegen machen. Du kommst nach Emondsfeld.«

»Aber …!«

»Kein ›aber‹, Perrin Aybara! Kein Wort mehr!«

Er knirschte mit den Zähnen. Das Schlimmste daran war, daß sie recht hatte. Wenn er schon nicht einmal vom Bett hochkam, wie konnte er dann bis Manetheren im Sattel bleiben? »Emondsfeld also«, sagte er dankbar, aber sie schnaubte trotzdem und knurrte etwas von ›Sturkopf‹. Was wollte sie eigentlich? *Ich war doch verdammt noch mal dankbar genug, warum also dieser ›Sturkopf‹?*

»Also werden mehr Trollocs kommen«, meinte Ihvon nachdenklich. Er fragte nicht, woher Perrin diese Information habe. Dann schüttelte er den Kopf, als seien die Trollocs nebensächlich. »Ich sage den anderen, daß Ihr wach seid.« Er schlüpfte hinaus und schloß die Tür hinter sich.

»Bin ich denn der einzige, der die Gefahr sieht?« knurrte Perrin.

»Ich sehe eine Pfeilspitze in dir«, sagte Faile daraufhin streng.

So daran erinnert, durchzuckte ihn wieder der

Schmerz. Er konnte gerade noch ein Stöhnen unterdrücken. Und sie nickte zufrieden. Zufrieden!

Er wäre am liebsten augenblicklich aufgebrochen. Je eher er von einer Aes Sedai geheilt wurde, desto früher konnte er dafür sorgen, daß das Wegetor geschlossen wurde, und diesmal endgültig. Faile bestand darauf, daß sie ihn zum Frühstück fütterte. Es gab eine Brühe mit viel weichgekochtem Gemüse, die auch einem zahnlosen Kleinkind bekommen wäre, immer schön einen Löffel nach dem anderen, und dazwischen hielt sie inne, um ihm das Kinn abzuwischen. Sie ließ ihn nicht selbst essen, und wenn er protestierte oder sie bat, schneller zu machen, dann reagierte sie nicht, sondern schob ihm schnell den nächsten Löffel mit Pampe in den Mund. Sie ließ noch nicht einmal zu, daß er sich selbst das Gesicht abwischte. Als sie sich schließlich daran machte, sein Haar zu bürsten und den Bart auszukämmen, hatte er sich zu würdigem Schweigen durchgerungen.

»Du bist hübsch, wenn du schmollst«, sagte sie. Und dann kniff sie ihn in die Nase.

Ila, die an diesem Morgen eine grüne Bluse und einen blauen Rock trug, kletterte mit seinem Wams und Hemd in den Wagen. Beides war gewaschen und geflickt worden. Es ärgerte ihn, daß er die Hilfe beider Frauen benötigte, um sich anzuziehen. Er mußte sich sogar beim Hinsetzen helfen lassen! Dann hatten sie ihm endlich Wams und Hemd übergezogen, aber Knöpfe und Bändel waren offen, damit nichts auf die Pfeilspitze drücken konnte.

»Danke schön, Ila«, sagte er, als er die sauber geflickten Stellen befühlte. »Das ist gute Arbeit.«

»Stimmt«, meinte sie daraufhin. »Faile kann gut mit der Nadel umgehen.«

Faile lief rot an, und er grinste. Denn er mußte daran denken, wie vehement sie ihm erklärt hatte, sie werde niemals seine Kleider flicken. Doch ansonsten hielt er sich zurück, da er in ihren Augen ein gewisses Glitzern bemerkte. Manchmal war Schweigen die bessere Lösung. Also sagte er, statt sich zu amüsieren, lieber ernsthaft: »Ich danke dir, Faile.« Nun lief sie noch dunkler an.

Sobald sie ihn einmal auf den Beinen hatten, erreichte er die Tür ganz gut, doch die beiden Frauen mußten ihn stützen, damit er es die Holztreppe hinunter schaffte. Wenigstens waren die Pferde gesattelt, und alle Burschen von den Zwei Flüssen hatten sich mit übergehängten Bögen versammelt. Ihre Gesichter und Kleider waren sauber, und man sah auch nur ein paar Bandagen an unbedeckten Körperstellen.

Eine Nacht bei den Tuatha'an hatte ihnen offensichtlich gut getan und die Moral gehoben, selbst bei denen, die selbst jetzt noch aussahen, als könnten sie keine hundert Schritt weit laufen. Die Angst, die noch gestern in ihren Augen gestanden hatte, war zu einem bloßen Schatten geworden. Wil hatte in jedem Arm natürlich ein Kesselflickermädchen mit großen, verliebten Augen, und Ban Lewin mit der langen Nase und einer Bandage um die Stirn, die sein dunkles Haar wie eine Bürste hochstehen ließ, hielt mit schüchternem Lächeln die Hand eines anderen Mädchens in der seinen. Die meisten der anderen hielten dagegen Schalen mit Gemüseeintopf und Löffel in den Händen und schaufelten eifrig drauflos.

»Das ist gut, Perrin«, sagte Dannil und gab einer Kesselflickerfrau seine leere Schale zurück. Sie hielt die Schale kurz hoch und sah ihn fragend an, um festzustellen, ob dieser bohnenstangenlange Bursche mehr haben wolle, aber er schüttelte den Kopf und sagte: »Ich glaube, ich kann gar nicht genug davon kriegen. Du auch?«

»Ich bin voll«, sagte Perrin säuerlich. Zerdrücktes Gemüse und Brühe dazu. Ba!

»Gestern abend haben die Kesselflickermädchen getanzt«, sagte Dannils Cousin Tell mit großen Augen. »Alle unverheirateten Frauen und sogar einige der verheirateten! Du hättest es sehen sollen, Perrin.«

»Ich habe die Kesselflickerfrauen schon tanzen sehen, Tell.«

Offensichtlich waren seine Gefühle in dieser Beziehung aus seinen Worten herauszuhören, denn Faile sagte trocken: »Du hast die Tiganza gesehen, nicht wahr? Wenn du lieb bist, werde ich vielleicht eines Tages die Sa'sara für dich tanzen und dir zeigen, was wirkliches Tanzen ist.« Ila schnappte nach Luft, da sie die Bezeichnung anscheinend kannte, und dann lief Faile noch dunkler an als zuvor im Wagen.

Perrin schürzte die Lippen. Falls diese Sa'sara das Herz noch stärker zum Klopfen brachte als der schwingende, hüftbetonte Tanz der Kesselflickerfrauen – die Tiganza, so hieß er wohl –, dann würde er den Tanz ganz gewiß von Faile sehen wollen. Doch er vermied es, sie anzublicken.

Raen kam zu ihnen herüber. Er trug dasselbe hellgrüne Wams, aber eine Hose, deren Rot kräftiger leuchtete als jedes, das Perrin zuvor in seinem Leben erblickt hatte. Er bekam von dieser Farbkombination Kopfschmerzen. »Zweimal habt Ihr unsere Feuer besucht, Perrin, und zum zweitenmal geht Ihr ohne ein Abschiedsfest. Ihr müßt bald wiederkommen, damit wir das nachholen können.«

Er löste sich aus Failes und Ilas Griff – wenigstens konnte er allein stehen – und legte dem drahtigen, kleinen Mann eine Hand auf die Schulter. »Kommt mit uns, Raen. Niemand in Emondsfeld wird Euch etwas antun. Und auch im schlimmsten Fall ist es dort sicherer als hier draußen, wenn Trollocs in der Nähe sind.«

Raen zögerte, doch dann schüttelte er sich und murmelte: »Ich weiß nicht, wie Ihr mich überhaupt dazu bringt, mir solche Sachen auch nur zu überlegen.« Er wandte sich um und sagte laut: »Leute, Perrin hat uns gebeten, mit zu seinem Dorf zu kommen, wo wir vor den Trollocs sicher wären. Wer möchte mitgehen?« Erschrockene Gesichter blickten ihn an. Einige Frauen holten ihre Kinder heran, und die verbargen sich hinter ihren Röcken, als ängstigten sie sich bereits vor diesem Vorschlag. »Seht Ihr, Perrin?« sagte Raen. »Für uns liegt die Sicherheit nicht in Dörfern, sondern in der Bewegung. Ich versichere Euch, wir werden keine zwei Nächte am selben Ort verbringen und den ganzen Tag weiterziehen, bevor wir wieder lagern.«

»Das genügt wahrscheinlich nicht, Raen.«

Der Mahdi zuckte die Achseln. »Eure Anteilnahme erwärmt mein Herz, doch wir sind in Sicherheit, wenn das Licht es so will.«

»Der Weg des Blatts besteht nicht nur darin, keine Gewalt auszuüben«, sagte Ila mit sanfter Stimme, »sondern auch zu akzeptieren, was geschieht. Das Blatt fällt ohne Klage, wenn seine Zeit gekommen ist. Solange birgt uns das Licht und gibt uns Sicherheit.«

Perrin hätte sich gern mit ihnen gestritten, aber unter all der Wärme und dem Mitgefühl auf ihren Mienen lag eiserne Entschlossenheit. Er glaubte, eher könne er noch Bain und Chiad und selbst Gaul dazu bringen, hübsche Kleider anzuziehen und den Speer aufzugeben, als diese Leute zum Nachgeben.

Raen schüttelte Perrin die Hand, und auf dieses Zeichen hin umarmten die Kesselflickerfrauen die jungen Burschen von den Zwei Flüssen und sogar Ihvon. Die Männer schüttelten den Abreisenden die Hände und alle lachten, sagten sich auf Wiedersehen, wünschten einander eine gute Reise und drückten ihre Hoffnung aus, sich bald wiederzusehen. Jedenfalls die meisten Männer. Aram stand an der Seite, die Hände in die Taschen gesteckt und mit finsterer Miene. Perrin erschien er ziemlich launisch, und das war eigenartig bei einem Kesselflicker.

Die Männer gaben sich bei Faile nicht mit einem Händeschütteln zufrieden, sondern umarmten und drückten sie. Perrin verzog das Gesicht nicht, und als einige der jüngeren Männer den Abschied etwas zu enthusiastisch ausfallen ließen, knirschte er nur ein wenig mit den Zähnen, brachte aber sogar noch ein Lächeln zustande. Er wurde dagegen von keiner Frau in die Arme genommen, die viel jünger als Ila gewesen wäre. Irgendwie brachte Faile es fertig, ihn selbst dann noch wie eine scharfe Dogge zu bewachen, wenn ein magerer, grellbunt gekleideter Kesselflicker seine Arme um sie legte und sich bemühte, sie plattzudrücken. Frauen, die noch kein Grau im Haar zeigten, warfen einen Blick auf ihr Gesicht und suchten sich dann jemand anderen aus. Derweil schien Wil es geschafft zu haben, jede Frau im Lager zu küssen. Ban mit seiner langen Nase brachte das ebenfalls fertig. Sogar Ihvon schien das Ganze Spaß zu machen! Es würde Faile recht geschehen, wenn ihr einer dieser Kerle eine Rippe brach.

Endlich traten die Kesselflicker zurück, bis auf Raen und Ila, und um die Männer von den Zwei Flüssen herum entstand ein freier Raum. Der drahtige, grauhaarige Mann verbeugte sich förmlich, die Hände auf der Brust gekreuzt. »Ihr kamt in Frieden. So geht nun wieder in Frieden. Ihr werdet immer an unseren Feuern willkommen sein. Der Weg des Blatts ist der Friede.«

»Der Friede sei immer mit Euch«, erwiderte Perrin, »und mit allen von Eurem Volk.« *Licht, hilf ihnen!* »Ich werde das Lied finden, oder ein anderer wird es finden, aber es wird gesungen werden, ob in einem Jahr oder in späteren Jahren.« Er fragte sich, ob es dieses Lied überhaupt jemals gegeben hatte, oder ob die Tuatha'an ihre Reise auf der Suche nach etwas ganz anderem begonnen hatten. Elyas hatte ihm erzählt, daß sie selbst nicht wüßten, welches Lied sie suchten, aber wenn sie es gefunden hatten, würden sie es wissen. *Laß sie wenigstens Sicherheit finden. Wenigstens das!* »Wie es einst war, so soll es wieder sein, eine Welt ohne Ende.«

»Eine Welt ohne Ende«, murmelten die Tuatha'an ernst im Chor. »Welt und Zeit enden nie.«

Ein paar letzte Umarmungen und noch ein wenig Händeschütteln, während Ihvon und Faile Perrin auf Traber hinaufhalfen. Wil bekam noch ein paar Abschiedsküsse. Und Ban auch. Ban! Sogar seine Nase küßten sie! Andere, die am schwersten Verwundeten, wurden vorsichtig auf ihre Pferde gehoben. Die Kesselflicker winkten ihnen zum Abschied zu wie alten Nachbarn, die eine lange Reise antraten.

Raen kam heran und schüttelte Perrin noch einmal die Hand. »Wollt Ihr es Euch nicht doch noch überlegen?« fragte Perrin. »Ich erinnere mich noch daran, wie Ihr einmal gesagt habt, das Böse breite sich in der Welt aus. Es wird immer schlimmer, Raen, und gerade hier.«

»Friede sei mit Euch, Perrin«, antwortete Raen lächelnd.

»Und mit Euch«, sagte er traurig.

Die Aiel tauchten erst auf, als sie sich eine Meile nördlich des Lagers der Kesselflicker befanden. Bain und Chiad sprachen mit Faile und trabten nach vorn an ihren gewohnten Platz. Perrin war nicht ganz klar, was sie glaubten, das mit Faile bei den Tuatha'an geschehen sein mochte.

Gaul schritt mühelos neben Traber einher. Sie bewegten sich sowieso nicht sehr schnell, da fast die Hälfte aller Männer zu Fuß gehen mußte. Er blickte Ihvon kalkulierend an, bevor er sich Perrin zuwandte. »Was ist mit deiner Verwundung?«

Seine Wunde brannte fürchterlich. Jeder Schritt seines Pferds erschütterte die Pfeilspitze. »Mir geht's gut«, sagte er, ohne mit den Zähnen zu knirschen. »Vielleicht veranstalten wir heute abend einen Dorftanz in Emondsfeld. Und du? Hast du die Nacht damit verbracht, den ›Kuß der Jungfrau‹ zu spielen?« Gaul stolperte und wäre fast auf die Nase gefallen. »Was ist los?«

»Von wem hast du diese Bezeichnung gehört?« fragte der Aielmann leise, wobei er stur geradeaus blickte.

»Von Chiad. Warum?«

»Chiad«, knurrte Gaul. »Die Frau ist eine Goshien. Goshien! Ich sollte sie als *Gai'schain* zur Heißquellenfestung zurückbringen.« Die Worte klangen zornig, doch sein eigenartiger Tonfall nicht. »Chiad.«

»Sagst du mir vielleicht, was los ist?«

»Ein Myrddraal ist weniger schlau als eine Frau«, sagte Gaul mit ausdrucksloser Stimme, »und ein Trollocs hat im Kampf noch mehr Ehre im Leib.« Einen Augenblick später fügte er in zornigem Tonfall hinzu: »Und ein Ziegenbock hat mehr Verstand als ich.« Er beschleunigte seine Schritte und lief nach vorn zu den beiden Töchtern des Speers. Er sprach aber nicht mit ihnen, wie Perrin feststellte, sondern lief nur neben ihnen her.

»Habt Ihr etwas davon verstanden?« fragte Perrin Ihvon. Der Behüter schüttelte den Kopf.

Faile schnaubte. »Wenn er glaubt, ihnen Schwierigkeiten bereiten zu müssen, dann werden sie ihn an den Beinen an einem Ast aufhängen, bis er abgekühlt ist.«

»Hast du es vielleicht verstanden?« fragte Perrin. Sie ging neben ihm weiter, ohne ihn anzusehen oder zu antworten. Er glaubte zu verstehen, daß sie auch nicht mehr wisse als er. »Ich glaube, ich sollte später mal wieder Raens Lager besuchen. Es ist schon lange her, seit ich sie die Tiganza tanzen sah. Es war … interessant.«

Sie knurrte leise etwas vor sich hin, doch er verstand ihre Worte recht gut: »Dich sollte man auch mal an den Beinen aufhängen, bis du abkühlst.«

Er lächelte auf ihren Kopf hinunter. »Aber das muß ich ja gar nicht. Du hast ja versprochen, diese Sa'sara für mich zu tanzen.« Ihr Gesicht lief knallrot an. »Ist das was Ähnliches wie die Tiganza? Ich meine, sonst wäre es ja witzlos.«

»Du hirnloser Klotz!« fuhr sie ihn an. Sie blickte böse

zu ihm auf. »Männer haben schon ihr Herz und Ihr Vermögen Frauen zu Füßen gelegt, die die Sa'sara tanzten. Falls Mutter auch nur vermutete, daß ich sie beherrsche …« Ihr Mund klappte zu, als habe sie schon zuviel gesagt, und ihr Kopf fuhr schnell herum, damit sie wieder geradeaus blickte. Doch vom Haaransatz bis hinunter zum Ausschnitt ihres Kleides sah Perrin nur Hochrot.

»Dann hast du leider keinen Grund, sie zu tanzen«, sagte er leise. »Mein Herz und mein Vermögen, soweit ich das habe, liegen dir ja sowieso schon zu Füßen.«

Faile stolperte. Dann lachte sie leise und preßte ihre Wange an seine gestiefelte Wade. »Du bist zu schlau für mich«, murmelte sie. »Eines Tages tanze ich sie für dich und bringe das Blut in deinen Adern zum Kochen.«

»Das schaffst du auch so schon«, sagte er, und sie lachte wieder. Sie griff hinter dem Steigbügel zu und umarmte sein Bein im Weitergehen.

Nach einer Weile half aber selbst die Vorstellung nicht mehr gegen die Schmerzen, daß Faile für ihn tanze. Sicher, so schloß er aus dem Tanz der Kesselflickerfrauen, mußte ihr Tanz noch etwas weiter gehen, aber die Schmerzen waren jetzt einfach zu stark. Jeder Schritt, den Traber tat, war die reinste Folter für ihn. Er hielt sich trotzdem aufrecht. In dieser Stellung schienen die Schmerzen ein ganz klein wenig schwächer. Außerdem wollte er vor den anderen besser dastehen und ihnen die gute Laune nicht verderben, die ihnen die Tuatha'an vermittelt hatten. Auch die anderen Männer saßen hochaufgerichtet in den Sätteln, selbst diejenigen, die sich noch am Vortag zusammengekrümmt an die Sattelhörner geklammert hatten. Und Ban und Dannil und die anderen schritten mit hocherhobenen Köpfen einher. Er würde doch nicht der erste sein, der wieder in sich zusammensackte.

Wil begann, ›Heimkehr vom Tarwin-Paß‹ zu pfeifen. Drei oder vier andere fielen schnell ein. Nach einer

Weile dann fing Ban an, mit seiner tiefen, klaren Stimme zu singen:

»Die Heimat wartet dort auf mich
und das Mädchen, das ich gefreit.
Oh, liebstes Herzblut, halte dich
für meine Rückkehr bereit!
Es blitzt der Schalk in ihren Augen,
ihre Küsse brennen so heiß.
Die warmen Lippen zur Liebe taugen.
Sie ist der größte Schatz, den ich weiß.«

Bei der zweiten Strophe fielen noch mehr ein, bis schließlich alle sangen, selbst Ihvon. Und Faile. Aber Perrin natürlich nicht. Man hatte ihm oft genug gesagt, daß sein Singen wie das Quaken eines Frosches klang, auf den jemand tritt. Ein paar marschierten sogar im Rhythmus des Gesangs.

»Ich habe den Paß von Tarwin gesehn
und hörte der Trollocs Geheule.
Ich blieb trotz des Myrddraals Angriff stehn,
schwang gegen den Halbmensch die Keule.
Doch mein Herz klopft, denk ich an meine Süße
und an ihre verheißungsvollen Küsse …«

Perrin schüttelte den Kopf. Noch vor einem Tag wären sie am liebsten weggelaufen und hätten sich versteckt. Heute sangen sie von einer Schlacht, die schon so lang her war, daß in den Zwei Flüssen außer in diesem Lied niemand mehr davon wußte. Vielleicht wurden langsam Soldaten aus ihnen. Das war auch notwendig, falls es ihm nicht gelang, das Wegetor wieder zu verschließen.

Nun wurden die Bauernhöfe wieder häufiger, standen näher beieinander, und schließlich zogen sie auf einem befestigten Weg zwischen heckengesäumten oder von niedrigen, aufgeschichteten Mauern geschützten Feldern weiter. Die Höfe waren verlassen. Keiner hier klammerte sich unbedingt an sein Land.

Sie erreichten die Alte Straße, die vom Norden her vom Weißen Fluß – dem Manetherendrelle – über Devenritt nach Emondsfeld führte, und jetzt sahen sie endlich auch wieder Schafe auf der Weide, große Herden, als habe man die Schafherden eines Dutzends von Züchtern zusammengetrieben, und mit zehn Schäfern, wo normalerweise einer genügt hätte. Dazu waren die Hälfte davon auch noch erwachsene Männer. Mit Bogen bewaffnete Schäfer beobachteten ihren Vorbeizug und konnten offensichtlich nicht verstehen, wieso sie aus voller Kehle sangen.

Dafür wußte Perrin nichts mit dem ersten Anblick von Emondsfeld anzufangen, der sich ihnen bot. Den anderen Männern von den Zwei Flüssen ging es ebenso. Ihr Gesang wurde zögernd und erstarb.

Die Bäume, Zäune und Hecken in der direkten Umgebung des Dorfs waren weg. Man hatte sie entfernt. Die Häuser am westlichen Ende Emondsfelds hatten einst unter den ersten Bäumen des Westwalds gestanden. Die Eichen und Lederblattbäume zwischen den Häusern standen noch, aber der Waldrand war nun fünfhundert Schritt entfernt, gerade die Schußweite eines guten Langbogens, und die Äxte der Männer hackten laut auf weitere Bäume ein, die ebenfalls noch gefällt wurden. Eine Reihe hüfthoher, schräg in den Boden gerammter Pfähle nach der anderen säumte nun das Dorf, von den Häusern aus bis weit in die freie Fläche hinein. Es wirkte wie eine gewaltige Dornenhecke, die nur dort eine Unterbrechung aufwies, wo die Straße in das Dorf hineinführte. In Abständen waren hinter den Pfählen Wachen aufgestellt worden. Ein paar der Männer trugen Teile alter Rüstungen oder Lederwesten, auf die man rostige Stahlscheiben genäht hatte. Einige wenige hatten zerbeulte alte Stahlkappen auf den Köpfen. Bewaffnet waren sie mit Saufedern oder Hellebarden, die sie wohl in ihren Speichern ausgegraben hatten, oder mit Buschhaken, die sie einfach auf lange Stangen gesteckt hatten. Andere Männer und Jungen saßen mit Bögen bewaffnet auf den strohgedeckten Dächern. Als sie Perrin und die anderen kommen sahen, standen sie auf und riefen den Leuten unten die Neuigkeit zu.

Neben der Straße und ein Stück hinter den Pfählen stand eine Vorrichtung aus Holz und dicken, gezwirbelten Tauen, und daneben lag ein Stapel von mehr als kopfgroßen Steinen. Ihvon bemerkte, daß Perrin die Stirn verständnislos runzelte, als sie näher kamen. »Katapult«, sagte der Behüter. »Bisher haben sie sechs davon. Eure Zimmerleute wußten, was sie zu tun hatten, nachdem Tomas und ich es ihnen einmal gezeigt hatten. Die Pfähle werden die angreifenden Trollocs oder auch Weißmäntel zurückhalten, gleich, wer von ihnen nun kommt.« Er hätte, seinem Tonfall nach, genauso über das Wetter sprechen können.

»Ich sagte dir doch, daß sich dein Dorf auf die Verteidigung vorbereitet.« Faile machte einen wild entschlossenen und stolzen Eindruck, gerade so, als sei es ihr Dorf. »Harte Menschen in einer so sanften Landschaft. Sie könnten fast aus Saldaea kommen. Moiraine hat ja immer behauptet, daß hier das Blut von Manetheren noch seine Wirkung zeige.«

Perrin konnte da nur den Kopf schütteln.

Auf den ausgetretenen Lehmstraßen des Dorfes herrschte ein Betrieb wie in einer Stadt. Die Lücken zwischen den Häusern waren angefüllt mit abgestellten Wagen und Karren, und durch die geöffneten Türen und Fenster sah er noch mehr Menschen. Die Menge teilte sich vor Ihvon und den Aiel und sie wurden die Straße entlang von verhaltenem Gemurmel begleitet.

»Da ist Perrin Goldauge.«

»Perrin Goldauge.«

»Perrin Goldauge.«

Er wünschte, sie sprächen nicht so über ihn. Diese Leute kannten ihn doch, jedenfalls die meisten. Was glaubten sie denn? Da war Neysa Ayellin mit dem Pferdegesicht, die ihm den zehnjährigen Hintern versohlt hatte, als Mat ihn überredet hatte, einen ihrer Stachelbeerkuchen zu klauen. Und dort stand Cilia Cole mit ihren roten Wangen und den großen Augen. Sie war das erste Mädchen gewesen, das er je geküßt hatte, und sie war immer noch an den richtigen Stellen mollig. Und Pel Aydaer stand neben ihr, immer noch die Pfeife im Mund und jetzt mit einem Kahlkopf ausgestattet. Er hatte Perrin beigebracht, wie man mit bloßen Händen Forellen fängt. Daise Congar höchstpersönlich stand an der Straße, eine große, breitgebaute Frau, neben der sogar Alsbet Luhhan sanft wirkte. Sie überragte wie immer ihren hageren Ehemann Wit. Und alle blickten ihn an und flüsterten den von außerhalb stammenden Leuten einiges zu, die vielleicht nicht wußten, wer er war. Als der alte Cenn Buie einen kleinen Jungen auf seine Schultern hob, auf Perrin deutete und ganz begeistert mit dem Kind sprach, stöhnte Perrin frustriert. Die waren doch alle verrückt geworden!

Die Leute liefen hinter Perrin und den anderen her, umringten sie sogar, in einer von Gemurmel begleiteten Prozession. Hühner rannten gackernd vor ihnen weg. Blökende Kälber und quiekende Schweine in den Ställen hinter den Häusern wetteiferten mit dem Lärm, den die Menschen da veranstalteten. Schafe drängten sich auf dem Anger und schwarzweiße Milchkühe grasten neben grauen und weißen Gänsen.

Und in der Mitte des Angers stand ein hoher Mast, an dem eine weiße Flagge mit rotem Rand träge im leichten Wind flatterte. Auf der Flagge war ein roter Wolfskopf abgebildet. Er sah Faile an, doch die schüttelte genauso überrascht wie er den Kopf.

»Ein Symbol.«

Perrin hatte gar nicht bemerkt, daß Verin sich ihnen näherte, obwohl er nun auch gedämpftes Geflüster von einer ›Aes Sedai‹ hörte, das sie begleitete. Ihvon wirkte nicht überrascht. Die Menschen sahen sie mit großen Augen voller Ehrfurcht an.

»Die Menschen brauchen Symbole«, fuhr Verin fort und legte eine Hand auf Trabers Schulter. »Als Alanna ein paar Dorfbewohnern erzählte, wie sehr die Trollocs Wölfe fürchten, schien jeder die Flagge für eine tolle Idee zu halten. Euch gefällt es nicht, Perrin?« War das Sarkasmus in ihrer Stimme? Ihre dunklen Augen blickten vogelähnlich zu ihm auf. Ein Vogel, der einen Wurm betrachtet?

»Ich frage mich, was Königin Morgase davon hält«, sagte Faile. »Das hier ist ein Teil Andors. Königinnen haben es meist nicht sehr gern, wenn auf ihrem Gebiet eine fremde Flagge gehißt wird.«

»Das sind doch nur Linien auf einer Landkarte«, sagte Perrin zu ihr. Es tat gut, stillzusitzen. Das von der Pfeilspitze ausgehende Pochen schien etwas nachgelassen zu haben. »Ich wußte noch nicht einmal, daß wir ein Teil Andors sein sollen, bis ich nach Caemlyn kam. Ich bezweifle, daß viele Menschen hier darüber Bescheid wissen.«

»Herrscher haben die Angewohnheit, den Landkarten Glauben zu schenken, Perrin.« Es gab keinen Zweifel an dem Sarkasmus in Failes Stimme. »Als ich noch ein Kind war, gab es Teile von Saldaea, wo die Leute fünf Generationen lang keinen Steuereinnehmer mehr gesehen hatten. Sobald Vater aber in der Lage war, seine Aufmerksamkeit eine Weile lang von der Grenze zur Fäule abzuwenden, ließ Tenobia sie wissen, wer ihre Königin sei.«

»Das hier sind die Zwei Flüsse und nicht Saldaea«, sagte er grinsend. Es klang ja ziemlich wild, was sie so von Saldaea erzählte. Als er sich wieder Verin zuwandte, wurde aus dem Grinsen schnell eine finstere

Miene. »Ich glaubte, Ihr wolltet ... verbergen ... wer Ihr seid.« Er war nicht in der Lage, zu unterscheiden, was ihn mehr beunruhigte: eine heimliche Aes Sedai oder eine, die der Öffentlichkeit bekannt war.

Die Hand der Aes Sedai schwebte eine Handbreit über der abgebrochenen Pfeilspitze, die in seiner Seite steckte. Die Umgebung der Wunde kitzelte ein wenig. »Oh, das sieht gar nicht gut aus«, murmelte sie. »Steckt in der Rippe drin und ist trotz der Salbe etwas infiziert. Ich glaube, da muß Alanna ran.« Sie blinzelte und zog die Hand weg. Das Kitzeln verflog daraufhin auch. »Was? Geheimhalten? Oh. Bei alledem, was hier los ist, konnten wir es kaum geheimhalten. Ich denke schon, daß wir hätten ... abreisen können. Aber das hättet Ihr nicht gewünscht, oder?« Da war wieder dieser berechnende Raubvogelblick.

Er zögerte und seufzte schließlich auf. »Wohl nicht.«

»Es tut gut, das zu hören«, sagte sie lächelnd.

»Warum seid Ihr wirklich hierher gekommen, Verin?«

Sie schien ihm nicht zugehört zu haben. Oder sie hatte nicht zuhören wollen. »Jetzt müssen wir uns aber um dieses Ding in Euch kümmern. Und diese anderen Burschen müssen auch versorgt werden. Alanna und ich werden die schlimmsten Wunden versorgen, aber ...«

Die Männer waren alle genauso wie er von dem überrascht, was sie hier vorgefunden hatten. Als Ban die Flagge sah, kratzte er sich verlegen am Kopf, während sich andere nur erstaunt umblickten. Die meisten aber sahen Verin mit großen Augen nervös an. Sie hatten bestimmt das geflüsterte ›Aes Sedai‹ gehört. Auch Perrin kam bei diesen Blicken nicht ungeschoren davon, da er sich mit einer Aes Sedai unterhielt, als sei es irgendeine Dorfbewohnerin, soviel war ihm klar.

Verin erwiderte ihre Blicke ganz offen. Dann griff sie, scheinbar ohne hinzusehen, nach hinten und schnappte sich ein Mädchen von vielleicht zehn oder zwölf Jahren aus den Reihen der Gaffer. Das Mädchen, dessen langes, dunkles Haar mit blauen Bändern festgehalten wurde, wurde vor Angst steif. »Du kennst Daise Congar, Mädchen?« fragte Verin. »Also, dann suche sie und sage ihr, hier seien verwundete Männer, die die Kräuter einer Seherin benötigten. Und sage ihr, sie solle sich beeilen. Sage ihr, daß ich keine Geduld mehr mit ihr und ihren Launen habe. Kannst du dir das merken? Dann laufe los.«

Perrin erkannte das Mädchen nicht, aber offensichtlich kannte sie Daise, denn sie zuckte zusammen, als sie die Botschaft vernahm. Aber Verin war eine Aes Sedai. Einen Augenblick lang wog das Mädchen ab – Daise Congar gegen eine Aes Sedai –, und dann verschwand es in der Menge.

»Und Alanna wird sich um Euch kümmern«, sagte Verin, die wieder mit zusammengekniffenen Augen zu ihm aufblickte.

Er wünschte, so etwas klänge nicht so verdammt doppeldeutig bei ihr.

KAPITEL 4

Der Wolf leckt seine Wunden

Verin nahm selbst Trabers Zügel und führte ihn zur Weinquellenschenke. Die Menge wich zurück, um sie durchzulassen, und schloß sich ihnen dann an. Dannil und Ban und die anderen gingen oder ritten mit, ihre Verwandten um sich herum versammelt. So erstaunt sie auch über die Veränderungen in Emondsfeld waren, zeigten die Burschen trotzdem Stolz, indem sie mit hocherhobenen Köpfen humpelnd einherschritten oder aufrecht im Sattel saßen. Sie hatten den Trollocs getrotzt und waren heimgekehrt. Doch Frauen streichelten sanft ihre Söhne und Neffen und Enkel und mußten häufig die Tränen zurückhalten. Ihr unterdrücktes Stöhnen war durch den Lärm der Menge hindurch hörbar. Männer mit besorgten Blicken bemühten sich, die Angst hinter stolzem Lächeln zu verbergen, klopften Perrins Burschen auf die Schultern und machten Bemerkungen über deren spärlich sprießende Bärte. Doch gelegentlich wurde aus ihrer Umarmung schließlich ein mühsames Stützen der Verwundeten. Freundinnen eilten herbei, küßten ihre Geliebten und beklagten laut deren Wunden. Glück und Leid hielten sich die Waage. Kleine Brüder und Schwestern schwankten unsicher zwischen Weinen und Umarmungen. Sie klammerten sich an Brüder, die jedermann für Helden zu halten schien, und machten ganz große Augen dabei.

Aber da waren auch noch andere Stimmen, die Perrin am liebsten nicht gehört hätte.

»Wo ist Kenley?« Frau Ahan war eine gutaussehende

Frau mit weißen Strähnen in ihrem fast schwarzen Zopf, aber ihr Gesicht war von Angst erfüllt, als sie die Gesichter anblickte und bemerkte, wie die Blicke vor ihren zurückzuckten. »Wo ist mein Kenley?«

»Bili!« rief der alte Hu al'Dai mit schwankender Stimme. »Hat jemand Bili al'Dai gesehen?«

»... Hu ...!«

»... Jared ...!«

»... Tim ...!«

»... Colly ...!«

Vor der Schenke fiel Perrin beinahe aus dem Sattel, weil er es so eilig hatte, diesen Namen zu entkommen. Er achtete nicht einmal mehr darauf, welche Hände ihn abfingen. »Bringt mich hinein!« krächzte er. »Hinein!«

»... Teven ...!«

»... Haral ...!«

»... Had ...«

Dael al'Tarons Mutter rief in die Menge, ob irgend jemand ihr sagen könne, wo ihr Sohn sei. Die Tür sperrte das herzzerreißende Klagen aus.

Er befindet sich im Kochtopf der Trollocs, dachte Perrin bitter, während man ihn auf einen Stuhl im Schankraum setzte. *Im Bauch eines Trollocs, Frau al'Taron. Ich habe ihn dorthin befördert.* Faile nahm seinen Kopf in ihre Hände und blickte ihm besorgt ins Gesicht. *Wir müssen die Lebenden versorgen,* dachte er. *Ich werde die Toten später beweinen. Später.* »Mir geht es gut«, sagte er zu Faile. »Lediglich vom Absteigen ist mir ein wenig schlecht geworden. Ich war noch nie ein guter Reiter.« Sie schien ihm nicht zu glauben.

»Könnt Ihr denn nichts tun?« fuhr sie Verin an.

Die Aes Sedai schüttelte aufreizend ruhig den Kopf. »Besser nicht, Kind. Es ist schade, daß keine von uns eine Gelbe ist, aber Alanna ist auf jeden Fall eine viel bessere Heilerin als ich. Meine Talente liegen auf anderen Gebieten. Ihvon holt sie. Habt noch ein wenig Geduld, Kind.«

Man hatte den Schankraum in eine Art von Zeughaus verwandelt. Außer direkt vor dem Kamin waren überall große Mengen an Waffen aufgestapelt: Speere jeglicher Art und dazwischen einzelne Hellebarden und Spieße und andere Stöcke mit oben aufgesetzten, eigenartig geformten Klingen. Viele dieser Waffen waren zerbeult und verfärbt, wo man den Rost abgeschliffen hatte. Noch überraschender war der Inhalt eines offenen Fasses, das am Fuß der Treppe stand: Schwerter, eine ganze Menge davon, die man wild durcheinander hineingesteckt hatte. Nur wenige steckten in Scheiden, und keine zwei von ihnen glichen sich. Man mußte wohl jeden Speicher in fünf Meilen Umkreis ausgeräumt haben, um diese staubbedeckten Relikte von früheren Generationen zu sammeln. Perrin hätte nie vermutet, daß es im ganzen Gebiet der Zwei Flüsse überhaupt mehr als fünf Schwerter gab. Jedenfalls bevor die Weißmäntel und die Trollocs gekommen waren.

Gaul begab sich in die Nähe der Treppe, die hinauf zu den Gästezimmern der Schenke führte, denn von dort aus konnte er alles überblicken und sowohl Perrin wie auch Verin im Auge behalten, was er auch sehr aufmerksam tat. Auf der anderen Seite des Raums postierten sich die beiden Töchter des Speers. Sie beobachteten Faile und alle anderen, wobei sie die Speere in die Armbeugen gestützt hielten. Ihre Körperhaltung schien gleichzeitig entspannt und doch sprungbereit. Die drei jungen Burschen, die Perrin hereingetragen hatten, traten an der Tür verlegen von einem Fuß auf den anderen und blickten sowohl ihn wie auch die Aes Sedai und die Aiel mit großen Augen an. Das war alles.

»Die anderen«, sagte Perrin, »brauchen …«

»Man wird sich um sie kümmern«, unterbrach ihn Verin in verbindlichem Ton. Sie setzte sich an einen anderen Tisch. »Sie werden zu ihren Familien gehen wollen. Es ist ja auch viel besser, wenn die Familie um einen ist.«

Das gab Perrin einen gewaltigen Stich. Die einsamen Gräber unter den Apfelbäumen kamen ihm in den Sinn. Doch diese Bilder verdrängte er. *Kümmere dich um die Lebenden,* ermahnte er sich selbst heftig. Die Aes Sedai holte Tinte und Feder heraus und begann, in ihrer sauberen Handschrift Notizen in ein kleines Büchlein einzutragen. Er fragte sich, ob es ihr vollkommen gleichgültig sei, wie viele Männer von den Zwei Flüssen starben, solange nur er überlebte, um für die Pläne der Weißen Burg in Bezug auf Rand benützt zu werden.

Faile drückte seine Hand, aber sie sagte zu der Aes Sedai gewandt: »Sollten wir ihn nicht hochbringen und ins Bett legen?«

»Noch nicht«, sagte Perrin gereizt. Verin blickte auf und öffnete den Mund, doch er wiederholte schnell mit fester Stimme: »Noch nicht.« Die Aes Sedai zuckte die Achseln und kehrte zu ihren Notizen zurück. »Weiß vielleicht jemand, wo Loial ist?«

»Der Ogier?« fragte einer der drei Burschen an der Tür. Dav Ayellin war stämmiger gebaut als Mat, aber der gleiche Schalk blitzte aus seinen Augen. Auch seine Kleidung wirkte so zerknittert und sein Haar so ungekämmt wie bei Mat. Früher hatte Dav die wenigen Streiche gespielt, die Mat überhaupt noch ausgelassen hatte. Allerdings war gewöhnlich Mat der Anführer gewesen. »Er ist draußen bei den Männern, die am Westwald ausforsten. Jedesmal, wenn wir einen Baum fällen, könnte man denken, er sei sein Bruder gewesen, aber dann wieder fällt er gleich drei mit dieser riesigen Axt, die ihm Meister Luhhan geschmiedet hat, wo andere nur einen schaffen. Falls du ihn sprechen willst: Ich habe vorhin gesehen, daß Jaim Thane hinausgerannt ist, um ihnen zu erzählen, daß du gekommen bist. Ich wette, sie werden alle herkommen, um dich zu sehen.« Er blickte den abgebrochenen Pfeil an, verzog das Gesicht und rieb sich in Sympathie über die eigene Rippenpartie. »Tut es sehr weh?«

»Es reicht«, sagte Perrin kurz angebunden. Kommen und ihn anglotzen. *Was bin ich denn, ein Gaukler?* »Wie steht es mit Luc? Ich will ihn nicht sehen, aber ist er hier?«

»Ich fürchte, er ist nicht hier.« Der zweite der jungen Männer, Elam Dowtry, rieb sich über die lange Nase. Das Schwert an seinem Gürtel paßte überhaupt nicht zu seinem groben Wollwams und der Schürze. Den Griff des Schwerts hatte er mit ungegerbtem Leder neu umwickelt, aber die Lederscheide war alt und zernarbt und blätterte langsam ab. »Lord Luc ist weg, um das Horn von Valere zu suchen, glaube ich. Oder vielleicht auch Trollocs.«

Dav und Elam waren Perrins Freunde, oder zumindest waren sie es gewesen, seine Kumpane bei der Jagd und beim Fischen. Beide waren auch etwa im gleichen Alter, doch ihr fasziniertes Grinsen ließ sie nun jünger erscheinen. Sowohl Mat als auch Rand hätten sich mittlerweile wohl für gut fünf Jahre älter ausgeben können. Vielleicht traf das auch für ihn zu.

»Ich hoffe, er kommt bald zurück«, fuhr Elam fort. »Er hat mir gezeigt, wie man mit dem Schwert umgeht. Wußtest du, daß er ein Jäger des Horns ist? Und er wäre König, wenn er seine Rechte beanspruchen könnte. König von Andor, wie es heißt.«

»Andor hat nur Königinnen«, murmelte Perrin geistesabwesend, wobei er Failes Blick suchte, »und niemals Könige.«

»Also ist er nicht hier«, sagte sie. Gaul verlagerte sein Gewicht ein wenig. Er wirkte, als wolle er sich sofort auf die Suche nach Luc machen. Seine Augen waren wie blaues Eis. Es hätte Perrin nicht überrascht, hätten sich Bain und Chiad auf der Stelle verschleiert.

»Nein«, sagte Verin, ganz in ihre Notizen versunken. »Nicht, daß er nicht manchmal eine Hilfe gewesen wäre, aber er hat so eine Art, Schwierigkeiten heraufzubeschwören, kaum daß er da ist. Gestern zum Beispiel hat er, bevor irgend jemand wußte, was er vorhatte, eine Delegation hinausgeführt zu einer Patrouille der Weißmäntel und ihnen mitgeteilt, daß Emondsfeld für sie geschlossen sei. Offensichtlich hat er ihnen auch erklärt, sie dürften nicht näher herankommen als bis auf zehn Meilen Entfernung. Ich halte nichts von den Weißmänteln, aber ich glaube nicht, daß sie erfreut waren. Es ist nicht gut, sie mehr als notwendig gegen uns aufzubringen.« Sie runzelte die Stirn über ihren letzten Notizen, rieb sich die Nase und schien nicht einmal zu bemerken, daß sie einen Tintenschmierer darauf hinterließ.

Perrin war es gleich, was die Weißmäntel davon hielten. »Gestern«, hauchte er. Wenn Luc gestern ins Dorf zurückgekommen war, konnte er nichts mit den Trollocs zu tun gehabt haben, die sich so plötzlich an einem unerwarteten Ort befunden hatten. Je mehr Perrin darüber nachdachte, wie dieser Hinterhalt zustande gekommen war, desto sicherer war er, daß die Trollocs sie erwartet hatten. Und desto lieber hätte er Luc die Schuld daran gegeben. »Der Wunsch macht aus einem Stein noch keinen Käse«, murmelte er. »Aber er riecht nach Käse, wenn ich mich nicht täusche.«

Dav und die beiden anderen blickten einander befremdet an. Perrin glaubte, daß sie einfach aus seinen Worten nicht schlau wurden.

»Es waren vor allem welche von den Coplins«, sagte der dritte Bursche mit überraschend tiefer Stimme. »Darl und Hari und Dag und Ewal. Und Wit Congar. Daise hat mit ihm deshalb ganz schön Krach gemacht.«

»Ich hatte gehört, sie hätten die Weißmäntel so gern?« Perrin kam der Bursche mit der Baßstimme bekannt vor. Er war zwei oder drei Jahre jünger als Elam und Dav, aber ein paar Fingerbreit größer, hatte ein hageres Gesicht, aber breite Schultern.

»Das schon.« Der Bursche lachte. »Du kennst sie ja. Sie neigen grundsätzlich zu allem, was den anderen die größtmöglichen Schwierigkeiten bereitet. Seit Lord Luc mit ihnen geredet hat, sind sie alle dafür, nach Wachhügel zu marschieren und den Weißmänteln zu sagen, sie sollten sich von den Zwei Flüssen fortscheren. Zumindest sind sie dafür, daß jemand anders dorthin marschiert. Ich denke, sie wollen sich im Moment der Mehrheit wieder anschließen.«

Wenn dieses Gesicht runder gewesen wäre und sich einen Fuß näher am Boden befände … »Ewin Finngar!« rief Perrin mit einemmal. Das konnte fast nicht sein; Ewin war ein stämmiger kleiner Nichtsnutz, der sich immer dort hineindrängte, wo die älteren Jungen sich trafen. Dieser Junge dort würde genauso groß oder noch größer als er sein, wenn er mit Wachsen aufhörte. »Bist du das tatsächlich?«

Ewin nickte und grinste breit. »Wir haben soviel von dir gehört, Perrin!« sagte er mit dieser verblüffenden Baßstimme. »Wie du gegen Trollocs gekämpft und alle möglichen Abenteuer erlebt hast draußen in der weiten Welt. So was erzählt man sich halt. Ich darf dich doch immer noch Perrin nennen, oder?«

»Licht, ja, natürlich!« fauchte Perrin. Er hatte wirklich die Nase voll von diesem Goldauge-Getue.

»Ich wünschte, ich wäre letztes Jahr mit dir gekommen.« Dav rieb sich im Eifer die Hände. »Mit Aes Sedai und Behütern und einem Ogier heimkehren!« Es klang, als zähle er Trophäen auf. »Alles, was ich tue, ist Kühe hüten und Kühe melken und dann wieder Kühe hüten und Kühe melken. Dazwischen darf ich mit dem Rechen arbeiten und Holz hacken, damit ich Abwechslung habe. Du hast dagegen Glück gehabt.«

»Wie war es denn?« fragte Elam atemlos. »Alanna Sedai hat gesagt, du wärst bis oben an die Große Fäule gekommen, und ich habe außerdem gehört, du seist schon in Caemlyn und Tear gewesen. Wie ist das Leben in einer Stadt? Stimmt es, daß sie zehnmal so groß wie Emondsfeld sind? Hast du ein richtiges Schloß gesehen? Gibt es Schattenfreunde in den Städten? Ist die Fäule wirklich voll von Trollocs und Blassen und Behütern?«

»Hast du diese Narbe von einem Trolloc?« Trotz dieser mächtigen Stimme wirkte Ewin doch noch wie der aufgeregte kleine Frechdachs von einst. »Ich möchte auch gern eine Narbe haben. Hast du schon eine Königin gesehen? Oder einen König? Ich glaube, ich würde lieber eine Königin kennenlernen, aber ein König wäre auch toll. Wie ist es in der Weißen Burg? Ist sie so groß wie ein Palast?«

Faile lächelte amüsiert, aber Perrin war verdutzt über diesen Frontalangriff. Hatten sie denn die Trollocs in jener Winternacht schon ganz vergessen und die draußen auf dem Land, die jetzt ihr Unwesen trieben? Elam hielt seinen Schwertgriff gepackt, als wolle er im nächsten Moment zur Fäule aufbrechen, und Dav stand beinahe auf Zehenspitzen. Seine Augen glitzerten richtig. Ewin wirkte, als wolle er Perrin am Kragen packen. Abenteuer? Sie waren rechte Idioten. Und doch standen ihnen schwere Zeiten bevor, schwerere, als die Zwei Flüsse jemals erlebt hatten, wie Perrin befürchtete. Es würde nicht schaden, wenn es noch ein wenig dauerte, bevor sie die brutale Wahrheit kennenlernten.

Seine Seite schmerzte, doch er bemühte sich, die Fragen zu beantworten. Sie schienen enttäuscht davon, daß er die Weiße Burg nicht gesehen hatte und auch weder einen König noch eine Königin. Er glaubte wohl, Berelain sei ja auch eine Art von Königin, aber da Faile zugegen war, wollte er sie lieber nicht erwähnen. Er scheute auch vor einigen anderen Dingen zurück: Falme, das Auge der Welt, die Verlorenen und *Callandor.* Das waren gefährliche Themen, die letzten Endes direkt zum Wiedergeborenen Drachen hinführten. Aber ein wenig über Caemlyn erzählen konnte er gefahrlos, und dann erzählte er weiter von Tear und den Grenzlanden und der Fäule. Es war eigenartig, was sie so einfach hinnahmen und was nicht. So schnappten sie fasziniert alles über die vom Verderben gezeichnete Landschaft der Fäule auf und wie sie zu verrotten schien, noch während man zusehen konnte, und das von den schienarischen Soldaten mit ihrem Haarknoten, den Ogier-*Stedding,* in denen die Aes Sedai die Macht nicht benutzen konnten und die von Blassen nur sehr zögernd betreten wurden … Aber die Ausmaße des Steins von Tear oder die enorme Größe der Städte …

Über seine eigenen angeblichen Abenteuer sagte er nur: »Zur Hauptsache war ich damit beschäftigt, zu verhindern, daß man mir den Kopf abschlägt. Daraus bestehen Abenteuer, und daraus, mühsam einen Schlafplatz für die Nacht ausfindig zu machen und etwas zum Essen zu beschaffen. Wenn man Abenteuer erlebt, muß man ziemlich oft hungern und im Kalten und Feuchten schlafen oder alles auf einmal.«

Das gefiel ihnen nicht besonders, und sie schienen es ihm auch nicht recht abzunehmen, genauso, wie sie einfach nicht glaubten, daß der Stein von Tear so groß sei wie ein kleiner Berg. Er erinnerte sich daran, daß er vor ihrem Aufbruch von den Zwei Flüssen genausowenig über die Welt gewußt hatte. Das half aber auch nicht viel. So große Augen hatte er nie gemacht. Oder doch? Im Schankraum schien es recht heiß zu sein. Er hätte ja sein Wams ausgezogen, aber das machte so unendlich viel Mühe.

»Was ist eigentlich mit Rand und Mat?« wollte Ewin wissen. »Wenn man ständig hungern muß und vom Regen naß wird, warum sind sie dann nicht auch heimgekommen?«

Tam und Abell waren mittlerweile eingetreten. Tam hatte sich einen Schwertgürtel über das Wams geschnallt, und beide Männer trugen Bögen. Es war seltsam, aber bei Tam wirkte das Schwert irgendwie richtig, trotz der Bauernkleidung. Also erzählte Perrin den anderen dasselbe, was er schon zuvor berichtet hatte, wie Mat immer würfelte, sich in Tavernen herumtrieb und den Mädchen nachstellte, und wie Rand seine feine Kleidung trug und ein hübsches, blondes Mädchen am Arm hatte. Er machte eine einfache Lady aus Elayne, denn sie würden wahrscheinlich nicht glauben, daß sie die Tochter-Erbin von Andor sei, und daß er recht hatte, merkte er schon an ihren ungläubigen Mienen. Trotzdem verlief alles zufriedenstellend. Es war eben, was sie gern hören wollten, und ihre Zweifel schwanden auch zunehmend, als Elam feststellte, daß ja Faile auch eine Lady sei und Perrin ganz schön sicher im Griff habe. Da mußte Perrin selbst grinsen. Er fragte sich, was sie wohl sagen mochten, wenn er ihnen erzählte, daß sie auch noch die Cousine einer Königin war.

Faile schien sich aber aus irgendeinem Grund nicht darüber amüsieren zu können. Sie wandte sich ihnen mit einem eisigen Blick zu und einem Gesichtsausdruck, der Elayne hätte Konkurrenz machen können, wenn sie zornig war. »Ihr habt ihn jetzt genug ausgequetscht. Er ist verwundet. Raus mit Euch!«

Zu seinem Erstaunen verbeugten sie sich ungeschickt – Dav probierte sogar einen Kratzfuß und wirkte dabei wie ein kompletter Narr – und murmelten hastig Entschuldigungen, aber ihr und nicht ihm gegenüber, und wandten sich zur Tür. Ihr Abgang wurde durch das Eintreten von Loial verzögert, der sich gebückt durch die Tür schob. Trotzdem streifte sein wie immer zerzaustes Haar den oberen Türbalken. Sie blickten den Ogier mit großen Augen an, als sähen sie ihn das erste Mal, warfen dann einen Blick zu Faile zurück und hasteten hinaus. Dieser kalte, ganz von der Lady geprägte Blick funktionierte perfekt.

Als sich Loial aufrichtete, befand sich sein Kopf genau unter den Deckenbalken. Seine Manteltaschen beulten sich wie immer eckig aus, wo er seine Bücher mit sich herumschleppte, aber zusätzlich trug er jetzt noch eine riesige Axt. Der Schaft war mannshoch, und die Axtschneide war beinahe so groß wie die ganze Axt Perrins. »Du bist verwundet«, dröhnte seine Stimme auf, als sein Blick auf Perrin fiel. »Man sagte mir, du seist zurückgekommen, aber nicht, daß du verwundet bist. Sonst wäre ich schneller gekommen.«

Perrin fuhr beim Anblick der Axt doch ein wenig zusammen. Bei den Ogiern gab es eine Redensart: »... die Axt auf einen langen Schaft stecken ...«, und das hieß, man handle überhastet oder im Zorn. Das schien für die Ogier so ziemlich ein und dasselbe zu sein. Loial sah wirklich zornig aus. Seine behaarten Ohren standen nach hinten gerichtet, und er runzelte die Stirn derart, daß die langen Augenbrauen bis auf seine Wangen herabhingen. Zweifellos hatte das damit zu tun, daß er Bäume fällen mußte. Perrin hätte ihn jetzt gern allein gesprochen, um ihn zu fragen, ob er mehr über Alannas Aktivitäten in Erfahrung gebracht habe. Oder die Verins. Er rieb sich müde über das Gesicht und stellte überrascht fest, daß es trocken war. Er fühlte sich aber, als schwitze er stark.

»Er ist eben ein Sturkopf«, sagte Faile, die nun Perrin den gleichen unnachgiebigen Blick zuwarf, den sie bei Dav und Elam und Ewin benützt hatte. »Du solltest im Bett liegen. Wo ist Alanna, Verin? Wenn sie ihn schon heilen soll, wo bleibt sie dann nur?«

»Sie wird schon kommen.« Die Aes Sedai blickte nicht auf. Sie war wieder in ihr kleines Buch versunken, hatte die Stirn nachdenklich gerunzelt und die Feder in der Hand.

»Aber er sollte endlich ins Bett kommen!«

»Dafür habe ich später auch noch Zeit«, sagte Perrin entschlossen. Er lächelte sie an, um seinen Worten die Härte zu nehmen, aber sie blickte trotzdem besorgt drein und murmelte leise ›Sturkopf‹. Er konnte Loial vor Verin nicht über die Aes Sedai ausfragen, aber es gab ja noch etwas genauso Wichtiges. »Loial, das Wegetor steht wieder offen, und Trollocs kommen durch. Wie kann das sein?«

Die Brauen des Ogiers sanken noch weiter herunter, und seine Ohren hingen ebenfalls schlapp nach unten. »Mein Fehler, Perrin«, grollte er traurig. »Ich habe beide *Avendesora*-Blätter außen angebracht. Das verschloß das Wegetor von der Innenseite, aber von außen her konnte es immer noch jeder öffnen. Die Kurzen Wege lagen nun generationenlang im Dunkel, aber wir haben sie wachsen lassen. Ich konnte mich nicht dazu zwingen, das Tor zu zerstören. Es tut mir leid, Perrin. Es ist alles mein Fehler.«

»Ich habe nicht geglaubt, daß man ein Wegetor überhaupt zerstören kann«, sagte Faile.

»Ich habe damit auch nicht wirklich Zerstören gemeint.« Loial stützte sich auf den langen Schaft seiner Axt. »Es wurde schon einmal ein Wegetor zerstört, weniger als fünfhundert Jahre nach der Zerstörung der Welt, wie es Damelle berichtet, die Tochter von Ala, Tochter der Soferra, denn das Tor befand sich in der Nähe eines *Steddings*, das von der Fäule verschluckt worden war. Wie die Dinge liegen, sind zwei oder drei Wegetore in der Fäule verlorengegangen. Aber sie schrieb, es sei äußerst schwierig gewesen und man habe dreizehn Aes Sedai dazu benötigt, die mit Hilfe eines *Sa'Angreal* zusammenarbeiteten. Ein vorheriger Versuch, von dem sie ebenfalls berichtete, mit nur neun Aes Sedai und während der Trolloc-Kriege, beschädigte das Tor auf eine Art, daß die Aes Sedai hineingesogen …« Er unterbrach sich, und seine Ohren ringelten sich vor Verlegenheit. Mit den Knöcheln einer Hand berührte er seine Nase. Alle sahen ihn an, selbst Verin und die Aiel. »Manchmal lasse ich mich etwas hinreißen. Das Wegetor. Ja. Ich kann es nicht zerstören, aber wenn ich beide *Avendesora*-Blätter ganz entferne, werden sie absterben.« Er verzog das Gesicht bei dem Gedanken. »Das einzige Mittel, um dann noch das Tor zu öffnen, besteht darin, daß die Ältesten den Talisman des Wachsens hinbringen. Obwohl ich glaube, eine Aes Sedai könnte vielleicht ein Loch hineinschneiden.« Diesmal schauderte er. Ein Wegetor zu zerstören war wohl für ihn das gleiche, wie ein Buch zu zerreißen. Einen Augenblick später wirkte seine Miene wieder grimmig entschlossen. »Ich gehe jetzt hin.«

»Nein!« sagte Perrin in scharfem Tonfall. Die Pfeilspitze schien zu pulsieren, aber es tat eigentlich nicht mehr weh. Er redete zuviel. Seine Kehle war ausgetrocknet. »Dort oben sind Trollocs, Loial. Sie können einen Ogier genauso wie einen Menschen in den Kochtopf stecken, wenn sie ihn vorher kleinschneiden.«

»Aber Perrin, ich ...«

»Nein, Loial. Wie kannst du dein Buch fertigschreiben, wenn du wegrennst und dich umbringen läßt?«

Loials Ohren zuckten. »Ich bin dafür verantwortlich, Perrin.«

»Die Verantwortung liegt bei mir«, sagte Perrin sanft. »Du hast mir gesagt, was du mit dem Wegetor vorhattest, und ich habe dir nichts anderes vorgeschlagen. Außerdem fährst du jedesmal derart zusammen, wenn man deine Mutter erwähnt, daß ich sie lieber nicht auf dem Hals haben möchte. Ich gehe selbst, sobald Alanna mir diesen Pfeil aus dem Körper geholt und mich geheilt hat.« Er wischte sich über die Stirn und runzelte dann die Stirn, als er die Hand anblickte. Immer noch kein Schweiß. »Kann ich ein wenig Wasser haben?«

Faile war einen Augenblick später an seiner Seite. Ihre kühlen Finger fühlten nach, wo sich seine Hand befunden hatte. »Er verbrennt ja! Verin, wir können nicht auf Alanna warten. Ihr müßt ...«

»Ich bin schon da«, verkündete die dunkelhaarige Aes Sedai, die von der Hintertür des Schankraums her erschien, Marin al'Vere und Alsbet Luhhan im Schlepptau. Ihvon kam gleich hinterher. Perrin fühlte das Prickeln der Einen Macht schon, bevor Alannas Hand die Failes an seiner Stirn ablöste. Sie fügte mit ihrer kühlen, ernsten Stimme hinzu: »Tragt ihn in die Küche. Der Tisch dort ist groß genug, um ihn daraufzulegen. Schnell. Es ist nicht mehr viel Zeit.«

In Perrins Kopf drehte sich alles, und mit einemmal bemerkte er, daß Loial seine Axt neben die Tür gestellt und ihn auf die Arme genommen hatte. »Das Wegetor ist meine Sache, Loial.« *Licht, ich habe vielleicht Durst!* »Meine Verantwortung.«

Die Pfeilspitze schmerzte tatsächlich nicht mehr so sehr wie vorher, aber dafür tat sein ganzer Körper gleichmäßig weh. Loial trug ihn irgendwo hin. Er mußte sich unter den Türbalken immer ducken. Da war Frau Luhhan. Sie biß sich auf die Unterlippe und verzog das Gesicht, als wolle sie weinen. Er fragte sich, was sie wohl habe. Sie weinte doch sonst nie. Auch Frau al'Vere wirkte besorgt.

»Frau Luhhan«, murmelte er, »meine Mutter sagt, ich kann zu Meister Luhhan in die Lehre gehen.« Nein. Das war doch schon lange her. Das war … Was war? Er konnte sich anscheinend nicht mehr daran erinnern.

Er lag auf etwas Hartem und hörte Alanna sagen: »… Widerhaken hängen genauso am Knochen fest wie im Fleisch, und die Pfeilspitze hat sich gedreht. Ich muß sie wieder so hindrehen, wie sie ursprünglich steckte, und sie dann herausziehen. Wenn ihn der Schock nicht tötet, kann ich anschließend den von mir angerichteten Schaden zusammen mit dem Rest mit Hilfe der Macht heilen. Es gibt keinen anderen Weg. Er ist jetzt nahe am Abgrund.« Das hatte ja nichts mit ihm zu tun.

Faile warf ihm ein zitterndes Lächeln zu. Ihr Gesicht schien ihm verdreht – das Haar unten und das Kinn oben. Hatte er wirklich einmal geglaubt, ihr Mund sei zu breit? Er war genau richtig. Er wollte ihre Wange berühren, aber aus irgendeinem unerfindlichen Grund hielten Frau al'Vere und Frau Luhhan seine Arme fest.

Sie stützten sich sogar mit ihrem ganzen Gewicht darauf. Auch auf seinen Beinen saß jemand, und Loials mächtige Pratzen bedeckten seine Schultern und drückten sie auf den Tisch. Tisch. Ja. Den Küchentisch.

»Beiß auf die Zähne, mein Herz«, sagte Faile von weit weg. »Es wird weh tun.«

Er wollte sie fragen, was denn so weh tun werde, aber dann drückte sie ihm einen mit Leder umwickelten Stock zwischen die Zähne. Er witterte das Leder und das Gewürzholz und sie. Ob sie wohl mit ihm auf die Jagd gehen würde, über endlose Grasebenen rennen und zahllose Rudel von Hirschen hetzen? Eiseskälte durchzitterte ihn. Am Rande seines Bewußtseins erkannte er das Gefühl, das die Eine Macht begleitete. Und dann kam der Schmerz. Er hörte, wie der Stock zwischen seinen Zähnen zerbrach, bevor alles von der Dunkelheit verschlungen wurde.

KAPITEL 5

Der Sturm naht

Perrin öffnete langsam die Augen und blickte auf zu der weiß getünchten Decke. Er brauchte einen Augenblick lang, bis ihm klar wurde, daß er in einem Himmelbett und auf einer Federmatratze lag, eine Decke über dem Körper hatte und ein mit Gänsefedern gestopftes Kissen unter dem Kopf. Unzählige Gerüche kämpften um die Vorherrschaft in seiner Nase: die Federn, die Wolle seiner Decke, eine brutzelnde Gans, Brot und Honigkuchen im Backofen. Eines der Zimmer in der Weinquellenschenke. Durch die zugezogenen weißen Vorhänge an den Fenstern drang unverkennbar heller Morgensonnenschein. Morgen. Er tastete nach seiner Seite. Seine Finger berührten glatte Haut, aber er fühlte sich schwächer als zuvor, schwächer als je, seit der Pfeil ihn getroffen hatte. Doch dieser Preis, den er zu zahlen hatte, war ja wohl gering, wenn man ihn mit dem Erfolg verglich. Seine Kehle war völlig ausgetrocknet.

Als er sich rührte, sprang Faile von einem Stuhl neben einem kleinen, aus Natursteinen gemauerten Kamin auf, warf schnell eine rote Decke zur Seite und streckte sich dann. Sie hatte sich umgezogen und trug nun ein dunkleres enges Reitkleid. Die graue Seide war recht verknittert und wies darauf hin, daß sie auf diesem Stuhl geschlafen hatte. »Alanna sagte, daß du Schlaf brauchtest«, sagte sie. Er langte nach der weißen Kanne auf dem kleinen Nachttischchen, und so goß sie ihm hastig einen Becher Wasser ein und reichte ihn Perrin. »Du mußt noch zwei oder drei Tage hierbleiben, bis deine Kraft zurückgekehrt ist.«

Diese Worte klangen normal. Nur eine leichte Unterstrom lag darin, den er kaum bemerkte und der sich höchstens noch in einem Zusammenziehen ihrer Augen zeigte. »Was ist los?«

Sie stellte vorsichtig den Becher wieder auf den Nachttisch zurück und strich sich das Kleid glatt. »Nichts ist los.« Die Anspannung in ihrer Stimme wurde noch deutlicher.

»Faile, lüg mich nicht an!«

»Ich lüge nicht!« fauchte sie. »Ich werde dir das Frühstück bringen lassen, und du hast noch Glück, daß ich das überhaupt mache, obwohl du mich der Lüge bez ...«

»Faile.« Er sprach ihren Namen so ernst wie möglich aus, und sie zögerte. Ihr arroganter Blick mit hocherhobenem Kinn wandelte sich dann aber langsam zu einem besorgten Stirnrunzeln, das ebenso schnell wieder verschwand. Er sah ihr geradewegs in die Augen. Er würde sie nicht so davonkommen lassen, nur weil sie die typischen Tricks einer hochnäsigen Lady beherrschte.

Schließlich seufzte sie resignierend. »Ich glaube, du hast ein Recht darauf, Bescheid zu wissen. Aber du wirst in diesem Bett liegenbleiben, bis Alanna und ich dir erlauben, aufzustehen. Loial und Gaul sind weg.«

»Weg?« Er riß die Augen verwirrt auf. »Was meinst du damit – weg? Sind sie fortgegangen?«

»Ja, so in etwa. Die Wachen haben sie gehen sehen, heute morgen bei Tagesanbruch. Sie sind nebeneinander zum Westwald hinübergetrabt. Keiner dachte sich etwas dabei, und ganz gewiß hat niemand versucht, sie aufzuhalten – einen Ogier und einen Aiel. Ich habe vor nicht einmal einer Stunde erst davon gehört. Sie sprachen über Bäume, Perrin. Und über die Baumgesänge der Ogier.«

»Bäume?« grollte Perrin. »Es liegt an diesem verfluchten Wegetor! Seng mich, ich habe ihm doch gesagt, er solle nicht ... Sie werden sich noch umbringen lassen, bevor sie es überhaupt erreichen!«

Er warf die Decke zur Seite, schwang seine Beine über die Bettkante und stand wacklig auf. Plötzlich wurde ihm bewußt, daß er nichts anhatte, nicht einmal Unterwäsche. Aber wenn sie erwarteten, daß sie ihn auf diese Weise unter der Bettdecke festnageln konnten, dann hatten sie sich getäuscht. Er sah, daß seine Kleider sauber zusammengefaltet auf dem Stuhl mit der hohen Lehne an der Tür lagen. Daneben standen seine Stiefel, und die Axt hing am Gürtel an einem Haken an der Wand. So stolperte er hinüber zu seinen Kleidern und begann, sich so schnell wie möglich anzuziehen.

»Was machst du da?« wollte Faile wissen. »Du gehst sofort zurück ins Bett!« Die eine Faust hatte sie in die Hüfte gestützt, und mit dem Zeigefinger der anderen Hand deutete sie energisch auf das Bett, als könne ihn allein die Geste hinbringen.

»Sie können noch nicht weit sein«, sagte er zu ihr. »Nicht zu Fuß. Gaul reitet nicht, und Loial hat immer behauptet, er traue seinen eigenen Beinen mehr zu als einem Pferd. Auf Traber kann ich sie bis spätestens um die Mittagszeit eingeholt haben.« Er zog sich das Hemd über den Kopf, ließ es aber lose über die Hose hängen und setzte sich erstmal, oder besser gesagt: Er plumpste auf den Stuhl, um die Stiefel anzuziehen.

»Du spinnst ja wohl, Perrin Aybara! Du kannst sie in diesem Wald noch nicht einmal finden!«

»Ich bin kein so schlechter Spurensucher. Ich kann sie aufspüren.« Er lächelte sie an, doch sie ließ sich davon nicht berühren.

»Du kannst dich höchstens selber umbringen lassen, du haariger Narr! Sieh dich doch selbst mal im Spiegel an. Du kannst ja kaum stehen! Du würdest aus dem Sattel fallen, bevor du noch eine Meile geritten wärst!«

Er versuchte, nicht zu zeigen, welche Mühe es ihm bereitete, stand auf und stampfte mit den Füßen auf, um sie richtig in die Stiefel hineinzubekommen. Traber würde schließlich die Hauptarbeit verrichten müssen. Er mußte sich ja nur festhalten. »Unsinn, ich bin so stark wie ein Pferd. Hör auf, mich herumzukommandieren.« Er zog sein Wams über, packte seine Axt und den Gürtel. Faile packte dafür ihn, als er die Tür öffnete, und so schleifte er sie mit. Ihre Versuche, ihn zurückzuhalten, waren vergebens.

»Manchmal hast du jedenfalls den Verstand eines Pferds«, schnaufte sie. »Weniger! Perrin, du mußt auf mich hören. Du mußt …«

Das Zimmer befand sich nur wenige Schritte von der Treppe entfernt, die hinunter zum leeren Schankraum führte. Diese Treppe wurde ihm jetzt zum Verhängnis. Als er sein Knie beugte, um die erste Stufe hinabzusteigen, gab es nach, und er taumelte vorwärts. Vergeblich bemühte er sich, nach dem Geländer zu greifen. Er riß auch noch die schreiende Faile mit. Sie überschlugen sich immer wieder und krachten schließlich mit einem dumpfen Schlag gegen das Faß am Fuß der Treppe. Faile lag ganz auf ihm und streckte alle viere von sich. Das Faß kippte und drehte sich. Die Schwerter drinnen klapperten, doch dann stand es schließlich wieder still.

Perrin brauchte einen Moment, um wieder Luft zu bekommen und zu sprechen. »Geht es dir gut?« fragte er besorgt. Sie lag schlaff auf seinem Brustkorb. Er schüttelte sie sanft. »Faile, was ist …?«

Langsam hob sie den Kopf, wischte sich ein paar dunkle Haarsträhnen vom Gesicht und sah ihn eindringlich an. »Geht es *dir* denn gut? Wenn ja, dann werde ich dir möglicherweise zur Strafe etwas antun.«

Perrin schnaubte. Ihr tat wahrscheinlich weniger weh als ihm. Vorsichtig fühlte er nach der Stelle, wo der Pfeil gesteckt hatte, aber die fühlte sich auch nicht anders an als der Rest. Nun ja, sein ganzer Körper schmerzte von oben bis unten. »Geh runter von mir, Faile. Ich muß Traber aus dem Stall holen.«

Statt dessen packte sie ihn mit beiden Händen am Kragen, und ihr Gesicht näherte sich dem seinen so weit, daß sich ihre Nasen fast berührten. »Hör auf mich, Perrin«, sagte sie beschwörend. »Du-kannst-nicht-alles-allein-schaffen. Falls Loial und Gaul gegangen sind, um das Wegetor zu verschließen, mußt du das ihnen überlassen. Dein Platz ist hier. Selbst wenn du wieder bei Kräften wärst – und das ist nicht der Fall! Hörst du? Du bist nicht stark genug! – Aber selbst wenn du stark genug wärst, dürftest du ihnen nicht hinterherreiten. Du kannst nicht alles selbst erledigen!«

»Also, was treibt Ihr beiden denn da?« fragte Marin al'Vere. Sie wischte sich die Hände an der langen, weißen Schürze ab. Sie war von der Hintertür des Schankraums hergekommen. Die Augenbrauen hatte sie fast bis zum Haaransatz hochgezogen. »Bei diesem Lärm hatte ich Trollocs erwartet, aber nicht so was.« Es klang peinlich berührt, aber auch amüsiert.

Perrin wurde klar, wie die Szene auf andere wirken mußte: Faile lag auf ihm, und ihre Köpfe waren einander so nahe, daß sie wie ein Paar beim heftigen Küssen aussehen mußten. Auf dem Fußboden des Schankraums.

Failes Wangen erröteten, und sie stand ganz schnell auf und klopfte sich den Staub vom Kleid. »Er ist genauso stur wie ein Trolloc, Frau al'Vere. Ich sagte ihm, er sei zu schwach zum Aufstehen. Er muß sofort zurück ins Bett. Er sollte endlich lernen, daß er nicht alles selbst erledigen kann, besonders, wenn er nicht einmal eine Treppe hinunterlaufen kann.«

»Oh, meine Liebe«, sagte Frau al'Vere kopfschüttelnd, »das ist aber die falsche Methode.« Sie beugte sich zu der jüngeren Frau vor und flüsterte ihr leise etwas zu, doch Perrin verstand jedes Wort. »Er war als kleiner Junge die meiste Zeit über durchaus angenehm und leicht zu führen, wenn man wußte, wie. Aber wenn man versuchte, ihn zu etwas zu zwingen, dann wurde er so starrköpfig, wie man nur sein kann. Die Männer ändern sich nicht so arg; sie werden nur größer. Wenn Ihr ihm weiterhin sagt, er *müsse* dies tun und das *dürfe* er nicht tun, dann legt er die Ohren an und stemmt sich mit aller Macht dagegen. Laßt mich es Euch zeigen.« Marin lächelte ihn strahlend an und ignorierte seinen bösen Blick. »Perrin, glaubst du nicht, daß eine meiner Gänsefedermatratzen bequemer ist als der Fußboden? Ich bringe dir etwas von meiner Nierenpastete, sobald du wieder in den Federn steckst. Du mußt ja mächtig Hunger haben, nachdem du gestern abend nichts zu essen hattest. Hier. Laß mich dir aufhelfen.«

Er stieß ihre Hände weg und stand alleine auf. Nun ja, an der Wand mußte er sich ein wenig abstützen. Er glaubte, die Hälfte aller Muskeln in seinem Körper müßten gezerrt sein. Starrköpfig? Er war noch nie in seinem Leben starrköpfig gewesen. »Frau al'Vere, würdet Ihr bitte Hu oder Tad Traber satteln lassen?«

»Wenn es dir wieder besser geht«, sagte sie und versuchte, ihn zur Treppe hin zu lenken. »Glaubst du nicht, du könntest noch ein bißchen mehr Ruhe vertragen?« Faile nahm ihn an seinem anderen Arm.

»Trollocs!« Der Schrei von draußen wurde durch die Wände gedämpft. Dann wiederholten ein Dutzend Stimmen: »Trollocs! Trollocs!«

»Das geht dich heute nichts an«, sagte Frau al'Vere bestimmt und gleichzeitig beruhigend. Er hätte am liebsten mit den Zähnen geknirscht. »Die Aes Sedai werden schon damit fertig. In ein oder zwei Tagen bist du dann auch wieder auf den Beinen. Du wirst schon sehen.«

»Mein Pferd«, sagte er und versuchte, sich loszureißen. Sie hielten ihn an den Ärmeln fest und er erreichte lediglich, daß sie vor- und zurückgezerrt wurden. »Bei der Liebe des Lichts, hört Ihr jetzt endlich auf, an mir herumzuzerren und laßt mich zu meinem Pferd? Laßt mich los!«

Faile sah ihm in die Augen, seufzte und ließ seinen Arm los. »Frau al'Vere, laßt Ihr bitte sein Pferd satteln und zum Eingang bringen?«

»Aber meine Liebe, er braucht wirklich …«

»Bitte, Frau al'Vere«, sagte Faile energisch. »Und mein Pferd auch.« Die beiden Frauen blickten sich an, als hätten sie vergessen, daß er überhaupt existierte. Schließlich nickte Frau al'Vere.

Perrin runzelte die Stirn, während er zusah, wie sie durch den Schankraum in Richtung Küche und Stall ging. Was hatte Faile an sich, daß es plötzlich doch ging? Er wandte ihr seine Aufmerksamkeit zu und fragte: »Warum hast du deine Meinung geändert?«

Sie steckte ihm das Hemd in die Hose und murmelte etwas in sich hinein, das zweifellos nicht für seine Ohren bestimmt war, oder? »Ich darf nicht sagen, ›du mußt‹, ja? Wenn er zu stur ist, um geradeaus gucken zu können, muß ich ihm noch Honig um den Mund schmieren, ja?« Sie warf ihm einen Blick zu, der bestimmt nichts mit Honig zu tun hatte, aber dann verwandelte sich der Ausdruck ihrer Augen, und der Blick wurde plötzlich so unausstehlich süß, daß er beinahe einen Schritt rückwärts tat. »Mein liebstes Herz«, flötete sie und zog sein Wams zurecht, »was da draußen auch geschehen mag, ich hoffe jedenfalls, du bleibst im Sattel und so weit auf Abstand von den Trollocs wie möglich. Du bist im Moment wirklich noch nicht in einer Verfassung, um gegen Trollocs zu kämpfen, oder? Vielleicht morgen. Denk auch bitte daran, daß du ein General bist, ein Anführer, und genauso ein Symbol für deine Leute darstellst wie die Flagge da draußen. Wenn du auf den Beinen bist und dich dem Volk zeigst, wird das die Moral heben. Und es ist viel leichter, zu kalkulieren, was zu tun ist, und deine Befehle auszugeben, wenn du dich nicht selbst im Getümmel befindest.« Sie hob seinen Gürtel vom Fußboden auf und schlang ihn um seine Hüfte. Sorgfältig rückte sie sodann die Axt an seiner Seite zurecht. Und dann noch ihr Augenaufschlag! »Bitte, sag, daß du meinem Rat folgen wirst. Bitte!«

Sie hatte ja recht. Gegen einen Trollocs könnte er sich keine zwei Minuten halten. Und gegen einen Blassen vielleicht nicht einmal zwei Sekunden. Und so schwer es ihm fiel, das zuzugeben, würde er sich doch keine zwei Meilen im Sattel halten können, wenn er jetzt hinter Loial und Gaul herritt. *Dieser Narr von einem Ogier! Er ist Schriftsteller und kein Held.* »In Ordnung«, sagte er. Aber die Taktik würde er ihr zurückzahlen. So, wie sie und Frau al'Vere über seinen Kopf hinweg entschieden, was für ihn das Beste sei, und dann noch ihr Augenaufschlag, als sei er ein vollständiger Idiot. »Ich kann dir doch keinen Wunsch abschlagen, wenn du mich so süß anlächelst.«

»Da bin ich aber froh.« Immer noch lächelnd, wischte sie ihm Fusseln vom Wams, die er überhaupt nicht sehen konnte. »Denn wenn nicht, und falls du dann überleben solltest, werde ich mit dir das gleiche anstellen, was du am ersten Tag innerhalb der Kurzen Wege mit mir gemacht hast. Ich glaube nicht, daß du genug Kraft hast, um mich davon abzuhalten.« Dieses frühlingshafte Lächeln strahlte voller Süße sein Gesicht an. »Hast du mich verstanden?«

Er mußte unwillkürlich schmunzeln. »Klingt, als ob ich mich doch besser von ihnen umbringen lassen sollte.« Sie schien das nicht lustig zu finden.

Hu und Tad, die schlacksigen Stallburschen, führten Traber und Schwalbe heran, sobald sie nach draußen traten. Alle augenblicklichen Einwohner Emondsfelds schienen sich am anderen Ende des Dorfs versammelt zu haben, weit jenseits des Angers mit seinen Schafen und Kühen und Gänsen und der rot-weißen Flagge mit dem Wolfskopf, die im leichten Morgenwind flatterte. Sobald er und Faile auf den Pferden saßen, rannten die

Stallburschen ohne ein weiteres Wort in die gleiche Richtung.

Was sich dort auch abspielen mochte, um einen Angriff handelte es sich bestimmt nicht. Er konnte in der Menschenmenge Frauen und Kinder erkennen, und die ›Trolloc‹-Rufe waren erstorben. Das Gemurmel der Menge klang wie ein Echo des Gänsegeschnatters. Er ritt langsam, da er nicht im Sattel herumschwanken wollte. Faile hielt sich mit Schwalbe ganz nah bei ihm und beobachtete ihn. Wenn sie einmal ihre Meinung ohne offensichtlichen Grund geändert hatte, konnte sie das wieder tun, und er wollte sich einfach nicht mit ihr herumstreiten, ob er nun hier sein sollte oder nicht.

Die wild durcheinanderredende Menge schien tatsächlich jeden in Emondsfeld zu umfassen, Dorfbewohner genauso wie Bauern von außerhalb. Alle standen Schulter an Schulter dicht gedrängt, aber sie machten für ihn und Faile Platz, als sie sahen, wer kam. Sein Name wurde rundherum gemurmelt, und oft hörte er das hinzugefügte ›Goldauge‹. Er hörte auch wieder das Wort ›Trollocs‹, aber eher staunend gesprochen und nicht verängstigt. Von Trabers Rücken aus hatte er eine gute Sicht über ihre Köpfe hinweg.

Die Menschenmenge erstreckte sich bis über die letzten Häuser hinaus dorthin, wo die vielen zugespitzten Pfähle im Boden steckten. Der beinahe sechshundert Schritt entfernte Waldrand hinter den niedrigen Baumstümpfen war menschenleer; niemand hackte dort auf die Bäume ein. Die Männer mit den Äxten standen verschwitzt und mit nackten Oberkörpern in der Menge und bildeten einen Kreis um Alanna, Verin und zwei Männer. Jon Thane, der Müller, wischte sich Blut vom Oberkörper. Er starrte angestrengt nach unten, um genau sehen zu können, was seine Hände taten. Alanna richtete sich gerade von dem anderen Mann her auf, einem grauhaarigen Burschen, den Perrin nicht kannte. Er sprang nun auf und tänzelte herum, als könne er selbst nicht fassen, daß er wieder laufen konnte. Er und der Müller blickten die Aes Sedai voller Ehrfurcht an.

Das Gewirr um die Aes Sedai herum war zu dicht, um mit den Pferden durchzukommen, aber es gab ein paar kleinere fast freie Flächen um Ihvon und Tomas herum, vor deren Streitrössern jedermann Respekt hatte. Die Leute machten einen großen Bogen um die Tiere mit ihren wilden Augen, die wirkten, als warteten sie nur auf eine passende Gelegenheit, um auszuschlagen und zuzubeißen.

Perrin schaffte es, Tomas ohne größere Schwierigkeiten zu erreichen. »Was ist geschehen?«

»Ein Trolloc. Nur ein einziger.« Trotz des Plaudertons des ergrauten Behüters sah er dabei nicht Perrin und Faile an, sondern beobachtete sowohl Verin wie auch den Waldrand aufmerksam. »Allein entwickeln sie gewöhnlich nicht gerade viel Intelligenz. Schlau sind sie schon, aber nicht klug. Die Holzfäller haben ihn vertrieben, bevor er mehr Unglück anrichten konnte, als die beiden zu verletzen.«

Die beiden Aielfrauen erschienen plötzlich am Waldrand. Sie hatten die Schufa um den Kopf gewickelt und sich verschleiert, so daß er sie nicht unterscheiden konnte. Zunächst rannten sie schnell heran, dann verlangsamten sie aber doch ihr Tempo und schlängelten sich zwischen den spitzen Pfählen durch. Schließlich drängten sie sich resolut durch die Menge. Die Menschen im Gewühl wichen ihnen so gut es ging aus. Als sie schließlich Faile erreichten, hatten sie bereits die Schleier abgenommen. Faile beugte sich hinunter, um dem zu lauschen, was sie ihr sagen wollten.

»Vielleicht fünfhundert Trollocs«, berichtete Bain gerade. »Und sie befinden sich kaum mehr als eine oder zwei Meilen hinter uns.« Ihre Stimme klang ruhig, doch ihre dunkelblauen Augen glitzerten freudig erregt. Genau wie Chiads graue Augen.

»Wie ich erwartete«, sagte Tomas seelenruhig. »Der

eine ist wahrscheinlich nur allein durch den Wald marschiert, um sich etwas zum Essen zu suchen. Die anderen werden bald kommen, denke ich.« Die Töchter des Speers nickten.

Perrin deutete konsterniert auf die Menschenansammlung. »Also sollten die sich nicht alle hier draußen befinden. Warum habt Ihr sie nicht weggetrieben?«

Es war Ihvon, der auf seinem Grauen durch die Menge herankam und ihm antwortete: »Eure Leute scheinen einfach nicht auf Fremde hören zu wollen, jedenfalls nicht, wenn sie Aes Sedai bei der Arbeit zuschauen können. Ich würde vorschlagen, Ihr versucht es selbst einmal.«

Perrin war sicher, daß sie sich durchgesetzt hätten, hätten sie es nur ernsthaft versucht. Zumindest Verin und Alanna brachten so etwas fertig. *Also, warum haben sie dann gewartet und es mir überlassen, obwohl sie die Trollocs erwarteten?* Es wäre leicht gewesen, das vielleicht der Tatsache zuzuschreiben, daß er ein *Ta'veren* war, doch das war töricht. Ihvon und Tomas ließen sich und vor allem Verin und Alanna nicht von Trollocs umbringen, weil sie darauf warteten, daß ihnen ein *Ta'veren* sagte, was sie zu tun hätten. Die Aes Sedai schubsten ihn einfach wieder herum und riskierten dabei aller Leben, selbst die eigenen. Aber wozu? Sein Blick traf den Failes und sie nickte leicht, als wisse sie, woran er dachte.

Er hatte jetzt keine Zeit, um das herauszufinden. Statt dessen suchten seine Blicke die Menge ab, und er entdeckte Bran al'Vere, der mit Tam al'Thor und Abell Cauthon die Köpfe zusammensteckte. Der Bürgermeister hatte einen langen Speer an die Schulter gelehnt und trug auf dem Kopf eine zerbeulte alte Stahlkappe. Um seinen rundlichen Oberkörper spannte sich ein Lederwams mit aufgenähten Stahlscheiben.

Alle drei Männer blickten auf, als Perrin sich auf Traber durch die Menge zu ihnen herüberschob. »Bain sagt, daß Trollocs auf dem Weg hierher sind, und die Behüter glauben auch, daß wir bald angegriffen werden.« Des unaufhörlichen Stimmengewirrs wegen mußte er schreien, um gehört zu werden. Einige der am nächsten stehenden Leute verstanden seine Worte und hörten mit Reden auf. Bald verbreiteten sich leise Wellen von Worten wie ›Trollocs‹ und ›Angriff‹.

Bran kniff die Augen zusammen. »Ja. Das mußte ja kommen, nicht wahr? Na ja, wir wissen, was zu tun ist.« Er hätte mit seinem beinahe bis zum Platzen gespannten Lederwams und der auf seinem Kopf auf- und abhüpfenden Stahlkappe eigentlich komisch wirken müssen, doch er sah lediglich ernst und entschlossen aus. Dann erhob er die Stimme und verkündete: »Perrin sagt, daß bald Trollocs hier ankommen werden. Ihr wißt alle, wohin ihr gehört. Also beeilt Euch bitte. Schnell!«

In der Menge entstand Unruhe. Frauen schickten ihre Kinder zurück zu den Häusern, und die Männer liefen in allen Richtungen fort. Die Verwirrung schien zu wachsen – von Ordnung war nichts zu bemerken.

»Ich werde dafür sorgen, daß die Schafhirten hereinkommen«, sagte Abell zu Perrin und tauchte in der Menge unter.

Cenn Buie schob sich im Tumult an Perrin vorbei. Er benützte eine Hellebarde, um Hari Coplin, wie immer mit saurer Miene, Haris Bruder Darl und den alten Bili Congar anzutreiben. Bili wankte, als sei er bereits am Morgen betrunken, was durchaus sein konnte. Trotzdem trug von diesen dreien gerade Bili seinen Speer als einziger so, als wolle er ihn auch tatsächlich benützen. Cenn berührte seine Stirn kurz mit der Hand, als er an Perrin vorbeikam. Es sollte wohl eine Art von Gruß sein. Eine ganze Anzahl der Männer tat es ihm gleich. Das machte ihn verlegen. Bei Dannil und den anderen jungen Burschen war das etwas anderes, doch diese Männer hier waren um mehr als die Hälfte älter als er.

»Du hältst dich gut«, stellte Faile fest.

»Ich wünschte, ich wüßte, was Verin und Alanna planen«, knurrte er. »Und damit meine ich nicht, was sie jetzt gerade wollen.« Zwei der Katapulte, die von den Behütern mit Hilfe der Zimmerleute im Dorf gebaut worden waren, standen an diesem Ende von Emondsfeld, mehr als mannshohe, kantige Gebilde aus schweren Balken mit dicken, gewundenen Tauen. Von ihren Pferden aus beaufsichtigten Ihvon und Tomas das Herunterwinden der wuchtigen Tragebalken. Die beiden Aes Sedai waren dagegen mehr an den großen Steinbrocken interessiert, die jeder fünfzehn oder zwanzig Pfund wiegen mochten und deren erste man nun in die Schalen am Ende der Schwungbalken legte.

»Sie haben vor, dich zu einem Anführer unter den Menschen zu machen«, antwortete Faile ruhig. »Ich glaube auch, du wurdest dazu geboren.«

Perrin schnaubte. Er war zum Schmied geboren worden. »Ich würde mich viel wohler fühlen, wenn ich wüßte, warum sie das wollen.« Die Aes Sedai blickten ihn an, Verin mit schräg gehaltenem Kopf, raubvogelartig, und Alanna mit offenem Blick und einem angedeuteten Lächeln. Wollten sie beide das gleiche und auch aus dem gleichen Grund? Das war eben das Schwierige an den Aes Sedai: Es gab immer mehr Fragen als Antworten.

Mit überraschender Schnelligkeit kehrte nun aber doch Ordnung ein. Hier am westlichen Ende des Dorfs knieten hundert Männer hinter dem Dornenwald von zugespitzten Pfählen. Sie stützten sich auf ein Knie und hielten ihre Speere, Hellebarden oder sonstigen Waffen, meist auf Stangen gesteckte Sicheln oder Buschhaken, nervös in den Händen. Hier und da trug einer einen Helm oder den Teil einer Rüstung. Hinter ihnen standen noch einmal doppelt so viele Männer in zwei Reihen, jeder mit einem guten Langbogen in Händen, wie er so typisch für die Zwei Flüsse war, und einen gefüllten Köcher am Gürtel. Knaben kamen von den Häusern hergerannt und brachten weitere Bündel von Pfeilen. Die Männer steckten sie mit den Spitzen in den Erdboden vor ihren Füßen. Tam schien hier den Befehl zu haben. Er lief die Reihen entlang und sprach mit jedem Mann wenigstens ein paar Worte. Bran marschierte neben ihm her und ermutigte die Männer ebenfalls. Perrin sah keinen Grund, warum sie ihn selbst auch noch benötigen sollten.

Zu seiner Überraschung kamen Dannil und Ban und all die anderen Burschen, die mit ihm geritten waren, aus dem Dorf heran, und sie bildeten einen Ring um Faile und ihn. Alle trugen ihre Bögen. Sie wirkten schon etwas eigenartig auf ihn. Die Aes Sedai hatten offensichtlich die schwerer Verwundeten mit ihren Kräften geheilt, und die leichter Verwundeten der Heilkraft von Salben und Tinkturen überlassen. So kam es, daß Burschen, die sich gestern noch kaum am Sattel festklammern konnten, nun leichtfüßig daherkamen, während Dannil und Tell und andere immer noch humpelten oder Bandagen trugen. So überrascht er bei ihrem Anblick war, so sehr stieß ihn das ab, was sie mitbrachten. Leof Torfinn, der noch eine Binde um den Kopf trug, die wie eine helle Kappe über seinen tiefliegenden Augen thronte, hatte den Bogen übergehängt und hielt dafür einen langen Stock in Händen, an dem eine kleinere Version der rotgeränderten Flagge mit dem Wolfskopf hing.

»Ich glaube, eine der Aes Sedai ließ sie nähen«, sagte Leof, als Perrin fragte, woher die denn käme. »Milli Ayellin brachte sie Wils Pa, aber Wil wollte sie nicht tragen.« Wil al'Seen zog abwehrend ein wenig die Schultern ein.

»Ich würde sie auch nicht tragen wollen«, kommentierte Perrin trocken. Sie lachten, als habe er einen

Scherz gemacht. Sogar Wil stimmte nach kurzem Zögern ein.

Der Pfahlwald vor dem Dorf wirkte wohl ziemlich abschreckend, schien aber doch Trollocs gegenüber nicht viel ausrichten zu können. Nun, vielleicht half es ein wenig, aber er wollte auf keinen Fall, daß Faile hier war, wenn sie durchbrachen. Als er sie anblickte, hatte sie jedoch wieder diesen Blick, als wisse sie genau, was er dachte. Und es gefiel ihr wohl nicht. Wenn er den Versuch unternahm, sie zurückzuschicken, würde sie streiten und sich sträuben und den Sinn dahinter nicht einsehen. So schwach, wie er sich gerade fühlte, würde sie viel eher ihn zur Schenke zurückgeleiten, als er sie. Und ihre Haltung im Sattel, so wild und stolz, zeigte ihm, daß *sie* vorhatte, *ihn* zu verteidigen, falls die Trollocs durchbrachen. Er würde sie genau im Auge behalten müssen – mehr konnte er nicht tun.

Mit einemmal lächelte sie, und er kratzte sich verwirrt im Bart. Vielleicht konnte sie wirklich seine Gedanken lesen.

Die Zeit verging, die Sonne schob sich langsam am Himmel hoch, und es wurde wärmer. Manchmal rief eine Frau von einem der Häuser her und wollte wissen, was geschah. Hier und da setzten sich Männer hin, doch im Nu waren Tam oder Bran bei ihnen und befahlen ihnen, ganz schnell wieder aufzustehen und ihren Platz in der Reihe einzunehmen. Höchstens eine oder zwei Meilen entfernt, hatte Bain gesagt. Sie und Chiad saßen dicht bei den Pfählen und spielten irgendein Spiel mit einem Messer, daß offensichtlich im Boden zwischen ihnen steckenbleiben mußte. Wenn die Trollocs nahten, müßten sie doch mit Sicherheit mittlerweile angekommen sein. Ihm fiel langsam, aber sicher das Geradesitzen schwer. Da er sich Failes wachsamer Blicke bewußt war, hielt er sein Kreuz steif, auch wenn es nicht leicht war.

Ein Horn schmetterte blechern und schrill. »Trollocs!« rief ein halbes Dutzend Stimmen, und tierähnliche Gestalten in schwarzen Rüstungen glitten aus dem Westwald. Sie heulten laut, während sie über den von Baumstümpfen übersäten Boden heranjagten, und schwenkten Sichelschwerter, Dornenäxte, Speere und Dreizacke. Drei Myrddraal ritten auf pechschwarzen Pferden hinter ihnen, galoppierten hierhin und dorthin, um die Trollocs vor sich her zum Angriff zu treiben. Ihre schwarzen Umhänge fielen völlig bewegungslos herab, ganz gleich, wie ihre Rappen auch herumwirbelten oder galoppierten. Das Horn erklang immer wieder. In kurzen, harten Stößen trieb es die Horde an.

Zwanzig Pfeile schossen los, sobald der erste Trolloc erschien. Doch auch der längste Schuß war beinahe hundert Schritt zu kurz.

»Aufhören, Ihr geistig minderbemittelten Schafsköpfe!« schrie Tam. Bran fuhr zusammen und warf ihm einen überraschten Blick zu. Der wirkte genauso ungläubig wie die Blicke von Tams Freunden und Nachbarn. Einige murrten, daß sie sich nicht so anschreien lassen wollten, Trollocs hin oder her. Tam überging ihren Protest jedoch einfach. »Ihr wartet gefälligst, bis ich Euch den Befehl gebe, so, wie ich es Euch gezeigt habe!« Dann drehte sich Tam seelenruhig zu Perrin um, als kämen keine Hunderte von kreischenden und jaulenden Trollocs auf sie zu, und fragte ihn: »Bei dreihundert Schritt?«

Perrin nickte schnell. Dieser Mann fragte ihn? Dreihundert Schritt. Wie schnell konnte ein Trolloc dreihundert Schritt zurücklegen? Er lockerte die Axt in ihrer Schlinge. Dieses verdammte Horn jaulte immer weiter. Die Speerträger kauerten sich hinter die Pfähle, als müßten sie sich zwingen, nicht wegzulaufen. Die Aiel hatten die Gesichter verschleiert.

Vorwärts wogte die schreiende Flut, gehörnte Köpfe und Gesichter mit Schnauzen oder Schnäbeln, jeder um die Hälfte größer als ein großer Mann, jeder nach Blut gierend. Fünfhundert Schritt. Vierhundert. Einzelne liefen vor den anderen voraus. Sie rannten so schnell wie Pferde. Hatten die Aiel recht gehabt? Konnten das wirklich nur fünfhundert sein? Es schien, als seien es Tausende.

»Bereit?« rief Tam, und zweihundert Bögen wurden gehoben. Die jungen Männer bei Perrin machten es schnell den älteren nach und bildeten schützende Reihen vor Perrin, diese närrische Flagge in der Mitte.

Dreihundert Schritt. Perrin konnte jetzt diese entsetzlichen Gesichter klar erkennen, von Wut und Blutdurst verzerrt, als befänden sie sich bereits direkt vor ihm.

»Schießt!« schrie Tam. Wie ein einziger, gewaltiger Peitschenhieb hörte sich das Zurückschnellen der Bogensehnen an. Gleichzeitig krachten die Balken der Katapulte gegen die lederumhüllten Streben, und die Steinbrocken flogen.

Es regnete Hammerkopfpfeile auf die Trollocs. Unförmige Gestalten stürzten zu Boden, doch einige erhoben sich wieder und taumelten, von Blassen angetrieben, weiter. Das Horn mischte sich in ihr kehliges Heulen und trieb sie voran zum Töten. Die von den Katapulten geschleuderten Steine schlugen zwischen ihnen ein, explodierten unter Funkenschlag zu scharfkantigen Bruchstücken und rissen große Löcher in die anstürmende Masse. Perrin war nicht der einzige, der bei diesem Anblick zusammenfuhr. Die Aes Sedai hatten also doch etwas mit den Katapulten angestellt. Er fragte sich, was wohl geschähe, wenn man einen solchen Stein beim Laden fallen ließ.

Ein weiterer Schwarm von Pfeilen erhob sich, und dann wieder einer und noch mal und immer wieder, und von den Katapulten aus wirbelten weitere Steine durch die Luft, wenn auch in größer werdenden Zeitabständen. Feuersprühende Explosionen fetzten in die Reihen der Trollocs. Hammerkopfpfeile regneten auf

sie herab. Und sie kamen immer noch, kreischend, heulend, stürzend und sterbend, aber immer noch rannten andere weiter. Nun waren sie so nahe, daß die Bogenschützen ausschwärmten und nicht mehr gemeinsam schossen, sondern sich ihre Ziele einzeln auswählten. Männer schrien ihren eigenen Zorn aus sich heraus, schrien beim Schießen dem Tod ins Gesicht.

Und dann waren keine Trollocs mehr auf den Beinen und nur noch einer der Blassen, und der taumelte blind dahin, mit einer Unzahl Pfeilen gespickt. Das schrille Wiehern des Pferdes eines der Myrddraal, das im Sterben wild ausschlug, wetteiferte mit dem Stöhnen und Blöken gestürzter und sterbender Trollocs. Das Horn schwieg endlich. Hier und da auf der von Baumstümpfen übersäten Fläche bäumte sich ein Trollocs auf und sank, am Ende seiner Kräfte, zurück. Durch all diesen Lärm hindurch hörte Perrin die Männer schnaufen, als seien sie zehn Meilen weit gerannt. Auch sein eigenes Herz pochte und schien ihm aus dem Brustkorb springen zu wollen.

Plötzlich schrie irgend jemand lauthals seinen Jubel in die Welt hinaus, und als sei damit der Bann gebrochen, hüpften die Männer auf und ab und jubelten beglückt, schwenkten ihre Bögen oder was sie sonst in Händen hielten, und warfen Mützen in die Luft. Frauen stürzten aus den Häusern, lachten und jubelten ebenfalls, und die Kinder rannten herbei, tanzten und feierten mit den Männern. Ein paar kamen zu Perrin herüber und schüttelten ihm die Hand.

»Du hast uns zu einem großen Sieg geführt, mein Junge.« Bran lachte ihn von unten her an. Er hatte seinen Helm schief nach hinten geschoben. »Ich glaube, so sollte ich dich jetzt nicht mehr nennen. Ein großer Sieg, Perrin.«

»Ich habe doch gar nichts getan«, wehrte er ab. »Ich habe lediglich auf meinem Pferd gehockt. Die Arbeit habt Ihr geleistet.« Bran hörte genausowenig auf ihn wie die anderen. Verlegen und steif saß Perrin auf seinem Pferd, gab vor, das Schlachtfeld überblicken zu wollen, und nach einer Weile ließen sie ihn endlich in Ruhe.

Tam hatte nicht mitgefeiert. Er stand dicht hinter den Pfählen und betrachtete die Trollocs. Auch die Behüter lachten nicht mit. Gestalten in schwarzen Rüstungen lagen in Massen zwischen den niedrigen Baumstümpfen. Es konnten durchaus fünfhundert sein. Vielleicht auch weniger. Einige, nur ein paar, hatten es vielleicht bis zurück in den Wald geschafft. Keiner lag näher als fünfzig Schritt vom Dornenwald der Pfähle entfernt. Perrins Blick fand die anderen beiden Blassen, die sich am Boden wanden. Die drei konnte er also abhaken. Irgendwann würden sie zugeben, daß sie tot waren.

Die Menschen der Zwei Flüsse ließen ihn lärmend hochleben: »Perrin Goldauge! Hurra! Hurra! Hurra!«

»Sie mußten das doch wissen«, sagte er nachdenklich. Faile blickte ihn fragend an. »Den Halbmenschen muß doch klar gewesen sein, daß es so nicht gehen würde. Schau dir das doch einmal an. Selbst ich sehe das jetzt, und ihnen muß das von Anfang an klar gewesen sein. Wenn das ihre gesamte Streitmacht war, warum haben sie es dann überhaupt versucht? Und wenn noch mehr Trollocs dort draußen sind, warum sind die dann nicht auch gekommen? Doppelt so viele, und sie wären bis zu den Pfählen gekommen. Noch mal doppelt so viele, und sie hätten zum Dorf durchbrechen können.«

»Ihr habt ein gutes Auge«, sagte Tomas, der sein Pferd neben ihnen zum Stehen brachte. »Es war lediglich ein Test. Sie wollten feststellen, ob Ihr gleich beim ersten richtigen Angriff zusammenklappt, vielleicht auch, um zu sehen, wie schnell Ihr reagiert oder wie Eure Verteidigung organisiert ist, oder vielleicht auch etwas, das mir jetzt nicht einfällt, aber auf jeden Fall war es eine Probe aufs Exempel. Jetzt wissen sie Bescheid.« Er deutete zum Himmel, wo ein einzelner Rabe über dem Schlachtfeld kreiste. Ein normaler Rabe hätte sich niedergelassen und ein Festmahl unter den Toten gefeiert. Dieser Vogel beendete eine letzte Runde und flog dann in Richtung des Waldes davon. »Der nächste Angriff wird nicht sofort erfolgen. Ich sah, wie zwei oder drei Trollocs in den Wald rannten, also wird sich erstmal die Kunde verbreiten. Die Halbmenschen werden ihnen erst einmal wieder einbläuen müssen, daß sie einen Myrddraal mehr fürchten als den Tod. Aber der Angriff wird erfolgen, und er wird auf jeden Fall schlimmer als der gerade eben. Wie stark sie sein werden, hängt davon ab, wie viele von den Gesichtslosen durch die Kurzen Wege geführt worden sind.«

Perrin verzog das Gesicht. »Licht! Und was, wenn es gleich zehntausend sind?«

»Ziemlich unwahrscheinlich«, kommentierte Verin, die herankam und Tomas' Pferd den Hals tätschelte. Das Streitroß gestattete ihr die Berührung so friedlich wie ein Pony. »Zumindest im Augenblick. Nicht einmal einer der Verlorenen könnte eine größere Anzahl sicher durch die Wege führen, glaube ich. Ein Mann allein riskiert schon den Tod oder den Wahnsinn, wenn er nur von einem Wegetor zum nächstgelegenen geht, aber … sagen wir … tausend Mann oder tausend Trollocs … die hätten innerhalb von Minuten *Machin Shin* auf dem Hals wie eine riesige Wespe, die von einer Schale Honig angelockt wird. Es ist viel wahrscheinlicher, daß sie in Gruppen von nicht mehr als zehn oder zwanzig, höchstens aber fünfzig, in weiten Abständen durch die Wege gehen. Natürlich bleibt die Frage offen, wie viele solcher Gruppen sie durchbringen und in welchen Abständen. Einige würden sie bestimmt unterwegs verlieren. Es kann sein, daß Schattenwesen *Machin Shin* nicht in dem Maße anziehen wie Menschen, doch … Hmmmm. Ein faszinierender Gedanke. Ich frage mich …« Sie tätschelte Tomas' Bein auf die gleiche Art wie vorher sein Pferd und wandte sich gedankenverloren ab. Der Behüter ließ sein Pferd hinterhertraben.

»Wenn du auch nur einen Schritt in Richtung Westwald reitest«, sagte Faile gelassen, »ziehe ich dich am Ohr zur Schenke zurück und stecke dich persönlich ins Bett.«

»Ich habe überhaupt nicht an so etwas gedacht«, log Perrin und ließ Traber wenden, damit er dem Wald den Rücken zuwandte. Ein Mann und ein Ogier würden vielleicht der Aufmerksamkeit ihrer Feinde entgehen und sicher zurück in die Berge gelangen. Eventuell. Das Wegetor mußte endgültig verschlossen werden, wenn Emondsfeld eine Überlebenschance haben sollte. »Du hast es mir doch ausgeredet, oder hast du das schon vergessen?« Ein anderer einzelner Mann könnte sie auf dem Weg vielleicht aufspüren, wenn er wußte, wohin sie wollten. Drei Paar Augen sahen mehr als nur zwei, besonders, wenn das eine Augenpaar zu ihm gehörte, und hier konnte er sowieso nichts ausrichten. Wenn er seine Kleider mit Stroh ausstopfte und auf Traber setzte, würde das genausoviel bewirken.

Plötzlich hörte er durch das anhaltende Geschrei in ihrer Umgebung hindurch schärfere Rufe und Lärm vom Süden her, aus der Nähe der Alten Straße.

»Und er hat behauptet, sie würden so schnell noch nicht wiederkommen!« grollte er und trieb Traber seine Fersen in die Flanken.

KAPITEL 6

Das Schwert des Kesselflickers

Er galoppierte mit Faile auf den Fersen durch das Dorf und fand die Männer an der Südseite in einer dicht gedrängten Menge vor. Sie spähten über die geräumten Felder hinweg und unterhielten sich in gedämpftem Tonfall. Einige hatten die Bögen halb gespannt. Zwei Wagen versperrten die Lücke im Dornenwald der zugespitzten Pfähle, die man für die Alte Straße gelassen hatte. Die nächste der noch stehenden niedrigen Steinumgrenzungen, die ein Tabakfeld schützte, lag fünfhundert Schritt entfernt, und zwischen ihr und dem Dorf gab es nichts Höheres als Gerstenstoppeln. Doch in dem Stück Boden davor steckten Pfeile, als wüchsen sie wie Unkraut. In größerer Entfernung quollen Rauchwolken in den Himmel, ein Dutzend oder mehr, einige davon so dick, als brannten ganze Felder.

Cenn Buie war da und Hari und Darl Coplin. Bili Congar hatte den Arm um die Schultern seines Cousins Wit gelegt, Daises knochigen Mann, der aussah, als habe er es gar nicht gern, wenn Bilis Atem ihn streifte. Keiner roch nach Angst – nur Aufregung konnte Perrin da wittern. Und Bili roch nach Bier. Mindestens zehn Männer versuchten gleichzeitig, ihm zu erzählen, was passiert sei. Ein paar davon überschrien die anderen.

»Die Trollocs haben hier auch probiert anzugreifen«, schrie Hari Coplin, »aber wir haben es ihnen gezeigt, oder?« Es gab zustimmendes Gemurmel, aber genauso viele blickten einander zweifelnd an und traten nervös von einem Fuß auf den anderen. »Wir haben hier auch

Helden«, sagte Darl mit lauter, rauher Stimme. »Euer Haufen oben am Wald ist nicht der einzige, der etwas geleistet hat.« Er war größer als sein Bruder, hatte jedoch das gleiche wieselspitze Gesicht, das so typisch für die Coplins war, und den gleichen schmalen Mund, der wirkte, als habe er gerade eben in eine grüne Dattelpflaume gebissen. Als er glaubte, daß Perrin nicht herschaute, warf er ihm einen gehässigen Blick zu. Was er gesagt hatte, hieß auch nicht unbedingt, daß er lieber oben am Westwald gewesen wäre. Darl und Hari und die meisten ihrer Verwandten schafften es jedoch fast immer, sich selbst als die Betrogenen darzustellen, gleich, worum es gerade ging.

»Darauf müssen wir einen trinken!« rief der alte Bili, und dann machte er eine enttäuschte Miene, als keiner einstimmte.

Ein Kopf hob sich kurz über den Rand der entfernten Mauer und duckte sich schnell wieder, aber Perrin hatte das leuchtend gelbe Wams bereits entdeckt. »Keine Trollocs«, grollte er angewidert. »Kesselflicker! Ihr habt auf Tuatha'an geschossen! Räumt diese Wagen zur Seite.« Er stellte sich in den Steigbügeln auf und legte die Hände als Schalltrichter um den Mund. »Ihr könnt herkommen!« schrie er. »Alles ist in Ordnung! Keiner wird Euch etwas tun! Ich sagte doch, Ihr solltet die Wagen wegschieben«, fauchte er die Männer an, die herumstanden und ihn mit großen Augen anblickten. Kesselflicker mit Trollocs zu verwechseln! »Und geht raus, holt Eure Pfeile wieder. Irgendwann werdet Ihr sie wirklich brauchen.« Ein paar bequemten sich nun langsam, und so schrie er inzwischen wieder: »Keiner tut Euch etwas! Es ist alles in Ordnung! Kommt nur!« Die Wagen wurden mit quietschenden Achsen jeder auf eine Seite geschoben. Offensichtlich mußten die Achsen dringend geschmiert werden.

Ein paar buntgekleidete Tuatha'an kletterten über die Mauer, dann noch ein paar, und sie trotteten zögernd und offenbar auf wundgelaufenen Füßen auf das Dorf zu. Sie schienen beinahe genausoviel Angst vor dem zu haben, was vor ihnen lag, wie vor dem, was hinter ihnen liegen mochte. Beim Anblick der aus dem Dorf herauslaufenden Männer rückten sie noch ein wenig enger zusammen und wirkten, als wollten sie wieder weglaufen, sogar dann, als die Leute von den Zwei Flüssen an ihnen vorbeiliefen, um nach einigen neugierigen Seitenblicken die Pfeile aus dem Boden zu ziehen. Dennoch stolperten sie weiter.

In Perrins Innerem zog sich alles zusammen, und ihm wurde eiskalt. Vielleicht zwanzig Männer und Frauen kamen da auf sie zu. Einige von ihnen trugen kleine Kinder, und eine Handvoll älterer Kinder rannte nebenher, ihre bunte Kleidung zerrissen und voller Schmutz. Und auf einigen Gesichtern befanden sich Blutspuren, stellte er fest, als sie näher kamen. Das war alles. Wie viele hatten sich im Lager befunden? Dann erspähte er zum Glück Raen, der wie betäubt durch den Schmutz schlurfte und von Ila geführt wurde. Die eine Hälfte ihres Gesichts war dick angeschwollen und dunkel verfärbt. Wenigstens sie hatten es überlebt.

Ein kurzes Stück vor der Öffnung im Pfahlwald blieben die Tuatha'an stehen und blickten sich nervös um. Zugespitzte Pfähle und eine Menge bewaffneter Männer. Ein paar der Kinder klammerten sich an die Erwachsenen und bargen ihre Gesichter in deren Kleidung. Sie rochen nach Furcht und Entsetzen. Faile sprang vom Pferd und lief zu ihnen hin, aber obwohl Ila sie umarmte, traten sie keinen Schritt näher heran. Doch die ältere Frau schien sich von der jüngeren beruhigen zu lassen.

»Wir werden Euch nichts tun«, sagte Perrin. *Ich hätte sie zum Mitkommen zwingen müssen. Licht, seng mich, ich hätte sie zwingen sollen!* »Ihr seid willkommen an unseren Feuern.«

»Kesselflicker!« Hari verzog verächtlich den Mund.

»Was wollen wir mit einem Haufen diebischer Kesselflicker? Die klauen doch alles, was nicht festgenagelt ist.«

Darl öffnete den Mund, zweifellos um Hari zu unterstützen, aber bevor er etwas sagen konnte, rief jemand aus der Menge: »Das tust du doch auch, Hari! Und du klaust auch noch die Nägel!« Spärliches Gelächter ließ Darl den Mund wieder schließen. Es lachten aber nicht viele, und auch die paar beäugten die abgerissenen Tuatha'an und blickten dann verlegen zu Boden.

»Hari hat recht!« rief Daise Congar, die sich durch die Menge schob, indem sie einfach rechts und links die Leute wegschubste. »Kesselflicker stehlen, und nicht nur Sachen! Sie stehlen Kinder!« Sie schubste sich bis zu Cenn Buie durch und hielt ihm mahnend einen ausgestreckten Zeigefinger unter die Nase, der ebenso dick war wie Cenns Daumen. Er zog sich vor ihr zurück, soweit das in dieser Menschenansammlung möglich war. Sie überragte ihn um mindestens einen Kopf und wog bestimmt um die Hälfte mehr als er. »Du sollst ja wohl im Rat der Gemeinde hocken, aber wenn du nicht auf die Seherin hören willst, werde ich die Versammlung der Frauen einschalten, und dann kümmern wir uns darum.« Ein paar der Männer nickten und murmelten zustimmend.

Cenn kratzte sich im lichten Haar und beobachtete die Seherin von der Seite her. »Äääääh, also ..., Perrin«, sagte er gedehnt mit seiner krächzenden Stimme, »du weißt ja, die Kesselflicker haben einen gewissen Ruf, und ...« Er brach ab und sprang zurück, als Perrin Traber herumriß, um diesen Menschen der Zwei Flüsse in die Gesichter sehen zu können.

Einige rannten erschreckt vor dem Hengst davon, doch das war Perrin gleich. »Wir werden niemanden abweisen«, sagte er mit mühsam unterdrücktem Zorn in der Stimme. »Niemanden! Oder wollt Ihr etwa den Trollocs diese Kinder schicken?« Eines der Tuatha'an-

Kinder begann zu weinen, ein durchdringendes Klagen, und er verwünschte seine Worte, doch Cenns Gesicht färbte sich puterrot, und selbst Daise blickte zerknirscht drein.

»Natürlich nehmen wir sie auf«, sagte der Dachdecker unwirsch. Dann fuhr er Daise an, wobei er sich aufplusterte wie ein aufgeregter Gockel, der bereit ist, auf den Hofhund loszugehen: »Und wenn du die Versammlung der Frauen einschalten und dagegen aufbringen willst, dann wird Euch der Rat der Gemeinde den Mund stopfen! Wart's nur ab!«

»Du warst schon immer ein alter Narr, Cenn Buie«, schnaubte Daise. »Glaubst du, wir würden dich Kinder zu den Trollocs hinausschicken lassen?« Cenns Kinnlade bewegte sich verkrampft, doch bevor er ein Wort herausbringen konnte, drückte ihm Daise eine Hand auf die schmale Brust und schob ihn beiseite. Sie setzte ein schwaches Lächeln auf und ging hinaus zu den Tuatha'an. Dort angekommen, legte sie beruhigend den Arm um Ila. »Kommt nur einfach mit mir, und ich sorge dafür, daß Ihr baden und Euch ausruhen könnt. Die Häuser sind zwar überfüllt, aber wir finden schon Platz für alle. Kommt.«

Marin al'Vere eilte durch die Menge heran und dazu Alsbet Luhhan, Natti Cauthon, Neysa Ayellin und weitere Frauen. Sie nahmen die Kinder hoch oder die Tuatha'an-Frauen in den Arm und führten sie weg. Dabei schimpften sie mit den Männern, weil sie nicht schnell genug Platz machten. Nicht, daß irgend jemand unwillig gewesen wäre, doch es war nicht so leicht, mitten in der Menschenmenge auszuweichen und eine Gasse zu öffnen.

Faile warf Perrin einen bewundernden Blick zu, aber er schüttelte den Kopf. Das war nicht das Werk eines *Ta'veren.* Vielleicht brauchte man manchmal den Holzhammer bei den Menschen der Zwei Flüsse, aber wenn sie etwas einsahen, dann handelten sie auch dementsprechend. Selbst Hari Coplin wirkte nicht mehr so unwirsch, als er zusah, wie man die Kesselflicker ins Dorf führte. Nun ja, nicht ganz so unwirsch. Man konnte natürlich keine Wunder erwarten.

Raen schlurfte vorbei und blickte mit trüben Augen zu Perrin auf. »Der Weg des Blatts ist der einzig richtige. Alles stirbt zu seiner vorbestimmten Zeit, und …« Er brach ab, als könne er sich nicht mehr daran erinnern, was er hatte sagen wollen.

»Sie kamen letzte Nacht«, sagte Ila mühsam und offensichtlich unter Schmerzen, da ihr Gesicht so verschwollen war. Ihr Blick war beinahe genauso leer wie der ihres Mannes. »Die Hunde hätten uns vielleicht zur Flucht verhelfen können, aber die Kinder des Lichts hatten ja alle Hunde getötet und … Wir konnten überhaupt nichts tun.« Hinter ihr schauderte Aram in seinem gelbgestreiften Wams zusammen, und er blickte die vielen bewaffneten Männer verängstigt an. Die meisten Kinder der Kesselflicker weinten mittlerweile.

Perrin sah mit gerunzelter Stirn hinüber, wo sich im Süden eine Rauchwolke erhob. Wenn er sich im Sattel herumdrehte, konnte er im Norden und im Osten weitere entdecken. Selbst wenn die meisten davon von Häusern stammten, die sowieso schon verlassen waren, hatten die Trollocs doch ganze Arbeit geleistet. Wie viele mußten es gewesen sein, um eine so große Anzahl von Bauernhöfen anzustecken? Klar, sie konnten von einem zum anderen gelaufen sein und sich dann lediglich die Zeit genommen haben, um eine Fackel in ein leeres Haus oder auf ein unbewachtes Feld zu werfen, aber trotzdem … Vielleicht waren es noch mal genauso viele gewesen, wie sie heute getötet hatten. Was sagte das aus in bezug auf die Anzahl der Trollocs, die sich bereits an den Zwei Flüssen befand? Es schien unmöglich, daß eine einzige Horde all dies angerichtet haben konnte, all die Häuser niederzubrennen und auch den Wagenzug der Tuatha'an zu zerstören.

Als sein Blick wieder auf die Tuatha'an fiel, während sie weggeführt wurden, fühlte er Verlegenheit in sich aufsteigen. Sie hatten zugesehen, wie letzte Nacht all ihre Verwandten getötet worden waren, während er kaltblütig nur an Zahlen dachte. Er konnte hören, wie sich einige der Männer von den Zwei Flüssen leise darüber unterhielten, welche Rauchwolke wohl von welchem Hof stammen mochte. Für all diese Menschen bedeuteten jene Brände wirkliche Verluste, nicht nur kalte Zahlen. Er war hier nutzlos. Jetzt, wo Faile damit beschäftigt war, sich um die Kesselflicker zu kümmern, war der richtige Zeitpunkt gekommen, Loial und Gaul zu folgen.

Meister Luhhan in seiner Weste mit der langen Lederschürze packte Trabers Zügel. »Perrin, du mußt mir helfen. Die Behüter wollen, daß ich weitere Teile für die Katapulte anfertige, aber mindestens zwanzig Mann wollen gleichzeitig, daß ich Teile von Rüstungen repariere, die von den närrischen Großvätern ihrer Großväter von irgendwelchen dummen Leibwächtern gekauft wurden.«

»Ich würde Euch ja gern helfen«, sagte Perrin, »aber es gibt da etwas anderes, das unbedingt erledigt werden muß. Wahrscheinlich bin ich auch etwas aus der Übung. Ich habe das letzte Jahr über nur selten in einer Schmiede gearbeitet.«

»Licht, so habe ich das nicht gemeint. Ich wollte doch nicht, daß du mit dem Hammer arbeitest.« Der Schmied klang ganz erschrocken. »Jedesmal, wenn ich einen dieser Schafsköpfe mit einem Auftrag losschicke, kommt er zehn Minuten später mit einer anderen Ausrede zurück. Alle stehen mir im Weg herum. Ich kann einfach nicht richtig arbeiten. Aber auf dich werden sie hören.«

Perrin bezweifelte das. Wenn sie schon nicht einmal auf Meister Luhhan hörten ... Abgesehen davon, daß er Mitglied des Rates der Gemeinde war, war Haral Luh han eben auch groß genug, um beinahe jeden Mann an den Zwei Flüssen hochheben und durch die Luft schleudern zu können. Also ritt er eben mit zu der improvisierten Schmiede, die Meister Luhhan in einem seitlich geöffneten, roh zusammengezimmerten Schuppen in der Nähe des Angers untergebracht hatte. Sechs Männer drängten sich um die Ambosse, die sie aus der von den Weißmänteln niedergebrannten Schmiede gerettet hatten. Ein anderer pumpte lässig an einem großen, ledernen Blasebalg, bis ihn der Schmied schließlich mit einem Schrei von den Handgriffen wegscheuchte. Zu Perrins Überraschung hörten sie wirklich auf ihn, als er sie wegschickte, und zwar ohne große Reden schwingen und sie dem Willen eines *Ta'veren* unterwerfen zu müssen, sondern nur auf die einfache Bemerkung hin, daß Meister Luhhan beschäftigt sei. Das hätte der Schmied durchaus selbst fertigbringen können, doch der schüttelte Perrin die Hand und dankte ihm überschwenglich, bevor er sich an die Arbeit machte.

Perrin beugte sich aus Trabers Sattel hinunter und packte einen der Männer an der Schulter, einen glatzköpfigen Bauern namens Get Eldin. Er forderte ihn auf, dazubleiben und jeden wegzuschicken, der Meister Luhhan belästigen wolle. Get mußte wohl dreimal so alt sein wie er, aber der Mann mit dem ledrigen, runzligen Gesicht nickte nur und bezog Posten in der Nähe Harals, der seinen Hammer auf heißes Eisen niederschmetterte. Jetzt konnte er weg, bevor Faile wieder auftauchte.

Doch kaum hatte er Traber wenden lassen, da tauchte Bran auf mit dem Speer auf der Schulter und der Stahlkappe unter einem kräftigen Arm. »Perrin, es muß doch möglich sein, die Schaf- und Viehhirten schneller hereinzuholen, wenn wir wieder angegriffen werden. Obwohl er die besten Läufer des Dorfs ausgeschickt hat, konnte Abell nicht einmal die Hälfte von ihnen zurückholen, bevor die Trollocs aus dem Wald brachen.«

Dieses Problem war leicht zu lösen, denn er erinnerte sich an ein altes Signalhorn, beinahe schwarz angelaufen, das Cenn Buie an der Wand hängen hatte. Er entschied sich für ein Signal von drei langen Hornstößen, die auch der am weitesten entfernte Schafhirte hören würde. Dadurch kam das Gespräch auf weitere Signale, wie zum Beispiel eines, das alle an ihre Plätze schicken würde, wenn man einen Angriff erwartete. Das wiederum führte zu der Frage, woher man erfuhr, wann ein Angriff zu erwarten sei. Bain und Chiad und die Behüter erwiesen sich durchaus als gewillt, als Späher zu dienen, doch vier reichten wohl kaum aus. Also mußte man gute Waldläufer und Spurensucher finden und sie mit Pferden ausstatten, damit sie Emondsfeld auch erreichen konnten, bevor von ihnen beobachtete Trollocs da waren.

Anschließend mußte er Buel Dowtry beruhigen. Der weißhaarige, alte Pfeilmacher, dessen Nase beinahe so spitz war wie die Spitze eines Hammerkopfpfeils, wußte recht gut, daß die meisten Bauern ihre eigenen Pfeile anfertigten, aber er ereiferte sich endlos, weil er nicht wollte, daß ihm ein Ungelernter hier im Dorf half. Als könne er allein jeden Köcher im Dorf füllen ... Perrin wußte hinterher selbst kaum zu sagen, wie er Buels schlechte Laune beruhigt hatte, aber irgendwie hatte er es geschafft, ihm eine ganze Gruppe von Jungen anzuhängen, denen er mit fröhlicher Miene beibrachte, wie man Gänsefedern ans Ende des Pfeils bindet und festklebt.

Edward Candwin, der stämmige Küfer, hatte ein anderes Problem. Da so viele Menschen im Dorf schließlich auch viel Wasser brauchten, mußte er mehr Eimer und Fässer anfertigen, als er ohne Hilfe schaffen konnte. Allein hätte er Wochen dafür gebraucht. Es dauerte nicht lange, dann waren fleißige Hände gefunden, die zumindest einmal Dauben auskehlen konnten. Aber immer mehr Menschen kamen mit Fragen und Problemen, und alle schienen zu glauben, nur Perrin könne ihnen die notwendigen Antworten liefern – ob es nun darum ging, wo man die Leichen der getöteten Trollocs verbrennen solle, oder ob es nun sicher sei, zu den eigenen Höfen zurückzukehren, um alles zu retten, was noch zu retten sei. Die letztere Frage beantwortete er jedesmal mit einem klaren »Nein«, wenn sie ihm wieder gestellt wurde, und das geschah oft. Die Männer und Frauen beobachteten besorgt die Rauchwolken draußen auf dem Land und hätten doch gern etwas unternommen. Ansonsten fragte er meist zurück, was der Frager denn für eine gute Lösung hielt, und dann riet er ihm, genau das zu tun. Nur selten mußte er sich eine eigene Lösung einfallen lassen. Die Leute wußten durchaus, was zu tun war, doch sie hatten einfach die unsinnige Angewohnheit entwickelt, ihn um Rat zu fragen.

Dannil und Ban und die anderen fanden ihn und bestanden darauf, ihm mit der Flagge überall hinterherzureiten, als sei die große drüben auf dem Anger nicht schon schlimm genug. Schließlich schickte er sie fort, die Männer zu bewachen, die zurück in den Westwald gegangen waren, um noch mehr Bäume zu fällen. Offensichtlich hatte ihnen Tam eine Geschichte über eine Truppe erzählt, die sich die ›Kameraden‹ nannte. Das war in Illian, und diese Soldaten ritten mit dem General eines Heeres mit und wurden dort eingesetzt, wo der Kampf am heißesten tobte. Ausgerechnet Tam mußte so etwas erzählen! Nun, wenigstens nahmen sie die Flagge mit. Perrin war sich richtig idiotisch vorgekommen, als sie das Ding hinter ihm herschleppten.

Mitten am Vormittag ritt Luc ein, ganz und gar goldhaarige Arroganz. Er nickte gnädig auf ein paar Hurrarufe hin. Es blieb ein Geheimnis, warum irgend jemand ihm zujubeln sollte. Er brachte eine Trophäe mit, die er aus einem Lederbeutel zog und auf einen Speer am Rand des Angers stecken ließ, damit jedermann sie sehen konnte: den augenlosen Kopf eines Myrddraal. Der Kerl war bescheiden. Ganz nebenbei erwähnte er, den Blassen getötet zu haben, als er auf eine Horde Trollocs stieß. Bewundernde Begleiter brachten ihn zum Schlachtfeld am Rand des Dorfs – sie nannten es mittlerweile großspurig ›Schlachtfeld‹ –, wo Pferde die Leichen der Trollocs wegschleiften, damit man sie auf große Scheiterhaufen werfen konnte, von denen bereits ölig-schwarzer Qualm aufstieg. Luc drückte ihnen pflichtbewußt seine Bewunderung aus und kritisierte lediglich ein- oder zweimal, wie Perrin seine Männer postiert hatte. Das hatten ihm die Einheimischen so berichtet, als habe Perrin die ganze Zeit über tatsächlich die Befehle ausgegeben. So wirkte es anscheinend auf die Menschen.

Perrin bekam von Luc ein joviales Lächeln der Anerkennung. »Das habt Ihr sehr gut gemacht, mein Junge. Natürlich habt Ihr Glück gehabt, aber das ist eben Anfängerglück, wie es im Buche steht.«

Als er sich in sein Zimmer in der Weinquellenschenke zurückzog, ließ Perrin den Kopf wieder abnehmen und verscharren. Es war nicht richtig, daß alle Leute ihn anstarren konnten, vor allem auch die Kinder.

Die Fragerei hörte nicht auf, bis ihm schließlich bewußt wurde, daß die Sonne senkrecht über ihm am Himmel stand, er immer noch nichts gegessen hatte und ihm sein Magen diese Tatsache unmißverständlich meldete. »Frau al'Caar«, sagte er erschöpft zu der Frau mit dem langen Gesicht neben seinem Steigbügel, »ich denke, die Kinder können ruhig überall spielen, solange jemand auf sie aufpaßt und dafür sorgt, daß sie sich nicht von den Häusern entfernen. Licht, Frau, das wißt Ihr doch selbst. Ihr kennt doch Kinder viel besser als ich! Wenn nicht, wie habt Ihr es dann fertiggebracht, vier davon großzuziehen?« Ihr Jüngster war sechs Jahre älter als er selbst!

Nela al'Caar runzelte die Stirn und warf den Kopf zurück. Ihr graumelierter Zopf schaukelte. Einen Augenblick lang glaubte er, sie werde ihm die Nase abbeißen, weil er so mit ihr gesprochen hatte. Er wünschte sich das sogar fast, denn das wäre wenigstens normal gewesen und eine Abwechslung in diesem Einerlei von Ratsuchenden. »Natürlich kenne ich Kinder«, sagte sie. »Ich wollte nur sichergehen, daß Ihr nichts dagegen habt. Also werden wir es so machen.«

Seufzend wartete er, bis sie weggegangen war, und dann ließ er Traber wenden und lenkte ihn zur Weinquellenschenke. Zwei oder drei Stimmen riefen nach ihm, aber er weigerte sich hinzuhören. Ob er nichts dagegen habe. Was war denn nur mit diesen Leuten los? Die Menschen der Zwei Flüsse verhielten sich doch nicht so. Und ganz bestimmt nicht die aus Emondsfeld. Sie wollten überall mitreden. Streitigkeiten vor dem Rat der Gemeinde, ja sogar unter den Ratsmitgliedern selbst, mochten durchaus zu Handgreiflichkeiten führen, ohne besonderes Aufsehen zu erregen. Und obwohl die Mitglieder der Versammlung der Frauen ihre Streitigkeiten unter Ausschluß der Öffentlichkeit austrugen, wußte doch jeder Mann Bescheid, wenn er die Frauen mit vorgestrecktem Kinn herumstolzieren sah und ihre Zöpfe aussahen, als wollten sie sich wie der Schweif einer wütenden Katze aufstellen.

Alles, was ich will? fragte er sich zornig. *Was ich will, ist etwas zum Essen und das irgendwo, wo mir niemand ins Ohr sabbert.* Er stieg vor der Schenke vom Pferd, taumelte und fügte in Gedanken der Liste noch ein Bett hinzu. Es war erst Mittag, und schließlich hatte Traber die Hauptarbeit geleistet, und doch war er bis auf die Knochen erschöpft. Vielleicht hatte Faile ja recht gehabt und es war kein guter Einfall, hinter Loial und Gaul herzureiten.

Als er in den Schankraum trat, sah ihn Frau al'Vere nur einmal kurz an und beförderte ihn mit mütterlichem Lächeln sofort auf einen Stuhl. »Du wirst einfach eine Weile lang darauf verzichten müssen, Befehle auszugeben«, sagte sie ihm mit entschlossener Stimme. »Emondsfeld wird sehr wohl eine Stunde lang aus eigener Kraft überleben, während du etwas zu dir nimmst.« Sie huschte weg, bevor er erwidern konnte, daß Emondsfeld sehr wohl ganz ohne ihn überleben könne.

Der Raum war fast leer. Natti Cauthon saß an einem der Tische, rollte Binden auf und stapelte sie vor sich auf die Tischfläche. Gleichzeitig brachte sie es aber fertig, ihre Töchter auf der anderen Seite des Raums im Auge zu behalten, obwohl beide alt genug waren, um das Haar zum Zopf zu flechten. Ihr Grund war allerdings leicht zu entdecken. Bode und Eldrin saßen rechts und links von Aram und versuchten, den Kesselflicker zum Essen zu überreden. Sie fütterten ihn sogar und wischten ihm das Kinn ab. So, wie sie den Burschen anhimmelten, wunderte sich Perrin, daß Natti nicht am gleichen Tisch saß, Zopf oder auch nicht. Der Bursche sah wahrscheinlich vom Standpunkt einer Frau gesehen sehr gut aus, besser noch als Wil al'Seen. Bode und Eldrin schienen offensichtlich dieser Meinung zu sein. Aram erwiderte von Zeit zu Zeit das Lächeln. Sie waren ja auch auf ihre mollige Art sehr hübsche Mädchen, und er wäre blind gewesen, hätte er das nicht bemerkt. Perrin hielt Aram keineswegs für blind, was Mädchen betraf. Aber er brachte kaum einen Bissen herunter, da wanderte sein glasiger Blick schon wieder hinüber zu den Speeren und Hellebarden, die an die Wand gelehnt auf der anderen Seite des Raums standen. Für einen Tuatha'an mußte das ein schrecklicher Anblick sein.

»Frau al'Vere sagte, du seist endlich des Herumsitzens im Sattel müde geworden«, sagte Faile, die durch die Küchentür eintrat. Überraschenderweise trug sie eine lange, weiße Schütze wie Marin. Die Ärmel hatte sie bis an die Ellbogen hochgekrempelt, und an ihren Händen klebte Mehl. Als werde ihr das gerade erst bewußt, wischte sie sich die Hände schnell an der Schürze ab und legte die dann über eine Stuhllehne. »Ich habe noch nie etwas gebacken«, sagte sie im Herüberkommen und rollte die Ärmel herunter. »Es macht eigentlich Spaß, Teig zu kneten. Vielleicht mache ich das mal wieder.«

»Wenn du nicht bäckst«, bemerkte er vorsichtig, »woher sollen wir dann Brot bekommen? Ich habe nicht vor, mein ganzes Leben auf Reisen zu verbringen und in der Schenke zu essen oder nur dann, wenn ich etwas mit der Falle oder mit Pfeil und Bogen oder der Schleuder erwische.«

Sie lächelte, als habe er ihr ein Kompliment oder Ähnliches gemacht. Warum sie so lächelte, war ihm absolut nicht klar. »Natürlich wird die Köchin das Backen übernehmen. Oder wahrscheinlich eine Küchenhelferin, aber die Köchin wird schon aufpassen.«

»Die Köchin«, murmelte er kopfschüttelnd. »Oder eine Küchenhelferin. Sicher. Warum habe ich nicht gleich daran gedacht?«

»Was ist los, Perrin? Du schaust so besorgt drein. Ich glaube nicht, daß wir, von einer Festungsmauer abgesehen, bessere Verteidigungsanlagen finden werden.«

»Das ist es nicht, Faile. Dieses Getue mit Perrin Goldauge wird langsam zuviel. Ich weiß nicht, wer sie glauben, daß ich bin, aber ständig fragen sie mich, was sie tun sollen und ob ich nichts dagegen hätte, obwohl sie genau wissen, was zu tun ist oder innerhalb von zwei Minuten Nachdenkens selbst darauf kommen können.«

Ein Weilchen betrachtete sie sein Gesicht mit nachdenklichen, dunklen, schrägstehenden Augen, und dann sagte sie: »Wie viele Jahre ist es her, daß die Königin von Andor hier tatsächlich ihre Herrschaft ausübte?«

»Die Königin von Andor? Ich weiß es nicht. Hundert Jahre vielleicht. Zweihundert. Was spielt das schon für eine Rolle?«

»Diese Menschen erinnern sich nicht daran, wie man mit einer Königin umgeht – oder einem König. Sie versuchen, es herauszubekommen. Du mußt Geduld mit ihnen haben.«

»Mit einem König?« fragte er mit weichen Knien. Er ließ den Kopf auf die auf dem Tisch liegenden Arme sinken. »Oh, Licht!«

Faile lachte leise und fuhr ihm mit den Fingern durchs Haar. »Na ja, vielleicht nicht gerade das. Ich denke, Morgase hätte etwas dagegen. Aber wenigstens ein General oder so etwas. Ein Mann, der ihr Gebiete zurückbrächte, die sie hundert Jahre lang oder länger nicht mehr beherrscht hat, käme ihr bestimmt gelegen. Den würde sie wahrscheinlich in den Adelsstand erheben. Perrin aus dem Hause Aybara, Lord der Zwei Flüsse. Das klingt doch gut.«

»Wir brauchen in den Zwei Flüssen keinen Lord«, grollte er in Richtung der eichenen Tischplatte. »Genausowenig wie Königinnen und Könige. Wir sind freie Menschen!«

»Auch freie Menschen wollen einmal jemandem folgen«, sagte sie sanft. »Die meisten Menschen wollen an etwas glauben, das größer ist als sie selbst, das weiter reicht als bis zur Grenze ihrer eigenen Felder. Deshalb gibt es Staaten, Perrin, und Völker. Selbst Raen und Ila sehen sich als Teil von etwas Größerem als ihrem eigenen Wagenzug. Sie haben wohl nun ihre Wohnwagen und die meisten Mitglieder ihrer Familien oder der ihrer Freunde verloren, aber andere Tuatha'an suchen immer noch nach dem Lied und auch sie werden es wieder, denn sie gehören zu etwas, das weit über ihre wenigen Wohnwagen hinausreicht.«

»Wem gehören die?« fragte Aram plötzlich.

Perrin hob den Kopf. Der junge Kesselflicker war aufgestanden und betrachtete nervös die Speere an der Wand. »Sie gehören jedem, der einen davon braucht, Aram. Keiner wird dir mit einem davon etwas antun, glaube mir.« Er war sich nicht sicher, ob ihm Aram das abnahm, so wie er jetzt langsam im Raum auf und ab tigerte, die Hände in die Taschen gesteckt, und aus den Augenwinkeln die Speere und Hellebarden betrachtete.

Perrin war mehr als dankbar, als ihm Marin einen Teller mit Gänsebrustscheiben, Zwiebeln, Erbsen und gutem Krustenbrot hinstellte. Er wollte richtig zulangen, doch da steckte ihm Faile eine mit Blumen bestickte Serviette unters Kinn und schnappte ihm Messer und Gabel aus der Hand. Sie schien es lustig zu finden, ihn auf die gleiche Art zu füttern, wie es Bode und Eldrin mit Aram getan hatten. Die Cauthon-Mädchen kicherten seinetwegen und auch Marin und Natti lächelten ein wenig. Perrin konnte daran allerdings nichts Erheiterndes finden. Doch er war gewillt, Failes Launen zu ertragen, obwohl er allein leichter gegessen hätte. Bei ihr mußte er immer den Hals so verdrehen, um alles hineinzubekommen, was sie ihm auf der Gabel reichte.

Aram drehte drei langsame Runden um den Raum, bevor er am Fuß der Treppe stehenblieb und das Faß mit der eigenartigen Auswahl an Schwertern anblickte. Dann streckte er die Hand aus und zog ein Schwert aus dem Bündel. Er hielt es ungeschickt. Der lederumwickelte Griff war lang genug, um es mit beiden Händen zu halten. »Kann ich das benützen?« fragte er.

Perrin erstickte beinahe an seinem Essen.

Alanna erschien am oberen Ende der Treppe, zusammen mit Ila. Die Tuatha'an-Frau schien erschöpft, doch die Schwellung war aus ihrem Gesicht verschwunden. »... am besten wäre, jetzt zu schlafen«, sagte die Aes Sedai gerade. »Es ist vor allem der Schock, unter dem er leidet, und den kann ich auch mit Hilfe der Macht nicht heilen.«

Ilas Blick fiel auf ihren Enkel und auf das, was er in Händen hielt, und sie schrie, als sei die Klinge in ihr eigenes Fleisch gefahren. »Nein, Aram! Neeeein!« Sie stürzte beinahe die Treppe hinunter in ihrer Hast und warf sich auf Aram bei dem Versuch, seine Hände vom Schwertgriff zu reißen. »Nein, Aram«, schnaufte sie atemlos, »das darfst du nicht! Leg es weg! Der Weg des Blatts. Das darfst du nicht! Der Weg des Blatts! Bitte, Aram! Bitte!«

Aram tanzte mit ihr, wehrte sie ungeschickt ab und versuchte, das Schwert auf der anderen Seite zu halten, damit sie nicht herankam. »Warum nicht?« schrie er zornig. »Sie haben Mutter getötet! Ich habe zugesehen! Ich hätte sie retten können mit einem Schwert! Ich hätte sie retten können!«

Diese Worte schnitten tief in Perrins Brust. Ein Kesselflicker mit einem Schwert erschien ihm unnatürlich. Ihm standen dabei fast die Haare zu Berge, doch diese Worte... Seine Mutter. »Laßt ihn in Ruhe«, sagte er grober, als er vorgehabt hatte. »Jeder Mann hat ein Recht, sich zu verteidigen, seine Fam... Er hat ein Recht darauf.«

Aram hielt Perrin sein Schwert hin. »Bringt Ihr mir bei, wie man es benutzt?«

»Ich kann das auch nicht«, sagte Perrin. »Aber Ihr findet schon jemanden.«

Über Ilas schmerzverzerrtes Gesicht rannen die Tränen. »Die Trollocs haben mir die Tochter genommen«, schluchzte sie, wobei sie am ganzen Körper bebte, »und alle meine Enkel bis auf einen, und den nehmt Ihr mir nun. Er ist verloren, und Ihr seid schuld daran, Perrin Aybara. Ihr seid im Herzen ein Wolf geworden, und jetzt macht Ihr auch aus ihm einen.« Sie wandte sich um und stolperte die Treppe wieder hinauf. Sie wurde dabei immer noch vom Schluchzen durchgeschüttelt.

»Ich hätte sie retten können!« schrie ihr Aram hinterher. »Großmutter! Ich hätte sie retten können!« Sie blickte nicht um, und als sie um die Ecke verschwand, sackte er weinend gegen das Geländer. »Ich hätte sie retten können, Großmutter. Ich hätte …«

Perrin wurde bewußt, daß auch Bode weinte, das Gesicht in den Händen verborgen, und die anderen Frauen blickten ihn finster an, als habe er etwas falsch gemacht. Nein, nicht alle. Alanna musterte ihn vom oberen Ende der Treppe aus mit der undurchschaubaren Ruhe einer Aes Sedai, und Failes Miene war beinahe genauso ausdruckslos.

Er wischte sich den Mund ab, warf die Serviette auf den Tisch und stand auf. Er hatte immer noch genug Zeit, um Aram zu befehlen, das Schwert zurückzustecken und sich bei Ila zu entschuldigen. Zeit, um ihm zu sagen … was eigentlich? Daß er beim nächstenmal vielleicht nicht dabei sein würde, wenn seine Lieben starben? Daß er dann vielleicht erst zurückkommen würde, um an ihren Gräbern zu stehen?

Er legte Aram eine Hand auf die Schulter und der Mann fuhr zusammen. Er duckte sich über das Schwert, als erwarte er, von ihm durchbohrt zu werden. In der Witterung des Kesselflickers lag eine Vielzahl von Gefühlen: Furcht und Haß und tiefe, tiefe Trauer. Als verloren hatte ihn Ila bezeichnet. Sein Blick wirkte verloren.

»Wascht Euer Gesicht, Aram. Dann geht und sucht Tam al'Thor. Sagt, ich schicke Euch und er solle Euch beibringen, wie man mit dem Schwert umgeht.«

Langsam hob der andere seinen Kopf. »Ich danke Euch«, stammelte er und wischte sich mit dem Ärmel die Tränen ab. »Ich danke Euch. Ich werde Euch das nie vergessen. Nie. Das schwöre ich.« Plötzlich hob er das Schwert und küßte die gerade Klinge. Der Knauf bestand aus einem Messing-Wolfskopf. »Ich schwöre es. Macht man das nicht so?«

»Ich glaube schon«, sagte Perrin traurig. Er fragte sich, warum er eigentlich so traurig sei. Der Weg des Blatts war ein schöner Glaube, wie ein Traum vom Frieden, aber wie dieser Traum konnte er einer Welt voller Gewalt nicht standhalten. Er kannte keinen Ort, an den man davor fliehen konnte. Es war ein Traum, der für einen anderen Mann in einer anderen Zeit bestimmt sein mochte. Vielleicht sogar in einem anderen Zeitalter. »Geht nur, Aram. Ihr müßt eine Menge lernen, und vielleicht habt Ihr nicht viel Zeit dafür.« Der Kesselflicker stammelte immer noch seinen Dank und wartete nicht darauf, seine Tränen abwaschen zu können. Er rannte geradewegs aus der Schenke und trug das Schwert senkrecht vor sich in beiden Händen.

Er war sich der Reaktionen der anderen bewußt. Eldrin machte eine finstere Miene, Marin hatte die Fäuste in die Hüften gestützt und Natti die Stirn gerunzelt, ganz zu schweigen davon, daß Bode offen weinte. Perrin ging zu seinem Stuhl zurück. Alanna war von ihrem Platz oben an der Treppe verschwunden. Faile sah zu, wie er Messer und Gabel wieder in die Hände nahm. »Paßt es dir nicht?« fragte er ruhig. »Ein Mann hat ein Recht darauf, sich zu verteidigen, Faile. Selbst Aram. Niemand kann ihn zwingen, dem Weg des Blatts zu folgen, wenn er das nicht will.«

»Ich habe es nicht gern, wenn ich erleben muß, wie dir etwas weh tut«, sagte sie ganz leise.

Das Messer hielt über dem Stück Gänsebraten inne. Wehtun? Dieser Traum war nicht für ihn bestimmt. »Ich bin eben müde«, sagte er zu ihr und lächelte. Er merkte, daß sie ihm nicht glaubte.

Bevor er Zeit hatte, eine zweite Portion in den Mund zu schieben, steckte Bran den Kopf durch die Eingangstür. Er hatte wieder seine runde Stahlkappe auf. »Reiter nähern sich vom Norden her, Perrin. Eine Menge Reiter. Ich glaube, es sind Weißmäntel.«

Faile schoß hinaus, während sich Perrin noch erhob,

und als er schließlich draußen auf Traber saß und der Dorfvorsteher leise murmelnd probte, was er den Weißmänteln sagen wollte, kam sie auf ihrer schwarzen Stute bereits um die Ecke der Schenke geritten. Einige der Menschen arbeiteten weiter, doch die meisten liefen in Richtung Norden los. Perrin hatte es nicht besonders eilig. Es konnte durchaus sein, daß die Kinder des Lichts gekommen waren, um ihn festzunehmen. Wahrscheinlich war das der Fall. Er wollte nicht gerade in Ketten gelegt mitgenommen werden, hatte aber auch nicht vor, die Menschen hier zu bitten, seinetwegen gegen die Weißmäntel zu kämpfen. Er folgte Bran und schloß sich dem Strom von Männern und Frauen und Kindern an, die auf der Wagenbrücke über den Weinquellenbach eilten. Trabers und Schwalbes Hufe dröhnten über die dicken Holzplanken. Hier wuchsen am Bachufer einige hohe Weiden. Die Brücke befand sich am Anfang der Nordstraße, die nach Wachhügel und weiter führte. Einige der fernen Rauchwolken waren zu dünnen Rauchfahnen geschrumpft, wo die Feuer langsam verglühten.

Wo die Nordstraße das Dorf verließ, fand er zwei Wagen vor, die sie blockierten, und dahinter hatten sich mit Speeren und Pfeil und Bogen bewaffnete Männer versammelt. Sie deuteten über den Wald der geneigten Pfähle hinweg und rochen nach Erregung. Jeder unterhielt sich mit jedem, und alle drängten sich dicht zusammen, um besser sehen zu können, was die Straße herunter auf sie zukam: eine lange Doppelreihe von Reitern in weißen Umhängen, die eine Staubfahne hinter sich herzogen. Sie hatten kegelförmige Helme auf, und ihre auf Hochglanz polierten Rüstungen glänzten in der Nachmittagssonne. Die Lanzen mit ihren Stahlspitzen hielten sie alle im gleichen Winkel gesenkt. An der Spitze ritt ein jüngerer Mann mit steifem Kreuz und ernstem Gesicht, der Perrin irgendwie bekannt vorkam. Mit der Ankunft des Dorfvorstehers wurden die Stimmen leiser, und erwartungsvolle Schweigen breitete sich aus. Oder vielleicht war es auch Perrins Ankunft, die sie zur Ruhe brachte.

Etwa zweihundert Schritt von den Pfählen entfernt hob der Mann mit dem ernsten Gesicht eine Hand und die Kolonne hielt an. Scharfe Befehle wurden die Reihen hinauf durchgegeben. Er ritt sodann mit einem halben Dutzend Weißmänteln als Eskorte weiter und ließ den Blick über die Wagen, die zugespitzten Pfähle und die Männer dahinter schweifen. Seine Haltung allein zeichnete ihn als wichtige Persönlichkeit aus; die Rangknoten unter den Sonnenstrahlen auf dem Umhang wären gar nicht notwendig gewesen.

Luc war mit einemmal ebenfalls da. Er erstrahlte in feiner, roter, goldbestickter Wollkleidung auf seinem glänzend schwarzen Hengst. Möglicherweise lag es an diesem Äußeren, daß der Offizier der Weißmäntel ihn als Ansprechpartner wählte, obwohl er den Blick weiter suchend schweifen ließ. »Ich bin Dain Bornhald«, sagte er und ließ sein Pferd anhalten. »Hauptmann der Kinder des Lichts. Habt Ihr das unseretwegen aufgebaut? Ich habe gehört, daß Emondsfeld für die Kinder des Lichts verbotenes Gebiet sei, oder? Dann muß es wahrhaftig dem Schatten angehören, wenn die Kinder des Lichts es nicht betreten dürfen.«

Dain Bornhald, nicht Geofram. Vielleicht ein Sohn. Nicht, daß dies eine Rolle spielte. Perrin glaubte, daß ihn der eine wie der andere hätte gefangennehmen wollen. Und richtig: Bornhalds Blick schweifte über ihn hinweg und zuckte sofort zurück. Den Mann schien ein Krampf gepackt zu haben. Eine Hand im Kampfhandschuh fuhr hinunter zu seinem Schwert, er fletschte die Zähne zu einem lautlosen Knurren, und einen Augenblick lang war Perrin sicher, der Mann würde angreifen und sein Pferd in den Dornenwald von Pfählen hineinjagen, um ihn zu erreichen. Es schien, als hasse ihn dieser Mann aus irgendeinem persönlichen Grund. Aus der Nähe schien das Gesicht etwas Schlaffes auszustrahlen. Ein Glänzen in diesen Augen erinnerte Perrin etwas an Bili Congar. Er glaubte, ganz schwach Schnaps an ihm zu riechen.

Der hohlwangige Mann neben Bornhald kam ihm nicht nur bekannt vor. Perrin würde diese tief eingesunkenen Augen, die wie dunkle Kohlen glühten, niemals vergessen. Hochgewachsen, hager und hart wie ein Amboß, so blickte ihn Jaret Byar mit haßerfüllten Augen an. Ob nun Bornhald ein Fanatiker war oder nicht, Byar war jedenfalls ganz gewiß einer.

Luc war offenbar schlau genug, Bran nicht zuvorzukommen, und schien statt dessen eingehend die Kolonne in Weiß gehüllter Männer zu studieren, als sich der Staub langsam zu Boden senkte und noch mehr Kinder des Lichts zum Vorschein brachte. Die Reihe erstreckte sich die Straße entlang, soweit man sehen konnte. Und dann blickte Bran auch noch zu Perrin hinüber und wartete das Kopfnicken eines Schmiedelehrlings ab, bevor er antwortete. Er war doch schließlich der *Dorfvorsteher*! Bornhald und Byar nahmen sichtlich Notiz von dem schweigenden Fragen.

»Emondsfeld ist nicht ausdrücklich für Euch geschlossen«, sagte Bran, der hochaufgerichtet und mit seinem Speer an der Seite dastand. »Wir haben uns entschlossen, uns selbst zu verteidigen, und das haben wir heute morgen auch getan. Wenn Ihr sehen wollt, wie, dann schaut dort hinüber.« Er deutete auf die Rauchwolken, die von den Scheiterhaufen der Trollocs aufstiegen. Der süßliche Geruch verbrennenden Fleisches lag in der Luft, aber niemand außer Perrin schien das zu bemerken.

»Ihr habt ein paar Trollocs umgebracht?« stellte Bornhald verächtlich fest. »Euer Glück und Euer Können verblüffen mich absolut.«

»Mehr als nur ein paar!« schrie jemand aus der Menschenmenge. »Hunderte!«

»Wir hatten eine Schlacht!« schrie eine andere Stimme und Dutzende anderer überschrien sich mit einemmal.

»Wir haben gegen sie gekämpft und gewonnen!«

»Wo wart Ihr?«

»Wir können uns ohne Hilfe von Weißmänteln verteidigen!«

»Hoch die Zwei Flüsse!«

»Die Zwei Flüsse und Perrin Goldauge leben hoch!«

»Goldauge!«

»Goldauge!«

Leof, der ja eigentlich die Waldarbeiter beschützen sollte, begann, diese rote Flagge mit dem Wolfskopf zu schwenken.

Bornhalds haßerfüllter Blick umfaßte sie alle, doch Byar ließ knurrend vor Wut seinen braunen Wallach vorwärtstänzeln. »Glaubt Ihr Bauern vielleicht, daß Ihr wißt, was eine Schlacht ist?« brüllte er. »Letzte Nacht wurde eines von Euren Dörfern von den Trollocs beinahe völlig ausgelöscht! Wartet nur ab, bis sie in Mengen über Euch herfallen, und dann wünscht Ihr euch, daß Eure Mütter niemals Eure Väter geküßt hätten!« Er schwieg nach einem müden Wink Bornhalds wie ein scharfer Wachhund, der seinem Herrn gehorcht, aber seine Worte hatten die Rufer in der Menge zum Schweigen gebracht.

»Welches Dorf?« Brans Stimme klang würdevoll und gleichzeitig besorgt. »Wir haben alle Bekannte in Wachhügel und Devenritt.«

»Wachhügel wurde nicht berührt«, antwortete Bornhald, »und ich weiß nichts von Devenritt. Heute morgen brachte mir ein Kurier die Nachricht, daß Taren-Fähre praktisch nicht mehr existiert. Falls Ihr dort Freunde habt – es sind viele Leute über den Fluß entkommen. Über den Fluß.« Sein Gesicht straffte sich einen Augenblick lang. »Ich habe beinahe fünfzig gute Soldaten dabei verloren.«

Die Neuigkeit rief ein bedrücktes Gemurmel hervor. Niemand hörte so etwas gern, aber andererseits hatte auch keiner Bekannte in Taren-Fähre gehabt. Wahrscheinlich war keiner von ihnen jemals so weit weg gewesen.

Luc ließ sein Pferd vortreten. Der Hengst schnappte im Vorbeischreiten nach Traber. Perrin zügelte sein Tier mühsam, bevor die beiden eine Beißerei beginnen konnten. Luc schien es entweder nicht zu bemerken, oder es war ihm gleichgültig. »Taren-Fähre?« fragte er mit ausdrucksloser Stimme. »Die Trollocs haben letzte Nacht Taren-Fähre angegriffen?«

Bornhald zuckte die Achseln. »Das habe ich doch gesagt, oder nicht? Es scheint, die Trollocs haben sich schließlich doch entschlossen, die Dörfer zu überfallen. Wie vorsorglich, daß man Euch zeitig genug warnte, um diese schönen Verteidigungsanlagen zu errichten.« Sein Blick wanderte über den Pfahlwald und die Männer dahinter, bevor er an Perrin hängenblieb.

»War der Mann, der sich Ordeith nennt, letzte Nacht in Taren-Fähre?« fragte Luc.

Perrin sah ihn mit großen Augen an. Er hatte nicht gewußt, daß Luc Padan Fain auch nur vom Namen her kannte, oder jedenfalls den Namen, den er jetzt benützte. Aber die Menschen klatschten eben viel, wenn jemand zurückkehrte, den sie als fahrenden Händler kannten und der plötzlich ein großes Tier bei den Weißmänteln war.

Bornhalds Reaktion war ebenso eigenartig wie die Frage. In seinen Augen glitzerte ein Haß, mindestens genauso stark wie der auf Perrin, doch sein Gesicht wurde blaß, und er fuhr sich mit dem Handrücken über die Lippen, als habe er vergessen, daß er stahlverstärkte Kampfhandschuhe trug. »Ihr kennt Ordeith?« fragte er und beugte sich vor, um Luc besser ansehen zu können.

Nun war es an Luc, gleichgültig die Achseln zu

zucken. »Ich habe ihn hier und da getroffen, seit ich an die Zwei Flüsse gekommen bin. Ein anrüchig wirkender Mann, und die ihm folgen, sehen nicht anders aus. Die Art von Leuten, die vielleicht zu leichtsinnig vorgegangen sind und so den Trollocs gestatteten, das Dorf erfolgreich zu überfallen. War er dort? Falls ja, kann man nur hoffen, daß er seine Dummheit mit dem Leben bezahlte. Falls nicht, hoffen wir einmal, daß Ihr ihn hier bei Euch habt, wo Ihr ihn genau im Auge behalten könnt.«

»Ich weiß nicht, wo er ist«, fauchte Bornhald. »Es ist mir auch gleich! Ich bin nicht hergekommen, um über Ordeith zu sprechen!« Sein Pferd tänzelte nervös, als Bornhald die Hand ausstreckte und auf Perrin deutete. »Ich nehme Euch als Schattenfreund fest. Man wird Euch nach Amador bringen, und dort werdet Ihr unter der Kuppel der Wahrheit gerichtet.«

Byar starrte seinen Hauptmann ungläubig an. Hinter der Barriere, die die Weißmäntel von den Menschen der Zwei Flüsse trennte, erhob sich zorniges Gemurmel. Speere und Hellebarden wurden geschwungen, Bögen erhoben. Den weiter entfernten Weißmänteln rief ein Kerl Befehle zu, der mit seiner Rüstung bestimmt genauso groß war wie Meister Luhhan. Sie begannen, auszuschwärmen und steckten die Lanzenenden in lederne Stützfutterale an den Sätteln. Sie holten auch kurze Bögen heraus, wie man sie vom Pferd aus benützte. Bei dieser Entfernung konnten sie damit aber nicht viel anrichten, höchstens den Rückzug Bornhalds und seiner Männer decken, falls ihnen ein Entkommen überhaupt möglich war. Bornhald schien keine Gefahr zu sehen – höchstens aber von Perrin ausgehend.

»Es wird keine Festnahme geben«, sagte Bran in scharfem Ton. »Das haben wir eindeutig beschlossen. Keine weiteren Festnahmen ohne Schuldbeweis, und zwar einen solchen, dem wir glauben können. Ihr könnt mir niemals etwas zeigen, das mich davon überzeugt, daß Perrin ein Schattenfreund ist, also könnt Ihr genausogut die Hand herunternehmen.«

»Er hat meinen Vater in Falme verraten, so daß er ums Leben kam«, schrie Bornhald. Die Wut hatte ihn gepackt. »Hat ihn an Schattenfreunde verraten und an Hexen aus Tar Valon, die tausend Kinder des Lichts mit Hilfe der Einen Macht töteten!« Byar nickte lebhaft.

Einige der Einwohner traten unsicher von einem Fuß auf den anderen. Die Nachricht von dem, was Verin und Alanna an diesem Morgen vollbracht hatten, hatte sich verbreitet, und dabei war alles aufgebauscht worden. Was sie auch von Perrin hielten, aber hundert Geschichten über die Aes Sedai, die meisten davon falsch, hatten ihr Bild geprägt und ließen manchen jetzt daran glauben, daß Aes Sedai tausend Weißmäntel getötet haben mochten. Und wenn sie das glaubten, konnten sie auch den Rest glauben.

»Ich habe niemanden verraten«, sagte Perrin mit lauter Stimme, damit es jeder hören konnte. »Falls Euer Vater in Falme gestorben ist, so haben ihn diejenigen getötet, die man Seanchan nennt. Ich weiß nicht, ob sie Schattenfreunde sind, aber ich weiß, daß sie die Eine Macht im Kampf einsetzen.«

»Lügner!« Speichel spritzte von Bornhalds Lippen. »Die Seanchan sind ein Märchen, das in der Weißen Burg erfunden wurde, um ihre gemeinen Lügen zu verbergen! Ihr seid ein Schattenfreund!«

Bran schüttelte verwundert den Kopf und schob seine Stahlkappe auf eine Seite, damit er sich in dem Kranz weißer Haare kratzen konnte. »Ich weiß überhaupt nichts von diesen – Seanchan? – also, von diesen Seanchan. Was ich aber weiß, ist, daß Perrin kein Schattenfreund ist, und Ihr werdet niemanden festnehmen.«

Die Lage spitzte sich mit jeder Minute zu, wie Perrin deutlich erkannte. Auch Byar war das wohl klargeworden, und so zupfte er Bornhald am Arm und flüsterte mit ihm, doch der Hauptmann der Weißmäntel konnte oder wollte nicht zurückstecken, nun, da er Perrin persönlich vor sich hatte. Bran und die Leute von den Zwei Flüssen hatten sich ebenfalls festgelegt und hätten ihn wohl auch dann nicht den Weißmänteln überlassen, wenn er alles gestanden hätte, was ihm Bornhald zuschrieb. Wenn nicht jemand bald Wasser auf dieses Feuer goß, würde alles explodieren wie eine Handvoll Stroh, das man auf eine glühende Esse wirft.

Er haßte es, sich schnell entscheiden zu müssen. Loial hatte durchaus recht. Überhastetes Denken führte dazu, daß Menschen verletzt wurden. Aber er glaubte zumindest, einen Weg entdeckt zu haben. »Seid Ihr gewillt, meine Festnahme noch hinauszuschieben, Bornhald? Bis die Trollocs erledigt sind? Ich werde vorher bestimmt hier nicht weggehen.«

»Warum sollte ich es hinauszögern?« Der Mann war blind vor Haß. Wenn er so weitermachte, würde viele Männer sterben, er selbst wahrscheinlich eingeschlossen, und er erkannte das nicht. Es hatte jedoch keinen Zweck, ihm das zu sagen.

»Habt Ihr nicht die vielen brennenden Bauernhäuser heute morgen bemerkt?« fragte Perrin statt dessen. Er machte eine weitausholende Geste, um all diese langsam schrumpfenden Rauchwolken einzubeziehen. »Seht Euch um. Ihr habt es ja selbst gesagt. Die Trollocs geben sich nicht mehr damit zufrieden, jede Nacht einen oder zwei Bauernhöfe zu überfallen. Jetzt überfallen sie die Dörfer. Wenn Ihr versucht, nach Wachhügel zurückzureiten, wird Euch das vielleicht schon nicht mehr gelingen. Ihr habt Glück gehabt, überhaupt bis hierher zu kommen. Aber wenn Ihr hier in Emondsfeld bleibt...« Bran fuhr zu ihm herum, und andere Männer schrien laut »nein«. Faile ritt heran und packte ihn am Arm, doch er beachtete nichts davon. »... dann wißt Ihr immer, wo ich bin, und Eure Soldaten sind uns als zusätzliche Verteidiger willkommen.«

»Bist du dir da auch sicher, Perrin?« fragte Bran, der

Trabers Steigbügel ergriffen hatte, während auf der anderen Seite Faile eindringlich sagte: »Nein, Perrin! Das Risiko ist zu groß. Du darfst nicht – ich meine – ach, entschuldige … aber bitte, tu es nicht … oh, Licht, verbrenn mich zu verdammter Asche! Du *darfst* das nicht tun!«

»Ich lasse nicht zu, daß Menschen gegen Menschen kämpfen, wenn ich das verhindern kann«, sagte er entschlossen zu ihnen. »Wir werden den Trollocs doch nicht die Arbeit abnehmen.«

Faile stieß wild seinen Arm weg. Sie warf Bornhald einen finsteren Blick zu, holte dann einen Wetzstein aus ihrer Gürteltasche, hatte mit einemmal ein Messer in der Hand und wetzte die Klinge mit flinken, geübten Bewegungen.

»Jetzt weiß dann Hari Coplin bestimmt nicht mehr ein noch aus«, kommentierte Bran trocken. Er korrigierte wieder den Sitz seines runden Helms, wandte sich erneut den Weißmänteln zu und pflanzte seinen Speerschaft wuchtig auf den Boden. »Ihr habt seine Bedingungen gehört. Jetzt hört die meinen. Wenn Ihr nach Emondsfeld kommt, nehmt Ihr niemanden fest ohne die Zustimmung des Rates der Gemeinde, die Ihr nicht erhalten werdet. Also wird niemand festgenommen. Ihr geht nicht ungebeten in irgendein Haus. Ihr macht uns keine Schwierigkeiten und nehmt an der Verteidigung teil, wenn und wo man Euch dazu auffordert. Und ich will noch nicht einmal einen Drachenzahn *riechen*! Stimmt Ihr zu? Falls nicht, könnt Ihr zurückreiten, woher Ihr gekommen seid.« Byar starrte den rundlichen Mann an, als habe sich ein Schaf aufgerichtet und ihm angeboten, mit ihm zu ringen.

Bornhald wandte den Blick nicht von Perrin. »Einverstanden«, sagte er schließlich. »Bis die Trollocs erledigt sind, bin ich einverstanden!« Er riß sein Pferd herum und galoppierte zurück zu den Reihen seiner Männer. Der schneeweiße Umhang bauschte sich im Wind auf.

Als der Dorfvorsteher befahl, die Wagen wegzurollen, bemerkte Perrin, daß Luc ihn anblickte. Der Kerl saß ganz entspannt im Sattel. Eine Hand ruhte lässig auf dem Griff seines Schwerts, und die blauen Augen blickten amüsiert drein.

»Ich glaubte, Ihr würdet Einspruch erheben«, sagte Perrin, »so wie Ihr die Leute anscheinend gegen die Weißmäntel aufgehetzt habt.«

Luc spreizte mit lässiger Geste die Hände. »Wenn diese Leute die Weißmäntel bei sich haben wollen, dann sollen sie ihre Weißmäntel haben. Aber Ihr solltet Euch in acht nehmen, junger Goldauge. Ich weiß recht gut, wie es ist, wenn man den eigenen Feind an die Brust nimmt. Seine Klinge dringt schneller ein, je näher er sich befindet.« Mit einem Lachen ließ er seinen Hengst durch die Menge drängeln und ritt zurück ins Dorf.

»Er hat recht«, sagte Faile, die immer noch ihr Messer an dem Stein wetzte. »Vielleicht wird ja dieser Bornhald sein Wort halten und dich nicht festnehmen lassen, aber was kann einen seiner Männer davon abhalten, dir ein Messer in den Rücken zu stoßen? Du hättest das nicht tun sollen!«

»Ich mußte«, sagte er zu ihr. »Besser, als den Trollocs die Arbeit abzunehmen.«

Die Weißmäntel begannen mit ihrem Einritt. Bornhald und Byar ritten an ihrer Spitze. Die beiden funkelten ihn mit unverhülltem Haß an, und die anderen, die paarweise einritten ... Kalte, harte Augen in kalten, harten Gesichtern, die sich ihm beim Vorbeireiten zuwandten. Sie haßten ihn nicht, sahen aber in ihm einen Schattenfreund, wenn sie ihn erblickten. Und zumindest Byar war zu allem fähig.

Er hatte nichts anderes tun können, aber er hielt es doch für keine schlechte Idee, wenn Dannil und Ban und die anderen ihm überallhin folgen durften, wie sie es ja wollten. Er würde nicht unbeschwert schlafen können, ohne jemanden vor seiner Tür Wache stehen zu lassen. Wachen. Wie bei einem idiotischen Lord! Aber wenigstens Faile würde sich darüber freuen. Wenn er die Burschen nur dazu bringen könnte, diese Flagge irgendwo zu verlieren.

KAPITEL 7

Schleier

Die Menge drängte sich durch die engen, gewundenen Straßen der Halbinsel Calpene in der Nähe des Großen Kreises. Der Rauch unzähliger Küchenfeuer, der über die hohen, weißen Mauern drang, war der Grund dafür. Ein säuerlicher Geruch nach Qualm, heißem Essen und altem Schweiß lag in der feuchten Morgenluft. Das Schreien von Kindern und das dumpfe Gemurmel, das große Menschenmengen immer begleitete, ergab einen Hintergrundlärm, der sogar das schrille Kreischen der Möwen vom Himmel übertönte. Die Läden in diesem Gebiet hatten längst endgültig die Eisengitter vor den Türen geschlossen. Es gab nichts mehr zu verkaufen.

Angeekelt wand sich Egeanin zu Fuß durch die Menge. Es war schlimm, daß Gesetz und Ordnung in einem solchen Maß zusammengebrochen waren, daß abgerissene Flüchtlinge es wagen konnten, die Kreise zu übernehmen und sogar auf den Steinbänken zu schlafen. Das war genauso schlimm wie Regierungsoberhäupter, die diese Flüchtlinge einfach verhungern ließen. Der Zustand sollte an sich ihr Herz erfreuen, denn dieses entmutigte Pack konnte der *Corenne* sicher nicht widerstehen, und anschließend würde man die Ordnung sehr schnell wiederherstellen, aber sie konnte trotzdem den Anblick kaum ertragen.

Die meisten der zerlumpten Menschen um sie herum schienen viel zu apathisch, um sich über eine Frau in sauberem, frisch gewaschenem, blau-seidenem Reitkleid in ihrer Mitte zu wundern. Wohl war ihr Kleid von einfachem Schnitt, wirkte aber ganz und gar nicht billig. Hier und da sah sie in der Menge Männer und Frauen in einstmals feiner Kleidung, doch nun war sie verschmutzt und zerknittert. Aber dadurch fiel sie vielleicht doch nicht so sehr auf. Die wenigen, die sie taxierten und sich wohl fragten, ob ihre Kleidung auch eine wohlgefüllte Börse bedeuten mochte, hielten sich lieber von ihr fern, wenn sie bemerkten, mit welch geübtem Griff sie ihren festen, mannshohen Bauernspieß trug. Heute hatte sie die Wächter, die Sänfte und ihre Träger einmal zurücklassen müssen. Floran Gelb hätte an diesem Troß sonst todsicher bemerkt, daß er verfolgt wurde. Und dieses Kleid mit seinem Hosenrock gab ihr wenigstens einige Bewegungsfreiheit.

Selbst eingeklemmt in diesen Menschenmassen war es leicht, den schmierigen kleinen Mann im Auge zu behalten, und das, obwohl sie ständig Ochsenkarren und gelegentlich größeren Wagen ausweichen mußte, die häufiger von schwitzenden Männern mit bloßen Oberkörpern gezogen wurden als von Tieren. Gelb und sieben oder acht Begleiter, alles stämmige Burschen mit rohen Gesichtern, drängten sich gewaltsam und rücksichtslos durch die Menge, gefolgt von einer Flut von Flüchen und Verwünschungen. Sie ärgerte sich über diese Kerle. Gelb hatte bestimmt wieder eine Entführung vor. Seit sie ihm das versprochene Gold gesandt hatte, hatte er drei weitere Frauen gefunden, von denen keine denen auf der Liste auch nur annähernd ähnlich sah, und bei jeder, die sie ablehnte, hatte er lang und breit gejammert. Sie hätte ihn niemals für diese erste Frau bezahlen dürfen, die er auf der Straße hatte entführen lassen. Gier und der Gedanke an die Bezahlung hatten wohl die Erinnerung an die gewaltige Kopfwäsche getilgt, die sie ihm verpaßt hatte, als sie ihm den Beutel mit Gold überreichte.

Schreie von hinten ließen sie herumfahren und ihren Stock fester packen. Ein kleiner Freiraum in der Menge hatte sich gebildet, wie immer, wenn es Schwierigkeiten und Auseinandersetzungen gab. Ein brüllender Mann in einem zerrissenen, einst aber teuren gelben Wams lag auf den Knien auf der Straße und hielt sich den rechten Arm, der ihm offensichtlich ausgerenkt worden war. Schützend beugte sich eine weinende Frau in einer zerschlissenen grünen Robe über ihn. Sie deutete anklagend auf einen verschleierten Burschen, der gerade wieder in der Menge verschwand.

»Er hat doch nur um eine Münze gebeten! Er hat nur gebettelt!« Die Menge schloß sich wieder um sie.

Egeanin verzog das Gesicht und wandte sich wieder um. Und dann blieb sie mit einem Fluch stehen, der ihr einige verblüffte Blicke einbrachte. Gelb und die anderen Kerle waren verschwunden. Sie schob sich weiter bis zu einem kleinen steinernen Brunnen, wo sich Wasser aus dem Maul eines Bronzefisches ergoß, der an der Seite einer kleinen Schenke mit flachem Dach hing. Grob stieß sie zwei Frauen weg, die am Brunnen ihre Eimer füllten, und sprang hoch auf die Umrandung. Von hier aus konnte sie über die Köpfe der Menge hinwegblicken. Enge Straßen führten in alle Richtungen und wanden sich um die Hügel. Durch die Kurven und die weiß getünchten Gebäude konnte sie bestenfalls hundert Schritt weit sehen, aber Gelb konnte in den wenigen Augenblicken wohl kaum weiter gekommen sein.

Mit einemmal entdeckte sie ihn. Er verbarg sich in einem Eingang vielleicht dreißig Schritt entfernt und stand auf Zehenspitzen, um die Straße hinunterzuspähen. Dann war es auch leicht, die anderen auszumachen, die an Gebäude auf beiden Straßenseiten gelehnt standen und sich bemühten, möglichst unauffällig zu wirken. Sie waren nicht die einzigen, die an den Hauswänden lehnten, doch wo die übrigen schlapp und mutlos wirkten, blickten ihre Gesichter mit den gebrochenen Nasen erwartungsvoll in die Menge hinein.

Also sollte ihre Entführung hier stattfinden. Es würde bestimmt niemand eingreifen. Die Leute hatten ja auch nichts unternommen, als man den Arm dieses anderen Mannes verrenkt oder gar gebrochen hatte. Aber wer war das Ziel? Falls Gelb wirklich endlich jemanden von ihrer Liste aufgespürt hatte, konnte sie gehen und darauf warten, daß er ihr die Frau verkaufte. Dann hatte sie ihre Gelegenheit, nachzuprüfen, ob ein *A'dam* tatsächlich außer Bethamin auch andere *Sul'dam* binden konnte. Andererseits wollte sie nicht wieder vor der Wahl stehen, ob sie irgendeiner unglücklichen Frau die Kehle durchschneiden oder sie in die Sklaverei verkaufen solle.

Unzählige Frauen kamen die Straße herauf auf Gelb zu. Die meisten trugen die üblichen durchscheinenden Schleier, das Haar zu Zöpfen geflochten. Ohne einen zweiten Blick zu benötigen, schloß Egeanin zwei davon aus, die auf Sänften und von Leibwächtern begleitet einherschaukelten. Gelbs Straßenschläger würden sich nicht an eine Gruppe heranwagen, die beinahe genauso stark war wie sie und noch dazu Schwerter gegen ihre blanken Fäuste einsetzen konnte. Hinter wem sie auch her waren, sie würde kaum mehr als zwei oder drei Männer dabei haben, und die sicherlich unbewaffnet. Damit kamen aber wohl alle anderen Frauen in Sichtweite in Frage, ob in Lumpen oder unauffälliger Bauernkleidung oder den enganliegenden Kleidern, die von den Frauen in Tarabon bevorzugt wurden.

Plötzlich fiel Egeanins Blick auf zwei Frauen, die gerade um eine Ecke bogen und sich lebhaft miteinander unterhielten. Sie hatten die Haare zu vielen dünnen Zöpfen geflochten und ebenfalls diese transparenten Schleier vor den Gesichtern und wirkten auf einen flüchtigen Blick hin wie Einheimische. Doch bei genauerem Hinsehen schienen sie nicht hierher zu passen. Diese feinen, gewagt ausgeschnittenen Kleider, das eine grün und das andere blau, waren aus Seide und nicht aus Leinen oder dünner Wolle. Frauen, die sich so anziehen konnten, ließen sich gewöhnlich auf Sänften tragen und gingen nicht zu Fuß, besonders nicht hier in diesem Viertel. Und sie trugen auch nicht wie diese beiden schmale Faßdauben wie Knüppel auf den Schultern.

Sie beachtete diejenige mit dem rotgoldenen Haar nicht weiter und musterte dafür die andere genau. Ihre dunklen Zöpfe waren außergewöhnlich lang und reichten ihr beinahe bis zur Taille. Auf diese Entfernung sah die Frau einer *Sul'dam* namens Surine sehr ähnlich. Aber es war nicht Surine. Diese Frau hier hätte ihr gerade bis ans Kinn gereicht.

Egeanin knurrte in sich hinein, sprang von der Brunneneinfassung herunter und schob sich durch die zwischen ihr und Gelb brodelnde Menschenmenge. Mit etwas Glück konnte sie ihn rechtzeitig erreichen, damit er die Aktion abbrach. Dieser Narr. Dieser raffgierige Narr mit dem Gehirn eines Wiesels!

»Wir hätten uns Sänften mieten sollen, Nynaeve«, sagte Elayne wieder und fragte sich dabei zum hundertstenmal, wie die Frauen aus Tarabon es fertigbrachten, miteinander zu sprechen, ohne ständig den Schleier im Mund zu haben. Sie spuckte den Saum aus und fügte hinzu: »Wir werden diese Dinger auf Dauer benützen müssen.«

Ein Bursche mit schmächtigem Gesicht drängte sich durch die Menge auf sie zu, hielt aber inne, als Nynaeve ihre Faßdaube drohend hob. »Dafür sind sie da.« Ihr böser Blick war vielleicht auch zum Teil dafür verantwortlich, daß der Kerl sein Interesse an ihnen verlor. Sie fummelte an den dunklen Zöpfen herum, die ihr über die Schultern hingen und gab einen angewiderten Laut von sich. Elayne wußte nicht, wann sie sich endlich daran gewöhnen werde, daß sie statt eines dicken Zopfes, an dem sie ziehen konnte, nun viele dünne trug. »Und die Füße sind zum Gehen da. Wie könnten wir uns umsehen und Fragen stellen, wenn wir herumgetragen werden wie die Schweine zum Markt? Ich würde mich vollkommen idiotisch fühlen in so einer dummen Sänfte. Und auf jeden Fall vertraue ich lieber auf meinen eigenen Verstand als auf Männer, die ich nicht kenne.«

Elayne war sicher, daß Bayle Domon durchaus vertrauenswürdige Männer hätte stellen können. Und die Meerleute hätten das auf jeden Fall auch getan. Sie verwünschte die Tatsache, daß der *Wogentänzer* wieder abgesegelt war, aber die Segelherrin und ihre Schwester hatten unbedingt die Kunde vom Coramoor nach Dantora und Cantorin weitergeben wollen. Zwanzig Leibwächter hätten ihr jetzt gut gepaßt.

Sie fühlte im Geist ebenso wie mit ihren äußeren Sinnen, wie etwas die Börse an ihrem Gürtel streifte. Mit einer Hand packte sie die Börse, und mit der anderen hob sie im Herumfahren ihre Daube. Die Menge in ihrer Umgebung machte ein wenig Platz, doch die Menschen blickten sie kaum an, als sie sich weiterdrängten. Von dem erfolglosen Taschendieb konnte sie keine Spur entdecken. Sie spürte wenigstens noch die Münzen in ihrer Börse. Ihr Ring mit der Großen Schlange und der verdrehte steinerne *Ter'Angreal* hingen an einer Schnur um ihren Hals. Das hatte sie sich angewöhnt, als man sie zum erstenmal beinahe bestohlen hätte, denn bei Nynaeve hatte sich das bewährt. Während der fünf Tage in Tanchico war sie dann allerdings tatsächlich drei Geldbörsen losgeworden. Zum Glück befanden sich die Ringe nicht darin. Ja, zwanzig Leibwächter wären genau richtig. Und eine Kutsche. Mit Vorhängen an den Fenstern.

Sie begannen wieder ihren langsamen Aufstieg die Straße entlang, und nach einer Weile sagte Elayne: »Dann sollten wir eigentlich auch nicht diese Kleider tragen. Ich erinnere mich noch, wie du mich einmal in das Kleid eines Bauernmädchens gesteckt hast.«

»Das war doch eine gute Verkleidung«, antwortete Nynaeve knapp. »Wir heben uns aber auch so nicht zu sehr von der Menge ab.«

Elayne schnaubte leise. Einfachere Kleider hätten sich doch wohl noch besser ihrer Umgebung angepaßt. Nynaeve wollte einfach nicht zugeben, daß sie es mittlerweile genoß, in Seide und hübschen Kleidern herumzulaufen. Trotzdem hätte sie es nicht so weit treiben müssen, fand Elayne. Sicher, jeder hielt sie für Einheimische, zumindest bis man ihren Akzent hörte, doch sogar mit einem hochgeschlossenen Spitzenkragen hatte sie bei dieser enganliegenden grünen Seide immer das Gefühl, sie zeige mehr Haut als jemals zuvor in ihrem Leben. Jedenfalls, was ihre Kleidung in der Öffentlichkeit betraf. Nynaeve dagegen schritt so selbstverständlich durch die überfüllten Straßen, als zöge sie nicht sämtliche Blicke an. Nun ja, vielleicht wurden sie tatsächlich nicht weiter angestarrt, jedenfalls nicht ihrer Kleider wegen, aber es kam ihr eben so vor.

In Unterwäsche hätten sie bestimmt genauso ›züchtig‹ gewirkt. Bei dem Gedanken begannen ihre Wangen zu glühen und sie bemühte sich, nicht mehr daran zu denken, wie sich die Seide an ihre Figur schmiegte. *Hör auf damit! Es sieht durchaus anständig aus!*

»Hat dir diese Amys denn nichts erzählt, was uns hier nützlich wäre?«

»Ich habe dir doch berichtet, was sie alles gesagt hat.« Elayne seufzte. Nynaeve hatte sie bis mitten in der Nacht wachgehalten und über die Weise Frau der Aiel verhört, die beim letzten Treffen mit Egwene in *Tel'aran'rhiod* dabeigewesen war, und dann mußte sie alles nochmals vor dem Frühstück berichten. Egwene hatte aus irgendeinem Grund das Haar zu zwei Zöpfen geflochten und der Weisen Frau gelegentlich mürrische

Blicke zugeworfen und dann auch kaum etwas von sich gegeben, außer, daß es Rand gutgehe und Aviendha sich um ihn kümmere. Die weißhaarige Amys hatte zur Hauptsache das Reden übernommen und ihnen einen strengen Vortrag über die Gefahren in der Welt der Träume gehalten. Sie hatte Elayne das Gefühl gegeben, wieder zehn und von Lini, ihrer alten Kinderschwester, erwischt worden zu sein, als sie Süßigkeiten klauen wollte. Danach folgten Ratschläge in bezug auf Konzentration und Selbstbeherrschung und daß sie sich jeden Gedanken überlegen müßten, wenn sie *Tel'aran'rhiod* betraten. Wie konnte man denn kontrollieren, was man dachte? »Ich glaubte ehrlich, daß Perrin bei Rand und Mat sei.« Das war die größte Überraschung nach dem Auftauchen von Amys gewesen. Egwene hatte offensichtlich geglaubt, er sei bei ihr und Nynaeve.

»Wahrscheinlich ist er mit diesem Mädchen irgendwohin gegangen, wo er in Frieden als Schmied arbeiten kann«, sagte Nynaeve, aber Elayne schüttelte den Kopf.

»Ich glaube nicht.« Sie hatte in bezug auf Faile einen eindeutigen Verdacht, und falls sie auch nur zum Teil recht behielt, würde sich Faile nicht damit zufriedengeben, die Frau eines Schmieds zu werden. Wieder spuckte sie den Schleier aus, der sich in ihrem Mund verfangen hatte. Dieses idiotische Ding.

»Na ja, wo er auch stecken mag«, sagte Nynaeve, die schon wieder an ihren Zöpfen herummachte, »ich hoffe jedenfalls, daß es ihm gutgeht und er sich in Sicherheit befindet. Er ist nicht hier und kann uns sowieso nicht helfen. Hast du Amys wenigstens gefragt, ob wir *Tel'aran'rhiod* dazu benützen können ...«

Ein klobiger Mann mit Halbglatze in einem abgewetzten braunen Wams drängte sich zwischen den Leuten durch und versuchte, seine kräftigen Arme um sie zu legen. Sie riß die Faßdaube von der Schulter und donnerte sie ihm auf das breite Gesicht, so daß er zurücktaumelte und sich eine Nase hielt, die gerade wenigstens zum zweitenmal gebrochen war. Elayne holte noch Luft, um einen Ausruf der Überraschung loszuwerden, da stieß sie ein zweiter Mann beiseite, genauso groß wie der erste und mit einem dichten Schnurrbart ausgestattet, um nach Nynaeve zu greifen. Sie vergaß ihre Angst. Sie biß wütend die Zähne aufeinander, und in dem Moment, als seine Hände die andere Frau berührten, hieb sie ihm die Daube mit aller Kraft, die sie aufbringen konnte, über den Schädel. Die Beine des Kerls gaben nach, und er stürzte mit dem Gesicht nach unten zu Boden.

Die Menge wich zurück, denn niemand wollte sich in die Schlägereien anderer verwickeln lassen. Und keiner bot seine Hilfe an. Doch Elayne war klar, daß sie Hilfe benötigten. Der Mann, den Nynaeve geschlagen hatte, war immer noch auf den Beinen, das Gesicht wutverzerrt, und wischte sich das von der Nase herunterrinnende Blut ab. Dabei öffnete und schloß er die Pratzen, als wolle er jemand erwürgen. Aber was noch schlimmer war: Er war nicht allein. Sieben weitere Männer waren losgerannt und bildeten einen Fächer, um ihnen jeden Fluchtweg abzuschneiden. Alle bis auf einen waren genauso groß wie der erste und wirkten mit ihren vernarbten Gesichtern und Händen, als habe man sie jahrelang pausenlos verprügelt. Ein schmächtiger Kerl mit hohlwangigem Gesicht, der wie ein nervöser Fuchs grinste, japste immer wieder: »Laßt sie nicht entkommen. Sie ist Gold wert, sage ich Euch. Gold!«

Sie wußten, wer sie war. Das war kein Versuch, lediglich eine fette Geldbörse zu stehlen. Sie wollten Nynaeve beseitigen und die Tochter-Erbin von Andor entführen. Sie spürte, wie Nynaeve nach *Saidar* griff – wann, wenn nicht jetzt, hätte sie denn in Wut geraten sollen. So öffnete auch sie sich der Wahren Quelle. Die Eine Macht durchströmte sie – ihre süße Flut erfüllte sie von Kopf bis Fuß. Ein paar schnell verwebte Stränge des Elements Luft von ihnen beiden würden diesen Schlägern das Handwerk legen.

Doch dann benützten weder sie noch Nynaeve die Macht. Zusammen konnten sie diese Kerle verprügeln, wie ihre Mütter es wohl versäumt hatten. Aber mehr wagten sie nicht, jedenfalls solange nicht, bis sie absolut keine andere Wahl mehr hatten.

Falls eine der Schwarzen Ajah nahe genug war, um es zu bemerken, hatten sie sich bereits durch das Glühen von *Saidar* verraten. Wenn sie aber die Luftstränge verwoben, würden sie noch mehr von der Macht benötigen, so daß eine Schwarze Schwester sie auch noch von einer anderen Straße her auf hundert Schritt Entfernung oder mehr bemerken würde, wenn sie stark und sensitiv genug war. Das war es ja, was auch sie diese letzten fünf Tage über vor allem versucht hatten. Sie waren durch die Straßen der Stadt geschlendert und hatten darauf gelauert, ob irgendwo eine Frau die Macht gebrauchte. Das hätte sie zu Liandrin und den anderen führen können.

Dann mußte man auch die Menschenmenge in die Überlegungen mit einbeziehen. Ein paar Leute drückten sich immer noch zu beiden Seiten an den Hauswänden entlang an ihnen vorbei. Die anderen schoben sich gegenseitig hierhin und dorthin und suchten nach einem Weg. Nur eine Handvoll zeigte überhaupt, daß sie die beiden Frauen in Gefahr bemerkt hatten, aber das mit schamhaft abgewandtem Blick. Doch wenn sie sahen, wie kräftige Männer von etwas Unsichtbarem weggeschleudert wurden ...?

Die Aes Sedai und auch die Eine Macht selbst waren zur Zeit in Tanchico nicht gerade gern gesehen. Noch immer gingen die alten Gerüchte in bezug auf Falme um, und neuere behaupteten, die Weiße Burg unterstütze die Drachenverschworenen auf dem Land. Diese Leute würden wahrscheinlich weglaufen, wenn sie beobachteten, daß jemand die Eine Macht benützte. Oder sie würden sich in einen wütenden Mob verwandeln. Selbst wenn sie und Nynaeve es dann vermeiden konnten, an Ort und Stelle in Stücke gerissen zu werden, und sie war sich da nicht so sicher, konnten sie so etwas hinterher nicht mehr vertuschen. Die Schwarzen Ajah würden noch vor Sonnenuntergang davon hören, daß sich Aes Sedai in Tanchico befanden.

Sie stellte sich Rücken an Rücken zu Nynaeve und packte ihre Daube ganz fest. Dabei hatte sie das Gefühl, hysterisch lachen zu müssen. Wenn Nynaeve noch einmal etwas davon sagte, daß sie allein hinausgehen sollten – zu Fuß noch dazu –, würde man ja sehen, ob es ihr gefiel, wenn sie zur Abwechslung ihren Kopf in einen Eimer Wasser steckte. Wenigstens schien keiner dieser Schläger besonders erpicht darauf, der erste zu sein, der wie dieser Kerl auf dem Boden eine Faßdaube über den Schädel bekam.

»Vorwärts«, trieb der Mann mit dem schmalen Gesicht die anderen an. Er fuchtelte wild mit den Händen. »Vorwärts! Es sind doch nur zwei Frauen!« Er selbst machte aber keine Anstalten, sich ins Getümmel zu stürzen. »Vorwärts, sage ich! Wir brauchen nur die eine. Sie ist Gold wert, sage ich Euch.«

Plötzlich ertönte ein dumpfer Schlag, und einer der Schläger fiel auf die Knie und hielt sich halb betäubt den blutenden Kopf. Eine dunkelhaarige Frau mit herbem Gesicht in einem blauen Reitkleid huschte an ihm vorbei und drehte sich dann blitzschnell herum, um einem anderen Kerl die Rückseite ihrer Faust auf den Mund zu donnern. Dann schlug sie ihm mit einem Stock die Beine unter dem Leib weg, und als er stürzte, trat sie ihm noch gegen den Kopf.

Daß ihnen überhaupt jemand half, war schon überraschend genug, und noch mehr überraschte die Person ihrer Helferin, doch Elayne war keineswegs wählerisch. Nynaeve wirbelte mit einem wortlosen Aufschrei herum, und sie selbst sprang mit dem Ruf vor: »Es lebe der

Weiße Löwe!« Dann prügelte sie so schnell und kraftvoll sie konnte auf den am nächsten stehenden Kerl los. Der warf die Arme hoch, um sich zu schützen, und er schien zutiefst erschrocken. »Vorwärts der Weiße Löwe!« schrie sie wieder. Es war der Schlachtruf von Andor. Er wandte sich um und rannte davon.

Unwillkürlich mußte sie lachen und fuhr dann herum, um jemand anderen zu finden, den sie verprügeln konnte. Nur zwei waren noch nicht geflohen oder zu Boden gegangen. Dieser erste Kerl mit der gebrochenen Nase wollte ebenfalls fliehen, und Nyneve gab im noch eins hinterher. Die Frau mit dem strengen Gesicht brachte es irgendwie fertig, ihren Stock zwischen Arm und Schulter des zweiten Kerls zu schieben und zog ihn auf diese Weise zu sich heran und gleichzeitig hoch auf die Zehenspitzen. Er wäre barfuß noch einen guten Kopf größer gewesen als sie und wog bestimmt das Doppelte, doch sie klatschte ihm ganz gelassen dreimal kurz hintereinander den Rücken ihrer freien Faust ans Kinn. Seine Augäpfel rollten, und er sackte zusammen. Gleichzeitig sah Elayne jedoch den Mann mit dem schmalen Gesicht mit blutender Nase und fast glasigen Augen von der Straße hochtaumeln, ein Messer aus dem Gürtel ziehen und von hinten an die Frau heranschleichen. Ohne nachzudenken griff Elayne nach der Macht. Ein Luftwirbel packte den Mann und schleuderte ihn mitsamt Messer nach hinten. Die Frau mit dem strengen Gesicht zuckte herum, aber er kroch bereits auf allen vieren weg, bis er wieder auf die Beine kam und in der Menge verschwand. Die Leute waren stehengeblieben, um den eigenartigen Kampf zu beobachten, aber keiner außer der dunkelhaarigen Frau hatte die Hand erhoben, um zu helfen. Die Frau blickte unsicher von Elayne zu Nynaeve. Elayne fragte sich, ob sie bemerkt hatte, daß der schmächtige Bursche offensichtlich von überhaupt nichts umgerissen worden war.

»Ich danke Euch sehr«, sagte Nynaeve ein wenig

atemlos, während sie auf die Frau zuging und ihren Schleier zurechtrückte. »Ich glaube, wir sollten hier verschwinden. Ich weiß, daß die Miliz sich nicht oft auf die Straßen hinauswagt, aber falls die doch kommen, möchte ich nicht erklären müssen. Unsere Schenke ist nicht weit entfernt. Kommt Ihr mit uns? Eine Tasse Tee ist das Mindeste, was wir jemandem anbieten können, die in dieser vom Licht verlassenen Stadt tatsächlich jemand anderem zur Hilfe kam. Ich heiße Nynaeve al'Meara, und dies hier ist Elayne Trakand.«

Die Frau zögerte sichtlich. Sie hatte es also bemerkt. »Ich ... Ja, ich würde gern mitkommen. Ja.« Sie sprach irgendwie schleppend und schwer verständlich, aber es klang ein wenig vertraut. Sie war im Grunde eine sehr gut aussehende Frau, was vor allem an ihrem dunklen Haar lag, das beinahe bis auf ihre Schultern herabfiel. Vielleicht war ihr Gesicht ein bißchen zu herb, um es schön zu nennen. Ihre blauen Augen verströmten einen Ausdruck von Macht, als sei sie daran gewöhnt, Befehle zu geben. Vielleicht war sie eine Kauffrau, bei diesem Kleid. »Ich heiße Egeanin.«

Egeanin zögerte nicht, mit ihnen in die nächste Seitenstraße zu gehen. Die Menge schloß sich bereits um die am Boden Liegenden. Elayne erwartete, daß die Männer, bevor sie noch richtig wach waren, um alle Wertsachen erleichtert würden, vielleicht sogar um Kleidung und Stiefel. Sie wünschte, sie könne erfahren, wie sie ihre Identität herausgefunden hatten, aber es gab keine Möglichkeit, einen mitzunehmen und zu verhören. Sie würden jedoch mit Sicherheit ab jetzt Leibwächter mitnehmen, gleich, was Nynaeve sagte.

Wohl hatte Egeanin nicht gezögert, aber sie war doch nervös. Elayne las ihr das von den Augen ab, während sie sich durch die Menge drängten. »Ihr habt es bemerkt, nicht wahr?« fragte sie. Die Frau kam kurz ins Stolpern, und das war genug Bestätigung für Elayne. So fügte sie schnell hinzu: »Wir werden Euch nichts tun. Und schon deshalb nicht, weil ihr uns zur Hilfe gekommen seid.« Wieder mußte sie ihren Schleier ausspucken. Nynaeve schien kein Problem mit ihrem zu haben. »Du mußt nicht so böse schauen, Nynaeve. Sie hat gesehen, was ich tat.«

»Das weiß ich«, sagte Nynaeve trocken. »Und es war durchaus das Richtige, was du gemacht hast. Aber wir befinden uns nicht gemütlich im Palast deiner Mutter und sicher vor allen Lauschern.« Ihre Geste umfaßte alle die vielen Leute in ihrer Umgebung. Wegen Egeanins Stock und ihren Faßdauben machten alle einen großen Bogen um sie. Dann sagte sie zu Egeanin: »Der größte Teil aller Gerüchte, die Ihr vielleicht gehört habt, sind falsch. Nur weniges daran stimmt. Ihr müßt keine Angst vor uns haben, aber Ihr müßt auch verstehen, daß es Dinge gibt, über die wir hier nicht sprechen wollen.«

»Angst vor Euch?« Egeanin wirkte erstaunt. »Ich hatte nicht geglaubt, daß ich Angst haben müßte. Ich werde schweigen, bis Ihr zu sprechen wünscht.« Sie hielt denn auch Wort. Sie gingen schweigend weiter durch das Gemurmel der Menge den ganzen Weg zurück über die Halbinsel zum ›Hof der Drei Pflaumen‹. Von all der vielen Lauferei schmerzten Elayne allmählich die Füße. Trotz der frühen Tageszeit saß eine Handvoll Männer und Frauen im Schankraum über ihrem Wein oder Bier. Die Frau mit dem Hackbrett wurde von einem dürren Mann auf der Flöte begleitet, deren Töne genauso dünn klangen, wie er war. Juilin saß an einem Tisch in der Nähe der Eingangstür und rauchte seine kurzstielige Pfeife. Er war noch nicht von seiner nächtlichen Tour zurück gewesen, als sie gingen. Elayne war froh, daß er ausnahmsweise keine neue Schramme und keinen Schnitt aufwies. Was er die Unterseite von Tanchico nannte, schien noch rauher zu sein als das Gesicht, das die Stadt der Welt zeigte. Seine einzige Konzession an die in Tanchico übliche Kleidung war eine dieser spitz zulaufenden Filzkappen, die er schief auf dem Hinterkopf trug und die seinen flachen Strohhut nun ersetzte.

»Ich habe sie gefunden«, sagte er, sprang dabei wie von der Tarantel gestochen von seiner Bank auf und riß sich die Kappe vom Kopf. Erst dann bemerkte er, daß sie nicht allein waren. Er warf Egeanin einen vorsichtigen Blick zu und verbeugte sich leicht. Sie erwiderte seinen Gruß mit einem leichten Kopfneigen und einem genauso zurückhaltenden Blick.

»Ihr habt sie gefunden?« rief Nynaeve. »Seid Ihr sicher? Sprecht, Mann! Habt Ihr eure Zunge verschluckt?« Und das von ihr, die immer davor gewarnt hatte, sich vor anderen Leuten zu verplappern.

»Ich sollte besser sagen: Ich habe herausgefunden, wo sie sich aufhielten.« Er sah Egeanin nicht mehr an, wählte aber seine Worte sehr vorsichtig. »Die Frau mit der weißen Strähne im Haar führte mich zu einem Haus, wo sie mit einer Anzahl anderer Frauen wohnte, wenn sich auch nur wenige jemals draußen sehen ließen. Die Anwohner meinen, es seien reiche Flüchtlinge von irgendwelchen Landgütern. Jetzt ist nicht mehr viel dort übrig als ein paar Nahrungsreste in der Speisekammer. Selbst die Diener sind weg. Der eine oder andere Hinweis läßt mich glauben, daß sie letzten Nachmittag oder spätestens letzten Abend von dort weggingen. Ich glaube kaum, daß sie die Nacht in Tanchico fürchten.«

Nynaeves Hand verkrampfte sich um mehrere ihrer Zöpfe. »Seid Ihr drinnen gewesen?« fragte sie mit betont gleichmütiger Stimme. Elayne fürchtete, es sei bald soweit, daß sie die Daube drohend erheben würde, die an ihrer Seite baumelte.

Auch Juilin hatte wohl dieses Gefühl. Er beäugte die Daube und sagte: »Ihr wißt genau, daß ich bei denen kein Risiko eingehen würde. Ein leeres Haus hat so etwas an sich – ich kann es nicht beschreiben. Gleich, wie groß es sein mag, aber man spürt die Leere. Man kann nicht so lange wie ich Diebe aufspüren und dann kein Gefühl für so etwas entwickeln.«

»Und wenn Ihr damit eine Falle ausgelöst habt?« Nynaeve fauchte das beinahe. »Schließt Euer toller Sinn für bestimmte Dinge auch Fallen mit ein?« Juilins dunkles Gesicht verfärbte sich leicht ins Graue. Er leckte sich die Lippen, als wolle er etwas sagen oder sich verteidigen, doch sie schnitt ihm das Wort ab: »Wir sprechen später noch darüber, *Meister* Sandar.« Ihr Blick glitt ein wenig in Egeanins Richtung, denn offensichtlich erinnerte sie sich endlich daran, daß fremde Ohren alles mitgehört hatten. »Sagt Rendra, daß wir unseren Tee im Fallende-Blüten-Raum einnehmen.«

»In der Kammer der Fallenden Blüten«, korrigierte Elayne sanft und Nynaeve warf ihr einen wütenden Blick zu. Juilins Nachricht hatte die ältere der beiden jungen Frauen in eine üble Laune versetzt.

Er verbeugte sich tief mit gespreizten Händen. »Wie Ihr befehlt, Frau al'Meara. Ich gehorche Euch aus ganzem Herzen«, sagte er trocken, setzte sich die dunkle Kappe wieder auf und stolzierte von dannen. Seine Haltung wirkte würdevoll indigniert. Es mußte unangenehm sein, von jemandem Befehle entgegenzunehmen, mit dem man vorher zu flirten versucht hatte.

»Närrischer Mann!« knurrte Nynaeve. »Wir hätten beide auf dem Kai in Tear zurücklassen sollen.«

»Er ist Euer Diener?« fragte Egeanin bedächtig.

»Ja«, fauchte Nynaeve, während Elayne im gleichen Moment »Nein« sagte.

Sie blickten sich an. Nynaeve hatte die Stirn gerunzelt. »Na ja, auf gewisse Weise vielleicht«, seufzte Elayne, während zugleich Nynaeve ergeben murmelte: »Na ja, eigentlich nicht.«

»Oh, ich ... verstehe«, sagte Egeanin.

Rendra kam geschäftig zwischen den Tischen hindurch mit einem lächelnden Schmollmund unter dem

Schleier auf sie zu. Elayne wünschte sich, sie sähe Liandrin nicht so verteufelt ähnlich. »Oh. Ihr seht heute morgen so hübsch aus. Eure Kleider sind einfach großartig. Wirklich schön.« Als habe die Frau mit dem honigfarbenen Haar nicht genausoviel mit der Auswahl der Stoffe und Schnittmuster zu tun gehabt wie sie selbst. Ihr eigenes Kleid war rot genug, um jede Kesselflickerfrau zu erfreuen, und ganz bestimmt nicht für die Öffentlichkeit geeignet.

»Aber Ihr wart wieder ein wenig unklug, ja? Deshalb macht der gute Juilin wieder so eine finstere Miene. Ihr solltet ihm nicht so viele Schwierigkeiten bereiten.« Ein Zwinkern in ihren großen braunen Augen machte deutlich, daß Juilin in ihr offensichtlich jemanden zum Flirten gefunden hatte. »Kommt. Ihr nehmt Euren Tee im Kühlen und ohne Zuschauer ein, und wenn Ihr wieder ausgehen müßt, laßt Ihr mich die Träger und Leibwächter für Euch stellen, ja? Die hübsche Elayne hätte nicht so viele Geldbörsen verloren, wärt Ihr nur richtig beschützt worden. Aber sprechen wir jetzt nicht von solchen Dingen. Euer Tee ist fast fertig. Kommt.« Man mußte das wohl einfach richtig gelernt haben. So sah es Elayne jedenfalls. Man mußte lernen, wie man sprach, ohne den Schleier dabei halb aufzuessen.

Die Kammer der Fallenden Blüten, einen kurzen Flur vom Schankraum entfernt, war ein kleiner, fensterloser Raum mit einem niedrigen Tisch und geschnitzten Stühlen mit roten Sitzkissen. Nynaeve und Elayne nahmen hier ihre Mahlzeiten ein, entweder mit Thom oder Juilin oder beiden, wenn Nynaeve nicht gerade wütend auf sie war. Die verputzten Backsteinwände, auf die man einen ganzen Wald von Pflaumenbäumen und einen wahren Blütenregen gemalt hatte, waren so dick, daß niemand draußen etwas aufschnappen konnte. Elayne riß sich beinahe den Schleier herunter und warf das hauchdünne Stück Stoff auf den Tisch, bevor sie sich hinsetzte. Selbst die Taraboner Frauen versuchten nicht, mit dem Ding vor dem Mund zu essen oder zu trinken. Nynaeve machte ihren lediglich an der einen Seite von ihrem Haar los.

Rendra plapperte fröhlich weiter, während ihnen der Tee serviert wurde. Ihre Themen wechselten wild durcheinander – von einer neuen Damenschneiderin, die ihnen Kleider im allerneuesten Stil aus der allerdünnsten Seide nähen könne – als sie Egeanin vorschlug, es mit dieser Frau zu versuchen, bekam sie einen abweisenden Blick zur Antwort, was sie aber nicht im geringsten bremste –, zu Juilin und warum sie auf ihn hören sollten, da die Stadt einfach zu gefährlich sei und eine Frau heutzutage noch nicht einmal bei hellem Tageslicht allein ausgehen könne, und dann kam sie auf eine parfümierte Seife zu sprechen, die dem Haar seidigen Glanz verschaffe. Elayne fragte sich manchmal, wie diese Frau eine gutgehende Schenke leiten könne, obwohl sie an nichts anderes als ihr Haar und ihre Kleider dachte. Doch die Schenke war und ging wirklich gut. Das blieb ein Rätsel für Elayne. Natürlich trug sie sehr hübsche Kleider, wenn sie auch nicht ganz anständig wirkten. Der Kellner, der den Tee und die blauen Porzellantassen und dazu winzige Plätzchen auf einem Tablett hereintrug, war der gleiche schlanke, dunkeläugige junge Mann, der in jener peinlichen Nacht Elaynes Becher immer nachgefüllt hatte. Er hatte es seither noch mehr als einmal versucht, aber sie hatte sich geschworen, in Zukunft niemals wieder mehr als einen einzigen Becher zu trinken. Ein gutaussehender Bursche, doch sie warf ihm einen eisgekühlten Blick zu, worauf er wohl froh war, den Raum schnell wieder verlassen zu können.

Egeanin beobachtete alles schweigend, bis Rendra auch weg war. »Ihr seid nicht, was ich erwartete«, sagte sie dann. Sie hielt ihre Tasse ganz eigenartig zwischen den Fingerspitzen. »Die Wirtin quatscht über Frivolitäten und behandelt Euch, als wärt Ihr Schwestern und genauso närrisch wie sie, und Ihr laßt es zu. Der dunkle Mann – ich glaube, er ist schon eine Art von Diener – macht sich über Euch lustig. Dieser junge Kellner starrt Euch mit offener Gier an, und Ihr gestattet es ihm. Ihr seid … Aes Sedai, oder?« Sie wartete nicht auf eine Antwort, sondern wandte sich mit einem scharfen Blick Elayne zu. »Und Ihr seid vom … Ihr seid von adeliger Abstammung. Nynaeve sprach vom Palast Eurer Mutter.«

»Solche Dinge spielen in der Weißen Burg keine große Rolle«, sagte Elayne bedauernd zu ihr und wischte sich hastig Krümel vom Kinn. Die Plätzchen waren ziemlich stark gewürzt, beinahe scharf. »Falls eine Königin dorthin käme, um zu lernen, müßte sie genauso Böden schrubben wie jede andere Novizin und springen, wenn man es ihr befiehlt.«

Egeanin nickte bedächtig. »Also auf diese Art herrscht Ihr. Indem Ihr die Herrscher beherrscht. Werden viele … Königinnen so ausgebildet?«

»Nicht, daß ich wüßte.« Elayne lachte. »Bei uns in Andor ist es Tradition, daß die Tochter-Erbin dorthin geht. Eine ganze Anzahl von adligen Mädchen geht hin, obwohl sie es nicht an die große Glocke hängen, und die meisten gehen wieder weg, ohne auch nur die Wahre Quelle einmal wahrgenommen zu haben. Es war nur ein Beispiel.«

»Ihr seid auch vom … eine Adlige?« fragte Egeanin und Nynaeve schnaubte.

»Meine Mutter war eine Bäuerin und mein Vater hat Schafe gehütet und Tabak angebaut. Nur wenige in der Gegend, aus der ich komme, können ohne den Verkauf sowohl von Wolle wie auch von Tabak auskommen. Wie steht es mit Euren Eltern, Egeanin?«

»Mein Vater war Soldat und meine Mutter war die … Schiffsoffizier.« Einen Augenblick lang nippte sie an ihrem ungesüßten Tee und musterte sie. »Ihr sucht nach jemandem«, stellte sie schließlich fest. »Nach diesen Frauen, von denen der dunkle Mann sprach. Ich handle ein wenig mit Informationen, neben anderen Dingen natürlich. Ich habe Quellen, von denen ich einiges erfahre. Vielleicht kann ich helfen. Ich würde kein Geld dafür verlangen. Ich möchte nur von Euch mehr über die Aes Sedai erfahren.«

»Ihr habt uns schon zuviel geholfen«, sagte Elayne schnell, wobei sie sich daran erinnerte, daß Nynaeve Bayle Domon fast alles erzählt hatte. »Ich bin Euch sehr dankbar, aber wir können nicht noch mehr annehmen.« Diese Frau von den Schwarzen Ajah wissen zu lassen oder sie ohne dieses Wissen mit einzuspannen kam absolut nicht in Frage. »Wir können wirklich nicht noch mehr annehmen.«

Nynave stand mit halb geöffnetem Mund da und funkelte sie an. »Ich wollte gerade dasselbe sagen«, behauptete sie mit beherrschter Stimme. Dann fuhr sie etwas freundlicher fort: »Unsere Dankbarkeit geht aber gewiß so weit, daß wir Eure Fragen beantworten, Egeanin. Jedenfalls, soweit wir das können.« Sie meinte damit, daß es eine Reihe von Fragen gab, die sie gar nicht beantworten konnten, weil sie selbst die Antworten nicht wußten, Egeanin aber verstand sie anders.

»Natürlich. Ich will nichts über die geheimen Angelegenheiten der Weißen Burg wissen.«

»Ihr scheint sehr an den Aes Sedai interessiert zu sein«, sagte Elayne. »Ich kann die Fähigkeit nicht in Euch spüren, aber vielleicht könnt Ihr lernen, die Macht zu gebrauchen.«

Egeanin hätte fast ihre Porzellantasse fallen lassen. »Man … man kann es *lernen*? Ich wußte nicht … Nein. Ich will es … nicht lernen.«

Ihre Erregung machte Elayne traurig. Selbst unter den Menschen, die vor den Aes Sedai keine Angst hatten, wollten zu viele nichts mit der Einen Macht zu tun haben. »Was wollt Ihr denn wissen, Egeanin?«

Bevor die Frau etwas sagen konnte, klopfte es an die

Tür, und Thom trat ein, angetan mit einem teuren, braunen Umhang, den er nun gewöhnlich beim Ausgehen trug. Er erregte auf jeden Fall nicht soviel Aufsehen wie sein Gauklerumhang mit den bunten Flicken. Er wirkte darin sogar sehr würdevoll mit seinem weißen Haarschopf, den er allerdings häufiger kämmen sollte. Wenn sie ihn sich jünger vorstellte, war Elayne schon klar, was ihre Mutter zu ihm hingezogen hatte. Das entschuldigte allerdings nicht, wie er sie verlassen hatte. Sie glättete ihre Züge schnell, bevor er ihre gerunzelte Stirn wahrnehmen konnte.

»Man sagte mir, daß ihr nicht allein seid«, sagte er und warf Egeanin einen abschätzenden Blick zu, der dem Juilins sehr ähnlich war. Männer mißtrauten immer jemandem, den sie nicht kannten. »Aber ich dachte, ihr solltet wissen, daß die Kinder des Lichts heute morgen den Palast der Panarchen umstellt haben. Die ganze Stadt schwirrt bereits von Gerüchten. Wie es scheint, soll morgen Lady Amathera als Panarchin eingeführt werden.«

»Thom«, sagte Nynaeve müde, »außer, falls Amathera in Wirklichkeit Liandrin ist, ist es mir völlig gleich, ob sie Panarchin wird oder Königin oder Seherin für die gesamten Zwei Flüsse auf einmal.«

»Das Interessante daran ist«, sagte Thom ungerührt und hinkte zum Tisch, »daß den Gerüchten nach die Versammlung sich weigerte, Amathera zu wählen. Sie weigerten sich. Also, warum wird sie dann in das Amt eingeführt? So eigenartige Vorkommnisse muß man einfach beachten, Nynaeve.«

Als er sich setzen wollte, sagte sie ruhig: »Wir führen hier eine private Unterhaltung, Thom. Ich bin sicher, daß du lieber im Schankraum sitzen wirst.« Sie nippte an ihrem Tee und blickte ihn über den Rand ihrer Tasse hinweg an. Sichtlich erwartete sie seinen Rückzug. Errötend erhob er sich wieder, ohne richtig gesessen zu haben, doch er ging noch nicht gleich. »Ob nun die Versammlung ihre Meinung geändert hat oder nicht, es wird auf jeden Fall Ausschreitungen geben. In den Straßen glaubt man immer noch, daß Amathera abgewiesen wurde. Wenn ihr unbedingt ausgehen müßt, dann auf keinen Fall allein.« Er sah Nynaeve nur an, aber Elayne hatte den Eindruck, er hätte ihr beinahe die Hand auf die Schulter gelegt. »Bayle Domon hängt in diesem kleinen Zimmer unten in der Nähe des Hafens fest und regelt seine Angelegenheiten für den Fall, daß er fliehen muß. Aber er hat sich einverstanden erklärt, fünfzig ausgewählte Männer zur Verfügung zu stellen, harte Burschen, die an Raufereien gewöhnt sind und schnell mit Messer oder Schwert.«

Nynaeve öffnete den Mund, aber Elayne kam ihr zuvor. »Wir sind dankbar, Thom, sowohl Euch wie auch Meister Domon. Bitte, sagt ihm, daß wir sein freundliches und großzügiges Angebot annehmen.« Nynaeves strenger Blick traf sie, und sie fügte bedeutungsschwanger hinzu: »Ich will nicht bei hellem Tageslicht von der Straße weg entführt werden.«

»Nein«, sagte Thom. »Das wollen wir doch nicht.« Elayne glaubte, ein nur halb gehauchtes ›Kind‹ am Ende gehört zu haben, und diesmal berührte er wirklich ihre Schulter, streifte kurz mit den Fingerspitzen darüber. »Übrigens«, fuhr er fort, »warten die Männer bereits draußen auf der Straße. Ich versuche auch, eine Kutsche aufzutreiben, denn auf diesen Sänften ist man einfach zu exponiert.« Er schien zu wissen, daß er damit zu weit gegangen war, Domons Männer herzubringen, bevor sie auch nur zugestimmt hatten, ganz zu schweigen von einer Kutsche. Auch dazu hatte er sie nicht einmal um Erlaubnis gebeten. Doch er stand ihnen nun gegenüber wie ein in die Enge getriebener Wolf, die buschigen Augenbrauen heruntergezogen. »Ich würde es... persönlich... bedauern, wenn euch etwas zustieße. Die Kutsche wird hiersein, sobald ich ein Gespann auftreiben kann. Falls man eines findet.«

Nynaeve hatte die Augen aufgerissen und war offenbar nahe daran, ihm eine Abreibung zu verpassen, die er nie mehr vergessen würde. Elayne hätte ihm ebenfalls, wenn auch etwas sanfter, einiges zu sagen gehabt. Sanfter, aber ›Kind‹ zu ihr zu sagen …!

Er nützte ihr Zögern aus, um sich mit grandioser Geste zu verbeugen, wie man sie in einem Palast nicht schöner zu sehen bekam, und zu gehen, solange er noch Zeit hatte.

Egeanin hatte ihre Tasse hingestellt und blickte sie konsterniert an. Elayne war klar, daß sie nicht gerade eine beeindruckende Vorstellung vom Rang einer Aes Sedai gegeben hatten, als sie sich praktisch von Thom hatten herumkommandieren lassen. »Ich muß gehen«, sagte die Frau, erhob sich und nahm ihren Stock von der Wand, wo sie ihn hingelehnt hatte.

»Aber Ihr habt Eure Fragen noch gar nicht gestellt!« protestierte Elayne. »Wir schulden Euch doch wenigstens einige Antworten.«

»Ein andermal«, sagte Egeanin, nachdem sie einen Augenblick überlegt hatte. »Wenn es gestattet ist, komme ich ein andermal zu Besuch. Ich muß mehr über Euch erfahren. Ihr seid ganz anders, als ich erwartet hatte.« Sie versicherten ihr, sie könne jederzeit kommen, wenn sie da waren, und bemühten sich, sie zum Bleiben zu überreden, um wenigstens noch ihren Tee zu trinken und noch etwas Gebäck zu essen, doch sie bestand darauf, sie jetzt verlassen zu müssen.

Nynaeve brachte sie zur Tür und drehte sich dann mit in die Hüften gestemmten Fäusten zu Elayne um. »Dich entführen? Falls du es vergessen haben solltest, Elayne, war ich es, die von diesen Männern entführt werden sollte!«

»Um dich aus dem Weg zu haben, damit sie mich packen konnten«, gab Elayne zurück. »Falls du es vergessen hast: Ich bin die Tochter-Erbin von Andor.

Meine Mutter hätte sie reich gemacht, um mich zurückzubekommen.«

»Vielleicht«, meinte Nynaeve zweifelnd. »Na ja, wenigstens hatte das alles nichts mit Liandrin zu tun. Die würde uns keine Bande von Straßenschlägern schicken, um uns in einen Sack zu stopfen. Warum machen die Männer immer Sachen, ohne vorher zu fragen? Saugt denen das Haar auf der Brust etwa den Verstand aus?«

Der plötzliche Themenwechsel verwirrte Elayne keineswegs. »Wenigstens müssen wir uns nicht mehr darum kümmern, wie wir Leibwächter auftreiben. Du bist doch auch der Meinung, daß sie notwendig sind, obwohl Thom ein wenig über das Ziel hinausgeschossen ist?«

»Ja, ich denke schon.« Nynaeve hatte eine bemerkenswerte Abneigung, zuzugeben, daß sie im Unrecht war. Zu glauben, diese Männer seien hinter *ihr* hergewesen, ha! »Elayne, ist dir klar, daß wir immer noch nicht mehr haben als ein leeres Haus? Falls Juilin – oder Thom – einen Fehler begeht und sie ihn finden? Wir müssen die Schwarzen Schwestern finden, ohne daß sie es merken, oder wir werden niemals eine Gelegenheit bekommen, ihnen dorthin zu folgen, wo sich diese Gefahr für Rand befindet, was es auch sein mag.«

»Ich weiß«, sagte Elayne geduldig. »Wir haben das alles doch schon durchgekaut.«

Die ältere der beiden runzelte die Stirn und blickte ins Leere. »Wir haben noch immer nicht die geringste Ahnung, was es ist oder wo es sich befindet.«

»Ich weiß.«

»Selbst wenn wir im nächsten Moment Liandrin und die anderen einsacken, könnten wir es nicht dort draußen lassen, wo jemand anders es finden mag.«

»Das weiß ich doch, Nynaeve.« Elayne zwang sich zu mehr Geduld und einem sanfteren Tonfall. »Wir finden sie bestimmt. Sie müssen sich irgendwann einmal verraten, und wenn Thoms Gerüchte stimmen, Juilins

Diebe und Bayle Domons Seeleute aufpassen, dann erfahren wir davon.«

Nynaeves Stirnrunzeln wirkte nun eher nachdenklich. »Hast du Egeanins Blick bemerkt, als Thom Domon erwähnte?«

»Nein. Glaubst du, sie kennt ihn? Warum sollte sie das nicht zugeben?«

»Ich weiß es nicht«, meinte Nynaeve leicht beunruhigt. »Ihr Gesichtsausdruck hat sich nicht geändert, aber ihr Blick... Sie war überrascht. Sie muß ihn kennen. Ich frage mich, was...« Jemand klopfte leise an die Tür. »Kommt denn heute jeder in Tanchico zu uns auf Besuch?« grollte sie und riß die Tür auf.

Rendra fuhr unter Nynaeves wildem Blick zusammen, aber ihr allgegenwärtiges Lächeln kehrte sofort wieder. »Vergebt mir, daß ich Euch störe, aber unten ist eine Frau, die nach Euch gefragt hat. Sie hat nicht Eure Namen genannt, Euch aber sehr genau beschrieben. Sie meint, daß sie Euch kennt. Sie...« Ihr Schmollmund verzog sich ärgerlich. »Ich habe vergessen, nach ihrem Namen zu fragen. Heute morgen bin ich wirklich eine hirnlose Ziege. Die Frau ist gut angezogen und noch nicht ganz in ihren mittleren Jahren. Sie stammt nicht aus Tarabon.« Sie schauderte ein klein wenig. »Eine strenge Frau, glaube ich. Als sie mich zuerst sah, blickte sie mich an wie meine ältere Schwester in unserer Kindheit, als sie am liebsten meine Zöpfe ausgerissen hätte.«

»Haben sie uns vielleicht zuerst gefunden?« fragte Nynaeve leise.

Elayne griff bereits nach der Wahren Quelle, bevor es ihr bewußt wurde, und als es tatsächlich ging, überlief sie ein Schaudern der Erleichterung. Sie konnte es tun und war nicht unversehens abgeschirmt worden. Falls die Frau eine Schwarze Ajah war... Aber warum hätte sie sich dann anmelden lassen? Trotzdem wünschte sie sich, Nynaeve wäre ebenfalls vom Glühen *Saidars* umgeben. Wenn die Frau nur endlich einmal die Macht benützen könnte, ohne zuvor zornig werden zu müssen!

»Schickt sie herein«, sagte Nynaeve, und Elayne bemerkte, daß die andere sich des fehlenden Schutzes sehr wohl bewußt war und sich offensichtlich fürchtete. Während Rendra wieder hinausging, begann Elayne, Stränge des Elements Luft zu verweben, kabeldick und bereit, jeden zu fesseln, und dann Ströme des Elements Geist, um jeden anderen von der Wahren Quelle abzuschirmen. Falls diese Frau einer von denen auf der Liste auch nur ähnlich sah, falls sie versuchte, auch nur einen Funken der Macht zu gebrauchen…

Elayne hatte die Frau, die nun, gekleidet in ein schimmerndes schwarzseidenes Kleid von ihnen unbekanntem Schnitt, in die Kammer der Fallenden Blüten trat, noch nie gesehen, und sie stand auch bestimmt nicht auf der Liste der Frauen, die mit Liandrin geflohen waren. Das dunkle Haar, das ihr lose auf die Schultern fiel, umrahmte ein kraftvoll wirkendes, gutaussehendes Gesicht mit großen, dunklen Augen und glatten Wangen, doch ohne die typische Alterslosigkeit der Aes Sedai. Lächelnd schloß sie die Tür hinter sich. »Verzeiht mir, doch ich glaubte, Ihr wärt…« Das Glühen *Saidars* umgab sie, und sie…

Elayne ließ die Wahre Quelle fahren. In diesen dunklen Augen lag etwas sehr Beherrschendes, genau wie in dem Lichtschein, der Ausstrahlung der Einen Macht. Elayne hatte noch nie eine Frau gesehen, die ihr einen so würdigen, königlichen Eindruck vermittelt hatte. Sie ertappte sich dabei, wie sie schnell knickste, und errötete bei dem Gedanken, auch nur erwogen zu haben… Was hatte sie eigentlich erwogen? So schwer, einen klaren Gedanken zu fassen.

Die Frau musterte sie einen Augenblick lang, nickte dann zufrieden, glitt hinüber zum Tisch und packte den geschnitzten Stuhl an seiner Lehne. »Kommt her, wo ich Euch beide besser sehen kann«, sagte sie mit gebieterischer Stimme. »Kommt. Ja. So ist es recht.«

Elayne wurde mit einemmal bewußt, daß sie neben dem Tisch stand und auf die dunkeläugige, glühende Frau herabsah. Sie hoffte, das sei so in Ordnung. Auf der anderen Seite des Tisches stand Nynaeve und hatte eine ganze Handvoll ihrer langen, dünne Zöpfe gepackt. Aber auch sie blickte ihre Besucherin mit dümmlich fasziniertem Gesichtsausdruck an. Elayne hätte am liebsten gekichert.

»Ungefähr, was ich erwartet hatte«, sagte die Frau. »Wenig mehr als kleine Mädchen und kaum halb ausgebildet. Aber stark, stark genug, um ziemliche Schwierigkeiten zu bereiten. Besonders Ihr.« Sie fixierte Nynaeve mit einem strengen Blick. »Aus Euch könnte eines Tages etwas werden. Aber Ihr habt Euch selbst abgeschirmt, oder? Den Block hätten wir schnell aus Euch herausgeholt, und wenn Ihr deshalb noch so jammert.«

Nynaeve hielt sich immer noch an ihren Zöpfen fest, aber ihr Gesichtsausdruck änderte sich. Aus dem erfreuten, mädchenhaften Lächeln, als habe man sie gelobt, wurde eine zerknirschte Miene. Ihre Unterlippe zitterte. »Es tut mir leid, daß ich mich selbst abgeschirmt habe«, wimmerte sie beinahe. »Ich habe Angst vor ... all dieser Macht ... der Einen Macht ... Wie kann ich ...?«

»Schweigt, bis ich Euch eine Frage stelle«, sagte die Frau streng. »Und fangt nicht gleich zu weinen an. Ihr freut Euch, mich zu sehen. Ihr seid glücklich. Alles, was Ihr wollt, ist, mir eine Freude zu machen und meine Fragen wahrheitsgemäß zu beantworten.«

Nynaeve nickte lebhaft und lächelte noch entrückter als zuvor. Elayne war bewußt, daß sie sich genauso anstellte. Sie war sogar sicher, daß sie zuerst die Fragen beantworten könne. Alles, um dieser Frau eine Freude zu machen.

»Also. Seid Ihr allein? Sind noch andere *Aes Sedai* bei Euch?«

»Nein«, sagte Elayne schnell als Antwort auf die erste Frage, und genauso schnell beantwortete sie die zweite: »Es sind keine Aes Sedai bei uns.« Vielleicht sollte sie ihr erklären, daß sie beide eigentlich noch gar keine Aes Sedai waren. Aber danach hatte sie nicht gefragt. Nynaeve sah sie zornig an. Ihre Knöchel an den Handgelenken waren ganz weiß vor Anstrengung, so fest hielt sie ihre Zöpfe. Sie war zornig, weil ihr Elayne mit der Antwort zuvorgekommen war. »Warum befindet Ihr euch in dieser Stadt?« fragte die Frau.

»Wir suchen nach Schwarzen Schwestern«, platzte Nynaeve heraus und warf Elayne einen triumphierenden Blick zu.

Die gutaussehende Frau lachte. »Deshalb also habe ich bis heute nicht merken können, daß Ihr die Macht benützt. Sehr klug von Euch, Euch nicht zu verraten, wenn es elf gegen zwei heißt. So habe ich es auch immer gemacht. Laßt andere Narren nur völlig deckungslos herumspringen. Die kann schon eine Spinne zu Fall bringen, die sich in Mauerspalten verbirgt, eine Spinne, die sie nicht bemerken, bis es zu spät ist. Berichtet mir alles, was Ihr über diese Schwarzen Schwestern herausgefunden habt, alles, was Ihr über sie wißt.«

Elayne sprudelte alles heraus in ihrem Eifer, Nynaeve zuvorzukommen. Es war nicht sehr viel. Ihre Beschreibungen, die *Ter'Angreal,* die sie gestohlen hatten, die Morde in der Burg und die Furcht, es könnten sich noch weitere Schwarze Schwestern dort befinden, wie sie einen der Verlorenen in Tear unterstützt hatten, bevor der Stein gefallen war, und ihre Reise hierher, um etwas zu suchen, was für Rand zur Gefahr werden konnte. »Sie wohnten alle zusammen in einem Haus«, beendete Elayne ihren Bericht schwer atmend, »aber gestern abend haben sie es verlassen.«

»Wie es scheint, seid Ihr ihnen sehr nahe gekommen«, sagte die Frau bedächtig. »Sehr nahe. *Ter'Angreal.* Leert den Inhalt Eurer Börsen und Taschen auf den Tisch.« Sie folgten ihrem Befehl, und die Frau untersuchte schnell die Münzen, das Nähzeug, Taschentücher und was da sonst noch lag. »Habt Ihr irgendwelche *Ter'Angreal* in Euren Gemächern? *Angreal* oder *Sa'Angreal*?«

Elayne war sich des verdrehten Steinrings bewußt, der zwischen ihren Brüsten hing, aber danach hatte sie ja nicht gefragt. »Nein«, sagte sie. Sie hatten nichts davon in ihren Gemächern.

Die Frau schob alles zur Seite, lehnte sich zurück und sprach so halb mit sich selbst. »Rand al'Thor. So nennt er sich also heute.« Ihr Gesicht verzog sich einen Augenblick lang. »Ein arroganter Mann, der nach Religiosität und Güte stank. Ist er immer noch derselbe? Nein, bemüht Euch nicht, zu antworten. Eine überflüssige Frage. Also ist Be'lal tot. Der andere hört sich für mich nach Ishamael an. Sein ganzer Stolz darauf, nur halb im Kerker zu stecken, was auch der Preis dafür gewesen sein mag … In ihm war weniger Menschliches übrig geblieben als an allen anderen von uns, als ich ihn wieder traf. Ich denke, er glaubte beinahe, selbst der Große Herr der Dunkelheit zu sein. Dreitausend Jahre seiner Machenschaften, und dann wird er von einem unausgebildeten Jungen gejagt. Nein, mein Weg ist der beste. Leise, leise und im Schatten bleiben. Etwas, um einen Mann unter meine Kontrolle zu bringen, der die Macht benützen kann. Ja, das ist wohl notwendig.« Ihr Blick wurde wieder scharf und sie musterte die beiden Mädchen nacheinander. »Und nun zu Euch. Was mache ich mit Euch?«

Elayne wartete geduldig. Nynaeve lächelte dümmlich mit erwartungsvoll halb geöffneten Lippen. Das wirkte besonders töricht in Verbindung mit dem Klammergriff an ihren Zöpfen.

»Ihr seid zu stark, um Eure Kräfte zu verschwenden. Eines Tages könntet Ihr nützlich werden. Ich fände es herrlich, Rahvins Augen zu sehen, wenn er Euch eines Tages ohne Eure Abschirmung kennenlernt«, sagte sie zu Nynaeve. »Wenn ich könnte, würde ich Euch ja von Eurer Jagd abhalten. Schade, daß diese Suggestion so eingeschränkt ist. Aber da Ihr erst so wenig herausgefunden habt, ist Euer Rückstand zu groß, um sie jetzt einzuholen. Ich schätze, ich muß Euch später zu mir holen und für Eure... Neuausbildung sorgen.« Sie stand auf, und plötzlich juckte es Elayne am ganzen Körper. Ihr Gehirn schien zu schaudern. Sie konnte nur noch die Stimme der Frau wahrnehmen, die wie aus großer Entfernung in ihren Ohren dröhnte. »Ihr nehmt Eure Sachen wieder vom Tisch, und wenn Ihr sie zurückgesteckt habt, erinnert Ihr euch an nichts mehr, was hier geschehen ist. Ich kam hierher, weil ich glaubte, Freundinnen vom Land wiederzutreffen. Ich habe mich geirrt. Ich habe eine Tasse Tee mit Euch getrunken und bin dann gegangen.«

Elayne blinzelte und fragte sich, wieso sie ihre Geldbörse wieder neben die Gürteltasche schnallte. Nynaeve blickte verwirrt auf die eigenen Hände nieder, die ihre Tasche gerade zurechtrückten.

»Eine nette Frau«, sagte Elayne und rieb sich die Stirn. Sie hatte Kopfschmerzen. »Hat sie ihren Namen genannt? Ich erinnere mich nicht mehr daran.«

»Nett?« Nynaeve hob die Hand und zupfte hart an ihren Zöpfen. Sie sah die Hand an, als habe sie sich ohne ihr Zutun bewegt. »Ich... glaube nicht, daß sie ihn genannt hat.«

»Worüber sprachen wir eigentlich gerade, als sie hereinkam?« Egeanin war erst kurze Zeit vorher gegangen. Was war das nur gewesen?

»Ich erinnere mich daran, was ich in dem Moment sagen wollte.« Nynaeves Stimme klang wieder fest. »Wir müssen die Schwarzen Schwestern finden, ohne daß sie es bemerken, sonst haben wir keine Chance, ihnen dorthin zu folgen, was Rand so gefährlich werden kann.«

»Das weiß ich«, antwortete Elayne ungeduldig. Hatte sie das schon einmal gesagt? Natürlich nicht. »Das haben wir wirklich schon durchgekaut.«

Egeanin blieb unter dem Torbogen stehen, der aus dem kleinen Innenhof der Schenke führte, und musterte die Männer mit harten Gesichtern, die barfuß und zumeist auch mit nacktem Oberkörper zwischen den Herumlungernden auf dieser Straßenseite hockten. Sie sahen aus, als könnten sie gut mit den gekrümmten Entermessern umgehen, die sie am Gürtel hängen oder durch die Schärpe gesteckt hatten, aber keines dieser Gesichter kam ihr bekannt vor. Falls einer von ihnen sich auf Bayle Domons Schiff befunden hatte, als sie mit ihm nach Falme segelte, erinnerte sie sich nicht an ihn. Falls es der Fall sein sollte, hoffte sie, daß er eine Frau im Reitkleid nicht mit der Frau in einer Rüstung in Verbindung brachte, die ihr Schiff gekapert hatte.

Plötzlich wurde ihr bewußt, daß ihre Hände ganz feucht waren. Aes Sedai. Frauen, die die Macht benützen konnten, und sie waren nicht an die Leine gelegt, wie es sein sollte. Sie hatte mit ihnen am gleichen Tisch gesessen und sich sogar mit ihnen unterhalten. Sie waren ganz anders, als sie erwartet hatte. Das ging ihr immer wieder durch den Kopf. Sie konnten die Macht lenken, also waren sie eine Gefahr für die öffentliche Ordnung. Demzufolge mußte man sie sicher an die Leine legen – und doch … Es war überhaupt nicht so, wie man es sie gelehrt hatte. Man konnte es *lernen*. Lernen! Solange sie Bayle Domon mied, der sie sicher erkennen würde, sollte sie in der Lage sein, wieder hierher zurückzukehren. Sie mußte mehr erfahren. Das war wichtiger denn je.

Sie wünschte, sie hätte einen Umhang mit Kapuze.

Dann jedoch packte sie ihren Stock entschlossen und ging die Straße hinauf los. Sie schlängelte sich durch die Menschenmenge. Keiner der Seemänner warf ihr mehr als einen Blick zu, und sie beobachtete sie genau, um sicherzugehen.

Sie sah den Mann mit hellblondem Haar nicht, der in schmutziger, einheimischer Kleidung vor einer weiß getünchten Schenke auf der anderen Straßenseite kauerte. Er hatte blaue Augen über dem schmuddeligen Schleier und einen dicken Schnurrbart, der von Klebstoff festgehalten wurde, und sein Blick folgte ihr, bis er schließlich wieder zum ›Hof der Drei Pflaumen‹ zurückschlüpfte. Er richtete sich auf und überquerte die Straße, wobei er sich nicht darum scherte, wie ekelhaft eng das Gedränge war, das er durchqueren mußte. Egeanin hätte ihn beinahe entdeckt, als er sich soweit vergessen hatte, den Arm dieses Narren zu brechen. Einer vom Blut, wie man das in seiner Heimat bezeichnete, der hier zum Bettler geworden war und nicht genug Ehre im Leib hatte, die eigenen Pulsadern zu öffnen. Ekelhaft. Vielleicht konnte er mehr darüber in Erfahrung bringen, was sie vorhatte, wenn man in dieser Schenke feststellte, daß er mehr Geld besaß, als seine Kleidung andeutete.

KAPITEL 8

Eine Vorhersage geht in Erfüllung

In den auf ihrem Schreibtisch verteilten Papieren stand wenig von Interesse für Siuan Sanche, doch sie gab nicht auf. Natürlich wurden die routinemäßigen Verwaltungsarbeiten der Weißen Burg von anderen erledigt, damit die Amyrlin Zeit hatte, wichtige Entscheidungen zu treffen, aber sie hatte schon immer die Angewohnheit gehabt, jeden Tag ohne Vorwarnung ein paar Dinge genauer zu überprüfen, die sie sich einfach herausgriff, und das würde sich auch jetzt nicht ändern. Sie würde sich nicht von Sorgen lähmen lassen. Alles entwickelte sich doch planmäßig. Sie rückte ihre gestreifte Stola zurecht, tauchte die Feder sorgfältig in das Tintenglas und hakte eine weitere korrigierte Abrechnung ab.

Heute überprüfte sie Listen mit Einkäufen für die Küche des Weißen Turms und den Bericht des Poliers über einen Anbau an der Bibliothek. Die enorme Anzahl kleiner und kleinster Unterschlagungen, von denen die Leute glaubten, sie würden nicht bemerkt, überraschte sie immer wieder. Und auch die Anzahl derer, die tatsächlich den Frauen entgingen, die für diese Dinge verantwortlich waren. So schien Laras zum Beispiel die Überprüfung von Abrechnungen für etwas zu halten, das unter ihrer Würde war, seit sie offiziell vom Rang einer Chefköchin zur Herrin der Küchen erhoben worden war. Danelle andererseits, die junge Braune Schwester und verantwortliche Aufseherin über Meister Jovarin, den Polier, und die anderen

Handwerker der Burg, ließ sich wahrscheinlich durch die Bücher ablenken, die der Kerl immer für sie auftrieb. Nur so ließ sich erklären, wieso Danelle die Zahl der Arbeiter nicht aufgefallen war, die Jovarin angeblich eingestellt hatte, als die ersten Schiffsladungen mit Stein aus Kandor im Nordhafen eingetroffen waren. Mit so vielen Männern hätte er ja die gesamte Bibliothek neu bauen können. Danelle war einfach zu verträumt, selbst für eine Braune. Vielleicht würde ihr eine Weile Arbeitsdienst auf dem Bauernhof guttun. Bei Laras war das schon schwieriger. Sie war keine Aes Sedai und konnte zu leicht ihre Autorität den Unterköchinnen und Mägden und Küchenjungen gegenüber verlieren. Aber vielleicht konnte man ja auch sie ›zur Erholung‹ aufs Land schicken. Das würde …

Mit angewidertem Schnauben warf Siuan ihre Feder zur Seite und schnitt dem Klecks, der sich daraufhin auf einer Seite mit sauber geschriebenen Abrechnungen ausbreitete, eine Grimasse. »Ich verschwende meine Zeit damit, zu überlegen, ob ich Laras zum Unkrautjäten schicken soll«, knurrte sie. »Die Frau ist einfach zu fett, um sich richtig zu bücken!«

Ihre schlechte Laune rührte aber nicht von Laras' Übergewicht her, das war klar. Die Frau war jetzt nicht schwerer, als sie anscheinend immer schon gewesen war, und das hinderte sie niemals daran, aufgeregt durch die Küche zu rennen. Es gab keine neuen Nachrichten und Botschaften. Dieser Zustand erboste sie wie einen Kormoran, dessen gerade erbeuteten Fisch ein anderer Vogel gestohlen hatte. Eine Botschaft von Moiraine, daß der al'Thor-Junge *Callandor* habe, und dann nichts mehr in den nachfolgenden Wochen, obwohl in den Gerüchten, die auf den Straßen umgingen, allmählich bereits sein richtiger Name die Runde machte. Immer noch nichts.

Sie hob den Deckel des kunstvoll geschnitzten, schwarzen Holzkästchens an, in dem sie ihre geheimsten Dokumente aufbewahrte, und kramte darin herum. Eine leichte Abschirmung, die sie um den Kasten herum gewoben hatte, sorgte dafür, daß keine Hand außer ihrer eigenen ihn unbeschadet öffnen konnte.

Das erste Blatt, das sie herausnahm, war ein Bericht darüber, wie die Novizin, die Mins Ankunft mitbekommen hatte, von dem Bauernhof verschwunden war, auf den sie sie geschickt hatte, genau wie die Frau, der dieser Hof gehörte. Es kam natürlich öfters vor, daß eine Novizin weglief, aber daß auch die Bäuerin verschwunden war, gab Anlaß zur Sorge. Man mußte Sahra auf jeden Fall wiederfinden, da sie in ihrer Ausbildung noch nicht weit genug gekommen war, um sie einfach laufen zu lassen, aber eigentlich war das kein Grund, den Bericht in diesem Kasten aufzubewahren. Weder wurde Mins Name darin erwähnt noch der Grund, warum sie dieses Mädchen fortgeschickt hatte, Kohlköpfe zu ernten. Trotzdem legte sie ihn wieder an seinen Platz zurück. Heutzutage mußte man um so vieles vorsichtiger sein, als es früher notwendig gewesen wäre.

Dann eine Beschreibung einer Volksversammlung in Ghealdan, um einer Rede dieses Mannes zu lauschen, der sich Prophet des Lord Drache nannte. Masema war wohl sein richtiger Name. Seltsam. Der Name stammte aus Schienar. Beinahe zehntausend Menschen waren gekommen, um ihn vom Abhang eines Hügels aus sprechen zu hören. Er verkündete die Wiederkehr des Drachen, und auf die Rede folgte eine Schlägerei mit Soldaten, die versuchten, die Menge auseinanderzutreiben. Abgesehen von der Tatsache, daß die Soldaten dabei erheblich schlechter davonkamen, war das Interessanteste daran, daß dieser Masema Rand al'Thors Namen kannte. Dieser Bericht gehörte ganz bestimmt in den Kasten.

Ein weiterer Bericht, daß man immer noch keine

Spur von Mazrim Taim gefunden hatte. Kein Grund, den hier aufzubewahren. Noch einer, diesmal über die Verschlimmerung der Zustände in Arad Doman und Tarabon. Schiffe verschwanden in Küstennähe des Aryth-Meeres. Gerüchte von Übergriffen Tears auf Cairhien. Sie hatte sich schon angewöhnt, einfach alles in diesen Kasten zu stecken; nichts von alledem mußte geheimgehalten werden. Zwei Schwestern waren in Illian verschwunden und eine weitere in Caemlyn. Sie schauderte und fragte sich, wo sich die Verlorenen aufhielten. Zu viele ihrer Spione waren bereits ausgefallen. Dort draußen gab es Haie, und sie schwamm in tiefer Dunkelheit. Da war es. Der hauchdünne Papierstreifen knisterte ein wenig, als sie ihn aufrollte.

Die Schleuder wurde benützt.
Der Schafhirte hat das Schwert.

Der Burgsaal hatte sich entschieden, wie sie es erwartet hatte, einstimmig und ohne die Notwendigkeit, ein paar von ihnen zu erpressen oder ihre ganze Autorität auszuspielen. Wenn ein Mann *Callandor* herausgezogen hatte, dann mußte er der Wiedergeborene Drache sein, und dieser Mann mußte von der Weißen Burg gelenkt werden. Drei der Sitzenden aus drei verschiedenen Ajahs hatten vorgeschlagen, alle Pläne der Burg geheimzuhalten, bevor sie es selbst vorschlagen konnte. Zu ihrer Überraschung war Elaida eine davon gewesen, aber andererseits würden natürlich gerade die Roten einem Mann, der die Macht benützen konnte, die Trossen besonders eng anziehen. Das einzige Problem hatte darin bestanden, sie davon abzuhalten, eine Delegation nach Tear zu schicken, um ihm die Zügel anzulegen, und das war auch nicht zu schwierig gewesen, da sie ihnen erklären konnte, die Botschaft sei von einer Aes Sedai gekommen, die sich bereits in der Nähe des Mannes aufhielt.

Doch was machte er nun? Warum hatte Moiraine nichts mehr von sich hören lassen? Die Ungeduld hing so fühlbar in der Luft, daß sie beinahe schon Funken erwartete. Sie beherrschte sich mühevoll. *Die Frau soll doch verdammt sein! Warum schickt sie keine weitere Botschaft?*

Die Tür schlug auf, und sie richtete sich zornig auf. Mehr als ein Dutzend Frauen traten in ihr Arbeitszimmer, angeführt von Elaida. Alle trugen ihre Stolen, die meisten davon mit roten Fransen verziert, aber an Elaidas Seite befanden sich auch Alviarin, eine Weiße, und Joline Maza, eine schlanke Grüne. Die mollige Gelbe Schemerin folgte zusammen mit Danelle dicht dahinter. Diesmal wirkten Danelles Augen gar nicht verträumt. Schließlich war Siuan klar, daß zumindest eine Frau aus jeder Ajah hier war, mit Ausnahme der Blauen. Einige wirkten nervös, doch auf den meisten Gesichtern zeigte sich grimmige Entschlossenheit. Elaidas dunkle Augen blickten ernst und selbstbewußt drein. Sogar ein wenig Triumph lag in ihrem Blick.

»Was soll das bedeuten?« fauchte Siuan und klappte den schwarzen Holzkasten mit einem scharfen Knall zu. Sie sprang auf und schritt um den Schreibtisch herum auf die anderen zu. Erst Moiraine und dann dies! »Falls das mit den Ereignissen in Tear zu tun hat, Elaida, solltet Ihr wissen, daß Ihr keine anderen darin verwickeln dürft. Und Ihr solltet wissen, daß man hier nicht einfach hereinläuft wie in die Küche Eurer Mutter! Entschuldigt Euch und geht, bevor ich Euch wünschen mache, Ihr wärt wieder eine unwissende Novizin!«

Ihre kalte Wut hätte sie eigentlich sofort vertreiben sollen, aber obwohl ein paar unangenehm berührt wirkten, bewegte sich keine einzige in Richtung Tür. Die kleine Danelle grinste sie sogar noch frech an. Und Elaida griff ganz gelassen nach ihrer gestreiften Stola und zog sie von Siuans Schultern. »Ihr werdet das nicht mehr brauchen«, sagte sie. »Ihr wart niemals dafür geeignet, Siuan.«

Der Schreck verwandelte Siuans Zunge zu Stein. Das war der blanke Wahnsinn. Das war unmöglich. In ihrem Zorn griff sie nach *Saidar* und erlebte den zweiten Schock: Zwischen ihr und der Wahren Quelle lag eine Barriere, wie eine Wand aus dickem Glas. Sie starrte Elaida ungläubig an.

Wie zum Hohn erglühte der Glanz *Saidars* nun um Elaida. Sie stand hilflos da, als die Rote Schwester Stränge des Elements Luft um sie webte und sie von den Schultern bis zur Taille band. Ihre Arme wurden schmerzhaft an ihren Körper gepreßt. Sie konnte kaum atmen. »Ihr müßt verrückt geworden sein!« keuchte sie. »Ihr alle. Ich werde Euch dafür bestrafen! Laßt mich sofort frei!« Keine antwortete. Sie schienen sie schon gar nicht mehr wahrzunehmen.

Alviarin durchblätterte die Papiere auf ihrem Schreibtisch, schnell, aber nicht überhastet, während Joline und Danelle und andere damit begannen, die Bücher auf den Lesepulten aufzuheben und auszuschütteln, um festzustellen, ob irgend etwas herausfallen würde, was zwischen den Seiten verborgen gelegen hatte. Die Weiße zischte leicht frustriert durch die Zähne, als sie nicht fand, was sie auf dem Tisch wohl gesucht hatte. Dann schlug sie den Deckel des schwarzen Holzkastens auf. Sofort flammte der Kasten wie eine Feuerkugel auf.

Alviarin sprang mit einem Schrei zurück und schüttelte ihre Hand, an der sich bereits Blasen bildeten. »Abgeschirmt«, knurrte sie, offensichtlich blankem Zorn so nah, wie es einer Weißen nur möglich war. »So gering, daß ich es nicht bemerkt habe, bis es zu spät war.« Nichts war von dem Kasten und seinem Inhalt übriggeblieben, als ein Häufchen grauer Asche auf einem Brandfleck an der Tischoberfläche.

Auf Elaidas Gesicht war jedoch keine Enttäuschung

zu bemerken. »Ich verspreche Euch, Siuan, daß Ihr mir noch jedes Wort sagen werdet, das hier verbrannte, für wen es bestimmt war und zu welchem Zweck.«

»Euch muß ja wohl der Drache gepackt haben!« brauste Siuan auf. »Ich werde Euch dafür das Fell über die Ohren ziehen, Elaida! Euch allen! Ihr müßt Glück haben, wenn der Burgsaal nicht dafür stimmt, Euch alle einer Dämpfung zu unterziehen!«

Elaidas leichtes Lächeln reichte nicht bis an ihre kalten Augen heran. »Der Saal hat vor nicht einmal einer Stunde getagt. Es waren genug Sitzende anwesend, um ein gültiges Abstimmungsergebnis zu erzielen. Es wurde einstimmig beschlossen, so wie es vorgeschrieben ist, daß Ihr nicht mehr die Amyrlin seid. Es ist beschlossen, und wir sind gekommen, um den Beschluß durchzuführen.«

Siuans Magen verwandelte sich in einen Eisklumpen und eine dünne Stimme in ihrem Hinterkopf schrie: *Wieviel wissen sie? Licht, wieviel wissen sie? Närrin! Blinde, dumme Närrin!* Sie verzog das Gesicht jedoch nicht. Das war nicht die erste Zwangslage, in der sie sich befunden hatte. Als fünfzehn Jahre altes Mädchen, mit nichts als einem Fischermesser bewaffnet, war sie einst von vier völlig betrunkenen Schlägern in eine Gasse gezerrt worden… Es war schwerer gewesen, ihnen zu entkommen, als denen hier. Das redete sie sich jedenfalls ein.

»So, wie das Gesetz es vorschreibt?« höhnte sie. »Gerade die kleinstmögliche Anzahl und dann überfrachtet mit Euren Freunden und denen, die Ihr beeinflussen oder einschüchtern könnt.« Ihre Kehle wurde trocken bei dem Gedanken daran, daß Elaida auch nur eine relativ kleine Anzahl von Schwestern dazu hatte überreden können. Doch das ließ sie sich nicht anmerken. »Wenn die Vollversammlung mit allen Sitzenden zusammentritt, dann werdet Ihr euren Fehler bereuen! Zu spät! Es hat in der Burg noch nie eine Rebellion gegeben. In tausend Jahren noch werden sie Euer Schicksal den Novizinnen als Beispiel dafür erzählen, was mit denen geschieht, die eine Rebellion anzetteln.« Auf einigen Gesichtern begann sich Zweifel zu zeigen. Anscheinend hatte Elaida ihre Verschwörer doch nicht so gut in der Hand, wie sie glaubte. »Es ist an der Zeit, damit aufzuhören, ein Leck in den Rumpf zu schlagen, und statt dessen mit Schöpfen zu beginnen. Selbst Ihr könnt Euren Fehler noch wiedergutmachen, Elaida.«

Elaida wartete mit eisiger Ruhe, bis sie ausgesprochen hatte. Dann schlug sie Siuan mit voller Kraft ihre Hand ins Gesicht. Siuan taumelte und vor ihren Augen flimmerte alles.

»Ihr seid am Ende«, sagte Elaida. »Habt Ihr geglaubt, ich – wir – würden Euch gestatten, die Burg zu zerstören? Nehmt sie mit!«

Siuan stolperte, als zwei der Roten sie vorwärts stießen. Sie konnte nur mühsam auf den Beinen bleiben und funkelte die beiden zornig an, doch sie ging in die gewünschte Richtung. Wen mußte sie von den Ereignissen in Kenntnis setzen? Welche Anklagen sie auch gegen sie vorgebracht hatten: wenn ihr genug Zeit blieb, würde sie alles widerlegen. Selbst Anklagen, die Rand einschlossen. Sie konnten ihr nicht mehr als Gerüchte anhängen, und sie hatte das Große Spiel schon zu lange gespielt, um sich von Gerüchten unterkriegen zu lassen. Es sei denn, sie hatten Min. Min könnte aus den Gerüchten Wahrheiten machen. Sie knirschte mit den Zähnen. *Seng meine Seele, ich werde dieses Pack zu Fischfutter verarbeiten!* Im Vorzimmer kam sie erneut ins Stolpern, aber diesmal war sie nicht geschubst worden. Sie hatte so halb gehofft, Leane sei nicht auf ihrem üblichen Posten gewesen, doch die Behüterin der Chronik stand genauso da wie Siuan, die Arme steif am Körper, der Mund formte lautlose Worte, zornige Worte, doch nichts drang durch den Knebel aus Luft. Nun wurde ihr auch bewußt, daß sie gespürt hatte, wie man Leane band, doch sie hatte das Gefühl nicht beachtet, denn in der Burg spürte man immer, wenn Frauen die Macht benützten.

Aber es war nicht der Anblick Leanes gewesen, der sie ins Stolpern kommen ließ, sondern der hochgewachsene, schlanke grauhaarige Mann, der mit einem Messer im Rücken ausgestreckt auf dem Fußboden lag. Alric war nahezu zwanzig Jahre lang ihr Behüter gewesen und hatte sich nie beklagt, weil er ständig in der Burg bleiben mußte, und auch nicht, wenn er es der Tatsache, daß sie die Amyrlin war, zu verdanken hatte, daß er sich manchmal Hunderte von Wegstunden von ihr entfernt aufhalten mußte. Das gefiel keinem der Gaidin.

Sie räusperte sich, aber ihre Stimme klang immer noch rauh, als sie sagte: »Dafür lasse ich Euch die Haut abziehen und salzen und in der Sonne trocknen, Elaida. Das schwöre ich!«

»Hütet Eure eigene Haut, Siuan«, sagte Elaida. Sie kam näher, um ihr in die Augen sehen zu können. »Es steckt mehr dahinter, als bisher aufgedeckt wurde. Das ist mir klar. Und Ihr werdet mir auch die kleinste Einzelheit erzählen. Je-des-biß-chen!« Die plötzliche Ruhe in ihrem Tonfall war beängstigender als alle bösen Blicke zuvor. »Das verspreche ich Euch, Siuan. Bringt sie hinunter!«

Min hielt Rollen blauer Seide in beiden Händen, als sie kurz vor Mittag durch den Nordeingang hereintrat. Ihr affektiertes Lächeln sollte den Wächtern mit der Flamme von Tar Valon auf der Brust gelten. Ihr grüner, weiter Rock schwankte aufreizend beim Gehen. Ganz so würde sich Elmindreda verhalten. Sie hatte schon damit begonnen, bevor ihr bewußt wurde, daß heute überhaupt keine Wächter am Eingang standen. Die schwere eisenbeschlagene Tür am Wachhaus stand offen, und das Haus machte einen leeren Eindruck. Das war unmöglich! Kein Tor zur Weißen Burg war jemals unbewacht. Ungefähr auf halbem Weg zu den blendend weißen Mauern der Burg erhob sich eine Rauchwolke über die Baumwipfel. Sie kam aus der Nähe der Wohnquartiere der jungen Männer, die von den Behütern ausgebildet wurden. Vielleicht hatte das Feuer die Wachen weggelockt?

Sie war noch ein wenig nervös, als sie den Gartenpfad durch den bewaldeten Teil des Burggeländes entlangschritt. Sie verlagerte das Gewicht der Seidenrollen. Eigentlich wollte sie ja gar kein neues Kleid, aber wie konnte sie es Laras abschlagen, als die ihr einen Beutel Silber in die Hand drückte und ihr sagte, sie solle dafür diese Seide kaufen. Die dicke Frau hatte sie in einem Laden entdeckt. Sie behauptete, es sei genau die Farbe, die zu ›Elmindredas‹ Teint passe. Ob sie wollte oder nicht, war dabei weniger wichtig, als sich die Zuneigung Laras zu erhalten.

Das Klappern von Schwertern machte sich hinter den Bäumen bemerkbar. Die Behüter ließen ihre Schüler diesmal wohl noch härter arbeiten als sonst.

Es war alles sehr verwirrend. Laras mit ihren Andeutungen in Bezug auf Schönheit, Gawyn und seine Witze, Galad, der ihr Komplimente machte und dem überhaupt nicht klar war, was sein Gesicht und sein Lächeln mit dem Pulsschlag einer Frau machten ... Ob Rand sie so haben wollte? Würde er sie überhaupt bemerken, wenn sie Kleider trug und ihn anhimmelte wie eine hirnlose Schlampe?

Er hat kein Recht darauf, so etwas zu erwarten, dachte sie wütend. Das war überhaupt alles seine Schuld. Wenn er nicht gewesen wäre, dann wäre sie jetzt auch nicht hier, trüge keine idiotischen Kleider und müßte nicht lächeln wie eine Blöde. *Ich werde Wams und Hose tragen, basta! Vielleicht gelegentlich auch einmal ein Kleid – vielleicht – aber nicht, um die Männerblicke anzuziehen. Ich wette, er himmelt in diesem Moment gerade irgendeine Frau aus Tear an, die den halben Busen aus dem Kleid hängen läßt. Ich kann auch solche Kleider tragen. Wollen doch mal sehen, was er denkt, wenn er mich in dieser blauen Seide sieht. Und mit einem Ausschnitt bis ...* Was dachte sie da eigentlich? Der Mann brachte sie noch um den Verstand! Die Amyrlin ließ sie nutzlos hier herumhocken, und Rand al'Thor brachte sie um den Verstand. *Seng ihn! Verdammt soll er sein für das, was er mir antut!*

Wieder erklang das Klappern von Schwertern aus einiger Entfernung, und sie blieb stehen, als eine Horde junger Männer ein Stück vor ihr aus dem Gebüsch brach. Sie trugen Speere und hatten die Schwerter gezogen. An ihrer Spitze befand sich Gawyn. Sie erkannte auch andere von denen, die gekommen waren, um sich von den Behütern ausbilden zu lassen. Irgendwo auf dem großen Gelände erklangen Schreie; das Brüllen zorniger Männer.

»Gawyn! Was ist denn los?«

Er wirbelte herum, als er ihre Stimme vernahm. Sorge und Furcht standen in seinen blauen Augen und sein Gesicht wirkte zum Äußersten entschlossen. »Min. Was tust du ...? Raus, weg von der Burg, Min! Es ist gefährlich!« Eine Handvoll der jungen Männer rannte weiter, doch die meisten warteten ungeduldig auf ihn. Wie ihr schien, befanden sich fast alle Schüler der Behüter in dieser Gruppe.

»Sag mir doch, was los ist, Gawyn!«

»Heute morgen haben sie die Amyrlin beseitigt. Geh weg, Min!«

Die Seidenrollen fielen ihr aus den Händen. »Beseitigt? Das kann doch nicht sein! Wie? Warum? Im Namen des Lichts, warum denn?«

»Gawyn!« rief einer der jungen Männer. Andere machten es ihm nach und reckten ihre Waffen hoch. »Gawyn! Der Weiße Keiler! Gawyn!«

»Ich habe keine Zeit«, sagte er atemlos zu ihr. »Überall wird gekämpft. Man behauptet, Hammar versuche,

Siuan Sanche zu befreien. Ich muß in die Burg, Min. Geh bitte!«

Er wandte sich um und rannte los in Richtung der Burg. Die anderen folgten ihm mit erhobenen Waffen. Einige riefen immer noch: »Gawyn! Der Weiße Keiler! Gawyn! Die Jünglinge greifen an!«

Min blickte ihnen hinterher. »Du hast nicht gesagt, für welche Seite du kämpfst, Gawyn«, flüsterte sie.

Der Kampfeslärm war lauter und deutlicher, nun, da sie genauer hinhörte, und die Rufe und Schreie, das Hämmern von Stahl auf Stahl, schienen von allen Seiten her zu kommen. Bei diesem Lärm bekam sie eine Gänsehaut, und ihre Knie zitterten. Das konnte doch nicht wahr sein, nicht hier geschehen! Gawyn hatte recht. Es wäre viel sicherer und klüger, sofort das Burggelände zu verlassen. Nur konnte sie dann nicht vorhersehen, wann – falls überhaupt – sie zurückkehren durfte, und ihr fiel nicht viel ein, was sie in der Zwischenzeit draußen erreichen könne.

»Und was kann ich hier drinnen erreichen?« fragte sie sich in einer heftigen Gefühlsaufwallung.

Doch sie kehrte nicht um. Sie ließ die Seide liegen, wo sie zu Boden gefallen war, und eilte zwischen die Bäume, um sich ein Versteck zu suchen. Sie glaubte ja nicht, daß jemand ›Elmindreda‹ wie eine Gans aufschlitzen würde – schaudernd verwünschte sie diese Vorstellung –, aber sie mußte ja kein unnötiges Risiko eingehen. Früher oder später würden die Kämpfe abebben, und dann mußte sie sich entschließen, was sie als nächstes unternehmen wollte.

In der vollkommenen Dunkelheit der Zelle öffnete Siuan die Augen, rührte sich, zuckte unter dem Schmerz zusammen und lag wieder still. War es draußen noch Morgen? Sie war lange Zeit über verhört worden. Nun bemühte sie sich, ihre Schmerzen hinunterzuschlucken und sich lieber daran zu erfreuen, daß sie überhaupt noch atmete. Der rauhe Stein unter ihr tat den Schwellungen und Abschürfungen an ihrem Rücken nicht gerade gut. Schweiß brannte in allen Wunden, und die zogen sich von den Schultern bis hinab zu den Knien, so daß sie vor Kälte zitterte. *Sie hätten mir wenigstens die Unterwäsche lassen können.* Die Luft roch nach altem Staub und trockenem Moder. Eine der ganz unten liegenden Zellen. Hier war keiner mehr eingesperrt worden seit den Zeiten Artur Falkenflügels. Bonwhin war wohl die letzte gewesen.

Sie verzog das Gesicht im Dunkeln. Es gab kein Vergessen. So biß sie die Zähne zusammen und richtete sich mühsam zu einer sitzenden Position auf dem Steinboden auf. Sie fühlte nach einer Wand, an die sie sich lehnen konnte. Dann endlich lehnte ihr Rücken an den kühlen Steinblöcken. *Kleinigkeiten,* sagte sie sich. *Denke an Kleinigkeiten. Hitze. Kälte. Ich frage mich, wann sie mir wohl etwas Wasser bringen werden. Falls überhaupt.* Sie konnte nicht anders, als nach ihrem Ring mit der Großen Schlange zu tasten. Nicht, daß sie wirklich erwartete, noch in seinem Besitz zu sein. Sie glaubte sogar, sich dunkel daran zu erinnern, wie man ihn ihr abgerissen hatte. Nach einer Weile war ihr alles nur noch ganz verschwommen erschienen. Sie war dankbar dafür. Doch sie erinnerte sich auch, ihnen am Ende ziemlich alles erzählt zu haben. Aber nicht wirklich alles. Sie empfand einen gewissen Triumph dabei, hier ein kleines Stückchen und dort einen Fetzen zurückgehalten zu haben. Aber meist hatte sie die Antworten herausgeheult, wollte alles gestehen, wenn sie nur aufhörten, wenigstens eine kleine Weile, wenn sie nur … Sie wickelte die Arme um ihren Körper und versuchte, das Zittern zu unterdrücken. Es half nicht viel. *Ich muß ruhig bleiben. Ich bin noch am Leben. Daran muß ich vor allem denken. Ich bin nicht tot.*

»Mutter?« Leanes schwankende Stimme erklang aus der Dunkelheit. »Seid Ihr wach, Mutter?«

»Ich bin wach«, seufzte Siuan. Sie hatte gehofft, man habe Leane entlassen und sie vielleicht aus der Stadt geschickt. Sie empfand ein Schuldgefühl dabei, daß sie froh war, die andere Frau bei sich in der Zelle zu haben. »Es tut mir leid, daß ich Euch in diese Sache verwickelt habe, Toch...« Nein. Sie hatte kein Recht mehr, die andere so zu bezeichnen. »Es tut mir leid, Leane.«

Es folgte ein langer Augenblick des Schweigens. »Geht es... Euch gut, Mutter?«

»Siuan, Leane. Nur noch Siuan.« Unwillkürlich griff sie nach *Saidar.* Da war nichts. Nicht für sie jedenfalls. Nur die Leere in ihrem Innern. Niemals mehr. Ein zweckerfülltes Leben, und nun trieb sie steuerlos auf einem Meer, das viel dunkler war als diese Zelle. Sie rieb sich eine Träne von der Wange und ärgerte sich über sich selbst. »Ich bin nicht mehr die Amyrlin, Leane.« Etwas von ihrem Zorn stahl sich in ihre Stimme. »Ich schätze, Elaida wird meinen Rang erhalten. Wenn es nicht schon der Fall ist. Ich schwöre, eines Tages werde ich diese Frau den Haien verfüttern!«

Leanes einzige Antwort darauf war ein langegezogenes, verzweifeltes Ausatmen.

Das Knirschen eines Schlüssels in dem rostigen Eisenschloß ließ Siuans Kopf hochfahren. Niemand hatte daran gedacht, das Schloß zu ölen, bevor man Leane und sie in die Zelle warf, und die vom Rost zerfressenen Teile wollten sich nicht drehen. Grimmig zwang sie sich zum Aufstehen. »Auf, Leane. Steht auf.« Einen Augenblick später hörte sie, wie die andere Frau folgte. Sie stöhnte leicht dabei und knurrte etwas in sich hinein.

Mit etwas lauterer Stimme sagte Leane dann: »Was soll uns das helfen?«

»Wenigstens finden sie uns nicht heulend auf dem Boden vor.« Sie bemühte sich, ihre Stimme fester klingen zu lassen. »Wir können kämpfen, Leane. Solange wir leben, können wir auch kämpfen.« *Oh, Licht, sie haben mich einer Dämpfung unterzogen! Sie haben es wirklich getan!*

Sie zwang ihren Verstand zur Ruhe, ballte die Fäuste und versuchte, ihre Zehen in den unregelmäßigen Steinboden zu bohren. Sie wünschte sich, das Geräusch aus ihrem Mund klänge nicht wie ein Wimmern.

Min legte ihre Bündel auf den Boden und schlug den Umhang zurück, damit sie den Schlüssel mit beiden Händen drehen konnte. Er war doppelt so lang wie ihre Hand und genauso verrostet wie das Schloß. Doch auch die anderen Schlüssel an dem großen Eisenring sahen nicht anders aus. Die Luft war kalt und feucht, als käme der Sommer nicht bis hier herunter.

»Beeilt Euch, Kind«, wurde sie von Laras angetrieben. Die dicke Küchenherrin hielt die Laterne für Min und spähte immer wieder ängstlich den Flur hinauf und hinunter. Es fiel schwer, daran zu glauben, daß diese Frau mit ihrem schwabbelnden Mehrfachkinn einst eine Schönheit gewesen sein sollte, doch im Moment fand Min sie einfach wunderschön.

Sie kämpfte mit dem Schlüssel und schüttelte den Kopf. Sie war auf Laras gestoßen, als sie sich zu ihrem Zimmer zurückschleichen wollte, um das einfache graue Reitkleid zu holen, das sie jetzt trug, und noch ein paar andere Dinge. Tatsächlich war die massige Frau auf der Suche nach ihr gewesen, da sie sich wahnsinnig Sorgen um ›Elmindreda‹ gemacht hatte, und dann hatte sie ihr einen Vortrag gehalten, welches Glück sie gehabt habe, heil davonzukommen, und sie hätte sie am liebsten in ihr Zimmer eingeschlossen, bis alles vorüber war. Sie wußte nicht mehr genau, wie Laras aus ihr sämtliche Absichten herausgequetscht hatte, und sie konnte nicht darüber hinwegkommen, daß ausgerechnet diese Frau zögernd verkündet hatte, sie werde ihr helfen. *Eine richtige Abenteurerin. Na ja, hoffen wir mal, daß sie mich – wie hat sie das ausgedrückt? –*

tatsächlich aus dem Salztopf heraushalten kann. Der verdammte Schlüssel wollte sich nicht drehen. Sie warf ihr ganzes Gewicht in die Waagschale und stemmte sich dagegen.

Natürlich war sie Laras mehr als nur dankbar. Sie bezweifelte, daß sie allein in der Lage gewesen wäre, alles vorzubereiten und alle Sachen zusammenzusuchen, die sie brauchte – jedenfalls nicht so schnell. Außerdem … Außerdem hatte sie sich zu dem Zeitpunkt, als sie auf Laras getroffen war, bereits einzureden versucht, es sei doch alles sinnlos und sie sollte sich besser auf ein Pferd setzen und nach Tear losreiten, solange sie die Chance dazu hatte, bevor jemand daran dachte, ihr Kopf stelle eine gute Dekoration für die Burgmauer dar. Sie vermutete, sie wäre selbst nie mehr mit ihrem Schuldgefühl fertiggeworden, wenn sie weggelaufen wäre. Das allein machte ihre Dankbarkeit Laras gegenüber so groß, daß sie nicht protestierte, als diese noch ein paar hübsche Kleider zu den Sachen packte, die sie bereits herausgesucht hatte. Sie konnte ja das Rouge und den Puder irgendwo ›verlieren‹. *Warum dreht sich dieser verdammte Schlüssel nicht? Vielleicht kann Laras …*

Plötzlich bewegte sich der Schlüssel und drehte sich mit einem lauten Krachen, daß Min schon fürchtete, er sei abgebrochen. Doch als sie gegen die grobe Holztür drückte, öffnete sie sich. Sie schnappte sich ihre Bündel vom Boden und trat in die kahle Steinzelle. Dann blieb sie jedoch verwirrt stehen.

Der Laternenschein enthüllte ihrem Blick zwei Frauen mit verschwollenen und geschundenen nackten Körpern, die ihre Augen vor dem plötzlichen Lichtschein schützten. Einen Augenblick lang war Min nicht sicher, ob es tatsächlich die Gesuchten seien. Die eine war groß, und ihre Haut war kupferfarben, die andere kleiner, stämmiger, mit hellerem Haar. Die Gesichter sahen aus wie die der Gesuchten – beinahe je-

denfalls – und waren wohl von dem, was man ihnen angetan hatte, unberührt geblieben. Also hätte sie eigentlich sicher sein müssen. Aber jene Alterslosigkeit, die so typisch für die Aes Sedai war, schien von ihnen abgefallen zu sein. Sie hätte ansonsten nicht gezögert, diese Frauen für höchstens sechs oder sieben Jahre älter als sich selbst zu schätzen und sie bestimmt nicht für Aes Sedai zu halten. Bei diesem Gedanken lief sie vor Verlegenheit rot an. Sie sah auch keine Bilder, keine Visionen, um die beiden flimmern. Aber bei Aes Sedai sah sie doch immer welche. *Hör auf damit,* sagte sie sich.

»Wo ...«, begann eine der beiden staunend, und dann unterbrach sie sich und räusperte sich erst einmal. »Woher habt Ihr diese Schlüssel?« Es war die Stimme Siuan Sanches.

»Sie ist es tatsächlich!« Laras' Stimme klang ungläubig. Sie stupste Min mit einem dicken Finger. »Schnell, Kind! Ich bin zu alt und zu langsam für solche Abenteuer.«

Min warf ihr einen überraschten Blick zu. Die Frau hatte darauf bestanden, mitzukommen. Sie werde auf keinen Fall zurückbleiben, hatte sie gesagt. Min hätte Siuan am liebsten gefragt, wieso sie beide auf einmal soviel jünger aussähen, aber für solche Anzüglichkeiten blieb jetzt keine Zeit. *Ich bin schon verdammt noch mal daran gewöhnt, Elmindreda sein zu müssen!*

Sie drückte schnell jeder der Frauen eines ihrer Bündel in die Hand und sagte hastig: »Kleider. Zieht Euch so schnell wie möglich an. Ich weiß nicht, wieviel Zeit wir haben. Ich habe dem Wächter vorgemacht, ich wolle Euch etwas heimzahlen, und ihm ein paar Küsse versprochen, wenn er mich hinunter läßt. Während ich ihn ablenkte, schlich sich Laras von hinten an und hat ihm mit dem Nudelholz eins über den Schädel verpaßt. Ich weiß aber nicht, wie lange er noch schlafen wird.« Sie beugte sich hinaus und blickte besorgt den Flur hinauf in Richtung Wachraum. »Wir sollten uns wirklich beeilen.«

Siuan hatte bereits ihr Bündel geöffnet und begonnen, sich anzuziehen. Abgesehen von einem leinenen Unterhemd waren die mitgebrachten Kleidungsstücke alle aus einfacher, brauner Wolle gefertigt und paßten zu Bauersfrauen, die zur Weißen Burg gekommen waren, um die Aes Sedai um Rat zu bitten. Allerdings waren die Hosenröcke zum Reiten doch etwas ungewöhnlich. Laras hatte sie schnell abgenäht. Min stach sich immer nur in die Finger dabei; also hatte sie es sein lassen. Auch Leane kleidete sich an, doch ihr Interesse schien vor allem dem kurzen Messer zu gelten, das an ihrem Gürtel hing, und nicht ihrer Kleidung.

Drei einfach gekleidete Frauen sollten doch wenigstens eine Chance haben, das Burggelände zu verlassen, ohne besonders aufzufallen. Eine Anzahl von Menschen mit Bittschriften und andere Hilfesuchende waren von den Auseinandersetzungen in der Burg überrascht worden. Drei weitere, die sich aus ihrem Versteck herauswagten, würden wohl schlimmstenfalls auf die Straße hinausgeschoben werden. Solange man sie nicht erkannte. Die Gesichter der anderen könnten auch hilfreich sein. Keiner würde dieses Paar junger Frauen – jung erschienen sie jedenfalls – für die Amyrlin und die Behüterin der Chronik halten. Für die ehemalige Amyrlin und die ehemalige Behüterin, mußte sie sich selbst mahnen.

»Nur ein Wächter?« fragte Siuan, die vor Schmerz zusammengezuckt war, als sie die dicken Strümpfe übergezogen hatte. »Seltsam. Sie würden ja einen Taschendieb noch besser bewachen.« Sie blickte Laras an, während sie ihre Füße in die festen Schuhe schob. »Es ist gut, zu merken, daß nicht jeder den Anklagen gegen mich Glauben schenkt. Was immer sie auch besagen mögen.«

Die dicke Frau runzelte die Stirn und senkte das

Kinn, was zu einem vierten Wulst führte. »Ich verhalte mich loyal der Burg gegenüber«, sagte sie ernst. »Solche Dinge gehen über meinen Horizont. Ich bin nur Köchin. Dieses närrische Mädchen hier hat mich schon zuviel an die Zeiten erinnert, als ich selbst ein solch närrisches Mädchen war. Ich glaube – nachdem ich Euch jetzt sehe –, es ist an der Zeit, mich daran zu erinnern, daß ich kein schlankes Reh mehr bin.« Sie drückte Min die Laterne in die Hand.

Min packte ihren mächtigen Arm, als sie sich zum Gehen wandte. »Laras, Ihr verratet uns doch nicht? Nicht jetzt, nach alledem, was Ihr für uns getan habt.«

Das breite Gesicht der Frau verzog sich zu einem Lächeln. Es wirkte halb in Erinnerung schwelgend, halb bedauernd. »Oh, Elmindreda, erinnert mich nicht daran, als ich noch in Eurem Alter war. Dumme Sachen habe ich da angerichtet. Manchmal war ich nahe daran, gehängt zu werden. Ich werde Euch nicht verraten, Kind, aber ich muß hier leben. Wenn die Zweite Stunde eingeläutet wird, schicke ich ein Mädchen mit Wein für den Wächter herunter. Falls er bis dahin noch nicht erwacht oder entdeckt worden ist, gibt Euch das mehr als eine Stunde Zeit.« Sie wandte sich den anderen beiden Frauen zu, und ihr Gesicht trug plötzlich den harten Ausdruck, den Min bei ihr gesehen hatte, wenn sie mit den Unterköchinnen oder den Küchenmägden gesprochen hatte. »Nützt diese Stunde gut, verstanden? Sie wollen Euch in die Spülküche stecken, wie ich weiß, damit sie Euch als Beispiel vorzeigen können. Mir ist das gleich. So etwas wird von Aes Sedai entschieden und nicht von Köchinnen. Für mich ist eine Amyrlin so gut wie die andere. Aber wenn Ihr es zulaßt, daß dieses Mädchen gefangen wird, werde ich Euch von früh bis spät das Fell über die Ohren ziehen, solange ihr nicht mit den Köpfen in schmierigen Töpfen steckt oder Spucknäpfe ausleert! Ihr werdet Euch wünschen, sie hätten Euch die Köpfe abgehackt, bevor ich mit Euch fertig bin. Und glaubt ja nicht, sie würden Euch abnehmen, daß ich Euch geholfen habe! Jeder weiß, daß ich immer in meiner Küche bleibe. Denkt daran und macht gefälligst schnell!« Das Lächeln kehrte auf ihr Gesicht zurück und sie kniff Min in die Wange. »Sorgt dafür, daß sie sich beeilen, Kind. Oh, wie es mir fehlen wird, Euch einkleiden zu dürfen. Ihr seid ein so hübsches Mädchen.« Sie kniff noch einmal richtig zu und watschelte im Eiltempo aus der Zelle.

Min rieb sich gereizt die Wange. Sie haßte das bei Laras. Die Frau war stark wie ein Pferd. Nahe daran, *gehängt* zu werden? Welche Art von ›lebhaftem Mädchen‹ war Laras denn gewesen?

Vorsichtig zog sich Leane das Kleid über den Kopf und schnaubte laut dabei. »Daß sie Euch in einem derartigen Ton anzusprechen wagte, Mutter!« Ihr Gesicht kam oben wieder heraus und sie machte eine finstere Miene. »Ich bin überrascht, daß sie uns überhaupt half, wenn sie es so sieht.«

»Aber sie hat geholfen«, sagte Min zu ihr. »Denkt daran. Und ich glaube, sie wird Wort halten und uns nicht verraten. Da bin ich sicher.« Leane schnaubte noch mal.

Siuan legte sich den Umhang um. »Es ist eben ein Unterschied, Leane, daß ich diesen Titel jetzt nicht mehr beanspruchen kann. Es ist schon ein Unterschied, wenn Ihr und ich morgen vielleicht bei ihr das Geschirr spülen müssen.« Leane faltete die Hände, damit sie nicht so zitterten, und konnte sie nicht ansehen. Siuan fuhr gelassen in ihrem trockenen Tonfall fort: »Ich vermute auch, daß Laras ihr Wort in bezug auf … andere Dinge … halten wird. Also, selbst wenn es Euch gleich ist, ob Elaida uns wie ein paar gefangener Haie aufhängt, damit uns alle betrachten können, schlage ich doch vor, daß Ihr euch jetzt ein bißchen bewegt. Was mich betrifft, habe ich seit meiner Jugend schmierige Töpfe gehaßt, und das hat sich bis jetzt nicht gelegt.«

Leane begann mürrisch damit, die Schnüre an ihrem Bauernkleid zuzubinden.

Siuan wandte ihre Aufmerksamkeit Min zu. »Ihr seid vielleicht nicht mehr so darauf erpicht, uns zu helfen, wenn ich Euch sage, daß man uns beide … einer Dämpfung unterzogen hat.« Ihre Stimme bebte nicht dabei, aber man merkte ihr die Mühe an, die sie sich geben mußte, um das auszusprechen, und in ihren Augen standen Schmerz und Einsamkeit. Min erschrak, als ihr klar wurde, daß die Ruhe der anderen nur äußerlich war. »Jede der Aufgenommenen könnte uns nun fesseln, wie es ihr beliebt, Min. Sogar die meisten Novizinnen würden so mit uns fertig.«

»Ich weiß«, sagte Min und gab sich Mühe, nicht einmal eine Andeutung von Mitgefühl in ihrer Stimme anklingen zu lassen. Mitgefühl würde möglicherweise den beiden Frauen die Selbstbeherrschung vollends rauben, und sie mußten sich jetzt einfach zusammennehmen. »Man hat es auf jedem öffentlichen Platz in der Stadt bekanntgegeben und angeschlagen, wo immer man eine Mitteilung annageln konnte. Und doch lebt Ihr noch.« Leane lachte bitter auf, aber sie überhörte es. »Wir sollten jetzt gehen. Sonst wacht noch der Wächter auf, oder jemand findet ihn.«

»Führt uns an, Min«, sagte Siuan. »Wir sind in Eurer Hand.« Einen Moment später nickte auch Leane kurz und legte sich hastig den Umhang um.

Im Wachraum ganz am Ende des dunklen Korridors lag der einzige Wächter ausgestreckt und mit dem Gesicht nach unten am Boden. Der Helm, der ihn vor einem Brummschädel hätte bewahren können, lag auf einem roh gezimmerten Tisch neben der einzigen Laterne, die ihr Licht in den Raum warf. Seine Atmung schien in Ordnung zu sein, und so warf ihm Min keinen weiteren Blick zu. Sie hoffte aber doch, daß er nicht ernsthaft verletzt sei. Er hatte sich trotz ihres frivolen Angebots anständig verhalten und seine überlegene Kraft nicht ausgenützt.

Sie schob Siuan und Leane schnell durch die Eingangstür mit ihren dicken Holzbohlen und Eisenstreben und dann die enge Steintreppe hinauf. Sie mußten immer in Bewegung bleiben. Sich als Bittsteller bei den Aes Sedai auszugeben würde sie nicht vor einem Verhör bewahren, falls man sie vom Zellentrakt her kommen sah.

Sie sahen keinen weiteren Wächter oder sonst irgend jemanden, als sie aus den Tiefen der Burg herausklommen, doch Min hielt immer wieder die Luft an, bis sie endlich die kleine Tür erreicht hatten, die in die eigentliche Burg hineinführte. Sie öffnete sie einen Spaltbreit, um hindurchspähen zu können, und musterte den Korridor zu beiden Seiten.

Vergoldete Lampen standen an den mit Friesen bedeckten weißen Marmorwänden. Zur Rechten verschwanden gerade zwei Frauen mit schnellen Schritten aus ihrem Gesichtsfeld, ohne sich umzublicken. Ihren selbstbewußten Schritten nach mußten sie Aes Sedai sein, obwohl sie ihre Gesichter nicht erkennen konnte. In der Burg schritt selbst eine Königin zögernd einher. In der anderen Richtung stolzierte ein halbes Dutzend Männer davon weg, genauso eindeutig Behüter mit der Grazie eines Wolfs und mit Umhängen, deren Farbe sich ihrer Umgebung anpaßte.

Sie wartete, bis auch die Behüter verschwunden waren, und schlüpfte dann durch die Tür hinaus. »Die Luft ist rein. Kommt mit. Laßt die Kapuzen oben und senkt die Köpfe. Benehmt Euch leicht verängstigt.« Was sie betraf, mußte sie keine Angst heucheln. Die beiden Frauen folgten ihr aus dem stillen Treppenhaus. Sie hatte auch bei ihnen das Gefühl, die Angst sei absolut keine Heuchelei.

Die Säle der Burg waren selten nur voll, doch nun

schienen sie ihr geradezu leer. Gelegentlich tauchte vor ihnen oder in einem Seitenkorridor jemand auf, aber ob Aes Sedai oder Behüter oder Dienerin: alle eilten geschäftig einher und konzentrierten sich so auf ihre Aufgaben, daß sie niemand anderes bemerkten. Auch hier draußen in der Burg herrschte Stille.

Dann betraten sie einen Quergang und entdeckten auf dessen hellgrünen Fußbodenkacheln dunkle Flekken eingetrockneten Blutes. Zwei größere Flecke zogen sich zu langen Blutschmierern dahin, als habe man Leichen weggeschleift.

Siuan blieb stehen und betrachtete die Blutflecken. »Was ist denn geschehen?« wollte sie wissen. »Sagt es mir, Min!« Leane packte den Griff ihres Messers und sah sich um, als erwarte sie jeden Moment einen Angriff.

»Kämpfe«, sagte Min zögernd. Sie hatte gehofft, die beiden Frauen befänden sich bereits außerhalb der Burg und möglichst sogar außerhalb der Stadt, wenn sie davon erfuhren. Sie führte sie um die Blutflecken herum und stieß sie an, als sie zurückblicken wollten. »Es begann gestern, nachdem man Euch festgenommen hatte, und erst vor vielleicht zwei Stunden hat sich alles beruhigt. Aber noch nicht vollständig.«

»Meint Ihr damit etwa die Gaidin?« rief Leane. »Behüter, die *untereinander* kämpften?«

»Behüter, Wachsoldaten, jeder. Es begann, als eine Reihe von Männern, die man als angebliche Maurer hereingelassen hatte – zwei- oder dreihundert –, versuchte, die Macht in der Burg an sich zu reißen, kaum, daß Eure Gefangennahme bekanntgegeben worden war.«

Siuan blickte finster drein. »Danelle! Ich hätte wissen müssen, daß mehr daran war als nur ihre Unaufmerksamkeit.« Ihr Gesicht verzog sich noch weiter, und Min glaubte schon, sie werde zu weinen anfangen. »Artur Falkenflügel hat es nicht geschafft, aber wir selbst haben es nun erreicht.« Ob sie den Tränen nah war oder nicht, ihre Stimme klang jedenfalls wild entschlossen. »Licht, hilf uns, wir haben die Macht der Burg zerstört.« Ihr Atem und gleichzeitig ihr Zorn entluden sich in einem langen Seufzen. »Ich denke schon«, sagte sie traurig einen Augenblick später, »ich sollte mich glücklich schätzen, daß mich einige in der Burg unterstützt haben, aber ich wünsche beinahe, sie hätten es unterlassen.« Min bemühte sich, ein ausdrucksloses Gesicht zu machen, aber diese scharfen blauen Augen schienen jedes Wimpernzucken bei ihr wahrzunehmen und auszulegen. »Haben sie mich wirklich unterstützt, Min?«

»Einige schon.« Sie hatte nicht die Absicht, ihr zu sagen, wie wenige es gewesen waren, noch nicht jedenfalls. Andererseits mußte sie Siuan klarmachen, daß sie innerhalb der Burg keine Unterstützung mehr hatte. »Elaida hat nicht abgewartet, ob die Blauen Ajah noch zu Euch hielten oder nicht. In der gesamten Burg befindet sich keine einzige Blaue Schwester mehr, jedenfalls keine, die noch am Leben wäre. Das weiß ich definitiv.«

»Sheriam?« fragte Leane mit Angst in der Stimme. »Anaiya?«

»Ich weiß nichts über sie. Es sind auch nicht mehr viele Grüne übrig. Nicht in der Burg jedenfalls. Die anderen Ajahs haben sich gespalten, die einen für die neuen Herrscher, die anderen dagegen. Die meisten Roten befinden sich noch hier. Soweit ich weiß, ist jede, die Elaida Widerstand leistete, entweder geflohen oder tot. Siuan…« Es war schon eigenartig, sie so anzureden. Leane knurrte deshalb auch etwas in sich hinein. Doch sie jetzt noch ›Mutter‹ zu nennen, wäre blanker Hohn. »Siuan, in den Anklagen gegen Euch und Leane, die man ausgehängt hat, wird behauptet, Ihr hättet die Flucht Mazrim Taims arrangiert. Logain ist während der Kämpfe entkommen, und auch das hat man Euch zugeschrieben. Sie nennen Euch nicht gerade Schattenfreunde – das würde wohl den Schwarzen Ajah zu nahe kommen –, aber es ist nicht weit davon entfernt. So, daß jeder es zwischen den Zeilen ablesen kann.«

»Sie geben noch nicht einmal das zu, was sie in Wahrheit wollen«, sagte Siuan leise, »nämlich genau das, weswegen sie mich beseitigen mußten.«

»Schattenfreunde?« murmelte Leane erstaunt. »Sie haben uns …?«

»Warum sollten sie nicht?« hauchte Siuan. »Was sollten sie nicht wagen, wenn sie schon soviel gewagt haben?«

Sie zogen unter den Umhängen ihre Schultern ein und ließen sich von Min führen, wohin sie wollte. Sie verwünschte den Ausdruck der Hoffnungslosigkeit auf ihren Gesichtern.

Als sie sich einer der Eingangstüren näherten, begann sie aufzuatmen. Sie hatte im bewaldeten Teil des Geländes unweit vom Westausgang Pferde versteckt. Es war natürlich noch eine Frage, wie leicht es ihnen fallen werde, tatsächlich hinauszureiten, aber sobald sie einmal die Pferde erreicht hatten, würde sie sich schon beinahe in Freiheit fühlen. Sicher würden doch die Torwächter drei Frauen nicht am Ausreiten hindern. Das redete sie sich jedenfalls ein.

Die Tür, nach der sie gesucht hatte, erschien vor ihnen. Es war eine kleine Tür mit glatter Holztäfelung, die auf einen selten benützten Weg hinausführte. Sie lag gegenüber der Einmündung des breiten Korridors, der sich um die ganze Burg herumzog. Und dann sah sie Elaida, die aus diesem Korridor heraus genau auf sie zukam.

Mins Knie schlugen auf den Fußbodenkacheln auf, und sie kauerte mit eingezogenem Kopf und durch die Kapuze verborgenem Gesicht da, während ihr Herz versuchte, die Rippen von innen zu durchschlagen. *Eine Bittstellerin, mehr bin ich nicht. Nur eine einfache Frau, die nichts mit dem zu tun hat, was passiert ist. Oh, Licht, bitte!* Sie hob den Kopf ein wenig, damit sie unter dem Rand der Kapuze hervorspähen konnte. Sie erwartete beinahe, Elaidas wütendes Gesicht auf sich herabblicken zu sehen.

Elaida fegte vorbei, ohne einen Blick in Mins Richtung zu werfen. Die breite, gestreifte Stola der Amyrlin lag um ihre Schultern. Alviarin folgte ihr in der Stola der Behüterin der Chronik, in Weiß gehalten, ihrer Ajah wegen. Auf ihren Fersen folgte ein Dutzend oder mehr Aes Sedai, die meisten Rote. Allerdings sah Min auch zwei Stolen mit gelben Fransen, eine grüne und eine braune. Sechs Behüter flankierten die Prozession, die Hände an den Schwertgriffen und die Augen wachsam. Ihre Blicke schweiften über die drei knienden Frauen und beachteten sie nicht weiter.

Sie knieten alle drei, wie Min jetzt erst bemerkte, und ihr wurde im selben Moment klar, daß sie befürchtet hatte, Siuan und Leane würden Elaida an die Kehle gehen. Beide Frauen hatten die Köpfe ebenfalls gerade so weit gehoben, daß sie den Weg der Prozession den Korridor hinunter verfolgen konnten.

»Sehr wenige Frauen nur sind bisher einer Dämpfung unterzogen worden«, sagte Siuan mehr zu sich selbst, »und niemand davon hat es lange überlebt, aber man behauptet, ein Weg zum Überleben sei, sich etwas zu suchen, was man mit der gleichen Leidenschaft erreichen will, wie man einst die Macht benützen wollte.« Die Hoffnungslosigkeit war aus ihren Augen gewichen. »Zuerst dachte ich, ich müßte Elaida aufschlitzen und in die Sonne zum Trocknen hängen. Jetzt wünsche ich mir nichts sehnlicher – nichts! –, als dieser Halsabschneiderin sagen zu können, daß sie noch lange leben wird, um als Beispiel dafür zu dienen, was mit jemandem geschieht, der mich als Schattenfreund bezeichnet!«

»Und Alviarin«, fügte Leane mit gepreßter Stimme hinzu. »Und Alviarin!«

»Ich hatte gefürchtet, sie würden meine Gegenwart

spüren«, fuhr Siuan fort. »Aber es gibt jetzt nichts mehr, was man spüren könnte. Das ist ja wohl der Vorteil dabei ... einer Dämpfung unterzogen worden zu sein, wie es scheint.« Leane schüttelte ärgerlich den Kopf, und Siuan sagte: »Wir müssen jeden Vorteil nützen, den wir haben. Und wir müssen froh sein über jeden davon.« Das letztere klang, als wolle sie es sich selbst einreden.

Der letzte Behüter verschwand in einiger Entfernung um eine Ecke, und Min schluckte den Kloß in ihrem Hals herunter. »Wir können später über Vorteile reden«, krächzte sie und hielt inne, um noch einmal schwer zu schlucken. »Gehen wir schnell zu den Pferden. Das *muß* ja wohl jetzt das Schlimmste gewesen sein, was wir zu überstehen hatten.«

So schien es tatsächlich, als sie aus der Burg hinaus in den Mittagssonnenschein eilten. Das Schlimmste lag jetzt wohl hinter ihnen. Das einzige Anzeichen für etwas Außergewöhnliches war die Rauchwolke, die sich im Osten des Burggeländes in einen wolkenlosen Himmel erhob. In der Ferne liefen Gruppen von Männern herum, aber keiner warf den drei Frauen einen zweiten Blick zu, als sie an der Bibliothek vorbeigingen, die wie hoch aufragende Wogen aus Stein gebaut war. Ein kleiner Pfad führte von dort aus tiefer in das Gelände hinein in ein Wäldchen von Eichen und Nadelbäumen, wie man es ansonsten fern von den Städten fand. Mins Schritte wurden beschwingter, als sie die drei gesattelten Pferde immer noch dort vorfand, wo sie und Laras die Tiere zurückgelassen hatten – in einer kleinen Lichtung zwischen Lederblattbäumen und Birken.

Siuan begab sich sofort zu einer kräftigen, zottigen Stute, die zwei Handbreit kleiner war als die anderen. »Das richtige Reittier in meiner augenblicklichen Verfassung. Und sie wirkt friedlicher als die beiden anderen. Ich war noch nie eine gute Reiterin.« Sie streichelte die Nase der Stute und die steckte ihr die weiche Schnauze in die Hand. »Wie heißt sie, Min? Wißt Ihr das?«

»Bela. Sie gehört…«

»Ihr Pferd.« Gawyn trat hinter einem breiten Baumstamm hervor, die eine Hand auf dem langen Schwertgriff. Die Blutspritzer auf seinem Gesicht sahen genauso aus, wie Min es in ihrer Vision gesehen hatte an jenem ersten Tag in Tar Valon. »Ich wußte, daß du etwas vorhast, Min, als ich ihr Pferd sah.« Sein rotgoldenes Haar war blutverklebt, die blauen Augen blickten halb betäubt drein, doch er ging mit sicherem Schritt auf sie zu, ein hochgewachsener Mann mit katzengleicher Grazie. Eine Katze, die Mäusen auflauert.

»Gawyn«, begann Min, »wir…«

Sein Schwert fuhr aus der Scheide und riß Siuans Kapuze von ihrem Kopf. Die scharfe Schneide lag blitzartig an ihrem Hals. Alles geschah so schnell, daß Min dem kaum folgen konnte. Siuan hielt hörbar die Luft an, und sie bewegte sich nicht, blickte nur zu ihm auf, äußerlich so würdevoll, als trüge sie noch die Stola.

»Nicht, Gawyn!« keuchte Min. »Das darfst du nicht!« Sie tat einen Schritt auf ihn zu, doch er erhob seine freie Hand gegen sie, ohne überhaupt hinzublicken, und sie blieb stehen. Er war angespannt wie eine Stahlfeder und konnte jeden Moment explodieren. Sie bemerkte, daß Leane ihren Umhang zur Seite geschoben hatte, um ihre eine Hand zu verbergen. Sie konnte nur hoffen, daß die Frau nicht so dumm war, ihr Messer zu ziehen.

Gawyn musterte Siuans Gesicht und nickte dann bedächtig. »Ihr seid es wirklich. Ich war nicht sicher, aber nun bin ich es. Diese… Verkleidung kann mich nicht…« Er schien sich nicht zu bewegen, doch ein plötzliches Aufreißen von Siuans Augen berichtete davon, daß die Schneide etwas stärker in ihre Haut drückte. »Wo sind meine Schwester und Egwene? Was habt Ihr mit ihnen gemacht?« Was Min am meisten ängstigte, mehr als das blutverschmierte Gesicht und die glasigen Augen, mehr als die angespannte Körperhaltung und die erhobene Hand, die er wohl vergessen hatte, war die Tatsache, daß er die Stimme nicht erhob und sie derart tonlos klang. Er klang außerdem müde, erschöpfter, als sie jemals jemand anderen empfunden hatte.

Siuans Stimme klang beinahe genauso leidenschaftslos. »Das letzte, was ich von ihnen hörte, war, daß sie sicher und wohlauf seien. Ich weiß aber nicht, wo sie sich jetzt befinden. Hättet Ihr es lieber, sie befänden sich hier mitten im Getümmel?«

»Keine Wortspiele der Aes Sedai, bitte«, sagte er leise. »Sagt mir, wo sie waren, und zwar geradeheraus, damit ich weiß, Ihr sprecht die Wahrheit.«

»In Illian«, sagte Siuan ohne Zögern. »In der Stadt selbst. Sie werden von einer Aes Sedai namens Mara Tomanes ausgebildet. Sie sollten eigentlich noch dort sein.«

»Nicht in Tear«, murmelte er. Einen Augenblick lang schien er darüber nachzudenken. Mit einemmal sagte er: »Sie behaupten, Ihr wärt ein Schattenfreund. Das würde Euch zur Schwarzen Ajah machen, oder?«

»Falls Ihr das glaubt«, sagte Siuan gelassen, »dann hackt mir den Kopf ab.«

Min hätte beinahe aufgeschrien, als seine Knöchel sich weiß verfärbten vor Kraftaufwand. Langsam streckte sie die Hand aus und legte ihre Finger auf sein Handgelenk. Sie bewegte sich vorsichtig, damit er nicht glaubte, sie wolle mehr als ihn nur berühren. Es war, als ruhten ihre Finger auf Felsgestein. »Gawyn, du kennst mich doch. Du glaubst doch wohl nicht, daß ich den Schwarzen Ajah helfen würde.« Sein Blick wandte sich keinen Moment klang von Siuans Gesicht. Er zuckte mit keiner Wimper. »Gawyn, Elayne unterstützt sie und alles, was sie getan hat. Deine eigene Schwester, Gawyn.« Seine Haut fühlte sich immer noch wie warmer Stein an. »Auch Egwene glaubt an sie, Gawyn.« Sein Handgelenk bebte unter ihren Fingern. »Ich schwöre, Gawyn. Egwene glaubt an sie.«

Sein Blick huschte zu ihr herüber und dann zu Siuan zurück. »Warum sollte ich Euch nicht an den Haaren zurückzerren? Nennt mir einen stichhaltigen Grund!«

Siuan begegnete seinem Blick viel ruhiger, als Min das gekonnt hätte. »Das könntet Ihr tun, und ich schätze, Ihr würdet mit mir genauso leicht fertigwerden, wie mit einem Kätzchen. Gestern war ich eine der mächtigsten Frauen der Welt. Vielleicht die mächtigste von allen. Könige und Königinnen folgten meinem Ruf, selbst dann, wenn sie die Burg haßten und all das, wofür sie steht. Heute muß ich fürchten, zur Nacht nicht einmal etwas zu Essen zu finden und unter einem Busch schlafen zu müssen. Innerhalb eines Tages bin ich von der mächtigsten Frau der Welt zu einer Bettlerin geworden, die hofft, einen Bauernhof zu finden, auf dem sie ihren Lebensunterhalt mit ihrer Hände Arbeit verdienen kann. Was Ihr auch glaubt, das ich getan haben soll: Ist das keine würdige Strafe?«

»Vielleicht«, sagte er nach einem Moment des Überlegens. Min atmete tief und erleichtert auf, als er mit einer eleganten Bewegung sein Schwert in die Scheide zurückgleiten ließ. »Aber das ist nicht der Grund, warum ich Euch gehen lasse. Elaida wird vielleicht doch noch Euren Kopf bekommen, und das kann ich nicht zulassen. Ich will Euer Wissen zur Verfügung haben, wenn ich es brauche.«

»Gawyn«, sagte Min, »komm mit uns.« Ein von den Behütern ausgebildeter Schwertkämpfer konnte in den kommenden Tagen sehr nützlich sein. »Auf diese Art hast du sie zur Hand, um deine Fragen zu beantworten.« Siuans Blick huschte zu ihr herüber, aber auch sofort wieder zu Gawyns Gesicht zurück. Er wirkte keineswegs zornig. Trotzdem bohrte Min weiter. »Gawyn,

Egwene und Elayne vertrauen ihr wirklich. Kannst du ihr nicht auch vertrauen?«

»Verlange nicht mehr von mir, als ich zu geben in der Lage bin«, sagte er ruhig. »Ich bringe Euch zum nächstgelegenen Ausgang. Ihr würdet ohne mich niemals hinauskommen. Das ist alles, was ich für Euch tun kann, Min, und es ist mehr, als ich tun sollte. Deine Festnahme wurde angeordnet; hast du das gewußt?« Sein Blick wanderte wieder zu Siuan hinüber. »Falls ihnen etwas zustößt«, sagte er in diesem ausdruckslosen Tonfall, »ich meine Egwene und meine Schwester, dann suche ich Euch. Ich werde Euch finden, wo immer Ihr euch aufhaltet, und sichergehen, daß Euch das gleiche zustößt.« Mit einemmal trat er ein Dutzend Schritte weit von ihnen weg und stand mit verschränkten Armen und gesenktem Kopf da, als könne er es nicht länger ertragen, sie sehen zu müssen.

Siuan erhob eine Hand und faßte nach ihrem Hals. Eine dünne rote Linie auf ihrer blassen Haut zeigte, wo seine Klinge sich befunden hatte. »Ich habe mich zu lang auf die Macht verlassen«, sagte sie mit zitternder Stimme. »Ich hatte vergessen, wie es ist, wenn man jemandem gegenübersteht, der mich hochheben und wie einen Stock zerbrechen kann.« Dann blickte sie Leane an, als sehe sie die andere zum erstenmal, und berührte unsicher ihr eigenes Gesicht, da sie nicht wußte, wie sie wohl selbst aussehe. »Nach dem zu schließen, was ich gelesen habe, dauert es eigentlich länger, bis es aus dem Gesicht verschwunden ist, aber vielleicht wurde der Effekt durch Elaidas grobe Behandlung verstärkt. Es hilft möglicherweise dabei, unerkannt zu bleiben.« Sie kletterte ungeschickt auf Belas Rücken und handhabte die Zügel so vorsichtig, als sei die zottige Stute ein feuriger Hengst. »Noch ein Vorteil der D…, scheint mir. Ich muß noch lernen, das auszusprechen, ohne davor zurückzuschrecken. Ich wurde einer Dämpfung unterzogen.« Sie sprach die Worte langsam und betont aus und nickte dann. »Geschafft. Wenn ich nach Leanes Aussehen gehe, habe ich gute fünfzehn Jahre verloren, vielleicht auch mehr. Ich habe Frauen kennengelernt, die alles dafür gegeben hätten. Ein dritter Vorteil also.« Sie blickte zu Gawyn hinüber. Er hatte ihnen den Rücken zugewandt, doch trotzdem senkte sie ihre Stimme. »Außerdem scheint mein Mundwerk auch schneller als bisher, oder? Ich hatte mich jahrelang nicht mehr an Mara erinnert. Sie ist eine Freundin aus meiner Kindheit.«

»Werdet Ihr jetzt altern wie wir alle?« fragte Min, als sie ebenfalls auf ihr Pferd stieg. Besser, als jetzt vom Lügen zu sprechen. Sie sollte sich nur daran erinnern, daß Siuan und Leane jetzt tatsächlich wieder lügen konnten. Leane stieg mit einer geschmeidigen Bewegung auf ihre Stute und ließ sie als Gehorsamsübung kurz im Kreis gehen. Sie hatte ganz gewiß schon öfter auf einem Pferd gesessen.

Siuan schüttelte den Kopf. »Ich weiß es nicht. Keine Frau, die man einer Dämpfung unterzogen hat, hat jemals lang genug gelebt, um das herauszufinden. Ich habe es aber vor.«

»Wollt Ihr eigentlich gehen oder Euch weiter hier unterhalten?« fragte Gawyn grob. Er wartete nicht auf eine Antwort, sondern ging zwischen den Bäumen durch voran.

Sie trieben ihre Stuten hinterher. Siuan zog ihre Kapuze wieder über, um ihr Gesicht zu verbergen. Ob sie nun schwer zu erkennen war oder nicht, sie wollte kein Risiko eingehen. Leane hatte sich ebenfalls so vollständig verhüllt, wie es möglich war. Einen Augenblick später folgte Min ihrem Beispiel. Elaida wollte, daß man *sie* gefangennahm? Das konnte nur eines bedeuten: Sie wußte, daß ›Elmindreda‹ in Wirklichkeit Min war. Wie lange hatte die Frau das schon gewußt? Wie lange war Min herumgelaufen in der Meinung, sie sei sicher, während Elaida sie beobachtete und sie hinter ihrem Rücken auslachte? Der Gedanke löste ein Schaudern aus.

Als sie auf dem Kiesweg Gawyn wieder einholten, erschienen zwanzig oder mehr junge Männer und schritten auf sie zu. Ein paar waren vielleicht etwas älter als er, andere dagegen kaum mehr als Knaben. Min vermutete, daß einige von ihnen sich noch nicht rasierten, jedenfalls nicht täglich. Alle trugen Schwerter an den Gürteln oder auf dem Rücken, und drei oder vier besaßen sogar Brustharnische. Mehr als einer hatte eine durchblutete Bandage aufzuweisen, und die Kleidung der meisten war blutbefleckt. Jeder stierte genauso glasig vor sich hin wie Gawyn. Als sie ihn sahen, blieben sie stehen und klopften sich mit der Faust auf die Brust. Ohne seinen Schritt zu verlangsamen, erwiderte Gawyn ihren Gruß mit einem Kopfnicken, und die jungen Männer schlossen sich ihnen hinter den Pferden der drei Frauen an. »Die Schüler?« murmelte Siuan. »Sie haben auch an den Kämpfen teilgenommen?«

Min nickte und bemühte sich um eine ausdruckslose Miene. »Sie nennen sich die ›Jünglinge‹.«

»Eine passende Bezeichnung«, seufzte Siuan.

»Ein paar davon sind nicht mehr als Kinder«, knurrte Leane.

Min hatte nicht vor, ihnen zu berichten, daß Behüter der Grünen und Blauen Ajahs geplant hatten, sie zu befreien, bevor sie der Dämpfung unterzogen wurden, und sie hätten wohl auch Erfolg gehabt, wenn nicht Gawyn die Schüler, diese ›Kinder‹ in die Burg und gegen sie geführt hätte, um sie aufzuhalten. Die Kämpfe hatten zu den tödlichsten überhaupt gezählt, Schüler gegen Lehrer, und es hatte keine Gnade gegeben, keine Rücksicht.

Die hohen, bronzebeschlagenen Torflügel des Alindrelle-Tores standen offen, waren aber schwer bewacht. Einige der Wächter trugen die Flamme von Tar Valon auf der Brust, andere dagegen waren wie Arbeiter gekleidet und hatten sich lediglich nicht einmal zueinanderpassende Harnische und Helme zugelegt. Das waren wohl die Kerle, die sich als Maurer verkleidet eingeschlichen hatten. Alle aber wirkten hart und kampferprobt, als könnten sie gut mit ihren Waffen umgehen. Die beiden Gruppen hielten sich allerdings voneinander fern und beäugten sich gelegentlich mißtrauisch. Ein grauhaariger Offizier hob sich von den anderen Burgwächtern ab, hatte die Arme vor der Brust verschränkt und beobachtete, wie sich Gawyn und die anderen näherten.

»Schreibutensilien, bitte!« befahl Gawyn herrisch. »Beeilt Euch!«

»Also, Ihr müßt wohl diese Jünglinge sein, von denen ich gehört habe«, sagte der ergraute Mann. »Eine prima Truppe von jungen Kampfhähnen, aber ich habe Befehl, niemanden aus dem Bereich der Burg hinauszulassen. Von der Amyrlin selbst unterschrieben. Wer glaubt Ihr denn, daß Ihr seid, wenn Ihr dem zuwiderhandeln wollt?«

Gawyn hob langsam den Kopf. »Ich bin Gawyn Trakand von Andor«, sagte er leise. »Und ich werde diese Frauen hinausgeleiten, oder Ihr seid ein toter Mann.« Die anderen Jünglinge traten näher zu ihm hin und bildeten eine Reihe, um sich den Wächtern mit den Händen an der Schwertgriffen entgegenzustellen. Sie taten das, ohne mit der Wimper zu zucken und ohne sich darum zu kümmern, daß die anderen in der Überzahl waren.

Der ergraute Mann trat nervös von einem Fuß auf den anderen und einer der anderen murmelte: »Er ist derjenige, von dem sie behaupten, er habe Hammar und Coulin getötet.«

Einen Augenblick später machte der Offizier eine Kopfbewegung in Richtung Wachhaus, und einer der Wächter rannte hinein und kam mit einem Schoßpult wieder. An einer Ecke davon befand sich ein Messingbehälter, in dem über einer kleinen Flamme ein rotes Stück Siegelwachs gerade zu schmelzen begann. Gawyn ließ das Pult von dem Mann festhalten und schrieb wild drauflos.

»Das wird Euch an den Brückenwärtern vorbeibringen«, sagte er, während er einen dicken Tropfen roten Siegelwachses unter seine Unterschrift klatschen ließ. Dann drückte er entschlossen seinen Siegelring hinein.

»Ihr habt Coulin getötet?« sagte Siuan mit kalter Stimme, wie es ihrem früheren Amt zugestanden hätte. »Und Hammar?«

Mins Angst wuchs. *Sei ruhig, Siuan! Denke daran, wer du jetzt bist, und halte den Mund!*

Gawyn fuhr zu den drei Frauen herum, und seine Augen funkelten wie blaues Feuer. »Ja«, rief er verbittert. »Sie waren meine Freunde, und ich habe sie respektiert, aber sie stellten sich auf die Seite von … von Siuan Sanche und ich mußte …« Abrupt drückte er das von ihm versiegelte Dokument Min in die Hand. »Geht! Geht, bevor ich meine Meinung ändere!« Er klatschte ihrer Stute auf die Flanke und lief dann zu den beiden anderen Pferden hin, um auch sie anzutreiben, während Min bereits in vollem Galopp durch das offene Tor jagte. »Geht!«

Min zügelte ihr Pferd und ließ es über den großen freien Platz traben, der das Burggelände umgab. Siuan und Leane ritten gleich hinter ihr her. Der Platz war wie leergefegt, genauso wie die Straßen dahinter. Das Hufgeklapper ihrer Pferde auf den Pflastersteinen warf ein hohles Echo. Wer noch nicht aus der Stadt geflohen war, versteckte sich offensichtlich.

Sie betrachtete beim Weiterreiten Gawyns Dokument. Auf dem großen roten Klecks aus Siegelwachs war ein angreifender Keiler eingeprägt. »Das sagt lediglich aus, daß wir die Erlaubnis haben, die Stadt zu verlassen. Wir können es benützen, um an Bord eines

Schiffes zu kommen oder um die Brücken zu überqueren.« Es schien ihr raffiniert, einen Weg zu gehen, den niemand sonst kannte, nicht einmal Gawyn. Sie glaubte sowieso nicht, daß er seine Meinung ändern würde, doch er war psychisch angeschlagen und konnte bei jedem falschen Schlag zerbrechen.

»Das ist vielleicht gar keine schlechte Idee«, meinte Leane. »Ich habe immer Galad für den gefährlicheren der beiden gehalten, aber jetzt bin ich nicht mehr sicher. Hammar und Coulin ...« Sie schauderte. »Ein Schiff würde uns weiter weg befördern und schneller, als Pferde dazu in der Lage sind.«

Siuan schüttelte den Kopf. »Die meisten der geflohenen Aes Sedai dürften über die Brücken gegangen sein, schätze ich. Das ist der schnellste Weg aus der Stadt, wenn einen jemand verfolgt, schneller, als zu warten, bis die Besatzung eines Schiffs schließlich ablegt. Ich muß in der Nähe von Tar Valon bleiben, wenn ich sie zusammenführen will.«

»Sie werden Euch nicht mehr folgen«, sagte Leane bedeutungsschwanger. »Ihr habt kein Recht mehr auf die Stola. Nicht einmal eines auf die einfache Stola oder den Ring.«

»Ich mag vielleicht die Stola nicht mehr tragen«, erwiderte Siuan im gleichen Tonfall, »aber ich weiß immer noch, wie man eine Besatzung auf einen Sturm vorbereitet. Und da ich die Stola nicht mehr tragen kann, muß ich die richtige Frau erwählen, um meinen Platz einzunehmen. Ich werde Elaida nicht so davonkommen lassen, daß sie sich einfach selbst zur Amyrlin macht. Es muß eine sein, die sehr große Kräfte besitzt, eine, die die Dinge auf die richtige Art sieht.«

»Dann wollt Ihr etwa tatsächlich diesem ... diesem *Drachen* helfen?« fauchte Leane.

»Was sonst soll ich denn Eurer Meinung nach tun? Mich einrollen und sterben?«

Leane schauderte, als habe man sie ins Gesicht geschlagen, und eine Weile lang ritten sie schweigend weiter. All die prachtvollen Gebäude in ihrer Umgebung, erbaut wie vom Wind geformte Klippen und Wogen und Vogelschwärme, ragten beängstigend über ihnen auf, nun, da sich keine Menschenseele auf den Straßen zeigte. Ein einzelner Bursche, der weit vor ihnen um eine Ecke bog, huschte anschließend von einem sichtgeschützten Eingang zum anderen, als erkunde er den vor ihnen liegenden Weg. Irgendwie verstärkte er diesen Eindruck von Leere noch, statt ihn abzumildern.

»Was können wir denn sonst tun?« fragte Leane schließlich. Sie hing zusammengesunken wie ein halb leerer Getreidesack auf ihrem Pferd. »Ich fühle mich so … leer. Ausgebrannt.«

»Sucht Euch etwas, die Leere zu füllen«, sagte Siuan energisch zu ihr. »Irgend etwas. Kocht für die Hungrigen, pflegt die Kranken, sucht Euch einen Mann und zieht einen Stall voll Kinder auf. Was mich betrifft, so habe ich vor, dafür zu sorgen, daß Elaida nicht so davonkommt. Ich könnte ihr ja noch vergeben, wenn sie wirklich der Meinung wäre, ich hätte die Burg in Gefahr gebracht. Beinahe jedenfalls. Beinahe. Aber sie war vom ersten Tag an, als man mich und nicht sie zur Amyrlin wählte, von Neid erfüllt. Das hat sie genauso angetrieben wie ihr Ehrgeiz, und dafür werde ich sie zu Fall bringen. Das erfüllt mich, Leane. Das und die Tatsache, daß ihr Rand al'Thor nicht in die Hände fallen darf.«

»Vielleicht reicht das schon als Aufgabe.« Die Frau mit der kupferfarbenen Haut schien wohl Zweifel zu hegen, doch richtete sie sich jetzt wenigstens im Sattel auf. Bei ihrer offensichtlichen Erfahrung im Reiten, verglichen mit Siuans unsicherem Sitz auf der kleineren Stute, wirkte sie wie die Anführerin. »Aber wie können wir damit beginnen? Wir haben drei Pferde, die Kleider, die wir tragen und was Min in ihrer Geldbörse mit sich trägt. Kaum ausreichend, um die Burg zu bedrohen.«

»Ich bin froh, daß du…« – Siuan wechselte die Anrede und verstärkte damit den Eindruck einer verschworenen Gemeinschaft – »daß du dich nicht für einen Mann und eine Familie entschieden hast. Wir werden schon andere…« Siuan verzog das Gesicht. »Wir werden andere Aes Sedai finden, die geflohen sind. Wir finden alles, was wir benötigen. Wir besitzen vielleicht schon jetzt mehr, als du glaubst, Leane. Min, was steht in diesem Paß, den uns Gawyn gab? Steht etwas von drei Frauen drin? Was? Beeil dich doch, Mädchen.«

Min blickte böse ihren Rücken an. Siuan war vorgeritten, um den Mann zu beobachten, der sich vorn von Tür zu Tür vorarbeitete. Er war groß und dunkelhaarig und einfach, doch gut in dunklen Brauntönen gekleidet. Die Frau benahm sich, als sei sie immer noch die Amyrlin. *Na ja, ich wollte ja, daß sie wieder Rückgrat zeigt, oder?* Siuan drehte sich um und blickte sie mit diesen scharfen blauen Augen an. Irgendwie wirkten sie jedoch nicht mehr so einschüchternd wie zuvor. »›Die Träger erhalten auf Grund meiner Autorität die Erlaubnis, Tar Valon zu verlassen‹« zitierte Min schnell aus dem Gedächtnis. »›Wer sie aufhält, wird sich vor mir verantworten müssen.‹ Unterzeichnet…«

»Ich kenne seinen Namen«, maulte Siuan. »Folgt mir.« Sie hieb die Fersen in Belas Flanken und verlor fast den Halt, als die zottige Stute schwerfällig losgaloppierte. Sie klammerte sich aber tapfer fest und blieb oben, wenn sie auch mächtig durchgeschüttelt wurde. Ja, sie spornte sogar Bela zu noch schnellerer Gangart an!

Min tauschte einen verblüfften Blick mit Leane, und dann galoppierten beide hinterher. Der Mann blickte sich um, als er den Hufschlag der Pferde hörte, und begann selbst zu laufen, doch Siuan überholte ihn und brachte Bela vor ihm zum Stehen, so daß er aufstöhnend auf die Stute prallte. Min erreichte sie gerade in dem Moment, als Siuan sagte: »Ich hatte nicht erwartet, Euch hier anzutreffen, Logain.«

Min riß Augen und Mund auf. Er war es tatsächlich. Diese Augen mit ihrem Ausdruck der Verzweiflung, das von dunklem, lockigem und langem schwarzen Haar eingerahmte gutgeschnittene Gesicht und die breiten Schultern – das alles war unverkennbar. Ausgerechnet auf ihn mußten sie stoßen. Er wurde wahrscheinlich von der Burg nun genauso energisch gesucht wie Siuan.

Logain fiel auf die Knie nieder, als versagten seine Beine nun endgültig den Dienst. »Ich kann doch jetzt niemandem mehr gefährlich sein«, sagte er müde und blickte auf die Pflastersteine vor Belas Hufen nieder. »Ich wollte nur weg, um irgendwo in Frieden zu sterben. Wenn Ihr nur wüßtet, wie es ist, wenn man das verloren hat, was ich…« Leane straffte ärgerlich die Zügel, als er immer leiser wurde. Da begann er erneut, ohne ihre Ungeduld bemerkt zu haben: »Die Brücken sind alle bewacht. Sie lassen niemanden hinüber. Sie kannten mich nicht, aber sie ließen mich nicht weg. Ich habe es überall probiert.« Mit einemmal lachte er müde auf, als sei das alles lustig. »Ich habe es überall probiert.«

»Ich bin der Meinung«, sagte Min vorsichtig, »wir sollten jetzt schnell weg. Er versucht wahrscheinlich, denen zu entkommen, *die ihn suchen*.« Siuan warf ihr einen Blick zu, der sie beinahe rückwärts vom Pferd geworfen hätte. Die Augen der ehemaligen Amyrlin waren kalt wie Eis, und ihr Kinn hatte sie energisch vorgestreckt. Min wäre es lieber gewesen, die Frau zeigte noch ein wenig von der Unsicherheit, wie es vorher der Fall gewesen war.

Der große Mann hob den Kopf und blickte sie eine nach der anderen an. Nachdenklich runzelte er die

Stirn. »Ihr seid keine Aes Sedai. Wer seid Ihr? Was wollt Ihr von mir?«

»Ich bin die Frau, die Euch aus Tar Valon hinausbringen kann«, sagte Siuan zu ihm. »Und die Euch vielleicht eine Möglichkeit verschaffen kann, Euch an den Roten Ajah zu rächen. Ihr hättet doch sicher gern eine Chance, denen etwas zurückzuzahlen, die Euch gefangennahmen, oder?«

Er schauderte sichtlich. »Was muß ich tun?« fragte er dann bedächtig.

»Folgt mir«, antwortete sie. »Folgt mir und denkt immer daran, daß ich die einzige auf der ganzen Welt bin, die Euch eine Möglichkeit zur Rache verschaffen wird.«

Von den Knien aus musterte er die drei Gesichter mit schräggehaltenem Kopf, und dann stand er langsam auf, den Blick auf Siuan gerichtet. »Ich bin Euer Mann«, sagte er schlicht.

Leanes Gesichtsausdruck zeigte die gleiche Ungläubigkeit, die Min empfand. Was beim Licht konnte Siuan ein Mann nützen, dessen geistige Gesundheit in Zweifel stand und der sich einst fälschlich als der Wiedergeborene Drache bezeichnet hatte? Wahrscheinlich würde er sich gegen sie wenden und versuchen, eins ihrer Pferde zu stehlen! Wenn Min so seinen Körperbau betrachtete, seine Größe und die Breite der Schultern, war sie sogar der Meinung, sie sollten lieber immer die Messer griffbereit haben. Plötzlich flammte einen Augenblick lang ein goldener und blauer Lichtschein um seinen Kopf herum auf, der genauso gewiß wie beim erstenmal, als sie ihn gesehen hatte, auf künftigen Ruhm und Ehre hindeutete. Sie schauderte. Visionen. Bilder.

Sie blickte sich nach hinten zur Burg um. Der mächtige, weiße Finger des Turms beherrschte die ganze Stadt. Gerade und hoch ragte er auf, und doch war seine Macht gebrochen, als sei er eine Ruine. Einen Augenblick lang gestattete sie sich die Erinnerung an die Visionen, die sie ganz kurz um Gawyns Kopf herum wahrgenommen hatte. Gawyn, der mit gesenktem Kopf zu Egwenes Füßen kniete, und Gawyn, der Egwene den Hals brach – erst die eine Vision und dann hinterher gleich die andere, als könne jede davon möglicherweise die Zukunft zeigen.

Was sie sonst sah, war nur selten so klar gewesen in bezug auf die Bedeutung, wie diese beiden Bilder, und sie hatte auch dieses Hin- und Herflackern noch nie erlebt, als könne ihr selbst die Vision nicht die wahre Zukunft zeigen, sondern nur zwei Möglichkeiten. Noch schlimmer war dieses Gefühl, sie selbst habe mit ihrem Handeln an diesem Tag Gawyn erst zu den beiden Möglichkeiten hingeführt.

Trotz des wärmenden Sonnenscheins schauderte sie erneut. *Was geschah, ist nun einmal geschehen.* Sie blickte zu den beiden Aes Sedai – ehemaligen Aes Sedai – hinüber, die auf Logain hinunterblickten, als sei er ein dressierter Hund, wild, möglicherweise gefährlich, aber auch nützlich. Siuan und Leane lenkten ihre Pferde nun in Richtung zum Fluß hin, und Logain marschierte zwischen den beiden mit. Min folgte ihnen etwas langsamer. *Licht, ich hoffe, es war den Aufwand wert.*

KAPITEL 9

Ein Angebot wird abgelehnt

»Ist das der Typ von Frau, der Euch gefällt?« fragte Aviendha verächtlich.

Rand blickte auf sie hinunter, wie sie neben Jeade'en mit ihrem dicken Rock und dem doppelt um den Kopf geschlungenen braunen Schal einherschritt. Große, blaugrüne Augen blitzten unter ihrem breiten Kopftuch hervor zu ihm hoch, als wünsche sie sich, sie habe noch immer den Speer, zu dem sie während des Angriffs der Trollocs gegriffen hatte, obwohl die Weisen Frauen sie deshalb kräftig gescholten hatten. Manchmal war es ihm richtig unangenehm, daß er ritt und sie nebenherlief, aber er hatte bereits versucht, selbst zu Fuß zu gehen, und seine wunden Füße waren sehr bald dankbar für die Gegenwart eines Pferds gewesen. Manchmal, aber nur äußerst selten, hatte er es geschafft, sie zu überreden, hinter seinem Sattel Platz zu nehmen. Er hatte sich nämlich beklagt, sein Hals werde allmählich steif, weil er ihn immer verdrehen mußte, um mit ihr sprechen zu können. Wie sich herausstellte, widersprach das Reiten nicht unbedingt den guten Sitten, doch sie verachtete eben die angebliche Schwäche, nicht die eigenen Beine zum Vorwärtskommen benutzen zu wollen. So ging sie meist nebenher. Wenn nur einer der Aiel lachte – besonders eine Tochter des Speers –, weil sie auf einem Pferd saß, war sie blitzartig wieder unten.

»Sie ist weich, Rand al'Thor. Schwach.«

Er blickte zurück zu dem schachtelförmig gebauten weißen Wohnwagen, der den Wagenzug der Händler anführte. Die Karawane kroch in unregelmäßigem Tempo und in Schlangenlinien durch die staubige, zerklüftete Landschaft. Heute wurde sie wieder von Töchtern des Speers aus der Jindo-Septime eskortiert. Isendre befand sich oben auf dem Kutschbock, zusammen mit Kadere und dem Fahrer. Sie saß auf dem Schoß des breit gebauten Händlers und ihr Kinn ruhte auf seiner Schulter, während er für sie und auch für sich einen kleinen, blauseidenen Sonnenschirm hochhielt, um sie beide vor der glühenden Sonne zu schützen. Obwohl er schon ein weißes Wams trug, wischte sich Kadere ständig mit einem großen Taschentuch über das braungebrannte Gesicht. Die Hitze machte ihm offensichtlich mehr aus als ihr. Sie trug ein langes, enganliegendes Kleid, passend zu dem Schirm. Rand war nicht nahe genug, um es beurteilen zu können, glaubte aber, daß ihr dunklen Augen über dem hauchzarten Schleier, der ihr Gesicht und den Kopf verhüllte, auf ihn gerichtet seien. Sie schien ihn überhaupt ständig zu beobachten. Kadere hatte anscheinend nichts dagegen.

»Ich glaube nicht, daß Isendre weich ist«, sagte er ruhig und rückte die Schufa um seinen Kopf zurecht. Sie hielt wenigstens einigermaßen die brennende Sonne von seinem Kopf ab. Er hatte der Versuchung widerstanden, weitere typische Kleidungsstücke der Aiel anzulegen, obwohl sie dem Klima sicher besser angepaßt waren als sein rotes Wollwams. Woher er auch abstammte und was auch die Zeichen an seinen Unterarmen aussagen mochten – er war jedenfalls trotzdem kein Aiel und würde das auch nicht vorgeben. Was er auch tun mußte, ein wenig Anstand konnte er dabei bewahren. »Nein, das würde ich nicht sagen.«

Auf dem Kutschbock des zweiten Wagens stritten sich die fette Keille und der Gaukler Natael schon wieder. Natael hielt die Zügel, obwohl er kein so guter Fahrer war wie der Mann, der das sonst tat. Manchmal blickten auch sie zu Rand herüber, kurz nur, und dann ging die Streiterei weiter. Nun, jeder blickte ihn mehr oder weniger heimlich an. Die lange Kolonne von Jindo auf seiner anderen Seite, dahinter noch die Weisen Frauen mit ihrer Begleitung und mit Moiraine, Egwene und Lan. Auch unter den noch zahlreicheren, aber weiter entfernten Shaido glaubte er erkennen zu können, daß sich immer wieder Köpfe in seine Richtung wandten. Es überraschte ihn allerdings nicht; hatte ihn zu keinem Zeitpunkt überrascht. Er war eben derjenige, Der Mit Der Morgendämmerung Kommt. Jeder wollte wissen, was er vorhabe. Sie würden es bald genug erfahren.

»Weich«, beharrte Aviendha. »Elayne ist nicht weich. Ihr gehört zu Elayne und solltet diese milchhäutige Kuh nicht mit Blicken liebkosen.« Sie schüttelte wild entschlossen den Kopf und knurrte in sich hinein: »Unsere Sitten erschrecken sie. Sie kann sie nicht akzeptieren. Warum sollte ich etwas darauf geben, ob sie sie akzeptiert oder nicht? Ich will nicht da hineingezogen werden! Es kann nicht sein! Wenn ich könnte, würde ich Euch zum *Gai'schain* machen und Elayne schenken!«

»Warum sollte Isendre die Sitten der Aiel akzeptieren?«

Der Blick aus ihren weit aufgerissenen Augen war so verblüfft, daß er beinahe gelacht hätte. Sofort machte sie eine finstere Miene, als habe er etwas Schlimmes gesagt. Die Aielfrauen waren genauso schwer zu verstehen wie alle anderen.

»Ihr seid ganz bestimmt nicht weich, Aviendha.« Das sollte sie als Kompliment verstehen. Die Frau war wirklich manchmal so hart wie ein Wetzstein. »Erklärt mir bitte das mit der Dachherrin noch einmal. Wenn Rhuarc Clanhäuptling der Taardad und auch Häuptling der Kaltfelsenfestung ist, wie kann es dann sein, daß die Festung seiner Frau gehört und nicht ihm?«

Sie funkelte ihn noch einen Augenblick lang an,

wobei sich ihre Lippen bewegten, als führe sie Selbstgespräche, und dann antwortete sie: »Weil sie die *Dachherrin* ist, Ihr dickschädliger Feuchtländer. Ein Mann kann genausowenig ein Dach besitzen wie eigenes Land! Manchmal hört Ihr Feuchtländer Euch an wie die Wilden.«

»Aber wenn Lian Dachherrin der Kaltfelsenfestung ist, weil sie eben Rhuarcs Frau ist...«

»Das ist etwas anderes! Wollt Ihr das denn nicht verstehen? Jedes Kind versteht das!« Sie atmete tief durch und rückte den Schal zurecht. Sie war eine hübsche Frau mit nur einem Fehler: Sie sah ihn die ganze Zeit über an, als habe er an ihr irgend etwas verbrochen. Woran das liegen konnte, wußte er nicht. Die weißhaarige Bair mit ihrem ledernen Gesicht, die sonst nie über Rhuidean sprach, hatte ihm schließlich unwillig erklärt, daß Aviendha die Glassäulen *nicht* besucht habe und das auch nicht tun werde, bis sie soweit sei, eine Weise Frau zu werden. Also warum haßte sie ihn dann? Auf dieses Rätsel hätte er nur zu gern eine Antwort gehabt.

»Also gehen wir das von einer anderen Seite her an«, grollte sie zu ihm herauf. »Wenn eine Frau heiraten will und noch kein eigenes Dach besitzt, baut ihre Familie eins für sie. An ihrem Hochzeitstag trägt ihr Ehemann sie auf der Schulter weg von ihrer Familie, während seine Brüder ihre Schwestern von der Verfolgung abhalten, doch an der Tür setzt er sie ab und bittet sie um Erlaubnis, eintreten zu dürfen. Das Dach gehört *ihr*. Sie kann...«

Diese Lektionen waren das Angenehmste an den elf Tagen und Nächten seit dem Angriff der Trollocs gewesen. Zuerst hatte sie überhaupt nicht mit ihm sprechen wollen, abgesehen von weiteren Tiraden, wie er angeblich Elayne mißhandle, und dann wieder ein Vortrag, der ihn gewaltig in Verlegenheit brachte, in dem sie Elaynes Vorzüge ausführlich schilderte. Erst als er im Vorübergehen Egwene gegenüber erwähnte, wenn

Aviendha schon nicht mit ihm sprechen wolle, dann solle sie wenigstens aufhören, ihn dauernd anzustarren, kam innerhalb einer Stunde ein in Weiß gehüllter *Gai'schain* und holte die Aielfrau.

Was die Weisen Frauen ihr auch gesagt haben mochten, jedenfalls kehrte sie vor Zorn bebend zurück und verlangte von ihm – verlangte! –, daß er sich von ihr über Sitten und Gebräuche der Aiel unterrichten lassen solle. Zweifellos hofften sie, er werde ihnen durch die Fragen, die er stellte, etwas über seine Pläne verraten. Nach den subtilen Intrigen in Tear war die offene Spioniererei der Weisen Frauen richtig herzerfrischend. Trotzdem war es ganz sicher gut, zu erfahren, was er nur konnte, und er genoß auf diese Art sogar die Unterhaltungen mit Aviendha, besonders bei jenen Gelegenheiten, wenn sie zu vergessen schien, daß sie ihn aus irgendeinem unerfindlichen Grund verachtete. Klar – wenn ihr bewußt wurde, daß sie sich wie zwei Menschen unterhielten und nicht wie jemand, der einen Gefangenen verhört, mit seinem Opfer, bekam sie wieder einen Wutanfall, als habe er sie in eine Falle gelockt.

Und doch waren selbst diese Unterhaltungen angenehm, wenn man sie mit dem Rest der Reise verglich. Er fing sogar schon an, ihre Wutanfälle amüsant zu finden, wenn er sich das auch vorsichtigerweise nicht vor ihr anmerken ließ. Wenn sie in ihm einen Mann sah, den sie haßte, sah sie wenigstens nicht nur ihn, Der Mit Der Morgendämmerung Kommt, oder den Wiedergeborenen Drachen. Einfach Rand al'Thor. Und wenigstens wußte sie, was sie von ihm halten sollte. Nicht wie Elayne, die ihm einen Brief schrieb, der ihm heiße Ohren verschaffte, und dann am gleichen Tag einen anderen, bei dem er sich allen Ernstes fragen mußte, ob er plötzlich Hörner und Reißzähne wie ein Trolloc habe.

Min war so ungefähr die einzige Frau in seinem Leben, die seinen Verstand nicht völlig verwirrte. Doch sie war in der Weißen Burg und dort wenigstens in Sicherheit, und das wiederum war ein Ort, den er meiden wollte. Manchmal dachte er sich, sein Leben könne viel einfacher sein, wenn er Frauen ganz vergaß. Nun hatte Aviendha den Weg in seine Träume geschafft, als seien dort nicht schon Min und Elayne zu Hause. Diese Frauen verknoteten seine Gefühle völlig, und er mußte jetzt einen klaren Kopf bewahren. Klar und kalt mußte er denken.

Ihm wurde bewußt, daß er schon wieder Isendre anblickte. Sie winkte ganz leicht mit ihren schlanken Fingern zu ihm herüber, und zwar hinter Kaderes Ohr, so daß der es nicht sehen konnte. Er war sicher, diese vollen Lippen verzogen sich zu einem Lächeln. *O ja, gefährlich. Ich muß kalt bleiben und hart wie Stahl. Scharfer Stahl.*

Elf Tage und Nächte, und nun der zwölfte, aber ansonsten hatte sich nichts geändert. Tage und Nächte voller eigenartiger Felsformationen, abgeflachter Steinsäulen und Spitzkuppen, die sich in einem zerklüfteten, sonnenverbrannten Land erhoben, in dem die Berge völlig wahllos verteilt aufragten. Tage voll glühenden Sonnenscheins und heißer Winde und Nächte voll eisiger Kälte. Was dort wuchs, besaß Dornen oder Stacheln, oder bei jeder Berührung brannten einem die Hände. Von einigen behauptete Aviendha, daß sie giftig seien. Diese Liste schien länger als die der eßbaren Pflanzen hier. Das einzige Wasser fand man in verborgenen Quellen und Wasserlöchern. Sie zeigte ihm allerdings auch Pflanzen, deren Anwesenheit bedeutete, daß sich dort ein Loch ganz langsam mit Sickerwasser füllen würde, genügend, um ein oder zwei Menschen das Überleben zu sichern. Das Mark anderer Pflanzen wieder konnte man zu einem sauren, wässrigen Brei zerkauen.

In einer Nacht töteten Löwen zwei Packpferde der Shaido. Sie brüllten laut in der Dunkelheit, als sie von ihrer Beute vertrieben wurden und in den Felsklüften

verschwanden. Ein Wagenfahrer störte eine kleine braune Schlange in ihrer Ruhe, als sie am vierten Abend ihr Lager aufschlugen. Eine Zweischrittschlange nannte Aviendha sie, und der Name erwies sich als passend. Der Bursche schrie und wollte zu den Wagen rennen, obwohl er sah, daß Moiraine bereits auf ihn zukam, doch beim zweiten Schritt bereits stürzte er auf sein Gesicht und war tot, bevor die Aes Sedai von ihrer weißen Stute absteigen konnte. Aviendha zählte ihm Giftschlangen, Giftspinnen und giftige Eidechsen auf. Giftige Eidechsen! Einmal suchte sie eine für ihn. Sie war zwei Fuß lang und dick und hatte auf ihren Bronzeschuppen gelbe, senkrechte Streifen. Sie trat ganz selbstverständlich mit einem im weichen Stiefel steckenden Fuß darauf und hielt sie auf diese Art fest, und dann stieß sie ihr Messer in den breiten Kopf der Echse. Anschließend hielt sie das Tier hoch, damit er die klare, ölige Flüssigkeit sehen konnte, die über scharfkantige Knochenreihen im Maul herausfloß. Wie sie erklärte, konnte eine Gara durchaus einen Stiefel durchbeißen. Sie konnte sogar einen Stier töten. Andere waren natürlich schlimmer. Die Gara war langsam und nicht wirklich gefährlich, wenn man nicht gerade dumm genug war, auf eine zu treten. Als sie die große Eidechse mit dem Messer wegschleuderte, paßten sich das Gelb und der Bronzeton genau der Farbe des getrockneten Lehmbodens an. O ja. Sei nur nicht so dumm, draufzutreten.

Moiraine teilte ihre Zeit zwischen den Weisen Frauen und Rand. Für gewöhnlich bemühte sie sich auf die typische Art der Aes Sedai, ihn dazu zu bringen, seine Pläne endlich zu enthüllen. »Das Rad webt, wie Das Rad es will«, hatte sie ihm erst an diesem Morgen wieder gesagt. Ihre Stimme klang kühl und ruhig, das alterslose Gesicht war ernst, doch der Blick aus ihren dunklen Augen brannte heiß, als sie ihn über Aviendhas Kopf hinweg ansah. »Aber ein Narr kann sich im

Muster verfangen und selbst erdrosseln«, fuhr sie fort. »Paßt auf, daß Ihr keine Schlinge für Euren eigenen Hals webt.« Sie hatte sich einen hellen Umhang zugelegt, beinahe so weiß wie die der *Gai'schain*, der im Sonnenschein schimmerte, und unter der weiten Kapuze trug sie noch einen verschwitzten, weißen Schal um die Stirn gewickelt.

»Ich webe keine Schlingen für meinen Hals.« Er lachte, und sie riß Aldieb so schnell herum, daß die Stute beinahe Aviendha umstieß. Dann galoppierte sie zurück zum Zug der Weisen Frauen. Ihr Umhang flatterte hinter ihr her.

»Es ist dumm, eine Aes Sedai zu ärgern«, knurrte Aviendha und rieb sich die Schulter, wo sie von Aldieb gestreift worden war. »Ich hatte nicht geglaubt, daß Ihr ein dummer Mann seid.«

»Wir werden abwarten müssen, ob ich einer bin oder nicht«, sagte er zu ihr, und ihm war nicht mehr nach Lachen zumute. Dumm? Es gab eben Risiken, die man in Kauf nehmen mußte. »Wir werden es ja sehen.«

Egwene verließ die Weißen Frauen selten. Sie ging zu Fuß nebenher oder ritt auf ihrer grauen Stute, und selbst dann nahm sie öfters eine von ihnen hinter sich hoch und ließ sie eine Weile mitreiten. Er war schließlich auf den Gedanken gekommen, daß sie wahrscheinlich den Weisen Frauen gegenüber wieder die fertige Aes Sedai spielte. Amys und Bair, Seana und Melaine schienen das genauso bereitwillig zu akzeptieren, wie die Tairener damals, wenn auch nicht alle auf die gleiche Art. Gelegentlich stritt sich die eine oder andere von ihnen so laut mit ihr, daß er auf mehr als hundert Schritt Entfernung fast noch verstehen konnte, was da geschrien wurde. Sie behandelten Egwene beinahe genauso wie Aviendha, obwohl sie die allerdings eher herumkommandierten. Nun ja, selbst mit Moiraine führten sie ja gelegentlich hitzige Diskussionen. Besonders Melaine mit ihren Sonnenhaaren.

Am zehnten Morgen endlich hatte Egwene aufgehört, ihr Haar zu diesen zwei Zöpfen geflochten zu tragen. Das war schon eine eigenartige Sache. Die Weisen Frauen hatten sich mit ihr zusammen ein Stück von den anderen entfernt und sehr lange mit ihr gesprochen, während die *Gai'schain* ihre Zelte abbrachen und Rand Jeade'en sattelte. Hätte er sie nicht besser gekannt, dann hätte Rand annehmen müssen, ihre Haltung, mit gesenktem Kopf, sei ein Versuch, demütig zu erscheinen, aber dieses Wort konnte man bei ihr eigentlich nur mit Blick auf Nynaeve gebrauchen. Und vielleicht auch mit Moiraine. Plötzlich klatschte Egwene dann in die Hände, lachte und umarmte eine der Weisen Frauen nach der anderen. Anschließend wickelte sie schnellstens ihre Zöpfe auf.

Als er Aviendha fragte, was los sei – sie hatte außen vor seinem Zelt gesessen, als er erwachte –, knurrte sie mürrisch: »Sie haben ihr zuerkannt, daß sie gewachsen sei...« Sie brach plötzlich ab, warf ihm einen mißtrauischen Blick zu, verschränkte die Arme und fuhr mit kühler Stimme fort: »Das ist Sache der Weisen Frauen, Rand al'Thor. Fragt sie, wenn Ihr wünscht, aber seid darauf vorbereitet, daß man Euch sagt, es gehe Euch nichts an.«

Wieso war Egwene gewachsen? Ihr Haar etwa? Es ergab keinen Sinn. Aviendha sagte kein Wort mehr über diese Sache. Statt dessen kratzte sie ein wenig grauer Flechten von einem Stein und begann, ihm zu beschreiben, wie man damit eine Wunde behandeln könne. Die Frau lernte ein wenig zu schnell für seinen Geschmack von den Weisen Frauen. Die Weisen Frauen selbst schenkten ihm wenig Aufmerksamkeit. Klar, das mußten sie auch nicht, da ihm Aviendha die ganze Zeit über in ihrem Auftrag über die Schulter sah.

Die anderen Aiel, oder jedenfalls die Jindo, wurden mit jedem Tag ein bißchen weniger hochnäsig. Vielleicht gewöhnten sie sich daran, was Er, Der Mit Der

Morgendämmerung Kommt, für sie bedeutete. Doch nur Aviendha sprach überhaupt längere Zeit mit ihm. Jeden Abend kam Lan herüber und übte mit ihm den Schwertkampf, während Rhuarc ihm beibrachte, wie man mit dem Speer umging, und ihn in der eigenartigen Kampfart der Aiel mit Händen und Füßen unterwies. Der Behüter verstand auch etwas davon und machte beim Üben mit. Die meisten jedoch mieden Rand, besonders die Wagenfahrer, die erfahren hatten, daß er der Wiedergeborene Drache war, ein Mann, der die Macht gebrauchen konnte. Wenn er einen dieser Männer mit ihren groben Gesichtern dabei ertappte, wie er ihn anblickte, hätte er meinen können, der Mann blicke den Dunklen König selbst an. Aber Kadere war eine Ausnahme, genau wie der Gaukler.

Beinahe jeden Morgen, wenn sie aufbrachen, ritt der Händler auf einem der Maultiere herüber, die zu den von den Trollocs verbrannten Wagen gehört hatten. Durch den langen weißen Schal, den er sich um den Kopf gewickelt hatte und der ihm hinten herunterhing, wirkte sein Gesicht noch dunkler. Rand gegenüber war er ausgesprochen schüchtern, doch seine kalten, immer gleich dreinblickenden Augen machten aus seiner Hakennase einen Adlerschnabel.

»Mein Lord Drache«, hatte er am Morgen nach dem Angriff der Trollocs begonnen und sich dann erst einmal mit dem immer vorhandenen Taschentuch den Schweiß abgewischt. Er war nervös auf dem zerkratzten, alten Sattel umhergerutscht, den er irgendwo für das Maultier aufgetrieben hatte. »Darf ich Euch so nennen?«

Die verkohlten Reste der drei Wagen blieben im Süden hinter ihnen zurück und mit ihnen die Gräber von zwei Männern Kaderes und einer ganzen Anzahl Aiel. Man hatte die Trollocs aus den Lagern geschleift und den Aasfressern überlassen, heulenden Biestern mit großen Ohren. Rand wußte nicht, ob das große

Füchse seien oder kleine Hunde; sie hatten von beiden etwas an sich. Über ihnen kreisten Geier mit rotgeränderten Flügeln. Manche trauten sich noch nicht herunter, während andere bereits in einem Durcheinander von wirbelnden Schwingen neben ihrer Beute landeten.

»Nennt mich, wie Ihr wollt«, sagte Rand zu ihm.

»Mein Lord Drache, ich habe darüber nachgedacht, was Ihr gestern sagtet.« Kadere sah sich um, als fürchte er, belauscht zu werden, obwohl sich Aviendha bei den Weisen Frauen befand und die nächsten Ohren zu seiner eigenen Wagenkarawane gehörten, die mehr als fünfzig Schritt entfernt war. Er senkte trotzdem die Stimme zu einem Flüstern und wischte sich nervös das Gesicht ab. Dennoch änderte sich der Ausdruck seiner Augen überhaupt nicht. »Was Ihr sagtet in bezug auf den Wert des Wissens und daß gerade dies den Weg zum Ruhm ebnet. Es ist wahr.«

Rand sah ihn, ohne mit der Wimper zu zucken, an. Sein eigenes Gesicht blieb ausdruckslos. »Das habt Ihr gesagt und nicht ich«, sagte er schließlich.

»Na ja, vielleicht stimmt das. Aber es ist doch wahr, oder nicht, Lord Drache?« Rand nickte, und der Händler fuhr fort, immer noch im Flüsterton und nach wie vor wachsam nach Lauschern suchend: »Doch im Wissen kann auch eine Gefahr liegen. Wenn man mehr gibt, als man empfängt. Ein Mann, der Wissen und Kenntnisse verkauft, muß nicht nur seinen guten Preis dafür verlangen, nein, er muß sich auch absichern. Absichern gegen … Rückschläge. Seid Ihr nicht meiner Meinung?«

»Habt Ihr Kenntnisse, die Ihr zu … verkaufen wünscht, Kadere?«

Der massige Mann blickte seine Wagenkarawane finster an. Keille war von ihrem Wagen gesprungen und wollte wohl eine Weile nebenherlaufen, obwohl die Hitze ständig wuchs. Ihr fetter Körper war in Weiß gekleidet, und die Elfenbeinkämme in ihrem groben schwarzen Haar hielten einen weißen Spitzenschal fest. Immer wieder blickte sie zu den beiden Männern hinüber, die nebeneinander her ritten. Auf diese Entfernung war ihr Gesichtsausdruck nicht zu deuten. Es war schon eigenartig, daß sich jemand mit diesem Gewicht so leichtfüßig bewegte. Isendre war aus dem Wageninneren auf den Kutschbock des ersten Wagens geklettert und beobachtete sie ganz offen. Sie hielt sich fest, damit sie um die Ecke des weißgestrichenen Wagens nach ihnen ausschauen konnte, obwohl der Wagen schaukelte und ruckte.

»Diese Frau ist noch mein Tod«, knurrte Kadere. »Vielleicht können wir uns später weiter unterhalten, Lord Drache, wenn es Euch gefällt.« Er rammte seine Stiefel in die Flanken des Maultiers, damit es zum ersten Wagen hinüber trottete, und dort angekommen, schwang er sich überraschend gelenkig auf den Kutschbock. Er band die Zügel des Maultiers an einen Eisenring an der Ecke des großen Wohnwagens. Dann verschwand er mit Isendre im Inneren und tauchte nicht mehr auf, bis sie am Abend anhielten, um ihr Lager für die Nacht aufzuschlagen.

Er kam am nächsten Tag wieder und an anderen Tagen, immer wenn er sah, daß Rand allein war, und immer deutete er etwas von Kenntnissen an, die er für einen guten Preis zu verkaufen bereit sei, wenn ihm die nötige Sicherheit geboten werde. Einmal verstieg er sich soweit, daß er sagte, alles, auch Mord, Verrat, eben einfach alles könne man vergeben, wenn man dafür Wissen erhält, und dann schien er sehr nervös zu werden, als Rand ihm nicht beipflichtete. Was er auch zu verkaufen suchte, offensichtlich wollte er Rands pauschalen Schutz für jede Untat, die er vielleicht einmal begangen hatte.

»Ich weiß nicht, ob ich überhaupt Informationen kaufen will«, sagte ihm Rand mehr als einmal. »Da ist immer die Frage des Preises, oder? Es gibt Preise, die ich nicht zu zahlen bereit bin.«

An jenem ersten Abend, nachdem die Feuer entzündet waren und der Duft nach Essen sich zwischen den niedrigen Zelten ausbreitete, nahm Natael Rand beiseite. Der Gaukler schien beinahe genauso nervös zu sein wie Kadere. »Ich habe ziemlich viel über Euch nachgedacht«, sagte er und blickte Rand von der Seite her mit geneigtem Kopf an. »Ihr solltet ein grandioses Epos erhalten, um Eure Geschichte zu erzählen. Der Wiedergeborene Drache. Er, Der Mit Der Morgendämmerung Kommt. Die Figur unzähliger Weissagungen in diesem Zeitalter und aus anderen.« Er zog seinen Umhang um sich zusammen. Die bunten Flicken flatterten im leichten Abendwind. Die Dämmerung dauerte in der Wüste nicht lang; Nacht und Kälte kamen schnell und Hand in Hand. »Was haltet Ihr von dem Schicksal, das man Euch prophezeit hat? Ich muß es wissen, wenn ich dieses Epos komponieren will.«

»Was ich davon halte?« Rand blickte sich im Lager um. Die Jindo eilten geschäftig zwischen den Zelten umher. Wie viele von ihnen würden sterben, bevor sein Schicksal erfüllt war? »Müde. Ich bin es müde.«

»Wohl kaum ein heldenhaftes Gefühl«, murmelte Natael. »Aber es war zu erwarten bei Eurem Schicksal. Die Welt lastet auf Euren Schultern, die meisten Leute würden Euch töten, hätten sie eine Möglichkeit dazu, und die übrigen sind Narren, die glauben, Euch benützen zu können, um Ruhm und Ehre zu erlangen.«

»Zu welchen gehört Ihr, Natael?«

»Ich? Ich bin nur ein einfacher Gaukler.« Der Mann hob einen Zipfel seines Flickenumhangs, als könne der alles bezeugen. »Ich würde um keinen Preis der Welt Euren Platz einnehmen wollen, nicht bei dem Schicksal, das Euch droht. Tod oder Wahnsinn oder beides. ›Sein Blut auf den Felsen des Shayol Ghul …‹ Das steht doch im *Karaethon-Zyklus,* den Prophezeiungen des Drachen, oder? Daß Ihr sterben müßt, um die Narren zu retten, die bei Eurem Tod einen Seufzer der Erleichterung loswerden. Nein. Trotz all Eurer Macht und allem anderen um Euch möchte ich nicht in Eurer Haut stecken.«

»Rand«, sagte Egwene, die aus der sich vertiefenden Dunkelheit heraustrat, ihren hellen Umhang eng zusammengezogen und die Kapuze auf dem Kopf, »wir sind gekommen, um zu sehen, wie du dich nach deiner Heilbehandlung und einem Tag in dieser Hitze fühlst.« Moiraine war bei ihr, das Gesicht unter der weiten Kapuze ihres weißen Umhangs verborgen, und Bair und Amys, Melaine und Seana, die Köpfe mit dunklen Schals umwickelt, und alle beobachteten ihn, ruhig und kalt wie die Nacht. Sogar Egwene. Sie zeigte noch nicht die Alterslosigkeit der Aes Sedai, aber sie hatte bereits deren Blick.

Anfangs bemerkte er Aviendha gar nicht, die hinter den anderen ein Stückchen zurückgeblieben war. Dann, als er sie entdeckt hatte, glaubte er einen Moment lang, auf ihren Zügen etwas wie Anteilnahme zu erkennen, aber das verschwand, sobald sie seinen Blick bemerkte. Einbildung. Er war wirklich müde.

»Ein andermal«, sagte Natael, der wohl mit Rand sprach, aber auf seine seltsame Art die Frauen von der Seite her anschielte. »Wir sprechen ein andermal weiter.« Mit einer angedeuteten Verbeugung schritt er weg.

»Plagt Euch der Gedanke an die Zukunft, Rand?« sagte Moiraine leise, als der Gaukler weg war. »Prophezeiungen sind in blumigen Worten mit versteckter Bedeutung geschrieben. Sie bedeuten nicht immer das, was sie auf den ersten Blick auszusagen scheinen.«

»Das Rad webt, wie das Rad es wünscht«, sagte er zu ihr. »Ich werde tun, was sein muß. Denkt daran, Moiraine. Ich werde tun, was sein muß.« Sie schien es zufrieden, doch bei Aes Sedai konnte man das schlecht sagen. Sie würde bestimmt nicht zufrieden sein, wüßte sie alles.

Natael kam am nächsten Abend wieder und am nächsten und am nächsten, und immer sprach er von dem Epos, das er komponieren wolle, aber dabei trat ein morbider Zug immer deutlicher hervor. Ständig bohrte er nach, wie Rand mit Problemen wie Wahnsinn und Tod fertigwerden wolle. Wie es schien, wollte er eine Tragödie komponieren. Rand verspürte aber keinerlei Lust, seine Ängste öffentlich zu diskutieren. Was er im Herzen und im Kopf trug, ging niemanden etwas an. Schließlich war der Gaukler es wohl müde, immer nur zu hören: »Ich werde tun, was sein muß«, und er kam nicht mehr. Es schien, er wolle sein Epos nicht komponieren, wenn er es nicht mit Schmerz und Qual füllen konnte. Der Mann wirkte frustriert, als er zum letztenmal mit wild hinterherflatterndem Umhang davonstolzierte.

Der Bursche war schon eigenartig, aber wenn man Thom Merrilin als Beispiel nahm, waren das wohl alle Gaukler. Natael zeigte eben andere typische Züge des Gauklerhandwerks. Zum Beispiel war er recht eingebildet. Rand war es gleich, ob der Mann ihn mit einem Titel anredete oder nicht, doch Rhuarc, und selbst Moraine, soweit er mit ihr zusammen war, behandelte er, als seien sie Gleichgestellte. Das war ganz und gar dasselbe wie bei Thom. Und dann gab er es auf, den Jindo seine Künste zu zeigen, und verbrachte statt dessen den größten Teil seiner Abende bei den Shaido. Es gebe eben mehr Shaido hier, erklärte er Rhuarc gelassen, als sei es das Selbstverständlichste auf der Welt. Ein größeres Publikum. Das gefiel keinem der Jindo, aber selbst Rhuarc konnte nichts dagegen tun. Im Dreifachen Land durfte ein Gaukler sich so ziemlich alles erlauben, bis auf Mord, und kam damit davon.

Aviendha verbrachte ihre Nächte bei den Weisen Frauen und ging auch manchmal während des Tages eine Stunde oder länger mit ihnen. Dann wurde sie von allen in die Mitte genommen. Auch Moiraine und

Egwene schlossen sich dem an. Zuerst glaubte Rand, sie berieten sich darüber, wie sie ihn am besten in den Griff bekäme und ihm alles aus der Nase zöge, was sie von ihm wissen wollten. Dann, eines Tages, als die Sonne wie ein Ball geschmolzenen Metalls über ihnen hing, flimmerte plötzlich ein pferdegroßer Feuerball aus dem Nichts kommend vor der Gruppe auf und rollte schlingernd durch die Luft davon. Er brannte eine Furche in das dürre Land, bis er schließlich schrumpfte und verschwand.

Einige der Fahrer ließen ihre erschreckten, schnaubenden Tiere anhalten und standen auf, um zuzusehen. Sie machten sich gegenseitig darauf aufmerksam. In ihren Stimmen schwang eine Mischung von Furcht und Verwirrung mit, und ein paar fluchten hilflos. Durch die Kolonne der Jindo lief ein Murmeln, und dasselbe geschah bei den Shaido, doch beide Kolonnen marschierten ohne Pause weiter. Die eigentliche Aufregung war nur bei den Weisen Frauen zu erkennen. Die vier drängten sich um Aviendha und redeten alle auf einmal auf sie ein und fuchtelten wild mit den Armen. Moiraine und Egwene, die ihre Pferde am Zügel führten, bemühten sich offensichtlich, auch ein Wort einzuwerfen. Ohne etwas verstehen zu können, war Rand klar, daß Amys ihnen unmißverständlich mit wütend fuchtelndem Zeigefinger erklärte, sie sollten sich heraushalten.

Rand stand in den Steigbügeln und betrachtete die rußgeschwärzte Furche, die sich pfeilgerade über eine halbe Meile hinzog. Dann setzte er sich wieder in den Sattel. Sie brachten Aviendha also bei, die Macht zu gebrauchen. Klar. Das also wollten sie. Er wischte sich mit dem Handrücken Schweiß von der Stirn, der nicht von der Sonne herrührte. Als der Feuerball plötzlich dagewesen war, hatte er unwillkürlich nach der Wahren Quelle gegriffen. Es war, als wolle er Wasser mit einem zerrissenen Sieb schöpfen. Er hätte statt nach *Saidin* genausogut nach Luft greifen können. Das konnte ihm eines Tages auch passieren, wenn er die Macht dringend benötigte. Er mußte auch weiterlernen, doch er hatte keinen Lehrer. Er mußte nicht nur weiterlernen, weil die Arbeit mit der Macht ihn umbringen konnte, bevor er noch die Chance hatte, wahnsinnig zu werden, nein, er mußte mehr lernen, weil er die Macht gebrauchen mußte. Er mußte lernen, sie zu benützen, und er mußte sie benützen, um zu lernen. Er lachte so schallend los, daß die Jindo ganz nervös zu ihm herüberblickten.

Er hätte sich während dieser elf Tage und Nächte sehr über Mats Gesellschaft gefreut, doch Mat näherte sich ihm höchstens für ein oder zwei Minuten. Er hatte immer die breite Krempe seines flachen Huts heruntergezogen, um seinen Augen Schatten zu spenden. Der Speer mit dem schwarzen Schaft lag quer über Pips' Sattel, so daß man deutlich die mit Raben gezeichnete, mit Hilfe der Macht gefertigte gekrümmte Schwertklinge sah, die ihm als Spitze diente.

»Wenn dein Gesicht von der Sonne noch etwas brauner wird, dann wirst du tatsächlich noch zum Aielmann«, sagte er gelegentlich lachend, oder: »Willst du den Rest deines Lebens hier verbringen? Es liegt noch eine ganze Welt jenseits der Drachenmauer. Wein? Frauen? Erinnerst du dich noch an solche Dinge?«

Aber Mat wirkte dabei eindeutig nervös, und er zögerte noch mehr als die Weisen Frauen, wenn er von Rhuidean sprechen sollte und was dort mit ihm geschehen sei. Bei der bloßen Erwähnung der in Nebel gehüllten Stadt verkrampfte sich sein Griff um den schwarzen Speerschaft, und er behauptete, sich an nichts während seines Gangs durch den *Ter'Angreal* zu erinnern, und dann widersprach er sich wieder, indem er zu Rand sagte: »Bleib von diesem Ding weg, Rand. Es ist dem im Stein überhaupt nicht ähnlich. Sie betrügen. Seng mich, ich wünschte, ich hätte es nie gesehen!«

Beim einzigenmal, als Rand die Alte Sprache erwähnte, fauchte er: »Verdammt noch mal, ich weiß nichts über die verfluchte Alte Sprache!« Und damit galoppierte er geradewegs zu den Händlerwagen zurück.

Dort verbrachte Mat gewöhnlich seine Zeit. Er würfelte mit den Fahrern, bis ihnen klar wurde, daß er viel öfter gewann als verlor, gleich, wessen Würfel er benützte. Bei jeder Gelegenheit verwickelte er Kadere oder Natael in lange Gespräche und war hinter Isendre her. Es war klar, was er im Sinn hatte, als er sie zum erstenmal angrinste und seinen Hut zurechtschob. Das war am Morgen nach dem Angriff der Trollocs gewesen. Er unterhielt sich mit ihr fast jeden Abend, solange es nur ging, und er stach sich derart in die Finger, als er ihr weiße Blüten von einem Dornbusch pflückte, daß er zwei Tage lang kaum die Zügel halten konnte. Er weigerte sich aber, sich von Moiraine behandeln zu lassen. Isendre ermutigte ihn nicht gerade, aber ihr ruhiges, herausforderndes Lächeln war auch nicht geeignet, ihn von ihr fernzuhalten. Kadere sah zu und sagte kein Wort dazu, obwohl sein Blick manchmal Mat folgte wie der eines Geiers. Andere machten allerdings Bemerkungen darüber.

An einem Spätnachmittag, als gerade die Maultiere ausgespannt wurden und Rand Jeade'en absattelte, stand Mat mit Isendre im dünnen Schatten eines der Planwagen. Sie standen sehr nahe beieinander. Rand schüttelte den Kopf und beobachtete die beiden, während er den Apfelschimmel abrieb. Die Sonne glühte ein kurzes Stück über dem Horizont, und die langen Schatten von den hohen Felssäulen fielen über das Lager.

Isendre machte an ihrem durchscheinenden Schal herum, als denke sie gelangweilt daran, ihn abzunehmen, und sie lächelte mit gespitzten, vollen Lippen. Ermutigt grinste Mat selbstbewußt und ruckte noch näher. Sie ließ ihre Hand sinken und schüttelte bedächtig den Kopf, doch dieses einladende Lächeln blieb. Keiner von beiden hörte, wie Keille herankam, leichtfüßig, trotz ihres Gewichts.

»Ist es das, was Ihr wünscht, guter Herr? Sie?« Beim Erklingen dieser einschmeichelnden Stimme fuhren die beiden auseinander, und das perlendes Lachen Keilles stand im Gegensatz zu ihrem Mienenspiel. »Ein Sonderangebot für Euch, Matrim Cauthon: Eine Mark aus Tar Valon, und sie gehört Euch. Eine Schlampe wie sie kann nicht mehr als zwei Mark wert sein, also ist das doch ein gutes Sonderangebot.«

Mat verzog das Gesicht und sah aus, als wäre er lieber überall sonst, nur nicht hier. Isendre allerdings wandte sich langsam Keille zu, wie eine Bergkatze, die einem Bären gegenübersteht. »Ihr geht zu weit, alte Frau«, sagte sie leise mit harten Augen über dem Schleier. »Ich werde mir Eure böse Zunge nicht mehr bieten lassen. Nehmt Euch in acht. Vielleicht bleibt Ihr ja auch lieber hier in der Wüste?«

Keille lächelte breit, doch in ihren Augen, die über ihren fetten Wangen blitzten, lag keinerlei Belustigung. »Würdet *Ihr* lieber hierbleiben?«

Isendre nickte entschlossen und sagte: »Eine Mark aus Tar Valon.« Ihre Stimme klang hart wie Eisen. »Ich werde dafür sorgen, daß Ihr eine Mark aus Tar Valon bekommt, wenn wir Euch verlassen. Ich wünschte nur, ich könnte Euch beobachten, wenn Ihr versucht, sie zu trinken.« Damit wandte sie ihr den Rücken zu und schritt zum Führungswagen. Diesmal fehlte ihrem Gang der verführerische Schwung. Sie verschwand im Inneren.

Keille beobachtete sie mit ausdruckslosem rundem Gesicht, bis sich die weiße Tür geschlossen hatte, und dann fuhr sie plötzlich Mat an, der versuchte, unbemerkt davonzuschlüpfen: »Nur wenige Männer haben mir je ein Angebot ausgeschlagen, und schon gar nicht zweimal. Ihr solltet Euch in acht nehmen, daß ich es Euch nicht krumm nehme.« Lachend streckte sie die Hand aus und kniff ihn mit dicken Fingern in die Wange, hart genug, daß er zuckte, und dann wandte sie sich in Rands Richtung. »Sagt es ihm, mein Lord Drache. Ich habe das Gefühl, Ihr wißt etwas von den Gefahren, eine Frau zu mißachten. Dieses Aielmädchen, das Euch immer mit bösem Blick hinterherläuft. Wie ich hörte, gehört Ihr einer anderen an. Vielleicht fühlt sie sich auch mißachtet.«

»Das bezweifle ich, gute Frau«, sagte er trocken. »Aviendha würde mir ein Messer zwischen die Rippen rennen, wenn sie glaubte, ich dächte so über sie.«

Die massige Frau lachte schallend. Mat zuckte zurück, als sie die Hand wieder nach ihm ausstreckte, doch sie tätschelte lediglich die Wange, in die sie vorher gekniffen hatte. »Seht Ihr, guter Herr? Mißachtet das Angebot einer Frau, und vielleicht denkt sie sich nichts dabei, vielleicht aber« – sie fuhr sich mit dem Zeigefinger über den Hals – »gebraucht sie das Messer. Diese Lektion kann sich jeder Mann zu Herzen nehmen. Nicht wahr, mein Lord Drache?« Sie lachte pfeifend und eilte fort, um die Männer zu schelten, die sich um die Maultiere kümmerten.

Mat rieb sich die Wange und knurrte: »Die spinnen doch alle«, bevor auch er ging. Aber er lief trotzdem Isendre weiter hinterher.

Und so ging es weiter, elf Tage lang und in den zwölften hinein, über ein unfruchtbares, durchgebackenes Land. Zweimal sahen sie andere Außenposten, rohe Steingebäude ähnliche wie am Imre, die zur besseren Verteidigung an die Steilwand einer Felsnadel oder einer Spitzkuppe angebaut waren. Bei einem standen dreihundert oder mehr Schafe und dazu Männer, die genauso überrascht waren, von Rand zu erfahren, wie über die Tatsache, daß Trollocs im Dreifachen Land gewesen waren. Das andere war leer, nicht überfallen, sondern einfach unbenutzt. Mehrmals erspähte Rand Ziegen oder Schafe oder fahle Langhornrinder in einiger Entfernung. Aviendha sagte, die Herden gehörten zu in der Nähe gelegenen Septimenfestungen, aber er sah keine Menschen und bestimmt kein Gebäude, das die Bezeichnung Festung verdient gehabt hätte. Der zwölfte Tag: die dicken Kolonnen der Jindo und der Shaido flankierten den Zug der Weisen Frauen; der Wagenzug der Händler rumpelte mit; Keille und Natael stritten sich und Isendre beobachtete Rand vom Schoß Kaderes aus.

»... und so ist es also«, sagte Aviendha und nickte in sich hinein. »Jetzt versteht Ihr bestimmt, wie das mit einer Dachherrin ist.«

»Na ja, eigentlich nicht«, gab Rand zu. Ihm war bewußtgeworden, daß er eine ganze Weile lang nur dem Klang ihrer Stimme, aber nicht ihren Worten gelauscht hatte. »Ich bin aber sicher, daß es gut funktioniert.«

Sie knurrte ihn an: »Wenn Ihr einmal heiratet«, sagte sie dann mit gepreßter Stimme, »und die Drachen auf Euren Armen Eure Herkunft beweisen, werdet Ihr dann dieser Herkunft folgen, oder werdet Ihr alles bis auf das Kleid Eurer Frau als Euer Eigentum verlangen, wie so ein Wilder aus den Feuchtländern?«

»Das ist keineswegs so, wie Ihr behauptet«, protestierte er, »und dort, wo ich herkomme, würde jede Frau einem Mann den Schädel einschlagen, der sie so behandelte. Und außerdem, glaubt Ihr nicht, das sollte zwischen mir und der Frau geregelt werden, die ich wirklich einmal heiraten will?« Wenn überhaupt, dann schmollte sie jetzt noch mehr als vorher.

Zu seiner Erleichterung kam Rhuarc jetzt von seinem Platz an der Spitze der Jindo-Kolonne zu ihm zurückgetrabt. »Wir sind da«, verkündete der Aielmann lächelnd. »Die Kaltfelsenfestung.«

KAPITEL 10

Die Kaltfelsenfestung

Rand blickte sich stirnrunzelnd um. Eine Meile vor ihnen ragte eine dichte Gruppe hoher, steiler Spitzkuppen auf, oder vielleicht war es auch nur eine einzige, die von tiefen Rissen durchzogen war. Zu seiner Linken waren mit dürrem Gras bewachsene Flecken zu sehen, dazu blattlose Dornenpflanzen, verstreute Dornbüsche und niedrige Bäume, dahinter ausgetrocknete Hügel und zerklüftete Rinnen, und noch weiter hinten schließlich unregelmäßig geformte Felssäulen und wildgezackte Berge. Zur Rechten war es dasselbe, nur war der durchglühte gelbe Lehmboden ebener, und die Berge waren näher. Alles in allem konnte es jedes beliebige Stück Wüste sein, das sie seit dem Chaendaer gesehen hatten.

»Wo?« fragte er.

Rhuarc blickte Aviendha an, die wiederum Rand ansah, als sei der nun vollends übergeschnappt. »Kommt. Ihr sollt die Kaltfelsen mit eigenen Augen sehen.« Der Clanhäuptling ließ seine Schufa auf die Schultern herabrutschen und rannte mit bloßem Kopf auf die zerklüftete Felswand zu.

Die Shaido hatten bereits Halt gemacht, wuselten herum und bauten ihre Zelte auf. Heirn und die Jindo schlossen sich Rhuarc an. Sie trabten mit den Packtieren am Zügel und unbedecktem Kopf jubelnd hinter ihm her. Die Töchter des Speers, die die Händlerkarawane begleiteten, riefen den Fahrern zu, sie sollten sich beeilen und den Jindo hinterherfahren. Eine der Weisen Frauen hob gar den Rock bis an die Knie und rannte zu

Rhuarc nach vorn. Rand glaubte, es sei Amys, jedenfalls dem hellen Haar nach zu schließen, und Bair konnte ja wohl sicherlich nicht so leichtfüßig laufen. Aber die anderen aus dem Zug der Weisen Frauen behielten ihr bisheriges Tempo bei. Einen Augenblick sah es aus, als wolle Moiraine sich von ihnen entfernen und zu Rand herüberreiten, doch dann zögerte sie und diskutierte mit einer der Weisen Frauen, deren Haar noch durch ihren Schal verborgen war. Schließlich ließ die Aes Sedai ihre weiße Stute wieder neben Egwenes graue und den schwarzen Hengst Lans zurücktraben. Kurz hinter ihnen folgten die weißgekleideten *Gai'schain,* die ihre Packtiere hinter sich herzogen. Doch auch sie gingen in die gleiche Richtung wie Rhuarc.

Rand beugte sich hinunter und reichte Aviendha die Hand. Als sie den Kopf schüttelte, sagte er: »Wenn sie soviel Lärm machen, kann ich nicht hören, was Ihr da unten sagt. Vielleicht mache ich dann irgendeinen idiotischen Fehler, bloß weil ich Euch nicht verstehe!«

Sie knurrte etwas in sich hinein, blickte sich schnell nach den Töchtern des Speers bei der Händlerkarawane um, seufzte dann und packte seinen Arm. Er hievte sie mit einem Ruck hoch, ignorierte ihr empörtes Quieken und setzte sie hinter dem Sattel auf Jeade'en ab. Immer, wenn sie allein aufsteigen wollte, zog sie ihn fast aus dem Sattel. Also besorgte er das lieber. Er ließ ihr einen Moment Zeit, damit sie ihren schweren Rock zurechtziehen konnte, obwohl ihre Beine auch so nur ein Stückchen oberhalb der weichen, kniehohen Stiefel freigelegt worden waren, und dann spornte er den Apfelschimmel zu einem gemäßigten Galopp an. Es war das erste Mal, daß Aviendha mehr als nur Schrittempo erlebte. Sie umschlang seine Taille und preßte sich gegen ihn, um nicht herunterzufallen.

»Wenn Ihr mich vor meinen Schwestern zur Närrin macht, Feuchtländer«, fauchte sie ihm warnend von hinten zu.

»Warum würden Sie Euch für eine Närrin halten? Ich habe Bair und Amys und die anderen hinter Moiraine oder Egwene reiten sehen, wenn sie sich unterhalten wollten.«

Nach einem Augenblick des Überlegens sagte sie: »Ihr akzeptiert Veränderungen schneller und leichter, als ich das kann, Rand al'Thor.« Er wußte nicht, was er damit wieder anfangen sollte.

Als er sich mit Jedae'en auf der Höhe von Rhuarc, Heirn und Amys und ein Stück vor den immer noch durcheinanderschreienden Jindo befand, sah er zu seiner Überraschung Couladin leichtfüßig mitlaufen. Sein flammenfarbener Haarschopf leuchtete unbedeckt im Sonnenschein. Aviendha zog nun auch Rands Schufa auf seine Schultern herunter. »Wenn Ihr eine Festung betretet, muß Euer Gesicht deutlich sichtbar sein. Das habe ich Euch doch gesagt. Und Lärm müßt Ihr machen. Man hat uns wohl schon lange gesehen und weiß, wer wir sind, aber es ist Sitte, um zu beweisen, daß man die Festung nicht durch einen Überraschungsangriff erstürmen will.«

Er nickte, hielt aber ansonsten den Mund. Weder Rhuarc noch einer der drei anderen bei ihm gaben einen Laut von sich, und Aviendha schließlich auch nicht. Außerdem veranstalteten die Jindo schon genug Lärm, daß man es meilenweit hören konnte.

Couladin wandte sich ihm zu. Verachtung zeigte sich auf dem sonnengebräunten Gesicht und noch etwas anderes. Haß und Abscheu hatte Rand ja erwartet, aber Spott? Was fand denn Couladin so amüsant?

»Idiotischer Shaido«, knurrte Aviendha von hinten. Vielleicht hatte sie recht; vielleicht galt der spöttische Gesichtsausdruck ihrem Ritt. Aber Rand glaubte das nicht.

Mat galoppierte heran und zog dabei eine gelblichbraune Staubwolke hinter sich her. Den Hut hatte er weit heruntergezogen und der Speer ruhte wie eine

Lanze senkrecht auf einem Steigbügel. »Was ist das hier, Rand?« schrie er herüber, um durch den Lärm hindurch hörbar zu sein. »Alles, was diese Frauen sagten, war immer nur. ›Macht schneller. Bewegt Euch schneller.‹« Rand sagte ihm Bescheid, und der Freund sah die hoch aufragende Steilwand der Felskuppe finster an. »Ich schätze, wenn man genügend Vorräte hat, kann man sich dort jahrelang verteidigen, aber es ist trotzdem nichts gegen den Stein oder die Tora Harad.«

»Die Tora was?« fragte Rand.

Mat zuckte die Achseln, bevor er antwortete: »Ach, nur etwas, von dem ich mal gehört habe.« Er stellte sich in den Steigbügeln auf, um nach hinten über die Jindo hinweg zu der Händlerkarawane spähen zu können. »Wenigstens sind die noch bei uns. Ich frage mich, wie lange sie noch brauchen werden, um ihre Geschäfte abzuwickeln, und uns dann verlassen.«

»Nicht, bevor wir in Alcair Dal waren. Rhuarc sagte, es gebe jedesmal so eine Art von Jahrmarkt, wenn sich die Clanhäuptlinge treffen, auch wenn es nur zwei oder drei sind. Da diesmal alle zwölf kommen, glaube ich kaum, daß Kadere und Keille das versäumen wollen.«

Mat schien über diese Neuigkeit nicht unbedingt erfreut.

Rhuarc führte sie geradewegs auf den breitesten Riß in der fast senkrechten Felswand zu. Er war an den größten Stellen wohl etwa zehn oder zwölf Schritt weit und zog sich im Schatten der Felswände immer tiefer in den riesigen Steinklotz hinein. Drinnen war es dunkel und kühl. Darüber war gerade noch ein Streifen des Himmels zu sehen. Es war ein eigenartiges Gefühl, sich mit einemmal in solch tiefem Schatten zu bewegen. Die wortlosen Schreie der Aiel schwollen an, von den graubraunen Wänden um ein Vielfaches verstärkt, und dann brachen sie plötzlich ab, und Schweigen herrschte. Nur das Hufgeklapper der Maultiere und das Knarren der Wagenräder weit hinten war noch zu hören. In dieser Stille klang das schrecklich laut.

Sie kamen um eine Ecke, und der Riß öffnete sich abrupt zu einer breiten Schlucht, lang und fast gerade. Von allen Seiten her erklang mit einem Schlag das schrille Heulen Hunderter von Frauenstimmen. Zu beiden Seiten drängte sich eine dichte Menge, Frauen in bauschigen Röcken, die Schals um die Köpfe gewickelt, und Männer im graubraunen Wams und Hosen, der *Cadin'sor.* Auch Töchter des Speers waren dabei und winkten ihnen zu oder schlugen mit den Speerschäften auf Töpfe und was sonst noch Lärm machte.

Rand hatte Augen und Mund aufgerissen, und das nicht nur des Lärms und Durcheinanders wegen. Die Wände der Schlucht waren grün. Schmale Terrassen zogen sich an beiden Seiten etwa bis zur Hälfte die Wände hoch. Dann wurde ihm bewußt, daß nicht alle tatsächlich Terrassen waren. Kleine Häuser aus grauem Stein oder gelbem Lehm und mit flachen Dächern standen praktisch eins auf dem anderen, türmten sich in ganzen Gruppen hoch auf. Dazwischen wanden sich schmale Wege hindurch. Auf jedem freien Dach wuchsen in einem winzigen Garten Bohnen und Kürbisse, Paprika und Melonen und andere Pflanzen, die er nicht erkannte. Hühner rannten herum, rötlicher, als er gewöhnt war, und eine seltsame Art von Truthühnern, größer als sonst und grau gefleckt. Kinder, die zumeist wie die Erwachsenen gekleidet waren, und in Weiß gehüllte *Gai'schain* wanderten zwischen den Beeten umher und gossen die Pflanzen aus großen Tonkrügen. Man hatte ihm immer gesagt, die Aiel hätten keine Städte, aber das hier war zumindest eine größere Kleinstadt, wenn auch die eigenartigste, die er je erblickt hatte. Der Lärm war einfach zu stark, um Aviendha auch nur eine der vielen Fragen zu stellen, die ihm durch den Kopf gingen. Was waren das für runde Früchte, zu rot und glänzend für Äpfel, die an niedrigen Büschen mit hellen Blättern wuchsen? Oder diese geraden Stengel mit breiten Blättern, unter denen lange, dicke Schoten mit gelben Narbenfäden hingen? Er hatte zu lange auf einem Bauernhof gelebt, und so etwas interessierte ihn nun doch.

Rhuarc und Heirn und auch Couladin gingen nun langsamer, aber immer noch schnell genug. Sie hatten die Speere durch die ledernen Bogenhalter auf dem Rücken gesteckt. Amys rannte voraus und lachte wie ein junges Mädchen dabei, während die Männer im gleichen Schritt wie vorher über den von Menschen gesäumten Felsboden marschierten. Das Heulen der Frauen ließ die Luft beben und übertönte noch das Klappern der Töpfe. Rand folgte den Anführern, wie Aviendha ihm geraten hatte. Mat sah aus, als wolle er am liebsten umkehren und wieder hinausreiten.

Am hinteren Ende der Schlucht hing die Felswand ein Stück über und erzeugte so eine düstere, überdachte Felsfläche. Der Sonnenschein erreichte niemals das hintere Ende, wie Aviendha gesagt hatte, so daß die Felsen dort immer kalt waren. Das hatte der Festung den Namen verliehen. Vor dieser Schattenfläche stand mittlerweile Amys zusammen mit einer anderen Frau auf einem breiten, grauen Felsblock, dessen Oberfläche man abgeschliffen hatte, um einen erhöhten Standplatz zu schaffen.

Die zweite Frau, die trotz des bauschigen Rocks schlank wirkte und deren blondes, an den Schläfen leicht ergrautes Haar unter dem Schal hervor bis über ihre Hüfte hinabreichte, schien älter als Amys, sah aber noch ausgesprochen gut aus. An den Augenwinkeln waren ein paar feine Fältchen zu entdecken, die den jugendlichen Eindruck überhaupt nicht störten. Sie war genauso wie Amys gekleidet, trug einen einfachen braunen Schal, dazu aber goldene Halsketten und glatte Armreife aus Gold oder Elfenbein. Das mußte Lian sein, die Dachherrin der Kaltfelsenfestung.

Das vibrierende Heulen wurde leiser und verklang, als Rhuarc vor dem Felsblock stehenblieb, einen Schritt näher als Heirn und Couladin. »Ich bitte um Erlaubnis, Eure Festung betreten zu dürfen, Dachherrin«, verkündete er mit lauter, hallender Stimme.

»Ihr habt meine Erlaubnis, Clanhäuptling«, erwiderte die blonde Frau dem Brauch entsprechend und genauso laut. Lächelnd fügte sie mit erheblich wärmer klingender Stimme hinzu: »Schatten meines Herzens, du wirst immer meine Erlaubnis erhalten.«

»Ich danke Euch, Dachherrin meines Herzens.« Das klang auch nicht gerade formell.

Heirn trat vor. »Dachherrin, ich bitte um Erlaubnis, unter Euer Dach treten zu dürfen.«

»Ihr habt meine Erlaubnis, Heirn«, sagte Lian zu dem stämmigen Mann. »Unter meinem Dach gibt es Wasser und Schatten für Euch. Die Jindo-Septime ist hier immer willkommen.«

»Ich danke Euch, Dachherrin.« Heirn klopfte Rhuarc auf die Schulter und ging zu seinen Leuten zurück. Die Zeremonien bei den Aiel waren offensichtlich kurz, und man kam schnell zur Sache.

Couladin kam großspurig zu Rhuarc nach vorn. »Ich bitte um Erlaubnis, Eure Festung betreten zu dürfen, Dachherrin.«

Lian blinzelte kurz und blickte ihn mit gerunzelter Stirn an. Hinter Rand erhob sich ein Gemurmel, das erstaunte Summen von Hunderten von leisen Stimmen. Plötzlich hing Gefahr in der Luft. Mat fühlte es offensichtlich auch, strich über seinen Speer und drehte sich halb um, damit er sehen konnte, was die Menge der Aiel vorhatte.

»Was ist los?« raunte Rand Aviendha nach hinten zu. »Warum sagt sie nichts?«

»Er stellte die Frage wie ein Clanhäuptling«, flüsterte ihm Aviendha ungläubig zu. »Der Mann ist wirklich ein Narr. Er muß verrückt geworden sein! Wenn sie ihn nicht einläßt, gibt es Schwierigkeiten mit den Shaido, und das kann passieren bei einer solchen Beleidigung. Keine Blutfehde – er ist ja nicht ihr Clanhäuptling, auch wenn er sich so fühlt –, aber Schwierigkeiten.« Sie holte kaum Luft, aber ihr Tonfall verschärfte sich. »Ihr habt nicht zugehört, oder? Ihr habt nicht zugehört! Sie hätte selbst Rhuarc den Einlaß verwehren können, und er hätte wieder gehen müssen. Das hätte den Clan gespalten, aber es liegt in ihrer Macht. Sie kann sogar Ihn, Der Mit Der Morgendämmerung Kommt, zurückweisen, Rand al'Thor. Frauen sind bei uns keineswegs machtlose Geschöpfe, nicht wie Eure Feuchtländerfrauen, die schon Königinnen oder Adlige sein müssen, um nicht für einen Mann erst einmal tanzen zu müssen, damit sie zu essen erhalten!«

Er schüttelte leicht den Kopf. Jedesmal, wenn er soweit war, sich selbst zu verwünschen, weil er so wenig über die Aiel wußte, erinnerte ihn Aviendha daran, wie wenig sie über alle wußte, die keine Aiel waren. »Eines Tages möchte ich Euch gern der Versammlung der Frauen von Emondsfeld vorstellen. Es wird … interessant werden … zu hören, wie Ihr denen erklärt, daß sie machtlos seien.« Er fühlte, wie sie hinter ihm ihr Gewicht verlagerte, um sein Gesicht sehen zu können, und so bemühte er sich, ausdruckslos dreinzublicken. »Vielleicht werden sie Euch auch einiges zu erklären haben.«

»Ihr habt meine Erlaubnis«, begann Lian, und Couladin lächelte bereits triumphierend, »unter mein Dach zu treten. Wasser und Schatten werden sich für Euch finden.« Hunderte von Mündern schnappten hörbar nach Luft. Der Mann mit dem feurigen Haar bebte, als habe man ihn geschlagen. Sein Gesicht war rot vor Zorn. Er wußte anscheinend nicht, was er tun solle. Erst trat er herausfordernd einen Schritt vor, starrte zu Lian und Amys hoch und hielt seine bebenden Unterarme, als wolle er verhindern, daß er nach seinen Speeren griff, und dann wirbelte er herum und schritt zurück auf die Versammlung zu, wobei er hierhin und dorthin finstere Blicke austeilte, damit niemand es wagte, auch nur ein Wort zu sagen. Schließlich blieb er nahe dem Fleck stehen, an dem er vorher gestanden hatte, und sah Rand an. Kohlen hätten nicht heißer glühen können als diese blauen Augen.

»Wie einen, der keine Freunde hat und ganz allein ist«, flüsterte Aviendha. »Sie hat ihn als Bettler willkommen geheißen. Das ist die schlimmste Beleidigung für ihn, aber sie trifft die Shaido ansonsten nicht. Nur ihn.« Plötzlich hieb sie Rand so hart die Fäuste in die Rippen, daß er stöhnte. »Bewegt Euch, Feuchtländer. Ihr tragt meine Ehre in Euren Händen. Jeder weiß, daß ich Euch unterrichtet habe! Los!«

Er schwang ein Bein herüber, glitt von Jeade'ens Rücken und schritt zu Rhuarc vor. *Ich bin kein Aiel,* dachte er. *Ich verstehe sie nicht und ich darf auch nicht zulassen, daß ich sie allein zu sehr ins Herz schließe. Das darf ich nicht.*

Keiner der anderen Männer hatte das gemacht, aber er verbeugte sich vor Lian. So war er erzogen worden. »Dachherrin, ich bitte um Eure Erlaubnis, unter Euer Dach treten zu dürfen.« Er hörte, wie Aviendha nach Luft schnappte. Er hätte an sich den anderen Spruch aufsagen sollen, so wie Rhuarc. Die Augen des Clanhäuptlings verengten sich besorgt, als er seine Frau beobachtete, und Couladins erhitztes Gesicht verzog sich zu einem verächtlichen Grinsen. Das leise Gemurmel der Menschenmenge klang überrascht.

Die Dachherrin sah ihn mit noch härterem Blick an als zuvor Couladin, musterte ihn von Kopf bis Fuß und wieder zurück, betrachtete die Schufa auf seinen Schultern und das rote Wams, das ein Aiel niemals tragen würde. Dann blickte sie fragend Amys an, und die nickte.

»Solche Bescheidenheit«, sagte Lian bedächtig,

»steht einem Mann gut zu Gesicht. Man findet sie nur sehr selten bei Männern.« Sie breitete ihren dunklen Rock aus und knickste ungeschickt. So etwas taten Aielfrauen normalerweise nie, aber es war zweifellos ein Knicks als Antwort auf seine Verbeugung. »Der *Car'a'carn* hat meine Erlaubnis, meine Festung zu betreten. Für den Häuptling aller Häuptlinge gibt es immer Wasser und Schatten in der Kaltfelsenfestung.«

Wieder erklang lautes Heulen von den Frauen in der Menschenmenge. Rand wußte nicht, ob es ihm galt oder zur Zeremonie gehörte. Couladin stand noch da und warf ihm einen von unbeugsamem Haß getränkten Blick zu, und dann stolzierte er davon. Er rempelte fast noch Aviendha an, die erleichtert von dem Apfelschimmelhengst glitt. Er verschwand schnell in der Menge, die jetzt langsam auseinanderlief.

Mat, der auch beim Absteigen war, hielt inne und blickte dem Mann hinterher. »Hüte deinen Rücken bei dem, Rand«, sagte er ruhig. »Nimm es ernst.«

»Das sagt mir jeder«, erklärte Rand. Die Händler richteten sich bereits mitten in der Schlucht häuslich ein und am Eingang erschienen gerade Moiraine und die anderen Weisen Frauen, was noch einmal ein paar Schreie und ein Trommeln auf einigen Töpfen hervorrief, wenn man das auch nicht mit dem Empfang Rhuarcs vergleichen konnte. »Er ist nicht derjenige, über den ich mir den Kopf zerbrechen muß.« Seine Gefahren gingen nicht von den Aiel aus. *Auf der einen Seite Moiraine und Lanfear auf der anderen. Wie könnte die Gefahr noch größer werden?* Es reichte beinahe, um ihn zum Lachen zu bringen.

Amys und Lian waren mittlerweile herabgestiegen, und zu Rands Überraschung legte Rhuarc um jede von ihnen einen Arm. Sie waren beide großgewachsen wie die meisten Aielfrauen, aber keine kam über seine Schulterhöhe. »Ihr habt meine Frau Amys schon kennengelernt«, sagte er zu Rand. »Nun darf ich Euch meine Frau Lian vorstellen.«

Rand wurde bewußt, daß sein Mund offenstand, und so schloß er ihn schnell wieder. Als Aviendha ihm erklärt hatte, daß die Dachherrin der Kaltfelsenfestung Lian hieß und Rhuarcs Frau sei, hatte er geglaubt, am Chaendar alles mißverstanden zu haben, all dieses Zeugs von ›Schatten meines Herzens‹ zwischen dem Mann und Amys. Damals hatte er sowieso alles andere im Kopf gehabt. Aber nun das ...

»Beide?« platzte Mat entgeistert heraus. »Licht! Gleich zwei! Oh, seng mich! Entweder ist er der glücklichste Mann auf der Welt oder der größte Narr seit der Schöpfung!«

»Ich hatte geglaubt«, sagte Rhuarc stirnrunzelnd, »daß Aviendha Euch über unsere Sitten unterrichtet habe. Es scheint, sie hat eine Menge ausgelassen.«

Lian beugte sich zurück, um an ihrem Mann – ihrer beider Mann – vorbei Amys ansehen zu können und zog die Augenbrauen hoch, worauf Amys trocken bemerkte: »Sie schien die ideale Person, um ihm beizubringen, was er wissen muß. Und auch, um sie daran zu hindern, ständig hinter unserem Rücken wieder zu den Töchtern des Speers zurückzulaufen. Jetzt scheint es, daß ich mich an einem ruhigen Fleckchen einmal ausführlich mit ihr unterhalten muß. Zweifellos hat sie ihm nur den üblichen Klatsch der Töchter weitererzählt oder ihm beigebracht, wie man eine Gara melken muß.«

Aviendha lief leicht rot an und warf zornig den Kopf in den Nacken. Ihr dunkelrotes Haar war mittlerweile über die Ohren heruntergewachsen und schwankte unter ihrem Kopftuch. »Es gab wirklich wichtigere Dinge zu berichten, als über das Heiraten. Außerdem hört dieser Mann nie zu.«

»Sie war eine gute Lehrerin«, warf Rand schnell ein. »Ich habe eine Menge über Eure Sitten und Bräuche und über das Dreifache Land gelernt.« Klatsch? »Die Fehler, die ich begehe, sind meine eigenen und nicht die ihren.« Wie konnte man denn eine giftige, zwei Fuß lange Eidechse melken? Und warum? »Sie war eine gute Lehrerin und ich möchte sie als solche behalten, falls das in Ordnung geht.« *Warum beim Licht habe ich das nur gesagt?* Die Frau konnte ja wirklich manchmal sehr angenehme Gesellschaft sein; jedenfalls, wenn sie sich vergaß. Den Rest der Zeit über war sie ihm ein Dorn im Fleisch. Aber wenigstens wußte er so, wen die Weisen Frauen zum Spionieren gesandt hatten, solange sie zugegen war.

Amys betrachtete ihn. Diese klaren blauen Augen blickten genauso scharf drein wie die einer Aes Sedai. Aber sie konnte natürlich auch die Macht benützen. Ihr Gesicht wirkte lediglich jünger, als es sein dürfte, und nicht alterslos, aber möglicherweise war sie genau wie die Aes Sedai. »Das klingt in meinen Ohren sehr gut«, sagte sie. Aviendha öffnete den Mund. Sie schäumte beinahe vor Wut. Und dann schloß sie ihn doch wieder mürrisch, als die Weise Frau ihr diesen Blick zuwandte. Vielleicht hatte die junge Frau geglaubt, sie müßte sich nun nicht mehr um ihn kümmern, nachdem sie in der Kaltfelsenfestung eingetroffen waren.

»Ihr müßt doch müde von Eurer Reise sein«, sagte Lian zu Rand. Ihre grauen Augen blickten mütterlich drein. »Und hungrig sicher auch. Kommt.« Ihr warmes Lächeln galt auch Mat, der sich zurückgehalten hatte und sich nun nach den Wohnwagen der Händler umsah. »Kommt unter mein Dach.«

Rand holte seine Satteltaschen herunter und überließ Jeade'en einer *Gai'schain,* die auch Pips gleich mitnahm. Mat warf den Wohnwagen einen letzten Blick zu, warf sich die Satteltaschen über die Schulter und folgte ihnen.

Lians Dach, also ihr Haus, befand sich auf der höchsten Ebene der Westseite. Die Steilwand der Schlucht ragte gute hundert Schritt hoch dahinter auf. Ob es nun das Wohnhaus eines Clanhäuptlings und der Dachherrin war oder nicht, es sah jedenfalls von außen wie ein bescheidenes, rechteckiges Häuschen aus großen, gelben Backsteinen aus, wies enge, unverglaste, mit einfachen weißen Vorhängen ausgestattete Fenster auf und hatte auf dem flachen Dach einen Gemüsegarten und einen zweiten auf einer kleinen Terrasse vor dem Haus, die vom Haus selbst durch einen schmalen, mit flachen grauen Steinen gepflasterten Weg getrennt war. Es hatte vielleicht Platz für zwei Zimmer. Höchstens der viereckige Bronzegong, der neben der Tür hing, unterschied es von den anderen Gebäuden, die Rand in der Umgebung sehen konnte. Und von diesem Punkt aus konnte er tatsächlich die ganze Länge des Tals überblicken. Ein kleines, einfaches Haus. Innen war es jedoch etwas ganz anderes.

Der gemauerte Teil des Hauses war ein einziger, großer Raum mit rötlich-braunen Fußbodenkacheln, der aber nur einen Teil des ganzen Hauses bildete. Die dahinterliegende Felswand war ausgehohlt, und dort befanden sich weitere Zimmer mit hohen Decken, breiten Türbögen und silbernen Lampen, die einen Duft von sich gaben, der ihn entfernt an lichte, grüne Wälder erinnerte. Es war überraschend kühl hier drinnen. Rand entdeckte nur einen einzigen Stuhl mit hoher Lehne, der rot und golden lackiert war und nicht den Eindruck häufiger Benutzung vermittelte. Aviendha bezeichnete ihn als Häuptlingsstuhl. Sonst war überhaupt nicht viel Holz zu sehen, außer ein paar auf Hochglanz lackierten Kästen und Truhen und niedrigen Lesepulten, auf denen geöffnete Bücher lagen. Wenn man sie so lesen wollte, mußte man sich auf den Boden legen. Der wiederum war von kunstvoll gewebten Teppichen bedeckt und stellenweise mit ganzen Schichten bunter Läufer. Er bemerkte typische Webmuster aus Tear und Cairhien und Andor, ja sogar aus Illian und Tarabon, während ihm andere Muster unbekannt waren, so zum Beispiel eines mit breiten, gezackten Streifen in immer neuen Farbtönen, oder eines aus miteinander verbundenen Hohlquadraten in Grau, Braun und Schwarz. Die lebhaften Farben überall im Haus standen in scharfem Kontrast zu den ewig gleichen Farbtönen außerhalb dieser Schlucht. Die Wandbehänge stammten mit Sicherheit von der anderen Seite des Rückgrats der Welt. Vielleicht waren sie auf dem gleichen Weg hierhergekommen wie die Sachen, die aus dem Stein von Tear als Beutestücke mitgenommen worden waren. Dazu lagen überall Kissen in allen Größen und Farben, oft mit rot- oder goldseidenen Troddeln oder Fransen besetzt, oder auch mit beidem. Hier und da hatte man Nischen in die Felswand gehauen, und dort stand einmal eine schmale Porzellanvase oder in einer anderen eine silberne Schale oder eine Elfenbeinschnitzerei, die gewöhnlich ein fremdartig anmutendes Tier oder ähnliches darstellte. Das waren also die ›Höhlen‹, von denen die Leute in Tear gesprochen hatten. Es wirkte jedoch alles nicht so grell wie in Tear oder bei den Kesselflickern, sondern irgendwie zusammenpassend, wohl formell, aber auch gleichzeitig gemütlich.

Rand grinste Aviendha ganz kurz an, um ihr zu zeigen, daß er diesmal zugehört hatte, und zog ein Gastgeschenk für Lian aus einer Satteltasche: einen äußerst fein geschmiedeten goldenen Löwen. Er stammte aus der Beute aus Tear, und er hatte ihn einem Jindo-Wassersucher abgekauft. Nun, wenn er der Herrscher Tears war, bestahl er auf diese Weise wohl sich selbst. Mat zögerte einen Moment und holte dann ebenfalls ein Geschenk heraus, eine Halskette in Form von silbernen Blumen, die zweifellos aus derselben Quelle stammte und die er wahrscheinlich ursprünglich Isendre schenken wollte.

»Wundervoll«, sagte Lian lächelnd und hielt den Löwen hoch. »Mir hat die tairenische Goldschmiedekunst immer schon gefallen. Rhuarc hat mir vor Jahren auch zwei schöne Stücke mitgebracht.« Sie sagte in einem Tonfall, wie es einer altgedienten Ehefrau zukam, die sich wehmütig an ein paar besonders wohlschmeckende Beeren erinnert, zu ihrem Mann: »Du hast sie aus dem Zelt eines Hochlords geholt, bevor Laman geköpft wurde, nicht wahr? Schade, daß du nicht bis Andor gekommen bist. Ich hätte immer so gern etwas aus andoranischem Silber gehabt. Diese Kette ist auch sehr schön, Mat Cauthon.«

Rand hörte zu, wie sie beide Geschenke in höchsten Tönen pries, und verbarg seine Überraschung. Trotz des Rocks und des mütterlichen Blicks war sie eine genauso typische Aielfrau wie die Töchter des Speers.

Als Lian fertig war, kamen gerade Moiraine und die anderen Weisen Frauen zusammen mit Lan und Egwene an. Das Schwert des Behüters bekam einen mißbilligenden Blick ab, aber die Dachherrin hieß ihn freundlich willkommen, nachdem ihn Bair als den *Aan'allein* vorgestellt hatte. Aber das war nichts gegen die Begrüßung, die sie Moiraine und Egwene zuteil werden ließ.

»Ihr ehrt mein Dach, Aes Sedai.« Der Tonfall der Dachherrin ließ das als untertrieben erscheinen; am liebsten hätte sie sich vor ihnen verbeugt. »Man sagt, vor der Zerstörung der Welt hätten wir den Aes Sedai gedient und dabei versagt, und zur Strafe seien wir in das Dreifache Land gesandt worden. Eure Anwesenheit beweist uns, daß uns diese Sünde vielleicht doch noch vergeben werden kann.« Klar. Sie war offensichtlich nicht in Rhuidean gewesen. Das Verbot, darüber zu berichten, was in Rhuidean gesehen worden war, hatte wohl auch für ein Ehepaar Gültigkeit. Und selbst bei Schwester-Frauen, oder wie man die Beziehung von Amys und Lian nun auch nannte.

Moiraine bemühte sich, Lian ebenfalls ein Gastgeschenk aufzudrängen – eine kleine, mit Silber verzierte, kristallne Parfümflasche aus dem fernen Arad Doman –, doch Lian wehrte das mit ausgestreckten Händen ab. »Eure bloße Anwesenheit hier ist ein unschätzbares Gastgeschenk, Aes Sedai. Noch mehr von Euch anzunehmen würde mein Dach entehren und mich auch. Ich könnte die Scham nicht ertragen.« Es klang wirklich ernst und besorgt darüber, daß ihr Moiraine das Parfüm tatsächlich aufdrängen werde. Jedenfalls rückte es die Bedeutung eines *Car'a'carn* im Vergleich mit einer Aes Sedai deutlich zurecht.

»Wie Ihr wünscht«, sagte Moiraine und steckte das Fläschchen in ihre Gürteltasche zurück. Sie wirkte kühl und würdevoll in ihrem blauseidenen Kleid, den hellen Umhang zurückgeschlagen. »In Eurem Dreifachen Land werden sicher bald weitere Aes Sedai als Besucherinnen erscheinen. Wir hatten zuvor nie einen Grund, hierher zu kommen.«

Amys schien nicht besonders erfreut über diese Unterhaltung, und Melaine mit dem Flammenhaar sah Moiraine wie eine grünäugige Katze an, die sich fragte, ob sie etwas in Bezug auf diesen großen Hund unternehmen solle, der gerade auf ihren Hühnerhof gekommen war. Bair und Seana tauschten einen besorgten Blick, sie reagierten aber nicht so stark wie die beiden Weisen Frauen, die die Macht benutzen konnten. Eine Schar von *Gai'schain* – Männer und Frauen mit geschmeidigen Bewegungen und alle in die gleiche Art von weißem Kapuzenmantel gekleidet, deren zu Boden gerichteter, demütiger Blick in ihren Aielgesichtern so unpassend wirkte – nahm Moiraine und Egwene die Umhänge ab, brachte ihnen feuchte Tücher, um sich damit Gesicht und Hände abzuwischen, winzige Silbertassen, aus denen zeremoniell Wasser getrunken wurde, und schließlich ein Mahl, das ihnen auf silbernen Tabletts und in silbernen Schüsseln gereicht wurde, die in jeden Palast gepaßt hätten. Gegessen wurde jedoch alles von blaugestreift-glasierten Keramiktellern.

Alle aßen im Liegen auf dem Fußboden, wo man weiße Kacheln wie einen Tisch etwas erhöht angebracht hatte, die Köpfe zusammengesteckt, Kissen unter dem Bauch, so daß es von oben wie ein Rad mit vielen Speichen aussehen mußte. Immer wieder schlüpften *Gai'schain* zwischen diese Speichen, um neue Teller oder Schüsseln zu bringen.

Mat kam nicht zurecht und wälzte sich auf seinen Kissen mal nach der einen und mal nach der anderen Seite, während Lan entspannt dalag, als habe er schon immer in dieser Haltung gegessen. Moiraine und Egwene wirkten ebenfalls, als fänden sie diese Lage bequem. Zweifellos hatten sie schon genug Übung von ihrer Zeit in den Zelten der Weisen Frauen her. Rand fühlte sich so nicht wohl, doch das Essen war so fremdartig, daß er sich mehr damit beschäftigte.

Ein dunkler, gut gewürzter Eintopf mit Ziegenfleisch und gehacktem Paprika war wohl ungewohnt, aber nicht unbedingt fremdartig, na ja, und Erbsen blieben überall Erbsen und Kürbis Kürbis. Das konnte man aber nicht in bezug auf das grobe, gelbe Brot behaupten, oder die langen, leuchtend roten Bohnenschoten, die zusammen mit grünen Bohnen serviert wurden, oder dieses Gericht mit hellgelben Kernen und rotem Brei, die Aviendha als *Zemai* und *T'mat* bezeichnete, oder eine süße, bauchige Frucht mit zäher grüner Schale. Die stammte nach ihrer Erklärung von einer der blattlosen Dornenpflanzen, die man hier *Kardon* nannte. Alles schmeckte aber gut.

Er hätte das Mahl allerdings besser genießen können, wenn ihm Aviendha nicht die ganze Zeit über Vorträge gehalten hätte. Alles wollte sie ihm nun auf einmal erklären. Nicht die Schwester-Frauen. Diese Erklärung blieb Amys und Lian überlassen, die zu beiden Seiten Rhuarcs lagen und sich gegenseitig mindestens genauso oft anlächelten wie ihren Mann. Wenn sie ihn beide geheiratet hatten, damit ihre Freundschaft nicht zerbrach, dann war auch klar, daß sie ihn beide liebten. Rand konnte sich nicht denken, daß Min und Elayne einem solchen Arrangement zustimmen würden. Und dann wunderte er sich, daß er überhaupt daran gedacht hatte. Die Sonne mußte wohl allmählich sein Gehirn aufgeweicht haben.

Diese Erklärung überließ Aviendha also den anderen, doch ansonsten erklärte sie wirklich alles und jede Einzelheit, auch wenn er mit den Zähnen knirschte. Vielleicht hielt sie ihn für einen Idioten, weil er nicht über Schwester-Frauen Bescheid wußte. Sie hatte sich so hingelegt, daß sie ihn ansehen konnte, und sie lächelte beinahe schon süß, als sie ihm sagte, er könne sowohl *Zemai* als auch *T'mat* mit dem Löffel essen, doch in ihren Augen leuchtete etwas, das ihm sagte, wenn nicht die Weisen Frauen anwesend wären, würde sie ihm vermutlich einen Teller an den Kopf werfen.

»Ich weiß wirklich nicht, was ich Euch getan habe«, sagte er leise. Er war sich Melaines an seiner anderen Seite bewußt, die aber in ihre Unterhaltung mit Seana vertieft zu sein schien. Bair warf von Zeit zu Zeit auch ein Wort ein, aber er glaubte, daß sie ebenfalls die Ohren spitze, um zu hören, was er so sagte. »Aber wenn es Euch so zuwider ist, meine Lehrerin zu spielen, dann müßt Ihr das nicht. Es ist mir nur so herausgerutscht. Ich bin sicher, daß Rhuarc oder die Weisen Frauen jemanden anders für diese Aufgabe finden werden.« Das würden die Weisen Frauen ganz bestimmt tun, wenn er auf diese Weise ihre Spionin loswürde.

»Ihr habt mir nichts getan ...« Sie bleckte die Zähne in seine Richtung. Falls es ein Lächeln gewesen sein sollte, war es erstaunlich kurz ausgefallen. »... und das werdet Ihr auch nicht. Ihr könnt Euch hinlegen, so, wie es Euch am bequemsten ist, und mit allen um Euch herum sprechen. Außer mit denjenigen unter uns natürlich, die Unterricht halten müssen, anstatt mitzuessen. Es wird als höflich angesehen, wenn man sich mit den Nachbarn auf beiden Seiten unterhält.« Mat sah über sie hinweg Rand an und rollte die Augen. Er war offensichtlich erleichtert, daß ihm das erspart blieb. »Außer natürlich, wenn Ihr gezwungen seid, jemand Bestimmten zu unterrichten und somit immer den gleichen Nachbarn anzuschauen. Nehmt das Essen mit Eurer rechten Hand, wenn Ihr euch nicht gerade auf diesen Ellbogen stützt, und …«

Es war die reinste Folter und ihr schien das Spaß zu machen. Die Aiel legten doch soviel Wert auf Geschenke. Vielleicht – wenn er ihr ein Geschenk gab …

»… alle unterhalten sich noch eine Weile, nachdem man mit dem Essen fertig ist, außer natürlich, man muß jemanden unterrichten, und …«

Bestechung. Es schien nicht gerade fair, wenn man jemanden bestechen mußte, die als Spionin auf ihn angesetzt war, aber wenn sie vorhatte, so weiterzumachen, kostete der Friede eben seinen Preis.

Als das Geschirr von *Gai'schain* weggetragen und silberne Becher mit Rotwein gebracht worden waren, warf Bair Aviendha einen grimmigen Blick über die weißen Kacheln hinweg zu, und sie gehorchte schmollend. Egwene schob sich hoch auf die Knie, damit sie über Mat hinwegfassen und sie tätscheln konnte, doch auch das schien nicht zu helfen. Na, wenigstens gab sie jetzt Ruhe. Egwene sah ihn böse an. Entweder war ihr klar, was er dachte, oder sie gab ihm die Schuld an Aviendhas Schmollen.

Rhuarc kramte seine kurzstielige Pfeife und den Tabaksbeutel heraus. Er stopfte die Pfeife und gab den Beutel an Mat weiter. Der hatte seine eigene silberverzierte Pfeife herausgeholt. »Einige haben sich die Nachricht von Euch zu Herzen genommen, Rand al'Thor, und sogar sehr schnell, wie es scheint. Lian hat mir gesagt, die Nachricht sei eingetroffen, daß Jheran, der Clanhäuptling der Shaarad Aiel und Bael von den Goshien bereits in Alcair Dal eingetroffen sind. Erim von den Chareen ist auf dem Weg dorthin.« Er gestattete einer schlanken, jungen *Gai'schain*-Frau, seine Pfeife mit einem brennenden Ästchen anzuzünden. So, wie sie sich bewegte, auch elegant, aber doch anders als die anderen weißgekleideten Männer und Frauen, vermutete Rand, daß sie noch vor kurzem eine Tochter des Speers gewesen sei. Er fragte sich, wie lange sie noch demütig und bescheiden dienen müsse, bis ihre Zeit als *Gai'schain* vorbei wäre.

Mat grinste die Frau an, als sie niederkniete, um seine Pfeife zu entzünden. Der Blick aus grünen Augen, der ihn von unter ihrer Kapuze her traf, war alles andere als demütig und ließ sein Grinsen augenblicklich verschwinden. Unwirsch rollte er sich herum auf den Bauch. Ein dünner, blauer Rauchfaden erhob sich aus seinem Pfeifenkopf. Es war zu schade, daß er den Ausdruck der Befriedigung auf ihrem Gesicht nicht mehr sehen konnte, allerdings auch nicht, wie er unter einem Erröten wieder verschwand, nachdem Amys ihr einen scharfen Blick zugeworfen hatte. Die junge Frau mit ihren grünen Augen hastete hinaus. Sie wirkte dabei unglaublich beschämt. Und Aviendha, der es so widerstrebte, den Speer aufzugeben, und die sich immer noch als Speerschwester aller Töchter des Speers ansah, gleich, welchen Clans …? Sie blickte der *Gai'schain* so mißbilligend nach, wie es Frau al'Vere getan hätte, wenn ihr jemand auf den frisch geputzten Boden gespuckt hätte. Ein seltsames Volk. Egwene war die einzige, in deren Blick Rand wenigstens noch etwas Mitgefühl wahrnehmen konnte.

»Die Goshien und die Shaarad«, murmelte er in seinen Wein hinein. Rhuarc hatte ihm gesagt, jeder Clanhäuptling werde ein paar Krieger in die Goldene Schale mitbringen – als Ehrenwache – und jeder Septimenhäuptling ebenfalls. Alles zusammen bedeutete das, daß vielleicht tausend Krieger aus jedem Clan kommen würden. Zwölf Clans. Zwölftausend Männer und

Frauen würden also schließlich dort eintreffen, alle in ihren eigenartigen Ehrbegriffen befangen und bereit, den Tanz der Speere zu tanzen, sobald auch nur eine Katze niesen mußte. Vielleicht mehr, wegen des Jahrmarkts. Er blickte auf. »Sie haben doch eine Fehde miteinander, nicht wahr?« Rhuarc und Lan nickten gleichzeitig. »Ich weiß, Ihr habt gesagt, daß so etwas Ähnliches wie der Friede von Rhuidean auch dort zutrifft, Rhurac, aber ich habe auch gesehen, inwieweit dieser Friede Couladin und die Shaido zurückgehalten hat. Vielleicht sollte ich sofort dorthin aufbrechen. Falls die Goshien und die Shaarad zu kämpfen anfangen... So etwas könnte Wellen schlagen. Ich will, daß *alle* Aiel hinter mir stehen, Rhuarc.«

»Die Goshien sind keine Shaido«, sagte Melaine in scharfem Ton, wobei sie ihre rotgoldene Mähne wie eine Löwin schüttelte.

»Und die Shaarad auch nicht.« Bains schrille Stimme war dünner als die der jüngeren Frau, klang aber nicht weniger entschieden. »Es kann schon sein, daß Jherad und Bael versuchen, sich gegenseitig umzubringen, bevor sie in ihre Festungen zurückkehren, aber nicht in Alcair Dal.«

»Nichts davon beantwortet Rand al'Thors Frage«, sagte Rhuarc. »Wenn Ihr nach Alcair Dal geht, bevor alle Clanhäuptlinge ankommen, verlieren diejenigen ihre Ehre, die noch nicht da sind. Das ist keine gute Methode, um zu verkünden, daß Ihr der *Car'a'carn* seid, wenn Ihr Männer entehrt, die Ihr gerufen habt, um Euch zu folgen. Die Nakai haben den weitesten Weg. Noch einen Monat, und dann sind alle in Alcair Dal.«

»Weniger«, sagte Seana mit kurzem Kopfschütteln. »Ich bin zweimal in Alseras Träumen gewesen, und sie sagt, daß Bruan den ganzen Weg von der Shiagifestung dorthin rennen will. Weniger als einen Monat.«

»Um sicherzugehen, solltet Ihr in einem Monat abreisen«, sagte Rhuarc zu Rand. »Es sind ungefähr drei

Tage bis Alcair Dal. Vielleicht auch vier. Bis dahin sind alle dort.«

Einen Monat warten. Er rieb sich das Kinn. Zu lange. Zu lange, und doch hatte er keine Wahl. In den Legenden geschah immer alles so, wie es der Held geplant hatte, und anscheinend auch immer dann, wenn er es wünschte. Im wirklichen Leben geschah so etwas nur selten, selbst bei einem *Ta'veren,* der auch noch die ganze Macht der Weissagungen auf seiner Seite hatte. Im wirklichen Leben hieß es arbeiten und hoffen, und wenn man Glück hatte, trieb man ein halbes Brot auf, wo man ein ganzes brauchte. Und doch verlief wenigstens ein Teil seines Plans auf den richtigen Bahnen. Der gefährlichste Teil.

Moiraine hatte sich zwischen Lan und Amys ausgestreckt, nippte gemütlich an ihrem Wein und hatte die Lider halb geschlossen, als döse sie. Das glaubte er aber nicht. Sie sah und hörte alles. Doch im Augenblick hatte er nichts zu sagen, was sie nicht hören durfte. »Wie viele werden sich dagegenstellen, Rhuarc? Mir Widerstand leisten? Ihr habt die Dinge bisher nur angedeutet, aber niemals richtig angesprochen.«

»Ich bin einfach nicht sicher«, erwiderte der Clanhäuptling, ohne die Pfeife aus dem Mund zu nehmen. »Wenn Ihr ihnen die Drachen zeigt, dann wissen sie Bescheid. Man kann die Drachen von Rhuidean nicht nachmachen.« Hatten sich Moiraines Wimpern bewegt? »Ihr seid derjenige, dessen Kommen uns geweissagt wurde. Ich werde Euch unterstützen, Bruan sicher auch, und auch Dhearic von den Reyn Aiel. Die anderen …? Sevanna, Suladrics Frau, wird die Shaido hinführen, weil der Clan keinen Häuptling hat. Sie ist an sich zu jung dazu, Dachherrin einer Festung zu sein, und die Aussicht wird ihr nicht passen, nur noch ein Dach zu besitzen und keine ganze Festung, wenn jemand zum Nachfolger Suladrics erwählt wird. Und Sevanna ist so hinterhältig und verräterisch, wie es eine

Shaido überhaupt nur sein kann. Und selbst wenn sie keine Schwierigkeiten macht, wird Couladin das tun. Er benimmt sich wie der Clanhäuptling und einige Shaido werden ihm folgen, obwohl er nicht in Rhuidean war. Die Shaido sind dumm genug dazu. Han von den Tomanelle könnte sich so oder so entscheiden. Er ist ein sehr schwieriger Mann, schwer zu durchschauen und richtig zu behandeln, und ...«

Er brach ab, als Lian leise murmelte: »Gibt es denn überhaupt andere Männer?« Rand glaubte nicht, daß dies für die Ohren des Clanhäuptlings bestimmt gewesen sei. Amys hob eine Hand, um dahinter ein Lächeln zu verbergen. Ihre Schwester-Frau barg das Gesicht unschuldig im Weinbecher.

»Wie ich schon sagte«, fuhr Rhuarc in resignierendem Tonfall fort, wobei er seine Frauen nacheinander anblickte, »kann ich eben nicht sicher sein. Die meisten werden Euch folgen. Vielleicht sogar alle. Möglicherweise auch die Shaido. Wir haben dreitausend Jahre lang auf den Mann gewartet, der die beiden Drachen an seinen Armen trägt. Wenn Ihr sie ihnen zeigt, wird keiner daran zweifeln, daß Ihr der Mann seid, der gesandt wurde, um uns zu einen.« Und sie zu vernichten; doch das erwähnte er jetzt nicht. »Die Frage ist nur, wie sie sich über ihr weiteres Verhalten entscheiden werden.« Er klopfte einen Moment lang mit dem Pfeifenstiel an seine Zähne. »Ihr werdet Euch nicht doch noch entscheiden, die *Cadin'sor* anzulegen?«

»Und was beweise ich ihnen damit, Rhuarc? Daß ich ein nachgemachter Aiel bin? Da könnt Ihr genausogut Mat als Aiel einkleiden.« Mat erstickte beinahe an seiner Pfeife. »Ich werde ihnen nichts vorgaukeln. Ich bin, was ich bin, und sie müssen mich als das anerkennen.« Rand hob die Fäuste. Seine Ärmel rutschten weit genug herunter, um die goldmähnigen Köpfe auf seinen Unterarmen zu entblößen. »Diese hier sind der Beweis. Wenn das nicht reicht, reicht sowieso nichts mehr.«

»Wohin wollt Ihr die ›Speere wieder in den Krieg führen‹?« fragte Moiraine plötzlich, und Mat erlitt den nächsten Erstickungsanfall. Er nahm die Pfeife aus dem Mund und sah sie an. Ihre dunklen Augen wirkten nicht mehr schläfrig.

Rand ballte krampfhaft die Fäuste, bis seine Gelenke knackten. Bei ihr den Schlaumeier spielen zu wollen war gefährlich. Das hätte er eigentlich wissen sollen. Sie erinnerte sich an jedes gehörte Wort, speicherte es, wälzte es in Gedanken hin und her und dachte darüber nach, bis sie wußte, was es bedeutete.

Er stand langsam auf. Alle beobachteten ihn. Egwene standen noch mehr Sorgenfalten im Gesicht als Mat, doch die Aiel warteten einfach nur ab. Gespräche von Krieg und ähnlichem störten sie nicht. Rhuarc wirkte sogar – zu allem bereit. Und Moiraines Gesicht zeigte eine eingefrorene Ruhe.

»Entschuldigt mich nun bitte«, sagte er. »Ich will mir eine Weile die Füße vertreten.«

Aviendha stemmte sich hoch, und Egwene stand auf, aber keine ging ihm hinterher.

KAPITEL 11

Fallen

Draußen auf dem gepflastertem Gartenweg zwischen dem gelben Backsteinhaus und dem Gemüsegarten auf der Terrasse stand Rand und blickte in die Schlucht hinein. Er sah nicht viel außer den Nachmittagsschatten, die langsam die Sohle der Schlucht heraufkrochen. Wenn er nur darauf vertrauen könnte, daß ihn Moiraine nicht wie einen Hund an der Leine der Weißen Burg übergeben werde. Er hegte keine Zweifel daran, daß sie das fertigbringen könnte, ohne auch nur einmal die Macht einzusetzen, wenn er ihr im Kleinsten nachgab. Diese Frau konnte einen Stier durch ein Mauseloch führen, ohne daß er es überhaupt bemerkte. Er könnte *sie* benutzen. *Licht, ich bin schon genauso schlimm wie sie. Die Aiel benutzen. Moiraine benutzen. Wenn ich ihr nur vertrauen könnte!*

Er ging weiter in Richtung Schluchtausgang. Wann immer er konnte, wählte er einen Pfad, der abwärts führte. Sie waren alle eng und mit kleinen Steinen gepflastert. An steileren Stücken hatte man Stufen in den Felsen gehauen. Aus mehreren Schmieden erklang Hämmern und warf ein schwaches Echo. Nicht alle Gebäude waren Wohnhäuser. Durch eine geöffnete Tür sah er mehrere Frauen an Webstühlen. In einem anderen Haus arbeitete eine Silberschmiedin mit ihren kleinen Hämmern und Meißeln. Im nächsten saß ein Mann vor einer Töpferscheibe, arbeitete mit beiden Händen am Ton, während hinter ihm der Brennofen glühte. Männer und Jungen, außer den ganz Kleinen natürlich, trugen die *Cadin'sor*, Wams und Hosen in Grau- und

Brauntönen, aber es gab subtile Unterschiede zwischen den Kriegern und den Handwerkern: ein kleineres Messer am Gürtel oder auch gar keines, oder vielleicht eine Schufa ohne den angehängten schwarzen Schleier. Aber als er einen Schmied beobachtete, wie der einen Speer in der Hand hielt, den er gerade mit einer einen Fuß langen Spitze versehen hatte, hegte er keinen Zweifel daran, daß der Mann die Waffe genauso verwenden wie herstellen konnte.

Die Pfade waren nicht gerade voll von Menschen, aber es waren doch eine Menge zu sehen. Kinder rannten lachend und spielend herum. Selbst die kleineren Mädchen taten eher so, als hielten sie einen Speer, als daß sie mit Puppen spielten. *Gai'schain* trugen hohe Tonkrüge mit Wasser auf dem Kopf oder jäteten Unkraut im Garten, oftmals angeleitet von einem Kind, das nicht älter als zehn oder zwölf war. Männer und Frauen erledigten ihr Tagwerk nicht viel anders, als es in Emondsfeld üblich war, ob sie nun vor der Tür fegten oder eine Mauer reparierten. Die Kinder beachteten ihn kaum, trotz seines roten Wamses und der Stiefel mit den dicken Sohlen, und bei den *Gai'schain,* die immer vollkommen in ihren Aufgaben aufgingen, war es sowieso schwer zu sagen, ob sie ihn bemerkten oder nicht. Doch die Handwerker und Krieger, Männer oder Frauen, alle Erwachsenen also, blickten ihm nachdenklich nach. Es war etwas wie nervöse Erwartung zu spüren.

Sehr kleine Jungen rannten barfuß in Kleidung herum, die der der *Gai'schain* ähnelte, doch in den gleichen Farbtönen gehalten war wie die *Cadin'sor* und nicht in Weiß. Auch die jüngsten Mädchen liefen barfuß umher und trugen kurze Kleidchen, die ihnen oft nicht einmal bis an die Knie reichten. Etwas an den Mädchen fiel ihm auf: Bis zum Alter von vielleicht zwölf Jahren trugen sie ihr Haar zu zwei Zöpfen geflochten, einen auf jeder Seite, die mit bunten Bändern geschmückt waren. Genauso hatte Egwene ihr Haar getragen. Das mußte doch wohl Zufall sein. Wahrscheinlich hatte sie damit aufgehört, weil ihr eine der Aielfrauen erzählte, daß die Kinder hier ihre Haare auf diese Art zu Zöpfen flochten. Dumm, überhaupt an so etwas zu denken. Jetzt hatte er es schließlich mit einer anderen Frau zu tun, die ihm Kopfzerbrechen machte: Aviendha.

Auf dem Boden der Schlucht feilschten bereits die Händler fleißig mit den Aiel, die sich um ihre Planwagen drängten. Zumindest die Fahrer nahmen an der Feilscherei teil und Keille, die diesmal einen blauen Spitzenschal auf ihre Elfenbeinkämme gehängt hatte. Sie handelte besonders hartnäckig und mit lauter Stimme. Kadere saß auf einem umgedrehten Faß im Schatten seines weißen Wohnwagens, hatte ein beigefarbenes Wams an, wischte sich das Gesicht ab und machte keine Anstalten, irgend etwas zu verkaufen. Er sah Rand und wollte schon aufstehen, ließ sich aber wieder zurücksinken. Isendre war nirgends zu sehen, wohl aber – zu Rands Überraschung – Natael. Sein Flickenumhang lockte eine Schar von Kindern an, die ihm hinterherrannten, und auch einige Erwachsene. Offensichtlich hatte ihn die Aussicht auf ein noch größeres und neues Publikum von den Shaido weggelockt. Oder vielleicht wollte ihn Keille auch nicht aus den Augen verlieren. So sehr sie auch mit Feilschen beschäftigt war, fand sie doch immer wieder Zeit, ihm finster hinterherzublicken.

Rand mied die Wagen. Er fragte einige Aiel und erfuhr schließlich, wohin die Jindo gegangen waren, nämlich jeder und jede zu dem Dach seiner oder ihrer Kriegergemeinschaft hier in der Kaltfelsenfestung. Das Dach der Töchter lag auf halber Höhe der immer noch im strahlenden Sonnenschein liegenden Ostwand der Schlucht. Es war ein aus grauem Stein erbautes rechteckiges Gebäude mit Dachgarten, das zweifellos innen wieder sehr viel größer war als von außen. Nicht, daß er die Innenseite zu sehen bekam. Ein Pärchen von Töchtern des Speers hockte mit Speer und Schild bewaffnet neben der Tür und weigerte sich, ihn einzulassen, amüsiert und gleichzeitig schockiert darüber, daß ein Mann hier Einlaß begehrte. Aber eine von ihnen erklärte sich bereit, seine Anfrage drinnen weiterzugeben.

Ein paar Minuten später kamen die Töchter aus den Jindo- und Neun-Täler-Septimen heraus, die im Stein von Tear gewesen waren. Und alle anderen Töchter der Neun-Täler-Septime, die sich in der Kaltfelsenfestung aufhielten, kamen ebenfalls heraus, so daß der Pfad zu beiden Seiten dicht besetzt war und einige auf das Dach zu den Gemüsebeeten klettern mußten, um zuzusehen, was sich da Unterhaltsames abspielen werde. *Gai'schain,* sowohl männlich wie auch weiblich, folgten ihnen und servierten starken, dunklen Tee in kleinen Tassen. Die Regel, daß keine Männer das Dach der Töchter betreten durften, galt offensichtlich nicht für die *Gai'schain.*

Nachdem er mehrere Schmuckstücke betrachtet hatte, brachte ihm Adelin, die blonde Jindo-Frau mit der dünnen Narbe auf der Wange, ein breites Elfenbeinarmband, das reichlich mit Schnitzereien in Form von Rosen verziert war. Er dachte sich, es passe gut zu Aviendha, denn derjenige, der es geschnitzt hatte, hatte mit Sorgfalt zwischen den Blüten auch Dornen dargestellt.

Adelin war sogar für eine Aielfrau groß. Ihr fehlte höchstens eine Handbreit, um ihm in die Augen sehen zu können. Er sagte ihr natürlich nicht genau, warum er ein Schmuckstück brauchte, nur, daß es ein Geschenk sei als Belohnung für ihre Belehrungen, und nicht, weil er die Frau beruhigen wollte, damit er es in ihrer Nähe überhaupt aushalten konnte. Als sie seine Erklärung hörte, sah sie sich nach den anderen Töchtern des Speers um. Sie alle hatten ihr Grinsen abgelegt und beherrschten ihre Mienen eisern. »Ich werde hierfür nichts von Euch verlangen, Rand al'Thor«, sagte sie und drückte ihm das Armband in die Hand.

»Tue ich etwas Falsches?« fragte er. Wie würde eine Aiel das sehen? »Ich will Aviendha nicht irgendwie entehren.«

»Es wird sie nicht entehren.« Sie winkte eine *Gai'schain*-Frau heran, die Keramiktassen und einen Krug auf einem silbernen Tablett trug. Sie goß zwei Tassen ein und gab ihm eine davon. »Vergeßt die Ehre nicht«, sagte sie und trank aus seiner Tasse.

Aviendha hatte so etwas nie erwähnt. Unsicher nippte er an dem bitteren Tee und wiederholte: »Vergeßt die Ehre nicht.« Es schien am sichersten, das zu wiederholen. Zu seiner Überraschung küßte sie ihn leicht auf beide Wangen.

Eine ältere Tochter des Speers, grauhaarig, doch mit einem immer noch harten Gesicht, erschien vor ihm. »Vergeßt die Ehre nicht«, sagte sie und nippte am Tee.

Er mußte das Ritual mit jeder anwesenden Tochter wiederholen. Schließlich berührte er nur noch mit den Lippen den Rand der Tasse. Die Zeremonien der Aiel mochten ja kurz sein, und sie kamen schnell zur Sache, aber wenn man sie mit mehr als siebzig Frauen wiederholen mußte, hatte man irgendwann doch genug davon. Als er endlich entkam, kletterten die Schatten bereits an der Ostwand der Schlucht empor.

Er fand Aviendha schließlich in der Nähe von Lians Haus, wo sie lebhaft einen blaugestreiften Teppich ausklopfte, der auf einer Leine hing. Neben ihr waren weitere in den verschiedensten Farben aufgestapelt. Sie wischte sich schweißnasse Haarsträhnen von der Stirn und sah ihn ausdruckslos an, als er ihr das Armband überreichte und ihr sagte, es sei ein Geschenk als Dank für ihren Unterricht.

»Ich habe Freundinnen, die den Speer nicht trugen, schon Armreifen und Halsketten geschenkt, Rand al'Thor, aber ich habe noch nie eines getragen.« Ihre Stimme klang vollkommen ausdruckslos. »Solche Dinger klappern, machen Lärm und können einen verraten, wenn man leise sein sollte. Sie bleiben irgendwo hängen, wenn man sich schnell bewegen muß.«

»Aber nun könnt Ihr es tragen, da Ihr ja eine Weise Frau werdet.«

»Ja.« Sie drehte das Elfenbeinarmband ein paarmal herum, als sei sie nicht sicher, was sie damit anfangen solle, doch plötzlich steckte sie die Hand hindurch und hielt den Arm hoch, um ihn zu betrachten. Sie hätte genausogut eine Handschelle betrachten können.

»Wenn es Euch nicht gefällt... Aviendha, Adelin sagte, es werde Eure Ehre nicht beschneiden. Sie schien es sogar gut zu finden.« Er erwähnte diese Teezeremonie, und sie schloß krampfhaft die Augen und schauderte. »Was ist los?«

»Sie glauben, daß Ihr euch bemüht, meine Zuneigung zu gewinnen.« Er konnte kaum glauben, wie ausdruckslos ihre Stimme klingen konnte. In ihren Augen stand keinerlei Gefühl. »Sie haben Euch deshalb anerkannt, als trüge ich noch den Speer.«

»Licht! Na ja, es ist recht leicht, das geradezubiegen. Ich...« Er brach ab, als ihre Augen plötzlich zornig blitzten.

»Nein! Ihr habt ihre Zustimmung akzeptiert, und nun wollt Ihr sie zurückweisen? *Das* würde mich entehren! Glaubt Ihr etwa, Ihr wärt der erste Mann, der mein Interesse erregen will? Jetzt sollen sie eben glauben, was sie wollen. Es bedeutet nichts.« Sie verzog das Gesicht und ergriff mit beiden Händen den Teppichklopfer. »Geht weg!« Nach einem Blick auf das Armband fügte sie hinzu: »Ihr wißt wirklich nichts, oder? Ihr wißt gar nichts. Das ist nicht Euer Fehler.« Sie schien etwas zu wiederholen, was man ihr eingeredet hatte, oder vielleicht versuchte sie auch, es sich selbst einzureden: »Es tut mir leid, wenn ich Euch das Essen verdorben habe, Rand al'Thor. Bitte geht jetzt. Amys sagt, ich müsse all diese Teppiche und Läufer ausklopfen, gleich, wie lange ich brauche. Wenn Ihr weiter hier steht und mit mir redet, brauche ich bis morgen früh.« Sie wandte ihm den Rücken zu und hieb wild auf den gestreiften Teppich ein, so daß ihr Elfenbeinarmband hüpfte.

Er wußte nicht, ob sein Geschenk oder ein Befehl von Amys ihre Entschuldigung hervorgebracht hatte – er vermutete, eher das Letztere –, doch es klang tatsächlich, als habe sie es ehrlich gemeint. Sie war sicher nicht gerade erfreut, das merkte er ihrem harten Stöhnen an, unter dem sie mit voller Kraft den Teppich bearbeitete, aber ihr Blick hatte nicht einmal Haß gezeigt. Erregt, abgestoßen, vielleicht auch wütend, aber es war kein Haß dabei gewesen. Das war besser als nichts. Vielleicht würde sie schließlich noch richtig höflich werden.

Als er in das braun gekachelte Vorzimmer von Lians Haus trat, unterhielten sich die Weisen Frauen gerade lebhaft. Alle vier hatten die Schals lose über die Arme gehängt. Bei seinem Eintreten erstarb das Gespräch. »Ich lasse Euch zu Eurem Schlafzimmer bringen«, sagte Amys. »Die anderen haben ihre bereits bezogen.«

»Danke schön.« Er blickte zur Tür zurück und runzelte leicht die Stirn. »Amys, habt Ihr Aviendha gesagt, sie solle sich bei mir wegen des Essens entschuldigen?«

»Nein. Hat sie das?« Ihre blauen Augen blickten einen Moment lang nachdenklich drein. Er glaubte zu sehen, daß Bair ein Lächeln gerade noch unterdrückte. »Ich hätte ihr einen solchen Auftrag nie gegeben, Rand al'Thor. Eine erzwungene Entschuldigung ist nichts wert.«

»Dem Mädchen wurde nur aufgetragen, die Teppiche auszuklopfen, bis ihre Wut einigermaßen verraucht ist«, sagte Bair. »Alles andere stammt von ihr selbst.«

»Und nicht in der Hoffnung, ihrer Arbeit entfliehen zu können«, fügte Seana hinzu. »Sie muß lernen, ihr

Temperament im Zaum zu halten. Eine Weise Frau muß ihre Gefühle beherrschen und sich nicht von ihren Gefühlen beherrschen lassen.« Sie blickte mit leichtem Lächeln zu Melaine hinüber. Die Frau mit dem Sonnenhaar preßte die Lippen zusammen und schnaubte.

Sie versuchten, ihn davon zu überzeugen, daß Aviendha von nun an eine wundervolle Begleiterin sein werde. Hielten sie ihn wirklich für so blind? »Ihr müßt wissen, daß mir alles klar ist. In bezug auf sie. Daß Ihr sie als Spionin zu mir geschickt habt.«

»Ihr wißt nicht soviel, wie Ihr glaubt«, sagte Amys wie ein Aes Sedai, die verborgene Bedeutungen andeutete, aber nicht aussprach.

Melaine rückte ihren Schal zurecht und musterte ihn nachdenklich von Kopf bis Fuß. Er wußte ein wenig über die Aes Sedai. Wäre sie eine Aes Sedai, würde sie der Grünen Ajah angehören. »Ich gebe zu«, sagte sie, »daß wir zuerst glaubten, Ihr würdet in ihr nur ein hübsches Gesicht sehen, und Ihr seht gut genug aus, daß sie Eure Gesellschaft der unseren vorziehen würde. Wir haben ihre spitze Zunge nicht bedacht. Und auch andere Dinge.«

»Warum seid Ihr dann so erpicht darauf, daß sie bei mir bleiben soll?« Er sagte das hitziger als eigentlich beabsichtigt. »Ihr glaubt doch wohl nicht, daß ich ihr jetzt noch irgend etwas anvertrauen werde, von dem ich nicht will, daß Ihr es erfahrt?«

»Warum gestattet Ihr dem Mädchen, bei Euch zu bleiben?« fragte Amys gelassen. »Wenn Ihr Euch weigert, sie als Begleiterin zu akzeptieren, wie könnten wir sie Euch dann aufzwingen?«

»Wenigstens weiß ich auf diese Art, wer die Spionin ist.« Aviendha immer im Auge zu haben war ja wohl besser, als ständig zu rätseln, welche Aiel ihn beobachteten. Ohne sie würde er vor Mißtrauen wahrscheinlich schon bei jeder Bemerkung Rhuarcs vermuten, er wolle ihn aushorchen. Natürlich konnte er auch so nicht sicher sein. Rhuarc war schließlich mit einer dieser Frauen verheiratet. Mit einemmal war er froh, daß er sich Rhuarc nicht noch mehr anvertraut hatte. Und traurig, überhaupt einen solchen Gedanken nötig zu haben. Wieso hatte er auch geglaubt, die Aiel seien einfacher als die tairenischen Hochlords? »Ich bin es zufrieden, wenn sie dort bleibt, wo sie ist.«

»Dann sind wir ja alle zufrieden«, sagte Bair.

Er musterte die Frau mit dem ledernen Gesicht forschend. Es hatte etwas in ihrer Stimme gelegen, als wisse sie mehr als er. »Sie wird nicht herausfinden, was Ihr wissen wollt.«

»Was wir wissen wollen?« fuhr ihn Melaine an. Ihr langes Haar flog, als sie den Kopf schüttelte. »Die Prophezeiung sagt, ›ein Rest eines Rests wird gerettet werden‹. Was wir wissen wollen, Rand al'Thor, *Car'a'carn,* ist, wie wir so viele Menschen wie möglich aus unserem Volk retten können. Gleich, woher Ihr abstammt, gleich, was Euer Gesicht aussagt. Ihr fühlt nichts für uns! Ich werde Euch beibringen, daß Euer Blut von unserem Blut ist, und wenn ich …«

»Ich denke«, unterbrach Amys sie verbindlich, »daß er jetzt gern in sein Schlafzimmer möchte. Er sieht müde aus.« Sie klatschte hart in die Hände und eine schlanke *Gai'schain*-Frau erschien. »Bringt diesen Mann zu dem Zimmer, das für ihn vorbereitet wurde. Bringt ihm auch, was er sonst braucht.«

Die Weisen Frauen ließen ihn einfach stehen und gingen zur Tür, wobei Bair und Seana Melaine strafend anblickten, wie die Mitglieder der Versammlung der Frauen, wenn sie jemanden streng zur Ordnung riefen. Melaine ignorierte sie. Als die Tür sich hinter ihnen schloß, knurrte sie so etwas wie: »… diesem närrischen Mädchen Verstand einbleuen.«

Welchem Mädchen? Aviendha? Sie tat doch bereits, was sie von ihr wollten. Vielleicht Egwene? Er wußte, daß sie bei den Weisen Frauen irgend etwas lernen sollte. Und was würde Melaine unternehmen, um ihm beizubringen, daß ›sein Blut von ihrem Blut sei‹? Wie konnte sie ihn dazu bringen, daß er sich selbst als Aiel betrachtete? *Ihm vielleicht eine Falle stellen? Narr! Sie würde ja nicht von Anfang an zugeben, daß sie ihm eine Falle stellte. Wie konnte sie es denn anstellen?* Er war müde. Zu müde, um jetzt noch Fragen zu beantworten, nach zwölfeinhalb heißen, trockenen Tagen im Sattel. Er dachte lieber gar nicht erst daran, wie es wäre, hätte er diese Tage über im gleichen Tempo nebenher laufen müssen. Aviendha mußte stählerne Beine haben. Er wollte lieber ins Bett.

Die *Gai'schain* war hübsch, trotz einer dünnen Narbe, die sich von einer Stelle über einem hellblauen Auge bis in ihr Haar zog, das so hell war, als sei es aus Silber. Eine weitere Tochter des Speers, wenn auch nicht im Augenblick. »Wenn Ihr mir bitte folgen würdet?« murmelte sie mit gesenktem Blick.

Das Schlafzimmer sah auch nicht so aus wie gewohnt. Es überraschte ihn nicht, daß sein ›Bett‹ nur aus einem dicken Strohsack bestand, der auf mehreren Schichten bunter Läufer lag. Die *Gai'schain,* die übrigens Chion hieß, wirkte schockiert, als er sie um Wasser zum Waschen bat, aber er hatte genug davon, immer nur im eigenen Schweiß zu baden. Er hätte wetten können, daß Moiraine und Egwene nicht in einem von Dampf erfüllten Zelt hocken mußten, um sich zu säubern. Aber Chion brachte das gewünschte Wasser – heiß und in einer großen, braunen Kanne, wie man sie hier benützte, um den Garten zu gießen. Dazu brachte sie noch eine große, weiße Schüssel zum Waschen. Er scheuchte sie hinaus, als sie ihm anbot, ihn zu waschen. Seltsame Leute allesamt!

Das Zimmer hatte keine Fenster und wurde durch silberne Lampen beleuchtet, die an den Wänden hingen. Allerdings war ihm klar, daß es draußen noch nicht ganz dunkel sein konnte, als er mit Waschen fertig war. Es war ihm gleich. Auf dem Strohsack lagen nur zwei Decken, und keine davon war besonders dick. Zweifellos ein Zeichen dafür, wie abgehärtet die Aiel waren. Da er sich aber an die kalten Nächte in den Zelten erinnerte, zog er sich wieder die Unterwäsche an, bevor er die Lampen ausblies und im Dunkeln unter die Decken kroch.

Er war wohl müde, konnte jedoch nicht gleich einschlafen. So wälzte er sich herum und grübelte. Was hatte Melaine vor? Warum war es den Weisen Frauen gleich, daß er von Aviendhas Rolle als ihrer Spionin wußte? Aviendha. Eine hübsche Frau, wenn sie auch bockte wie ein Maultier, das sich alle Hufe gleichzeitig verletzt hat. Sein Atmen wurde gleichmäßiger und die Gedanken verschwammen. Ein Monat. Zu lang. Keine andere Wahl. Ehre. Isendres Lächeln. Kadere, der alles beobachtete. Falle. Eine Falle stellen. Wessen Falle? Welche Falle? Fallen. Wenn er nur Moiraine vertrauen könnte. Perrin. Zu Hause. Perrin schwamm jetzt wahrscheinlich gerade im …

Mit geschlossenen Augen schwamm Rand durch kühles Wasser. Angenehm kühl. Ihm war, als habe er eigentlich noch nie so deutlich gespürt, wie gut es tat, *naß* zu sein. Er hob den Kopf, öffnete die Augen und blickte sich um. Am einen Ende des Teichs wuchsen die Weiden und am anderen die große Eiche, die ihre dicken, schattenspendenden Äste über das Wasser streckte. Der Wasserwald. Es war schön, zu Hause zu sein. Er hatte das Gefühl, fort gewesen zu sein, es war aber nicht ganz klar, wo. Es war auch nicht wichtig. Oben in Wachhügel. Ja. Er war noch nie weiter weg gewesen. Kühl und naß. Und allein.

Plötzlich flogen zwei Körper durch die Luft und klatschten mit angezogenen Knien ins Wasser. Der überraschende Guß nahm ihm die Sicht. Er schüttelte das Wasser ab und sah Elayne und Min, die ihn von beiden Seiten her anlächelten. Nur ihre Köpfe waren über der blaßgrünen Wasseroberfläche zu sehen. Zwei kräftige Armzüge würden ihn zu jeder der beiden hinbringen. Und von der anderen weg. Er konnte doch nicht beide lieben. Lieben? Warum kam ihm das in den Sinn?

»Du kannst dich nicht entscheiden, welche du liebst.«

Er wirbelte herum, und das Wasser spritzte hoch auf. Aviendha stand am Ufer, in die *Cadin'sor* gekleidet und nicht in Rock und Bluse. Aber sie funkelte ihn nicht zornig an, sondern blickte lediglich ruhig herüber. »Kommt ins Wasser«, sagte er. »Ich bringe Euch das Schwimmen bei.«

Melodiöses Gelächter ließ seinen Kopf zum gegenüberliegenden Ufer herumschnellen. Die Frau, die völlig nackt dort stand, war wohl die schönste, die er je gesehen hatte. Ihre großen, dunklen Augen ließen seinen Kopf schwimmen. Er glaubte, sie zu kennen.

»Sollte ich dir gestatten, mir untreu zu sein, selbst wenn es nur im Traum ist?« sagte sie. Ohne hinzusehen, war ihm bewußt, daß Elayne, Min und Aviendha nicht mehr da waren. Das wurde immer eigenartiger.

Sie stand einen langen Moment über nachdenklich da und war sich offensichtlich ihrer Nacktheit gar nicht bewußt. Dann erhob sie sich langsam auf die Zehenspitzen, streckte die Arme aus und sprang kopfüber in den Teich. Als ihr Kopf wieder aus dem Wasser auftauchte, war ihr glänzend schwarzes Haar überhaupt nicht naß. Das kam ihm einen Augenblick lang überraschend vor. Dann hatte sie ihn erreicht – war sie eigentlich geschwommen oder einfach plötzlich da? – und umschlang ihn mit Armen und Beinen. Das Wasser war kühl, doch ihre Haut brannte heiß.

»Du kannst mir nicht entkommen«, murmelte sie. Diese dunklen Augen zeigten Tiefen, wie sie der Teich nicht zu bieten hatte. »Ich werde dafür sorgen, daß du dies genießt und niemals vergißt, ob du nun schläfst oder wachst.«

Schlafend oder…? Alles verschob sich und verschwamm vor seinen Augen. Sie umschlang ihn noch fester, und alles wurde wieder klar. So, wie es vorher gewesen war. Schilf stand an einem Ende des Teichs und an der anderen Seite wuchsen Lederblattbäume und Kiefern fast bis hinunter zum Wasser.

»Ich kenne dich«, sagte er bedächtig. Er glaubte das jedenfalls, denn warum sonst sollte er sie das tun lassen? »Aber ich… Das ist alles nicht richtig.« Er versuchte, sich loszureißen, doch sie packte nur noch entschiedener zu.

»Ich sollte dir ein Brandzeichen verpassen.« Ihre Stimme klang wild entschlossen. »Erst diese milchherzige Ilyena, und nun… Wie viele Frauen hast du eigentlich im Kopf?« Plötzlich gruben sich ihre kleinen, weißen Zähne in seinem Nacken. Aufbrüllend stieß er sie weg und klatschte mit der Hand auf seinen Nacken. Sie hatte sehr scharfe Zähne, und er blutete.

»Amüsiert Ihr euch auf diese Weise, während ich mich frage, wo Ihr abgeblieben seid?« sagte die Stimme eines Mannes verächtlich. »Warum sollte ich mich noch an etwas halten, wenn Ihr auf diese Weise unseren Plan gefährdet?«

Mit einemmal befand sich die Frau am Ufer, ganz in Weiß gekleidet, einen breiten Gürtel aus gewebtem Silber um die schmale Taille und silberne Sterne und Halbmonde ins Haar gesteckt. Hinter ihr erhob sich das Land zu einem kleinen Hügel, auf dem ein Eschenhain stand. Er erinnerte sich nicht daran, vorher dort Eschen entdeckt zu haben. Sie stand einem – einem verschwommenen Schatten gegenüber, aus dem sich langsam ein dickes, graues, männergroßes Etwas formte. Das war doch alles… irgendwie falsch, es stimmte nicht.

»Risiko«, höhnte sie. »Ihr habt genausoviel Angst vor

jedem Risiko wie Moghedien, nicht wahr? Ihr würdet lieber wie eine Spinne herumkrabbeln, um nicht entdeckt zu werden. Wenn ich Euch nicht aus Eurer Höhle gezerrt hätte, würdet Ihr euch immer noch verstecken und darauf warten, ein paar Krümel aufzuschnappen.«

»Wenn Ihr eure … Leidenschaft nicht zügelt«, sagte die verschwommene Gestalt mit der Stimme eines Mannes, »warum sollte ich dann überhaupt mit Euch zusammenarbeiten? Wenn ich schon Risiken eingehen muß, dann möchte ich mehr davon haben, als lediglich die Fäden an einer Puppe zu ziehen.«

»Was meint Ihr damit?« fragte sie drohend.

Die Gestalt flimmerte. Rand wußte irgendwie, daß sie zögerte und nicht wußte, ob sie zuviel gesagt habe. Und dann war sie plötzlich verschwunden. Die Frau sah ihn an. Immer noch steckte er bis zum Hals im Wasser. Ihr Mund verzog sich verärgert, und sie verschwand.

Er erwachte und fuhr zunächst hoch, doch dann lag er still und blickte in die Dunkelheit. War es ein gewöhnlicher Traum gewesen oder etwas anderes? Er zog eine Hand unter den Decken hervor und fühlte nach seinem Nacken, fühlte die Abdrücke der Zähne und das dünne Blutrinnsal. Welche Art von Traum es auch gewesen sein mochte, jedenfalls war sie dagewesen. Lanfear. *Sie* hatte er nicht geträumt. Und dann dieser andere: ein Mann. Ein kaltes Lächeln überzog sein Gesicht. *Überall Fallen. Fallen für unaufmerksame Füße. Muß jeden Schritt jetzt gut überlegen.* So viele Fallen. Jeder legte welche.

Er lachte leise und drehte sich um, damit er wieder schlafen konnte. Doch dann erstarrte er und hielt die Luft an. Er war nicht allein im Zimmer. *Lanfear.* Verzweifelt griff er nach der Wahren Quelle. Einen Augenblick lang fürchtete er, die Angst selbst könne verhindern, daß er die Macht benütze. Dann schwebte er in der kalten Ruhe des Nichts, und ein tobender Strom der Macht erfüllte ihn. Er sprang auf und schlug zu. Die Lampen flammten auf.

Aviendha saß mit übergeschlagenen Beinen auf dem Fußboden. Ihr Mund stand offen und die grünen Augen quollen beinahe heraus, teils wegen der Lampen, teils wegen der unsichtbaren Fesseln, die sie vollständig bewegungsunfähig machten. Nicht einmal den Kopf konnte sie bewegen. Er hatte erwartet, daß jemand dort stehe, und deshalb ragte das Gewebe ein ganzes Stück über sie hinauf. Sofort löste er die Stränge aus Luft wieder.

Sie rappelte sich hoch und verlor in ihrer Hast beinahe den Schal. »Ich … ich glaube, ich werde mich nie daran gewöhnen …« Sie deutete auf die Lampen. »Daß ein Mann …«

»Ihr habt doch schon früher gesehen, wie ich die Macht gebrauchte.« Ärger schwappte über die Oberfläche des Nichts, das ihn umgab. Sich im Dunklen in sein Zimmer zu schleichen. Ihn halb zu Tode erschrecken. Sie hatte Glück gehabt, daß er sie nicht verletzte oder gar unglücklich tötete. »Ihr solltet Euch daran gewöhnen. Ich bin Er, Der Mit Der Morgendämmerung Kommt, ob Euch das nun paßt oder nicht.«

»Das ist kein Teil …«

»Warum seid Ihr hier?« fragte er kalt.

»Die Weisen Frauen wechseln sich dabei ab, draußen über Euch zu wachen. Sie wollten, daß ich diese Aufgabe von …« Sie sprach nicht weiter, dafür lief aber ihr Gesicht rot an.

»Von wo aus?« Sie sah ihn nur stumm an, aber ihre Gesichtsfarbe wurde immer dunkler. »Aviendha, von w …?« Traumgänger. Warum war ihm das nicht früher eingefallen? »Von innerhalb meiner Träume«, sagte er mit rauher Stimme. »Wie lange schon spionieren sie sogar in meinem Kopf herum?«

Sie atmete langgezogen und schwer aus. »Ich sollte das vor Euch geheimhalten. Wenn Bair etwas merkt –

Seana sagte, heute nacht sei es zu gefährlich. Ich verstehe das nicht: Ich kann in keinen Traum eindringen, wenn sie mir nicht helfen. Ich weiß nur, daß heute nacht irgend etwas sehr gefährlich ist. Deshalb wechseln sie sich an der Tür dieses Dachs ab. Sie machen sich große Sorgen.«

»Ihr habt meine Frage noch nicht beantwortet.«

»Ich weiß nicht, warum ich hier bin«, stotterte sie. »Wenn Ihr Schutz braucht ...« Sie blickte auf ihr kurzes Messer am Gürtel herunter und berührte den Griff. Der elfenbeinerne Armreif irritierte sie offensichtlich. Sie verschränkte die Arme, und so befand es sich unter ihrer Achsel und außer Sicht. »Ich kann Euch mit einem so kleinen Messer nicht gut beschützen, und Bair sagt, wenn ich noch einmal nach einem Speer greife, ohne angegriffen zu werden, wird sie mir die Haut abziehen und als Wasserschlauch verwenden. Ich weiß auch nicht, weshalb ich überhaupt meinen Schlaf opfern sollte, um Euch zu beschützen. Euretwegen habe ich bis vor beinahe einer Stunde draußen die Teppiche ausgeklopft. Bei Mondschein!«

»Das war nicht die Frage. Wie lange ...« Er brach plötzlich mitten im Satz ab. Es lag etwas in der Luft, etwas – Falsches. Etwas Böses. Es konnte Einbildung sein, ein Überrest seines Traums. Es konnte sein.

Aviendha schnappte nach Luft, als das Flammenschwert in seiner Hand erschien. Die leicht gekrümmte Klinge war mit dem Bild eines Reihers versehen. Lanfear hatte ihn beschuldigt, er benütze nur den zehnten Teil dessen, wozu er fähig sei, und das meiste davon hatte er auch nur durch Raten und Ausprobieren herausgefunden. Er wußte keineswegs auch nur ein Zehntel dessen, wozu er fähig war. Aber mit dem Schwert konnte er umgehen.

»Bleibt hinter mir.« Er war sich noch bewußt, daß sie ihr Messer aus der Scheide zog, während er bereits auf Strümpfen und dank der Teppiche lautlos aus dem

Zimmer schlich. Seltsamerweise war es nicht kühler als zu der Zeit, da er ins Bett gegangen war. Vielleicht hielten diese Steinwände die Wärme fest, denn als er weiter nach draußen ging, wurde es merklich kühler.

Selbst die *Gai'schain* lagen jetzt wohl auf ihren Strohsäcken und schliefen. In den Fluren und Zimmern war es still und leer. Nur vereinzelt brannten noch Lampen und verbreiteten eine trübe Beleuchtung. Hier ließ man immer einige Lampen brennen, denn selbst zur Mittagszeit wäre es sonst pechschwarz gewesen. Das Gefühl war noch nicht zu ausgeprägt, wollte aber nicht vergehen. Etwas Böses.

Er blieb plötzlich stehen, und zwar unter dem breiten Torbogen, der in den Vorraum führte. An jedem Ende des Raums warf eine silberne Lampe einen blassen Lichtschein in den Raum. In der Mitte des Raums stand ein hochgewachsener Mann über eine Frau gebeugt, die er in den Armen hielt und die von seinem ausgebreiteten schwarzen Umhang fast verdeckt wurde. Ihr Kopf hing nach hinten und ihre weiße Kapuze war heruntergeglitten. Er hatte seinen Mund an ihrem Hals. Chions Augen waren fast geschlossen und sie lächelte verzückt. Verlegenheit glitt über die Oberfläche des Nichts. Doch dann hob der Mann den Kopf.

Schwarze Augen beobachteten Rand, viel zu groß in diesem blassen, hageren Gesicht. Ein Schmollmund mit betont roten Lippen öffnete sich zu einem verzerrten Lächeln und entblößte scharfe Zähne. Chion fiel schlaff zu Boden, als sich der Umhang entfaltete und zu großen Fledermausflügeln wurde. Der Draghkar trat über sie hinweg. Weiße, weiße Hände griffen nach Rand. An den langen, schmalen Fingern waren scharfe Klauen zu sehen. Doch die Gefahr lag nicht in den Klauen und Zähnen. Es war der Kuß des Draghkars, der tötete und noch schlimmeres anrichtete.

Sein sanfter, hypnotisch anmutender Gesang schmiegte sich um das Nichts. Diese dunklen, ledrigen

Schwingen breiteten sich noch weiter aus, um ihn zu umschließen, als er vortrat. Einen Augenblick lang blitzte Überraschung in den riesigen, schwarzen Augen auf, doch dann spaltete das aus der Macht erschaffene Schwert den Schädel des Draghkar bis hinunter zur Nasenwurzel.

Eine stählerne Klinge hätte sich verfangen, doch die aus Feuer gewebte Klinge glitt leicht heraus, als die Kreatur zu Boden stürzte. Einen Moment lang untersuchte Rand aus der Sicherheit des Nichts heraus das Ding zu seinen Füßen. Dieses Lied. Wäre er nicht durch die Leere von allem Gefühl abgeschirmt gewesen, hätte er das nicht alles gefühllos und aus der Ferne erlebt, dann hätte dieser Gesang seinen Geist verwirrt. Der Draghkar hatte das auch offensichtlich angenommen, als er sich ihm so bereitwillig genähert hatte.

Aviendha rannte an ihm vorbei und sank neben Chion auf ein Knie nieder. Sie fühlte nach dem Hals der *Gai'schain.*

»Tot«, sagte sie dann und schloß die Augenlider der Frau mit ihren Daumen. »Vielleicht besser für sie. Die Draghkar essen die Seele, bevor sie das Leben verschlingen. Ein Draghkar! Hier!« Aus ihrer gebückten Haltung funkelte sie ihn an. »Trollocs am Imre-Außenposten, und nun ein Draghkar hier! Ihr bringt schlimme Zeiten über das Dreifache ...« Mit einem Schrei warf sie sich flach auf Chion, als er mit seinem Schwert tief nach unten zielte.

Ein Feuerbalken schoß aus seiner Klinge über sie hinweg und traf die Brust des Draghkar, der gerade durch die Eingangstür trat. Das Schattenwesen flammte auf und taumelte schreiend nach hinten über den Gartenweg. Von seinen wild schlagenden Schwingen spritzte Feuer.

»Weckt alle auf«, sagte Rand gelassen. Hatte sich Chion gewehrt? Wie weit hatte ihr Ehrbegriff sie zurückgehalten? Es spielte keine entscheidende Rolle.

Draghkar starben schneller als Myrddraal, aber auf ihre eigene Art waren sie noch gefährlicher. »Wenn Ihr wißt, wie man den Alarm auslöst, dann tut es.«

»Der Gong neben der Tür ...«

»Ich mache schon. Sie müssen aufwachen. Vielleicht sind mehr als zwei da.«

Sie nickte bestätigend und rannte zurück, wobei sie schrie: »Auf die Speere! Erwacht und auf mit den Speeren!«

Rand trat vorsichtig nach draußen, das Schwert kampfbereit in der Hand, und die Macht erfüllte ihn, ließ ihn vor Ekstase zittern. Und machte ihn krank. Er wollte lachen, wollte sich übergeben. Die Nacht war eisig kalt, doch er war sich dessen kaum bewußt.

Der brennende Draghkar lag der Länge nach im Terrassengarten und stank nach versengtem Fleisch. Er glühte nur noch wenig, aber es erhellte die Szenerie über den Mondschein hinaus. Ein bißchen weiter unten am Pfad lag Seana. Ihr langes, graumeliertes Haar war wie ein Fächer ausgebreitet und ihre leeren, toten Augen starrten in den Himmel. Ihr Messer lag neben ihr, aber gegen einen Draghkar hatte sie keine Chance gehabt.

In dem Moment, als Rand den ledergepolsterten Schlegel in die Hand nahm, der neben dem viereckigen Bronzegong hing, brach am Eingang der Schlucht die Hölle los. Menschen schrien, Trollocs heulten, Stahl klirrte auf Stahl, weitere Schreie. Er schlug mit voller Kraft den Gong und volltönend hallte es im Tal wieder. Beinahe augenblicklich antwortete ein weiterer Gong, dann noch mehr, und aus Dutzenden von Mündern erklang der Schrei: »Auf mit den Speeren!«

Verwirrte Rufe erklangen auch aus der Gegend der Wohnwagen unten. Lichtvierecke erschienen, Türen an den beiden schachtelförmigen Führungswagen wurden aufgerissen. Die Wagen schimmerten weiß im Mondschein. Irgend jemand schrie dort zornig. Eine Frauenstimme, aber er wußte nicht, wer es war.

In der Luft über ihm rauschten Schwingen. Rand fletschte die Zähne und hob sein Flammenschwert. In ihm brannte die Eine Macht, und Feuer tobte aus der Spitze seiner Klinge. Der herabstoßende Draghkar explodierte zu einem Regen brennender Fetzen, die nach unten in die Dunkelheit fielen.

»Hier«, sagte Rhuarc. Die Augen des Clanhäuptlings blickten hart über seinen schwarzen Schleier hinweg. Er war angekleidet und trug Schild und Speer. Mat stand hinter ihm, ohne Wams und mit bloßem Kopf, das Hemd halb heraushängend. Er blinzelte unsicher und packte seinen Speer mit dem schwarzen Schaft mit beiden Händen.

Rand nahm die Schufa aus Rhuarcs Händen entgegen, ließ sie dann aber fallen. Eine Gestalt glitt auf Fledermausflügeln vor dem Mond vorbei, stieß danach auf die gegenüberliegende Seite der Schlucht hinunter und verschwand in den Schatten. »Sie suchen nach mir. Laßt sie mein Gesicht sehen.« Die Macht durchtobte ihn. Das Schwert in seiner Hand schien wie eine kleine Sonne, die ihn beleuchtete. »Sie können mich nicht finden, wenn sie nicht sehen, wo ich bin.« Er lachte, da Rhuarc den Witz dabei nicht erkennen konnte, und rannte auf den Schlachtenlärm zu.

Mat riß seinen Speer aus der Brust eines Trollocs mit Keilerschnauze heraus und sah sich in der mondbeschienenen Dämmerung am Ausgang der Schlucht nach weiteren Gegnern um. *Verdammter Rand!* Keine der Gestalten, die sich da bewegten, waren groß genug für Trollocs. *Bringt mich immer wieder in solche Situationen!* Verwundete in seiner Nähe stöhnten leise. Eine schattenhafte Gestalt, die er für Moiraine hielt, kniete neben einem am Boden liegenden Aiel nieder. Die Feuerkugeln, mit denen sie um sich warf, waren schon beeindruckend, beinahe so wie dieses Schwert Rands, aus dem Feuerstrahlen hervorbrachen. Das Ding leuchtete immer noch, und der Lichtschein ließ Rand deutlich erkennbar werden. *Ich hätte im Bett bleiben sollen, jawohl! Es ist verdammt kalt, und das alles hat mit mir doch überhaupt nichts zu tun!* Ständig erschienen noch mehr Aiel. Auch Frauen in Röcken kamen nun, um sich um die Verwundeten zu kümmern. Einige von ihnen trugen Speere. Vielleicht kämpften sie normalerweise nicht, aber als die Kämpfe schließlich die Stadt selbst erreicht hatten, konnten sie nicht einfach dastehen und zuschauen.

Eine Tochter des Speers blieb bei ihm stehen und löste ihren Schleier. Er konnte im Schatten ihr Gesicht nicht erkennen. »Ihr tanzt sehr gut mit Eurem Speer, Spieler. Seltsame Zeiten, wo die Trollocs sogar in die Kaltfelsenfestung eindringen.« Sie blickte hinüber zu der schattenhaften Gestalt, die er für Moiraine hielt. »Ohne die Aes Sedai hätten sie vielleicht eindringen können, bevor der Alarm gegeben wurde.«

»Dazu waren es nicht genug«, sagte er, ohne nachdenken zu müssen. »Sie sollten nur die Aufmerksamkeit hierher lenken.« *Damit diese Draghkar freie Hand hätten, um Rand zu erwischen?*

»Ich glaube, Ihr habt recht«, sagte sie bedächtig. »Seid Ihr ein Schlachtenführer unter den Feuchtländern?«

Er wünschte, er hätte den Mund gehalten. »Ich habe mal ein Buch darüber gelesen«, murmelte er verlegen und wandte sich ab. *Verdammte Erinnerungen irgendwelcher verdammten Männer.* Vielleicht waren die Händler jetzt soweit, daß sie endlich abfahren wollten?

Als er bei den Wohnwagen stehenblieb, waren dann aber weder Keille noch Kadere irgendwo zu sehen. Die Fahrer standen alle in einer dichten Gruppe zusammen und gaben mit hektischen Bewegungen kleine Krüge untereinander weiter, aus denen es nach dem guten Branntwein roch, den sie sonst verkauften. Sie schnatterten aufgeregt dabei, als wären die Trollocs tatsächlich auf Riechweite an sie herangekommen. Isendre stand auf der obersten Stufe von Kaderes Wagen und blickte mit gerunzelter Stirn ins Leere. Selbst so war sie noch wunderschön anzusehen hinter ihrem dünnen Schleier. Er war froh, daß wenigstens noch seine Erinnerungen an Frauen von ihm selbst stammten.

»Die Trollocs sind erledigt«, sagte er zu ihr und stützte sich so deutlich sichtbar auf seinen Speer, daß sie es bemerken mußte. *Wenn ich schon Kopf und Kragen riskiere, will ich wenigstens auch gebührend bewundert werden.* Er mußte sich auch nicht besonders Mühe geben, um müde zu klingen. »Ein harter Kampf, aber jetzt seid Ihr sicher.«

Sie blickte mit ausdruckslosem Gesicht auf ihn herunter. Ihre Augen glitzerten im Mondschein wie dunkle, glänzende Gemmen. Wortlos wandte sie sich um und ging hinein. Sie schlug die Tür hart hinter sich zu.

Mat atmete langgezogen und angewidert aus und stolzierte davon. Was mußte man denn noch tun, um eine Frau zu beeindrucken? Er wollte jetzt nur noch ins Bett. Zurück unter die Decken, und sollte Rand doch selbst mit den Trollocs und den verdammten Draghkar fertigwerden. Dem Mann schien das ja sogar Spaß zu machen! Wenn er ständig so lachte ...?

Rand kam jetzt die Schlucht herunter auf ihn zu. Das Glühen des Schwertes begleitete ihn wie Laternenschein. Aviendha erschien. Sie rannte zu Rand hin, den Rock geschürzt bis über die Knie, und schloß sich ihm dann an. Sie ließ den Rock fallen und strich ihn glatt. Den Schal band sie sich wieder um den Kopf. Er schien sie gar nicht zu sehen, und ihr Gesicht war steinern und ausdruckslos. Sie paßten wirklich zueinander.

»Rand!« rief ein heraneilender Schatten mit Moiraines Stimme. Sie klang beinahe so melodiös wie die Keilles, aber es war eine kühlere Art von Musik. Rand wandte sich ihr zu und wartete. Sie verlangsamte den Schritt, bevor sie noch klar zu erkennen war, und trat so würdevoll in den Lichtschein, als befinde sie sich in einem Palast. »Die Lage wird immer gefährlicher, Rand. Der Angriff auf den Imre-Außenposten konnte noch den Aiel gegolten haben, unwahrscheinlich zwar, aber nicht unmöglich, doch die Draghkar heute nacht waren für Euch bestimmt.«

»Ich weiß.« Einfach so. Genauso gelassen wie sie und vielleicht noch kühler.

Moiraine preßte die Lippen zusammen, und ihre Hände lagen ganz bewegungslos auf ihrem Rock. Offensichtlich paßte ihr seine Antwort überhaupt nicht. »Weissagungen sind dann am gefährlichsten, wenn man versucht, sie mit voller Absicht zu erfüllen. Habt Ihr das nicht in Tear schon begriffen? Das Muster verwebt sich um Euch, aber wenn Ihr selbst es zu weben versucht, könnt Ihr es nicht halten. Webt das Muster zu straff, dann entsteht Spannung. Dann kann es zerreißen und in alle Richtungen wegschnellen. Und wer weiß schon, wie lange es dauert, bis es sich wieder um Euch legt oder was in der Zwischenzeit geschieht?«

»Genauso eindeutig wie die meisten Eurer Erklärungen«, sagte Rand trocken. »Was wollt Ihr, Moiraine? Es ist spät, und ich bin müde.«

»Ich möchte, daß Ihr euch mir anvertraut. Glaubt Ihr wirklich, Ihr hättet bereits alles Notwendige gelernt, und das, obwohl Ihr kaum ein Jahr von Eurem Dorf fort seid?«

»Nein. Ich habe keineswegs alles gelernt.« Jetzt klang es amüsiert. Manchmal war sich Mat nicht sicher, ob Rand noch so normal sei, wie er aussah. »Ihr wollt, daß ich mich Euch anvertraue, Moiraine? In Ordnung. Eure Drei Eide lassen nicht zu, daß Ihr lügt. Sagt mir ganz klar, daß Ihr nicht versuchen werdet, mich aufzuhalten oder zu behindern, gleich, was ich Euch sage. Sagt mir, daß Ihr nicht versuchen werdet, mich für die Interessen der Weißen Burg einzuspannen. Sagt es geradeheraus und in einfachen Worten, so daß ich weiß, Ihr sprecht die Wahrheit.«

»Ich werde nichts tun, um Euch daran zu hindern, Euer Schicksal zu erfüllen. Dem habe ich mein Leben gewidmet. Aber ich verspreche Euch nicht, daß ich zuschauen werde, wie Ihr euren Kopf auf den Richtblock legt.«

»Nicht gut genug, Moiraine. Das reicht nicht. Aber selbst wenn ich mich Euch anvertrauen könnte, würde ich es nicht hier tun. Die Nacht hat Ohren.« Überall gingen Leute in der Dunkelheit umher, wenn auch niemand nahe genug war, um zu lauschen. »Selbst die Träume haben Ohren.« Aviendha zog ihren Schal nach vorn, um ihr Gesicht zu verbergen. Offensichtlich spürte selbst ein Aiel die Kälte.

Rhuarc trat in den Lichtschein. Sein schwarzer Schleier hing lose herunter. »Die Trollocs stellten lediglich ein Ablenkungsmanöver dar, damit Euch die Draghkar angreifen konnten, Rand al'Thor. Zu wenige, als daß es ein ernst gemeinter Angriff sein konnte. Aber die Draghkar – der Blattverderber will Euch ans Leben.«

»Die Gefahr wächst«, sagte Moiraine leise.

Der Clanhäuptling blickte sie an, bevor er fortfuhr. »Moiraine Sedai hat recht. Da die Draghkar ihre Aufgabe nicht erfüllten, fürchte ich, daß als nächstes die Seelenlosen gesandt werden; was Ihr als Graue Männer bezeichnet. Ich möchte die ganze Zeit über Speere um Euch sehen. Aus irgendeinem Grund haben die Töchter des Speers ihre Bereitschaft erklärt, über Euch zu wachen.«

Aviendha litt ganz offensichtlich unter der Kälte. Sie hatte die Schultern eingezogen und die Arme verschränkt, daß ihre Hände in den Achselhöhlen steckten.

»Wenn sie wünschen«, sagte Rand nur. Es klang ein ganz klein wenig nervös, trotz der eisigen Ruhe. Mat konnte ihn verstehen. Er selbst würde sich nicht mehr freiwillig in die Hände der Töchter begeben, und wenn man ihm alle Seide auf den Schiffen des Meervolks dafür böte.

»Sie werden besser aufpassen als jeder andere«, sagte Rhuarc, »da sie um diese Aufgabe gebeten haben. Ich will es allerdings doch nicht ihnen allein überlassen. Ich werde alle zu Eurer Bewachung einsetzen. Ich denke, beim nächstenmal werden es die Seelenlosen sein, aber das heißt nicht, daß es nicht doch jemand anders sein könnte. Zehntausend Trollocs zum Beispiel, statt nur ein paar hundert.«

»Was ist mit den Shaido?« Mat wünschte, er hätte den Mund nicht aufgemacht, als ihn nun alle anblickten. Vielleicht hatten sie ihn zuvor noch gar nicht bemerkt gehabt. Nun, jetzt konnte er auch weitersprechen: »Ich weiß, daß Ihr sie nicht leiden könnt, aber falls Ihr glaubt, ein größerer Angriff sei möglich, wäre es dann nicht besser, sie hier drinnen zu haben als draußen?«

Rhuarc knurrte. Bei ihm war das so, als ob ein anderer fluche. »Ich würde fast tausend Shaido nicht einmal hier hereinholen, wenn der Grasbrenner selbst käme. Ich könnte es auch gar nicht. Couladin und die Shaido haben bei Anbruch der Dunkelheit ihre Zelte abgebrochen. Wir sind sie los. Ich habe Läufer ausgeschickt, um sicherzugehen, daß sie das Land der Taardad verlassen, ohne ein paar Ziegen oder Schafe mitgehen zu lassen.«

Das Schwert verschwand aus Rands Hand. Das plötzliche Fehlen des Lichts erzeugte auch eine Art von Blindheit. Mat schloß die Augen, um ihnen die Gelegenheit zur Anpassung zu geben, aber als er sie wieder öffnete, schien ihm der Mondschein immer noch trüb und dunkel.

»In welche Richtung sind sie gegangen?« fragte Rand.

»Nach Norden«, antwortete Rhuarc. »Zweifellos hat Couladin vor, Sevanna auf dem Weg nach Alcair Dal abzufangen und sie gegen Euch zu beeinflussen. Es könnte ihm gelingen. Der einzige Grund dafür, daß sie ihren Brautkranz Suladric zu Füßen legte und nicht ihm, war, daß sie einen Clanhäuptling heiraten wollte. Aber ich sagte Euch ja bereits, daß Ihr von ihr Schwierigkeiten zu erwarten habt. Sevanna findet es herrlich, anderen Leuten Schwierigkeiten zu bereiten. Na ja, es ist wohl nicht so wichtig. Wenn Euch die Shaido nicht folgen, habt Ihr nicht viel verloren.«

»Ich werde nach Alcair Dal gehen«, sagte Rand entschlossen. »Jetzt. Ich werde mich bei jedem Häuptling entschuldigen, der sich entehrt fühlt, weil er zu spät kommt, aber ich werde Couladin nicht früher dort ankommen lassen, wenn es vermeidbar ist. Er wird sich nicht damit zufriedengeben, Sevanna gegen mich einzunehmen, Rhuarc. Ich kann es mir nicht leisten, ihm einen Monat Zeit zu geben, um seine Pläne in die Tat umzusetzen.«

Rhuarc überlegte einen Moment lang und sagte dann: »Vielleicht habt Ihr recht. Ihr bringt Veränderungen mit Euch, Rand al'Thor. Also, bei Sonnenaufgang brechen wir auf. Ich werde zehn der Roten Schilde als Ehrenwache für mich auswählen, und Eure wird aus Töchtern des Speers bestehen.«

»Ich will aufbrechen, sobald auch nur der erste Lichtschimmer am Himmel zu sehen ist, Rhuarc. Mit jedem, der einen Speer tragen oder einen Bogen spannen kann.«

»Die Sitten ...«

»Es gibt keine Sitten, die auf mich zutreffen, Rhuarc.« Rands Stimme war so eisig, daß der Wein im Becher gefroren wäre, hätten sie welchen gehabt. »Ich muß neue Sitten begründen.« Er lachte rauh. Aviendha wirkte schockiert, und selbst Rhuarc hatte die Augen aufgerissen. Nur Moiraine war unbeeindruckt und sah Rand berechnend an. »Jemand sollte es den Händlern sagen«, fuhr Rand fort. »Sie werden den Jahrmarkt nicht versäumen wollen, aber wenn sie diese Burschen nicht langsam vom Trinken abhalten, werden sie bald zu betrunken sein, um die Zügel zu halten. Wie steht's mit dir, Mat? Kommst du mit?«

Er würde ganz bestimmt die Händler nicht entkommen lassen, denn sie bedeuteten schließlich seine Chance, aus der Wüste herauszukommen. »Ach, ich stehe doch hinter dir, Rand.« Was am schlimmsten war: Er hatte ein wirklich gutes Gefühl bei diesen Worten. *Verdammter Ta'veren! Zieht mich ständig weiter.* Wie hatte sich Perrin davon befreit? *Licht, wie gern wäre ich jetzt bei ihm.* »Wirklich.«

Er schulterte seinen Speer und trottete los, die Schlucht hinauf. Es war immer noch Zeit, ein wenig zu schlafen. Hinter sich konnte er Rand leise lachen hören.

KAPITEL 12

Enthüllungen in Tanchico

Elayne hantierte ungeschickt mit den beiden dünnen, rotlackierten Stäbchen und versuchte, sie richtig zwischen die Finger zu bekommen. *Sursa,* erinnerte sie sich. *Nicht Stäbchen, sondern Sursa. Eine idiotische Art zu essen, wie sie nun auch heißen mögen.*

Auf der anderen Seite des Tisches in der Kammer der Fallenden Blüten blickte Egeanin finster auf ihre Sursa hinab. Sie hielt in jeder Hand ein Stäbchen, als wären es Spieße. Nynaeve hielt ihre so in einer Hand, wie Rendra es ihnen gezeigt hatte, doch bisher hatte sie auch nur ein Stückchen Fleisch und ein paar Paprikastreifen bis zu ihrem Mund gebracht. Sie hatte die Augen konzentriert zusammengekniffen. Viele kleine weiße Schüsselchen standen auf dem Tisch, jedes angefüllt mit Scheibchen und Stückchen von Fleisch und verschiedenen Gemüsesorten und mit dunklen wie hellen Saucen. Elayne befürchtete, sie würden den ganzen Rest des Tages über benötigen, um dieses Mahl zu beenden. Sie lächelte die Wirtin mit ihrem honigfarbenen Haar dankbar an, als die Frau sich über sie beugte und ihr die Sursa richtig in die Hand steckte.

»Euer Land befindet sich im Krieg mit Arad Doman«, sagte Egeanin, und es klang fast verärgert. »Warum serviert Ihr die Gerichte Eures Gegners?«

Rendra zuckte die Achseln und spitzte die Lippen hinter ihrem Schleier. Heute trug sie ihn im blassesten Rot, das man sich vorstellen konnte, und die Perlen in der gleichen Farbe, die sie sich in die dünnen Zöpfe eingeflochten hatte, klickten leise, wenn sie den Kopf bewegte. »Das ist jetzt gerade Mode. Es begann vor vier Tagen im Garten der Silbernen Winde und jetzt verlangt fast jeder Gast nach Domani-Speisen. Ich glaube, wenn wir schon Arad Doman nicht erobern können, dann eben wenigstens ihre Speisen. Vielleicht essen sie jetzt in Bandar Eban Lammbraten mit Honigsauce und kandierten Äpfeln wie wir hier sonst? In weiteren vier Tagen wird vielleicht irgendeine andere Küche die große Mode sein. Das ändert sich heutzutage sehr schnell, und falls jemand den Mob gegen diese ...« Sie zuckte noch mal die Achseln.

»Glaubt Ihr, es wird noch mehr Ausschreitungen geben?« fragte Elayne. »Werden sie sich auch noch darum streiten, welche Art von Speisen in den Schenken serviert werden?«

»In den Straßen herrscht Unruhe«, sagte Rendra und spreizte die Hände schicksalsergeben. »Wer weiß schon, was sie wieder zum Überkochen bringen wird? Der Aufruhr vorgestern entstand wegen eines Gerüchts, daß sich Maracru für den Wiedergeborenen Drachen erklärt habe oder vielleicht an die Drachenverschworenen gefallen sei oder an die Rebellen – es scheint wohl kein großer Unterschied zu sein –, aber fällt daraufhin der Mob über die Leute aus Maracru her? Nein. Sie toben auf den Straßen herum, zerren die Leute aus den Kutschen, und dann brennen sie den Großen Saal der Versammlung nieder. Vielleicht trifft die Nachricht ein, daß unser Heer eine Schlacht gewonnen oder verloren hat, und dann erhebt sich der Mob gegen diejenigen, die Speisen aus Arad Doman servieren. Oder vielleicht brennen sie diesmal die Lagerhäuser an den Kais der Calpene nieder. Wer weiß das schon?«

»Weder Recht noch Ordnung«, knurrte Egeanin und steckte sich die Sursa entschlossen zwischen die Finger ihrer rechten Hand. Ihrem Gesichtsausdruck nach zu schließen hätten die Stäbchen Dolche sein können, mit denen sie den Inhalt der Schüsselchen erstechen wollte. Nynaeve fiel ein kleiner Fleischbrocken von den Sursa, bevor er ihre Lippen erreicht hatte. Grollend holte sie ihn aus ihrem Schoß und tupfte die beigefarbene Seide mit ihrer Serviette ab.

»Ach, Ordnung«, lachte Rendra. »Ich erinnere mich an diesen Zustand. Vielleicht wird er eines Tages wiederkehren, oder? Einige glaubten, die Panarchin Amathera würde die Miliz wieder einsetzen, aber wenn ich an ihrer Stelle wäre und mich daran erinnerte, wie der Mob bei meiner Einsetzung draußen tobte ... Die Kinder des Licht haben viele der Randalierer getötet. Vielleicht bedeutet das, es wird keine Auseinandersetzungen mehr geben, aber vielleicht wird es auch gerade deshalb wieder welche geben, und dann doppelt so stark oder zehnmal so schlimm. Ich glaube, ich würde auch die Wache und die Kinder des Lichts immer um mich herum behalten. Aber das ist kein Gesprächsthema beim Essen.« Sie schaute sich auf dem Tisch um und nickte zufrieden. Die Perlen in ihren dünnen Zöpfen klickten. Als sie sich der Tür zuwandte, hielt sie mit einem leichten Lächeln inne. »Es ist Mode, die Speisen der Domani mit den Sursa zu essen, und natürlich richtet man sich nach der Mode. Aber ... es ist ja niemand hier, der Euch zusehen könnte, ja? Falls Ihr Löffel und Gabeln haben möchtet, liegen sie unter der Serviette.« Sie deutete auf das Tablett am Ende des Tisches. »Guten Appetit.«

Nynaeve und Egeanin warteten, bis sich die Tür hinter der Wirtin geschlossen hatte, dann grinsten sie sich an und faßten mit entschieden unziemlicher Eile nach dem Tablett. Trotzdem schaffte es Elayne als erste, Löffel und Gabel in die Finger zu bekommen. Keine der anderen hatte jemals so hastig essen müssen wie eine Novizin zwischen ihren Haushaltsaufgaben und dem Unterricht.

»Es schmeckt ja schon gut«, sagte Egeanin nach dem

ersten Bissen, »wenn man es endlich in den Mund bekommt.« Nynaeve schloß sich ihrem Lachen an.

In den sieben Tagen, seit sie die dunkelhaarige Frau mit den scharfen blauen Augen und der langgezogenen Aussprache getroffen hatten, hatten beide sie richtig liebgewonnen. Sie bot ihnen eine erfrischende Abwechslung gegenüber Rendras ewigem Geschwätz über Haarmoden, Kleider, Teint, und auch den Blicken gegenüber, die ihnen auf der Straße immer wieder zugeworfen wurden. Zu viele Leute hier wirkten, als würden sie einem für eine Kupfermünze bereits die Kehle durchschneiden. Das jetzt war ihr vierter Besuch seit dem ersten Zusammentreffen, und Elayne hatte es jedesmal Spaß gemacht. Egeanin war so geradeheraus und strahlte eine solche Unabhängigkeit aus, daß sie die Frau bewunderte. Vielleicht handelte sie nur ein wenig mit allem, was ihr so zuflatterte, aber sie tat es sogar Gareth Bryne darin gleich, offen auszusprechen, was sie dachte und vor niemandem zu kriechen.

Trotzdem wünschte sich Elayne, daß sie sich nicht so oft getroffen hätten, daß also sie und Nynaeve nicht so häufig zum Hof der Drei Pflaumen gekommen wären, wo Egeanin sie treffen konnte. Die ständigen Unruhen und Ausschreitungen seit der Einsetzung Amatheras machten es fast unmöglich, unbehelligt durch die Stadt zu gehen, und das trotz der Begleitung durch Domons hartgesottene Seeleute. Selbst Nynaeve hatte das zugeben müssen, nachdem sie knapp einem Hagelschauer faustgroßer Steine entgangen waren. Thom versprach ihnen immer noch, eine Kutsche mit Gespann aufzutreiben, doch sie war sich nicht sicher, ob er besondere Mühe auf die Suche aufwandte. Er und Juilin schienen ausgesprochen glücklich darüber zu sein, daß sie und Nynaeve in der Schenke mehr oder weniger festgenagelt waren. *Sie kommen selbst verschrammt und blutend zurück, aber wir sollen uns möglichst noch nicht einmal einen Zeh anstoßen,* dachte sie trocken. Warum glaubten die Männer immer, sie müßten Frauen in Watte packen? Warum hielten sie ihre Verletzungen für weniger wichtig als die der Frauen?

Dem Geschmack des Fleisches nach zu schließen, sollte Thom sich wohl besser in der Küche hier umsehen, wenn er auf der Suche nach Pferden war. Der Gedanke daran, Pferdefleisch zu essen, drehte ihr fast den Magen herum. So wählte sie ein Schüsselchen, in dem sich nur verschiedene Gemüsesorten befanden: dunkle Pilzscheiben, roter Paprika und so etwas wie fasrige, grüne Schößlinge in einer hellen, scharfen Sauce.

»Worüber sollen wir heute sprechen?« fragte Nynaeve Egeanin. »Ihr habt uns schon beinahe jede Frage gestellt, die ich mir vorstellen konnte.« Jedenfalls fast jede, die sie auch zu beantworten in der Lage waren. »Wenn Ihr noch mehr über die Aes Sedai erfahren wollt, müßt Ihr als Novizin in die Weiße Burg gehen.«

Egeanin zuckte unbewußt zusammen, wie immer, wenn jemand sie im Gespräch mit der Macht in Verbindung brachte. Einen Augenblick lang blickte sie finster den Inhalt einer der kleinen Schüsseln an und rührte drin herum. »Ihr habt Euch keine besondere Mühe gegeben«, sagte sie dann bedächtig, »vor mir zu verbergen, daß Ihr hier jemanden sucht. Frauen. Wenn es nicht zu weit geht, würde ich gern wissen ...« Sie brach ab, als es an die Tür klopfte.

Bayle Domon trat ohne abzuwarten ein. Von seinem runden Gesicht war eine Mischung aus Nervosität und grimmiger Befriedigung abzulesen. »Ich haben sie gefunden«, sagte er, und dann fuhr er zusammen, als er Egeanin entdeckte. »Ihr!«

Zu Elaynes Schreck warf Egeanin ihren Stuhl um, als sie aufsprang, und knallte Domon so schnell eine Faust in den Magen, daß sie es fast nicht gesehen hätte. Irgendwie jedoch fing Domon ihr Handgelenk in seiner dicken Pratze und drehte ihr den Arm um. Einen atemlosen Moment später schien jeder dem anderen ein

Bein stellen zu wollen. Egeanin versuchte, ihn mit einer Handkante am Hals zu treffen, doch plötzlich lag sie mit dem Gesicht nach unten am Boden. Domon hatte einen Stiefel auf ihrer Schulter und ihren Arm verdreht und bis an sein Knie hochgezogen. Trotzdem bekam sie mit der anderen Hand ihr Messer heraus.

Elayne webte Stränge aus Luft um das Pärchen, bevor ihr überhaupt bewußt wurde, daß sie nach *Saidar* gegriffen hatte. Sie erstarrten auf dem Fleck. »Was soll das bedeuten?« fragte sie mit eisiger Stimme.

»Wie könnt Ihr es wagen, Meister Domon?« Auch Nynaeves Stimme klang kalt wie die Elaynes. »Laßt sie los!« Etwas wärmer und besorgt fragte sie: »Egeanin, warum habt Ihr versucht, ihn zu schlagen? Ich habe Euch doch gesagt, Ihr sollt sie loslassen, Domon!«

»Er kann nicht, Nynaeve.« Elayne wünschte sich wirklich, die andere könne wenigstens die Stränge sehen, auch wenn sie gerade nicht wütend war. Und *sie* hatte schließlich zuerst versucht, *ihn* zu schlagen. »Egeanin, warum?«

Die dunkelhaarige Frau lag mit geschlossenen Augen und zusammengepreßten Lippen da. Ihre Knöchel wirkten blutleer, so fest hatte sie den Messergriff gepackt.

Domon blickte von Elayne zu Nynaeve. Sein eigenartiger Bart, wie man ihn in Illian trug, schien beinahe zu knistern vor Zorn. Elayne hatte nur seinem Kopf Bewegungsfreiheit gelassen. »Diese Frau sein Seanchan!« grollte er.

Elayne tauschte einen verblüfften Blick mit Nynaeve. Egeanin? Seanchan? Das war unmöglich. Das mußte einfach unmöglich sein.

»Seid Ihr da sicher?« fragte Nynaeve bedächtig und leise. Sie klang genauso erschlagen, wie sich Elayne fühlte.

»Ich werden niemals vergessen ihr Gesicht«, erwiderte Domon standhaft. »Ein Schiffskapitän. Es sein gewesen sie, die mich bringen nach Falme, mich und mein Schiff, als Gefangene der Seanchan.«

Egeanin gab sich keine Mühe, es abzuleugnen. Sie lag nur da und hatte ihr Messer in der Hand. Seanchan. *Aber ich mag sie!*

Sorgfältig verschob Elayne das Gewebe von Luftsträngen, bis die Hand Egeanins, die das Messer hielt, fast, aber noch nicht ganz frei war. »Laßt es los, Egeanin«, sagte sie und kniete neben der Frau nieder. »Bitte.« Nach einem Moment öffnete sich Egeanins Hand. Elayne hob das Messer auf und stand wieder auf. Nun löste sie die Stränge ganz. »Laßt sie aufstehen, Meister Domon.«

»Sie sein Seanchan, Herrin«, protestierte er, »und so hart wie Eisenstacheln.«

»Laßt sie aufstehen.«

Er knurrte leise etwas, ließ aber doch Egeanins Arm los und trat so schnell von ihr weg, als erwarte er, daß sie wieder auf ihn losgehen werde. Die dunkelhaarige Frau – die *Seanchan*-Frau – stand aber lediglich auf. Sie rollte die Schulter, die er ihr verdreht hatte und musterte ihn nachdenklich. Anschließend blickte sie kurz zur Tür hinüber, hob dann den Kopf und wartete äußerlich völlig ruhig und gelassen. Es fiel schwer, sie nicht zu bewundern.

»Seanchan«, grollte Nynaeve. Sie hatte eine ganze Handvoll ihrer dünnen Zöpfe gepackt, blickte diese Hand dann jedoch überrascht an und ließ wieder los. Doch die Stirn war noch gerunzelt und ihr Blick hart. »Seanchan! Und habt Euch unsere Freundschaft erschlichen. Ich glaubte, Ihr wärt alle zurückgefahren, woher Ihr gekommen seid. Warum seid Ihr hier, Egeanin? War unser Zusammentreffen wirklich ein Zufall? Warum habt Ihr gerade uns kennenlernen wollen? Habt Ihr uns irgendwohin locken wollen, wo Eure schmutzigen *Sul'dam* ihre Leinen an unseren Hälsen festmachen können?« Egeanin riß doch ein wenig die Augen auf, als sie das hörte. »O ja«, sagte Nynaeve in scharfem Ton zu ihr. »Wir wissen eine Menge über Euch Seanchan und Eure *Sul'dam* und *Damane.* Wir wissen mehr als Ihr selbst. Ihr kettet Frauen an, die mit der Macht arbeiten können, aber diejenigen, die ihre Leinen in Händen halten, können das ebenfalls, Egeanin. Auf jede Frau mit diesem Talent, die Ihr wie ein Tier an die Leine gelegt habt, kommen zehn oder zwanzig andere, die Ihr nicht als solche erkennt.«

»Ich weiß«, sagte Egeanin einfach, und Nynaeve blieb der Mund offen stehen.

Elayne hatte das Gefühl, ihre Augen würden gleich herausfallen. »Ihr wißt das?« Sie atmete erstmal tief durch und fuhr dann in etwas weniger hysterischem Tonfall fort: »Egeanin, ich glaube, Ihr lügt. Ich habe noch nicht viele Seanchan kennengelernt, und die paar auch nur für wenige Minuten, aber ich kenne jemanden, der mehr Erfahrungen mit ihnen hat. Ihr Seanchan haßt noch nicht einmal Frauen, die mit der Macht arbeiten können. Ihr glaubt, sie seien Tiere. Ihr würdet das nicht so leicht nehmen, wenn Ihr wirklich Bescheid wüßtet oder es auch nur glaubtet.«

»Frauen, die das Armband tragen können, sind auch fähig, zu lernen, wie man die Macht gebraucht«, sagte Egeanin. »Ich wußte nicht, daß man es lernen kann, da man mir beigebracht hat, daß man es eben entweder kann oder nicht. Aber als Ihr mir gesagt habt, daß man Mädchen führen muß, die nicht mit diesem Talent geboren sind, war mir alles klar. Darf ich mich hinsetzen?« Kühl bis ans Herz.

Elayne nickte, und Domon stellte Egeanins Stuhl wieder richtig hin. Er stellte sich dann auch sicherheitshalber hinter sie, als sie sich setzte. Sie blickte sich zu ihm um und sagte: »Beim letztenmal, als wir uns trafen, wart Ihr kein so … schwieriger … Gegner.«

»Damals Ihr haben zwanzig gerüstete Soldaten auf meinem Deck und eine *Damane,* die mein Schiff mit der

Hilfe von Macht in Stücke zerbrechen können. Nur weil ich einen Hai vom Schiff aus angeln können, ich noch lange nicht wollen ringen mit ihm im Wasser.« Überraschenderweise grinste er sie plötzlich an und rieb sich den Magen an der Stelle, wo sie ihn für Elayne fast unsichtbar getroffen hatte. »Ihr sein auch kein so einfacher Gegner, als ich glauben, ganz ohne Rüstung und Schwert.«

Die Welt dieser Frau mußte wohl ziemlich durcheinandergeraten sein, doch sie nahm es sehr gelassen hin. Elayne konnte sich nicht vorstellen, was in ihrer eigenen Vorstellungswelt in dem gleichen Maße das Unterste zuoberst kehren könne, aber sie hoffte, falls das jemals geschähe, könne sie es mit der gleichen überlegenen Ruhe wie Egeanin hinnehmen. *Ich muß mich davon abhalten, für sie noch Sympathie zu empfinden. Sie ist eine Seanchan. Sie hätten mich als Haustier an die Leine gelegt, wenn sie gekonnt hätten. Licht, wie kann man aufhören, jemanden zu mögen?*

Nynaeve hatte anscheinend keine Probleme damit. Sie schlug mit beiden Fäusten auf den Tisch und beugte sich so unbeherrscht zu Egeanin hinüber, daß ihre Zöpfe zwischen den Schüsseln baumelten. »Warum seid Ihr hier in Tanchico? Ich glaubte, Ihr wärt nach den Ereignissen von Falme alle geflohen. Und warum habt Ihr versucht, unser Vertrauen zu erschleichen wie eine hinterhältige Schlange? Falls Ihr glaubt, Ihr könnt uns ein Halsband umlegen, dann war das ein Irrglaube!«

»Das war niemals meine Absicht«, sagte Egeanin hölzern. »Alles, was ich von Euch wollte, war, mehr über die Aes Sedai zu erfahren. Ich …« Zum erstenmal zögerte sie, und ihre Selbstsicherheit versagte. Sie preßte die Lippen aufeinander, blickte von Nynaeve zu Elayne und schüttelte den Kopf. »Ihr seid nicht so, wie man es mich gelehrt hat. Das Licht möge mich strafen, aber … ich mag Euch.«

»Ihr mögt uns.« Bei Nynaeve klang das, als sei es ein Verbrechen. »Das beantwortet keine meiner Fragen.«

Egeanin zögerte wieder, doch dann hob sie stolz und herausfordernd den Kopf. »In Falme wurden *Sul'dam* zurückgelassen. Einige flohen nach der Katastrophe. Ein paar von uns wurden ausgesandt, um sie zurückzuholen. Ich habe nur eine aufgespürt, doch durch sie habe ich herausgefunden, daß ein *A'dam* auch sie fesselt.« Sie sah, wie Nynaeve die Fäuste noch fester ballte, und fügte schnell hinzu: »Ich ließ sie gestern abend gehen. Dafür werde ich teuer bezahlen, falls man es jemals herausfindet. Aber nachdem ich mit Euch gesprochen hatte, konnte ich sie nicht …« Sie verzog das Gesicht und schüttelte den Kopf. »Deshalb blieb ich bei Euch, nachdem Elayne mir gesagt hatte, wer sie sei. Ich wußte, daß Bethamin eine *Sul'dam* war. Als ich merkte, daß der *A'dam* sie fesselte, daß sie … Ich mußte es wissen, mußte mehr erfahren über Frauen, die mit der Macht umgehen können.« Sie atmete tief durch. »Was wollt Ihr nun mit mir tun?« Ihre Hände, die sie auf dem Tisch gefaltet hatte, zitterten nicht.

Nynaeve öffnete zornig den Mund und schloß ihn dann langsam wieder. Elayne wußte, was mit ihr los war. Nynaeve mochte Egeanin ja jetzt hassen, aber die Frage war wirklich, was sie nun mit ihr anstellen sollten. Es war unklar, ob sie in Tanchico irgendein Verbrechen begangen hatte, und in jedem Fall schien die Miliz sowieso an nichts anderem interessiert, als die eigene Haut zu retten. Sie war eine Seanchan, sie hatte die *Sul'dam* und *Damane* benützt, aber andererseits behauptete sie, diese Bethamin freigelassen zu haben. Welches Verbrechen konnten sie denn bestrafen? Daß sie Fragen gestellt und von ihnen darauf Antworten erhalten hatte? Ihre Sympathie gewonnen zu haben?

»Ich würde Euch gern die Haut abziehen, bis Ihr glüht wie ein Sonnenuntergang«, grollte Nynaeve. Plötzlich wandte sie sich Domon zu. »Ihr habt sie gefunden? Ihr sagtet doch, ihr hättet sie gefunden? Wo?« Er trat von einem Fuß auf den anderen und rollte warnend die Augen in Richtung von Egeanins Rücken. Seine Augenbrauen hoben sich fragend.

»Ich glaube nicht, daß sie zu den Schattenfreunden gehört«, sagte Elayne, als Nynaeve zögerte.

»Das bin ich ganz gewiß nicht!« Egeanins Blick war wild und beleidigt.

Nynaeve verschränkte die Arme, um zu verhindern, daß sie wieder an ihren Zöpfen zog, sah die Frau finster an und ließ ihren Blick dann zu Domon hinüberschweifen. Es wirkte so anklagend, als sei er an dem ganzen Durcheinander schuld. »Wir haben keinen Raum, um sie einzusperren«, sagte sie schließlich, »und Rendra würde sicher auch den Grund erfahren wollen. Fahrt also fort, Meister Domon.«

Er warf Egeanin einen letzten zweifelnden Blick zu. »Im Panarchenpalast, einer meiner Männer haben gesehen zwei der Frauen von Eurer Liste. Die mit den Katzen und die Frau aus Saldaea.«

»Seid Ihr sicher?« fragte Nynaeve. »Im Panarchenpalast? Ich wünschte, Ihr hättet sie selbst gesehen. Es gibt ja schließlich mehr Frauen als nur Marillin Gemalphin, die Katzen mögen. Und Asne Zeramene ist nicht die einzige Frau aus Saldaea, nicht einmal hier in Tanchico.«

»Eine Frau mit schmalem Gesicht, blauen Augen und breiter Nase, die füttern ein Dutzend Katzen in dieser Stadt, wo Leute essen Katzen? In Gesellschaft einer anderen mit dieser typischen Nase und den schrägen Augen aus Saldaea? Das sein kein gewöhnliches Paar, Frau al'Meara.«

»Da habt Ihr recht«, gab Nynaeve zu. »Aber im Panarchenpalast? Meister Domon, falls Ihr das vergessen habt, bewachen fünfhundert Weißmäntel diesen Ort, und das unter dem Befehl eines Inquisitors der Hand des Lichts! Zumindest Jaichim Carridin und seine Offiziere dürften eine Aes Sedai sofort erkennen. Würden sie bleiben, wenn sie feststellten, daß die Panarchin Aes Sedai beherbergt?« Er öffnete den Mund, doch Nynaeves Argument hatte ins Schwarze getroffen, und er brachte kein Wort heraus.

»Meister Domon«, sagte Elayne, »was hatte denn einer Eurer Männer am Panarchenpalast zu tun?«

Er zupfte verlegen an seinem Bart und rieb sich mit einem dicken Finger die bartlose Oberlippe. »Ihr wissen, die Panarchin Amathera sein bekannt für Vorliebe für weißen Pfeffer, den ganz scharfen, und vielleicht sie sein großzügig, wenn erhalten Geschenk, und wenn nicht selbst bekommen, wenigstens Zollbeamte werden wissen, die ihr geben Geschenk, und dann selbst sein großzügiger.«

»Geschenke?« fragte Elayne in mißbilligendem Tonfall, so gut sie das eben fertigbrachte. »Am Hafen wart Ihr ehrlicher und habt so etwas einfach Bestechung genannt.« Überraschenderweise hatte sich auch Egeanin auf ihrem Stuhl umgedreht und ihm ebenfalls einen mißbilligenden Blick zugeworfen. »Glück stich mich«, murrte er. »Ihr mich nicht beauftragen, aufzugeben den Handel. Und ich nicht machen das, auch wenn Ihr mir das sagen, und selbst, wenn Ihr bringen meine alte Mutter und sie sagen dasselbe. Ein Mann haben ein Recht auf seinen Beruf.« Egeanin schnaubte und setzte sich zurecht.

»Seine Bestechungsmethoden sind nicht unser Problem, Elayne«, sagte Nynaeve erregt. »Es ist mir gleich, und wenn er die ganze Stadt besticht und schmuggelt …« Ein Klopfen an der Tür ließ sie verstummen. Nach einem warnenden Blick zu den anderen zischte sie Egeanin an: »Sitzt gefälligst still!« und erhob dann die Stimme: »Herein.«

Juilin steckte den Kopf in den Raum. Er trug diese idiotische zylindrische Kappe und blickte wie immer Domon besonders finster an. Der Schnitt an seiner dunklen Wange, an dem noch getrocknetes Blut zu sehen war, war nichts Besonderes. Auf den Straßen ging es jetzt tagsüber noch schlimmer zu als anfangs bei Nacht. »Kann ich allein mit Euch sprechen, Frau al'Meara?« sagte er, als er Egeanin am Tisch entdeckt hatte.

»Ach, kommt herein«, sagte Nynaeve ärgerlich zu ihm. »Nach dem, was sie schon gehört hat, spielt es keine Rolle mehr, ob sie noch mehr hört. Habt Ihr sie auch im Panarchenpalast entdeckt?«

Er war bereits dabei, die Tür zu schließen, und warf Domon einen undefinierbaren Blick zu. Seine Lippen hatte er aufeinandergepreßt. Der Schmuggler lächelte ein wenig zu breit. Einen Augenblick lang schien es, die beiden wollten sich gegenseitig an den Kragen.

»Also ist mir der Illianer zuvorgekommen«, knurrte Juilin bedauernd. Er ignorierte Domon und sagte zu Nynaeve: »Ich sagte Euch ja, daß die Frau mit der weißen Strähne mich zu ihnen bringen werde. Das ist ja doch etwas sehr Auffallendes. Und ich habe dort auch die Domanifrau gesehen. Aus der Entfernung zwar nur, da ich ja nicht ein solcher Narr bin, um direkt in einen Schwarm Barrakudas hineinzuschwimmen, aber ich glaube nicht, daß sich außer Jeaine Caide noch eine andere Frau aus Arad Doman in ganz Tarabon aufhält.«

»Ihr wollt damit sagen, daß sie tatsächlich im Panarchenpalast sind?« rief Nynaeve.

Juilins Gesichtsausdruck änderte sich nicht, doch weiteten sich seine dunklen Augen ein wenig, und sein Blick huschte zu Domon hinüber. »Also hatte er keinen Beweis«, murmelte er befriedigt.

»Ich haben Beweis.« Domon vermied es, den Tairener anzublicken. »Wenn Ihr es nicht glauben, bevor dieser Fischer hier kommen, Frau al'Meara, dann es sein kein Fehler von mir.«

Juilin plusterte sich auf, doch Elayne schnitt dem Diebfänger das Wort ab: »Ihr habt sie beide aufgespürt und beide hattet Ihr Beweise. Höchstwahrscheinlich hätte es bei keinem allein gereicht, sehr wohl aber gemeinsam. Jetzt wissen wir, wo sie sich aufhalten, und das haben wir Euch beiden zu verdanken.« Nun wirkten die beiden noch mürrischer als zuvor. Männer benahmen sich manchmal auch zu töricht.

»Der Panarchenpalast.« Nynaeve riß an einer Handvoll ihrer Zöpfe und schleuderte sie dann mit einem scharfen Ruck ihres Kopfes über die Schulter zurück. »Was sie suchen, muß sich also dort befinden. Aber wenn sie es schon haben, warum sind sie dann noch in Tanchico? Der Palast ist riesengroß. Vielleicht haben sie es noch nicht gefunden? Nicht, daß uns das weiterbringt, solange sie drinnen sind und wir hier draußen!«

Thom kam wie gewöhnlich ohne anzuklopfen herein und überblickte mit einem Blick alles. »Frau Egeanin«, grüßte er mit einer eleganten Verbeugung, der sein Hinken keinen Abbruch tat. »Nynaeve, ich würde gern mit Euch allein sprechen. Ich habe wichtige Neuigkeiten.«

Die frische Schramme an seiner ledernen Wange machte Elayne noch zorniger als der Riß in seinem guten braunen Umhang. Der Mann war zu alt, um sich ständig auf den Straßen Tanchicos herumzutreiben. Oder überhaupt auf Straßen, in denen es rauh zuging. Es wurde Zeit, daß sie ihm irgendwo einen sicheren und bequemen Platz besorgte, an dem er seinen Lebensabend in Ruhe verbringen konnte. Keine Wanderschaft mehr als Gaukler von Dorf zu Dorf. Sie würde schon dafür sorgen.

Nynaeve blickte Thom scharf an. »Ich habe jetzt keine Zeit für so etwas. Die Schwarzen Schwestern befinden sich im Panarchenpalast, und es kann durchaus sein, daß Amathera ihnen hilft, den Palast vom Keller bis zum Dachboden abzusuchen.«

»Das habe ich vor weniger als einer Stunde herausgefunden«, sagte er ungläubig. »Wie habt Ihr …?« Er sah Domon und Juilin an, die immer noch dreinblickten wie zwei Jungen, die beide den ganzen Kuchen beansprucht hatten.

Es war offensichtlich, daß er nicht glaubte, Nynaeve habe ihre Informationen von diesen beiden erhalten. Elayne hätte am liebsten gegrinst. Er war immer so stolz darauf, alle Hintergründe zu kennen, alle verborgenen Aktivitäten zu durchschauen. »Die Burg hat ihre eigenen Methoden, Thom«, sagte sie kühl und geheimnisvoll zu ihm. »Es ist am besten, wenn man die Nase nicht zu tief in die Methoden von Aes Sedai steckt.« Er verzog das Gesicht, und seine buschigen, weißen Augenbrauen zogen sich unsicher herunter. Sehr befriedigend. Ihr wurde bewußt, daß auch Juilin und Domon sie mit gerunzelter Stirn anblickten, und mit einemmal hatte sie Mühe, ein Erröten zu unterdrücken. Falls sie plauderten, würde sie wie eine Närrin dastehen. Das würden sie wahrscheinlich auch irgendwann; Männer klatschten so gern. Am besten schnell das Thema wechseln und hoffen. »Thom, habt Ihr etwas gehört, aus dem hervorgehen könnte, daß Amathera zu den Schattenfreunden gehört?«

»Nichts.« Er zupfte nervös an einem langen Schnurrbartende. »Anscheinend hat sie Andric nicht mehr aufgesucht, seit sie die Krone des Baums aufgesetzt bekam. Vielleicht ist es wegen der ständigen Unruhen zu unsicher geworden, vom Palast des Königs zum Panarchenpalast zu fahren und umgekehrt. Vielleicht ist ihr klar geworden, daß sie jetzt genauso mächtig ist wie er, und sie ist nicht mehr so nachgiebig wie vorher. Nichts weist jedenfalls darauf hin, wo ihre politischen Bindungen liegen.« Nach einem Blick zu der dunkelhaarigen Frau auf dem Stuhl hinüber fügte er hinzu: »Ich bin dankbar für die Hilfe, die Euch Frau Egeanin im Falle dieser Räuber leistete, aber bisher glaubte ich, es sei nur eine lockere Freundschaft daraus entstanden. Darf ich fragen, wer sie ist, daß sie nun wohl in alles eingeweiht wurde? Ich erinnere mich dunkel daran, daß Ihr gedroht habt, einen Knoten in jede unvorsichtige Zunge zu knüpfen, Nynaeve.«

»Sie ist eine Seanchan«, sagte Nynaeve zu ihm. »Macht den Mund zu, Thom, bevor Ihr einen Falter verschluckt, und setzt Euch. Wir können essen, während wir darüber nachdenken, was wir jetzt unternehmen wollen.«

»Vor ihr?« fragte Thom. »Eine Seanchan?« Er hatte von Elayne Teile der Geschichte gehört, aber nur Teile, was in Falme geschehen war, und ganz bestimmt kannte er auch die Gerüchte. So musterte er Egeanin, als frage er sich, wo sie ihre Hörner verborgen habe. Juilin quollen die Augen heraus. Also hatte er vermutlich ebenfalls den Klatsch in Tanchico vernommen.

»Wollt Ihr etwa vorschlagen, ich solle Rendra bitten, sie in einem Lagerraum einzusperren?« fragte Nynaeve gelassen. »Das würde aber Aufmerksamkeit erregen, oder? Ich bin ziemlich sicher, daß drei große, haarige Männer Elayne und mich beschützen können, und wenn sie ein ganzes Seanchanheer aus der Tasche zieht. Setzt Euch, Thom, oder eßt im Stehen, wenn Euch das lieber ist, aber hört auf, sie so anzustarren. Setzt Euch alle hin. Ich habe vor, zu essen, bevor alles kalt ist.«

Das taten sie denn auch. Thom wirkte dabei genauso unglücklich wie Juilin und Domon. Manchmal funktionierte Nynaeves Art, jeden Widerstand einfach niederzuknüppeln. Vielleicht könnte sie es auch einmal bei Rand versuchen?

Sie verdrängte das Thema Rand wieder und entschied, es sei Zeit, etwas Bedeutsameres loszuwerden. »Ich kann mir nicht vorstellen, daß sich die Schwarzen Schwestern im Panarchenpalast ohne Wissen Amatheras aufhalten«, sagte sie und zog sich den Stuhl unter das hübsche Hinterteil. »Wie ich die Dinge sehe, gibt es drei Möglichkeiten. Einmal, daß Amathera zu den Schattenfreunden gehört. Dann, zweitens, könnte sie die Schwarzen einfach für normale Aes Sedai halten. Und drittens könnte sie natürlich ihre Gefangene sein.« Aus irgendeinem Grund erzeugte Thoms beifälliges Nicken ein warmes Gefühl in ihrem Inneren. Zu dumm. Auch wenn er das Spiel der Häuser gut kannte, war er doch nur ein närrischer Barde, der alles weggeworfen hatte, um Gaukler zu werden. »In jedem dieser Fälle wird sie ihnen wohl helfen, zu finden, wonach sie suchen, aber mir scheint, wenn sie sie wirklich für Aes Sedai hält, könnten wir ihre Hilfe vielleicht dadurch gewinnen, daß wir ihr die Wahrheit sagen. Und falls sie ihre Gefangene ist, können wir sie für uns gewinnen, indem wir sie befreien. Selbst Liandrin und ihre Begleiterinnen können den Palast nicht halten, wenn die Panarchin die Räumung anordnet, und das würde dann *uns* freie Hand geben, um selbst zu suchen.«

»Das Problem ist, herauszufinden, ob sie nun ihre Verbündete ist, einfach leichtgläubig oder eine Gefangene«, sagte Thom und fuchtelte mit seinen Sursa herum. Er konnte doch tatsächlich perfekt mit den Dingern umgehen!

Juilin schüttelte den Kopf. »Das wirkliche Problem ist, überhaupt bis zu ihr zu kommen, gleich, wie die Lage nun aussieht. Jaichim Carridin hat fünfhundert Weißmäntel, die um den Palast herumlauern wie die Möwen um die Fischerboote. Die Legion der Panarchen ist beinahe doppelt so stark, und die Miliz hat noch mal ebenso viele Leute. Wenige der Ringfestungen werden auch nur halb so gut bewacht.«

»Wir werden uns ja auch nicht durchkämpfen«, sagte Nynaeve trocken. »Hört auf, mit den Haaren auf Eurer Brust zu denken. Jetzt ist Verstand angesagt und nicht die Muskeln. Wie ich die Dinge sehe ...«

Die Diskussion setzte sich während des ganzen Essens fort und hielt auch noch an, als die letzte Schüssel geleert war. Nachdem sie eine Weile stumm dagesessen, nichts gegessen und anscheinend nicht einmal zugehört hatte, gab sogar Egeanin ein paar treffende

Kommentare zur Lage. Sie hatte einen scharfen Verstand, und Thom griff bereitwillig einige ihrer Anregungen auf, auch wenn er andere geradewegs ablehnte – genauso wie bei allen anderen. Selbst Domon unterstützte überraschenderweise Egeanin, als Nynaeve forderte, daß sie schweige. »Sie sein wirklich vernünftig, Frau al'Meara. Nur ein Narr nicht annehmen guten Rat, gleich woher er kommen.«

Unglücklicherweise bedeutete das Wissen um den Aufenthaltsort der Schwarzen Schwestern noch gar nichts, solange man nicht wußte, welche Rolle Amathera spielte und was sie eigentlich suchten. Am Ende, nach fast zwei Stunden fruchtloser Diskussion, waren sie sich gerade darüber im klaren und hatten ein paar Ideen, wie man mehr über Amathera herausfinden könne. Und all das hing wieder an den Männern mit ihrem Spinnennetz von Informanten in ganz Tanchico.

Keiner der Männer wollte sie mit einer Seanchan allein lassen, bis Nynaeve zornig genug war, sie alle drei mit Strängen von Luft zu fesseln und zur Tür hinaus zu schieben. »Glaubt Ihr nicht«, sagte sie mit eisiger Stimme, vom Glühen *Saidars* umgeben, »wir könnten das gleiche mit ihr machen, wenn sie auch nur ›Buh‹ sagt?« Sie ließ keinen von ihnen gehen, bevor er nicht genickt hatte. Mehr als die Köpfe konnten sie allerdings ohnehin nicht bewegen.

»Ihr haltet auf strenge Disziplin bei Eurer Mannschaft«, sagte Egeanin, kaum daß sich die Tür hinter den Männern geschlossen hatte.

»Schweigt, Seanchan!« Nynaeve verschränkte die Arme. Langsam schien sie es sich abzugewöhnen, an ihren Zöpfen zu reißen, wenn sie sich aufregte. »Setzt Euch – und – haltet – den – Mund!«

Es war frustrierend, hier zu sitzen und zu warten, die Pflaumenbäume mit ihren fallenden Blüten anzustarren, die auf die fensterlosen Wände gemalt waren oder Nynaeve beim Herumtigern zu beobachten, während

Thom und Juilin und Domon draußen waren und wirklich etwas unternehmen durften. Und doch wurde es noch schlimmer, wenn in Abständen immer einer der Männer zurückkam und berichtete, daß wieder eine Spur im Sand verlaufen oder ein Faden gerissen sei, sich schnell nach den Ergebnissen der anderen erkundigte und wieder hinaushastete.

Als Thom das erstemal zurückkam, mit einer neuen blauen Schwellung, diesmal auf der anderen Wange, sagte Elayne: »Wäre es nicht besser, Thom, Ihr bliebt hier und würdet auf die Berichte von Juilin und Meister Domon warten? Ihr könntet das viel besser beurteilen als Nynaeve und ich.«

Er schüttelte seinen närrischen, zerzausten, weißen Schopf, während Nynaeve so laut schnaubte, daß man es sicher auf dem Flur hören konnte. »Ich habe eine Spur, die zu einem Haus auf der Verana führt, in das sich Amathera offensichtlich ein paar Nächte vor ihrer Ernennung zur Panarchin zurückzog.« Und er war weg, bevor sie noch ein Wort herausbringen konnte.

Als er das nächstemal zurückkam, humpelte er sichtlich stärker. Er berichtete, das Haus gehöre Amatheras altem Kindermädchen. Elayne riß sich zusammen und sagte in ihrem strengsten Befehlston: »Thom, ich will, daß Ihr euch jetzt hinsetzt. Ihr werdet von nun an hierbleiben. Ich lasse nicht zu, daß Ihr noch stärker verwundet werdet!«

»Verwundet?« fragte er. »Kind, ich habe mich nie im Leben wohler gefühlt. Richtet Juilin und Domon aus, daß es angeblich hier in der Stadt eine Frau namens Cerindra gibt, die behauptet, alle möglichen dunklen Geheimnisse aus Amatheras Vergangenheit zu kennen.« Und sofort humpelte er wieder los. Sein Umhang flatterte hinter ihm, so eilig hatte er es. Im Umhang war auch ein neuer Riß zu sehen. Sturer, sturer, närrischer alter Mann!

Einmal drang Lärm durch die dicken Wände: brutales Geschrei und Rufe von der Straße her. Rendra eilte herein, gerade, als Elayne beschlossen hatte, selbst hinunterzugehen und nachzusehen. »Ein paar kleinere Schwierigkeiten draußen. Regt Euch nicht auf, bitte. Bayle Domons Männer halten es von uns fern, ja. Ich wollte nur nicht, daß Ihr euch Sorgen macht.«

»Auseinandersetzungen hier draußen?« fragte Nynaeve in scharfem Tonfall. Die unmittelbare Nachbarschaft dieser Schenke war in der letzten Zeit ein Hort der Ruhe gewesen, einer der wenigen in der Stadt. »Nichts, um Euch zu beunruhigen«, sagte Rendra besänftigend. »Vielleicht wollen sie zu essen haben. Ich werde ihnen sagen, wo sich Bayle Domons Suppenküche befindet, und dann gehen sie weg.«

Nach einer Weile erstarb der Lärm, und Rendra ließ Wein heraufbringen. Erst als der Kellner mit etwas mürrischem Gesicht wieder gegangen war, wurde Elayne klar, daß es der junge Mann mit den schönen braunen Augen gewesen war. Der Mann hatte angefangen, selbst auf ihre kältesten Blicke zu reagieren, als lächle sie. Glaubte dieser Narr, sie hätte jetzt überhaupt Zeit, ihn zu bemerken?

Warten und umhertigern, umhertigern und warten. Cerindra stellte sich als Kammerzofe heraus, die wegen eines Diebstahls entlassen worden war. Sie war absolut nicht dankbar dafür, daß ihr das Gefängnis erspart geblieben war; statt dessen bestätigte sie jede Anschuldigung, die man gegen Amathera erhob. Ein Bursche behauptete, Beweise dafür zu besitzen, daß Amathera eine Aes Sedai und noch dazu eine Schwarze sei, aber er sagte auch, die gleichen Dokumente bewiesen, König Andric sei der Wiedergeborene Drache. Die Gruppe von Frauen, die Amathera häufig heimlich besuchte, waren Freundinnen, die Andric nicht leiden konnte, und die ernüchternde Entdeckung, daß sie im geheimen mehrere Schmuggelboote finanziert hatte, führte auch zu nichts. Fast jeder Adlige bis auf den König selbst war irgendwie in den Schmuggel verwickelt. So endete jede Spur. Das Schlimmste, was Thom herausfand, war die Tatsache, daß Amathera gleich zwei gutaussehende junge Lords davon überzeugt hatte, jeder von ihnen sei die große Liebe ihres Lebens und sie benütze Andric nur, um ihr Ziel zu erreichen. Andererseits hatte sie einer Reihe von Adligen im Palast Audienzen gewährt, sowohl allein wie auch in Gesellschaft von Frauen, die leicht als Liandrin und die anderen von der Liste erkennbar waren, und deren Ratschläge sie, wie berichtet wurde, bereitwillig in ihren Entscheidungen beherzigt hatte. Verbündete oder Gefangene?

Als Juilin gute drei Stunden nach Sonnenuntergang zurückkehrte, seinen daumendicken Stock aus hellem, in viele Abschnitte unterteiltem Holz in der Hand wirbelte und etwas von einem blonden Kerl knurrte, der versucht hatte, ihn auszurauben, saßen Thom und Domon bereits zusammengesunken und enttäuscht mit Egeanin am Tisch.

»Das werden noch einmal wie Falme«, grollte Domon ins Leere hinein. Der kräftige Prügel, den er irgendwo aufgetrieben hatte, lag vor ihm, und er trug nun ein kurzes Schwert am Gürtel. »Aes Sedai. Die Schwarzen Ajah. Mit der Panarchin verwickelt sein. Wenn wir nicht finden etwas morgen, dann ich werden aus Tanchico flüchten. Oder ganz sicher am nächsten Tag, und wenn eigene Schwester meiniges bitten zu bleiben!«

»Morgen«, sagte Thom müde, die Ellbogen auf dem Tisch und den Kopf auf die Fäuste gestützt. »Ich bin zu müde, um noch klar denken zu können. Ich habe mich sogar dabei ertappt, daß ich einem aus der Palastwäscherei zugehört habe, der behauptete, er habe gehört, wie Amathera schmutzige Lieder gegrölt habe, wie man sie sonst nur in den billigsten Tavernen im Hafen hört. Ich habe ihm tatsächlich zugehört!«

»Was mich betrifft«, sagte Juilin und drehte seinen

Stuhl um, damit er sich umgekehrt draufsetzen konnte, »so werde ich in der Nacht weitersuchen. Ich habe einen *Dachlukenspezialisten* kennengelernt, der sagt, die Frau, mit der er zusammenlebt, sei auch eine von Amatheras Zofen gewesen. Seinem Bericht nach hat Amathera an dem Abend, als sie in ihr Amt eingesetzt wurde, sämtliche Zofen ohne Vorwarnung entlassen. Er bringt mich zu ihr, wenn er heute nacht ein gewisses Geschäft auf dem Haus eines reichen Kaufmanns beendet hat.«

Nynaeve schritt zum Tischende hinüber, die Fäuste auf die Hüften gestützt. »Ihr werdet heute nacht nirgends hingehen, Juilin. Ihr drei werdet Euch dabei abwechseln, unsere Tür zu bewachen.« Die Männer protestierten natürlich alle lebhaft.

»Ich haben meine eigenen Geschäfte zu abwickeln, und den Tag ich müssen damit verbringen, für Euch Fragen zu stellen ...«

»Frau al'Meara, diese Frau ist die erste Person, die ich kennengelernt habe, die tatsächlich Amathera gesehen hat, seit sie ernannt wurde ...«

»Nynaeve, ich werde morgen kaum in der Lage sein, irgendein Gerücht aufzuschnappen, und schon gar nicht, es weiterzuverfolgen, wenn ich die Nacht damit verbringen muß ...«

Sie ließ sie einfach reden. Als sie langsam aufhörten, wohl, weil sie glaubten, sie überzeugt zu haben, sagte sie: »Da wir keinen anderen Platz haben, um die Seanchanfrau festzusetzen, wird sie bei uns schlafen müssen. Elayne, läßt du bitte Rendra noch eine Matratze bringen? Sie kann sie ruhig auf den Boden legen.« Egeanin sah sie an, sagte aber nichts.

Die Männer steckten nun fein in der Zwickmühle: Entweder weigerten sie sich und brachen damit ihr Wort, das sie Nynaeve gegeben hatten, sie würden ihr stets gehorsam sein, oder sie argumentierten weiter wie trotzige Knaben. Sie funkelten sie an, kochten offensichtlich vor Wut – aber sie gehorchten.

Rendra war sichtlich überrascht, daß sie lediglich eine Matratze verlangten, aber sie schluckte die Geschichte, daß Egeanin fürchte, nachts auf die Straße zu gehen. Sie wirkte dann aber pikiert, als sich Thom in den Flur neben ihre Zimmertür setzte. »Diese Kerle, die kamen nicht herein, so sehr sie sich auch bemühten. Ich sagte Euch doch, die Suppenküche würde sie weglocken. Gäste im ›Hof der Drei Pflaumen‹ brauchen keine Leibwächter auf den Zimmern.«

»Das stimmt ganz sicher«, sagte Elayne und versuchte sanft, sie aus der Tür zu schieben. »Aber Thom und die anderen machen sich eben Sorgen. Ihr wißt ja, wie Männer sind.« Thom warf ihr einen scharfen Blick zu und seine dichten weißen Augenbrauen verzogen sich drohend, doch Rendra schnaubte und nickte bestätigend. Elayne konnte endlich die Tür schließen.

Nynaeve wandte sich sofort Egeanin zu, die ihr Lager auf der anderen Seite des Bettes aufschlug. »Zieht Euch aus, Seanchan. Ich will sichergehen, daß Ihr nicht irgendwo noch ein Messer versteckt habt.«

Egeanin stand gelassen auf und zog sich bis auf das leinene Unterhemd aus. Nynaeve suchte ihre Kleidung gründlich ab und bestand dann darauf, auch Egeanin selbst zu untersuchen, und das nicht gerade sanft. Daß sie nichts fand, schien sie kaum zu besänftigen.

»Hände auf den Rücken, Seanchan. Elayne, fessle sie.«

»Nynaeve, ich glaube nicht, daß sie …«

»Fessle sie mit der Macht, Elayne«, sagte Nynaeve grob, »oder ich schneide ihr Kleid in Streifen und fessle sie an Händen und Füßen. Du wirst dich daran erinnern, wie sie die Kerle auf der Straße fertiggemacht hat. Möglicherweise von ihr selbst angeworbene Entführer. Sie könnte uns vielleicht im Schlaf mit bloßen Händen töten.«

»Also wirklich, Nynaeve! Thom steht draußen …«

»Sie ist eine Seanchan! Eine Seanchan, Elayne!« Es

klang, als hasse sie die dunkelhaarige Frau, als habe sie ihr persönlich etwas angetan, aber das ergab keinen Sinn. Egwene war den Seanchan in die Hände gefallen, und nicht Nynaeve. Ihr leicht vorgeschobenes Kinn signalisierte, daß sie ihren Kopf durchsetzen wollte, ob mit Hilfe der Macht oder mit Stricken, falls sie welche auftrieb.

Egeanin hatte bereits die Handgelenke hinter dem Rücken aneinandergelegt, folgsam, wenn nicht sogar demütig. Elayne verwob einen Strang Luft um sie und band ihn. Zumindest würde das bequemer sein als aus ihrem eigenen Kleid gerissene Stoffstreifen. Egeanin spannte die Armmuskeln leicht, um die unsichtbaren Bande zu überprüfen, und dann schauderte sie. Genauso hätte sie versuchen können, Stahlketten zu zerreißen. Achselzuckend legte sie sich hin, so gut es eben ging, und wandte Elayne und Nynaeve den Rücken zu.

Nynaeve begann, ihr eigenes Kleid aufzuknöpfen. »Gib mir den Ring, Elayne.«

»Bist du sicher, Nynaeve?« Sie blickte bedeutsam Egeanins Rücken an. Die Frau schien gar nicht zuzuhören.

»Sie wird jedenfalls heute nacht nicht mehr weglaufen und uns verraten.« Nynaeve schwieg einen Moment und zog sich das Kleid über den Kopf. Dann setzte sie sich in ihrem dünnen Seidenunterhemd aus Tarabon auf die Bettkante, um die Strümpfe herunterzurollen. »Heute ist die Nacht, in der wir uns wieder verabredet haben. Egwene erwartet eine von uns, und ich bin jetzt dran. Sie wird sich Sorgen machen, wenn keine von uns auftaucht.«

Elayne fischte die Lederkordel aus ihrem Ausschnitt. Der Steinring mit seinen Flecken und Streifen in Blau und Braun und Rot hing neben dem goldenen Ring mit der Großen Schlange, die ihren eigenen Schwanz fraß. Sie knotete die Kordel auf, reichte Nynaeve den *Ter'Angreal,* band sie wieder zusammen und ließ den verbliebenen Ring unter ihr Kleid gleiten. Nynaeve hängte den steinernen *Ter'Angreal* neben ihren eigenen Schlangenring und den schweren Goldring von Lan, die zwischen ihren Brüsten baumelten.

»Gib mir eine Stunde, nachdem du sicher bist, daß ich schlafe, ja?« sagte sie und streckte sich auf der blauen Bettdecke aus. »Es sollte nicht länger dauern. Und paß auf die da auf.«

»Was kann sie schon anstellen, wenn sie gefesselt ist, Nynaeve?« Elayne zögerte und dann fügte sie hinzu: »Ich glaube auch nicht, daß sie uns etwas antun würde, wenn sie frei wäre.«

»Wage es nicht!« Nynaeve hob den Kopf und blickte böse auf Egeanins Rücken. Dann ließ sie sich wieder auf die Kissen fallen. »Eine Stunde, Elayne.« Sie schloß die Augen und veränderte ihre Stellung, bis sie bequemer lag. »Das dürfte auf jeden Fall reichen«, murmelte sie.

Elayne verbarg ein Gähnen hinter ihrer Hand und stellte den niedrigen Hocker an den Fuß des Bettes, wo sie Nynaeve beobachten konnte und auch Egeanin, obwohl das kaum notwendig werden dürfte. Die Frau lag zusammengerollt auf der Matratze, hatte die Knie angezogen und die Hände sicher gefesselt auf dem Rücken. Das war ein ermüdender Tag gewesen, obwohl sie die Schenke überhaupt nicht verlassen hatten. Nynaeve murmelte bereits leise im Schlaf. Ihre Ellbogen standen wieder mal ab.

Egeanin hob den Kopf und blickte sich nach hinten um. »Ich glaube, sie haßt mich.«

»Schlaft lieber.« Elayne unterdrückte ein weiteres Gähnen.

»Aber Ihr schlaft nicht.«

»Seid Euch Euer selbst nicht zu sicher«, warnte sie die andere. »Ihr scheint das alles sehr gelassen hinzunehmen. Wie könnt Ihr nur so ruhig bleiben?«

»Ruhig?« Die Hände der Frau bewegten sich unwillkürlich und stemmten sich gegen die aus Luft gewebten Fesseln. »Ich habe derartig Angst, daß ich weinen könnte.« Ihrer Stimme war das nicht anzumerken, aber es klang trotzdem wie die Wahrheit.

»Wir werden Euch nichts tun, Egeanin.« Was Nynaeve auch vorhatte, sie würde schon dafür sorgen. »Schlaft jetzt.« Nach einem Augenblick senkte sich Egeanins Kopf.

Eine Stunde. Es war richtig, Egwene keine unnötigen Sorgen zu bereiten, aber sie hätte es lieber gehabt, wenn sie die Stunde mit Überlegen über ihre Probleme zugebracht hätten, anstatt sinnlos in *Tel'aran'rhiod* herumzulaufen. Wenn sie nicht in der Lage waren, herauszubekommen, ob Amathera nun eine Gefangene war oder nicht … *Laß das jetzt mal beiseite; das findest du jetzt und hier bestimmt nicht heraus.* Und wenn sie es schließlich wüßten, wie kämen sie dann trotz aller Soldaten und der Miliz in den Palast hinein, ganz zu schweigen von Liandrin und den anderen?

Nynaeve hatte leicht zu schnarchen begonnen, eine Angewohnheit, die sie noch hitziger abstritt als die ewig herausstechenden Ellbogen. Egeanin schien langgezogen und gleichmäßig zu atmen, als schlafe sie. Elayne hielt die Hand vor und gähnte wieder. Dann setzte sie sich auf dem Hocker zurecht und begann zu planen, wie sie sich in den Panarchenpalast einschleichen könnten.

KAPITEL 13

Hilfe in der Not

Einen Moment lang stand Nynaeve im Herzen des Steins, ohne ihre Umgebung und die Tatsache, daß sie sich in *Tel'aran'rhiod* befand, wirklich wahrzunehmen. Egeanin war eine Seanchan. Eine aus diesem verderbten Volk, das ein Halsband um Egwenes Hals gelegt und versucht hatte, auch ihr eines anzulegen. Sie fühlte sich ausgebrannt bei diesem Gedanken. Eine Seanchan, und sie hatte sich ihre Freundschaft erschlichen. Seit sie Emondsfeld verlassen hatte, war sie nur wenigen begegnet, die man als wahre Freunde bezeichnen könnte. Erst eine neue Freundin zu finden und sie dann auf diese Art zu verlieren…

»Deshalb hasse ich sie am meisten«, grollte sie und verschränkte ihre Arme. »Sie hat es fertiggebracht, daß ich sie mag, und ich kann damit nicht einfach aufhören, und deshalb hasse ich sie!« Laut ausgesprochen ergab das überhaupt keinen Sinn. »Es muß ja auch keinen Sinn ergeben.« Sie lachte leise und schüttelte bedauernd den Kopf. »Ich sollte mich ja wohl wie eine Aes Sedai verhalten.« Aber nicht schmollen wie ein kleines Mädchen.

Callandor funkelte. Das Kristallschwert steckte im Boden unter der großen Kuppel, und dahinter erstreckten sich Reihen riesiger roter Sandsteinsäulen in diesem eigenartigen, trüben Lichtschein, der von überall zugleich zu kommen schien. Es war leicht, sich an das alte Gefühl zu erinnern, beobachtet zu werden. Natürlich bildete sie sich das nur ein. Falls es früher Einbildung gewesen war. Falls es jetzt Einbildung war. Dort hinten konnte sich alles mögliche verbergen. In ihren Händen erschien ein guter, dicker Stock, und sie spähte zwischen die Säulen hinein. Wo war Egwene? Es sah dem Mädchen ähnlich, sie hier warten zu lassen. So düster und trüb beleuchtet hier. Und wenn nun etwas auf sie lauerte, bereit, jeden Augenblick herauszuspringen …

»Das ist aber ein seltsames Kleid, Nynaeve.«

Sie konnte gerade noch einen Aufschrei unterdrücken und fuhr mit wild klopfendem Herzen und einem metallischen Scheppern herum. Egwene stand auf der anderen Seite *Callandors* mit zwei Frauen in bauschigen Röcken, die über den weißen Blusen dunkle Schals trugen. Die weißen Haare hatten sie jeweils mit einem anderen Schal eingebunden, und die Schalenden hingen ihnen bis zur Hüfte herunter. Nynaeve schluckte erst einmal, hoffte, daß die anderen es nicht bemerkten, und bemühte sich, wieder normal zu atmen. Sich so heranzuschleichen!

Eine der Aielfrauen erkannte sie aus Egwenes Beschreibung: Amys' Gesicht war viel zu jung für dieses weiße Haar, aber anscheinend war es schon seit ihrer Kindheit beinahe silbern gewesen. Die andere war schlank, fast knochig, und hatte blaßblaue Augen in einem ledernen, runzligen Gesicht. Das mußte Bair sein. Die härtere der beiden, fand Nynaeve nun, da sie die beiden vor sich hatte, aber nicht, daß Amys … Was? Ein seltsames Kleid? *Ich habe dieses Geräusch gemacht?*

Sie blickte an sich herunter und schnappte nach Luft. Ihr Kleid sah entfernt aus wie eines von den zwei Flüssen, aber die Frauen dort trugen keine Kleider aus Stahlplättchen mit größeren Platten dazwischen, die zu einer Rüstung gehören mochten. Solche Rüstungen hatte sie in Schienar gesehen. Wie konnten Männer in so etwas herumlaufen und auf Pferde steigen? Das Ganze lag schwer auf ihren Schultern, als wöge es hundert Pfund. Ihr kräftiger Stock bestand jetzt aus Metall und wies an einem Ende Stacheln auf, wie eine stahlglänzende Distel. Ohne ihren Kopf berühren zu müssen, wußte sie, daß sie eine Art Helm trug. Sie errötete heftig und konzentrierte sich, damit sie ihre Kleidung schnell zu einem guten Wollkleid von den Zwei Flüssen ändern konnte. Dazu trug sie nun einen Wanderstock. Es war ein schönes Gefühl, ihr Haar wieder zu einem dicken Zopf geflochten zu tragen, der ihr über eine Schulter herunterhing.

»Unkontrollierte Gedanken haben manchmal unangenehme Folgen, wenn man im Traum wandelt«, sagte Bair mit dünner, aber zugleich kräftiger Stimme. »Ihr müßt lernen, sie zu beherrschen, wenn Ihr damit weitermachen wollt.«

»Ich kann meine Gedanken ganz gut beherrschen, danke«, sagte Nynaeve knapp. »Ich...« Bairs Stimme war nicht das einzige, was ihr dünn vorkam. Die beiden Weisen Frauen schienen... beinahe verschwommen, und Egwene in ihrem hellblauen Reitkleid war fast durchscheinend. »Was ist los mit Euch? Warum seht Ihr so eigenartig aus?«

»Versuch du mal, nach *Tel'aran'rhiod* zu kommen, wenn du im Halbschlaf auf einem Pferd hockst«, sagte Egwene trocken. Sie schien zu flackern. »Es ist Morgen im Dreifachen Land und wir sind unterwegs. Ich mußte Amys schon überreden, damit sie mich überhaupt gehen ließ, aber ich fürchtete, du würdest dir Sorgen machen.«

»Es ist schon ohne ein Pferd schwierig genug«, sagte Amys, »halb zu schlafen, wenn man doch eigentlich wachen möchte. Egwene hat es noch nicht richtig gelernt.«

»Das werde ich schon noch«, sagte Egwene nervös, doch entschlossen. Sie war wie immer zu forsch und stur, wenn es darum ging, etwas zu lernen. Wenn diese Weisen Frauen sie nicht an der kurzen Leine hielten, würde sie sich mit einiger Sicherheit noch in alle nur erdenklichen Schwierigkeiten bringen.

Nynaeve vergaß, sich weiter um Egwene und ihr Ungestüm Sorgen zu machen, als die jüngere Frau begann, von dem Angriff der Trollocs und Draghkar auf die Kaltfelsenfestung zu erzählen. Seana, eine Weise Frau und Traumgängerin, befand sich unter den Toten. Rand eilte mit den Taardad Aiel nach diesem Alcair Dal, wobei er offensichtlich mit allen Bräuchen der Aiel brach. Er hatte Läufer ausgesandt, um weitere Septimen dorthin zu holen. Der Junge vertraute seine Absichten niemandem an, die Aiel waren übernervös, und Moiraine kaute an den Fingernägeln vor Frust. Das allein hätte sie schon diebisch gefreut, denn auf irgendeine Weise wollte sie ja dem Einfluß dieser Frau endlich entfliehen, aber so besorgt, wie Egwene war …

»Ich weiß nicht, ob es der beginnende Wahnsinn ist oder pure Absicht«, schloß Egwene. »Wenn ich sicher wäre, könnte ich wohl beides ertragen. Nynaeve, ich gebe zu, im Augenblick ist es nicht die Weissagung oder die Aussicht auf Tarmon Gai'don, was mir angst macht. Vielleicht ist es dumm, aber ich habe nun einmal Elayne versprochen, auf ihn aufzupassen, und nun weiß ich nicht, wie ich das anstellen soll.«

Nynaeve ging um das Kristallschwert herum und legte einen Arm um Egwene. Wenigstens hatte sie selbst das Gefühl, körperlich zu sein, auch wenn die andere wie ein Bild auf einem angelaufenen Spiegel aussah. Rands geistige Gesundheit. In dieser Hinsicht konnte sie nichts tun, noch nicht einmal etwas wirklich Beruhigendes sagen. Egwene war schließlich diejenige, die bei ihm blieb und auf ihn aufpassen wollte. »Das Beste, was du für Elayne tun kannst, ist, ihm zu sagen, er solle das lesen, was sie ihm geschrieben hat. Sie macht sich Sorgen um ihn. Sie redet wohl nicht darüber, aber ich glaube, sie fürchtet, mehr gesagt zu haben, als sie sollte. Wenn er glaubt, sie sei bis über beide Ohren verliebt, dann ist die Wahrscheinlichkeit größer, daß er dasselbe empfindet, und das ist bestimmt nicht schlecht für sie. Wenigstens haben wir ein paar gute Neuigkeiten aus Tanchico. Aber nur ein paar.« Als sie alles erklärte, schien noch nicht einmal diese Einschränkung gerechtfertigt.

»Also wißt ihr immer noch nicht, was sie eigentlich suchen«, sagte Egwene, nachdem sie geendet hatte. »Und selbst wenn, dann wären sie bereits an Ort und Stelle und könnten es zuerst aufspüren.«

»Nicht, wenn ich es verhindern kann.« Nynaeve sah die beiden Weisen Frauen fest und entschlossen an. Elayne hatte ja berichtet, daß Amys zögerte, sich mehr als nur in Warnungen zu äußern. Also mußte sie ganz entschlossen mit ihnen umgehen, wenn sie etwas in Erfahrung bringen wollte. Im Moment sah das Paar so verschwommen und durchscheinend aus, daß ein kräftiges Hauchen gereicht hätte, um sie wie Nebel wegzublasen. »Elayne glaubt, Ihr kennt alle möglichen Dinge, die man im Traum tun kann. Gibt es eine Möglichkeit, in Amatheras Träume einzudringen, um herauszufinden, ob sie zu den Schattenfreunden gehört?«

»Närrisches Mädchen.« Bair schüttelte ihr langes Haar. »Und auch wenn Ihr eine Aes Sedai seid, so seid Ihr doch ein närrisches Mädchen. In den Traum eines anderen Menschen einzudringen ist sehr gefährlich, es sei denn, sie kennt und erwartet Euch. Es ist *ihr* Traum und nicht mit dem hier zu vergleichen. Dort wird diese Amathera alles unter Kontrolle haben. Selbst Euch.«

Das hatte sie so nicht bedacht. Es war ärgerlich, darauf gestoßen zu werden. Und dann noch ›närrisches Mädchen‹!

»Ich bin kein Mädchen«, fauchte sie. Sie hätte am liebsten an ihrem Zopf gerissen, aber statt dessen ballte sie lediglich eine Faust. Aus irgendeinem Grund hatte sie in letzter Zeit ein komisches Gefühl dabei, wenn sie sich ertappte, an ihrem Haar zu ziehen. »Ich war die Seherin von Emondsfeld, bevor ich … bevor ich eine Aes Sedai wurde …« Sie brachte diese Lüge mittlerweile recht leicht über die Lippen. »... und ich habe Frauen in Eurem Alter befohlen, sich hinzusetzen und den Mund zu halten. Wenn Ihr wißt, wie Ihr mir helfen könnt, dann sagt mir das, statt mir närrische Sprüche über irgendwelche Gefahren an den Kopf zu werfen. Ich erkenne eine Gefahr, wenn ich vor ihr stehe.«

Mit einemmal bemerkte sie, daß sich ihr einzelner Zopf in zwei geteilt hatte, einer auf jeder Seite, und rote Bänder waren so eingeflochten, daß sie unten jeweils eine hübsche Schleife bildeten. Ihr Rock war so kurz, daß sogar die Knie sichtbar waren. Dazu trug sie eine lose hängende weiße Bluse wie die Weisen Frauen, und Schuhe und Strümpfe fehlten ganz. Wo kam denn *das* her? Sie hatte ganz sicher niemals daran gedacht, so etwas zu tragen. Egwene legte sich schnell die Hand vor den Mund. War sie erschrocken? Sicher lachte sie doch nicht!

»Unkontrollierte Gedanken«, sagte Amys, »können einem manchmal Schwierigkeiten bereiten, Nynaeve Sedai, bis Ihr es gelernt habt.« Trotz ihres nichtssagenden Tonfalls zuckten ihre Lippen ein wenig in kaum verhohlener Heiterkeit.

Nynaeve beherrschte ihre Gesichtszüge nur mit größter Anstrengung. Sie konnten ja wohl nichts damit zu tun gehabt haben. *Oder etwa doch?* Sie gab sich alle Mühe, um ihre Kleidung wieder zurückzuverwandeln, aber es war ein harter Kampf, so, als versuche etwas, sie daran zu hindern. Ihre Wangen wurden heißer und heißer. Und dann plötzlich, gerade als sie nahe daran war, aufzugeben und um Rat oder sogar um Hilfe zu bitten, waren ihre Kleidung und ihr Haar wieder so wie vorher. Sie bewegte dankbar ihre Zehen in den guten, festen Schuhen. Es *konnte* ja nur ein eigenartiger Nebengedanke gewesen sein. Auf jeden Fall würde sie jetzt ganz bestimmt keinen Verdacht äußern; die beiden schienen sich auch so schon genügend zu amüsieren, sogar Egwene. *Ich bin nicht hier, um lächerliche Spiele zu spielen. Und ich werde nicht auch noch Wasser auf ihre Mühlen gießen.*

»Wenn ich nicht in ihren Traum eindringen kann, ist es dann möglich, sie hierher in die Welt der Träume mitzunehmen? Ich muß auf irgendeine Art mit ihr reden.«

»Das würden wir Euch nicht beibringen, auch wenn wir könnten«, sagte Amys. Sie zog ihren Schal ärgerlich zurecht. »Ihr bittet um etwas Böses, Nynaeve Sedai.«

»Sie wäre hier genauso hilflos wie Ihr in ihrem Traum.« Bairs dünne Stimme klang wie eine Eisenrute. »Man hat von der allerersten Traumgängerin bis heute weitergegeben, daß niemand jemals gegen ihren oder seinen Willen in einen Traum gezwungen werden darf. Man sagt, nur der Schatten habe das in den letzten Tagen des Zeitalters der Legenden getan.«

Nynaeve trat von einem Fuß auf den anderen. Sie fühlte sich alles andere als wohl unter diesen harten Blicken. Ihr wurde bewußt, daß ihr Arm noch um Egwenes Taille lag, und so hielt sie ganz still. Sie wollte nicht, daß Egwene glaubte, sie hätten sie nervös gemacht. Das hatten sie ja auch nicht. Wenn sie an das Gefühl dachte, vor die Versammlung der Frauen zitiert zu werden, damals, bevor sie zur Seherin gewählt worden war … Nein, das hatte nichts mit den Weisen Frauen zu tun. Man mußte einfach nur fest bleiben … Sie starrten sie an. Verschwommen oder nicht, die Blicke dieser Frauen konnten es in der Tat mit denen von Siuan Sanche aufnehmen. Besonders diejenigen Bairs. Nicht, daß sie sich einschüchtern ließ, aber nun war der Punkt erreicht, wo allein Vernunft zählte. »Elayne und ich brauchen Hilfe. Die Schwarzen Ajah sitzen auf irgend etwas, das Rand schaden kann. Falls die anderen es vor uns finden, sind sie vielleicht in der Lage, ihn zu beherrschen. Wir müssen es zuerst finden! Wenn Ihr irgend etwas tun könnt, um uns zu helfen, mir irgend etwas sagen könnt … Überhaupt nur irgend etwas.«

»Aes Sedai«, sagte Amys, »bei Euch klingt eine Bitte um Hilfe wie eine Forderung.« Nynaeve verzog den Mund. Forderung? Sie hatte doch beinahe gebettelt. Forderung, ha! Die Aielfrau schien nichts zu bemerken. Oder sie wollte nicht. »Aber eine Gefahr, die Rand al'Thor bedroht... Wir können dem Schatten nicht erlauben, das in die Hände zu bekommen. Es gibt eine Möglichkeit.«

»Gefährlich.« Bair schüttelte lebhaft den Kopf. »Diese junge Frau weiß weniger als Egwene zu der Zeit, als sie zu uns kam. Es ist zu gefährlich für sie.«

»Dann könnte doch ich vielleicht...«, begann Egwene, und die beiden schnitten ihr gleichzeitig das Wort ab.

»Ihr werdet Eure Ausbildung erst einmal beenden. Ihr seid immer zu schnell dabei, über das hinauszuschießen, was Ihr wollt und könnt«, sagte Bair in scharfem Ton, und zur gleichen Zeit sagte Amys keineswegs sanfter: »Ihr befindet Euch nicht in Tanchico. Ihr kennt den Ort nicht, und Ihr seid nicht in Nynaeves Lage. Sie ist die Jägerin.«

Unter diesen harten Blicken gab Egwene schmollend nach, und die beiden Weisen Frauen blickten einander an. Schließlich zuckte Bair die Achseln und wickelte den Schal um ihr Gesicht. Ganz klar, daß sie ihre Hände in Unschuld wusch, was dieses Problem betraf.

»Es ist gefährlich«, sagte Amys. Bei den beiden klang es, als sei selbst das Luftholen in *Tel'aran'rhiod* gefährlich.

»Ich...!« Nynaeve unterbrach sich gleich wieder, als Amy's Blick noch härter wurde, was sie eigentlich nicht für möglich gehalten hätte. Sie hielt sich noch einmal bewußt das Bild ihrer Kleidung vor Augen; obwohl sie wahrscheinlich nichts damit zu tun gehabt hatten, war es doch besser, vorsichtig zu sein, damit alles so blieb, wie es jetzt war. Und so sagte sie etwas ganz anderes, als sie vorgehabt hatte: »Ich werde vorsichtig sein.«

»Es ist an sich nicht möglich«, sagte Amys ganz offen zu ihr, »aber ich weiß keinen anderen Weg. Der Schlüssel liegt in der Notwendigkeit. Wenn in einer Festung zu viele Menschen leben, muß sich die Septime teilen, und es ist absolut notwendig, in der neuen Festung Wasser zu haben. Wenn man keinen passenden Ort findet, ruft man schließlich eine von uns herbei, um einen solchen aufzuspüren. Der Schlüssel liegt dann eben in der Notwendigkeit, nicht zu weit von der ersten Festung entfernt ein passendes Tal oder eine Schlucht zu finden, in der es Wasser gibt. Wenn wir uns ganz auf dieses Bedürfnis konzentrieren, kann uns das der passenden Lösung sehr nahe bringen. Wenn wir uns dann ein zweites Mal konzentrieren, bringt uns das wieder einen Schritt näher. Jeder solche Schritt bringt uns näher heran, bis wir uns schließlich in diesem gewünschten Tal befinden, und nicht nur das! Wir stehen dann direkt neben der Stelle, an der man das Wasser findet. Für Euch ist das wohl schwieriger, denn Ihr wißt nicht genau, wonach Ihr eigentlich sucht, aber die Stärke des Bedürfnisses mag das vielleicht ausgleichen. Und außerdem wißt Ihr bereits ungefähr, wo es zu finden ist, nämlich in diesem Palast.«

»Die Gefahr, und der müßt Ihr euch immer bewußt sein, liegt im Folgenden.« Die Weise Frau beugte sich eindringlich zu ihr vor, und ihre Worte klangen so scharf und einprägsam wie ihr Blick schon war: »Jeden Schritt müßt Ihr völlig blind tun, mit geschlossenen Augen. Ihr wißt nie, wo Ihr euch befinden werdet, wenn Ihr die Augen öffnet. Und das Wasser zu finden hilft Euch nicht weiter, falls Ihr in einem Vipernnest steht. Die Giftzähne einer Schlange töten Euch im Traum genauso schnell wie in der Wirklichkeit. Ich glaube außerdem, diese Frauen, von denen Egwene gesprochen hat, töten noch schneller als eine Schlange.«

»Ich habe das schon gemacht«, rief Egwene. Nynaeve spürte, wie sie unwillkürlich zusammenfuhr, als sich die Blicke der Aielfrauen ihr zuwandten. »Bevor ich Euch kennenlernte«, fügte sie hastig hinzu. »Bevor wir nach Tear gingen.«

Notwendigkeit. Bedürfnis. Nynaeve empfand ein wärmeres Gefühl den Aielfrauen gegenüber als vorher, nun, da sie einmal wenigstens einen brauchbaren Hinweis erhalten hatte. »Ihr müßt gut auf Egwene aufpassen«, sagte sie zu ihnen und drückte die jüngere Frau in ihrem Arm fest, um zu zeigen, wie sie es gemeint hatte. »Ihr habt recht, Bair. Sie wird immer versuchen, mehr zu erreichen, als sie bereits gelernt hat. So ist sie schon immer gewesen.« Aus irgendeinem Grund zog Bair kritisch die weißen Augenbrauen hoch und blickte *sie* dabei an.

»Ich halte sie nicht für so vorschnell«, sagte Amys trocken. »Sie ist jetzt doch eine fügsame Schülerin, oder, Egwene?«

Egwenes Lippen schienen ganz schmal, so preßte sie sie aufeinander. Diese Weisen Frauen kannten sie ganz und gar nicht, wenn sie glaubten, eine Frau von den Zwei Flüssen könne jemals ›fügsam‹ sein. Andererseits widersprach sie nicht. Und das kam unerwartet. Wie es schien, waren diese Aielfrauen genauso hartgesotten wie die Aes Sedai.

Ihre Stunde glitt ihr unter den Fingern davon, und in ihr kochte die Ungeduld. Sie wollte diese Methode auf der Stelle ausprobieren. Wenn Elayne sie zu früh aufweckte, konnte es Stunden dauern, bis sie wieder einschlief. »In sieben Tagen«, sagte sie, »wird eine von uns Euch wieder hier erwarten.«

Egwene nickte. »In sieben Tagen hat sich Rand den Clanhäuptlingen als Der, Der Mit Der Morgendämmerung Kommt zu erkennen gegeben, und die Aiel werden alle hinter ihm stehen.« Die Blicke der Weisen Frauen wichen ihr aus, und Amys rückte ihren Schal zurecht. Egwene bemerkte es nicht. »Das Licht weiß, was er anschließend vorhat.«

»In sieben Tagen«, sagte Nynaeve, »werden Elayne und ich den anderen das abgejagt haben, was Liandrin sucht.« Sonst hätten es wahrscheinlich die Schwarzen Ajah. Also waren sich die Weisen Frauen genausowenig sicher, daß die Aiel alle Rand folgen würden, wie Egwene in bezug auf seine Pläne. Nirgendwo gab es Sicherheit. Aber es hatte auch keinen Zweck, Egwene mit noch mehr Zweifeln zu belasten. »Wenn Ihr das nächstemal eine von uns seht, haben wir sie beim Kragen gepackt, in Säcke gestopft und zur Burg geschickt, wo sie der Prozeß erwartet.«

»Bemühe dich, vorsichtig zu sein, Nynaeve. Ich weiß, wie schwer dir das fällt, aber versuche es wenigstens. Sag es bitte auch Elayne. Sie ist nicht so … kühn … wie du, aber sie kommt dir gelegentlich nahe.« Amys und Bair legten jeweils eine Hand auf Egwenes Schultern, und dann waren sie weg.

Versuchen, vorsichtig zu sein? Närrisches Mädchen. Sie war doch immer vorsichtig. Was hatte Egwene eigentlich statt ›kühn‹ sagen wollen? Nynaeve verschränkte die Arme fest, statt an ihrem Zopf zu ziehen. Vielleicht war es besser, wenn sie es nicht wußte.

Ihr wurde bewußt, daß sie Egwene nichts von Egeanin erzählt hatte. Am besten, wenn sie Egwene nicht an die Zeit ihrer Gefangenschaft erinnerte. Nynaeve konnte sich nur zu gut an die Wochen danach erinnern, an Egwenes Alpträume, als sie schreiend erwacht war und nicht mehr angekettet werden wollte. Es war wirklich am besten, nicht daran zu rühren. Und Egwene mußte ja die Seanchanfrau gar nicht kennenlernen. *Verdammte Frau! Seng Egeanin, bis sie Asche ist! Seng sie!*

»So verschwende ich meine Zeit«, sagte sie laut. Die Worte warfen ein Echo zwischen den hohen Säulen. Jetzt, wo die anderen Frauen verschwunden waren, wirkte alles noch drohender als vorher, noch mehr wie das Versteck unsichtbarer Beobachter und von Dingen, die lauerten und plötzlich hervorsprangen. Zeit, zu gehen.

Zuerst jedoch änderte sie ihre Kleidung und Aufmachung. Aus dem einen Zopf wurde wieder ein Bündel langer, dünner Zöpfe. Ihr enganliegendes Kleid war aus dunkelgrüner Seide, und Mund und Nase wurden von einem transparenten Schleier bedeckt, der beim Atmen ein wenig flatterte. Sie verzog das Gesicht und fügte noch grüne Jadeperlen hinzu, die in die Zöpfe eingeflochten waren. Sollte eine der Schwarzen Schwestern ihren gestohlenen *Ter'Angreal* benützen, um die Welt der Träume zu betreten und sie im Panarchenpalast sehen, würde sie sie lediglich für eine Frau aus Tarabon halten, die sich auf ganz normale Art dorthingeträumt hatte. Allerdings kannten ein paar sie vom Sehen. Sie hob eine Handvoll mit Perlen geschmückter Zöpfe an und lächelte. Blaß honigfarben. Sie hatte gar nicht gewußt, daß so etwas möglich war. *Wie ich wohl aussehen mag? Würden sie mich immer noch erkennen?*

Plötzlich stand ein hoher Spiegel gleich neben *Callandor*. Auf seiner schimmernden Fläche sah sie, wie sie die großen braunen Augen vor Überraschung aufriß und sich ihr Rosenknospenmund unwillkürlich öffnete. Sie hatte Rendras Gesicht! Ihre Gesichtszüge flackerten hin und her; die Augen und das Haar waren einmal heller und dann wieder dunkler, aber schließlich blieb sie bei dem Gesicht der Wirtin. So würde niemand sie erkennen. Und Egwene glaubte, sie könne nicht vorsichtig vorgehen!

Sie schloß die Augen und konzentrierte sich auf Tanchico, auf den Panarchenpalast, auf die dringende Notwendigkeit. Eine Gefahr für Rand, für den Wiedergeborenen Drachen ... *eindringlich* ... Um sie herum verschob sich *Tel'aran'rhiod*. Sie spürte deutlich, wie einen leichten Ruck, der durch die Welt ging, und dann öffnete sie voller Erwartung die Augen, um zu sehen, was sie gefunden hatte.

Sie befand sich in einem Schlafzimmer, so groß, wie sechs Zimmer im ›Hof der Drei Pflaumen‹ zusammen.

Die weißen Gipswände waren mit gemalten Friesen geschmückt und goldene Lampen hingen an vergoldeten Ketten von der Decke. Die hohen Bettpfosten liefen oben in einem Dach von Ästen und Blätterwerk aus. Eine Frau, die noch keineswegs ihre mittleren Jahre erreicht hatte, stand steif mit dem Rücken an einem der Bettpfosten am Fuß des Betts. Sie sah wirklich ziemlich gut aus. Sie hatte die gleiche Art von Schmollmund, wie ihn sich Nynaeve nun zugelegt hatte. Auf den um den Kopf gewickelten Zöpfen lag eine Krone aus goldenen, dreizackigen Blättern, mit Rubinen und Perlen geschmückt und mit einem Mondstein, der größer war als ein Gänseei. Um den Hals hatte sie sich eine breite Stola geschlungen, die bis zu den Knien herunterhing und der Länge nach mit Bäumen bestickt war. Von der Krone und der Stola abgesehen, trug sie lediglich eine glänzende Schweißschicht am ganzen Körper.

Ihr ängstlicher Blick war auf die Frau gerichtet, die entspannt auf einer niedrigen Couch lag. Diese zweite Frau wandte Nynaeve den Rücken zu und war genauso durchscheinend, wie es Egwene zuvor gewesen war. Sie war klein und zierlich. Das dunkle Haar hing ihr lose auf die Schultern herab. Ihr Gewand aus hellgelber Seide mit einem weiten Rock stammte bestimmt nicht aus Tarabon. Nynaeve mußte ihr Gesicht gar nicht erst sehen, um zu wissen, daß es irgendwie fuchsartig wirkte und große, blaue Augen aufwies. Sie mußte auch die Stränge aus Luft nicht sehen, mit denen sie die erste Frau an den Bettpfosten gefesselt hatte, um zu wissen, daß sie Temaile Kinderode vor sich hatte.

»... soviel erfahren, wenn Ihr eure Träume benützt, anstatt den Schlaf lediglich zu verschwenden«, sagte Temaile gerade lachend. Der Akzent aus Cairhien war ihr deutlich anzumerken. »Gefällt es Euch nicht? Was soll ich Euch als nächstes beibringen? Ich weiß. Mir hat das immer so gefallen: ›Ich habe tausend Matrosen geliebt‹.« Sie winkte mit einem mahnenden Finger. »Geht sicher, daß ihr den ganzen Text richtig lernt, Amathera. Ihr wißt, es würde mir nicht gefallen … Was starrt Ihr so an?«

Mit einem Schlag wurde Nynaeve bewußt, daß die Frau am Bettpfosten – Amathera? Die Panarchin? – sie geradewegs anstarrte. Temaile wälzte sich bequem herum, um nachzusehen, was da sei.

Nynaeve schloß schnell die Augen und konzentrierte sich. Dringend. Notwendig.

Eine erneute Verschiebung.

Nynaeve ließ sich gegen die schmale Säule sinken und sog erst einmal gierig Luft ein, als sei sie zwanzig Meilen weit gerannt. Sie wollte gar nicht wissen, wo sie sich befand. Ihr Herz hämmerte wie eine Trommel, wenn zum Tanz aufgespielt wurde. In einer Schlangengrube landen, ja? Temaile Kinderode. Die Schwarze Schwester, von der Amico gesagt hatte, daß sie es genieße, jemandem weh zu tun, so sehr, daß es sogar den anderen Schwarzen auffiel. Und sie selbst war nicht in der Lage, etwas mit der Macht anzufangen. Es hätte damit enden können, daß sie den nächsten Bettpfosten neben Amathera zierte. *Licht!* Sie schauderte, wenn sie nur daran dachte. *Beruhige dich, Frau! Du bist ja draußen, und selbst wenn Temaile dich sah, sah sie halt nur eine Frau mit honigfarbenem Haar, die wieder verschwand, einfach eine aus Tarabon, die sich einen Augenblick lang nach* Tel'aran'rhiod *hineinträumte.* Sicher war Temaile sich ihrer nicht lange genug bewußt gewesen, um zu erkennen, daß sie die Macht lenken konnte. Auch zu den Zeiten, wo sie gar nicht in der Lage dazu war, konnte jemand mit dem gleichen Talent das bei ihr spüren. Nur einen Moment lang. Mit etwas Glück hatte dieser Moment nicht ausgereicht.

Wenigstens kannte sie jetzt Amatheras Lage. Die Frau war jedenfalls keine Verbündete Temailes. Also hatte diese Suchmethode bereits Früchte getragen. Aber eben noch nicht genug. Sie zwang sich, ruhiger zu atmen, und blickte sich um.

Reihen von schmalen weißen Säulen zogen sich ganz um den riesigen Saal, der beinahe genauso breit wie lang war. Der Boden unter ihren Füßen bestand aus glänzenden weißen Steinplatten, und die Decke war mit runden, vergoldeten Buckeln verziert. An hüfthohen Pfosten aus dunklem, glänzenden Holz hing rund herum ein dickes Seil aus weißer Seide, nur dort unterbrochen, wo sich Türen mit ihren jeweils zwei Spitzbögen befanden. An den Wänden standen Podeste und offene Vitrinen, in denen die Knochen eigenartiger Tiere ausgestellt lagen. Auch im Inneren standen noch ebenfalls durch Seile vom übrigen Raum abgetrennte Vitrinen. Egwenes Beschreibung nach mußte das der große Ausstellungssaal des Palastes sein. Was sie suchte, mußte sich also hier befinden. Ihren nächsten Schritt mußte sie demnach nicht mehr so blindlings tun wie den ersten. Hier gab es bestimmt keine Schlangen und keine Temailes.

Plötzlich erschien neben einer Glasvitrine mit geschnitzten Beinen, die mitten im Saal stand, eine gutaussehende Frau. Sie stammte wohl nicht aus Tarabon. Ihr dunkles Haar fiel ihr in Locken auf die Schultern, aber das war es nicht, was Nynaeve Augen und Mund aufreißen ließ. Das Kleid der Frau schien nur aus feinem Dunst zu bestehen, an manchen Stellen silbrig und undurchsichtig, an anderen jedoch grau und so dünn, daß ihr Körper deutlich sichtbar war. Wo immer sie auch herkam, sie hatte jedenfalls eine lebhafte Vorstellungskraft. Sich so etwas einfallen zu lassen! Selbst die skandalösen Kleider der Domanifrauen, von denen sie gehört hatte, konnten bestimmt bei diesem nicht mithalten.

Die Frau lächelte die Glasvitrine an und ging dann weiter durch den Saal. Auf der gegenüberliegenden Seite blieb sie vor etwas stehen, das Nynaeve nicht erkennen konnte, und betrachtete es eingehend. Es war etwas Dunkles auf einem weißen Steinpodest.

Nynaeve runzelte die Stirn und ließ die Handvoll honigfarbener Zöpfe los, die sie schon wieder gepackt hatte. Die Frau konnte jeden Augenblick wieder verschwinden. Nur wenige träumten sich über längere Zeit hinweg nach *Tel'aran'rhiod* hinein. Natürlich spielte es keine Rolle, ob die Frau sie sah, denn sie stand bestimmt nicht auf ihrer Liste der Schwarzen Schwestern. Und doch kam sie ihr irgendwie ... Nynaeve wurde bewußt, daß sie schon wieder ihre Zöpfe in der Hand hielt. Die Frau ... Ihre Hand riß ganz von allein hart an den Zöpfen, und sie blickte sie verblüfft an. Ihre Knöchel waren weiß, und die Hand zitterte. Es war, als habe der Gedanke an diese Frau das ausgelöst. Der ganze Arm zitterte, und wieder versuchte ihre Hand, das Haar aus ihrer Kopfhaut zu reißen. *Was beim Licht ist denn mit mir los?*

Die in Dunst gehüllte Frau stand immer noch vor dem weit entfernten weißen Podest. Das Zittern erfaßte vom Arm ausgehend Nynaeves Schulter. Sie hatte diese Frau noch nie gesehen. Und doch ... Sie bemühte sich, ihre Faust zu öffnen, aber die ballte sich nur um so fester. Bestimmt hatte sie die Frau noch nie gesehen. Nun bebte sie von Kopf bis Fuß und umklammerte sich mit ihrem freien Arm, als wolle sie sich selbst festhalten. Sicher ... Ihre Zähne fingen zu klappern an. Die Frau schien ... Sie hätte am liebsten geweint. Die Frau ...

Bilder stiegen in ihr auf, explodierten. Sie sackte gegen die Säule an ihrer Seite, als habe die Explosion sie physisch getroffen. Ihre Augen quollen hervor. Sie sah es noch einmal vor sich. Die Kammer der Fallenden Blüten und diese kraftvolle, gutaussehende Frau, die vom Glühen *Saidars* umgeben gewesen war. Sie und Elayne hatten wie die Kinder geplappert, hatten sich beinahe darum gestritten, als erste antworten zu dürfen, und alles ausgeplaudert, was sie wußten. Wieviel hatten sie ihr tatsächlich erzählt? Es war schwer, die

Einzelheiten zurückzuholen, aber sie erinnerte sich dunkel daran, ein paar Dinge wenigstens verschwiegen zu haben. Nicht bewußt. Sie hätte der Frau alles gesagt, alles für sie getan, was sie von ihr verlangte. Ihr Gesicht errötete vor Scham und Zorn. Wenn sie in der Lage gewesen war, ein paar kleine Dinge zu verbergen, dann nur, weil sie so – *begierig* – gewesen war, die letzte Frage zu beantworten, daß sie die von vorher überging.

Das ergibt doch keinen Sinn, sagte eine kleine Stimme in ihrem Hinterkopf. *Wenn sie eine Schwarze Schwester ist, von der ich nichts weiß, warum hat sie uns dann nicht an Liandrin ausgeliefert? Das hätte sie doch ohne weiteres gekonnt. Wir wären wie Lämmer zur Schlachtbank mitmarschiert.*

Kalter Zorn ließ sie nicht auf diese Stimme hören. Eine Schwarze Schwester hatte sie wie eine Marionette benutzt und ihr dann befohlen, alles zu vergessen. Und sie hatte es tatsächlich vergessen! Nun, jetzt würde die Frau erfahren, wie es war, wenn sie ihr bereit und vorgewarnt gegenüberstand!

Bevor sie nach der Wahren Quelle greifen konnte, befand sich plötzlich Birgitte neben der nächsten Säule. Sie hatte wieder dieses kurze, weiße Wams an und die gelbe, an den Knöcheln zugebundene Pumphose. Birgitte, oder eine Frau, die sich für Birgitte hielt und die das lange, goldene Haar zu einem kunstvollen Zopf geflochten hatte. Sie hatte einen Finger warnend an die Lippen gelegt, zeigte zuerst auf Nynaeve und dann eindringlich auf eine der breiten Türen mit zwei Spitzbögen hinter ihr. Ihre leuchtenden blauen Augen warnten noch einmal, und dann verschwand sie.

Nynaeve schüttelte den Kopf. Wer die Frau auch sein mochte, sie hatte keine Zeit. So öffnete sie sich *Saidar* und wandte sich um, als sie bis zum Überfluß mit der Einen Macht und ihrem kochenden Zorn angefüllt war. Die in Dunst gekleidete Frau war weg! Weg! Weil diese goldhaarige Närrin sie abgelenkt hatte! Vielleicht war die wenigstens immer noch in der Nähe und wartete auf sie. In die Macht gehüllt, schritt sie durch die Tür, auf die die Frau gedeutet hatte.

Die Frau mit dem goldenen Haar wartete tatsächlich in einem mit bunten Teppichen ausgelegten Flur auf sie. Die goldenen Lampen waren nicht angezündet, verströmten jedoch den Duft parfümierten Öls. Nun hielt sie einen silbernen Bogen in der Hand, und an ihrer Hüfte hing ein mit silbernen Pfeilen gefüllter Köcher.

»Wer seid Ihr?« wollte Nynaeve wütend wissen. Sie würde der Frau eine Gelegenheit geben, sich ihr zu erklären. Und ihr dann eine Lektion erteilen, die sie so schnell nicht mehr vergaß! »Seid Ihr die gleiche Idiotin, die in der Wüste auf mich schoß und behauptete, sie sei Birgitte? Ich war gerade dabei, einem Mitglied der Schwarzen Ajah Manieren beizubringen, als sie durch Eure Schuld entkommen konnte!«

»Ich *bin* Birgitte«, sagte die Frau und stützte sich auf ihren Bogen. »Zumindest ist das der Name, unter dem Ihr mich kennt. Und die Lektion hätte Euch gegolten, hier genauso wie im Dreifachen Land. Ich erinnere mich an die Leben, die ich gelebt habe, als seien sie Bücher, die ich las. Was länger her ist, wirkt ein wenig trüber als das zeitlich Nähere, aber ich erinnere mich noch gut daran, wie ich an Lews Therins Seite kämpfte. Ich werde Moghediens Gesicht niemals vergessen, genausowenig wie das Asmodeans, des Mannes, den Ihr in Rhuidean beinahe aufgestört hättet.«

Asmodean? Moghedien? Die Frau war eine der Verlorenen gewesen? Eine Verlorene in Tanchico. Und einer in Rhuidean, in der Wüste. Egwene hätte bestimmt etwas davon erwähnt, hätte sie davon gewußt. Keine Möglichkeit, sie zu warnen, jedenfalls nicht während der nächsten sieben Tage. Zorn – und *Saidar* – wallten in ihr auf. »Was tut Ihr hier? Ich weiß, daß Ihr alle verschwandet, nachdem Euch das Horn von Valere zurückgerufen hatte, aber Ihr seid …« Sie ließ die Worte verklingen, verlegen, weil sie etwas hatte sagen wollen, doch die andere Frau beendete gelassen den Satz für sie.

»Tot? Diejenigen von uns, die an das Rad gebunden sind, sind nicht auf die gleiche Weise tot wie andere. Welcher Ort wäre besser geeignet, um dort zu warten, bis das Rad uns in unsere neuen Leben verwebt, als hier in der Welt der Träume?« Plötzlich lachte Birgitte auf. »Ich fange schon an, wie ein Philosoph zu reden. In beinahe jedem Leben, an das ich mich erinnere, wurde ich als einfaches Mädchen geboren, das den Bogen erwählte. Ich bin eine Bogenschützin und nicht mehr.«

»Ihr seid die Heldin in hundert Legenden«, sagte Nynaeve. »Und ich sah, was Eure Pfeile in Falme vollbrachten. Der Gebrauch der Macht durch die Seanchan hat Euch nicht berührt. Birgitte, wir stehen fast einem Dutzend Schwarzer Ajah gegenüber. Und wie es scheint, auch einer der Verlorenen. Wir könnten Eure Hilfe gebrauchen.«

Die andere Frau verzog verlegen und bedauernd das Gesicht. »Ich kann nicht, Nynaeve. Ich kann die Welt des Fleisches nicht berühren, bevor das Horn mich wieder ruft. Oder bevor mich das Rad wieder neu verwebt. Wenn es das in diesem Augenblick täte, würdet Ihr lediglich ein Kleinkind vorfinden, das sich an die Mutterbrust drückt. Nach Falme hat uns das Horn gerufen, und wir waren nicht so wie Ihr dort, nicht fleischgeworden. Deshalb konnte uns die Macht nicht berühren. Hier ist alles ein Teil des Traums und die Eine Macht kann mich genauso leicht vernichten wie Euch. Noch leichter. Ich sagte Euch ja: Ich bin eine Bogenschützin und gelegentlich Soldatin, aber nicht mehr.« Ihr kunstvoll geflochtener goldener Zopf flog herum, als sie den Kopf schüttelte. »Ich weiß gar nicht, warum ich das alles erkläre. Ich sollte überhaupt nicht mit Euch sprechen.«

»Warum nicht? Ihr habt doch auch zuvor schon mit mir gesprochen. Und auch Egwene glaubt, Euch gesehen zu haben. Das wart Ihr doch, oder?« Nynaeve runzelte die Stirn. »Woher kennt Ihr eigentlich meinen Namen? Wißt Ihr so etwas einfach?«

»Ich weiß, was ich sehe und höre. Ich habe Euch beobachtet und gelauscht, wann immer ich Euch finden konnte. Euch und die anderen beiden Frauen, und den jungen Mann mit den Wölfen. Den Regeln nach dürfen wir mit niemandem sprechen, der sich bewußt in *Tel'aran'rhiod* befindet. Und doch geht das Böse genauso in den Träumen einher wie in der Welt des Fleisches. Ihr, die Ihr es bekämpft, zieht mich an. Obwohl ich weiß, daß ich fast nichts tun kann, stelle ich fest, daß ich Euch helfen möchte. Doch ich kann nicht. Es widerspricht allen Regeln, und diese Regeln haben mich so viele Drehungen des Rads über gebunden, daß ich selbst in meinen ältesten, verblaßten Erinnerungen noch die Erinnerungen an hundert, an tausend frühere Leben spüre. Mit Euch zu sprechen heißt bereits, Regeln zu brechen, die ebenso binden wie Gesetze.«

»Das stimmt«, sagte eine harte männliche Stimme.

Nynaeve fuhr zusammen und hätte beinahe mit der Macht losgeschlagen. Der Mann war dunkelhäutig und hatte kräftige Muskeln. Über seine Schultern ragten die langen, schmalen Griffe zweier Schwerter hinaus. Er schritt schnell von dem Fleck, an dem er aufgetaucht war, zu Birgitte herüber. Nach allem, was ihr Birgitte erzählt hatte, war ihr durch die zwei Schwerter klar, daß es sich um Gaidal Cain handeln mußte, doch wo die goldhaarige Birgitte mit dem ebenmäßigen Gesicht so schön war, wie in den Legenden beschrieben, war das Cain gewiß nicht. Er war tatsächlich so häßlich, wie ein Mann nur sein konnte, mit seinen breiten, platten Gesichtszügen, der übergroßen, flachen Nase und dem viel zu breiten Mund. Doch Birgitte lächelte ihn an. Wie sie seine Wange berührte, das zeigte mehr als nur

Freundschaft. Es war auch überraschend, festzustellen, daß er der kleinere von beiden war. So kräftig und muskulös und kraftvoll in den Bewegungen war er, daß er den Eindruck erweckte, er sei größer, als das der Wirklichkeit entsprach.

»Wir sind fast immer ein Paar gewesen«, sagte Birgitte zu Nynaeve, ohne den Blick von Cain zu wenden. »Er wird gewöhnlich eine ganze Weile vor mir geboren. Wenn ich ihn hier nicht finden kann, weiß ich, daß meine Zeit ebenfalls bald kommen wird. Wenn ich ihn zuerst sehe, kann ich ihn nicht leiden, aber am Ende sind wir dann fast immer ein Liebespaar oder miteinander verheiratet. Eine einfache Geschichte, aber ich glaube, wir haben sie schon in tausend Variationen durchgespielt.«

Cain ignorierte Nynaeve, als existiere sie überhaupt nicht. »Für die Regeln gibt es einen Grund, Birgitte. Wenn man sie bricht, hat man nichts als Rivalität und Probleme davon.« Seine Stimme klang wirklich sehr rauh und hart in Nynaeves Ohren. Gar nicht, wie bei dem Helden der Legenden.

»Vielleicht kann ich einfach nicht stillsitzen, wenn das Böse um die Vorherrschaft streitet«, sagte Birgitte leise. »Oder vielleicht möchte ich endlich wieder Fleisch werden. Es ist schon so lange her, daß wir das letztemal geboren wurden. Der Schatten erhebt sich wieder, Gaidal. Er erstarkt wieder, und auch hier. Wir müssen dagegen ankämpfen. Das ist der Grund, aus dem wir an das Rad gebunden wurden.«

»Wenn uns das Horn ruft, werden wir kämpfen. Wenn das Rad uns verwebt, werden wir kämpfen. Aber nicht vorher!« Er funkelte sie an. »Hast du vergessen, was Moghedien dir angedroht hat, als wir Lews Therin folgten? Ich sah sie, Birgitte. Sie wird dich hier erkennen.«

Birgitte wandte sich Nynaeve zu. »Ich werde Euch so gut helfen, wie ich eben kann. Aber erwartet nicht zuviel. Meine ganze Welt ist *Tel'aran'rhiod,* und ich kann hier weniger vollbringen als Ihr.«

Nynaeve riß die Augen auf. Sie hatte nicht gesehen, wie sich der dunkle, schwere Mann bewegt hatte, aber plötzlich stand er nur zwei Schritt entfernt und bearbeitete eines seiner Schwerter mit einem Wetzstein. Es klang, als ob Seide über ein Tischtuch strich. Es war ganz offensichtlich: Soweit es ihn betraf, sprach Birgitte mit nichts als Luft.

»Was könnt Ihr mir über Moghedien sagen, Birgitte? Um ihr gegenüberzutreten, muß ich alles nur Mögliche wissen.«

Birgitte stützte sich auf ihren Bogen und runzelte nachdenklich die Stirn. »Es ist schwer, Moghedien gegenüberzutreten, und das nicht nur, weil sie eine Verlorene ist. Sie verbirgt sich und geht kein Risiko ein. Sie greift nur dann an, wenn sie einen Schwachpunkt entdeckt, und sie bewegt sich nur im Schatten. Wenn sie fürchtet zu verlieren, dann läuft sie weg. Sie ist keine, die bis zum Letzten kämpft, selbst wenn sie dadurch eine Chance auf den Sieg verschenkt. Eine bloße Chance reicht Moghedien nicht. Aber nehmt sie nicht auf die leichte Schulter. Sie ist wie eine Schlange, die sich im hohen Gras zusammengerollt hat und den richtigen Moment zum Zustoßen abwartet. Und sie hat weniger Gefühl als eine Schlange. Nehmt sie ernst – ganz besonders hier. Lanfear hat immer *Tel'aran'rhiod* für sich beansprucht, aber Moghedien konnte hier mehr vollbringen als sie, obwohl sie in der Welt des Fleisches nicht an Lanfears Kräfte heranreichen kann. Ich glaube nicht, daß sie es dort riskieren würde, sich gegen Lanfear zu stellen.«

Nynaeve schauderte. In ihr kämpften Furcht und Zorn miteinander. Der Zorn erhielt ihre Fähigkeit, die Macht zu benützen. Moghedien. Lanfear. Diese Frau sprach so selbstverständlich von den Verlorenen. »Birgitte, was hat Euch Moghedien angedroht?«

»Sie wußte, was ich war, obwohl ich es selbst nicht wußte. Ich weiß auch nicht, woher.« Birgitte blickte zu Cain hinüber. Er schien ganz auf sein Schwert konzentriert, doch sie senkte trotzdem die Stimme. »Sie drohte mir, ich würde allein und verlassen weinen, solange das Rad sich dreht. Sie sagte es so, als sei es eine Tatsache, die lediglich noch nicht eingetroffen ist.«

»Und doch seid Ihr gewillt, zu helfen?«

»Wie ich eben kann, Nynaeve. Denkt daran, ich habe Euch ja gesagt, Ihr dürft nicht zuviel erwarten.« Noch einmal sah sie den Mann an, der sein Schwert schärfte. »Wir werden uns wiedersehen, Nynaeve. Falls Ihr vorsichtig seid und alles überlebt.« Damit hob sie ihren silbernen Bogen, ging zu Cain, legte ihm einen Arm um die Schultern und flüsterte etwas in sein Ohr. Was sie auch gesagt hatte, jedenfalls lachte Cain, bevor sie verschwanden.

Nynaeve schüttelte den Kopf. Vorsichtig. Jeder sagte ihr, sie solle vorsichtig sein. Eine Heldin aus der Legende, die zu helfen versprach, aber doch nicht viel tun konnte. Und eine der Verlorenen in Tanchico.

Der Gedanke an Moghedien oder daran, was die Frau ihr angetan hatte, ließ in ihr den Zorn anschwellen, bis die Macht mit der Gewalt der Sonne in ihr pulsierte. Plötzlich war sie wieder in dem großen Saal, in dem sie zuvor gestanden hatte, und sie hoffte fast, die Frau sei zurückgekehrt. Doch bis auf sie selbst war der Saal menschenleer. Wut und Macht durchströmten sie, bis sie fürchtete, ihre Haut werde verschmoren. Moghedien oder jede der Schwarzen Schwestern könnten sie so viel eher in der Nähe spüren als ohne die Macht, doch sie ließ sie nicht fahren. Beinahe war es, als wolle sie von ihnen gefunden werden, damit sie auf sie einschlagen könne. Temaile befand sich höchstwahrscheinlich noch immer in *Tel'aran'rhiod*. Wenn sie in dieses Schlafzimmer zurückkehrte, konnte sie mit Temaile ein für allemal abrechnen. Sie konnte mit Temaile abrechnen – und damit den Rest warnen. Das reichte, um sie zum Grollen zu bringen.

Was hatte Moghedien so angelächelt? Sie schritt hinüber zu der Virtine, einem breiten Glaskasten, der auf einem geschnitzten Tisch stand. Sie spähte hinein. Sechs schlecht zueinanderpassende Statuetten standen im Kreis unter dem Glasdeckel. Eine nackte Frau, einen Fuß hoch, balancierte elegant auf den Zehenspitzen eines Fußes, als tanze sie. Ein nur halb so großer Schäfer spielte Flöte. Er hatte seinen Krummstab an die Schulter gelehnt, und zu seinen Füßen lag ein Schaf. Und genauso ›ähnlich‹ waren sich auch die anderen. Allerdings gab es keinen Zweifel daran, was das Lächeln der Verlorenen hervorgerufen hatte.

Im Mittelpunkt des Kreises befand sich ein rotlackiertes Holzpodest, auf dem eine Scheibe lag, so groß wie eine Männerhand, die durch eine Schlangenlinie in zwei Hälften geteilt wurde. Eine Hälfte schimmerte weißer als Schnee, die andere war schwärzer als Pech. Sie bestand aus *Cuendillar*, wie sie wußte. Sie hatte schon andere gesehen, und nur sieben davon waren jemals angefertigt worden. Eines der Siegel vom Gefängnis des Dunklen Königs, der Brennpunkt für eines der Schlösser, die ihn im Shayol Ghul von der Welt fernhielten. Das war möglicherweise eine genauso wichtige Entdeckung wie das, was immer auch Rand bedrohen mochte. Das mußte man vor den Schwarzen Ajah retten.

Mit einemmal wurde ihr das eigene Spiegelbild bewußt. Das Oberteil der Virtine bestand aus feinstem Glas, ganz ohne Bläschen, und darin sah sie ein Bild, so klar wie in einem Spiegel, wenn auch blasser. Dunkelgrüne Seide umhüllte ihren Körper, und jede Rundung, ob Brust oder Hüfte, zeichnete sich deutlich ab. Lange honigfarbene Zöpfe mit vielen eingeflochtenen Jadeperlen umrahmten ein Gesicht mit großen braunen Augen und einem Schmollmund. Natürlich war das Glühen

Saidars nicht zu sehen. So verkleidet, daß sie sich selbst nicht erkannt hätte, war es trotzdem, als trüge sie ein Schild vor sich her, auf dem stand: Aes Sedai.

»Ich *kann* durchaus vorsichtig sein«, knurrte sie. Und doch verhielt sie noch ein wenig. Die Macht, die in ihr tobte, erfüllte ihre Glieder mit Leben. Alle Leidenschaften, die sie je gekannt hatte, sickerten in ihr Fleisch ein. Schließlich fühlte sie sich wie eine Närrin, und damit ließ ihr Zorn nach und sie konnte die Macht nicht länger halten.

Was auch immer – ihre Suche wurde jedenfalls noch immer nicht von Erfolg gekrönt. Was sie suchte, mußte sich irgendwo in diesem riesigen Saal unter all den Ausstellungsstücken befinden. Sie riß ihren Blick von dem Skelett eines Tieres los, das wie eine mit vielen Zähnen bewehrte, zehn Schritt lange Eidechse aussah, und schloß die Augen. Notwendig. Dringend. Gefahr für den Wiedergeborenen Drachen, für Rand. Dringend.

Verschiebung.

Sie stand innerhalb des durch das weiße Seidenseil abgesperrten Teils an der einen Wand. Ihr Kleid berührte die Kante eines ebenfalls weißen Steinpodestes. Was auf diesem lag, wirkte auf den ersten Blick nicht sehr gefährlich: eine Halskette und zwei Armbänder, deren Glieder aus schwarzem Metall bestanden. Aber sie war nicht in der Lage, sich ihnen weiter zu nähern! *Nicht ohne mir die Finger zu verbrennen,* dachte sie trocken.

Sie streckte die Hand aus, um die Schmuckstücke zu berühren: *Schmerz. Kummer. Leiden.* Schnell riß sie die Hand zurück und schnappte nach Luft. Die geballten Emotionen schwirrten noch in ihrem Kopf herum. Selbst ihre letzten Zweifel waren nun verflogen. Das war es, wonach die Schwarzen Ajah suchten. Und wenn es sich in *Tel'aran'rhiod* noch auf diesem Podest befand, dann war es auch in der wirklichen Welt noch da. Sie hatte die anderen überholt. Auf diesem weißen Steinpodest.

Sie wirbelte herum und blickte zu der Glasvitrine hinüber, in der sich das *Cuendillar*-Siegel befand, um den Fleck wiederzufinden, an dem sie zuerst gestanden hatte, als sie Moghedien sah. Die Frau hatte dieses Podest angesehen, die Armbänder und die Halskette. Moghedien mußte also Bescheid wissen. Aber…

Alles um sie herum drehte sich und verschwamm, verblaßte.

»Wach auf, Nynaeve«, murmelte Elayne und unterdrückte ein Gähnen, als sie die Schlafende an der Schulter rüttelte. »Es muß bestimmt schon eine Stunde um sein. Ich möchte endlich auch schlafen. Wach auf, oder ich werde ausprobieren, wie es dir gefällt, mit dem Kopf in einem Eimer Wasser zu stecken.«

Nynaeve schlug die Augen auf und blickte zu ihr hoch. »Wenn sie weiß, was es ist, warum hat sie es ihnen dann nicht gegeben? Wenn sie wissen, wer *sie* ist, warum muß sie dann in *Tel'aran'rhiod* suchen? Verbirgt sie sich auch vor ihnen?«

»Wovon sprichst du eigentlich?«

Sie rappelte sich mit fliegenden Zöpfen hoch und lehnte sich gegen das Kopfbrett des Bettes. Dann zog Nynaeve ihr Seidenhemd züchtig herunter. »Ich sage dir, wovon ich spreche.«

Elayne blieb der Mund offen stehen, als sie ihr berichtete, was aus dem geplanten Treffen mit Egwene geworden war. Die Suche mit Hilfe ihrer eigenen inneren Not. Moghedien. Birgitte und Gaidal Cain. Die Halskette und die Armbänder aus schwarzem Metall. Asmodean in der Wüste. Eines der Siegel vom Gefängnis des Dunklen Königs im Panarchenpalast. Elayne sank mit weichen Knien auf eine Bettkante hernieder, lange bevor Nynaeve noch Temaile und die Panarchin erreicht hatte, die sie ganz nebenher noch erwähnte.

Und wie sie ihr Aussehen geändert und sich als Rendra dargestellt hatte. Wäre Nynaeves Miene nicht ernst und sogar grimmig gewesen, hätte Elayne beinahe glauben können, es sei eine von Thoms wilderen Geschichten.

Egeanin, die mit übergeschlagenen Beinen in ihrem Leinenhemd dasaß, die Hände auf den Knien, blickte ungläubig drein. Elayne hoffte nur, Nynaeve werde keinen Krach anfangen, weil sie die Fesseln der Frau gelöst hatte.

Moghedien. Das war der erschreckendste Teil. Eine der Verlorenen in Tanchico. Eine der Verlorenen hatte die Macht um sie beide verwebt und sie gezwungen, ihr alles zu sagen. Elayne konnte sich nicht um alles in der Welt daran erinnern. Der Gedanke allein reichte schon, daß sie die Hände auf ihren mit einemmal schmerzenden Magen preßte. »Ich weiß nicht, ob Moghedien« – *Licht, kann sie wirklich einfach so hereingekommen sein und uns …?* – »sich vor Liandrin und den anderen verbirgt, Nynaeve. Es klingst aber schon wahrscheinlich, wenn man danach geht, was Birgitte« – *Licht, Birgitte, und sie gibt ihr Ratschläge!* – »über sie sagte.«

»Was auch immer Moghedien vorhaben mag«, sagte Nynaeve mit nervös wirkender Stimme, »so habe *ich* auf jeden Fall vor, ein Hühnchen mit ihr zu rupfen.« Sie sackte zurück gegen das mit Blumen verzierte Kopfbrett. »Und auf alle Fälle müssen wir auch das Siegel vor ihnen in Sicherheit bringen, genau wie die Halskette und die Armbänder.«

Elayne schüttelte den Kopf. »Wie kann Schmuck für Rand gefährlich sein? Bist du sicher? Sind das *Ter'Angreal* von irgendeiner Art? Wie haben sie genau ausgesehen?«

»Sie sahen jedenfalls wie eine Halskette und Armbänder aus«, fauchte Nynaeve frustriert zurück. »Zwei Gliederarmbänder aus einem schwarzen Metall, und dazu eine weite Halskette, wie ein schwarzes Halsband…« Ihr Blick schoß zu Egeanin hinüber, aber Elaynes Blick war genauso schnell.

Unbeeindruckt richtete sich die dunkelhaarige Frau auf und setzte sich auf die Fersen. »Ich habe noch nie von einem *A'dam* gehört, der für einen Mann angefertigt wurde, und auch noch nie von einem, wie Ihr ihn beschreibt. Niemand versucht auch nur, einen Mann unter Kontrolle zu bringen, der die Macht lenken kann.«

»Aber genau dafür ist es bestimmt«, sagte Elayne bedächtig. *Oh, Licht, ich hatte wohl gehofft, daß es so etwas nicht gibt…* Wenigstens hatte Nynaeve ihn zuerst entdeckt, und damit hatten sie eine Chance, die anderen davon abzuhalten, ihn gegen Rand anzuwenden.

Nynaeve zog die Augen zusammen, als sie Egeanins freie Hände bemerkte, aber sie gab keinen Kommentar. »Moghedien ist bestimmt die einzige, die davon weiß. Sonst ergäbe es keinen Sinn. Wenn wir uns in den Palast einschleichen, können wir das Siegel und den… was immer es ist, an uns nehmen. Und falls wir auch noch Amathera herausbringen, haben Liandrin und ihre Hexen plötzlich die Legion des Panarchen und die Miliz auf dem Hals, und vielleicht sogar noch die Weißmäntel. Sie werden auch mit Hilfe der Macht aus einer solchen Falle nicht entrinnen! Das Problem ist nur, unbemerkt hineinzukommen.«

»Ich habe auch schon darüber nachgegrübelt«, sagte Elayne, »aber ich fürchte, die Männer werden da nicht mitmachen.«

»Überlasse die mal ruhig mir«, schnaubte Nynaeve. »Ich…« Im Flur plumpste und klapperte etwas. Ein Mann schrie auf, und dann herrschte genauso plötzlich wieder Stille. Thom saß draußen Wache.

Elayne eilte hin, um die Tür zu öffnen, und griff dabei nach *Saidar*. Nynaeve kam gleich hinterher und auch Egeanin.

Thom rappelte sich gerade vom Boden auf und hielt

sich mit einer Hand den Kopf. Juilin mit seinem Stock und Bayle Domon mit dem Knüppel standen über einem Mann mit hellblondem Haar, der mit dem Gesicht nach unten bewußtlos am Boden lag.

Elayne eilte zu Thom und bemühte sich sanft, ihm aufzuhelfen. Er lächelte sie dankbar an, schob aber stur ihre helfenden Hände beiseite. »Es geht mir ganz gut, Kind.« Ganz gut? An seiner Schläfe schwoll eine beachtliche Beule an. »Der Bursche kam den Flur entlang, als er mir plötzlich gegen den Kopf trat. Schätze, der war hinter meiner Börse her.« Einfach so. Vor den Kopf getreten, aber es ging ihm gut.

»Er hätte sie auch bekommen«, sagte Juilin, »wenn ich nicht gekommen wäre, um nachzusehen, ob Thom abgelöst werden wollte.«

»Als ob ich nicht aus dem gleichen Grund da sein«, murmelte Domon. Ihre Feindseligkeit schien ausnahmsweise einmal gar nicht so ausgeprägt.

Elayne brauchte einen Augenblick, aber dann wurde ihr klar, warum. Nynaeve und Egeanin standen nur mit den dünnen Hemdchen bekleidet im Flur. Juilin beäugte beide so wohlgefällig, daß er Schwierigkeiten mit Rendra bekommen hätte, wäre sie zugegen gewesen. Er bemühte sich aber, es nicht zu offensichtlich werden zu lassen. Domon gab sich allerdings keine Mühe, seine offene Bewunderung für Egeanin zu verbergen. Er verschränkte die Arme und spitzte die Lippen auf eine widerliche Art, während er sie von Kopf bis Fuß musterte.

Den beiden Frauen wurde das schnell klar, aber ihre Reaktionen waren ganz unterschiedlich. Nynaeve in ihrem dünnen, weißen Seidenhemd warf dem Diebfänger einen abweisenden Blick zu und schritt steif in das Zimmer zurück, wobei sie mit rotem Kopf noch einmal um den Türrahmen herum zurückblickte. Egeanin, deren Leinenhemd erheblich länger und dichter war als das Nynaeves – die Frau, die kühl und überlegen geblieben war, als man sie zur Gefangenen machte, und die kämpfte wie ein Behüter –, riß die Augen weit auf, lief puterrot an und schnappte nach Luft. Elayne blickte ihr entgeistert hinterher, als die Seanchanfrau einen erschreckten Schrei losließ und ins Zimmer zurücksprang.

Türen wurden aufgerissen, und überall am Flur steckten die Leute die Köpfe neugierig heraus. Sie verschwanden allerdings augenblicklich wieder, und die Türen knallten zu, als die Leute den auf dem Boden liegenden Mann erblickten und die über ihn gebeugten Menschen. Schwere Schleifgeräusche deuteten an, daß einige Gäste sich einschlossen und dazu noch Betten oder Schränke vor die Türen schoben, um sie zu verrammeln.

Lange Augenblicke später äugte Egeanin um die Türkante. Sie war immer noch rot bis zum Haaransatz. Elayne konnte das nicht verstehen. Sicher, die Frau stand im Unterhemd da, aber es bedeckte sie fast genauso vollständig, wie Elaynes Taraboner Kleid diese verhüllte. Trotzdem hatten Juilin und Domon kein Recht, sie so anzustarren. Sie fixierte die beiden mit einem Blick, der sie sofort zur Ordnung rufen sollte.

Unglücklicherweise war Domon zu sehr damit beschäftigt, zu schmunzeln und sich die Oberlippe zu reiben. Zumindest aber Juilin bemerkte ihren Blick, doch er seufzte lediglich schwer, wie es die Männer taten, wenn sie sich unfair behandelt oder mißverstanden fühlten. Er mied ihren Blick und bückte sich, um sich den hellblonden Burschen auf den Rücken zu hieven. Ein gutaussehender, schlanker Mann.

»Ich kenne diesen Burschen«, rief Juilin. »Das ist der Mann, der versucht hat, mich auszurauben. Jedenfalls glaubte ich das«, fügte er etwas bedächtiger hinzu. »Ich glaube nicht an Zufälle. Nicht, außer der Wiedergeborene Drache wäre in der Stadt.«

Elayne tauschte einen besorgten Blick mit Nynaeve.

Sicher war der Fremde kein Mietling Liandrins. Die Schwarzen Ajah benützten keine Männer mehr, um in den Fluren herumzuschleichen... Genauso hätten sie auch keine Straßenschläger in Dienst genommen. Elaynes Blick glitt fragend zu Egeanin hinüber. Nynaeves Blick war dagegen eher fordernd.

»Er ist ein Seanchan«, sagte Egeanin einen Moment später.

»Ein Rettungsversuch?« murmelte Nynaeve trocken, doch die andere Frau schüttelte den Kopf.

»Ich bezweifle nicht, daß er nach mir suchte, aber nicht, um mich zu retten, glaube ich. Falls er weiß oder auch nur vermutet, daß ich Bethamin freigelassen habe, wird er ... mit mir sprechen wollen.« Elayne vermutete, es wäre nicht nur zu einem Gespräch gekommen, und das bestätigte sich, als Egeanin hinzufügte: »Es ist vielleicht am besten, wenn Ihr ihm die Kehle durchschneidet. Er wird Euch wohl ebenfalls Schwierigkeiten machen, falls er glaubt, ihr seid meine Freundinnen, oder wenn er herausfindet, daß Ihr Aes Sedai seid.« Der Schmuggler aus Illian warf ihr einen schockierten Blick zu, und Juilins Kinn klappte so weit hinunter, wie es nur möglich war. Thom andererseits nickte auf beunruhigend nachdenkliche Art.

»Wir sind nicht hier, um irgendwelchen Seanchan die Kehlen durchzuschneiden«, sagte Nynaeve, als könne sich das später durchaus ändern. »Bayle, Juilin, werft ihn in die Gasse hinter der Schenke. Bis er aufwacht, wird er froh sein, überhaupt noch die Unterwäsche anzuhaben. Thom, sucht Rendra und sagt ihr, wir wollten einen starken Tee in der Kammer der Fallenden Blüten einnehmen. Und fragt sie, ob sie ein wenig Weidenrinde oder Azem hat; dann bereite ich Euch etwas für Euren lädierten Kopf.« Die drei Männer blickten sie mit großen Augen an. »Auf, bewegt Euch«, fauchte sie. »Wir müssen Pläne schmieden!« Sie gab Elayne kaum Zeit, um wieder einzutreten, bevor sie die Tür zuknallte und begann, sich das Kleid überzuziehen. Egeanin stürzte sich auf ihre Sachen, als sähen die Männer immer noch zu.

»Es ist besser, sie einfach zu ignorieren, Egeanin«, sagte Elayne. Es war ein eigenartiges Gefühl, jemandem einen Rat zu geben, der älter war, aber so selbständig die Seanchanfrau auch in vieler Hinsicht war, so wenig wußte sie offensichtlich über Männer. »Das ermutigt sie sonst nur. Ich weiß zwar nicht, warum«, gab sie zu, »aber es stimmt schon. Ihr wart durchaus züchtig bekleidet. Wirklich.«

Egeanins Kopf tauchte aus ihrem Kleid auf. »Züchtig? Ich bin keine Kellnerin und erst recht keine Shea-Tänzerin!« Aus ihrer zornigen Miene wurde ein verblüfftes Stirnrunzeln. »Er sieht aber doch recht gut aus. Das ist mir vorher gar nicht aufgefallen.«

Elayne fragte sich, was eine Shea-Tänzerin sei, und ging hin, um ihr beim Zuknöpfen behilflich zu sein. »Rendra wird aber etwas dagegen haben, wenn Ihr Juilin erlaubt, mit Euch zu flirten.«

Die dunkelhaarige Frau warf ihr über die Schulter weg einen überraschten Blick zu. »Der Diebfänger? Ich habe doch Bayle Domon gemeint. Ein gut situierter Mann. Aber ein Schmuggler«, seufzte sie bedauernd. »Ein Gesetzesbrecher.«

Elayne war der Meinung, daß man über Geschmäcker nicht streiten sollte, denn auch Nynaeve liebte mit Lan einen Mann, der ihr viel zu steinern und bedrohlich vorkam, aber Bayle Domon? Der Mann war halb so breit wie hoch – so dick wie ein Ogier!

»Du schnatterst schon wie Rendra, Elayne«, fuhr Nynaeve sie an. Sie mühte sich gerade mit den Knöpfen an ihrem Rücken ab. »Wenn du damit aufgehört hast, über Männer zu klatschen, dann erspare uns bitte, von der neuen Schneiderin zu berichten, die du zweifellos aufgespürt hast! Wir müssen planen. Wenn wir warten, bis wir mit den Männern zusammensitzen, werden sie versuchen, uns zu überstimmen, und ich habe keine Lust, Zeit zu verschwenden, um sie zurechtzuweisen. Bist du noch nicht mit ihr fertig? Ich könnte auch etwas Hilfe gebrauchen.«

Elayne knöpfte schnell Egeanins Kleid fertig zu und ging ganz kühl zu Nynaeve hinüber. Sie redete doch nicht ständig von Männern und Kleidern. Jedenfalls lange nicht so oft wie Rendra. Nynaeve hielt ihre Zöpfe zur Seite und blickte sie strafend an, als sie beinahe an ihrem Kleid riß, um die Knöpfe richtig hinzubekommen. Die enge, dreifache Knopfreihe den Rücken hoch war notwendig und nicht nur Zierrat. Nynaeve ließ sich aber auch von Rendra überreden, sich in die engsten Oberteile hineinzuzwängen, nur weil sie der neuesten Mode entsprachen. Und dann behauptete sie, *andere* dächten die ganze Zeit über nur an Kleider. *Sie* jedenfalls hatte ganz andere Dinge im Kopf. »Ich habe darüber nachgedacht, wie wir unbemerkt in den Palast hineinkommen können, Nynaeve. Wir können uns fast unsichtbar bewegen.«

Beim Reden glättete sich Nynaeves Stirn wieder. Auch sie selbst war auf einen Weg gekommen, auf dem sie den Palast betreten konnten. Als Egeanin ein paar Vorschläge unterbreitete, verzog Nynaeve den Mund, aber die Anregungen waren vernünftig, und sie konnte sie nicht so einfach ablehnen. Als sie schließlich bereit waren, in die Kammer der Fallenden Blüten hinunterzugehen, hatten sie sich auf eine Vorgehensweise geeinigt und nicht die Absicht, von den Männern daran rütteln zu lassen. Moghedien, die Schwarzen Ajah, wer auch immer im Panarchenpalast das Sagen hatte, der würden sie das ersehnte Ziel vor der Nase wegschnappen.

KAPITEL 14

Eine bindende Entscheidung

Nur drei Kerzen und zwei Lampen erhellten den Schankraum der Weinquellenschenke, da sowohl Kerzen wie auch Öl knapp geworden waren. Die Speere und die anderen Waffen standen nicht mehr an den Wänden, und das Faß, in dem die Schwerter gesteckt hatten, war leer. Die Lampen standen auf zweien der Tische, die man vor dem großen Kamin zusammengeschoben hatte und an denen nun Marin al'Vere, Daise Congar und andere aus der Versammlung der Frauen die Listen durchgingen, wieviel Lebensmittel noch in Emondsfeld zur Verfügung standen. Perrin bemühte sich, nicht hinzuhören.

Von einem anderen Tisch hörte man das leise, regelmäßige Schleifen von Failes Wetzstein, als sie eines ihrer Messer schliff. Vor ihr lag ein Bogen, und an ihrem Gürtel hing ein gefüllter Köcher. Sie hatte sich als recht gute Schützin erwiesen, aber er hoffte, sie werde niemals herausfinden, daß es ein Knabenbogen war. Einen Langbogen von den zwei Flüssen konnte sie nicht spannen, auch wenn sie sich weigerte, das zuzugeben.

Er verschob seine Axt, daß sie ihn nicht so drückte, und versuchte, sich wieder auf das zu konzentrieren, was er mit den Männern besprochen hatte, die mit ihm am Tisch saßen. Nicht alle von ihnen waren so aufmerksam, wie sie eigentlich sein sollten.

»Sie haben Lampen«, murrte Cenn, »und wir müssen uns mit Talg begnügen.« Der knorrige alte Mann blickte böse die beiden Kerzen an, die in Messinghaltern steckten.

»Laß doch das Meckern sein, Cenn«, sagte Tam müde und zog Pfeife und Tabaksbeutel aus der Gürteltasche. »Laß doch einmal wenigstens das Meckern.«

»Wenn wir lesen oder schreiben müßten«, sagte Abell in einem Tonfall, der der Geduld seiner Worte nicht ganz entsprach, »dann hätten wir auch Lampen.« Um seine Stirn war ein Verband gewickelt.

Als wolle er den Dachdecker daran erinnern, daß schließlich er der Dorfvorsteher sei, rückte Bran das silberne Medaillon zurecht, das er auf der breiten Brust hängen hatte. Waagschalen waren darauf eingraviert. »Konzentriere dich bitte auf das Notwendige, Cenn. Ich will nicht, daß einer von euch Perrins Zeit verschwendet.«

»Ich bin aber der Meinung, daß wir Lampen bekommen sollten«, quengelte Cenn. »Perrin würde es mir sagen, wenn ich seine Zeit verschwendete.«

Perrin seufzte. Seine Augenlider waren an diesem Abend schwer geworden. Er wünschte sich, jemand anders würde den Rat der Gemeinde vertreten, Haral Luhhan oder Jon Thane oder Samel Crawe, irgend jemand, aber nicht gerade Cenn mit seinem ewigen Mosern. Aber andererseits wünschte er sich auch, daß sich einer dieser Männer an ihn wandte und zu ihm sagte: *»Das sind die Angelegenheiten des Dorfvorstehers und des Rats der Gemeinde, Junge. Geh du mal zurück an die Esse. Wir lassen dich schon wissen, was du zu tun hast.«* Statt dessen machten sie sich Gedanken darüber, seine Zeit nicht zu verschwenden, und verwiesen jeden an ihn. Wie viele Angriffe hatte es gegeben in den letzten sieben Tagen? Er war sich nicht mehr sicher.

Der Verband um Abells Kopf irritierte Perrin. Die Aes Sedai heilten jetzt nur noch die schwerwiegendsten Wunden. Wenn ein Mann ohne ihre Hilfe klarkam, ließen sie ihn gehen. Es war ja nicht so, daß es bereits sehr viele Schwerverwundete gab, aber wie Verin trocken festgestellt hatte, hatten auch die Kräfte einer

Aes Sedai ihre Grenzen. Offensichtlich hatte sie der Trick mit den Katapultsteinen mindestens ebensoviel Kraft gekostet wie das Heilen all dieser Verwundungen. Aber diesmal wollte er nicht an die Grenzen der Kräfte einer Aes Sedai erinnert werden. Noch nicht viele Schwerverwundete. Noch nicht.

»Haben wir noch genug Pfeile?« fragte er. Man erwartete von ihm ja wohl, daß er sich um solche Probleme kümmere.

»Ja, es reicht«, sagte Tam und zündete seine Pfeife an einer der Kerzen an. »Wir holen uns immer noch die meisten von denen zurück, die wir abgeschossen haben, jedenfalls bei Tageslicht. In der Nacht schleifen sie eine Menge ihrer Toten weg – für die Kochtöpfe bestimmt, schätze ich. Die gehen uns eben verloren.« Die anderen Männer kramten jetzt ebenfalls die Pfeifen aus allen möglichen Taschen heraus. Cenn knurrte etwas, daß er seinen Beutel vergessen habe. Mürrisch schob ihm Bran seinen Tabaksbeutel über den Tisch. Sein Kahlkopf schimmerte im Kerzenschein.

Perrin rieb sich die Stirn. Was hatte er als nächstes fragen wollen? Die Pfähle. Bei den meisten Angriffen, besonders während der Nacht, mußten sie bereits an und zwischen den Pfählen kämpfen. Wie oft waren die Trollocs nun schon beinahe durchgebrochen? Dreimal? Viermal? »Hat jeder jetzt einen Speer oder irgendeine Art von Spieß oder dergleichen? Ist noch Material vorhanden, um weitere herzustellen?« Die Antwort war Schweigen, und er ließ seine Hand auf die Tischfläche sinken. Die anderen Männer blickten ihn an.

»Das hast du gestern schon gefragt«, sagte Abell mit sanfter Stimme. »Und Haral hat dir gesagt, daß es im ganzen Dorf keine Sichel und keine Mistgabel mehr gibt, die nicht schon zu einer Waffe verarbeitet wurde. Um die Wahrheit zu sagen, haben wir mehr Waffen als Hände, um sie zu führen.«

»Ja. Natürlich. Es war mir einfach entfallen.« Ein Gesprächsfetzen von der Runde der Frauen drang in sein Bewußtsein.

»... sollten die Männer nicht erfahren«, sagte Marin gerade leise, als wiederhole sie eine öfters ausgesprochene Mahnung.

»Selbstverständlich nicht«, schnaubte Daise um einiges lauter. »Wenn die Narren herausbekommen, daß die Frauen nur noch halbe Rationen essen, werden sie darauf bestehen, es genauso zu machen, und wir können nicht ...«

Perrin schloß die Augen und bemühte sich, nicht mehr hinzuhören. Klar. Die Männer mußten ja kämpfen. Also brauchten sie jedes bißchen Kraft. Ganz einfach. Wenigstens mußten die Frauen bis jetzt noch nicht mitkämpfen. Außer den beiden Aielfrauen natürlich und Faile, aber sie war schlau genug, sich zurückzuhalten, wenn es dazu kam, zwischen den Pfählen mit Speeren und Spießen zu kämpfen. Das war auch der Grund, weshalb er den Bogen für sie aufgetrieben hatte. Sie hatte das Herz einer Leopardin und mehr Mut als zwei Männer zusammengenommen.

»Ich glaube, es ist Zeit, daß du schlafen gehst, Perrin«, schlug Bran vor. »Du kannst nicht so weitermachen und lediglich mal hier oder da eine Stunde schlafen.«

Perrin kratzte sich lebhaft im Bart und bemühte sich, wachsam und hellwach zu wirken. »Ich werde später schlafen.« Wenn es vorbei war. »Bekommen die Männer denn auch genug Schlaf? Ich habe einige gesehen, die immer noch auf waren, obwohl sie ...«

Die Eingangstür schlug auf, und der magere Dannil Lewin trat aus der Nacht herein, schweißüberströmt und den Bogen in der Hand. Er trug an der Hüfte eines der Schwerter aus dem Faß. Tam hatte die Männer unterrichtet, wenn er gerade Zeit dazu hatte, und manchmal half auch einer der Behüter.

Bevor Dannil den Mund öffnen konnte, fauchte

Daise: »Bist du etwa in einer Scheune erzogen worden, Dannil Lewin?«

»Du könntest wirklich meine Tür ein wenig rücksichtsvoller behandeln.« Marin blickte erst den Mann und dann Daise bedeutungsvoll an, um sie beide daran zu erinnern, daß es *ihre* Tür sei.

Dannil duckte sich ein wenig und räusperte sich. »Verzeihung, Frau al'Vere«, sagte er schnell. »Verzeihung, Seherin. Tut mir leid, wenn ich so hereinstürme, aber ich habe eine Botschaft für Perrin.« Er eilte so hastig zum Tisch der Männer, als fürchte er, die Frauen würden ihn nochmals aufhalten. »Die Weißmäntel haben einen Mann hergebracht, der mit Euch sprechen will, Perrin. Er will sonst mit niemandem reden. Er ist schlimm verwundet, Perrin. Sie haben ihn nur bis zum Rand des Dorfs gebracht. Ich glaube kaum, daß er es bis zur Schenke schaffen würde.«

Perrin rappelte sich mühsam hoch. »Ich komme schon.« Wenigstens kein neuer Angriff. Die waren nachts am schlimmsten.

Faile schnappte sich ihren Bogen und schloß sich ihm an, bevor er die Tür erreicht hatte. Auch Aram stand zögernd auf. Er hatte im Schatten am Fuß der Treppe gesessen. Manchmal vergaß Perrin ganz, daß der Mann da war, weil er sich so ruhig verhielt. Er wirkte schon eigenartig mit seinem Schwert, das er sich über das schmutzige, gelbgestreifte Kesselflickerwams geschnallt hatte, mit ständig weit geöffneten Augen und ausdruckslosem Gesicht. Weder Raen noch Ila hatten auch nur ein Wort mit ihrem Enkel gesprochen, seit dem Tag, als er dieses Schwert in die Hand genommen hatte. Auch mit Perrin sprachen sie nicht mehr.

»Wenn Ihr mitkommen wollt, dann nur zu«, sagte er ein wenig mürrisch, und Aram schloß sich ihm an. Der Mann lief ihm wie ein Hund hinterher, wenn er nicht gerade Tam oder Ihvon oder Tomas plagte, damit sie ihm Lehrstunden im Gebrauch des Schwerts erteilten.

Es war, als habe er seine Familie und sein Volk durch Perrin ersetzt. Perrin hätte ohne diese zusätzliche Verantwortung gut leben können, aber er hatte ihn nun mal am Hals.

Der Mond schien auf die strohgedeckten Dächer herab. Nur bei wenigen Häusern war mehr als ein Fenster beleuchtet. Stille hing über dem Dorf. Draußen vor der Schenke standen vielleicht dreißig der ›Kameraden‹ auf Wache. Sie trugen ihre Bögen in der Hand, und so viele von ihnen hatten Schwerter, wie es eben möglich gewesen war. Die Bezeichnung ›Kameraden‹ hatten sie alle übernommen, und selbst Perrin ertappte sich dabei, sie zu benützen, trotz seines inneren Widerstands. Der Grund dafür, vor der Schenke Wachen aufzustellen, war auf dem Anger zu finden, der nicht mehr von Schafen und Kühen zum Weiden benutzt wurde. Nur ein kurzes Stück vom Weinquellenbach entfernt, jenseits der Stelle, an der diese närrische Flagge mit dem Wolfskopf jetzt schlaff herunterhing, brannten helle Lagerfeuer in der Dunkelheit der Nacht. Am Rande des Feuerscheins schimmerten weiße Mäntel im Mondschein.

Niemand hatte Weißmäntel zu Hause beherbergen wollen. Die Häuser waren so schon überfüllt, und Bornhald wollte seine Truppe sowieso nicht aufsplittern. Der Mann schien zu glauben, daß jeden Moment das ganze Dorf über ihn und seine Männer herfallen könne. Wenn sie Perrin folgten, mußten sie Schattenfreunde sein. Selbst Perrins scharfe Augen konnten die Gesichter an den Lagerfeuern nicht erkennen, aber er glaubte, Bornhalds Blick auf sich ruhen zu fühlen, wie er wartete und haßte.

Dannil wählte zehn der Kameraden aus, die Perrin begleiten sollten, alles junge Männer, die normalerweise mit ihm herumziehen und die Gegend unsicher machen sollten, aber nun statt dessen ihre Bögen trugen und für seine Sicherheit sorgen mußten. Aram reihte sich nicht bei ihnen ein, als Dannil sie die dunkle, schmutzige Straße entlangführte. Er war bei Perrin und nicht bei dieser Truppe. Faile hielt sich dicht an Perrins Seite. Ihre dunklen Augen schimmerten im Mondschein und beobachteten ihre Umgebung so genau, als sei *sie* sein einziger Schutz.

Wo die Alte Straße nach Emondsfeld hineinführte, hatte man die Wagenblockade beseitigt, um die Patrouille der Weißmäntel durchzulassen, zwanzig Mann in schneeweißen Mänteln, mit Lanzen bewaffnet und in glänzenden Rüstungen, die nicht weniger ungeduldig warteten als ihre stampfenden Pferde. Sie hoben sich deutlich von der Nacht ab, wohlwissend, daß die Trollocs nachts sehr gut sehen konnten, aber die Weißmäntel bestanden auf ihren Patrouillenritten. Manchmal hatten sie wirklich rechtzeitig vor einem Angriff warnen können, und vielleicht hielten sie mit ihren ständigen Nadelstichen die Trollocs ein wenig auf Abstand. Aber es wäre Perrin schon lieber gewesen, er hätte gewußt, was sie eigentlich draußen taten, bevor sie vollendete Tatsachen schufen.

Eine Schar Dorfbewohner und Bauern aus dem Umland, die Teile uralter Rüstungen und in ein paar Fällen rostige Helme trugen, hatten sich um einen Mann in Bauernkleidung versammelt, der auf der Straße lag. Sie machten ihm und Faile Platz, und er ging zu dem Mann und kniete neben ihm nieder.

Der Geruch nach Blut war sehr stark. Schweiß glänzte auf dem im Schatten liegenden Gesicht des Mannes. Ein daumendicker Trollocpfeil steckte wie ein kleiner Speer in seiner Brust. »Perrin – Goldauge«, stieß er heiser hervor, wobei er nach Luft rang. »Muß – zu – Perrin – Goldauge.«

»Hat jemand nach einer der Aes Sedai geschickt?« wollte Perrin wissen. Er hob den Oberkörper des Mannes an, so sanft er nur konnte, und hielt seinen Kopf in der Armbeuge. Er hörte gar nicht erst auf die Antwort, denn er glaubte nicht, daß der Mann noch lange genug leben würde, bis eine Aes Sedai kam. »Ich bin Perrin.«

»Goldauge? Ich – kann – nicht – gut – sehen.« Der Blick aus seinen weit aufgerissenen Augen ruhte direkt auf Perrins Gesicht. Falls er überhaupt noch sehen konnte, mußte der Bursche seine Augen golden in der Dunkelheit schimmern sehen.

»Ich bin Perrin Goldauge«, sagte er zögernd.

Der Mann packte ihn am Kragen und zog sein Gesicht mit überraschender Kraft dicht vor seines. »Wir – kommen. Geschickt – Euch – zu – sagen. Wir ko…« Sein Kopf fiel nach hinten und die Augen blickten nun ins Leere.

»Das Licht sei mit seiner Seele«, flüsterte Faile. Sie hängte sich den Bogen über.

Nach einem Augenblick löste Perrin die Finger des Mannes von seinem Kragen. »Kennt ihn irgend jemand?« Die Männer von den Zwei Flüssen blickten sich gegenseitig an und schüttelten dann die Köpfe. Perrin blickte zu den Weißmänteln auf ihren Pferden hoch. »Hat er sonst noch etwas gesagt, als Ihr ihn hereinbrachtet? Wo habt Ihr ihn gefunden?«

Jaret Byar starrte ihn von oben herab an. Sein Gesicht war hager; die Augen lagen tief in ihren Höhlen. Er war das Abbild des Todes. Die anderen Weißmäntel sahen zur Seite, doch Byar zwang sich immer, Perrin direkt in die gelben Augen zu sehen, besonders in der Nacht wenn sie glühten. Byar grollte leise in sich hinein. Perrin hörte den Ausdruck ›Schattenwesen!‹ Dann hieb er seinem Pferd die Stiefel in die Flanken und die Patrouille galoppierte ins Dorf hinein. Sie schienen genauso erleichtert, von Perrin wegzukommen wie von den Trollocs. Aram blickte ihnen mit ausdruckslosem Gesicht hinterher. Eine Hand hatte er erhoben und er fühlte nach dem Schwertgriff, der hinten über seine Schulter hinausragte.

»Sie sagten, sie hätten ihn zwei oder drei Meilen südlich von hier gefunden.« Dannil zögerte und fügte dann hinzu: »Sie behaupten auch, die Trollocs seien in lauter kleine Gruppen aufgesplittert, Perrin. Vielleicht geben sie endlich auf?«

Perin ließ den Fremden langsam zu Boden gleiten. *Wir kommen.* »Paßt gut auf. Vielleicht kommt irgendeine Familie nun endlich her, die bisher versucht hat, sich auf dem eigenen Hof zu halten.« Er glaubte zwar nicht, daß jemand so lange Zeit überlebt habe, aber es konnte schon sein. »Erschießt niemanden aus Versehen.« Er taumelte hoch, und Faile legte eine Hand auf seinen Arm. »Es wird Zeit, daß du ins Bett kommst, Perrin. Gelegentlich mußt du auch mal schlafen.«

Er sah sie nur stumm an. Er hätte dafür sorgen sollen, daß sie in Tear blieb. Gleich, wie er es angestellt hätte. Wenn er nur gründlich genug nachgedacht hätte …

Einer der Laufburschen, ein lockenköpfiger Junge, der ihm bis zur Brust reichte, schlüpfte zwischen den Männern durch und zupfte Perrin am Ärmel. Perrin kannte ihn nicht. Es waren ja auch viele Familien aus dem weiteren Umland da. »Es rührt sich irgend etwas im Westwald, Lord Perrin. Ich bin geschickt worden, um Euch das auszurichten.«

»Nenne mich nicht ›Lord‹ Perrin«, sagte er in scharfem Ton zu dem Jungen. Wenn er nicht bei den Kindern anfing, würden ihn bald alle so nennen. »Geh und sage ihnen, daß ich komme.« Der Junge rannte los.

»Du gehörst ins Bett«, sagte Faile energisch. »Tomas kann durchaus die Verteidigung leiten.«

»Das ist aber kein Angriff, sonst hätte es der Junge gesagt und irgend jemand würde Cenns Signalhorn blasen.«

Sie hängte sich an seinen Arm und versuchte, ihn in Richtung Schenke zu ziehen, und als er in die entgegengesetzte Richtung losmarschierte, wurde sie auf die Art mitgeschleppt. Nach ein paar Minuten vergebener Anstrengung gab sie auf und tat so, als habe sie die ganze Zeit nur einfach seinen Arm gehalten. Aber sie knurrte einiges in sich hinein. Sie glaubte wohl immer noch, wenn sie ganz leise spräche, könne er es nicht hören. Es begann mit Ausdrücken wie ›närrisch‹, ›Maulesel‹ oder ›Muskeln statt Hirn‹, und danach wurde es härter. Es war eine hübsche Prozession: Sie hing an seinem Arm und verfluchte ihn leise, Aram folgte ihm wie ein treuer Hund, und Dannil mit den zehn Kameraden umgaben sie wie eine Ehrenwache. Wäre er nicht so müde gewesen, hätte er sich wohl wie ein kompletter Idiot gefühlt.

Kleine Gruppen von Wächtern waren in regelmäßigen Abständen um den Wall aus zugespitzten Pfählen verteilt und spähten in die Nacht hinaus. Bei jeder Gruppe befand sich ein Junge als Laufbursche. Am westlichen Ende des Dorfes hatten sich die Wächter alle an der Innenseite der Straßensperre versammelt. Sie hielten die Speere und Bögen in nervöser Kampfbereitschaft und blickten hinüber zum Westwald. Selbst im Mondschein mußten ihnen die Bäume wohl mehr wie schwarze Schatten vorkommen.

Der Behüterumhang ließ Teile von Tomas' Körper so mit der Nacht verschmelzen, daß sie praktisch unsichtbar waren. Bain und Chiad befanden sich bei ihm. Aus irgendeinem Grund hatten die beiden Töchter des Speers jede Nacht an diesem Ende Emondsfelds verbracht, seit Loial und Gaul weg waren. »Ich hätte Euch nicht gestört«, sagte der Behüter zu Perrin, »aber da draußen scheint sich nur eine Gestalt zu bewegen, und ich glaubte, Ihr könntet sie vielleicht besser ausmachen mit Euren scharfen Augen ...«

Perrin nickte. Jeder wußte von dieser Fähigkeit, gerade auch bei Dunkelheit noch gut sehen zu können. Die Leute von den Zwei Flüssen hielten das anscheinend für etwas ganz Besonderes. Das gehörte zu den Dingen, die ihn in ihren Augen zu einem dieser idiotischen ›Helden‹ stempelten. Was die Behüter oder die Aes Sedai davon hielten, wußte er nicht. Er war heute nacht auch zu müde, als daß es ihn gekümmert hätte. Sieben Tage, und wie viele Angriffe waren es gewesen?

Der Rand des Westwalds lag etwa fünfhundert Schritt entfernt. Selbst für seine Augen verschwammen die Bäume dort zu einem massiven Schatten. Etwas bewegte sich dort. Es war groß genug, daß es ein Trolloc sein konnte. Eine große Gestalt, die etwas trug ... Das, was auf den Armen der Gestalt lag, hob einen Arm. Ein Mensch. Ein großer Schatten, der einen Menschen auf den Armen trug.

»Wir schießen nicht!« schrie er. Ihm war nach Lachen zumute – nein, er ertappte sich dabei, wirklich zu lachen. »Komm weiter! Komm her, Loial!«

Die undeutliche Gestalt trabte schwerfällig los, schneller als ein Mensch laufen konnte, und wurde schließlich als der Ogier erkennbar, der mit Gaul auf den Armen auf das Dorf zueilte.

Die Männer feuerten ihn an, als sei das Ganze ein Wettrennen: »Rennt, Ogier, rennt! Los! Rennt!« Vielleicht war es auch ein Wettrennen, denn aus diesem Teil des Walds heraus war schon mehr als ein Angriff erfolgt.

Kurz vor den Pfählen kam Loial schwankend zum Stehen. Es war kaum Platz für seine kräftigen Beine, sich auch nur seitwärts durch die Barriere zu schieben. Doch schließlich hatte er es geschafft und setzte sofort den Aielmann ab. Er selbst sank zu Boden und lehnte sich erschöpft an die nächststehenden Pfähle. Er atmete schwer, und seine behaarten Ohren hingen schlapp herunter. Gaul hüpfte auf einem Bein heran und setzte sich neben ihn. Augenblicklich kümmerten sich Bain und Chiad besorgt um seinen linken Oberschenkel, wo die Hose zerrissen und mit getrocknetem Blut verschmiert war. Er hatte nur noch zwei Speere, und in seinem Köcher herrschte gähnende Leere. Auch Loials Axt fehlte.

»Du alter Narr von einem Ogier«, lachte Perrin ihn warmherzig an. »Sich so einfach fortzustehlen. Ich sollte dich Ausreißer von Daise Congar versohlen lassen. Na, wenigstens bist du noch am Leben. Und zurück.« Seine Stimme versagte ihm nun doch den Dienst. Er lebte. Und war wieder zurück in Emondsfeld.

»Wir haben es geschafft, Perrin«, schnaufte Loial mit müder, doch immer noch dröhnender Stimme. »Vor vier Tagen. Wir haben das Wegetor verschlossen. Höchstens die Ältesten oder eine Aes Sedai könnten es wieder öffnen.«

»Er hat mich fast den ganzen Weg von den Bergen bis hier getragen«, sagte Gaul. »Während der ersten drei Tage wurden wir von einem Nachtläufer und vielleicht fünfzig Trollocs verfolgt, aber Loial war einfach zu schnell für sie.« Er versuchte, die Töchter des Speers wegzuschieben, doch das gelang ihm nicht.

»Lieg still, Shaarad«, fauchte ihn Chiad an, »oder ich werde behaupten, ich hätte dich bei voller Bewaffnung berührt. Dann kannst du selbst wählen, wie es um deine Ehre künftig stehen soll.« Faile lachte vergnügt. Perrin verstand gar nichts, doch die Bemerkung ließ den standhaften Aielmann beinahe in die Luft gehen. Anschließend ließ er sein Bein von den Töchtern behandeln.

»Geht es dir gut, Loial?« fragte Perrin. »Bist du verletzt?«

Der Ogier rappelte sich mit sichtlicher Anstrengung hoch und stand einen Moment lang schwankend da, wie ein Baum vor dem Sturz. Seine Ohren hingen noch immer schlapp herunter. »Nein, ich bin unverletzt, Perrin. Nur müde. Mach dir keine Sorgen um mich. Ich bin eben schon eine lange Zeit aus dem *Stedding* weg. Besuche dort reichen nicht aus.« Er schüttelte den Kopf, als habe er sich wieder beim Abschweifen ertappt. Seine breite Hand bedeckte Perrins Schulter. »Wenn ich ein bißchen geschlafen habe, geht es mir wieder gut.« Er senkte die Stimme. Jedenfalls für einen Ogier war dieses Hummelgebrumm durchaus leise. »Draußen sind die Zustände sehr schlimm, Perrin. Die meiste Zeit über sind wir den letzten Horden aus den Bergen hinunter gefolgt. Wir haben das Wegetor verschlossen, aber ich glaube, es befinden sich bereits mehrere tausend Trollocs an den Zwei Flüssen und dazu vielleicht noch fünfzig Myrddraal.«

»Keineswegs«, verkündete Luc lauthals. Er war am Dorfrand entlanggaloppiert und kam aus der Gegend der Nordstraße. Er riß an den Zügeln und sein schwarzer Hengst bäumte sich auf, als er mit einem Ruck stehenbleiben mußte. Er schlug mit den Vorderhufen in die Luft. Der Auftritt eines Angebers ... »Zweifellos beherrscht Ihr es prächtig, Ogier, Bäume zu besingen, aber gegen Trollocs zu kämpfen ist doch etwas anderes. Ich schätze, es sind mittlerweile weniger als tausend. Ganz sicher eine formidable Streitmacht, aber nichts, womit diese festen Verteidigungsanlagen und tapferen Männer nicht fertigwerden könnten. Hier ist noch eine Trophäe für Eure Sammlung, Lord Perrin Goldauge.« Lachend warf er Perrin einen prall gefüllten Stoffbeutel zu. Die Unterseite glänzte feucht und dunkel im Mondschein.

Perrin fing den Beutel auf und warf ihn trotz seines Gewichts in hohem Bogen über die Pfähle nach draußen. Zweifellos befanden sich vier oder fünf Trollocköpfe darin und vielleicht noch der eines Myrddraal. Der Mann brachte jeden Abend seine Trophäen herein und schien immer noch zu erwarten, daß man sie aufstellte und bewunderte. In der Nacht, als er mit einem Paar von Myrddraalköpfen hereingekommen war, hatten einige Coplins und Congars ein Fest für ihn veranstaltet.

»Verstehe ich etwa auch nichts vom Kämpfen?« meldete sich Gaul zu Wort. Er kam mühsam auf die Beine. »*Ich* sage, es sind mehrere tausend.«

Luc zeigte beim Lächeln seine Zähne. »Wie viele Tage habt Ihr in der Fäule verbracht, Aiel? Ich war lange dort.« Vielleicht war es mehr eine Grimasse als ein Lächeln. »Lange. Glaubt, was Ihr wollt, Goldauge. Die endlosen Tage werden bringen, was sie eben bringen, wie es immer war.« Er riß den Hengst schon wieder auf die Hinterhand hoch, ließ ihn herumwirbeln und galoppierte zwischen den Häusern und den Bäumen, die einst den Rand des Westwalds gebildet hatten, in das Dorf hinein. Die Männer blickten ihm nervös hinterher oder spähten wieder in die Dunkelheit hinein.

»Er hat unrecht«, sagte Loial. »Gaul und ich haben es eindeutig so gesehen.« Seine Gesichtszüge wirkten schlaff und erschöpft, die Mundwinkel waren heruntergezogen und die langen Augenbrauen baumelten ihm auf die Wangen. Kein Wunder, wenn er Gaul drei oder vier Tage lang getragen hatte.

»Du hast eine Menge getan, Loial«, sagte Perrin. »Ihr beide habt etwas Großes vollbracht. Etwas Bedeutendes. Ich fürchte, in Euren Schlafzimmern liegen jetzt jeweils ein halbes Dutzend Kesselflicker, aber Frau al'Vere wird Euch schon ein Lager bereiten. Es ist Zeit, daß Ihr den Schlaf bekommt, den Ihr braucht.«

»Und für dich ist es auch allerhöchste Zeit, Perrin Aybara!« Schnell treibende Wolken ließen Schatten über Failes prägnante Nase und die hohen Backenknochen tanzen. Sie war so schön! Aber ihre Stimme war knallhart: »Wenn du jetzt nicht schlafen gehst, lasse ich dich von Loial schleppen. Du kannst ja kaum noch stehen!«

Gaul hatte Schwierigkeiten, mit seinem verwundeten Bein zu gehen. Bain stützte ihn auf einer Seite. Er versuchte, Chiad davon abzuhalten, seinen anderen Arm zu nehmen, aber sie murmelte drohend etwas, das wie ›*Gai'schain*‹ klang, und Bain lachte, und dann erlaubte der Aielmann beiden, ihm zu helfen, wobei er wütend in sich hineingrollte. Wovon die Töchter des Speers da auch sprechen mochten, jedenfalls hatten sie Gaul damit am Gängelband.

Tomas klopfte Perrin auf die Schulter. »Geht, Mann. Jeder braucht mal Schlaf.« Bei ihm klang das, als könne er gut noch drei weitere Tage ohne Schlaf auskommen. Perrin nickte.

Er ließ sich von Faile zur Weinquellenschenke zurückbringen. Loial und die Aiel folgten, und auch Aram, während Dannil und die zehn Kameraden sie schützend umgaben. Er war nicht sicher, wann die anderen zurückgeblieben waren, aber irgendwie fand er sich mit Faile zusammen in seinem Zimmer im zweiten Stock der Schenke wieder.

»Ganze Familien haben nicht mehr Platz als ich hier mit diesem Zimmer«, knurrte er. Eine Kerze brannte auf dem Sims über dem kleinen Kamin. Andere mußten ohne das auskommen, aber Marin entzündete hier eine, sobald es dunkel wurde, damit sie ihn später nicht stören mußte. »Ich kann mit Dannil und Ban und den anderen draußen schlafen.«

»Sei kein Idiot«, sagte Faile, aber es klang irgendwie liebevoll. »Wenn Alanna und Verin ihre eigenen Zimmer haben, sollte das auch für dich gelten.«

Ihm wurde bewußt, daß sie ihm bereits das Wams gelöst hatte und gerade sein Hemd aufband. »Ich bin nicht zu müde, um mich selbst auszuziehen.« Sanft schob er sie aus dem Zimmer.

»Du ziehst dich jetzt aus«, befahl sie. »Alles, hörst du? Du kannst nicht richtig schlafen, wenn du angezogen bist, auch wenn du das zu glauben scheinst.«

»Mache ich«, versprach er. Als er die Tür geschlossen hatte, zog er auch tatsächlich die Stiefel aus, bevor er die Kerze ausblies und sich hinlegte. Marin hatte etwas gegen schmutzige Stiefel auf ihrer Bettdecke.

Tausende, hatten Gaul und Loial gesagt. Aber wieviel konnten die beiden gesehen haben, wenn sie sich versteckt in die Berge geschlichen hatten und auf dem

Rückweg geflohen waren? Luc behauptete, es seien höchstens tausend, aber Perrin konnte sich nicht dazu überwinden, dem Mann zu trauen, und wenn er noch so viele Trophäen mitbrachte. Zersplittert, behaupteten wieder die Weißmäntel. Wie nahe konnten sie den Trollocs aber gekommen sein, wo doch ihre Rüstungen und Umhänge in der Dunkelheit richtiggehend leuchteten?

Vielleicht gab es eine Möglichkeit, selbst nachzusehen. Er hatte seit seinem letzten Besuch den Wolfstraum gemieden. Wann immer er auch daran dachte, dorthin zurückzugehen, verspürte er den Wunsch, den Schlächter endlich zu stellen, aber er war für Emondsfeld verantwortlich. Doch vielleicht war jetzt der richtige Zeitpunkt gekommen? Der Schlaf überkam ihn, während er noch überlegte.

Er stand im strahlenden Nachmittagssonnenschein auf dem Anger. Die Sonne stand bereits tief und ein paar weiße Wolken trieben über den Himmel. Es grasten jetzt keine Schafe oder Kühe um den hohen Mast herum, an dem die leichte Brise die rote Flagge mit dem Wolfskopf flattern ließ. Nur eine Schmeißfliege brummte an seinem Gesicht vorbei. Menschenleer war es zwischen den strohgedeckten Häusern. Kleine Stapel von trockenen Holzscheiten auf kalten Aschehäufchen zeigten, wo die Weißmäntel lagerten. Er hatte im Wolfstraum kaum jemals etwas brennen sehen; höchstens das, was bereits verkohlt war oder direkt vor der Entzündung stand. Keine Raben am Himmel.

Während er nach den Vögeln suchte, verdunkelte sich ein Teil des Himmels und wurde zu einem Fenster, vielleicht in eine andere Welt. Egwene stand da in einer Gruppe von Frauen. Furcht stand in ihren Augen. Langsam knieten die Frauen in ihrer Umgebung vor ihr nieder. Nynaeve war eine davon, und er glaubte, auch Elaynes rotgoldenes Haar zu entdecken. Das Fenster verblaßte und wurde durch ein anderes ersetzt. Mat stand nackt und gefesselt da. Er knurrte wütend. Diesen eigenartigen Speer mit dem schwarzen Schaft hatte man ihm hinten unter den Armen durchgesteckt und auf seiner Brust hing ein silbernes Medaillon, ein Fuchskopf. Mat verschwand und wurde zu Rand. Perrin glaubte jedenfalls, es sei Rand. Er trug nur Lumpen und einen groben Umhang, und seine Augen waren mit einer Bandage verbunden. Das dritte Fenster verschwand. Der Himmel war nur noch Himmel und leer bis auf die Wolken.

Perrin schauderte. Diese Visionen, die er im Wolfstraum sah, hatten nie etwas mit der Wirklichkeit zu tun, die er kannte. Vielleicht wurden hier, wo sich alles so leicht veränderte, die Sorgen um seine Freunde zu etwas Greifbarem, etwas Sichtbarem? Was es auch war, er durfte keine Zeit damit verschwenden, solche Dinge anzugaffen.

Er war nicht überrascht, festzustellen, daß er die lange Lederweste eines Grobschmieds trug und kein Hemd darunter, und als er an den Gürtel griff, hing dort der Hammer, aber nicht die Axt. Mit gerunzelter Stirn konzentrierte er sich auf die lange, halbmondförmige Schneide und den dicken Dorn. Das war es, was er jetzt benötigte. Der Hammer veränderte sich nur langsam, zäh, als leiste er Widerstand, doch als schließlich die Axt in der festen Schlinge hing, glänzte sie irgendwie gefährlich. Warum wehrte sich dieser Hammer so? Er wußte doch, was er wollte. An seiner anderen Hüfte erschien ein gefüllter Köcher, in seiner Hand ein Langbogen und ein Lederschutz an seinem linken Unterarm.

Drei Schritte, bei denen das Land unter ihm verschwamm, brachten ihn dorthin, wo er die nächstgelegenen Trolloclager vermutete, drei Meilen vom Dorf entfernt. Der letzte Schritt brachte ihn zwischen beinahe ein Dutzend hoher Holzhaufen, die inmitten niedergetrampelter Gerstenhalme auf der Asche alter

Feuer lagen. Unter den Scheiten fanden sich zerbrochene Stühle, Tischbeine und selbst die Tür eines Bauernhauses. Große, schwarze, eiserne Kochkessel standen bereit, sie über die fertig vorbereiteten Feuer zu hängen. Leere Kessel natürlich. Aber er wußte, was sie kleinschneiden und hineinwerfen würden, oder was auf die dicken Eisenspieße gesteckt würde, die über einigen Feuerstellen hingen. Wie vielen Trollocs würden diese Feuer dienen? Es gab keine Zelte, und die schmutzigen, nach altem Trolloc-Schweiß stinkenden Decken, die hier und da lagen, gaben auch keinen wirklichen Anhalt. Viele Trollocs schliefen wie die Tiere ohne Decken auf dem blanken Boden oder höhlten sich eine Kuhle aus, um sich darin zusammenzurollen.

Mit kleineren Schritten, nicht länger als ein paar hundert Schritt jeweils, lief er um Emondsfeld herum. Das Land schien lediglich unter einem feinen Dunst zu liegen, als er von Bauernhof zu Bauernhof schritt, von Weiden zu Gerstenfeldern zu Reihen von Tabakspflanzen, durch vereinzelte Baumgruppen, entlang der Wagenspuren und kleiner Fußpfade… Er entdeckte mehr und mehr vorbereitete Holzstöße für Trollocfeuer, während ihn sein Weg langsam nach außen führte, spiralförmig vom Dorf weg. Zu viele. Hunderte von Feuern. Das mußte bedeuten, es waren mehrere tausend Trollocs. Fünftausend oder zehntausend oder auch das Doppelte – was machte das schon für einen Unterschied für Emondsfeld, wenn sie alle gleichzeitig angriffen.

Weiter draußen verschwanden die Anzeichen für die Anwesenheit der Trollocs. Zumindest die für ihre augenblickliche Anwesenheit. Nur wenige Bauernhäuser oder Scheunen standen noch. Verkohlte Stoppeln waren von vielen Feldern übriggeblieben, die sie niedergebrannt hatten. Andere Felder wiesen große niedergetrampelte Flächen auf. Es gab keinen vernünftigen Grund dafür, lediglich die Zerstörungswut der Trollocs.

Die Menschen waren längst geflohen, als das getan wurde. Einmal landete er mitten auf einer großen verkohlten Fläche. Angesengte Wagenräder lagen noch in der Asche, auf denen sich vereinzelte bunte Lackflecken zeigten, die nicht in der Hitze des Feuers abgeblättert waren. Diese Stätte, an der der Wagenzug der Tuatha'an zerstört worden war, schmerzte ihn noch mehr als die niedergebrannten Bauernhöfe. Der Weg des Blatts sollte seine Chance bekommen. Irgendwo. Nicht hier. Er zwang sich zum Wegschauen und sprang etwa eine Meile weiter.

Schließlich erreichte er Devenritt. Reihen von strohgedeckten Häusern umgaben einen Anger mit einem Teich, der sein Wasser aus einer ummauerten Quelle bezog. Das überfließende Wasser rann aus Rinnen, die längst viel tiefer ausgewaschen worden waren als ursprünglich vorgesehen. Die Schenke am Ende des Angers, ›Zur Gans und Pfeife‹, hatte auch nur ein Strohdach, war aber ein wenig größer als die Weinquellenschenke, obwohl es in Devenritt bestimmt weniger Gäste gab als in Emondsfeld. Das Dorf war auf keinen Fall größer. Wagen und Karren, die man dicht vor die Häuser gestellt hatte, erzählten davon, daß auch hierher Bauern mit ihren Familien geflohen waren. Andere Wagen blockierten die Straßen und verstellten sogar die Lücken zwischen den Häusern am Dorfrand. Diese Vorbereitungen hätten nicht gereicht, um auch nur einen einzigen Angriff abzuwehren, wie sie in den letzten sieben Tagen über Emondsfeld hereingebrochen waren.

Nach drei Runden um das Dorf hatte Perrin lediglich ein halbes Dutzend Trolloclager gefunden. Genug, um die Menschen im Dorf einzuschließen. Sie dort festzuhalten, bis Emondsfeld erledigt war. Dann würden die Trollocs in aller Ruhe unter Anleitung der Blassen über Devenritt herfallen. Vielleicht konnte er eine Möglichkeit finden, den Dorfbewohnern eine Warnung zukommen zu lassen. Falls sie nach Süden flohen, konnten sie möglicherweise den Weißen Fluß überqueren. Und selbst der Versuch, den wilden und unbewohnten Schattenwald unterhalb des Flusses zu durchqueren, war immer noch besser, als darauf zu warten, daß man umgebracht wurde.

Die goldene Sonne hatte sich keine Spur weiterbewegt. Hier verlief die Zeit anders.

Nun rannte er, so schnell er konnte, nach Norden. Selbst Emondsfeld flog wie ein verwaschener Fleck an ihm vorbei. Wachhügel auf seiner runden Bergspitze war genau wie Devenritt mit Wagen und Karren zwischen den Häusern verbarrikadiert. Der Wind ließ eine Flagge an einer langen Fahnenstange flattern, die vor dem Weißen Keiler auf dem Hügelkamm aufgestellt worden war. Ein roter Adler auf blauem Feld. Der Rote Adler war das Wappen von Manetheren gewesen. Vielleicht hatten ihnen Alanna oder Verin von den alten Legenden erzählt, als sie sich in Wachhügel aufhielten.

Auch hier fand er nur wenige Trolloclager vor, gerade genug, um die Dorfbewohner festzunageln. Hier gab es allerdings einen bequemeren Fluchtweg als über den Weißen Fluß mit seinen endlosen Stromschnellen.

Weiter nach Norden rannte er, nach Taren-Fähre am Ufer des Tarendrelle, den er früher immer als Tarenfluß gekannt hatte. Hohe, schmale Häuser auf hohen Steinfundamenten prägten das Bild dieses Orts. Der Taren trat jedes Jahr über die Ufer, wenn der Schnee in den Verschleierten Bergen schmolz. Nun standen im unveränderten Nachmittagssonnenschein auf mindestens der Hälfte dieser Fundamente nur noch verkohlte Balken, und Aschehaufen lagen dazwischen. Hier sah er keine Wagen, keine Anzeichen für einen Widerstand. Und auch keine Trolloclager. Vielleicht waren hier gar keine Menschen mehr.

Am Ufer war ein massiver hölzerner Landesteg angebaut, von dem aus sich ein schweres Tau über den

Fluß mit seiner starken Strömung spannte. Das Tau lief durch Eisenringe an Deck eines breiten, niedrigen Kahns, der am Landesteg vertäut lag. Die Fähre war also noch da und konnte benutzt werden.

Ein Satz brachte ihn über den Fluß, wo tiefe Wagenspuren das Ufer vernarbten und verstreute Haushaltsgegenstände herumlagen. Stühle und Standspiegel, Truhen, sogar ein paar Tische und ein hochglänzender Kleiderschrank, in dessen Türen Vögel geschnitzt worden waren, lagen dort, Gegenstände, die angsterfüllte Menschen hatten retten wollen und die sie dann doch liegen ließen, um schneller voranzukommen. Sie würden die Nachrichten von den Ereignissen verbreiten, die sich hier abgespielt hatten, die sich im Gebiet der Zwei Flüsse immer noch abspielten. Einige hatten mittlerweile vielleicht Baerlon erreicht, hundert Meilen oder mehr nördlich von hier, und ganz sicher natürlich die Bauerngehöfte zwischen Baerlon und dem Fluß. Die Nachrichten verbreiteten sich. Noch ein Monat, und man erfuhr in Caemlyn davon. Dann wußte Königin Morgase mit ihrer Königlichen Garde und ihrer Befehlsgewalt über ganze Heere Bescheid. Mit Glück würde das in einem Monat geschehen. Und genauso lang, bis sie hiersein konnten, falls Morgase es überhaupt glaubte. Zu spät für Emondsfeld. Vielleicht zu spät für die ganze Region.

Trotzdem ergab es keinen Sinn, daß die Trollocs jemanden entkommen ließen. Oder jedenfalls die Myrddraal; die Trollocs selbst dachten kaum mehr als einen Moment voraus. Er hätte gedacht, das erste, was die Blassen machten, sei, die Fähre zu zerstören. Wie konnten sie sicher sein, daß in Baerlon nicht genug Soldaten lagerten, um sie hier anzugreifen?

Er bückte sich, um eine Puppe mit buntbemaltem Holzgesicht aufzuheben, und ein Pfeil zischte durch, wo sich gerade noch seine Brust befunden hatte. Er sprang direkt aus seiner gebückten Haltung los und den Uferhang hinauf. Ein verwischter Fleck schoß hundert Schritt weit in den Wald hinein und kauerte sich plötzlich wieder klar sichtbar unter einen mächtigen Lederblattbaum. Um ihn herum bedeckten Gestrüpp und mit Ranken überwachsene, von der Überschwemmung umgestürzte Baumstämme den Waldboden.

Der Schlächter. Perrin hatte einen Pfeil aufgelegt und fragte sich erstaunt, ob er ihn im Sprung noch aus dem Köcher gezogen oder ihn einfach dorthin gedacht habe. Der Schlächter.

Er war schon wieder auf dem Sprung, blieb aber doch noch an Ort und Stelle. Der Schlächter würde ungefähr seinen Standpunkt einschätzen können. Perrin war der verschwimmenden Gestalt des Mannes auch schon relativ leicht gefolgt. Dieser sich verlängernde Wischer war so eindeutig, daß man ihn nicht verfehlen konnte. Zweimal nun hatte er das Spiel des anderen mitgespielt und beinahe verloren. Diesmal sollte der Schlächter ruhig sein Spielchen treiben. Er wartete ab.

Raben kreisten suchend und krächzend über den Baumwipfeln. Keine Bewegung verriet ihn; nicht einmal ein leichtes Zucken. Nur die Augen rührten sich und beobachteten den ihn umgebenden Wald. Ein leichter Lufthauch trug eine kalte Witterung an seine Nase, menschlich und doch wieder nicht. Er lächelte. Kein Laut außer dem Krächzen der Raben. Dieser Schlächter beherrschte die Kunst des Lauerns. Aber er war es nicht gewohnt, selbst der Gejagte zu sein. Was vergaß der Schlächter noch außer seiner eigenen Witterung? Er würde wohl kaum erwarten, daß Perrin genau dort verharrte, wo er gelandet war. Tiere rannten vor dem Jäger weg. Selbst die Wölfe rannten gelegentlich davon.

Die Andeutung einer Bewegung, und einen Augenblick lang erschien ein Gesicht über dem Stamm einer umgestürzten Kiefer etwa fünfzig Schritt von seinem Versteck. Das schräg einfallende Tageslicht ließ ihn die

Züge ganz deutlich erkennen: dunkles Haar und blaue Augen, ein kantiges, hartes Gesicht, das ihn so sehr an das Lans erinnerte. Aber in diesem kurzen Moment leckte sich der Schlächter zweimal die Lippen. Seine Stirn war gerunzelt und sein Blick wanderte unstet hierhin und dorthin, als er den Wald absuchte. Lan hätte seine Unruhe niemals gezeigt, und wenn er allein tausend Trollocs gegenüberstünde. Nur ein Augenblick, und dann war das Gesicht wieder verschwunden. Die Raben kreisten aufgescheucht über dem Wald, als teilten sie die Unruhe des Schlächters und fürchteten, zu tief zu fliegen.

Perrin wartete und beobachtete weiter völlig bewegungslos. Stille. Nur diese kalte Witterung sagte ihm, daß er nicht mit den Raben oben allein sei.

Wieder erschien das Gesicht des Schlächters. Er spähte hinter dem dicken Stamm einer Eiche zu seiner Linken hervor. Dreißig Schritt. Die Eichen erstickten das meiste, was unmittelbar um sie herum wuchs. In dem mit faulenden Blättern bedeckten Humus unter ihren Ästen wuchsen nur ein paar Pilze und ein wenig Unkraut. Langsam schob sich der Mann ins Freie vor. Seine Stiefel machten kein Geräusch.

In einer einzigen flüssigen Bewegung zog Perrin durch und schoß seinen Pfeil ab. Die Raben krächzten laut auf, und der Schlächter fuhr herum, doch der Hammerkopfpfeil schlug in seine Brust ein. Aber ins Herz hatte Perrin ihn nicht getroffen. Der Mann schrie auf und faßte mit beiden Händen nach dem Pfeilschaft. Schwarze Federn schwebten herunter, als die Raben verzweifelt mit den Flügeln schlugen. Und die Gestalt des Schlächters verblaßte, während sein Schrei verhallte. Er wurde durchsichtig, zu einer Nebelschwade, und verschwand. Das Kreischen der Raben brach ab, wie mit einem Messer abgeschnitten. Der Pfeil, der den Mann durchbohrt hatte, fiel zu Boden. Auch die Raben waren verschwunden.

Perrin hatte schon den Bogen erneut halb durchgezogen, atmete dann aber tief durch und ließ die Spannung aus der Sehne weichen. Starb man hier auf diese Weise? Indem man einfach verblaßte und für immer verschwand?

»Wenigstens habe ich ihn erwischt«, knurrte er. Und außerdem hatte er sich von seinem eigentlichen Zweck ablenken lassen. Er war nicht des Schlächters wegen in den Wolfstraum gekommen. Nun denn, wenigstens waren die Wölfe nun sicher. Die Wölfe – und ein paar andere ebenfalls. Er trat aus dem Traum heraus ...

... und als er erwachte, starrte er zunächst verständnislos die Zimmerdecke an und sein Hemd war schweißgetränkt. Durch die Fenster drang ein wenig Mondschein herein. Irgendwo im Dorf spielten Fiedeln eine wilde Kesselflickermelodie. Sie kämpften wohl nicht, halfen aber auf ihre Weise, die Menschen bei Laune zu halten.

Langsam setzte sich Perrin auf und zog sich im trüben Dämmerlicht des Zimmers die Stiefel an. Wie sollte er es anstellen, das durchzuführen, was er tun mußte? Es war schwierig. Er mußte es schlau anstellen, soviel war klar. Nur war er keineswegs sicher, daß er in seinem Leben jemals etwas schlau angestellt hatte. Er stand auf und stampfte die Füße in die Stiefel hinein.

Plötzliche Schreie von draußen und ein verklingendes Hufgeklapper ließen ihn zum nächsten Fenster eilen und es öffnen. Unten drängten sich die ›Kameraden‹ wild durcheinander. »Was ist los da unten?«

Dreißig Gesichter wandten sich nach oben und Ban al'Seen rief: »Es war Lord Luc, Lord Perrin! Er hätte beinahe Wil und Tell niedergeritten! Ich glaube, er hat sie überhaupt nicht gesehen. Er war im Sattel zusammengekrümmt, als sei er verwundet, und er gab dem Hengst mit aller Gewalt die Sporen, Lord Perrin.«

Perrin zupfte an seinem Bart. Luc war vorher ganz sicher nicht verwundet gewesen. Luc … und der Schlächter? Das war doch unmöglich. Der dunkelhaarige Schlächter wirkte wie ein Bruder oder Cousin Lans. Wenn Luc mit seinem rotblonden Haar jemandem ähnlich sah, wenigstens ein bißchen, dann war das höchstens Rand. Die beiden Männer hätten nicht unterschiedlicher aussehen können. Und doch … Diese kalte Witterung. Sie rochen nicht gleich, aber beide hatten diese eisige, kaum menschliche Witterung an sich. Seine Ohren vernahmen das Geräusch, wie unten an der Alten Straße Wagen aus dem Weg gezogen wurden und jemand schrie, man solle sich beeilen. Selbst wenn Ban und die Kameraden hinterherrannten, würden sie den Mann nun nicht mehr einholen. Der Hufschlag verriet ihm, daß jemand in vollem Galopp nach Süden ritt.

»Ban«, rief er. »Wenn Luc wieder auftauchen sollte, dann setzt ihn fest und bewacht ihn!« Er hielt kurz inne und fügte dann hinzu: »Und nennt mich nicht so.« Dann schlug er das Fenster zu.

Luc und der Schlächter, der Schlächter und Luc. Wie konnten sie ein und derselbe sein? Es war einfach unmöglich. Aber andererseits hatte er vor nicht einmal zwei Jahren auch nicht an die Existenz von Trollocs und Blassen geglaubt. Nun, Zeit genug, sich darüber Gedanken zu machen, wenn er den Mann je wieder in die Finger bekam. Jetzt standen Wachhügel und Devenritt auf dem Programm und … Einige konnte man vielleicht retten. Nicht alle Bewohner der Zwei Flüsse mußten sterben.

Auf dem Weg zum Schankraum blieb er auf dem oberen Treppenabsatz stehen. Aram stand von seinem Sitzplatz auf der untersten Stufe auf und beobachtete ihn. Er wartete darauf, ihm folgen zu dürfen, wohin er ihn auch führen mochte. Gaul lag ausgestreckt auf einem Deckenlager in der Nähe des Kamins. Eine dicke Bandage hüllte seinen linken Oberschenkel ein. Er schien zu schlafen. Faile und die beiden Töchter des

Speers saßen mit übergeschlagenen Beinen auf dem Fußboden neben ihm und unterhielten sich leise. Auf der anderen Seite des Raums sah er ein viel größeres Lager, aber Loial, für den es bestimmt war, saß mit ausgestreckten Beinen auf einer Bank. Die Füße steckten unter einem Tisch, und er hatte sich weit nach vorn gebeugt und kritzelte bei Kerzenschein mit einer Feder in sein Notizbuch. Zweifellos schrieb er alles nieder, was auf ihrer Reise geschehen war, bevor und nachdem sie das Wegetor verschlossen hatten. Und Perrin kannte Loial gut genug, um zu wissen, daß er alle Ehre Gaul zuschreiben würde, ob es nun stimmte oder nicht. Loial schien seine eigenen Taten ganz und gar nicht für mutig zu halten und wert, festgehalten zu werden. Ansonsten war der Schankraum leer. Er hörte immer noch die Fiedeln aufspielen und glaubte auch, die Melodie zu erkennen. Kein Kesselflickerlied, das sie jetzt spielten: ›Meine Liebe ist eine wilde Rose‹.

Faile blickte hoch, kaum daß Perrin die erste Stufe betreten hatte. Sie erhob sich graziös, um ihm entgegenzugehen. Aram setzte sich wieder, als Perrin keine Anstalten machte, zur Tür zu gehen.

»Dein Hemd ist naß«, sagte Faile anklagend. »Du hast darin geschlafen, oder? Und in den Stiefeln. Das sollte mich nicht wundern. Es ist noch keine Stunde her, daß ich dich verließ. Du gehst jetzt sofort wieder hinauf, bevor du vor Erschöpfung umfällst!«

»Hast du Luc wegreiten sehen?« fragte er. Ihr Mund verzog sich, aber manchmal blieb ihm nichts anderes übrig, als ihre Regungen zu ignorieren. Wenn er mit ihr stritt, hatte sie zu oft das letzte Wort. »Er ist vor ein paar Minuten hier vorbei und durch die Küche hinausgelaufen«, sagte sie schließlich. Ihr Tonfall allerdings sagte deutlich aus, daß sie mit ihm und dem Schlafbedürfnis noch nicht fertig sei.

»Schien er … verletzt zu sein?«

»Ja«, sagte sie bedächtig. »Er taumelte und hielt sich

etwas an die Brust unter seinem Wams. Vielleicht eine Bandage. Frau Congar ist in der Küche. Den Geräuschen nach hat er sie beinahe überrannt. Woher weißt du das?«

»Ich habe es geträumt.« In ihren schrägstehenden Augen glitzerte es gefährlich. Sie hatte wohl nicht nachgedacht. Sie wußte doch von dem Wolfstraum. Erwartete sie von ihm, das laut zu erklären, wo Bain und Chiad zuhören konnten, ganz zu schweigen von Aram und Loial? Nun, vielleicht nicht Loial. Er war so mit seinen Notizen beschäftigt, daß er wahrscheinlich nicht einmal bemerkt hätte, wenn man eine Herde Schafe durch den Schankraum getrieben hätte. »Gaul?«

»Frau Congar gab ihm etwas, damit er einschlief, und außerdem eine Tinktur für sein Bein. Wenn die Aes Sedai am Morgen erwachen, wird eine von ihnen ihn heilen, falls sie die Verletzung für schwerwiegend genug halten.«

»Komm und setz dich, Faile. Ich möchte, daß du etwas für mich tust.« Sie sah ihn mißtrauisch an, ließ sich aber von ihm zu einem Stuhl begleiten. Als sie beide saßen, beugte er sich über den Tisch und bemühte sich, ernst, aber nicht zu eindringlich mit ihr zu sprechen. Auf keinen Fall, als sei es dringend. »Ich möchte, daß du für mich eine Nachricht nach Caemlyn bringst. Auf dem Weg lasse bitte die Leute in Wachhügel wissen, wie die Lage hier ist. Es dürfte wohl das Beste für sie sein, wenn sie über den Taren fliehen, bis alles vorbei ist.« Das hatte so richtig nebensächlich geklungen. Dabei war es nur ein momentaner Einfall gewesen. »Ich möchte, daß du Königin Morgase bittest, uns Soldaten aus der Königlichen Garde herzuschicken. Ich weiß, daß ich dich da um etwas Gefährliches bitte, aber Bain und Chiad bringen dich sicher nach Taren-Fähre, und die Fähre selbst ist auch noch da.« Chiad stand auf und sah ihn besorgt an. Warum war sie denn so besorgt?

»Ihr müßt ihn nicht verlassen«, sagte Faile zu ihr. Nach einem Moment nickte die Aielfrau und kehrte zu ihrem Platz neben Gaul zurück. Chiad und Gaul? Sie waren Todfeinde. Heute nacht ergab auch nichts einen Sinn.

»Es ist ein weiter Weg nach Caemlyn«, sagte Faile leise. Ihr Blick war ganz eindringlich auf ihn gerichtet, aber ihr Gesicht hätte auch aus Holz geschnitzt sein können, soviel Ausdruck zeigte es. »Es dauert Wochen, dorthin zu reiten, und dann noch eine Zeitlang, um zu Morgase vorzudringen und sie zu überzeugen, und dann weitere Wochen, um mit ihren Gardesoldaten hierher zurückzukehren.«

»Solange können wir uns leicht halten«, sagte er zu ihr. *Seng mich, wenn ich nicht genauso gut lügen kann wie Mat!* »Luc hatte recht. Es können nicht mehr als tausend Trollocs da draußen übrig sein. *Der Traum?*« Sie nickte. Endlich hatte sie verstanden. »Wir können uns hier sehr lange halten, aber in der Zwischenzeit verbrennen sie die Ernte und werden das Licht weiß was anrichten. Wir brauchen die Königliche Garde, um sie endgültig loszuwerden. Logischerweise bist du diejenige, die gehen muß. Du weißt, wie man mit einer Königin umgeht, da du ja schließlich auch die Cousine einer Königin bist und so was. Faile, ich weiß, worum ich dich da bitte, ist gefährlich …« Nicht so gefährlich wie hierzubleiben. »… aber sobald du die Fähre erreichst, gibt es keine Probleme mehr.«

Er hörte nicht, wie Loial näher kam, bis der Ogier plötzlich sein Notizbuch vor Faile auf den Tisch legte. »Ich konnte nicht anders, als mitzuhören, Faile. Wenn du nach Caemlyn gehst, nimmst du das dann mit? Damit es in Sicherheit ist, bis ich komme und es hole?« Er rückte das Büchlein mit einer beinahe zärtlichen Geste zurecht und fügte hinzu: »In Caemlyn werden viele schöne Bücher gedruckt. Entschuldige bitte die Unterbrechung, Perrin.« Doch seine teetassengroßen

Augen waren auf sie gerichtet und nicht auf ihn. »Der Name Faile paßt zu dir. Du solltest frei fliegen wie ein Falke.« Er klopfte Perrin auf die Schulter und murmelte in einem tiefen Brummton: »Sie sollte frei wie ein Vogel sein.« Damit ging er zurück zu seinem Lager und legte sich mit dem Gesicht zur Wand hin.

»Er ist sehr müde«, sagte Perrin und bemühte sich, es wie einen nebensächlichen Kommentar klingen zu lassen. Der närrische Ogier konnte seinen ganzen Plan zu Fall bringen. »Wenn du heute nacht losreitest, kannst du bis Tagesanbruch in Wachhügel sein. Du mußt einen Bogen nach Osten zu reiten, denn dort sind weniger Trollocs. Es ist sehr wichtig für mich … für Emondsfeld, meine ich. Machst du das?«

Sie blickte ihn so lange schweigend an, daß er sich fragte, ob sie überhaupt antworten wollte. Ihre Augen schienen feucht zu glänzen. Dann stand sie auf, kam um den Tisch herum und setzte sich auf seinen Schoß. Sie streichelte seinen Bart und stellte fest: »Den sollte man zurechtstutzen. Er gefällt mir, aber er muß ja nicht gerade bis auf deine Brust wachsen.«

Er hätte beinahe Augen und Mund aufgerissen. Sie wechselte ja oft das Thema, aber meist nur, wenn sie dabei war, den kürzeren zu ziehen. »Faile, bitte. Ich brauche dich, um den Bericht nach Caemlyn zu bringen.«

Ihre Hand packte seinen Bart fester und sie neigte den Kopf, als wiege sie die Argumente im Geist sorgfältig ab. »Ich gehe schon«, sagte sie schließlich, »aber ich will eine Belohnung dafür. Du versuchst immer, mich mit Gewalt dazu zu bringen, daß ich etwas mache. In Saldaea wäre ich ganz bestimmt nicht diejenige, die dich um so etwas bitten müßte. Meine Belohnung ist … eine Hochzeit. Ich will dich heiraten«, schloß sie etwas überstürzt.

»Und ich dich.« Er lächelte. »Wir können uns heute nacht noch vor der Versammlung der Frauen verloben, aber ich fürchte, mit der Hochzeit müssen wir noch ein Jahr warten. Wenn du aus Caemlyn zurück bist ...« Sie hätte ihm fast ein Büschel Haare aus dem Bart gerissen.

»Ich will dich noch heute nacht zum Ehemann haben«, sagte sie mit gefährlich sanfter Stimme, »sonst gehe ich nicht!«

»Von mir aus gern, aber es geht doch nicht!« protestierte er. »Daise Congar würde mir eins über den Schädel geben, wenn ich alle guten Sitten außer acht ließe. Um der Liebe des Lichts willen, Faile, überbringe den Bericht, und ich heirate dich, sobald sich auch nur eine Möglichkeit auftut.« Und das würde er tatsächlich. Falls dieser Tag jemals käme.

Mit einemmal beschäftigte sie sich ganz auffällig mit seinem Bart, strich ihn glatt und mied seinen Blick. Dann begann sie in bedächtigem Ton, sprach aber bald schneller und schneller, bis sich ihre Worte fast überschlugen: »Ich ... habe nur zufällig ... so im Vorbeigehen ... habe ich nur mal Frau al'Vere gegenüber *erwähnt*, wie wir miteinander herumgezogen sind ... ich weiß gar nicht mehr, wie wir auf dieses Thema kamen – und sie sagte – und Frau Congar stimmte ihr zu – nicht, daß ich gleich mit allen darüber gesprochen hätte! – sie sagte, man könne uns vielleicht – ganz eindeutig – man könnte uns bereits als verlobt betrachten, euren Bräuchen nach, und das Verlobungsjahr hält man ja nur ein, um festzustellen, ob man wirklich miteinander auskommt – und das ist ja bei uns der Fall, wie jeder sehen kann – und jetzt bin ich schon so frech wie eine Domanischlampe oder eines dieser leichten Mädchen aus Tear – wehe, wenn du auch nur an Berelain zu *denken* wagst! – oh, Licht, ich stottere schon fast, und du hast noch nicht einmal um ...«

Er unterbrach sie, indem er sie packte und so gründlich küßte, wie er nur konnte.

»Willst du mich heiraten?« fragte er atemlos, als er fertig war. »Heute nacht noch?« Er konnte doch offensichtlich besser küssen, als er geglaubt hatte. Er mußte das Ganze sechsmal wiederholen. Sie kicherte jedesmal und verlangte, er solle es noch mal sagen, aber schließlich hatte sie es wohl kapiert.

Und so fand er sich keine halbe Stunde später ihr gegenüber im Schankraum wieder, und vor ihnen standen Daise Congar und Marin al'Vere, Alsbet Luhhan und Neysa Ayellin und die gesamte Versammlung der Frauen. Man hatte Loial geweckt, um zusammen mit Aram für ihn den Trauzeugen zu spielen, während Bain und Chiad für Faile zuständig waren. Es gab keine Blumen, die man in sein oder ihr Haar hätte stecken können, aber Bain legte ihm mit Marins Hilfe ein langes, rotes Hochzeitsband um den Hals und Loial flocht eines in Failes dunkles Haar. Seine dicken Finger taten das überraschend geschickt und sanft. Perrins Hände zitterten, als er ihre damit umschloß.

»Ich, Perrin Aybara, verspreche hiermit, dich, Faile Bashere, zu lieben und zu ehren, solange ich lebe.« *Solange ich lebe und danach.* »Was auf dieser Welt mein ist, das gebe ich dir.« *Ein Pferd, eine Axt und einen Bogen. Ach ja, und einen Hammer. Nicht gerade viel für eine Braut. Aber ich gebe dir mein Leben und meine Liebe. Das ist alles, was ich habe.* »Ich werde dich halten, dir beistehen, dich pflegen, beschützen und behüten, mein ganzes Leben lang.« *Ich kann dich nicht bei mir behalten; der einzige Weg, dich zu beschützen, ist, dich fortzuschicken.* »Ich bin immer und auf ewig dein.« Als er damit fertig war, zitterten seine Hände deutlich sichtbar.

Faile entzog ihm ihre Hände und umschloß nun seine damit. »Ich, Zarine Bashere…« Das war eine Überraschung, denn sie haßte diesen Namen. »… verspreche dir, Perrin Aybara, dich zu lieben…« Ihre Hände zitterten überhaupt nicht.

KAPITEL 15

Im Palast

Elayne saß hinten auf einem hochrädrigen Karren, der von vier schwitzenden Männern gezogen die gewundene Straße in Tanchico hochrumpelte, und blickte finster durch den schmutzigen Schleier, der ihr Gesicht von den Augen bis zum Kinn bedeckte. Sie trat wütend mit ihren bloßen Füßen aus. Jeder Ruck, wenn sie durch ein Schlagloch auf der gepflasterten Straße fuhren, rüttelte sie von Kopf bis Fuß durch. Je mehr sie sich an den rauhen Holzplanken des Karrens festklammerte, desto schlimmer wurde es. Nynaeve schien es nicht viel auszumachen. Sie wurde wohl genauso wie Elayne durchgeschüttelt, doch sie hatte lediglich die Stirn leicht gerunzelt, ihr Blick war nach innen gerichtet, und sie war sich der ganzen Rumpelei kaum bewußt. Und Egeanin, die auf der anderen Seite Nynaeves in die Ecke gedrückt saß, verschleiert und das dunkle Haar zu schulterlangen Zöpfen geflochten, balancierte jeden Ruck mit verschränkten Armen problemlos aus. Schließlich versuchte Elayne, es der Seanchanfrau nachzumachen. Sie konnte allerdings nicht vermeiden, Nynaeve anzurempeln, aber trotzdem hatte sie jetzt wenigstens nicht mehr das Gefühl, ihr Unterkiefer werde in den Oberkiefer hineingerammt.

Sie wäre sehr gern gelaufen, sogar barfuß, aber Bayle Domon hatte gesagt, es würde nicht echt wirken. Die Leute würden sich fragen, warum Frauen nicht mitfuhren, wenn genug Platz war, und das Letzte, was sie wollten, war, ungewöhnlich zu erscheinen und Aufsehen zu erregen. Er wurde natürlich auch nicht wie ein

Sack Zwiebeln umhergeschaukelt, denn er ging zu Fuß vor dem Karren her, und mit ihm gingen zehn der zwanzig Seeleute, die er als Eskorte mitgenommen hatte. Mehr würden nur verdächtig wirken, hatte er behauptet. Sie vermutete, wenn nicht sie und die anderen Frauen gewesen wären, hätte er nicht so viele mitgebracht.

Der wolkenlose Himmel über ihnen war immer noch grau, obwohl vor ihrem Aufbruch schon die Dämmerung eingesetzt hatte. Die Straßen waren noch weitgehend leer und still, bis auf das Rumpeln des Karrens und das Quietschen seiner Achse. Wenn die Sonne über den Horizont stieg, würden sich die Leute langsam herauswagen, aber jetzt sah sie nur kleine Gruppen von Männern in Pumphosen und dunklen, zylinderförmigen Kappen, die auf eine Art herumschlichen, als hätten sie in der Dunkelheit der Nacht nichts Gutes ausgeheckt. Die alte Segeltuchplane, die sie über die Ladung auf dem Karren gebreitet hatten, war sorgfältig zurechtgezogen worden, damit jeder sehen konnte, daß sie lediglich drei große Körbe bedeckte, und doch blieb die eine oder andere dieser Gruppen sogar bei der Aussicht auf so magere Beute stehen wie ein Rudel wilder Hunde, die verschleierten Gesichter nach oben gewandt. Ihre Augen folgten der Bewegung des Karrens. Offensichtlich waren zwanzig Mann mit Knüppeln und Entermessern denn doch zu viele, um etwas zu riskieren, denn schließlich und endlich ging jeder dieser Beobachter weiter.

Die Räder krachten in ein großes Loch im Pflaster hinein, wo man während einer dieser Unruhen die Pflastersteine herausgerissen und als Wurfgeschosse verwendet hatte. Der Karren fiel unter ihr weg. Sie biß sich fast auf die Zunge, als der Karren wieder gegen ihr Hinterteil schlug. Egeanin und ihre Haltung mit verschränkten Armen und so! Sie packte mit aller Gewalt die Seitenverkleidung und sah die Seanchanfrau finster an. Doch diesmal hatte auch die ihre Lippen zusammengepreßt und hielt sich mit beiden Händen fest.

»Ist doch nicht ganz das gleiche, wie an Deck zu stehen«, sagte Egeanin mit einem Achselzucken. Nynaeve verzog leicht das Gesicht und bemühte sich, auf Abstand zu der Seanchanfrau zu gehen, obwohl das schwierig würde, wenn sie nicht gerade auf Elaynes Schoß klettern wollte. »Ich werde mit Meister Bayle Domon sprechen«, verkündete sie bedeutungsschwanger, als sei die Sache mit dem Karren nicht auf ihren Vorschlag zurückgegangen. Ein neuer Ruck ließ ihren Mund zuklappen.

Alle drei Frauen trugen Kleidung aus graubrauner Wolle, dünn, aber grob und nicht gerade sauber – die Kleidung armer Bauersfrauen. Die Kleider wirkten wie formlose Säcke, wenn man sie mit den eng anliegenden Seidenkleidern nach Rendras Geschmack verglich. Flüchtlinge vom Land, die sich, so gut es ging, die nächste Mahlzeit verdienten: so sollte es aussehen. Egeanins Erleichterung beim ersten Blick auf diese Kleider war offensichtlich gewesen und genauso verwunderlich wie ihre Anwesenheit auf dem Karren. Elayne hatte sich das zunächst gar nicht vorstellen können.

Es hatte schon einige Diskussionen gegeben – so hatten es die Männer zumindest genannt –, als sie in der Kammer der Fallenden Blüten zusammensaßen, aber sie und Nynaeve hatten die meisten ihrer närrischen Einwände entkräftet und den Rest einfach beiseite geschoben. Sie beide mußten in den Panarchenpalast hinein und zwar so bald wie möglich. Domon hatte noch einen Einwand geäußert, der nicht so dumm war wie die anderen.

»Ihr nicht können gehen in Palast allein«, hatte der bärtige Schmuggler geknurrt, während er auf seine Fäuste herabsah, die auf der Tischfläche lagen. »Ihr sagen, Ihr nicht werdet verwenden Macht, um nicht zu warnen diese Schwarzen Aes Sedai.« Keine von ihnen hatte es für notwendig gehalten, den anderen gegenüber eine der Verlorenen zu erwähnen. »Dann Ihr brauchen Muskeln, um Knüppel zu schwingen, wenn die Notwendigkeit kommen, und Augen, um nach hinten zu blicken, auch nicht schlecht wären. Mich dort die Diener kennen. Ich auch altem Panarchen Geschenke bringen. Ich werden gehen mit Euch.« Und kopfschüttelnd hatte er noch gegrollt: »Ihr mich schon dazu bringen, meinen Kopf legen auf Richtblock, weil ich Euch verlassen haben in Falme. Glück stich mich, wenn es nicht so sein! Na ja, es sein nun einmal notwendig und Ihr können nicht widersprechen diesmal! Ich gehen hinein mit Euch.«

»Ihr seid ein Narr, Illianer!« sagte Juilin voller Verachtung, bevor sie oder Nynaeve auch nur den Mund öffnen konnten. »Glaubt Ihr etwa, die Taraboner werden Euch gestatten, im Palast umherzulaufen, wie es Euch paßt? Einen schäbigen Schmuggler aus Illian? Ich weiß, wie sich die Diener verhalten und wie ich den Kopf einziehen muß und den hohlköpfigen Adligen vormachen ...« Er räusperte sich schnell und fuhr fort, ohne Nynaeve – und sie! – anzusehen: »Ich sollte derjenige sein, der mitkommt.«

Thom lachte die beiden anderen Männer aus. »Glaubt Ihr, einer von Euch könnte sich als Taraboner einschleichen? Ich kann es – der wird mir dabei behilflich sein.« Er strich über seinen langen Schnurrbart. »Außerdem kann man nicht mit Knüppel oder Bauernspieß im Panarchenpalast herumlaufen! Da braucht man schon eine ... etwas subtilere ... Art der Selbstverteidigung.« Er streckte eine Hand aus, und plötzlich lag ein Messer darin, wirbelte um seine Finger und verschwand genauso schnell, wie es aufgetaucht war – in seinem Ärmel, wie Elayne glaubte.

»Ihr wißt alle genau, was Ihr zu tun habt«, fuhr Nynaeve die Männer an. »Und das könnt ihr nicht, wenn ihr über uns wacht wie über ein paar Gänse, die für den Markt bestimmt sind!« Sie atmete tief durch und fuhr dann in milderem Ton fort: »Wenn es eine Möglichkeit gäbe, einen von Euch mitzunehmen, dann wäre ich allein schon für ein weiteres Augenpaar dankbar, aber es geht nicht. Es scheint, wir müssen allein gehen, und damit hat sich's.«

»*Ich* kann Euch begleiten«, verkündete Egeanin plötzlich von ihrem ihr von Nynaeve zugewiesenen Platz in einer Ecke des Raums her. Alle wandten sich zu ihr um, und sie blickte etwas unsicher zurück. »Diese Frauen sind Schattenfreunde. Man muß sie zur Rechenschaft ziehen.«

Elayne war einfach nur überrascht von dem Angebot, aber Nynaeve, deren Mundwinkel sich weiß verfärbten, schien bereit, die Frau zu verprügeln für ihre Frechheit. »Glaubt Ihr, wir könnten Euch trauen, Seanchan?« fragte sie kalt. »Bevor wir gehen, werden wir Euch in einen Lagerraum einsperren, aus dem Ihr nicht entkommen könnt, wieviel Ihr jetzt auch reden mögt …«

»Ich schwöre bei meiner Hoffnung auf einen höheren Namen«, unterbrach Egeanin ihren Redeschwall, wobei sie ihre Hände, eine auf die andere, über ihr Herz legte, »daß ich Euch auf keine Weise verraten werde, daß ich Euch gehorchen und Eure Rücken decken werde, bis Ihr wieder sicher aus dem Panarchenpalast heraus seid.« Dann verbeugte sie sich dreimal tief und formell. Elayne hatte keine Ahnung was dieses ›Hoffnung auf einen höheren Namen‹ bedeuten sollte, aber für die Seanchanfrau schien es durchaus bindend zu sein.

»Sie können genau die Richtige sein«, sagte Domon bedächtig und unter Zögern. Er musterte Egeanin und schüttelte den Kopf. »Glück stich mich, wenn es mehr als zwei oder drei meiner Männer geben, auf die ich wetten können, wenn sie gegen diese Seanchanfrau kämpfen.«

Nynaeve blickte finster ihre Hand an, die sich um ein halbes Dutzend langer Zöpfe verkrampft hatte, und dann zog sie mit voller Absicht kräftig daran.

»Nynaeve«, sagte Elayne energisch zu ihr, »du hast selbst gesagt, daß du dir noch ein weiteres Augenpaar wünschst, und mir wäre das ganz sicher auch recht. Außerdem, wenn wir das alles schaffen wollen, ohne die Macht zu benützen, hätte ich nichts dagegen, noch jemanden dabei zu haben, die mit einem zu neugierigen Wächter fertigwerden kann, falls es notwendig ist. Ich bin kaum in der Lage, mit den Fäusten auf Männer loszugehen, und du genausowenig. Aber du wirst dich auch noch daran erinnern, wie sie kämpfen kann.«

Nynaeve funkelte Egeanin an, warf Elayne einen finsteren Blick zu und starrte dann die Männer an, als hätten sie sich hinter ihrem Rücken gegen sie verschworen. Und doch nickte sie schließlich. »Gut«, sagte Elayne. »Meister Domon, das bedeutet, wir brauchen Kleidung für drei und nicht nur für zwei. Jetzt solltet Ihr drei dann aber gehen. Wir wollen bei Tagesanbruch bereits unterwegs sein.«

Der Karren kam beim Anhalten beinahe ins Schleudern und riß sie grob aus ihren Erinnerungen.

Weißmäntel zu Fuß verhörten Domon. Hier führte die Straße direkt auf einen Platz hinter dem Panarchenpalast, allerdings einem viel kleineren als dem davor. Dahinter stand der Palast: weißer Marmor, schlanke Türmchen, umsäumt mit Steinfriesen selbst noch in schwindelnder Höhe, schneeweiße Kuppeln, mit Gold gekrönt, und obenauf standen noch goldene Spitzen oder Wetterfahnen. Die Straßen auf jeder Seite waren viel breiter als sonst in Tanchico und gerader außerdem.

Das langsame Geklapper von Pferdehufen auf den breiten Pflastersteinen des Platzes kündete von der Ankunft eines weiteren Reiters. Es war ein hochgewachsener Mann mit einem glänzenden Helm, dessen Rüstung unter dem weißen Umhang mit der goldenen Sonnenscheibe und dem roten Schäferstab richtig schimmerte. Elayne senkte den Kopf. Die vier Rangknoten unter der strahlenden Sonne sagten ihr, daß dies Jaichim Carridin sein mußte. Der Mann hatte sie nie kennengelernt, aber wenn er glaubte, daß sie ihn neugierig anstarre, würde er sich vielleicht nach dem Grund fragen. Der Hufschlag entfernte sich wieder, ohne innezuhalten.

Auch Egeanin hatte den Kopf gesenkt. Nur Nynaeve blickte ganz offen und finster dem Inquisitor hinterher. »Der Mann ist sehr beunruhigt über irgend etwas«, murmelte sie. »Ich hoffe, er hat nicht gehört ...«

»Die Panarchin ist tot!« schrie eine Männerstimme von irgendwo gegenüber am Rand des Platzes. »Sie haben sie getötet!«

Man konnte nicht sehen, wer das geschrien hatte oder wo er stand. Alle Straßen, die Elayne von ihrem Standpunkt aus einsehen konnte, waren von berittenen Weißmänteln abgesperrt.

Sie blickte zurück, die Straße entlang, durch die der Karren gefahren war, und wünschte sich, die Wachen würden mit ihrem Verhör Domons etwas schneller verfahren. Immer mehr Menschen versammelten sich unten an der ersten Biegung, liefen erregt herum und blickten immer wieder nach oben zu dem Platz hin, auf dem sie sich befanden. Wie es schien, hatten Juilin und Thom gute Arbeit geleistet, als sie die Nacht hindurch für die Verbreitung ihrer Gerüchte gesorgt hatten. Wenn nur die Menge nicht schon zum Überkochen kam, solange sie hier mittendrin saßen! Wenn jetzt Tumulte losbrachen ... Das Einzige, was ihre Hände am Zittern hinderte, war ihr verkrampfter Griff an den Brettern des Karrens. *Licht, hier draußen der Mob und drinnen die Schwarzen Ajah und vielleicht noch Moghedien ... Mein Mund ist vor Angst schon ausgetrocknet.* Auch Nynaeve und Egeanin beobachteten die ständig anwachsende Menschenmenge und zuckten mit keiner

Wimper. Keine Spur von Zittern bei den beiden! *Ich bin doch kein Feigling. Ich nicht!*

Der Karren rumpelte vorwärts, und sie seufzte trotz des harten Rucks erleichtert auf. Sie brauchte einen Augenblick, bis ihr bewußt wurde, daß sie Gleiches von den beiden anderen Frauen gehört hatte.

Vor einem Tor, das nicht viel breiter war als der Karren, wurde Domon wieder ausgefragt, diesmal von Wachen mit spitzen Helmen und einem auf den Harnisch aufgemalten goldenen Baum. Das waren Soldaten aus der Legion der Panarchen. Diesmal waren die Fragen kürzer. Elayne glaubte zu sehen, wie eine kleine Börse in die Hände des einen wanderte, und dann befanden sie sich drinnen und rumpelten über den grob gepflasterten Hof vor der Küche. Bis auf Domon blieben die Seeleute draußen bei den Soldaten.

Elayne hüpfte hinunter, sobald der Karren stand. Es tat ein wenig weh, denn die ungleichmäßigen Pflastersteine waren hart, und sie war ja barfuß. Es fiel schwer, zu begreifen, daß die dünne Sohle eines Schuhs einen solchen Unterschied machte. Egeanin kletterte nochmal auf den Karren zurück und reichte ihnen die Körbe herunter. Nynaeve nahm den ersten auf den Rücken, die eine Hand halb verdreht unten und die andere über die Schulter gestreckt von oben, damit sie ihn richtig festhalten konnte. Lange, weiße Pfefferschoten, ein wenig gerunzelt nach der langen Reise von Saldaea nach Tanchico, füllten die Körbe fast bis zum Rand.

Als Elayne ihren Korb entgegennahm, kam Domon zum hinteren Ende des Karrens und tat so, als inspiziere er die Pfefferladung. »Die Weißmäntel und die Legion der Panarchen sich fast gehen an den Kragen gegenseitig, wie es scheinen«, murmelte er leise, während er einige Schoten befühlte. »Der Leutnant sagen, die Legion können durchaus die Panarchin selbst beschützen, wenn nicht so viele Soldaten zu den Ringfestungen geschickt wären worden. Jaichim Carridin haben Zugang zur Panarchin, aber nicht der Lordhauptmann der Legion! Und es ihnen überhaupt nicht gefallen, daß die Wachen innen alle von Miliz. Ein mißtrauischer Mann mögen behaupten, jemand wollen, daß die Wachen der Panarchin mehr bewachen sich gegenseitig als ihre Herrin.«

»Gut, das zu wissen«, murmelte Nynaeve, ohne aufzublicken. »Ich habe immer schon gesagt, daß man viel Nützliches erfahren kann, wenn man dem Klatsch der Männer lauscht.«

Domon knurrte mürrisch. »Ich werden Euch bringen hinein, und dann ich müssen zurück zu meinen Männern, damit ich sichergehen, sie nicht vom Mob werden fertiggemacht.« Jeder Seemann von jedem Schiff, das Domon hier im Hafen liegen hatte, befand sich draußen auf den Straßen rund um den Palast.

Elayne wuchtete sich den eigenen Korb auf den Rücken und folgte den anderen beiden Frauen, die hinter Domon hergingen. Sie hielt den Kopf gesenkt und zischte vor Schmerzen bei jedem Schritt durch die Zähne, bis sie sich endlich auf den rotbraunen Fußbodenkacheln der Küche befanden. Der Raum war erfüllt von Düften: Gewürze, Saucen, kochende Suppen, Fleisch …

»Eispfeffer für die Panarchin!« verkündete Domon. »Ein Geschenk von Bayle Domon, einem guten Reeder dieser Stadt.«

»Noch mehr Eispfeffer?« sagte eine mollige Frau mit dunklen Zöpfen, die eine weiße Schürze und den immer vorhandenen Schleier trug. Sie blickte dabei kaum von dem silbernen Tablett hoch, auf dem sie gerade eine kunstvoll gefaltete Serviette zwischen die Schüsseln aus dünnem Meervolk-Porzellan legte. In der Küche befanden sich ein Dutzend oder noch mehr Frauen mit weißen Schürzen, und dazu noch zwei Jungen, die Bratspieße mit tropfenden, duftenden Fleischstücken an zwei der sechs offenen Herde drehten. Aber sie war offensichtlich die Chefköchin. »Na ja, der Panarchin scheinen die letzten ja auch gut geschmeckt zu haben. In die Vorratskammer dort drüben.« Sie deutete auf eine der Türen am anderen Ende des Raums. »Ich habe jetzt keine Zeit, mich mit Euch zu beschäftigen.«

Elaynes Blick ruhte weiter auf dem Fußboden, während sie schwitzend hinter Nynaeve und Egeanin herlief. Das Schwitzen hatte allerdings nichts mit der von den Eisenherden und Kaminen herrührenden Hitze zu tun. Neben einem der breiten Tische stand eine magere Frau in grüner Seide, die aber dem Schnitt des Kleids nach nicht aus Tarabon stammte, und kraulte eine abgemagerte graue Katze hinter den Ohren, die Sahne aus einer Porzellanschüssel schlabberte. An der Katze erkannte sie diese Frau, aber auch an ihrem schmalen Gesicht mit der breiten Nase: Marillin Gemalphin, einst eine Braune Ajah und nun eine Schwarze. Falls sie von der Katze hochblickte, falls sie ihrer wirklich gewahr wurde, war es gar nicht mehr nötig, die Macht zu benützen. Sie hätte auch so gewußt, daß zwei von ihnen dazu in der Lage waren. Auf diese geringe Entfernung war die Frau in der Lage, diese Fähigkeit an einer anderen Frau zu erkennen.

Schweiß tropfte von Elaynes Nasenspitze, als sie schließlich mit der Hüfte die Tür des Lagerraums hinter sich zuschob. »Hast du sie gesehen?« fragte sie mit leiser Stimme und ließ ihren Korb zu Boden plumpsen. Ein durchbrochener Fries gleich unter der Decke an der getünchten Wand ließ von der Küche her trübes Licht einfallen. Der große Raum war vollgestellt mit hohen Regalen, auf denen Säcke und Netze mit verschiedenen Gemüsesorten und große mit Gewürzen gefüllte Krüge standen und lagen. Überall standen außerdem Fässer und andere Behälter, und an Haken hingen ein Dutzend abgezogener Lämmer und doppelt soviel Gänse von der Decke. Domon und Thom hatten ihnen einen groben Plan dieses Erdgeschosses gezeichnet, und demnach war dies der kleinste Lagerraum für Lebensmittel im Palast. »Das ist widerlich«, sagte sie. »Ich weiß, daß Rendras Speisekammern voll sind, aber sie kauft halt alles, was sie wirklich braucht, so wie die anderen Leute. Aber diese Leute hier schlemmen, während ...«

»Halte dich zurück, bis du etwas dagegen unternehmen kannst«, flüsterte ihr Nynaeve in scharfem Tonfall zu. Sie hatte ihren Korb auf den Boden ausgeleert und zog bereits ihr grobes Bauernkleid aus. Egeanin stand sogar schon im Hemd da. »Ich habe sie gesehen. Wenn du willst, daß sie hereinkommt und nachsieht, was dieser Lärm zu bedeuten hat, dann rede nur weiter.«

Elayne schniefte, sagte jedoch nichts dazu. Sie hatte bestimmt nicht soviel Lärm gemacht. Also zog auch sie ihr Kleid aus, leerte den Inhalt ihres Korbes auf den Boden und auch das, was darunter verborgen gelegen hatte. Unter anderen Dingen lag da ein weißes Kleid mit grünem Gürtel. Es war aus ganz fein gesponnener Wolle, und über der linken Brust war ein grüner Baum mit ausladender Krone und dahinter der Umriß eines dreifingrigen Blattes aufgestickt. Ihren schmierigen Schleier ersetzte sie durch einen sauberen aus Leinen, das aber fast genauso fein gewebt war wie Seide. Weiße Pantoffeln mit dicken Sohlen fühlten sich an ihren vom Barfußlaufen geschundenen Füßen wunderbar weich an. Selbst der kurze Weg vom Karren zur Küche und in den Lagerraum hatte sie einige Schmerzen gekostet.

Die Seanchanfrau war die erste gewesen, die ihre alte Kleidung abgelegt hatte, aber sie war die letzte, die ihr weißes Kleid anhatte. Dabei murmelte sie Sachen wie ›unkeusch‹ oder ›Serviermädchen‹, was keinen rechten Sinn ergab. Natürlich waren das die Kleider von Dienerinnen. Das war ja der springende Punkt dabei: Dienerinnen konnten sich im Palast frei bewegen und es gab hier schon so viele, daß ein paar mehr nicht auffallen würden. Und was das ›unkeusch‹ betraf ... Elayne erinnerte sich daran, daß auch sie gezögert hatte, ein Kleid im Stil von Tarabon in der Öffentlichkeit zu tragen, doch sie hatte sich schnell daran gewöhnt, und diese dünne Wolle lag ja auch nicht so eng an wie Seide. Egeanin schien sehr eigene Ansichten darüber zu haben, was gewagt war und was normal.

Aber schließlich hatte auch sie das letzte Schnürband zu, und die Bauernkleider steckten in den Körben und waren mit Pfefferschoten bedeckt.

Marillin Gemalphin war aus der Küche verschwunden, obwohl die graue Katze mit den zerbissenen Ohren immer noch auf dem Tisch von der Sahne naschte. Elayne und die anderen beiden gingen zu der Tür, die weiter in den Palast hineinführte.

Eine der Unterköchinnen blickte die Katze finster an, die Fäuste auf die ausladenden Hüften gestützt. »Ich würde dieses Vieh zu gern erwürgen«, knurrte sie. Hellbraune Zöpfe flogen, als sie den Kopf ärgerlich schüttelte. »Es frißt die Sahne, aber ich muß Brot und Wasser essen, bloß weil ich ein wenig Sahne zum Frühstück auf meine Beeren getan habe!«

»Schätze dich glücklich, daß du nicht auf der Straße sitzt oder gar am Galgen baumelst.« Die Chefköchin klang nicht, als habe sie Mitleid mit der anderen. »Wenn eine Lady sagt, du hast gestohlen, dann hast du gestohlen, und wenn es auch nur die Sahne für ihre Katzen ist, klar? Du dort drüben!«

Elayne und ihre Begleiterinnen erstarrten bei diesem Ruf.

Die Frau mit den dunklen Zöpfen schwenkte einen großen Holzlöffel in ihre Richtung. »Ihr kommt in meine Küche und schlendert herum wie beim Spaziergang im Garten, Ihr faulen Säue? Ihr sollt das Frühstück für Lady Ispan holen, oder? Wenn Ihr es nicht neben ihrem Bett stehen habt, sobald sie aufwacht, wird sie Euch das Springen beibringen. Also?« Sie deutete auf das silberne Tablett, das sie zuvor hergerichtet hatte und das jetzt mit einem schneeweißen Leintuch bedeckt dastand.

Sie hatten keine Möglichkeit, ihr etwas zurückzugeben, denn wenn eine von ihnen den Mund aufmachte, würde sie merken, daß sie nicht aus Tarabon kamen. Elayne schaltete schnell, knickste, wie es sich für eine Dienerin gehört, und nahm das Tablett. Eine Dienerin, die ihre Arbeit tat und etwas trug, würde bestimmt nicht angehalten werden oder an eine andere Arbeit geschickt. Lady Ispan? Das war kein ungewöhnlicher Name in Tarabon, aber auf ihrer Liste der Schwarzen Schwestern stand ebenfalls eine Ispan.

»Willst du mich verhöhnen, du kleine Kuh?« brüllte die mollige Frau und ging um den Tisch herum mit drohend erhobenem Holzlöffel auf sie zu.

Sie konnte nichts tun, ohne sich zu verraten, nichts als entweder dableiben und sich schlagen lassen oder wegrennen. Also schoß Elayne mitsamt dem Tablett aus der Küche, Nynaeve und Egeanin dicht auf den Fersen. Das Geschrei der Köchin verfolgte sie, aber zum Glück nicht die Köchin selbst. Die Vorstellung, wie sie alle drei durch den Palast hetzten, von der molligen Köchin verfolgt, ließ in Elayne den Wunsch aufsteigen, hysterisch zu kichern. *Sie verhöhnen?* Sie war sicher, daß schon Tausende von Malen Dienerinnen genau auf die gleiche Art vor ihr geknickst hatten.

In dem engen Korridor, der von der Küche wegführte, waren rechts und links weitere Türen zu Vorratsräumen, und außerdem hatte man ihn vollgepfropft mit offenen Hochschränken, in denen Besen und Mops aufbewahrt wurden, dazu Eimer, Seifenpulver, Tischtücher und alle möglichen Dinge. Nynaeve holte sich einen dicken Staubwedel aus einem der Schränke, und Egeanin nahm aus einem anderen einen Arm voll zusammengefalteter Handtücher. Dazu holte sie sich einen großen Steinstößel aus einem Tiegel, der in einem dritten Schrank stand. Den Stößel verbarg sie unter den Handtüchern.

»Ein Knüppel kann manchmal nützlich sein«, sagte sie, als Elayne eine Augenbraue hochzog. »Vor allem, wenn niemand erwartet, daß man eine Waffe hat.«

Nynaeve schnaubte, sagte aber nichts. Sie hatte Egeanin kaum noch beachtet, seit sie zugestimmt hatte, die Frau mitzunehmen.

Weiter drinnen im Palast wurden die Gänge breiter und höher. Die weißen Wände waren mit Friesen verziert, und an den Decken befanden sich vergoldete Arabesken. Lange bunte Läufer lagen auf den weißen Bodenkacheln. Kunstvoll geschmiedete Goldlampen auf vergoldeten Ständern beleuchteten die Szenerie und verströmten den Duft parfümierten Öls. Gelegentlich weitete sich solch ein Korridor zu einem kleinen Innenhof, der von einer Galerie mit schlanken, kannelierten Säulen umgeben war. Von Balkonen mit filigranfeinen Steingeländern aus konnte man den Hof überblicken. In großen Brunnen plätscherte Wasser, und rote, weiße und goldene Fische schwammen unter den breiten Blättern und weißen Blüten schwimmender Wasserpflanzen in den Becken umher. Alles stand im totalen Gegensatz zu der Stadt draußen.

Gelegentlich sahen sie andere Diener, Männer und Frauen in Weiß, das übliche Emblem mit Baum und Blatt auf eine Schulter aufgestickt, die geschäftig ihren Aufgaben nachgingen, oder auch Männer in den grauen Röcken und Stahlhelmen der Miliz, die mit Stäben oder Knüppeln bewaffnet waren. Keiner sprach mit ihnen oder blickte sich auch nur nach ihnen um. Sie waren eben einfach drei Dienerinnen, die ihrer Arbeit nachgingen.

Schließlich erreichten sie einen engen Treppenaufgang für Diener, der auf ihrem hastig skizzierten Plan eingezeichnet war.

»Denkt daran«, sagte Nynaeve leise, »falls Wachen

an ihrer Tür stehen, geht ihr sofort wieder. Wenn sie nicht allein ist, geht ihr auch. Sie ist nicht der wichtigste Grund für unsere Anwesenheit.« Sie atmete tief durch und zwang sich dazu, Egeanin direkt anzusehen. »Falls Ihr es zulaßt, daß Elayne etwas zustößt …«

Von draußen war schwach eine Trompete zu hören. Einen Augenblick später hallten Gongschläge durch die Gänge und unweit von ihnen wurden Befehle geschrien. Männer mit Stahlhelmen rannten weiter unten über den Gang.

»Vielleicht müssen wir uns keine Gedanken mehr darüber machen, daß vor ihrer Tür Wachen stehen könnten«, sagte Elayne. Auf der Straße hatte offensichtlich der Tumult richtig eingesetzt. Die von Thom und Juilin ausgestreuten Gerüchte hatten das Volk angeheizt. Domons Seeleute hatten sie an Ort und Stelle noch mehr angestachelt. Sie bedauerte wohl, daß so etwas notwendig war, aber die Auseinandersetzungen würden die meisten Wachen aus dem Palast locken, mit etwas Glück sogar alle. Diese Menschen dort draußen wußten nicht, daß sie eine Schlacht ausfochten, um ihre Stadt vor den Schwarzen Ajah und die Welt vor dem Schatten zu retten. »Egeanin sollte mit dir gehen, Nynaeve. Deine Rolle ist wichtiger. Wenn eine von uns Rückendeckung braucht, dann bist du es.«

»Ich brauche keine Seanchan!« Nynaeve schulterte ihren Staubwedel wie einen Spieß und schritt los, den Gang hinunter. Sie bewegte sich absolut nicht wie eine Dienerin. Ihr Schritt wirkte ausgesprochen militärisch.

»Sollten wir nicht auch ans Werk gehen?« fragte Egeanin. »Die Ausschreitungen werden nicht so schrecklich lang für Ablenkung sorgen.«

Elayne nickte. Nynaeve war um eine Ecke verschwunden.

Die Treppe war eng und versteckt in die Wand eingebaut, damit die Diener sich so unsichtbar wie möglich bewegen konnten. Die Korridore im zweiten Stock unterschieden sich kaum von denen unten; lediglich führten die Doppelbögen hier nicht nur zu Zimmern, sondern auch hinaus auf steingeflieste Balkone. Als sie in den westlichen Teil des Palastes kamen, waren weniger Diener als zuvor zu sehen, und deren Blicke streiften sie nur flüchtig. Erfreulicherweise war das Foyer vor den Gemächern der Panarchin leer. Es standen keine Wachen vor der breiten Tür mit dem geschnitzten Baumwappen und den jeweils oben spitz zulaufenden Türflügeln. Nicht, daß sie ernstlich erwogen hatte, sich zurückzuziehen, falls Wachen dagewesen wären, gleich, was sie Nynaeve versprochen hatte, aber so war die Sache natürlich einfacher.

Doch einen Moment später war sie sich dessen nicht mehr so sicher. Sie spürte nämlich, wie in diesen Gemächern jemand die Macht benutzte. Es waren keine starken Stränge, die da gewebt wurden, aber ganz entschieden wurde die Macht dazu benützt, oder es war ein älteres Gewebe, das nur erhalten wurde. Nur wenige Frauen kannten den Trick, wie man ein Gewebe verknotete.

»Was ist los?« fragte Egeanin.

Elayne wurde bewußt, daß sie stehengeblieben war. »Eine der Schwarzen Schwestern ist dort drinnen.« Eine oder mehrere? Jedenfalls benützte nur eine die Macht. Sie drückte sich an die Tür heran. Dort drinnen *sang* eine Frau. Sie legte das Ohr an die beschnitzte Holzoberfläche und hörte eine heisere Stimme, gedämpft, aber doch eindeutig zu verstehen:

»Meine Brüste gefieln jedem, den ich hatte!
Ich geh mit ner ganzen Crew auf die Matte.«

Überrascht zuckte sie zurück, so daß die Porzellanschüsseln unter dem Leintuch auf dem Tablett ins Rutschen kamen. War sie vielleicht zu den falschen Gemächern gekommen? Nein, sie hatte den Plan gut auswendig gelernt. Außerdem führte die einzige Tür im Palast, in die man das Wappen mit dem Baum geschnitzt hatte, eben nun mal zu den Gemächern der Panarchin.

»Dann müssen wir uns zurückziehen«, sagte Egeanin. »Ihr könnt nichts tun, ohne die anderen auf Eure Gegenwart aufmerksam zu machen.«

»Vielleicht doch. Wenn sie bemerken, daß ich die Macht benütze, werden sie glauben, es sei die dort drinnen.« Sie runzelte die Stirn und biß sich auf die Unterlippe. Wie viele mochten sich drin befinden? Sie konnte ja gleichzeitig drei oder vier Dinge mit der Macht anstellen, was ansonsten höchstens Egwene und Nynaeve fertigbrachten. Sie ging im Geist die Liste jener andoranischen Königinnen durch, die angesichts von Gefahr besonderen Mut bewiesen hatten, bis ihr klar wurde, daß diese Liste *alle* Königinnen von Andor umfaßte. *Ich werde eines Tages selbst Königin sein, also muß ich genauso tapfer und mutig sein wie sie.* Sie machte sich also bereit und sagte: »Reißt die Tür auf, Egeanin, und dann laßt Euch fallen, damit ich alles überblicken kann.« Die Seanchanfrau zögerte. »Kommt schon, reißt die Tür auf.« Elaynes eigene Stimme überraschte sie. Sie hatte nichts bewußt damit auszudrücken versucht, doch sie klang leise, ruhig und überzeugend befehlsgewohnt. Und Egeanin nickte. Es war fast schon eine Verbeugung. Unmittelbar darauf riß sie wirklich die Türflügel vehement auf.

»Meine Schenkel sind kräftig wie 'ne Ankerkette.
Meine Lippen tun Dinge, die …«

Die Sängerin stand bis an die dunklen Zöpfe durch Stränge von Luft gefesselt da. Sie trug ein schmuddeliges, verknittertes Taraboner Kleid aus roter Seide. Als die Türen aufschlugen, brach der Gesang abrupt ab. Eine zerbrechlich wirkende Frau, die auf einer langen

Polsterbank in einem hellblauen, hochgeschlossenen Kleid, das aus Cairhien stammen mußte, geruht hatte, hörte auf, rhythmisch mit dem Kopf zu nicken und sprang auf. Wut verdrängte das Grinsen auf ihren fuchsähnlichen Gesichtszügen.

Das Glühen *Saidars* umgab Temaile bereits, aber trotzdem hatte sie keine Chance. Elayne war so entsetzt über das sich ihr bietende Bild, daß sie blitzschnell nach der Wahren Quelle griff und mit Strängen aus Luft knallhart zuschlug, sie von den Schultern bis an die Füße damit einspann und die Fesseln mit einem brutalen Ruck anzog. Gleichzeitig webte sie einen Schild aus dem Element Geist und wuchtete es zwischen die Frau und die Wahre Quelle, um sie davon abzutrennen. Das Glühen um Temaile verschwand, und sie brach über der Polsterbank zusammen, als sei sie von einem Pferdehuf getroffen worden. Ihre Pupillen weiteten sich, und sie landete schließlich bewußtlos drei Schritt entfernt von Elayne mit dem Rücken auf dem grüngoldenen Teppich. Die Frau mit den dunklen Zöpfen fuhr zusammen, als ihre unsichtbaren Fesseln von ihr abfielen, und betastete in staunender Ungläubigkeit ihren Körper, während sie von Temaile zu Elayne und dann zu Egeanin blickte.

Elayne verknotete das Gewebe, mit dem sie Temaile gefesselt hatte, und trat dann erst richtig in das Gemach ein, wobei sie sich nach weiteren Schwarzen Ajah umsah. Hinter ihr schloß Egeanin die Tür. Es schien sonst niemand anwesend zu sein. »War sie allein?« wollte sie von der Frau in Rot wissen. Die Panarchin, wie Nynaeve sie beschrieben hatte. Nynaeve hatte doch auch etwas von einem Lied erwähnt.

»Ihr gehört nicht... zu ihnen?« fragte Amathera zögernd. Ihre dunklen Augen glitten über ihre Kleider. »Ihr seid aber auch Aes Sedai?« Sie schien immer noch gewillt, daran zu zweifeln, obwohl das mit Temaile doch ganz eindeutig war. »Aber Ihr gehört nicht dazu?«

»War sie allein?« fuhr Elayne sie an und Amathera zuckte zusammen.

»Ja. Allein. Ja, sie …« Die Panarchin verzog das Gesicht. »Die anderen zwangen mich, mich auf den Thron zu setzen und zu sagen, was sie mir in den Mund legten. Es erheiterte sie, wenn ich manchmal auf ihren Befehl hin wirklich Gerechtigkeit walten ließ, und manchmal ließen sie mich Urteile von schreiender Ungerechtigkeit verkünden oder Vorschriften, die noch generationenlang für Auseinandersetzungen sorgen werden, wenn ich sie nicht widerrufen kann. Aber die da!« Dieser Mund mit seinen vollen Lippen verzog sich haßerfüllt. »Sie setzten sie zu meiner Bewachung ein. Sie verletzte mich aus keinem anderen Grund, als mich zum Weinen zu bringen. Sie zwang mich, ein ganzes Tablett voll Pfeffer zu essen und ließ mich keinen Tropfen trinken, bis ich sie auf Knien anbettelte, während sie schallend lachte! In meinem Traum trägt sie mich an den Füßen mit dem Kopf nach unten bis zur Spitze des Morgenturms und läßt mich dann fallen. Nur ein Traum, aber er scheint so realistisch, und jedesmal läßt sie mich schreiend ein Stück weiter hinunterfallen. Und sie lacht darüber! Sie läßt mich anrüchige Tänze lernen und schmutzige Lieder singen, und sie lacht, wenn sie mir ankündigt, daß sie mich vor ihrer Abreise zwingen werden, öffentlich zu singen und tanzen, für die …« Sie warf sich mit einem Schrei wie eine angreifende Katze über die Polsterbank auf die gefesselte Frau, ohrfeigte sie wild und trommelte mit den Fäusten auf sie ein.

Egeanin, die mit verschränkten Armen vor der Tür stand, schien bereit, das zuzulassen, doch Elayne verwebte schnell ein paar Stränge Luft um Amatheras Taille. Zu ihrer eigenen Überraschung war sie sodann in der Lage, die Frau von der sowieso bewußtlosen Schwarzen Schwester zu heben und auf die Füße zu stellen. Vielleicht hatte sie mehr Kraft, seit sie mit Jorin geübt hatte, diese schwierigen Gewebe in den Griff zu bekommen.

Amathera trat nach Temaile und wandte sich dann mit bösem Blick Elayne und Egeanin zu, als ihr pantoffelbewehrter Fuß ihr Opfer verfehlte. »Ich bin die Panarchin von Tarabon, und ich werde an dieser Frau Gerechtigkeit üben!« Dieser Schmollmund schmollte jetzt wirklich. Hatte die Frau denn kein Gespür dafür, wie man sich in ihrer Position, ihrem Rang gemäß, verhielt? Ihr Rang entsprach schließlich dem eines Königs, eines Herrschers!

»Und ich bin die Aes Sedai, die gekommen ist, um Euch zu befreien«, sagte Elayne kühl. Ihr wurde bewußt, daß sie immer noch das Tablett in Händen hielt, und so stellte sie es schnellstens auf den Fußboden. Der Frau schien es auch so schon schwer genug zu fallen, ihre Verkleidung als Dienerinnen zu durchschauen. Temailes Gesicht war stark gerötet; es würde bis zu ihrem Erwachen einige Schwellungen aufweisen. Zweifellos weniger, als sie verdient hatte. Elayne wünschte sich, es gebe eine Möglichkeit, Temaile mitzunehmen. Wenigstens eine von ihnen sollte man der Gerechtigkeit der Weißen Burg überstellen. »Wir sind gekommen, und das unter erheblichen Risiken, um Euch hier herauszubringen. Dann könnt Ihr den Lordhauptmann der Legion der Panarchen und auch Andric und sein Heer benachrichtigen und mit ihrer Hilfe diese Frauen vertreiben. Vielleicht haben wir sogar Glück und können ein paar davon fangen und vor Gericht stellen. Aber zuerst müssen wir Euch vor ihnen in Sicherheit bringen.«

»Ich brauche Andric nicht«, murrte Amathera. Elayne hätte schwören können, daß sie ganz leise das Wort ›jetzt‹ eingeflochten habe. »Soldaten aus meiner Legion sind rund um den Palast stationiert, das weiß ich. Man hat mir nicht erlaubt, mit ihnen zu sprechen, aber sobald sie mich sehen und meine Stimme hören, werden sie alles Notwendige unternehmen, ja? Ihr Aes

Sedai könnt die Macht nicht zum Schaden anderer verwenden …« Sie ließ ihre Worte verklingen und funkelte die bewußtlose Temaile an. »Oder zumindest könnt Ihr sie nicht als Waffe einsetzen, oder? Ich weiß so etwas.«

Elayne überraschte sich selbst, als sie ganz dünne Stränge von Luft verwob und damit jeden von Amatheras Zöpfen anhob. Die Zöpfe standen plötzlich senkrecht nach oben, und die Närrin mit dem Schmollmund hatte keine andere Wahl: Sie mußte den Kopf hochrecken und auf Zehenspitzen stehen. Elayne ließ sie genauso, auf Zehenspitzen, wie eine Tänzerin herankommen, bis die Frau mit weit aufgerissenen Augen und empörtem Blick direkt vor ihr stand.

»Ihr werdet mir jetzt zuhören, Panarchin Amathera von Tarabon«, sagte sie mit eisiger Stimme. »Wenn Ihr versucht, zu Euren Soldaten hinauszugehen, kann es sein, daß Temailes Busenfreundinnen Euch erwischen, zu einem Bündel verschnüren und ihr zurückgeben. Was noch schlimmer ist: Sie würden erfahren, daß sich meine Freundinnen und ich hier befinden, und das werde ich nicht zulassen. Wir werden uns hier *hinausschleichen*, und wenn Ihr etwas dagegen habt, fessle und kneble ich Euch und lasse Euch neben Temaile für ihre Freundinnen zurück.« Es mußte einfach eine Möglichkeit geben, auch Temaile mitzunehmen. »Habt Ihr mich verstanden?«

Amathera nickte leicht, soweit es ihre hochgezogenen Zöpfe zuließen. Egeanin gab einen zustimmenden Laut von sich.

Elayne ließ die Stränge fahren und die Fersen der Frau klatschten auf den Boden herunter. »So, jetzt werden wir etwas zum Anziehen für Euch suchen, das sich zum Hinausschleichen eignet.« Amathera nickte wieder, doch ihr Mund hatte noch nie so geschmollt wie jetzt. Elayne hoffte nur, daß Nynaeve sich nicht mit solchen Schwierigkeiten abzugeben habe.

Nynaeve betrat die große Ausstellungshalle mit ihrer Vielzahl an schmalen Säulen und schwenkte sogleich ihren Staubwedel. Die unzähligen Ausstellungsstücke und Vitrinen mußten ja wohl ständig abgestaubt werden, und sicher würde niemand eine Frau genauer ansehen, die einfach das Notwendige hier erledigte. Sie blickte sich um. Ihr Blick wurde angezogen von dem durch Drähte zusammengehaltenen Knochengestell, das wie ein Pferd mit besonders langen Beinen wirkte, aber einen so langen Hals aufwies, daß der Schädel zwanzig Fuß höher saß. Der enorme Saal erstreckte sich völlig menschenleer in alle Richtungen.

Aber es konnte jeden Moment jemand hereinkommen – Diener, die man vielleicht wirklich zum Reinigen geschickt hatte, oder Liandrin mit ihrem Spießgesellinnen auf der Suche … So hielt sie wohl sicherheitshalber ihren Staubwedel auffällig in der Hand, eilte aber schnell hin zu dem weißen Steinpodest, auf dem das mattschwarze Halsband und die Armbänder lagen. Ihr war gar nicht klar, daß sie die Luft anhielt, bis sie erleichtert ausatmete, als sie sah, daß alles noch so dalag wie im Traum. Die Glasvitrine, in der das *Cuendillar*-Siegel lag, stand fünfzig Schritt weiter, aber dies hier hatte Vorrang.

Sie kletterte über das handgelenkstarke, weiße Seidenseil und berührte das breite, aus Einzelgliedern zusammengesetzte Halsband. *Leid. Schmerz. Trauer.* Diese Gefühle durchströmten sie, und sie hätte am liebsten geweint. Was war das, wenn es soviel Schmerz in sich aufnehmen konnte? Sie zog ihre Hand zurück und betrachtete das schwarze Metall finster. Es war also dazu da, einen Mann zu kontrollieren, der mit der Macht umgehen konnte. Liandrin und ihre Schwarzen Genossinnen wollten es dazu benützen, Rand in ihre Gewalt zu bringen, ihn zum Schatten zu führen, ihn zu zwingen, dem Dunklen König zu dienen. Jemand aus ihrem Dorf, der von Aes Sedai beherrscht und benutzt wurde!

Schwarze Ajah, sicher, aber doch genauso Aes Sedai wie Moiraine mit ihren Intrigen. *Egeanin macht aus mir schon beinahe eine schmutzige Seanchan!*

Mit einemmal wurde ihr klar, wie unzusammenhängend dieser letzte Gedanke gewesen war, und sie erkannte, daß sie sich im Moment absichtlich bemühte, sich in Wut hineinzusteigern, um die Macht benützen zu können. So griff sie nach der Wahren Quelle, und die Macht erfüllte sie. Und dann betrat eine Dienerin mit dem Baum-und-Blatt-Emblem auf der Schulter die Säulenhalle.

Nynaeve bebte vor Verlangen, die Macht zu benützen, doch sie zwang sich, zu warten, hob sogar den Staubwedel und wischte über das Halsband und die Armbänder. Die Dienerin schritt über den hellen Steinboden. Noch ein Augenblick, dann würde sie verschwinden, und Nynaeve konnte… Was eigentlich? Die Sachen in ihre Gürteltasche stecken und mitnehmen, aber…

Die Dienerin würde gehen? *Warum habe ich geglaubt, sie werde gehen, anstatt ihre Arbeit zu tun?* Sie warf der Frau einen heimlichen Seitenblick zu. Sie kam auf sie zu. Natürlich. Kein Besen oder Mop, kein Staubwedel, nicht einmal ein Staubtuch. *Weswegen sie auch hier sein mag, es wird nicht lange…*

Plötzlich erkannte sie das Gesicht der Frau ganz eindeutig. Kantig, aber gutaussehend, von dunklen Zöpfen eingerahmt, so lächelte sie auf beinahe freundlich zu nennende Art, obwohl sie Nynaeve offensichtlich gar nicht weiter beachtete. Auf jeden Fall wirkte sie überhaupt nicht bedrohlich. Das Gesicht war ein wenig verändert, doch sie erkannte es.

Ohne nachzudenken, schlug sie zu, webte einen wahren Hammerschlag aus Luft, um dieses Gesicht zu zerschmettern. Innerhalb eines Wimpernschlags wurde die andere Frau vom Glühen *Saidars* umgeben, und ihre Gesichtszüge veränderten sich, wirkten auf einmal edler, stolzer, eine Erinnerung an Moghediens wirkliches Gesicht. Doch auch überrascht wirkten diese Züge, weil sie sich nicht wie geglaubt unbemerkt genähert hatte. Nynaeves Schlag zerfaserte, und sie taumelte unter dem Rückschlag, der sich wie ein physischer Schlag auswirkte. Die Verlorene schlug mit einem komplexen Gewebe aus Geist mit Beimischungen von Wasser und Luft zurück. Nynaeve hatte keine Ahnung, welche Wirkung dieser Schlag haben sollte, doch sie versuchte, ihn genauso zu zerfasern, wie sie es bei der anderen Frau erlebt hatte, und zwar mit einem scharfkantigen Gewebe aus Geist. Einen Herzschlag lang empfand sie Liebe, Hingabe, Anbetung für diese prachtvolle Frau, die sich dazu herablassen würde, ihr zu gestatten …

Das kunstvolle Gewebe spaltete sich, und Moghedien kam ins Stolpern. In Nynaeves Verstand blieb ein schwacher Hauch haften, das Gefühl, gehorchen zu wollen, zu kriechen und zu Gefallen zu sein, all das, was bei ihrem ersten Zusammentreffen eingetreten war, und das heizte ihren Zorn noch an. Die messerscharfe Abschirmung, die Egwene benutzt hatte, um Amico Nagoyin einer Dämpfung zu unterziehen, war ganz plötzlich da. Es war eher eine Waffe als eine Abschirmung, die auf Moghedien zufuhr – und abgeblockt wurde. Gewebe aus Geist stand gegen Gewebe aus Geist. Es hätte nicht viel gefehlt, und Moghedien wäre für immer von der Wahren Quelle abgeschnitten gewesen. Wieder schlug die Verlorene zurück. Wie ein Axthieb kam der Schlag, um Nynaeve auf die gleiche Art von der Quelle abzuschneiden. Auf immer und ewig. Verzweifelt blockte Nynaeve ihn ab.

Mit einemmal war ihr bewußt, daß unter der Oberfläche ihres Zorns die nackte Angst brodelte. Den Versuch der anderen Frau abzublocken, ihre Fähigkeiten auszubrennen, und dabei das gleiche bei ihr zu versuchen, beanspruchte all ihre Kräfte. In ihr kochte die

Macht, bis sie glaubte, platzen zu müssen. Ihre Knie bebten; sie konnte kaum noch stehen. Und immer noch floß alle Energie in diese beiden Aktivitäten. Sie hätte nicht einmal genug übrig gehabt, um eine Kerze anzuzünden. Moghediens aus Geist gewebte Axt war einmal schärfer und dann wieder stumpfer, doch das war im Grunde gleichgültig, falls die Frau mit ihrem Schlag Erfolg hatte. Nynaeve sah kaum eine andere Möglichkeit, wie dieses Duell ausgehen würde, als entweder durch die Frau ausgebrannt zu werden, oder zumindest – *zumindest!* – abgeschirmt und ihr damit ausgeliefert zu sein. Das Ding, die Axt oder wie sie es bezeichnen sollte, berührte den Strom der Macht von der Wahren Quelle in sie hinein, wie ein Messer den ausgestreckten Hals eines Hähnchens berührt. Dieser Vergleich war nur zu treffend – sie wünschte, der Gedanke wäre ihr nicht gekommen. In ihrem Hinterkopf stammelte eine kleine Stimme: *Oh, Licht, laß es nicht zu! Laß sie das nicht tun! Licht, bitte, nur das nicht!*

Einen Augenblick lang dachte sie daran, ihren eigenen Versuch aufzugeben, Moghedien von der Wahren Quelle abzuschneiden. Sie mußte immer wieder die scharfe Schneide erneuern, denn die gewebten Stränge wollten diese Schärfe nicht beibehalten. Vielleicht sollte sie das aufgeben und ihre ganze Kraft einsetzen, Moghediens Angriff zurückzuschlagen und sogar ihr Gewebe zu zerreißen. Aber falls sie es so machte, mußte die andere sich nicht mehr verteidigen und konnte all ihre Kraft in den Angriff legen. Und sie war schließlich eine der Verlorenen und nicht eine einfache Schwarze Schwester. Eine Frau, die im Zeitalter der Legenden eine Aes Sedai gewesen war, als diese noch Dinge vollbringen konnten, von denen man jetzt nur noch träumte. Falls Moghedien ihre ganze Kraft gegen sie einsetzen konnte …

Wenn jetzt ein Mann eingetreten wäre oder irgendeine Frau, die unfähig war, die Macht zu benutzen, hatten sie lediglich zwei Frauen gesehen, die sich in einem Abstand von weniger als zehn Schritt über das weiße Seidenseil hinweg anstarrten. Zwei Frauen, die sich inmitten einer riesigen, mit eigenartigen Dingen angefüllten Halle gegenüberstanden. Sie hätten nichts bemerkt, was auf ein Duell hätte schließen lassen. Sie sprangen nicht wie Männer umeinander herum und schwenkten Schwerter – nichts wurde zerschmettert oder gebrochen. Nur zwei Frauen, die fast bewegungslos dort standen. Und trotzdem ein Duell, vielleicht sogar ein tödliches. Mit einer der Verlorenen.

»Meine ganze sorgfältige Planung ist ruiniert«, sagte Moghedien plötzlich mit angespannter, zorniger Stimme. Ihre Hände verkrampften sich so in den Rock, daß die Knöchel weiß wurden vor Anstrengung. »Nun muß ich zumindest unwahrscheinliche Anstrengungen auf mich nehmen, um alles in den ursprünglichen Zustand zurückzuversetzen. Vielleicht ist es auch gar nicht mehr zu schaffen. Ah, ich werde Euch dafür bezahlen lassen, Nynaeve al'Meara! Das war ein so bequemes Versteck bisher, und diese blinden Frauen haben eine Anzahl von sehr nützlichen Gegenständen in Besitz, auch wenn sie das selbst nicht…« Sie schüttelte den Kopf und bleckte wütend die Zähne. »Ich glaube, diesmal werde ich Euch mitnehmen. Ich weiß schon. Ich werde Euch als lebenden Tritt benützen. Ihr werdet herbeigebracht, müßt auf alle viere hinunter, so daß ich von Eurem Rücken in den Sattel steigen kann. Oder ich könnte Euch auch Rahvin übergeben. Er erwidert immer Gefälligkeiten. Er hat jetzt wohl gerade eine hübsche kleine Königin als Spielzeug, aber seine große Schwäche waren immer hübsche Frauen. Er mag es, wenn gleich drei oder vier ständig um ihn herumtanzen. Wie wird Euch das wohl gefallen? Den Rest Eures Lebens damit verbringen, sich um Rahvins Aufmerksamkeit zu reißen? Ihr werdet es Euch wünschen, sobald er Euch einmal in der Hand hat – er hat so seine kleinen Tricks. Ja, ich glaube, ich gebe Euch Rahvin.«

In Nynaeve stieg der Zorn wieder auf. Schweiß rann ihr über das Gesicht, und ihre Beine zitterten, als wollten sie den Dienst versagen, doch der Zorn verlieh ihr Kraft. Mit aller Macht brachte sie es fertig, ihre aus Geist gewebte Waffe um Haaresbreite näher an Moghediens Nabelschnur aus Energie heranzudrücken, um die Frau abzuschneiden, bevor diese den Angriff wieder zum Stillstand brachte.

»Also habt Ihr das kleine Schmuckstück hinter Euch entdeckt«, sagte Moghedien in einem Augenblick unsicheren Gleichgewichts. Überraschenderweise sprach sie beinahe im Plauderton. »Ich frage mich, wie Euch das gelungen ist. Aber es spielt keine Rolle. Seid Ihr gekommen, um es mitzunehmen? Vielleicht, um es zu zerstören? Ihr könnt es nicht zerstören. Das ist kein Metall, sondern eine Art von *Cuendillar*. Und falls Ihr es verwenden wollt: Es hat gewisse … nennen wir es einmal Nachteile. Legt einem Mann, der die Macht lenkt, das Halsband an, dann kann ihn eine Frau mit Hilfe des Armbands völlig beherrschen, das ist wahr, aber es hält ihn nicht davon ab, dem Wahnsinn zu verfallen. Der Strom verläuft in beiden Richtungen. Irgendwann wird er in der Lage sein, auch Euch zu beherrschen, und dann steckt Ihr in einem andauernden Kampf um die Vorherrschaft. Nicht gerade angenehm, wenn er dabei ist, verrückt zu werden. Natürlich könnt Ihr die Armbänder weitergeben, damit keine dem allzu lange ausgesetzt ist, aber das bedeutet eben, daß Ihr ihn einer anderen anvertrauen müßt. Männer beherrschen es immer so gut, Gewalt anzuwenden, daß man aus ihnen brauchbare Waffen machen kann. Oder zwei Frauen tragen jeweils ein Armband, falls Ihr jemanden habt, der ihr vertrauen könnt. Wie ich hörte, verlangsamt das den Rückfluß in erheblichem Maße, aber es mindert auch Eure Kontrolle über ihn, selbst wenn Ihr genau im

Gleichklang arbeitet. Schließlich werdet Ihr wieder um die Vorherrschaft kämpfen müssen, denn jede von Euch braucht ihn, um das Armband abnehmen zu können, und genauso braucht er Euch, um das Halsband loszuwerden.« Sie hielt den Kopf ein wenig schräg und zog fragend eine Augenbraue hoch. »Ihr habt das doch vor, denke ich. Lews Therin zu beherrschen – Rand al'Thor, wie man ihn jetzt nennt – wäre äußerst nützlich, aber ist es den Aufwand wert? Ihr wißt nun, warum ich das Halsband und die Armbänder gelassen habe, wo sie sind.«

Nynaeve zitterte durch die Anstrengung, die Macht zu halten, die gewebten Stränge zu erhalten, und runzelte dabei die Stirn. Warum erzählte ihr die Frau all das? Glaubte sie, es spiele keine Rolle, weil sie sowieso gewinnen werde? Wie war es zu diesem plötzlichen Wechsel von Zorn zu Gesprächsbereitschaft gekommen? Auch auf Moghediens Gesicht stand Schweiß. Eine ganze Menge Schweiß sogar. Tropfen standen auf ihrer Stirn und rannen ihr über die Wangen herunter.

Plötzlich begann Nynaeve, die Dinge anders zu sehen. Moghediens Stimme klang nicht etwas gepreßt aus unterdrücktem Zorn, sondern verzerrt von der Anstrengung. Moghedien würde nicht mit einem Schlag all ihre Kraft gegen sie einsetzen, nein, das tat sie bereits die ganze Zeit. Der Kampf kostete die Frau genauso viel Energie wie sie. Sie stand einer der Verlorenen gegenüber, aber anstatt wie eine Gans fürs Essen gerupft zu werden, hatte sie noch keine einzige Feder verloren. Sie kämpfte als Gleichwertige gegen eine der Verlorenen! Moghedien versuchte, sie abzulenken, um eine Schwäche zu entdecken, bevor ihre eigene Kraft versagte! Wenn sie nur dasselbe tun könnte. Bevor sie mit ihrer Kraft am Ende war.

»Fragt Ihr euch, woher ich das alles weiß? Halsband und Armbänder wurden hergestellt, nachdem ich… Na ja, darüber sprechen wir lieber nicht. Sobald ich wieder in Freiheit war, habe ich nach Berichten über diese letzten Tage gesucht. Die letzten Jahre eigentlich. Es gibt hier und da eine ganze Menge von bruchstückartigen Informationen, die niemandem etwas nützen, der nicht von vornherein einiges darüber weiß. Das Zeitalter der Legenden. Was für einen drolligen Namen Ihr doch meiner Zeit gegeben habt. Doch selbst Eure wildesten Legenden kommen der Wahrheit nicht einmal zur Hälfte nah. Ich war mehr als zweihundert Jahre alt, als man das Bohrloch anlegte, und für eine Aes Sedai war ich noch jung. Eure ›Legenden‹ sind nur schwache Abbilder dessen, was wir vollbringen konnten. Also ...«

Nynaeve hörte nicht mehr hin. Eine Möglichkeit, die Frau abzulenken. Auch wenn sie ihr etwas zu sagen hätte, wäre Moghedien wohl gewappnet gegen die Methode, die sie selbst anwandte. Sie hatte nicht die Kraft, nebenher mehr als nur einen hauchdünnen Strang zu weben, genausowenig wie ... Genausowenig wie Moghedien. Eine Frau aus dem Zeitalter der Legenden, eine Frau, die so lange schon mit dem Gebrauch der Macht vertraut war. Vielleicht war sie es gewohnt gewesen, beinahe alles mit Hilfe der Macht zu tun, bevor sie in das Gefängnis des Dunklen Königs mit eingesperrt worden war. Seit sie in Freiheit war, hatte sie sich verborgen. Inwieweit hatte sie sich daran gewöhnt, Dinge ohne die Hilfe der Macht zu erledigen?

Nynaeve ließ bewußt ihre Beine nachgeben. Der Staubwedel fiel zu Boden, und sie faßte nach dem Podest, um sich zu stützen. Soviel mußte sie dabei gar nicht vortäuschen.

Moghedien lächelte und kam nun einen Schritt näher. »... zu anderen Welten reisen, sogar zu Welten am Himmel. Wißt Ihr, daß die Sterne ...« So selbstsicher, dieses Lächeln. So triumphierend.

Nynaeve ergriff das Halsband, verdrängte die herzzerreißend schmerzlichen Emotionen, die sich über sie ergossen, und schleuderte es in einer flüssigen Bewegung.

Die Verlorene bekam den Mund gar nicht mehr auf, als das breite, schwarze Metallband sie zwischen die Augen traf. Es war kein besonders harter Schlag und reichte bestimmt nicht aus, sie zu betäuben, aber er kam unerwartet. Moghedien verlor nur einen Augenblick lang nur einen kleinen Teil der Kontrolle über die von ihr gewebten Stränge. Und doch verlagerte sich in diesem kurzen Augenblick das Gewicht des Kampfes zu Nynaeves Gunsten. Das aus Geist gewebte Schild schlüpfte zwischen Moghedien und die Wahre Quelle. Das Glühen um die Frau herum verschwand augenblicklich.

Moghediens Augen quollen hervor. Nynaeve erwartete, daß sie ihr an die Kehle springen werde. Jedenfalls hätte sie selbst das getan. Statt dessen riß Moghedien ihren Rock hoch bis an die Knie und rannte davon.

Da sie sich jetzt nicht mehr verteidigen mußte, kostete es Nynaeve wenig Mühe, Stränge aus Luft um die fliehende Frau zu weben. Die Verlorene erstarrte aus vollem Lauf heraus.

Schnell verknotete Nynaeve ihr Gewebe. Sie hatte es geschafft. *Ich habe mich einer der Verlorenen gestellt und sie besiegt,* dachte sie ungläubig. Sie sah die Frau an, die von Kopf bis Fuß durch Luft festgehalten wurde, die sich so unnachgiebig wie Stein verhielt. Die Frau stand sogar noch in der Bewegung auf einem Fuß und nach vorn gebeugt da. Es war kaum zu glauben. Als sie näher betrachtete, was sie da erreicht hatte, sah sie, daß ihr Sieg doch nicht so vollständig war, wie sie gehofft hatte. Die scharfe Kante des Schilds war doch etwas stumpf geworden, bevor es durchgedrungen war. Moghedien war gefangen und abgeschirmt, aber es war nicht zu einer Dämpfung gekommen.

Sie bemühte sich, nicht zu wanken, und trat vor die Frau hin. Moghedien wirkte immer noch majestätisch, aber wie eine verängstigte Königin, die sich die Lippen leckte und deren Blick unstet umherirrte. »Wenn… wenn Ihr mich freilaßt, dann k-können wir uns irgendwie einigen. Ich… ich kann Euch… viel beibringen…«

Nynaeve unterbrach sie grob und webte einen Knebel aus Luft, der den Mund der Frau offenstehen ließ. »Ein lebender Tritt. Das habt Ihr doch gesagt, oder? Ich glaube, das war eine gute Idee. Ich reite so gern.« Sie lächelte die Frau an, der die Augen beinahe aus dem Kopf quollen.

Ihr in den Sattel helfen, ha! Wenn Moghedien endlich in der Burg vor Gericht stand und anschließend einer Dämpfung unterzogen wurde – es konnte ja wohl keine andere Strafe für eine der Verlorenen geben –, würde man ihr sicher eine nützliche Arbeit zuteilen, in der Küche, im Garten oder im Stall. Außerdem würde man sie natürlich vorzeigen, um zu beweisen, daß auch die Verlorenen zur Rechenschaft gezogen wurden, aber ansonsten würde man sie nicht anders behandeln als jede Dienerin, wenn vielleicht auch strenger überwachen. Aber sollte sie doch denken, daß Nynaeve genauso grausam sei wie sie. Sollte sie das glauben, bis sie schließlich vor…

Nynaeve verzog den Mund. Moghedien würde nicht vor Gericht kommen. Jedenfalls jetzt nicht. Erst einmal mußte sie einen Weg finden, um mit ihr aus dem Panarchenpalast zu entkommen. Die Frau schien ihre Grimasse für etwas zu halten, was Schlimmes für sie zu bedeuten habe. Tränen rannen ihr aus den Augen und ihr Mund formte Worte, die sie des Knebels wegen nicht hervorbrachte.

Nynaeve ging angewidert und mit unsicheren Schritten dorthin zurück, wo das schwarze Halsband lag und steckte es geschwind in ihre Gürteltasche, bevor die Welle negativer Gefühle ihr mehr antun konnte, als sie kurz zu berühren. Die Armbänder folgten unter den gleichen Schwierigkeiten. *Ich war dabei, sie zu foltern, indem ich sie das glauben ließ! Sie verdient es ganz gewiß, aber das bin nicht wirklich ich. Oder doch? Bin ich auch nicht besser als Egeanin?*

Sie drehte sich auf dem Fuß um, zornig darüber, daß sie sich so etwas auch nur fragte, und stolzierte an Moghedien vorbei zu der anderen Vitrine. Es mußte eine Möglichkeit geben, an dieser Frau Gerechtigkeit zu üben.

In der Vitrine standen sieben kleine Statuen. Sieben, aber ein Siegel lag nicht drin.

Einen Moment lang blickte sie die Vitrine nur entgeistert an. Eine der Figuren, ein eigenartiges Tier mit den ungefähren Umrissen eines Schweins, doch mit einer großen, runden Schnauze und Füßen, die genauso breit waren wie die dicken Beine, stand an der Stelle, wo sich das Siegel befunden hatte, nämlich in der Mitte des Tisches. Plötzlich zog sie die Augen zusammen. Es befand sich gar nicht wirklich dort! Das Ding war aus Luft und Feuer gewebt, und zwar mit so feinen Strängen, daß Spinnweben dagegen noch wie Taue gewirkt hätten. Selbst bei höchster Konzentration konnte sie die Stränge kaum noch erkennen. Sie bezweifelte, daß Liandrin oder eine der anderen Schwarzen Schwestern sie erkannt hätten. Ein winziges Aufflammen der Macht, ein extrem kurzer Schnitt, und das fette Tier verschwand. An seiner Stelle lag das schwarz-weiße Siegel auf seinem rotlackierten Podest. Moghedien, die es versteckt haben mußte, hatte einen geschickten Platz für ihr Versteck gewählt: vor aller Augen. Feuer schmolz ein Loch in das Glas der Vitrine, und auch das Siegel verschwand in ihrer Tasche. Sie beulte sich nun aus und zerrte mit ihrem Gewicht an ihrem Gürtel.

Finster blickte sie die Frau an, die auf einer Zehenspitze starr dastand, und bemühte sich, sich einen Weg auszudenken, auf dem sie die Frau mit hinausnehmen konnte. Aber Moghedien konnte sie nicht in die Tasche stecken, und selbst wenn sie die Frau einfach hinaustrug, würde das einiges Aufsehen erregen. Als sie zu dem nächstgelegenen Ausgang ging, blickte sie sich immer wieder wie unter Zwang um. Wenn es nur eine Möglichkeit gäbe. Sie blieb stehen, um einen letzten bedauernden Blick von der Tür aus zurückzuwerfen, und dann trat sie hinaus.

Sie trat in einen Innenhof mit einem Brunnen, in dessen Becken unzählige Wasserlilien schwammen. Auf der anderen Seite des Brunnens hob eine schlanke Frau mit kupferfarbener Haut in einem beigen Taraboner Kleid, in dem selbst Rendra errötet wäre, gerade einen gerillten, schwarzen Stab von etwa einem Schritt Länge. Nynaeve erkannte Jeaine Caide. Und sie erkannte auch den Stab.

Verzweifelt warf sie sich zur Seite, so hart, daß sie über die glatten, weißen Fußbodenkacheln rutschte, bis eine der schmalen Säulen sie mit einem Ruck aufhielt. Ein oberschenkeldicker Strahl aus reinstem Weiß schoß durch die Stelle, an der sie gestanden hatte. Es war, als habe sich die Luft in schmelzendes Metall verwandelt. Der Strahl fuhr durch die Ausstellungshalle, und wo er auftraf, da verschwanden ganze Teile von Säulen, und unschätzbar wertvolle Ausstellungsstücke hörten auf, zu existieren. Nynaeve schleuderte Feuerstränge blindlings nach hinten in der Hoffnung, etwas zu treffen, irgend etwas, dort im Hof, und krabbelte auf allen vieren durch die Halle. In kaum mehr als Hüfthöhe sägte sich der Strahl durch die Luft und hinterließ einen tiefen Schnitt in beiden Wänden. Dazwischen brachen Kästen und Kommoden und Vitrinen und sorgfältig verdrahtete Skelette zusammen und zersplitterten auf dem Boden. Mehrere Säulen bebten und stürzten ein, doch was in dieses schreckliche Schwert hineinfiel, konnte nicht mehr die darunter stehenden Ausstellungsstücke zerschmettern, denn es existierte nicht mehr. Die Vitrine, aus der sie das Siegel geholt hatte, stürzte eben falls in sich zusammen, bevor der schmelzende Strahl verschwand und in ihrer Sicht einen rötlichen Streifen hinterließ, der noch eine ganze Weile nachflimmerte. Die *Cuendillar*-Statuen waren alles, was der schmelzende, weiße Strahl unbeschädigt zurückließ. Sie polterten auf den Boden.

Natürlich zerbrachen die Statuen nicht. Es schien, Moghedien habe recht behalten. Nicht einmal Baalsfeuer konnte *Cuendillar* vernichten. Dieser schwarze Stab war einer der gestohlenen *Ter'Angreal*. Nynaeve erinnerte sich an die Warnung, die mit kräftiger Schrift auf ihrer Liste angefügt worden war. *Erzeugt Baalsfeuer. Gefährlich und beinahe unmöglich zu beherrschen.*

Moghedien schien zu versuchen, trotz ihres unsichtbaren Knebels zu schreien. Ihr Kopf ruckte verzweifelt vor und zurück, als sie gegen ihre Fesseln aus Luft ankämpfte, doch Nynaeve schenkte ihr über einen kurzen Blick hinaus keine Beachtung. Sobald der Strahl aus Baalsfeuer verglimmt war, richtete sie sich so weit auf, daß sie zurückblicken konnte, durch die Halle und durch den geschmolzenen Riß in der Wand bis hinein in den Innenhof. Neben dem Brunnen wankte Jeaine Caide, eine Hand am Kopf und die andere so kraftlos, daß der schwarze Stab fast zu Boden fiel. Doch bevor Nynaeve mit der Macht zuschlagen konnte, hatte sie den schwarzen Stab erneut gepackt, und wieder barst Baalsfeuer aus seinem Ende und zerstörte alles, was es in der Halle berührte.

Nynaeve ließ sich auf den Bauch fallen und kroch, so schnell sie konnte, unter all dem Bersten und Krachen und Klappern von umstürzenden Säulen und Mauern und Kästen nach der anderen Seite davon. Schwer atmend zog sie sich schließlich in einen Korridor, dessen Seitenwände ebenfalls aufgeschlitzt waren. Sie konnte nicht feststellen, wie tief das Baalsfeuer alles durchschnitten hatte; vielleicht durch den ganzen Palast bis nach draußen. Sie wand sich auf einem mit Steinbrocken übersäten Läufer herum und spähte vorsichtig um die Türkante.

Das Baalsfeuer war wieder erloschen. Stille hatte sich in der großen Ausstellungshalle ausgebreitet. Nur dann und wann löste sich noch ein Brocken aus dem Mauerwerk und krachte auf den schuttübersäten Boden herunter. Von Jeaine Caide war nichts zu sehen, obwohl die gegenüberliegende Wand so weit zusammengebrochen war, daß Nynaeve den Brunnen im Hof deutlich erkennen konnte. Sie hatte nicht vor, das Risiko einzugehen, hinzulaufen und festzustellen, ob der *Ter'Angreal* die Frau umgebracht habe, die ihn benützte. Sie atmete schwer und unregelmäßig, und ihre Arme und Beine zitterten so stark, daß sie froh war, einen Augenblick lang liegenbleiben zu können. Das Lenken der Macht kostete genausoviel Kraft wie jede andere Arbeit. Je härter man arbeitete, desto erschöpfter war man eben. Und je erschöpfter man war, desto weniger Energie blieb für den Gebrauch der Macht übrig. Sie war sich im Moment nicht sicher, ob sie in ihrem jetzigen Zustand überhaupt Jeaine Caide gegenübertreten könnte.

Was für eine Närrin war sie doch gewesen, Moghedien in einem Duell der Macht gegenüberzutreten, ohne daran zu denken, daß sie durch derart starke Entladungen der Macht jede Schwarze Schwester im Palast beinahe aus der Haut fahren ließ. Sie hatte Glück gehabt, daß die Domanifrau mit dem *Ter'Angreal* nicht schon gekommen war, während sie noch mit der Verlorenen beschäftigt war. Höchstwahrscheinlich wären sie beide gestorben, bevor sie überhaupt der anderen gewahr geworden wären.

Plötzlich starrte sie ungläubig in die Halle. Moghedien war weg! Das Baalsfeuer war ihrem Standpunkt kaum näher als zehn Fuß gekommen, aber sie war nicht mehr da. Das war doch unmöglich! Sie war abgeschirmt gewesen.

»Woher will ich schon wissen, was unmöglich ist und was nicht?« knurrte Nynaeve. »Es war mir ja auch unmöglich, eine Verlorene zu besiegen, und doch habe ich es geschafft.«

Immer noch kein Lebenszeichen von Jeaine Caide.

Sie rappelte sich hoch und eilte zu ihrem abgesprochenen Treffpunkt. Wenn nur Elayne keine Schwierigkeiten gehabt hatte! Dann könnten sie es vielleicht doch sicher aus dem Palast hinaus schaffen.

KAPITEL 16

In die Tiefe

Diener rannten kopflos durch die Gänge, wo Nynaeve entlanglief. Sie riefen sich gegenseitig verzweifelte Fragen zu. Sicher waren sie nicht in der Lage, zu spüren, wie jemand die Macht benützte, aber sie hatten ganz gewiß bemerkt, daß der Palast fast in zwei Hälften gespalten worden war. Sie schlängelte sich durch – einfach eine weitere Dienerin, die in panischer Angst davonlief; mehr schien sie nicht.

Saidar entglitt ihr langsam, während sie durch die Gänge und über die Innenhöfe rannte. Es wurde immer schwieriger für sie, zornig zu bleiben, weil sie sich mehr und mehr Sorgen um Elayne machte. Falls die Schwarzen Schwestern sie gefunden hatten... Wer wußte schon, welche Waffen sie noch außer dem *Ter'Angreal* mit dem Baalsfeuer hatten? Die Liste, die sie erhalten hatten, konnte nicht in jedem Fall einen Zweck angeben.

Einmal sah sie kurz Liandrin mit ihren blaß honigfarbenen Zöpfen und Riana mit der weißen Strähne im schwarzen Haar, die nebeneinander eine breite Marmortreppe herabeilten. Sie war in der Eile nicht in der Lage, zu beobachten, ob sie vom Glühen *Saidars* umgeben waren, doch so, wie die Diener aufschrien und aus ihrem Weg sprangen, verwandten sie wohl die Macht wie eine Peitsche, um schneller voranzukommen. Sie war froh, daß sie nicht versucht hatte, die Macht festzuhalten, denn durch das Glühen hätten sie sie im Nu in der Menge entdeckt, und sie war jetzt, ohne jede Atempause, nicht mehr in der Lage, ihnen gegenüberzutreten, weder einer allein, noch beiden gemeinsam. Außerdem hatte sie ja, weswegen sie gekommen war. Alles andere mußte warten.

Bald wurden es weniger Menschen, die wild umherliefen, und als sie den engen Korridor auf der Westseite des Palastes wieder erreicht hatte, war niemand mehr zu sehen. Die anderen warteten bei einer schmalen bronzebeschlagenen Tür mit einem großen, eisernen Vorhängeschloß auf sie. Auch Amathera war da, die hochaufgerichtet daneben stand, mit einem leichten Leinenumhang angetan und die Kapuze über den Kopf gezogen. Das weiße Kleid der Panarchin sah annähernd wie das Kleid einer Dienerin aus, wenn man nicht genau genug hinsah, um zu bemerken, daß es aus Seide war, und der Schleier, der ihr Gesicht allerdings kaum verbarg, war auf jeden Fall aus dem typischen Leinen der Kleidung von Dienerinnen gefertigt. Durch die Tür drangen gedämpfte Schreie. Offensichtlich waren die Auseinandersetzungen noch in vollem Gang. Nun mußten die Männer das ihrige zum Gelingen beitragen.

Nynaeve ignorierte Egeanin und umarmte Elayne, um sie kurz, aber herzlich zu drücken. »Ich habe mir solche Sorgen gemacht. Hast du irgendwelche Probleme gehabt?«

»Keine Spur«, antwortete Elayne. Egeanin rutschte etwas nervös herum, und die jüngere Frau warf ihr einen bedeutungsvollen Blick zu. Dann fügte sie hinzu: »Amathera hat uns ein wenig Schwierigkeiten bereitet, aber das haben wir hingekriegt.«

Nynaeve runzelte die Stirn. »Schwierigkeiten? Warum hat sie euch denn Schwierigkeiten bereitet?« Das letztere galt der Panarchin, die mit hocherhobenem Kopf die Blicke der anderen mied. Elayne schien genauso zu zögern.

Es war die Seanchanfrau, die schließlich antwortete: »Sie versuchte, sich wegzuschleichen, um ihre Soldaten anzuweisen, die Schattenfreunde zu vertreiben. Und das, nachdem sie bereits gewarnt worden war.« Nynaeve vermied es, sie anzublicken.

»Schau nicht so finster drein, Nynaeve«, sagte Elayne. »Ich habe sie schnell wieder eingefangen, und wir hatten ein kurzes Gespräch. Ich denke, unser Verhältnis ist jetzt äußerst harmonisch.«

In der Wange der Panarchin zuckte ein Muskel. »Wir stimmen vollkommen überein, Aes Sedai«, sagte sie schnell. »Ich werde genau das tun, was Ihr wollt, und ich werde Euch Papiere ausstellen, daß man Euch selbst bei den Rebellen ungehindert durchlassen wird. Es ist nicht notwendig, noch mehr mit mir zu ... sprechen.«

Elayne nickte, als ergebe das alles einen Sinn, und bedeutete der Frau, den Mund zu halten. Worauf die Panarchin auch gehorsam den Mund schloß. Vielleicht ein wenig mürrisch, aber das lag möglicherweise an der Form ihres Mundes. Es waren eindeutig eigenartige Dinge vorgefallen, und Nynaeve hatte vor, alles darüber in Erfahrung zu bringen. Aber später. Der enge Gang war immer noch in beiden Richtungen menschenleer, doch tiefer aus dem Palast drangen immer noch panische Schreie. Jenseits der kleinen Tür tobte der Mob.

»Aber wie steht's mit dir?« fuhr Elayne stirnrunzelnd fort. »Du hättest schon vor einer halben Stunde hier sein sollen. Hast du all dieses Durcheinander angerichtet? Ich habe gespürt, wie zwei Frauen genug Macht lenkten, um den ganzen Palast zu erschüttern, und ein wenig später hat sich offensichtlich jemand bemüht, ihn abzureißen. Ich dachte, das seist du gewesen. Ich mußte Egeanin davon abhalten, loszugehen, um dich zu suchen.«

Egeanin? Nynaeve zögerte und dann überwand sie sich soweit, die Schulter der Seanchanfrau zu berühren. »Danke schön.« Egeanin wirkte, als verstünde sie selbst nicht, warum sie das getan hatte, aber sie nickte zur Erwiderung. »Moghedien hatte mich aufgespurt, und weil ich noch überlegte, wie ich sie heraus und vor Gericht bringen solle, hat mir Jeaine Caide beinahe mit ihrem Baalsfeuer den Kopf abrasiert.« Elayne quiekte erschreckt und Nynaeve beeilte sich, ihr zu versichern: »Na ja, so eng war es gar nicht.«

»Du hast Moghedien *gefangen*? Du hast es geschafft, eine der *Verlorenen* zu besiegen?«

»Ja, aber sie ist entkommen.« So, nun hatte sie alles zugegeben. Sie war sich der Blicke der anderen bewußt und trat nervös von einem Fuß auf den anderen. Sie fühlte sich nicht gern im Unrecht. Besonders mißfiel ihr es, etwas getan zu haben, vor dem sie selbst die anderen zuvor gewarnt hatte. »Elayne, ich weiß, was ich in bezug auf Vorsicht gesagt habe, aber als ich sie in den Fingern hatte, habe ich eben an nichts anderes mehr gedacht, als sie vor Gericht zu bringen.« Sie atmete tief durch und bemühte sich, reumütig zu klingen, auch wenn sie das haßte. Wo blieben denn diese verdammten Männer? »Ich habe alles in Gefahr gebracht, weil ich nicht an unsere Aufgabe dachte, aber sei mir bitte deswegen nicht böse.«

»Bin ich auch nicht«, sagte Elayne mit fester Stimme. »Solange du wenigstens künftig daran denken wirst.« Egeanin räusperte sich. »Oh, ja«, fügte Elayne hastig hinzu. Die Warterei schien ihr auf die Nerven zu gehen. Auf ihren Wangen blühten rote Flecke. »Hast du das Halsband und das Siegel gefunden?«

»Habe ich.« Sie tätschelte ihre Gürteltasche. Die Schreierei draußen schien lauter zu werden. Genauso wie die Schreie, die durch den Gang hallten. Liandrin stellte wahrscheinlich den Palast auf den Kopf, um herauszufinden, was passiert war. »Was hält die Männer nur so lange auf?«

»Meine Legion …«, begann Amathera. Elayne sah sie an und daraufhin klappte sie den Mund wieder zu. Dieses ›Gespräch‹ der beiden mußte ja wohl einiges bewirkt haben. Die Panarchin schmollte wie ein kleines

Mädchen, das fürchtet, ohne Abendessen ins Bett geschickt zu werden.

Nynaeve blickte Egeanin an. Die Seanchanfrau beobachtete angestrengt die Tür. Sie hatte ihr zur Hilfe kommen wollen. *Warum läßt sie nicht zu, daß ich sie hasse? Bin ich soviel anders als sie?*

Plötzlich schwang die Tür auf. Juilin zog zwei dünne, gebogene Drahtstücke aus dem Schloß und richtete sich aus seiner gebückten Haltung auf. An der Seite seines Gesichts lief Blut herunter. »Macht schnell. Wir müssen weg von hier, bevor uns die Lage aus der Hand gleitet.«

Nynaeve blickte mit weit aufgerissenen Augen an ihm vorbei nach draußen und fragte sich, was bei ihm wohl ›aus der Hand gleiten‹ bedeuten mochte. Bayle Domons Seeleute, mindestens dreihundert waren es, bildeten einen doppelten Halbkreis um den Eingang, während Domon selbst einen Knüppel schwang und sie anfeuerte. Er mußte laut brüllen, um den Lärm auf der breiten Straße zu übertönen. Männer drängten sich, kämpften und schrien in einer überkochenden Menge durcheinander. Die Knüppel und Stöcke der Seeleute konnten sie kaum noch zurückhalten. Die Leute waren allerdings an den Matrosen gar nicht interessiert. Mitten in der Menge hieben berittene Weißmäntel mit ihren Schwertern auf Männer ein, die sie mit Mistgabeln, Faßdauben und bloßen Händen angriffen. Ganze Steinschauer hagelten auf sie herab, krachten auf ihre Helme, aber man hörte in dem allgemeinen Lärm nichts davon. Das Pferd eines einzelnen Weißmantels wieherte plötzlich in Panik, bäumte sich auf und stürzte nach hintenüber. Es kam jedoch schnell wieder auf die Beine – nur der Reiter fehlte. In der Menschenmenge liefen noch weitere reiterlose Pferde herum. Hatten sie das alles angerichtet, nur um ihren Rückzug zu decken? Sie bemühte sich, den Zweck dieses Unternehmens in ihr Gedächtnis zurückzurufen, indem sie die Hand auf ihre Gürteltasche legte und nach dem Siegel aus *Cuendillar,* dem Halsband und den Armbändern tastete, aber es fiel ihr schwer. Dort draußen starben bestimmt Männer ihretwegen.

»Bewegt Ihr Frauen Euch endlich?« rief Thom und winkte ihnen zu, damit sie herauskämen. Er hatte über einer buschigen Augenbraue eine blutende Wunde, vielleicht von einem Stein, und sein brauner Umhang war mittlerweile nicht einmal mehr als Putzlumpen zu gebrauchen. »Falls die Legion der Panarchen ausnahmsweise einmal nicht davonläuft, wird die Sache blutig werden.«

Amathera gab einen überraschten Laut von sich, doch dann schob Elayne sie energisch hinaus. Nynaeve und Egeanin folgten, und sobald alle vier Frauen draußen waren, formierten sich die Seeleute in einem engen Ring um sie und begannen, sich vom Palast weg durch die Menge zu kämpfen. Nynaeve mußte alle Kraft aufwenden, um überhaupt auf den Beinen zu bleiben, so drängten sich auf allen Seiten die Männer um sie, die sie ja beschützen sollten. Einmal rutschte Egeanin aus und wäre fast gestürzt, doch Nynaeve fing sie am Arm ab und half ihr wieder auf die Beine. Sie bekam ein dankbares Grinsen dafür ab. *Wir sind gar nicht so verschieden,* dachte sie. *Nicht gleich, aber zumindest recht ähnlich.* Sie mußte sich überhaupt nicht mehr zwingen, der Seanchanfrau ermutigend zuzulächeln.

Erst als sie mehrere Straßen weit vom Palast entfernt waren, ließ das Gedränge nach, und bald konnten sie durch beinahe menschenleere, enge, gewundene Straßen gehen. Diejenigen, die nicht eigentlich in die Ausschreitungen verwickelt waren, hüteten sich, in die Nähe zu kommen. Die Seeleute schwärmten ein wenig aus und ließen den Frauen mehr Platz. Doch jeder einzelne, der neugierig in ihre Richtung sah, bekam ein paar harte Blicke zurück. Die Straßen von Tanchico waren immer noch die Straßen von Tanchico. Irgendwie überraschte das Nynaeve. Ihr schien, sie hätten Wochen im Palast verbracht. Die Stadt sollte sich doch verändert haben in der Zwischenzeit!

Als sich der Lärm hinter ihnen legte, brachte Thom Amathera gegenüber eine elegante Verbeugung zustande, während er neben ihnen einherhumpelte. »Eine Ehre, Panarchin«, sagte er. »Wenn ich Euch irgendwie dienlich sein kann, müßt Ihr es nur sagen.«

Zu Nyneaves Verblüffung blickte Amathera erst zu Elayne hinüber, verzog leicht das Gesicht und erwiderte: »Ihr verwechselt mich, guter Herr. Ich bin nur ein armer Flüchtling vom Land und wurde von diesen guten Frauen gerettet.«

Thom tauschte einen erstaunten Blick mit Juilin und Domon, aber als er den Mund öffnete, sagte Elayne: »Könnten wir weitergehen zur Schenke, Thom? Hier ist nicht der richtige Ort für eine gepflegte Unterhaltung.«

Als sie den ›Hof der Drei Pflaumen‹ erreichten, überraschte es die Männer ein weiteres Mal, daß Elayne die Panarchin Rendra als Thera vorstellte, einen mittellosen Flüchtling, die eine Schlafstelle brauchte und vielleicht Arbeit, um sich ihren Unterhalt zu verdienen. Die Wirtin zuckte resignierend die Achseln, aber als sie ›Thera‹ in die Küche führte, machte sie der Frau bereits Komplimente über ihr schönes Haar und wie gut sie im richtigen Kleid aussehen werde.

Nynaeve wartete ab, bis sich alle in der Kammer der Fallenden Blüten einfanden, und dann schloß sie die Tür. Erst jetzt kommentierte sie: »*Thera?* Und sie hat tatsächlich mitgemacht! Elayne, Rendra wird die Frau in den Schankraum zum Servieren schicken!«

Elayne schien keineswegs überrascht. »Ja, wahrscheinlich.« Sie sank seufzend auf einen Stuhl, trat sich die Schuhe von den Füßen und begann, diese lebhaft zu massieren. »Es war nicht schwierig, Amathera davon zu überzeugen, daß sie sich ein paar Tage lang verbergen müsse. Das Gerücht vom Tod der Panarchin könnte leicht ins Gegenteil umschlagen. Statt ›Die

Panarchin ist tot‹ hieße es dann ›Tod der Panarchin!‹ So etwas geht schnell. Ich glaube, es hat auch geholfen, daß sie die Auseinandersetzungen so direkt miterlebt hat. Sie will sich nicht darauf verlassen, daß Andric ihr wieder zu ihrem Thron verhilft. Sie wünscht, von ihren eigenen Soldaten wiedereingesetzt zu werden, auch wenn das bedeutet, daß sie sich verstecken muß, bis sie sich mit dem Lordhauptmann der Legion verständigen kann. Ich glaube, Andric wird bei ihr noch einige Überraschungen erleben. Zu schade, daß nicht statt dessen er *sie* überrascht. Sie hätte es verdient.« Domon und Juilin tauschten einen Blick und schüttelten verständnislos die Köpfe. Egeanin allerdings nickte in sich hinein, als verstünde sie es und halte Elaynes Kommentar für gerechtfertigt.

»Aber warum?« wollte Nynaeve wissen. »Du warst vielleicht wütend, weil sie sich fortschleichen wollte, aber das jetzt? Wie hat sie das überhaupt schaffen können, obwohl ihr sie zu zweit im Auge hattet?« Egeanins Blick huschte zu Elayne hinüber, so schnell, daß Nynaeve aber nicht ganz sicher war, das wirklich gesehen zu haben.

Elayne bückte sich und rieb sich die eine Fußsohle. Sie mußte weh getan haben, denn ihre Wangen waren gerötet. »Nynaeve, die Frau hat keine Ahnung davon, wie das Leben einfacher Menschen aussieht.« Als habe sie eine Ahnung! »Ihr scheint tatsächlich einiges an Gerechtigkeit zu liegen – ich glaube es jedenfalls –, aber es störte sie überhaupt nicht, daß im Palast Lebensmittel für ein ganzes Jahr gehortet liegen, während draußen die Leute hungern. Ich habe ihr gegenüber die öffentlichen Suppenküchen erwähnt, und sie wußte nicht einmal, wovon ich spreche! Wenn sie ein paar Tage lang ihren Lebensunterhalt selbst verdienen muß, kann ihr das nur guttun.« Sie streckte die Beine unter dem Tisch aus und bewegte dankbar die Zehen. »Ach, das ist ein schönes Gefühl. Amathera wird das wohl kaum empfinden. Vor allem, weil sie ja die Legion der Panarchen benützen will, um Liandrin und die anderen aus dem Palast zu vertreiben. Schade für sie, aber so ist es nun mal.«

»Klar, das muß sie ja tun«, bestätigte Nynaeve energisch. Es war gut, sich hinsetzen zu können, doch sie verstand nicht, warum das Mädchen so mit den Füßen zu tun hatte. Sie waren heute doch kaum gelaufen. »Und je eher, desto besser. Wir brauchen die Panarchin, aber nicht gerade in Rendras Küche.« Sie glaubte nicht, daß es nötig sei, sich über Moghedien Gedanken zu machen. Die Frau hatte alle möglichen Gelegenheiten gehabt, aktiv zu werden, nachdem sie sich befreit hatte. Das war ihr immer noch ein Rätsel. Sie mußte die Abschirmung wohl nachlässig verknotet und abgenabelt haben. Aber wenn Moghedien selbst in dieser Lage nicht gewillt gewesen war, ihr noch einmal gegenüberzutreten, obwohl ihr klar sein mußte, daß sie erschöpft war, dann würde sie wahrscheinlich auch jetzt nicht mehr eingreifen. Nicht wegen einer Sache, die ihren eigenen Worten nach nicht viel wert war. Das gleiche galt aber bestimmt nicht für Liandrin. Falls Liandrin auch nur die Hälfte von dem herausfand, was geschehen war, wäre *sie* gewiß hinter ihnen her.

»Die Rechtsprechung der Tochter-Erbin«, murmelte Thom, »dürfte noch Vorrang haben vor der der Panarchin. Es sind Männer durch den Eingang in den Palast eingedrungen, als wir weggingen, und ich glaube, andere waren da schon zum Haupteingang hineingelangt. Ich sah aus mehreren Fenstern Rauch dringen. Bis heute abend wird vielleicht nicht mehr als eine glimmende Ruine übrig sein. Dann ist es nicht mehr nötig, daß die Soldaten nach den Schwarzen Ajah suchen, und so gewinnt »Thera« Zeit, um ein paar Tage lang Erfahrungen zu sammeln, wie Ihr es wünscht. Ihr werdet eines Tages eine prächtige Königin abgeben, Elayne von Andor.«

Elaynes geschmeicheltes Lächeln verflog, als sie ihn ansah. Schnell erhob sie sich, ging um den Tisch herum, kramte in seinen Taschen nach einem Taschentuch und begann damit, ihm trotz seiner Proteste das Blut von der Stirn zu tupfen. »Haltet still«, befahl sie ihm, aber es klang wie bei einer Mutter, die sich um ihr krankes Kind kümmert.

»Könnten wir wenigstens zu sehen bekommen, wofür wir unsere Hälse riskierten?« fragte er, als ihm klar wurde, daß Elayne genau das tun werde, was sie wollte.

Nynaeve öffnete ihre Gürteltasche und legte den Inhalt vor sie auf den Tisch: die schwarz-weiße Scheibe, die geholfen hatte, den Dunklen König in seinem Gefängnis festzuhalten, und Halsband und Armbänder, die solche Wellen von Trauer und Schmerz bei ihr verursachten, bis sie sie hingelegt hatte. Alle versammelten sich um den Tisch, um diese Gegenstände zu betrachten.

Domon befühlte das Siegel. »Ich haben einst ein Ding wie dieses in Besitz.«

Nynaeve bezweifelte das. Es waren ja nur sieben angefertigt worden. Drei waren jetzt kaputt, ob sie nun aus *Cuendillar* bestanden oder nicht. Eine befand sich in Moiraines Händen. Vier blieben übrig. Wie gut konnten vier davon das Gefängnis im Shayol Ghul abriegeln? Der Gedanke ließ ihr einen Schauder den Rücken herunterlaufen.

Egeanin berührte das Halsband und schob dann die Armbänder ein Stück davon weg. Falls sie die darin gefangenen Gefühle irgendwie empfangen konnte, ließ sie sich jedenfalls nichts anmerken. Vielleicht konnte man das auch nur fühlen, wenn man den Gebrauch der Macht beherrschte. »Es ist kein *A'dam*«, sagte die Seanchanfrau. »Der besteht aus einem silbrigen Metall und ist in einem Stück gefertigt, nicht in Gliedern.«

Nynaeve wäre es lieber gewesen, die andere hätte

den *A'dam* nicht erwähnt. *Aber sie hat noch nie ein Armband zu einem* A'dam *getragen. Und diese arme Frau, von der sie erzählte, hat sie gehen lassen. Arme Frau, ha!* Sie – *diese Bethamin – war doch diejenige, die andere Frauen mit Hilfe eines* A'dam *unterdrückte.* Egeanin hatte mehr Mitgefühl bewiesen, als Nynaeve zu zeigen bereit gewesen wäre. »Es ist mindestens einem *A'dam* genauso ähnlich, wie Ihr und ich uns ähnlich sind, Egeanin.« Die Frau blickte überrascht auf, aber nach einem Augenblick nickte sie. Gar nicht so viel anders. Zwei Frauen, von denen jede ihr Bestes gab.

»Wollt Ihr jetzt Liandrin immer noch weiterverfolgen?« Juilin setzte sich mit verschränkten Armen an den Tisch und betrachtete die Gegenstände noch etwas eingehender. »Ob sie nun aus Tanchico verjagt wird oder nicht, jedenfalls befindet sie sich immer noch in Freiheit. Und die anderen auch. Aber sie scheinen mir zu wichtig, um sie einfach nicht mehr zu beachten. Ich bin nur ein Diebfänger, aber ich würde sagen, man muß sie zur Weißen Burg bringen, um sie dort gefangenzusetzen.«

»Nein!« Nynaeve war über ihre eigene Vehemenz erstaunt. Die anderen aber auch, so, wie sie Nynaeve mit großen Augen anblickten. Gemächlich nahm sie das Siegel wieder in die Hand und steckte es in ihre Tasche zurück. »Das hier muß in die Burg. Aber die anderen …« Sie wollte die schwarzen Gegenstände gar nicht mehr berühren. Falls sich die auch in der Burg befanden, würden möglicherweise die Aes Sedai entscheiden, sie genauso zu verwenden, wie es die Schwarzen Ajah vorgehabt hatten. Um Rand unter ihre Kontrolle zu bringen. Würde Moiraine das wirklich tun? Oder Siuan Sanche? Sie konnte ein solches Risiko nicht eingehen. »Das ist alles zu gefährlich, als daß wir riskieren könnten, es jemals wieder in die Hände von Schattenfreunden fallen zu lassen. Elayne, kannst du die Sachen zerstören? Vielleicht schmelzen? Es ist mir gleich, ob der Tisch mit draufgeht. Wenn du sie nur zerstörst!«

»Ich verstehe«, sagte Elayne, wobei sie das Gesicht verzog. Nynaeve bezweifelte das, denn Elayne stand mit ganzem Herzen hinter der Burg, aber sie stand auch hinter Rand.

Nynaeve konnte im Moment natürlich das Glühen *Saidars* nicht wahrnehmen, aber die eindringliche Art, wie das Mädchen diese furchtbaren Objekte anblickte, zeigte deutlich, daß sie die Macht einsetzte. Elayne runzelte die Stirn. Ihr Blick wurde womöglich noch eindringlicher. Mit einemmal schüttelte sie den Kopf. Ihre Hand schwebte einen Augenblick lang in der Nähe eines der Armbänder, und dann hob sie es auf. Und ließ es mit einem Keuchen wieder fallen. »Es ist ein Gefühl ... Es ist so voll von ...« Sie atmete tief ein und sagte dann: »Ich habe versucht, was du wolltest, Nynaeve. Ein Hammer würde zu einer Pfütze schmelzen, soviel Feuer habe ich hineingewebt, aber es ist nicht einmal warm geworden.«

Also hatte Moghedien nicht gelogen. Zweifellos hatte sie geglaubt, gar nicht lügen zu müssen, weil sie sowieso siegen werde. *Wie ist diese Frau nur freigekommen?* Was sollten sie jetzt mit diesen Gegenständen anfangen? Sie würde sie in niemandes Hände fallen lassen, soviel stand fest.

»Meister Domon, kennt Ihr ein sehr tiefes Gebiet des Meeres unweit dieser Küste?«

»Ja, ich kennen eines, Frau al'Meara«, sagte er bedächtig.

Vorsichtig, um nicht zuviel von diesem Schwall an Gefühlen abzubekommen, schob Nynaeve Halsband und Armbänder über den Tisch zu ihm hin. »Dann versenkt die hier dort, wo niemand sie jemals mehr herausfischen kann.«

Nach einem Augenblick der Überlegung nickte er. »Ich werden das tun.« Er stopfte alles hastig in seine

Tasche, da er offensichtlich nicht gern mit Dingen zu tun hatte, die durch die Macht erschaffen worden waren. »Im tiefsten Teil des Meeres, den ich kennen, in der Nähe der Aile Somera.«

Egeanin blickte finster zu Boden, zweifellos der drohenden Abreise des Illianers wegen. Nynaeve hatte nicht vergessen, daß sie ihn bewundernd als einen ›gut aussehenden Mann‹ bezeichnet hatte. Sie hatte das Gefühl, lachen zu müssen. Es war fast alles geschafft. Sobald Domon auslaufen konnte, würden das unheilvolle Halsband und die Armbänder für immer verschwunden sein. Dann konnten sie nach Tar Valon abreisen. Und dann… Dann zurück nach Tear oder wo auch immer sich al'Lan Mandragoran befand. Die Tatsache, daß sie Moghedien gegenübergestanden hatte, daß sie dem Tod oder noch Schlimmerem nahe gewesen war, machte es für sie noch dringlicher, sich mit ihm auseinanderzusetzen. Ein Mann, den sie mit einer ihr verhaßten Frau teilen mußte, aber wenn Egeanin einem Mann schöne Augen machen konnte, den sie einmal gefangengenommen hatte – nun, und Domon hatte ganz gewiß auch ein Auge auf sie geworfen –, und wenn Elayne einen Mann lieben konnte, der einst dem Wahnsinn verfallen würde, dann würde sie doch wohl auch in der Lage sein, einen Weg zu finden, soviel wie möglich von Lan zu haben.

»Sollen wir hinuntergehen und nachsehen, wie sich ›Thera‹ als Dienerin macht?« schlug sie vor. Und bald nach Tar Valon. Bald.

KAPITEL 17

Goldauge

Im Schankraum der Weinquellenschenke war es still bis auf das Schaben von Perrins Feder. Still und leer, bis auf ihn und Aram. Der Sonnenschein dieses späten Vormittags erzeugte helle Lichtflecke auf dem Boden unter den Fenstern. Aus der Küche drangen nicht die üblichen Düfte. Nirgendwo im Dorf hatte man die Feuer angezündet, und selbst die in der Asche noch glühenden Kohlen hatte man gelöscht. Man mußte ja nicht gleich dem Gegner das Geschenk des Feuers anbieten, damit er die Häuser um so leichter abbrennen konnte. Der Kesselflicker – er fragte sich manchmal, ob es noch richtig sei, von Aram als einem solchen zu denken, aber ein Mann hörte nicht so einfach auf, zu sein, was er war, Schwert oder nicht – stand an der Wand neben der Eingangstür und beobachtete Perrin. Was erwartete der Mann? Was wollte er? Perrin stippte die Feder in das kleine Tintenfaß aus Steingut, legte den dritten Papierbogen zur Seite und begann einen vierten.

Ban al'Seen schob sich mit dem Bogen in der Hand durch die Tür herein und rieb sich mit einem Finger unsicher über den Rücken seiner großen Nase. »Die Aiel sind zurück«, sagte er ruhig, doch dabei bewegte er die Füße, als könnten sie nicht stillstehen. »Trollocs kommen von Norden und Süden her. Tausende, Lord Perrin.«

»Nennt mich nicht so«, sagte Perrin geistesabwesend, während er finster auf das Blatt hinabschaute. Er konnte einfach nicht gut mit Worten umgehen. Er war nicht in der Lage, Dinge so hübsch und kunstvoll auszudrücken, wie es den Frauen gefiel. Er konnte eben nur niederschreiben, was er fühlte. Wieder stippte er die Feder ins Tintenfaß und fügte ein paar Zeilen hinzu.

Ich werde nicht um Vergebung für das bitten, was ich tat. Ich weiß nicht einmal, ob Du mir überhaupt vergeben könntest, aber ich bitte Dich auch gar nicht darum. Du bist wertvoller als das Leben für mich. Glaube niemals, ich hätte Dich verlassen. Wenn die Sonne ihren Schein über Dich wirft, dann ist es mein Lächeln. Wenn Du den Wind durch die Apfelblüten rauschen hörst, dann flüstere ich Dir zu, daß ich Dich liebe. Meine Liebe gehört auf ewig Dir.

Perrin

Einen Augenblick lang las er, was er da geschrieben hatte. Es sagte nicht genug aus, aber es würde reichen müssen. Er hatte genausowenig die richtigen Worte wie die notwendige Zeit. Er löschte sorgfältig die feuchte Tinte mit Sand und faltete die Blätter. Beinahe hätte er ›Faile Bashere‹ auf die Außenseite geschrieben, aber gerade noch rechtzeitig wandelte er es zu ›Faile Aybara‹ ab. Ihm fiel ein, daß er noch nicht einmal wußte, ob auch in Saldaea eine Frau den Familiennamen ihres Mannes annahm. Es gab Gegenden, wo das nicht der Brauch war. Nun, sie hatte ihn an den Zwei Flüssen geheiratet, also würde sie sich mit den örtlichen Bräuchen abfinden müssen.

Er stellte den Brief in die Mitte des Kaminsimses. Vielleicht würde sie ihn eines Tages in Händen halten. Dann rückte er das breite, rote Hochzeitsband unter seinen Kragen, damit die Enden richtig über seine Revers hingen. Das sollte er sieben Tage lang tragen, um jedem, der ihn sah, mitzuteilen, daß er frisch verheiratet sei. »Ich werde mich bemühen«, sagte er leise zu dem Brief. Faile hatte versucht, ihm ein Hochzeitsband in den Bart einzuflechten. Jetzt wünschte er, er hätte es zugelassen.

»Verzeihung, Lord Perrin«, sagte Ban, der immer noch nervös von einem Fuß auf den anderen trat. »Ich habe Euch nicht verstanden.« Aram kaute auf seiner Unterlippe. Die Augen hatte er voller Angst weit aufgerissen.

»Zeit, an die Arbeit zu gehen«, sagte Perrin. Vielleicht würde sie den Brief erhalten. Irgendwie. Er nahm seinen Bogen vom Tisch und hängte ihn sich über. Axt und Köcher hingen bereits an seinem Gürtel. »Und nennt mich nicht so!«

Vor der Schenke hatten sich die ›Kameraden‹ bereits versammelt und waren aufgesessen. Wil al'Seen trug diese närrische Flagge mit dem Wolfskopf. Der lange Stock ruhte auf seinem Steigbügel. Wie lange war es her, daß Wil sich geweigert hatte, das Ding zu tragen? Jetzt beharrten die Überlebenden jener, die sich ihm ganz zu Anfang angeschlossen haben, eifersüchtig auf ihrem Recht. Wil, den Bogen übergehängt und das Schwert an der Hüfte, wirkte so stolz wie ein rechter Idiot.

Als Ban in den Sattel kletterte, hörte Perrin, wie er sagte: »Der Mann ist so kalt wie ein Teich im Winter. Wie Eis. Vielleicht wird es heute nicht so schlimm.« Er achtete kaum auf das Gerede der anderen. Die Frauen hatten sich auf dem Anger versammelt.

Sie bildeten ein engen Kreis um den hohen Mast, an dem die größere Flagge mit dem Wolfskopf im leichten Wind flatterte. Fünf oder sechs standen da hintereinander, Schulter an Schulter mit denen daneben. Sie trugen Stockwaffen, die sie aus Sensen und Mistgabeln gefertigt hatten. Sogar Äxte hatten sie obenan gebunden, und auch große Küchenmesser und Fleischhaken sah er vereinzelt.

Seine Kehle zog sich zusammen, als er auf Traber stieg und auf sie zuritt. Die Kinder standen dichtgedrängt innerhalb des Frauenkreises. Alle Kinder von Emondsfeld.

Er ritt langsam an ihren Reihen vorbei und fühlte, wie ihre Blicke ihm folgten, die der Frauen und die der Kinder. Er witterte Furcht und Sorgen. Den Kindern sah man es an den viel zu blassen Gesichtern an, aber alle rochen danach. Er hielt an, wo Marin al'Vere und Daise Congar und die anderen aus dem Frauenzirkel zusammenstanden. Alsbet Luhhan trug einen der Hämmer ihres Mannes auf der Schulter, und der Weißmantelhelm, den sie in der Nacht ihrer Rettung mitgenommen hatte, saß ihres dicken Zopfes wegen etwas schief auf ihrem Kopf. Neysa Ayellin hielt ein Metzgermesser mit langer Klinge in der Hand und hatte sich zwei weitere hinter den Gürtel gesteckt.

»Wir haben das genau geplant«, sagte Daise und blickte zu ihm auf, als erwarte sie Widerspruch und habe nicht vor, das überhaupt zuzulassen. Sie hielt eine Mistgabel, die an eine Stange gebunden war, fast drei Fuß höher als sie groß war. Sie hatte das Ding senkrecht vor sich hingestellt. »Falls die Trollocs irgendwo durchbrechen, werdet Ihr Männer ziemlich beschäftigt sein, und deshalb bringen wir dann die Kinder hinaus. Die älteren von ihnen wissen, was sie zu tun haben, und sie haben alle schon in den Wäldern Verstecken gespielt. Nur, damit sie in Sicherheit sind, bis sie wieder herauskommen können.«

Die älteren von ihnen, Jungen und Mädchen von dreizehn oder vierzehn Jahren, trugen Babies auf den Rücken und hielten kleinere Kinder an der Hand. Mädchen, die bereits älter als diese anderen waren, standen neben den Frauen in ihrem Kreis: Bode Cauthon hatte eine Holzfälleraxt mit beiden Händen gepackt, und ihre Schwester Eldrin hielt eine Saufeder mit breiter Spitze. Ältere Jungen waren draußen bei den Männern oder saßen mit ihren Bögen oben auf den Dächern. Die Kesselflicker standen im Kreis bei den

Kindern. Perrin blickte auf Aram hinab, der neben seinem Steigbügel stand. Sie würden nicht kämpfen, aber jeder Erwachsene hatte sich zwei Babies auf den Rücken geschnallt und ein weiteres in den Arm genommen. Raen und Ila, die einander im Arm hielten, sahen ihn nicht an. Damit sie in Sicherheit waren, bis sie wieder herauskommen konnten.

»Es tut mir leid.« Er mußte aufhören und sich räuspern. Er hatte die Dinge nicht so weit kommen lassen wollen. Aber so angestrengt er auch nachdachte, ihm fiel nichts ein, was er hätte anders machen können. Selbst wenn er sich den Trollocs ausgeliefert hätte, hätten sie mit dem Morden und Brennen nicht aufgehört. Am Ende wäre das gleiche herausgekommen. »Es war nicht fair, was ich mit Faile gemacht habe, aber ich mußte einfach. Bitte versteht mich. Ich mußte.«

»Sei kein Narr, Perrin«, sagte Alsbet mit energischer Stimme, doch mit einem warmen Lächeln auf den Zügen. »Ich kann es nicht vertragen, wenn du dich so närrisch benimmst. Hast du geglaubt, wir hätten etwas anderes von dir erwartet?«

Marin hatte in einer Hand ein Metzgerbeil und mit der anderen faßte sie hoch und tätschelte sein Knie. »Jeder Mann, der es wert ist, daß man ihm das Essen kocht, hätte dasselbe getan.«

»Danke schön.« Licht, aber seine Stimme klang heiser. Noch eine Minute, und er würde näseln wie ein Mädchen. Aber aus irgendeinem Grund schaffte er es nicht, den Frosch im Hals loszuwerden. Sie mußten ihn für einen Idioten halten. »Danke schön. Ich hätte Euch nicht hinters Licht führen sollen, aber sie wäre nicht weggeritten, hätte sie einen Verdacht gehegt.«

»Oh, Perrin«, lachte Marin. Sie lachte tatsächlich, trotz all dessen, dem sie sich gegenübersahen, trotz der Angst, die er an ihr witterte. Er wünschte, er hätte nur halb soviel Mut wie sie. »Wir wußten, was du vorhattest, noch bevor sie auf dem Pferd saß, und ich bin nicht sicher, ob es ihr nicht auch klar war. Frauen ertappen sich halt immer wieder dabei, Dinge zu tun, die sie nicht tun wollen, nur, um euch Männern einen Gefallen zu tun. Jetzt geh nur und tue, was sein muß. Das hier ist Sache der Frauen«, fügte sie streng hinzu.

Irgendwie brachte er es fertig, zurückzulächeln. »Ja, Chefin«, sagte er und berührte mit der Hand seine Stirn zum Salut. »Entschuldigt. Ich weiß, daß ich meine Nase da nicht hineinstecken darf.« Die Frauen in ihrer unmittelbaren Umgebung lachten leise und amüsiert, als er Traber wenden ließ. Ban und Tell ritten gleich hinter ihm, wie er bemerkte, und der Rest der Kameraden hatte sich hinter Wil und der Flagge angeschlossen. Er bedeutete den beiden, zu ihm aufzuschließen. »Falls es schlecht läuft heute«, sagte er, als sie zu beiden Seiten von ihm ritten, »dann sollen die ›Kameraden‹ hierher zurückreiten und den Frauen helfen.«

»Aber …«

Er unterbrach Tells Protest. »Ihr macht gefälligst, was ich sage! Falls es schiefläuft, bringt Ihr die Frauen und Kinder weg! Verstanden?« Sie nickten, zögernd wohl, aber sie nickten.

»Wie steht es mit dir?« fragte Ban leise.

Perrin ignorierte ihn. »Aram, Ihr bleibt bei den ›Kameraden‹.«

Der Kesselflicker, der zwischen Traber und Tells zottigem Pferd einherschritt, blickte nicht einmal auf. »Ich gehe, wohin Ihr geht.« Er sagte das einfach so, doch sein Tonfall war kompromißlos. Er würde tun, was er wollte, gleich, was Perrin sagte. Perrin fragte sich, ob die echten Lords jemals solche Probleme hatten.

Am westlichen Ende des Angers saßen die Weißmäntel auf ihren Pferden. Die Umhänge mit ihren goldenen Sonnenaufgängen leuchteten hell, Helme und Harnische glänzten, die Lanzenspitzen warfen blendende Lichtreflexe, und so erstreckte sich die Kolonne vier Mann tief bis zwischen die Häuser. Sie mußten die halbe Nacht mit Polieren verbracht haben. Dain Bornhald und Jaret Byar ließen ihre Pferde wenden, um Perrin anzusehen. Bornhald saß hoch aufgerichtet im Sattel, aber er roch nach Apfelschnaps. Byars hageres Gesicht verzog sich unter dem Einfluß eines noch tieferen Zorns als üblich, wenn er Perrin anblickte.

»Ich dachte, Ihr wärt mittlerweile alle an Euren Plätzen«, sagte Perrin.

Bornhald blickte finster auf die Mähne seines Pferdes herab und antwortete nicht. Einen Augenblick später brach es aus Byar heraus: »Wir reiten ab, Schattenfreund.« Von den ›Kameraden‹ her erhob sich ärgerliches Gemurmel, aber der hohläugige Mann ignorierte sie genau wie die Geste Arams, der über seine Schulter hinten nach seinem Schwert griff. »Wir werden uns trotz Eurer Leute nach Wachhügel durchschlagen und uns mit dem Rest unserer Truppe zusammenschließen.«

Abreiten. Über vierhundert Soldaten, und sie wollten fort. Weißmäntel, aber eben doch berittene Soldaten, keine Bauern, Soldaten die sich bereit erklärt hatten – Bornhald hatte sich bereit erklärt! – die Männer von den Zwei Flüssen überall dort zu unterstützen, wo die Kämpfe am heftigsten tobten. Wenn Emondsfeld überhaupt eine Chance haben sollte, brauchte er diese Männer. Traber warf den Kopf empor und schnaubte, als könne er die Gefühle seines Reiters mitempfinden. »Glaubt Ihr immer noch, ich sei ein Schattenfreund, Bornhald? Wie viele Angriffe habt Ihr bisher miterlebt? Diese Trollocs haben mich genauso umbringen wollen wie alle anderen.«

Bornhald hob langsam den Kopf. Sein Blick wirkte gehetzt, und gleichzeitig waren seine Augen etwas glasig. Die Hände in den stahlverstärkten Kampfhandschuhen verkrampften sich unbewußt um die Zügel. »Ist Euch nicht klar, daß ich längst weiß, daß diese Verteidigungsanlagen ohne Euch gebaut wurden? Es war nicht Euer Werk, oder? Ich werde meine Männer nicht hierlassen und zusehen, wie Ihr eure eigenen Dorfbewohner an die Trollocs verfüttert. Tanzt Ihr auf dem Haufen ihrer Leichen, wenn es vollbracht ist, Schattenfreund? Nicht auf unseren! Ich habe vor, lang genug zu leben, um an Euch Gerechtigkeit üben zu lassen!«

Perrin tätschelte Trabers Hals, um den Hengst zu beruhigen. Er brauchte diese Männer. »Ihr wollt mich haben? Na gut. Wenn es vorbei ist, wenn die Trollocs besiegt sind, werde ich keinen Widerstand leisten, falls Ihr versucht, mich festzunehmen.«

»Nein!« schrien Ban und Tell im Chor, und hinter ihnen begannen die anderen zu murren. Aram blickte entsetzt hoch zu Perrin.

»Ein leeres Versprechen«, höhnte Bornhald. »Ihr wollt doch nur, daß alle hier sterben bis auf Euch.«

»Das werdet Ihr nie herausfinden, wenn Ihr weglauft, oder?« Perrin bemühte sich, seine Stimme hart und verächtlich klingen zu lassen. »Ich werde mein Versprechen halten, aber wenn Ihr weglauft, findet Ihr mich vielleicht nie wieder. Rennt doch, wenn Ihr wollt! Rennt weg und versucht, zu vergessen, was hier geschieht! All Euer Geschwätz, daß Ihr die Menschen vor den Trollocs beschützen wollt! Wie viele sind durch die Trollocs gestorben, seit Ihr hier angekommen seid? Meine Familie war keineswegs die erste und auch nicht die letzte. Rennt fort! Oder bleibt, falls Ihr euch noch daran erinnert, daß Ihr Männer seid! Falls Ihr erst noch Mut fassen müßt, dann seht die Frauen an, Bornhald. Jede einzelne von ihnen ist tapferer als sämtliche von Euch Weißmänteln zusammengenommen!«

Bornhald bebte, als treffe ihn jedes Wort wie ein Schlag. Perrin fürchtete, der Mann werde aus dem Sattel fallen. Schwankend, aber aufrecht blickte Bornhald ihn an. »Wir bleiben«, sagte er heiser.

»Aber, Lord Bornhald!« protestierte Byar.

»Sauber!« brüllte ihn Bornhald an. »Wenn wir hier

sterben müssen, dann sterben wir wenigstens sauber!« Er riß seinen Kopf herum und blickte zu Perrin zurück. Auf seinen Lippen stand Speichel. »Wir bleiben. Aber am Ende werde ich Euch sterben sehen, Schattenfreund! Für *meine* Familie, für *meinen* Vater, will – ich – Euch – *tot* – sehen!« Er riß sein Pferd grob herum und galoppierte zurück zu seiner weiß gekleideten Kolonne. Byar bleckte seine Zähne in wortlosem Knurren in Perrins Richtung, und dann folgte er dem anderen.

»Ihr wollt doch nicht wirklich Euer Versprechen halten?« fragte Aram verschüchtert. »Das könnt Ihr nicht!«

»Ich muß jeden Posten überprüfen«, sagte Perrin. Die Chance, daß er überleben und dieses Versprechen erfüllen könnte, war nicht gerade groß. »Es ist nicht viel Zeit.« Er ließ Traber die Fersen spüren, und das Pferd galoppierte los in Richtung des westlichen Dorfrandes.

Hinter den spitzen Pfählen dem Westwald gegenüber kauerten Männer mit ihren Speeren und Hellebarden und anderen Arten von Spießen, wie sie Haral Luhhan für sie angefertigt hatte. Der war auch da, angetan mit seiner langen Lederweste und mit einer Sichel, die er auf einen acht Fuß langen Schaft gesteckt hatte. Hinter ihnen standen die Bogenschützen in Reihen, die nur von den vier Katapulten unterbrochen wurden. Abell Cauthon schritt langsam die Ränge ab und sprach mit jedem Mann.

Perrin ließ sein Pferd neben Abell stehenbleiben. »Die Nachricht kam durch, daß sie aus dem Norden und aus dem Süden gleichzeitig kommen«, sagte er leise. »Aber beobachtet alles trotzdem ganz genau.«

»Wir werden die Augen aufmachen. Und ich bin auch bereit, die Hälfte meiner Männer überall dorthin zu schicken, wo sie gebraucht werden. Sie werden sich an den Männern der Zwei Flüsse ganz schön die Zähne ausbeißen.« Abells Grinsen erinnerte stark an das seines Sohnes.

Es machte Perrin verlegen, als die Männer ihm rauh

zujubelten, während er vorbeiritt, die ›Kameraden‹ und die Flagge hinter sich: »Goldauge! Goldauge!« Hier und da hörte man auch: »Lord Perrin!« Ihm war klar, daß er das von Beginn an energisch hätte unterdrücken müssen.

Im Süden war Tams Bezirk. Sein Gesicht wirkte grimmiger als das Abells, und er schritt beinahe wie ein Behüter die Ränge ab, immer eine Hand auf dem Schwertgriff. Die wölfische, tödliche Eleganz wirkte fremdartig an dem stämmigen, grauhaarigen Bauern. Doch das, was er zu Perrin sagte, unterschied sich kaum von Abells Worten: »Wir Leute von den Zwei Flüssen sind zäher, als den meisten klar ist«, sagte er leise. »Mach dir keine Sorgen: Wir werden uns heute teuer verkaufen.«

Alanna stand an einem der hier aufgebauten sechs Katapulte und kümmerte sich gerade um einen mächtigen Steinbrocken, der in die Schale am Ende des dicken Holzarms gelegt werden sollte. In ihrer Nähe saß Ihvon in seinem farbenändernden Behüterumhang auf dem Pferd, schlank wie eine Stahlklinge und wachsam wie ein Habicht. Es gab keinen Zweifel daran, daß er seinen Standort, selbstverständlich bei Alanna, sorgfältig gewählt hatte, und daß er alles daransetzen würde, sie lebend hier herauszubringen. Er sah kaum zu Perrin hinüber. Doch die Aes Sedai unterbrach ihre Tätigkeit. Ihre Hände schwebten über dem Stein, aber ihre Blicke folgten ihm, als er vorbeiritt. Er konnte fast fühlen, wie sie kalkulierte und abwog und urteilte. Auch der Jubel folgte ihm.

Wo der Pfahlwald die wenigen Häuser östlich der Weinquellenschenke hinter sich ließ, waren Jon Thane und Samel Crawe gemeinsam verantwortlich. Perrin sagte ihnen dasselbe, was er Abell gesagt hatte, und er bekam so ziemlich die gleiche Antwort. Jon, der ein Kettenhemd mit einigen durchgerosteten Stellen übergeworfen hatte, hatte den Qualm seiner brennenden

Mühle gesehen, und Samel mit dem Pferdegesicht und der langen Nase war sicher, daß der Rauch einer weiter draußen befindlichen Qualmwolke von seinem Hof stamme. Keiner von ihnen erwartete einen leichten Tag, aber beide trugen ihre eiserne Entschlossenheit wie einen Umhang.

Perrin hatte sich entschlossen, selbst den Norden zu übernehmen. Er fühlte nach dem Band, das ihm über ein Revers herunterhing, und spähte in Richtung Wachhügel, der Richtung, in die Faile geritten war. Dabei fragte er sich, warum er ausgerechnet die Nordseite gewählt hatte. *Flieg nur, Faile. Flieg, mein Herz.* Na ja, es war ein ebenso guter Ort zum Sterben wie jeder andere.

Bran war für diesen Teil offiziell verantwortlich. Mit seiner Stahlkappe und dem Wams mit den aufgenähten Metallscheiben angetan, schritt er die Reihen der Männer hinter dem Pfahlwald ab. Allerdings unterbrach er seinen Weg und verbeugte sich vor Perrin, soweit sein Bauch dies gestattete. Gaul und Chiad standen bereit, die Schufa um den Kopf gewickelt und die Gesichter bis auf die Augen hinter den schwarzen Schleiern verborgen. Seite an Seite, wie Perrin auffiel. Was sich auch zwischen ihnen abspielte, schien schwerer zu wiegen als die Blutfehde ihrer Clans. Loial hielt in jeder Hand eine Holzfälleraxt. Die Äxte wirkten in seinen riesigen Pratzen wie Spielzeuge. Seine behaarten Ohren standen wild entschlossen nach vorn, und sein breites Gesicht trug einen grimmigen Ausdruck.

Glaubst du, ich würde weglaufen? hatte er gefragt, als Perrin ihm vorschlug, hinter Faile her in die Nacht hinauszuschlüpfen. Seine Ohren waren müde und beleidigt herabgesunken. *Ich bin mit dir gekommen, Perrin, und ich bleibe bei dir, bis du gehst.* Und dann hatte er plötzlich gelacht, ein tiefes, hallendes Lachen, das die Teller beinahe zum Klappern gebracht hatte. *Vielleicht wird eines Tages sogar jemand eine Legende von mir erzählen. Wir halten nicht viel von so etwas, aber warum sollte es nicht auch einen Ogier-Helden geben? Ein Scherz, Perrin. Ich habe nur einen Scherz gemacht. Lach doch! Komm, wir erzählen uns gegenseitig Witze. Du sollst lachen und an Faile denken, wie sie frei und hoch fliegt.*

»Es ist kein Scherz, Loial«, murmelte Perrin, als er die Reihen der Männer entlangritt und sich bemühte, ihren Jubel bei seinem Anblick zu überhören. »Du bist ein Held, ob du es nun sein willst oder nicht.« Der Ogier grinste ihn nervös an, bevor er wieder hinüber zur anderen Seite des Pfahlwalds blickte, wo sie freies Sicht- und Schußfeld geschaffen hatten. Stöcke mit weißen Streifen markierten jeweils hundert Schritt Abstand. Bis auf fünfhundert Schritt hatten sie auf diese Art markiert, um ihre eigene Schußweite genauer berechnen zu können. Dahinter lagen Stoppelfelder. Die Tabakpflanzen und der Hafer, die dort gewachsen waren, waren den früheren Angriffen zum Opfer gefallen. Dann folgten Hecken und niedrige Steinbegrenzungen und anschließend kleine Wäldchen mit Lederblattbäumen, Kiefern und Eichen.

Perrin erkannte so viele Gesichter in den Reihen der wartenden Männer. Der kräftige Eward Candwin und Paet al'Caar mit seinem eckigen Kinn. Der weißhaarige Buel Dowtry, der Pfeilmacher, der natürlich bei den Bogenschützen stand. Dort stand der untersetzte, grauhaarige Jac al'Seen mit seinem kahlköpfigen Cousin Wit und daneben der ewig griesgrämige Flann Lewin, eine schlacksige Bohnenstange von Mann wie alle aus der männlichen Linie seiner Familie. Jaim Torfinn und Hu Marwin waren da, die zu den ersten gehört hatten, die ihm nachritten. Sie hatten sich einer Gruppe wie den ›Kameraden‹ nicht anschließen wollen, als habe die Tatsache, daß sie den Hinterhalt im Wasserwald nicht miterlebt hatten, eine Kluft zwischen ihnen geöffnet. Elam Dowtry und Dav Ayellin und Ewin Finngar, Hari Coplin und sein Bruder Darl, der alte Bili Congar, Berin Thane, der Bruder des Müllers, und der fette Alhan

Dearn, und Kevrim al'Azar, dessen Enkel bereits erwachsene Söhne hatten, und Tuck Padwhin, der Zimmermann, und …

Perrin zwang sich, mit dem Zählen aufzuhören, und ritt hinüber zu Verin, die unter Tomas' wachsamen Blicken an einem der Katapulte stand. Tomas saß auf seinem Grauen. Die mollige, in Braun gekleidete Aes Sedai musterte Aram einen Augenblick lang, und dann ruhte ihr vogelgleicher Blick auf Perrin. Sie zog eine Augenbraue hoch, als wolle sie fragen, wieso er sie belästige.

»Ich bin ein wenig überrascht, daß Ihr und Alanna noch hier seid«, sagte er zu ihr. »Mädchen aufzuspüren, die das Talent haben, mit der Macht umzugehen, kann ja wohl nicht wert sein, daß man sich dafür umbringen läßt. Genausowenig, wie einen *Ta'veren* als Marionette behalten zu wollen.«

»Tun wir das denn?« Sie faltete die Hände vor dem Bauch und neigte den Kopf nachdenklich zur Seite. »Nein«, fuhr sie schließlich fort, »ich bin nicht der Meinung, daß wir jetzt schon gehen können. Ihr seid ein hochinteressantes Studienobjekt, auf Eure Art genauso interessant wie Rand. Und der junge Mat. Wenn ich mich nur in drei teilen und jedem von Euch Tag und Nacht folgen könnte, selbst wenn ich Euch dazu heiraten müßte.«

»Ich habe bereits eine Frau.« Es war ein eigenartiges Gefühl, das zu sagen. Eigenartig und gut. Er hatte eine Frau, und sie war in Sicherheit.

Dann zerschlug sie den porzellangleich erstarrten Augenblick des Schwelgens. »Ja, das stimmt. Aber Ihr wißt überhaupt nicht, was es bedeutet, mit Zarene Bashere verheiratet zu sein, oder?« Sie faßte nach oben und drehte die Axt in ihrer Schlaufe am Gürtel ein wenig herum. Sie musterte die Waffe genau. »Wann werdet Ihr die aufgeben und statt dessen den Hammer wählen?«

Er sah die Aes Sedai mit großen Augen an, richtete Traber einen Schritt nach rückwärts aus und nahm ihr die Axt aus der Hand, bevor ihm das selber bewußt war. Was es *bedeutete,* mit Faile verheiratet zu sein? Die Axt aufgeben? Was meinte sie damit? Was wußte sie?

»ISAM!« Das kehlige Brüllen erhob sich wie Donnerhall, und die Trollocs erschienen, jeder um die Hälfte größer und doppelt so breit wie ein Mann. So trabten sie auf das freie Feld und blieben außerhalb der Schußweite der Bögen stehen, eine dräuende, schwarzgerüstete Masse, viele Reihen tief. So umgaben sie das ganze Dorf. Tausende von ihnen standen dichtgedrängt da draußen. Die großflächigen Gesichter waren durch Schnäbel oder Schnauzen verunstaltet; auf den Köpfen saßen Hörner oder gefiederte Kämme, an den Ellbogen und auf den Schultern wuchsen Dornen. In den Händen hielten sie sichelähnlich gekrümmte Schwerter und Dornenäxte, Speere mit Widerhaken und dornenbewehrte Dreizacke. Es war ein scheinbar endloses Meer grausamer Waffen. Dahinter galoppierten Myrddraal auf und ab, auf ihren Mitternachtspferden und mit ihren rabenschwarzen Umhängen, die völlig unbeweglich herabhingen, auch wenn sie die Pferde herumwirbeln ließen.

»ISAM!«

»Interessant«, murmelte Verin.

Perrin hielt das nicht gerade für den richtigen Ausdruck. Dies war das erste Mal, daß die Trollocs etwas Verständliches geschrien hatten. Er hatte allerdings keine Ahnung, was es bedeutete.

So strich er das Hochzeitsband glatt und zwang sich dazu, ganz ruhig zur Mitte der Reihen der Männer zu reiten. Die Kameraden formierten sich hinter ihm. Der leichte Wind breitete die Flagge mit dem roten Wolfskopf aus. Aram hielt sein blankes Schwert mit beiden Händen. »Seid bereit!« rief Perrin. Seine Stimme klang beherrscht und ruhig, was er selbst kaum glauben konnte.

»ISAM!« Und die schwarze Flut schwappte unter wortlosem Heulen vorwärts.

Faile war in Sicherheit. Nichts anderes spielte eine Rolle. Er wollte die Gesichter der Männer zu seinen Seiten nicht sehen. Er hörte, wie aus dem Süden das gleiche Heulen erklang. Von beiden Seiten gleichzeitig. Das hatten sie noch nie zuvor versucht. Faile war in Sicherheit. »Auf vierhundert Schritt...!« Die Reihen entlang hoben sich die Bögen. Näher rückte die heulende Masse. Die langen, kräftigen Beine legten die Entfernung schnell zurück. Näher. »Schießt!«

Das Surren der Bogensehnen ging im Brüllen der Trollocs unter, aber ein von Gänsefedern gelenkter Hagelschauer erhob sich in den Himmel und stürzte sich auf die schwarzgerüstete Horde. Steine aus den Katapulten explodierten wie Feuerbälle, und scharfe Splitter fetzten in die kochende Masse. Trollocs stürzten. Perrin sah sie fallen, sah, wie sie von Stiefeln und Hufen niedergetrampelt wurden. Selbst ein paar Myrddraal stürzten. Doch die Flutwelle ergoß sich weiter, schloß die Lücken und schien überhaupt nicht abzunehmen.

Es war nicht nötig, eine weitere Salve anzuordnen. Die zweite folgte, so schnell die Männer nur die Pfeile auflegen und abschießen konnten. Ein zweiter Schauer von Hammerkopfpfeilen surrte los, bevor noch der erste eingeschlagen hatte. Dann folgte der dritte, der vierte, der fünfte. Feuer explodierte unter den Trollocs, so schnell man die Katapulte neu spannen konnte. Verin galoppierte von einem Katapult zum anderen und beugte sich jeweils tief aus dem Sattel hinunter. Und die mächtigen, brüllenden Gestalten rannten weiter, heulten Worte in einer Sprache, die Perin nicht verstand, schrien nach Blut, nach Menschenblut und Menschenfleisch. Die Männer, die hinter den Pfählen kauerten, machten sich bereit und hoben ihre Waffen.

In Perrins Innerem breitete sich Kälte aus. Er konnte erkennen, daß der Boden hinter der Trollocwelle bereits mit Toten und Sterbenden übersät war, und doch schien es, als seien es kaum weniger geworden. Traber tänzelte nervös, aber er konnte das leise Wiehern des Braunen durch das Geheul der Trollocs nicht hören. Die Axt befand sich plötzlich in seiner Hand. Die Sonne glänzte auf der langen, halbmondförmigen Schneide und dem dicken Dorn. Noch nicht einmal Mittag. *Mein Herz gehört auf ewig dir, Faile.* Diesmal, so glaubte er, würden die Pfähle nicht ausreichen…

Die vorderste Reihe der Trollocs verlangsamte nicht einmal den Schritt und rannte gegen die spitzen Pfähle an. Die Gesichter mit ihren Schnauzen und Schnäbeln verzerrten sich unter Schmerzschreien. Die Trollocs heulten, als sie aufgespießt wurden, von den von hinten nachdrückenden riesigen Gestalten getrieben, die über sie hinwegstiegen. Einige fielen zwischen die Pfähle, doch sie wurden von anderen ersetzt, immer wieder von neuen. Eine letzte Salve von Pfeilen aus kürzester Entfernung schlug in die Körper ein, und danach war es den Speeren und Hellebarden und improvisierten Waffen überlassen, auf die hoch aufragenden schwarzen Gestalten einzuschlagen und einzustechen. Manche fielen, während die Bogenschützen so gut wie möglich über die Köpfe ihrer Freunde hinweg auf die unmenschlichen Gesichter schossen. Die Jungen schossen, so gut sie konnten, von den Dächern herunter in das Gewirr von Wahnsinn und Tod und ohrenbetäubenden Schreien und Brüllen und Heulen. Langsam, aber unaufhaltsam wichen die Reihen der Männer von den Zwei Flüssen an einzelnen Stellen zurück. An einem Dutzend Stellen bog sich die Kampflinie nach innen. Wenn sie brach, irgendwo…

»Zurückweichen!« brüllte Perrin. Ein Trolloc mit Eberschnauze, der bereits blutete, drängte sich durch die Reihen der Männer. Er kreischte und schlug mit seinem dicken Krummschwert zu. Perrins Axt spaltete ihm den Schädel bis zur Schnauze. Traber versuchte, sich aufzubäumen und wieherte lautlos in dem ohrenbetäubenden Lärm. »Zurückweichen!« Darl Coplin fiel. Er umklammerte seinen von einem unterarmdicken Speer durchbohrten Schenkel. Der alte Bili Congar bemühte sich, ihn nach hinten zu schleifen, während er ungeschickt mit einer Saufeder fuchtelte. Hari Coplin schwang seine Hellebarde, um seinen Bruder zu verteidigen. Den Mund hatte er zu einem unhörbaren Schrei aufgerissen. »Zurück zwischen die Häuser!«

Er war sich nicht sicher, ob andere den Befehl gehört und weitergegeben hatten oder ob es lediglich der massive Druck der Trollocs war, aber langsam, einen Schritt nach dem anderen, wichen die Menschen zurück. Loial schwang seine blutigen Äxte wie Dreschflegel. Sein breiter Mund war verzerrt. Neben dem Ogier stach Bran grimmig mit seinem Speer ein ums anderemal zu. Er hatte seine Stahlkappe verloren und Blut rann durch seinen lichten, grauen Haarkranz. Von seinem Hengst aus hielt Tomas Verin den Rücken frei. Ihr Haar flog wild herum, ihr Pferd hatte sie verloren, doch aus ihren Händen flogen Feuerbälle und jeder getroffene Trolloc explodierte, als habe man ihn zuvor in Öl getränkt. Nicht genug, um durchzuhalten. Die Männer der Zwei Flüsse schoben sich langsam rückwärts. Perrin hielt seinen Platz auf Traber mitten drinnen. Gaul und Chiad kämpften Rücken an Rücken. Sie hatte nur einen Speer übrig, und er schlitzte und stach mit seinem schweren Messer zu. Zurück. Im Westen und Osten waren die Männer von den Verteidigungslinien ausgeschwärmt und versuchten mit einem Pfeilhagel die Trollocs daran zu hindern, sie hier zu umgehen und einzuschließen. Nicht genug. Zurück.

Plötzlich versuchte eine riesenhafte Gestalt mit Hammelhörnern, Perrin aus dem Sattel zu reißen und hinter ihm aufzusteigen. Wild um sich schlagend, brach Traber unter dieser vereinigten Last zusammen. Perrins eines Bein wurde eingeklemmt und war dem Brechen nah. Er mühte sich ab, seine Axt herumzubekommen, und gleichzeitig Hände, größer als die von Ogiern, von seiner Kehle fernzuhalten. Der Trolloc kreischte auf, als Arams Schwert in seinen Nacken schnitt. In dem Moment, als er über Perrin zusammenbrach und sein Blut nach allen Seiten verspritzte, wirbelte Aram geschmeidig herum und rammte einem weiteren Trolloc sein Schwert in die Magengrube.

Perrin stöhnte vor Schmerz und trat sich den Weg frei. Traber kam wieder auf die Füße, aber an ein Aufsteigen war nicht zu denken. Er konnte gerade noch zur Seite rollen, bevor die Hufe eines schwarzen Pferdes dort aufstampften, wo sich eben sein Kopf befunden hatte. Das bleiche, augenlose Gesicht des Blassen war wie eine wutverzerrte Grimasse. Der Halbmensch beugte sich aus dem Sattel, als Perrin versuchte, sich aufzurichten. Das todschwarze Schwert fuhr durch die Luft und berührte noch seine Haare, doch Perrin hatte sich rechtzeitig fallen lassen. In einer Mischung aus Zorn und Todesangst schwang er seine Axt und hackte dem Pferd eines der Beine ab. Pferd und Reiter stürzten gemeinsam. Noch als sie fielen, vergrub er seine Axt dort, wo sich die Augen des Halbmenschen befinden sollten.

Er riß die Klinge rechtzeitig heraus, um beim Aufblicken Daise Congars Mistgabel in den Hals eines Trollocs mit einer Ziegenschnauze fahren zu sehen. Der packte wohl den langen Schaft mit einer Hand und stieß mit einer Harpune zu, die er in der anderen hielt, doch Marin al'Vere trennte ihm gelassen mit einem Schlag ihres Fleischerbeils ein Bein ab. Als das nachgab, durchhackte sie genauso kaltschnäuzig das Genick des Trollocs. Ein anderer hob Bode Cauthon an ihrem Zopf in die Luft. Ihr Mund war zu einem entsetzten Schrei aufgerissen, doch sie schmetterte ihr Beil in seine vom

Schuppenpanzer geschützte Schulter, und im gleichen Moment rammte ihre Schwester Eldrin ihre Saufeder durch die Brust des Trollocs. Neysa Ayellin mit ihrem grauen Zopf gab ihm mit ihrem dicken Metzgermesser den Rest.

Soweit Perrin die Kampflinie zu beiden Seiten beobachten konnte – überall befanden sich auch die Frauen im Getümmel. Ihre Anzahl war der einzige Grund dafür, warum sie dem Angriff immer noch standhielten, obwohl sie beinahe bis zu den Häusern zurückgewichen waren. Frauen zwischen den Männern, Schulter an Schulter mit ihnen, einige davon nicht mehr als Mädchen, aber andererseits hatten sich auch einige dieser ›Männer‹ noch nie rasiert. Ein paar würden dazu auch nie mehr Gelegenheit haben. Wo waren die Weißmäntel? *Die Kinder!* Wenn die Frauen hier waren, war niemand da, der die Kinder wegbringen konnte. *Wo sind die verdammten Weißmäntel?* Wenn sie jetzt kämen, würden sie ihnen wenigstens ein paar Minuten mehr erkaufen. Ein paar Minuten, um die Kinder wegzubringen.

Ein Junge – es war der gleiche dunkelhaarige Botenjunge, der letzten Abend zu ihm gekommen war – packte ihn am Arm, als er sich umwandte, um nach den ›Kameraden‹ zu sehen. Die ›Kameraden‹ mußten den Kindern einen Weg hinaus bahnen. Er würde sie wegschicken und hier alles tun, was ihm möglich war. »Lord Perrin!« schrie der Junge durch den ohrenbetäubenden Lärm. »Lord Perrin!«

Perrin versuchte, ihn abzuschütteln, und dann schnappte er ihn einfach und klemmte den zappelnden kleinen Burschen unter einen Arm. Er gehörte zu den anderen Kindern. Die ›Kameraden‹ hatten sich aufgeteilt und eine Reihe von Haus zu Haus gebildet. Ban und Tell und die anderen schossen vom Sattel aus über die Köpfe der Männer und Frauen hinweg. Wil hatte den Flaggenstock in den Boden gerammt, damit er beide Hände für den Bogen frei hatte. Irgendwie hatte Tell es fertiggebracht, Traber einzufangen und die Zügel des Braunen an seinen Sattel zu binden. Der Junge konnte auf Traber mitreiten.

»Lord Perrin! Hört bitte zu! Herr al'Thor sagt, jemand greift die Trollocs an! Lord Perrin!«

Perrin befand sich auf halbem Weg zu Tell und humpelte seines lädierten Beins wegen, als ihm die Worte ins Bewußtsein drangen. Er steckte den Schaft der Axt durch die Gürtelschlaufe und wuchtete den Jungen so an den Schultern herum, daß er ihm ins Gesicht sehen konnte. »Sie angreifen? Wer?«

»Ich weiß nicht, Lord Perrin. Meister al'Vere sagte mir, er glaubte, gehört zu haben, wie jemand schrie: ›Devenritt!‹«

Aram ergriff Perrins Arm und deutete wortlos mit seinem blutigen Schwert. Perrin wandte sich rechtzeitig um, so daß er noch sah, wie ein neuer Pfeilhagel auf die Trollocs herniederprasselte. Vom Norden her. Und ein weiterer Schwarm hob sich gerade in den Himmel, um seinen tödlichen Bogen zu beschreiben.

»Geh zurück zu den anderen Kindern«, sagte er und setzte den Jungen ab. Er mußte nach oben, wo er besser sehen konnte. »Geh! Du hast deine Sache gut gemacht, Junge!« rief er noch, als er schwerfällig zu Traber rannte. Der kleine Bursche eilte grinsend ins Dorf zurück. Jeder Schritt ließ den Schmerz erneut durch Perrins Bein zucken. Vielleicht war das Ding wirklich gebrochen? Er hatte keine Zeit, sich darüber Gedanken zu machen.

Er griff sich die Zügel, die ihm Tell zuwarf, und zog sich hoch in den Sattel. Und dann fragte er sich, ob er nur sehe, was er zu sehen wünschte, statt dessen, was wirklich da war.

Am Rand der ehemaligen Felder stand unter einer Flagge mit einem roten Adler eine lange Reihe von Männern in Bauernkleidung. Sie schossen ganz methodisch ihre Pfeile ab. Und neben der Flagge saß Faile in Schwalbes Sattel und Bain stand an ihrem Steigbügel. Es mußte Bain sein hinter dem schwarzen Schleier, und Failes Gesicht konnte er ganz deutlich erkennen. Sie wirkte erregt, angsterfüllt, erschrocken über den Anblick und doch vor Leben sprühend. Sie sah wunderschön aus.

Die Myrddraal bemühten sich, einige der Trollocs auf die Gefahr von hinten aufmerksam zu machen und einen Angriff auf die Männer aus Wachhügel oder Devenritt zu führen, aber das war umsonst. Selbst die Trollocs, die sich dorthin wandten, fielen, bevor sie fünfzig Schritt zurückgelegt hatten. Ein Blasser und sein Pferd stürzten, nicht durch Pfeile getroffen, sondern unter dem Ansturm der entsetzten Trollocs. Jetzt rannten die Trollocs zurück, völlig verwirrt und angsterfüllt. Sie flohen vor den Pfeilen von beiden Seiten her, denn sobald die Männer aus Emondsfeld genug Platz hatten, schossen auch sie wieder, was sie konnten. Trollocs fielen und Myrddraal gingen in der Masse unter. Es war ein einziges Schlachten geworden, aber Perrin bemerkte es kaum. Faile.

Der gleiche Junge erschien wieder an seinem Steigbügel. »Lord Perrin!« schrie er. Er mußte auch schreien, um über all den Lärm hinweg hörbar zu sein, denn die Männer und Frauen schrien erleichtert und jubelten, als die letzten der Trollocs fielen, die es noch nicht bis außerhalb der Bogenschußweite geschafft hatten. Nicht viele hatten es geschafft, wie Perrin meinte, aber andererseits war er kaum fähig, zu denken. Faile. Der Junge zupfte an seinem Hosenbein. »Lord Perrin! Meister al'Vere bestellt Euch, daß die Trollocs fliehen. Und sie schreien tatsächlich ›Devenritt‹! Die Männer meine ich. Ich habe es selbst gehört!«

Perrin bückte sich und strich dem Jungen über den Lockenkopf. »Wie heißt du, Junge?«

»Jaim Aybara, Lord Perrin. Ich bin Euer Cousin, glaube ich. So 'ne Art von Cousin jedenfalls.«

Perrin schloß die Augen einen Moment lang, damit ihm keine Tränen herausrollten. Als er sie wieder öffnete, zitterte seine Hand auf dem Schopf des Jungen immer noch. »Also, Cousin Jaim, erzähle deinen Kindern vom heutigen Tag. Und erzähle es deinen Enkeln und deren Kindern.«

»Ich werde keine haben«, sagte Jaim halsstarrig. »Mädchen sind schrecklich. Sie lachen einen aus, und sie wollen nichts machen, was sich lohnt, und überhaupt versteht man nicht, was sie sagen.«

»Ich glaube, eines Tages wirst du merken, daß sie alles andere als schrecklich sind. Einiges wird sich nicht ändern, aber das schon.« Faile.

Jaim blickte zweifelnd drein, aber dann erhellte sich seine Miene und ein breites Grinsen überzog sein Gesicht. »Wartet nur, bis ich Had erzähle, daß mich Lord Perrin Cousin genannt hat!« Und er schoß davon, um Had zu berichten, der eines Tages auch Kinder haben würde, genau wie die anderen Jungen. Die Sonne stand senkrecht über ihnen. Eine Stunde vielleicht. Es hatte nicht mehr als eine Stunde gedauert. Er hatte das Gefühl, es habe ein ganzes Leben lang gedauert.

Traber trat vor, und ihm wurde bewußt, daß er ihn mit den Fersen angetrieben haben mußte. Jubelnde Menschen machten dem Braunen Platz, und doch hörte er sie kaum. Es gab große Lücken unter den Pfählen, wo sie einfach durch den Druck der Trolloc-Körper abgebrochen waren. Er ritt durch eine der Lücken über einen Hügel aus toten Trollocs und bemerkte es überhaupt nicht. Mit Pfeilen gespickte Trollocleichen pflasterten den Boden draußen, und hier und da schlug ein von unzähligen Hammerköpfen durchbohrter Blasser noch immer um sich. Er sah nichts davon. Er hatte nur Augen für eines: Faile.

Sie ritt aus der Gruppe der Männer von Wachhügel heraus, hielt noch einmal an, wohl, um Bain zu sagen, sie solle zurückbleiben, und dann ritt sie ihm entgegen.

Sie ritt so elegant, als sei die schwarze Stute ein Teil von ihr, schlank und aufrecht. Sie lenkte Schwalbe eher durch Schenkeldruck als durch die Zügel, die sie so selbstverständlich in der Hand hielt. Das rote Hochzeitsband war immer noch in ihr Haar eingeflochten und die Enden hingen ihr über die Schultern herab. Er mußte Blumen für sie auftreiben.

Einen Augenblick lang musterten ihn diese schrägstehenden Augen. Ihr Mund ... Bestimmt konnte sie sich doch ihm gegenüber nicht unsicher fühlen, doch sie roch danach. »Ich sagte ja, ich würde gehen«, brachte sie schließlich mit hocherhobenem Kopf hervor. Schwalbe tänzelte mit kokett gekrümmtem Hals zur Seite, doch Faile brachte die Stute beinahe unbewußt wieder zum Stillstand. »Ich sagte nicht, wie weit weg. Du kannst nicht behaupten, ich hätte dir etwas anderes versprochen.«

Er brachte nichts heraus. Sie war so schön. Er wollte sie einfach nur ansehen, sie so schön, so sprühend vor Leben an seiner Seite sehen. Ihre Witterung war die von sauberem Schweiß, vermischt mit ein wenig Duft nach Kräuterseife. Er konnte sich nicht entscheiden, ob er lachen oder weinen sollte. Vielleicht beides auf einmal. Er hätte am liebsten all ihren Duft in sich aufgesogen.

Sie runzelte die Stirn und sprach weiter: »Sie standen bereit, Perrin. Sie waren wirklich zum Kampf bereit. Ich mußte kaum etwas zu ihnen sagen, um sie zum Mitkommen zu überreden. Die Trollocs hatten sie kaum belästigt, aber sie hatten sehr wohl die Rauchwolken gesehen. Wir haben den Weg so schnell zurückgelegt, wie es nur ging, Bain und ich, und haben Wachhügel eine Weile vor Tagesanbruch erreicht. Bei Sonnenaufgang sind wir schon wieder nach hier aufgebrochen.« Aus ihrem angespannten Gesichtsausdruck wurde ein breites Lächeln, erwartungsvoll und stolz zugleich. Was für ein schönes Lächeln. Ihre dunklen Augen funkelten. »Sie gehorchten und folgten mir, Perrin. Sie gehorchten mir! Selbst Tenobia hat noch nie Männer in die Schlacht geführt. Sie wollte einmal, als ich acht war, doch Vater nahm sie sich unter vier Augen in ihren Gemächern vor, und als er zur Fäule losritt, blieb sie zu Hause.« Mit bedauerndem Lächeln fügte sie hinzu: »Ich glaube, du und ich, wir benützen manchmal die gleichen Methoden. Tenobia hat ihn verbannt, doch sie war erst sechzehn und der Rat der Lords hat es nach ein paar Wochen geschafft, sie umzustimmen. Sie wird grün vor Neid, wenn ich es ihr erzähle.« Wieder hielt sie inne, und diesmal holte sie tief Luft und stützte eine Faust auf die Hüfte. »Hast du mir denn nichts zu sagen?« wollte sie ungeduldig wissen. »Willst du nur hier wie ein haariger Klumpen herumsitzen? Ich habe nie gesagt, daß ich die Zwei Flüsse verlassen werde. Du hast das gesagt, aber ich nicht. Du hast kein Recht, wütend zu sein, weil ich nicht getan habe, was ich auch nie versprochen hatte. Und überhaupt du! Schickst mich weg, weil du glaubst, du wirst sterben! Ich bin zurückgekommen, weil ...«

»Ich liebe dich.« Das war alles, was er herausbrachte, aber seltsamerweise schien es zu genügen. Er hatte kaum ausgesprochen, da lenkte sie Schwalbe nahe genug heran, legte einen Arm um ihn und drückte ihr Gesicht an seine Brust. Sie schien ihn entzweidrücken zu wollen. Er strich ihr sanft über das dunkle Haar, fühlte, wie seidig es war, fühlte sie ganz und gar.

»Ich hatte solche Angst, ich würde zu spät kommen«, sagte sie in sein Wams hinein. »Die Männer aus Wachhügel marschierten, so schnell sie konnten, aber als wir ankamen und ich sah, daß die Trollocs bereits zwischen den Häusern kämpften, so viele von ihnen, als wollten sie das Dorf wie eine Lawine überrollen, und ich konnte dich nicht sehen ...« Sie atmete zittrig ein und dann langsam wieder aus. Als sie weitersprach, klang ihre Stimme ruhiger. Ein wenig. »Sind die Männer aus Devenritt gekommen?«

Er fuhr zusammen, und seine Hand hielt über ihrem Haar inne. »Ja, sind sie. Woher weißt du das? Hast du etwa auch dafür gesorgt?« Sie begann zu zittern und er brauchte einen Moment lang, um zu bemerken, daß sie lachte.

»Nein, mein Herz, obwohl ich das bestimmt getan hätte, wäre es mir möglich gewesen. Als dieser Mann mit seiner Botschaft kam – ›Wir kommen‹ –, glaubte ich – hoffte ich –, daß es das zu bedeuten habe.« Sie zog ihr Gesicht ein wenig zurück und blickte ernst zu ihm auf. »Ich konnte es dir nicht sagen, Perrin. Ich konnte deine Hoffnung nicht wecken, auf eine bloße Ahnung von mir hin. Es wäre grausam gewesen, falls … Sei mir nicht böse, Perrin.«

Lächelnd hob er sie aus dem Sattel und setzte sie quer vor sich ab. Sie protestierte lachend und reckte sich über das hohe Sattelhorn, um beide Arme um ihn zu schlingen. »Ich werde nie, nie auf dich böse sein, das schw …« Sie unterbrach ihn, indem sie eine Hand auf seinen Mund legte.

»Mutter sagt, das Schlimmste, was Vater ihr jemals angetan hat, war, ihr zu schwören, daß er ihr niemals böse sein werde. Sie brauchte ein Jahr, bis sie ihn so weit hatte, daß er es zurücknahm, und sie sagt, daß er in dieser Zeit einfach unausstehlich war, weil er alles in sich hineinfraß. Du *wirst* böse auf mich sein, Perrin, und ich auf dich. Wenn du mir noch ein Heiratsversprechen geben willst, dann versprich mir, daß du es nicht zurückhalten wirst, wenn du mir böse bist! Ich kann nichts gegen Dinge unternehmen, von denen du mir nichts sagst, mein Gatte. Mein Gatte«, wiederholte sie in zufriedenem Tonfall, wobei sie sich an ihn drückte. »Der Klang gefällt mir.«

Er bemerkte, daß sie ihm nicht versprochen hatte, sie werde ihn immer wissen lassen, wenn *sie* ihm böse sei. Seinen bisherigen Erfahrungen nach würde er das selbst herausbekommen müssen, jedenfalls in der

Hälfte aller Fälle. Und sie versprach auch nicht, keine Geheimnisse mehr vor ihm zu haben. Aber in diesem Moment spielte das keine Rolle, solange sie nur bei ihm war. »Ich werde dich wissen lassen, wenn ich böse auf dich bin, meine Frau«, versprach er. Sie sah ihn ein wenig mißtrauisch an, als sei sie nicht sicher, wie das zu verstehen war. *Du wirst sie niemals richtig verstehen lernen, Cousin Jaim, aber es wird dir gleich sein.*

Mit einemmal wurde er der toten Trollocs in ihrer Umgebung gewahr, wie ein schwarzes Feld, das mit federgespickten Unkräutern überwuchert war. Die zukkenden Myrddraal weigerten sich immer noch, endgültig zu sterben. Langsam ließ er Traber wenden. Ein Schlachthof, übersät von den Leichen der Schattenabkömmlinge, erstreckte sich Hunderte von Schritten in jede Richtung. Es hüpften bereits Krähen herum, und über ihnen kreiste ein ganzer Schwarm von Geiern. Aber keine Raben. Und Jaims Worten nach sah es im Süden genauso aus. Er konnte den Beweis an den Geiern ablesen, die auch dort jenseits des Dorfes kreisten. Nicht genug, um Deselle oder Adora oder den kleinen Paet zu rächen, und … und … und … Nicht genug. Es würde niemals reichen. Nichts konnte sie jemals wiederbringen. Er umarmte Faile so hart, daß sie stöhnte, aber als er schnell nachließ, schlang sie ihre Arme um ihn und packte ihn genauso hart wie er zuvor sie. Sie würde immer reichen.

Die Menschen strömten aus Emondsfeld heraus. Bran hinkte und benützte seinen Speer als Krückstock; Marin lächelte und hatte einen Arm um ihn gelegt; Daise wurde von ihrem Mann Wit in den Arm genommen und Gaul und Chiad kamen Hand in Hand mit abgehängten Schleiern einher. Loials Ohren hingen erschöpft herunter, Tam hatte ein blutiges Gesicht, und Flann Lewin konnte nur mit Hilfe seiner Frau Adine überhaupt stehen. Beinahe jeder blutete und hatte sich irgendwelche Wunden notdürftig verbinden lassen.

Aber sie kamen in immer größerer Anzahl heraus, Elam und Dav, Ewin und Aram, Eward Candwin und Buel Dowtry, Hu und Tad, die Stallburschen der Weinquellenschenke, Ban und Tell und die anderen der ›Kameraden‹, immer noch mit ihrer Flagge. Diesmal sah er vor sich nicht die fehlenden Gesichter, sondern nur die, die immer noch da waren. Verin und Alanna auf ihren Pferden, und Tomas und Ihvon ritten dicht hinter ihnen. Der alte Bili Congar fuchtelte mit einem Krug herum, in dem sicherlich Bier war, oder vielleicht auch Schnaps; Cenn Buie wirkte genauso verknorzt wie immer, wenn er auch ziemlich verschrammt aussah. Jac al'Seen hatte einen Arm um seine Frau gelegt, und um ihn herum hatte sich seine ganze Familie versammelt, die Söhne und Töchter mit ihren Ehefrauen und Ehemännern. Raen und Ila, immer noch mit den Babies auf den Rücken. Mehr. Andere Gesichter kannte er überhaupt nicht: Männer, die aus Devenritt und von den Höfen dort unten stammen mußten. Jungen und Mädchen rannten lachend durch das Gewühl.

Sie schwärmten nach beiden Seiten aus und bildeten zusammen mit den Männern aus Wachhügel einen großen Kreis, in dessen Mitte sich er und Faile befanden. Jeder mied die sterbenden Blassen, aber es war, als sähen sie die überall herumliegenden Schattenabkömmlinge gar nicht. Sie hatten nur Augen für das Paar auf Traber. Sie beobachteten sie schweigend, bis Perrin nervös wurde. *Warum sagt denn niemand etwas? Warum starren sie uns so an?*

Die Weißmäntel erschienen. Sie ritten langsam in einer langen, schimmernden Viererkolonne aus dem Dorf, Dain Bornhald zusammen mit Jaret Byar an der Spitze. Jeder weiße Umhang leuchtete, als sei er frisch gewaschen. Jede Lanze stand genau im gleichen Winkel nach oben. Mürrisches Gemurmel erhob sich, aber die Menschen wichen aus und ließen sie in den Kreis hinein.

Bornhald hob eine im Handschuh steckende Hand und ließ die Kolonne anhalten. Es klimperte und die Sättel knarrten. Er blickte Perrin an. »Es ist vollbracht, Schattenabkömmling.« Byars Mund bebte, als wolle er Perrin anknurren, doch Bornhalds Gesichtsausdruck änderte sich nicht und er erhob auch die Stimme keineswegs: »Die Trollocs hier sind besiegt. Also werde ich Euch unserer Einigung gemäß als Schattenfreund und Mörder festnehmen.«

»Nein!« Faile wand sich herum und blickte Perrin mit zornigen Augen an. »Was meint er damit: Eurer Einigung gemäß?«

Ihre Worte gingen fast im allgemeinen Geschrei von allen Seiten unter: »Nein! Nein!« und »Ihr werdet ihn nicht bekommen!« und »Goldauge!« ertönte es.

Perrin behielt Bornhald im Auge, hob eine Hand, und langsam senkte sich Schweigen über die Menge. Als alles ruhig war, sagte er: »Ich sagte, ich würde keinen Widerstand leisten, wenn Ihr uns helft.« Es überraschte ihn, wie ruhig seine Stimme klang, obwohl in seinem Inneren eine kalte Wut tobte. »Wenn Ihr uns *helft,* Weißmantel! Wo wart Ihr, als wir Euch brauchten?« Der Mann antwortete nicht.

Daise Congar trat aus dem sie umgebenden Kreis, und mit ihr kam Wit, der ihre Hand hielt, als wolle er sie nie wieder loslassen. Aber auch ihr kräftiger Arm lag um Wits Schultern. Sie gaben schon ein eigenartiges Bild ab: Sie war einen Kopf größer und hielt ihren kleineren Ehemann im Arm, als wolle sie ihn beschützen. Ihre verlängerte Mistgabel stellte sie energisch auf den Boden. »Sie waren auf dem Anger«, verkündete sie laut, »schön aufgereiht und herausgeputzt wie Mädchen, die am Sonnentag zum Tanz gehen. Sie haben sich nicht gerührt. Deshalb sind wir Frauen gekommen …« Zornige Frauenstimmen murmelten zustimmend. »… als wir sahen, daß sie Euch überrennen würden. Sie saßen lediglich untätig hier herum!«

Bornhald wandte den Blick keinen Augenblick von Perrin. Er zuckte nicht einmal mit der Wimper. »Habt Ihr geglaubt, ich würde Euch vertrauen?« höhnte er. »Euer Plan ist nur fehlgeschlagen, weil diese anderen ankamen – ja? –, und daran hattet Ihr keinen Anteil.« Faile rührte sich, doch ohne seinerseits den Blick von dem Mann zu wenden, legte Perrin einen Finger auf ihren Mund, als sie ihn öffnen wollte. Sie biß zu – fest –, sagte aber nichts. Endlich wurde Bornhalds Stimme lauter. »Ich werde Euch hängen sehen, Schattenabkömmling. Ich werde Euch hängen sehen, gleich, was ich dafür tun muß! Ich werde dafür sorgen, daß Ihr sterbt, und wenn die ganze Welt dafür brennt!« Das letzere schrie er. Byars Schwert glitt eine Handbreit aus der Scheide. Ein kräftig gebauter Weißmantel hinter ihm, der Perrins Erinnerung nach Farran hieß, zog sein Schwert ganz heraus, wobei er erfreut lächelte – ein krasser Gegensatz zu Byars wütender Grimasse.

Sie erstarrten jedoch, als es in den vielen Köchern klapperte und Pfeile herausgezogen und aufgelegt wurden. Im ganzen Kreis hoben sich die Langbögen, und jeder Hammerkopfpfeil zeigte auf einen Weißmantel. Die ganze breite Kolonne entlang knarrten die Sättel, als sich die Männer nervös bewegten. Bornhald zeigte kein Anzeichen von Furcht, und er roch auch nicht danach. Seine Witterung bestand praktisch nur aus Haß. Sein fiebriger Blick huschte über die Reihen der Menschen von den Zwei Flüssen, die seine Truppe umstanden, und kehrte dann genauso hitzig und haßerfüllt zu Perrin zurück.

Perrin machte eine Bewegung nach unten, und die Bogensehnen wurden zögernd entspannt, die Bögen langsam gesenkt. »Ihr wolltet nicht helfen.« Seine Stimme klang wie kalter Stahl, hart wie ein Amboß. »Seit Ihr an die Zwei Flüsse kamt, war alle Hilfe, die Ihr geleistet habt, mehr oder weniger zufällig. Es war Euch im Grunde gleich, ob die Menschen obdachlos oder gar getötet wurden, solange Ihr nur jemanden finden konntet, den Ihr als Schattenfreund bezeichnet.« Bornhald schauderte, obwohl sein Blick immer noch glühte. »Es ist höchste Zeit für Euch, zu gehen. Nicht nur aus Emondsfeld. Es ist höchste Zeit für Euch, Eure Truppe zu sammeln und die Zwei Flüsse zu verlassen. Jetzt gleich, Bornhald. Ihr werdet jetzt abreiten.«

»Ich *werde* dafür sorgen, daß Ihr eines Tages hängt«, sagte Bornhald leise. Er riß seine Hand nach oben und gab der Kolonne das Zeichen, ihm zu folgen. Dabei trat er seinem Pferd in die Flanken, als wolle er Perrin überreiten.

Perrin richtete Traber zur Seite aus. Er wollte, daß diese Männer wegritten. Es sollte kein Blutvergießen mehr geben. Sollte der Mann doch seinen Trotz öffentlich zeigen.

Bornhald wandte sich nicht mehr um, doch der hohlwangige Byar warf ihm schweigend noch einen haßerfüllten Blick zu. Farran dagegen sah ihn irgendwie bedauernd an, aus welchem Grund auch immer. Die anderen blickten stur geradeaus, als sie mit klimperndem Sattelzeug und Hufgeklapper vorbeiritten. Schweigend öffnete sich der Kreis und ließ sie in Richtung Norden hinausreiten.

Eine Gruppe von zehn oder zwölf Männern schritt auf Perrin zu, während noch die letzten Weißmäntel vorbeiritten. Einige davon trugen völlig unpassende Teile alter Rüstungen, und alle grinsten nervös. Er erkannte keinen von ihnen. Ein Bursche mit ledrigem Gesicht und breiter Nase schien ihr Anführer zu sein. Sein Graukopf war bloß, doch ein rostiges Kettenhemd hing ihm bis an die Knie herunter. Drunter trug er offensichtlich ein Bauernhemd, dessen Kragen oben noch herausschaute. Er verbeugte sich ungeschickt über seinen Bogen. »Jerinvar Barstere, Lord Perrin. Man nennt mich Jer.« Er sprach hastig, als habe er Angst, unterbrochen zu werden. »Entschuldigt, daß ich Euch belästige.

Einige von uns werden die Weißmäntel ein Stück begleiten und überwachen, wenn es Euch recht ist. Viele von uns möchten nach Hause, auch wenn wir kaum vor Einbruch der Dunkelheit ankommen werden. In Wachhügel befinden sich noch mal genauso viele Weißmäntel, aber die wollten nicht kommen. Hätten den Befehl, den Posten dort zu halten, sagten sie. Ein Haufen Narren, wenn Ihr mich fragt, und wir sind es wirklich müde, daß sie hier herumlungern, ihre Nasen in die Häuser der Leute stecken und versuchen, den einen dazu zu bringen, daß er den anderen wegen irgendwas denunziert. Wir geleiten sie hinaus, wenn es Euch recht ist.« Er warf Faile einen verschämten Blick zu und duckte sich ein wenig, doch sein Redestrom brach nicht ab. »Verzeiht mir, Lady Faile. Ich wollte Euch und Euren Lord nicht belästigen. Wollte ihn nur wissen lassen, daß wir auf seiner Seite stehen. Eine prachtvolle Frau habt Ihr da, Lord Perrin. Eine prachtvolle Frau. Nichts für ungut, Lady Faile. Also, wir haben noch Tageslicht, und vom Reden werden auch keine Schafe geschoren. Verzeiht, daß ich Euch belästigt habe, Lord Perrin. Verzeihung, Lady Faile.« Er verbeugte sich wieder. Die anderen machten es ihm nach und dann eilten sie, von ihm angetrieben, fort. Er knurrte sie noch im Gehen an: »Nicht der richtige Moment für uns, den Lord und seine Lady zu belästigen. Es ist noch genug zu tun.«

»Wer war denn das?« fragte Perrin noch leicht betäubt von diesem Redestrom. Daise und Cenn zusammen redeten nicht soviel. »Kennst du ihn, Faile? Aus Wachhügel?«

»Meister Barstere ist der Dorfvorsteher von Wachhügel, und die anderen sind die Ratsmitglieder der Gemeinde. Die Versammlung der Frauen von Wachhügel will eine Abordnung mit der Seherin herschicken, sobald es in Sicherheit möglich ist. Um nachzusehen, ob dieser ›Lord Perrin‹ der richtige Mann für die Zwei

Flüsse ist, sagen sie, aber sie wollten alle, daß ich ihnen beibringe, wie man vor dir knickst. Und die Seherin, Edelle Gaelin, bringt dir einige von ihren Apfelkuchen mit.«

»Ach, seng mich«, hauchte er. Es verbreitete sich. Ihm war klar, daß er das von Anfang an hätte energisch unterbinden müssen. »Nennt mich nicht immer so!« rief er den weggehenden Männern nach. »Ich bin ein Schmied! Hört ihr mich? Ein Grobschmied!« Jer Barstere drehte sich um und winkte ihm zu und nickte, bevor er die anderen weitertrieb.

Schnaubend zupfte ihn Faile am Bart. »Du bist ein süßer Narr, mein Lord Schmied. Es ist jetzt zu spät, um noch einmal umzukehren.« Plötzlich wurde ihr Lächeln ausgesprochen spitzbübisch. »Ehemann, gibt es eine Möglichkeit, daß du irgendwann in der nächsten Zukunft einmal mit deiner Frau allein sein wirst? Die Heirat scheint mich schon genauso dreist gemacht zu haben, wie so ein Domaniflittchen. Ich weiß, du mußt müde sein, aber ...« Sie quiekte leicht und klammerte sich an seinem Wams fest, als er Traber in Galopp versetzte und zur Weinquellenschenke zurückritt. Diesmal machten ihm die Jubelrufe der anderen zur Abwechslung gar nichts aus.

»Goldauge! Lord Perrin! Goldauge!«

Vom dicken Ast einer ausladenden Eiche am Rand des Westwalds aus starrte Ordeith nach Emondsfeld hinüber, das etwa eine Meile weiter südlich lag. Es war unmöglich. *Geißelt sie. Häutet sie.* Alles hatte sich doch planmäßig entwickelt. Selbst Isam hatte ihm in die Hände gespielt. *Warum hat der Narr aufgehört, weitere Trollocs herzubringen? Er hätte genug herbringen sollen, daß die ganzen Zwei Flüsse schwarz von ihnen gewesen wären!* Speichel tropfte ihm von den Lippen, doch er bemerkte es gar nicht. Genausowenig wurde ihm bewußt, daß seine Hand an seinem Gürtel herumnestelte. *Ver-*

wüstet ihr Land, bis ihnen das Herz bricht. Pflügt sie schreiend in den Boden! Alles geplant, um Rand al'Thor zu ihm herzulocken. Und nun war es zu diesem Ergebnis gekommen! Die Zwei Flüsse waren nicht einmal angekratzt. Ein paar niedergebrannte Bauernhöfe zählten nicht, genausowenig wie die paar Bauern, die man für die Kochtöpfe der Trollocs geschlachtet hatte. *Ich will, daß die Zwei Flüsse brennen, so brennen, daß sich die Menschen noch in tausend Jahren daran erinnern!*

Er betrachtete die Flagge, die über dem Dorf wehte, und die andere, die gar nicht so weit von ihm entfernt flatterte. Ein roter Wolfskopf auf weißem Feld mit rotem Rand und ein roter Adler. Rot für das Blut, das in den Zwei Flüssen vergossen werden mußte, damit Rand al'Thor heulte. Manetheren. *Das soll wohl die Flagge von Manetheren sein.* Jemand hatte ihnen von Manetheren erzählt, oder? Was wußten diese Narren vom Ruhm Manetherens? *Manetheren. Ja.* Es gab mehr als eine Möglichkeit, sie fertigzumachen. Er lachte so heftig, daß er beinahe von der Eiche fiel, bevor ihm bewußt wurde, daß er sich nicht mehr mit beiden Händen festhielt, daß eine davon den Gürtel an der Stelle gepackt hielt, wo ein Dolch hängen sollte. Das Lachen verzerrte sich zu einem bösartigen Knurren, als er diese Hand anblickte. Was man ihm gestohlen hatte, befand sich in der Weißen Burg. Was ihm gehörte durch ein Recht, das genauso alt war wie die Trolloc-Kriege.

Er ließ sich vom Ast herunterfallen und kletterte auf sein Pferd, bevor er sich nach seinen Begleitern umsah. Seinen Jagdhunden. Die dreißig oder mehr übriggebliebenen Weißmäntel trugen natürlich ihre weißen Umhänge längst nicht mehr. Auf ihren blinden Rüstungen zeigten sich Rostflecken, und Bornhald hätte diese mürrischen, mißtrauischen, ungewaschenen und unrasierten Gesichter nicht mehr erkannt. Die Menschen beobachteten Ordeith mißtrauisch und furchtsam, und sahen den Myrddraal in ihrer Mitte überhaupt nicht an.

Sein leichenblasses augenloses Gesicht wirkte genauso trüb und hölzern wie die ihren. Der Halbmensch befürchtete, daß Isam ihn finden werde. Isam war alles andere als glücklich gewesen, als nach dem Überfall auf Taren-Fähre so viele entkamen, die über die Ereignisse an den Zwei Flüssen berichten konnten. Ordeith kicherte bei dem Gedanken daran, daß Isam beunruhigt war. Um den Mann würde er sich ein andermal kümmern müssen, falls er bis dahin überlebte.

»Wir reiten nach Tar Valon«, fuhr er sie an. Es würde ein schwerer Ritt, wenn sie noch vor Bornhald an der Fähre sein wollten. Manetherens Flagge wurde nach so vielen Jahrhunderten wieder in den Zwei Flüssen gehißt. Wie dieser rote Adler ihn vor so langer Zeit schon verfolgt hatte! »Aber zuerst kommt Caemlyn dran!« *Geißelt sie und häutet sie!* Erst würden die Zwei Flüsse bezahlen und dann Rand al'Thor, und dann …

Lachend galoppierte er nach Norden durch den Wald und blickte nicht einmal zurück, um zu sehen, ob ihm die anderen folgten. Sie würden ihm folgen. Sie hatten jetzt kein anderes Ziel mehr.

KAPITEL 18

Die Stunde der Wahrheit

Die glutflüssige Nachmittagssonne kochte die Wüste und warf Schatten zwischen die Berge im Norden, die jetzt gerade vor ihnen lagen. Die ausgetrockneten Hügel zogen unter Jeade'ens Hufen vorbei; hinauf und hinunter wie über einen Ozean aus gebackenem Lehm, der sich meilenweit hinter ihnen erstreckte. Die Berge hatten Rand in ihren Bann geschlagen, seit sie am Vortag in Sicht gekommen waren. Sie waren nicht von Schnee gekrönt und nicht so hoch wie die Verschleierten Berge, ganz zu schweigen vom Rückgrat der Welt, sondern wirkten wie zerklüftete braune und graue Steinplatten, die an manchen Stellen gelbe oder rote Streifen aufwiesen oder breite Glitzerbänder, die so wild durcheinanderlagen, daß selbst eine Besteigung der Drachenmauer dagegen reizvoll schien. Seufzend setzte er sich im Sattel zurecht und rückte die Schufa gerade, die er zu seinem roten Wams trug. In dieser Bergkette lag Alcair Dal. Bald würde einiges beendet oder anderes dafür begonnen. Vielleicht auch beides gleichzeitig. Bald jedenfalls.

Die blonde Adelin schritt leichtfüßig vor dem Apfelschimmel einher, und neun weitere sonnenverbrannte *Far Dareis Mai* bildeten einen weiten Kreis um ihn, alle mit den kleinen Schilden und den kurzen Speeren in der Hand und auf dem Rücken die Bögen in ihren Futteralen. Die schwarzen Schleier hingen auf ihrer Brust, bereit, sofort hochgezogen zu werden. Rands Ehrenwache. Die Aiel nannten es wohl nicht so, aber die Töchter des Speers kamen allein Rand zu Ehren mit nach Alcair

Dal. Es gab so viele feine Unterschiede und Abstufungen, doch er erkannte die Hälfte nicht einmal oder wußte nicht, was sie zu bedeuten hatten, auch wenn er sie bemerkte.

Zum Beispiel betraf das Aviendhas Verhalten den Töchtern des Speers und deren Verhalten Aviendha gegenüber. Die meiste Zeit ging sie, wie auch jetzt, neben ihm her, die Arme unter dem um ihre Schultern liegenden Schal verschränkt, den Blick aus ihren grünen Augen unter dem dunklen Kopftuch auf die Berge vor ihnen gerichtet. Sie sprach selten mehr als ein oder zwei Worte mit den Töchtern, aber das war nicht das einzige, was Rand auffiel. Vor allem war die Tatsache eigenartig, daß sie die Arme verschränkt hatte. Die Töchter wußten: Sie trug den Elfenbeinarmreif, aber sie taten so, als bemerkten sie ihn nicht, und sie nahm ihn nicht ab, verbarg aber immer ihren Unterarm, wenn sie glaubte, daß jemand hinsah.

Ihr gehört keiner Kriegergemeinschaft an, hatte Adelin zu ihm gesagt, als er vorschlug, daß andere und nicht gerade immer die Töchter des Speers seine Eskorte bilden sollten. Jeder Häuptling, ob er nun einem Clan oder einer Septime vorstand, wurde von Männern aus der Gemeinschaft begleitet, der er früher angehört hatte, bevor er Häuptling geworden war. *Ihr gehört keiner Gemeinschaft an, aber Eure Mutter war eine Tochter des Speers.* Die blonde Frau und die anderen neun hatten Aviendha dabei nicht angesehen, die ein paar Schritt weiter im Eingang zu Lians Dach stand; zumindest hatten sie nicht auffällig hinübergeschaut. *Ungezählte Jahre lang haben Töchter, die den Speer nicht aufgeben wollten, ihre Kinder den Weisen Frauen anvertraut, die sie anderen Frauen an Kindesstatt übergaben. Sie wußten nicht, wohin ihre Kinder gebracht wurden, ja, nicht einmal, ob es Junge oder Mädchen war. Nun ist der Sohn einer Tochter des Speers zu uns zurückgekehrt und wir haben ihn erkannt. Wir gehen Euch zu Ehren nach Alcair Dal, Sohn der Shaiel, der Tochter des Speers von den Chumai Taardad.* Ihre Miene wirkte so entschlossen – wie bei ihnen allen, einschließlich Aviendha –, daß er glaubte, wenn er ablehnte, würden sie ihm anbieten, mit ihm den Tanz der Speere zu tanzen.

Als er ihre Begleitung akzeptierte, ließen sie ihn diese Zeremonie mit dem ›Vergiß die Ehre nicht‹ erneut durchmachen, diesmal aber mit einem Getränk namens *Oosquai,* das man aus *Zemai* machte, und er mußte mit jeder einen kleinen Silberbecher vollständig leeren. Zehn Töchter, also zehn kleine Becher. Das Zeug sah aus wie leicht bräunlich gefärbtes Wasser, schmeckte auch so ähnlich, war aber stärker als doppeltgebrannter Schnaps. Er war nicht mehr in der Lage gewesen, geradeaus zu gehen. Sie hatten ihn ausgelacht und zu Bett gebracht. Er hatte wohl protestiert, doch sie hatten ihn so gekitzelt, daß er kaum Luft bekam, so mußte er selbst lachen. Alle hatten mitgemacht, bis auf Aviendha. Nicht, daß sie weggegangen wäre! Sie blieb und beobachtete alles mit steinernem Gesicht. Als Adelin und die anderen ihn schließlich unter die Decken gesteckt hatten und gingen, setzte sich Aviendha neben die Tür, breitete ihren dunklen, schweren Rock aus und beobachtete ihn weiter unbeweglich, bis er einschlief. Als er erwachte, war sie immer noch da und blickte ihn an. Und sie sprach nicht mit ihm, weder über die Töchter des Speers noch über *Oosquai* oder sonst etwas. Soweit es sie betraf, schien nichts davon geschehen zu sein. Die Töchter fragte er lieber nicht danach. Wie konnte er zehn Frauen ins Gesicht sehen und sie fragen, warum sie ihn betrunken und sich einen Spaß daraus gemacht hatten, ihn auszuziehen und ins Bett zu legen?

So viele Unterschiede und so wenige, deren Sinn er erkennen konnte. Und er wußte nie, was ihn vielleicht zu Fall bringen und all seine Pläne zerstören konnte. Doch er konnte sich kein langes Warten leisten. Er blickte sich nach hinten um. Was geschehen war, war geschehen. *Und wer weiß schon, was noch alles auf mich zukommt?*

Ein gutes Stück hinter ihnen folgten die Taardad. Nicht nur die Neun-Täler-Taardad und die Jindo, sondern auch die Miadi und die Vier-Steine-Septime, die Chumai und die Blutiges-Wasser und weitere. In Kolonnen umgaben sie die schwankenden Wagen der Händler und die Gruppe um die Weisen Frauen. Zwei Meilen weit erstreckte sich die Kolonne im flimmernden Hitzedunst hinter ihm, und davor und dahinter waren noch Kundschafter und Boten zu sehen. Jeden Tag waren mehr eingetroffen, nachdem Rhuarc seine Kuriere gleich am ersten Tag ausgesandt hatte: hundert Männer und Töchter hier, dreihundert dort, fünfhundert aus einer anderen Septime, je nach Größe und nach dem Bedarf der Festungen, um die eigene Verteidigung nicht zu vernachlässigen.

In einiger Entfernung im Südwesten war eine andere Gruppe zu erkennen, die im schnellen Lauf daherkam und eine lange Staubspur hinter sich herzog. Vielleicht war es ein anderer Clan auf dem Weg nach Alcair Dal, doch das glaubte er nicht. Nur zwei Drittel der Septimen waren bisher hier vertreten, doch er schätzte die Zahl der Taardad Aiel hinter ihm bereits auf gut fünfzehntausend. Eine Armee auf dem Marsch, und sie wuchs immer noch. Beinahe der gesamte Clan kam zum Zusammentreffen der Häuptlinge, und das widersprach jedem Brauch.

Jeade'en trug ihn auf eine Anhöhe, und da sah er mit einemmal in einer langen und breiten Senke dahinter den bereits aufgebauten Markt und auf den Hügeln jenseits die Lager der Clan- und Septimenhäuptlinge, die bereits angekommen waren.

Zwischen den zwei- oder dreihundert niedrigen, nach den Seiten offenen Zelten, die in größeren Abständen voneinander aufgebaut waren, standen in der Senke Buden aus dem gleichen graubraunen Material.

Sie waren hoch genug, daß man darunter stehen konnte. Im ihrem Schatten lagen auf Decken ausgebreitet Waren zum Verkauf aus: bunt glasierte Keramikgegenstände und noch buntere Läufer, Silber- und Goldschmuck. Vor allem also von den Aiel hergestellte Waren wurden hier angeboten, aber auch Dinge von jenseits der Wüste, vielleicht sogar Seide und Elfenbein aus dem fernen Osten. Niemand schien aber dort im Augenblick Handel zu treiben. Die wenigen Männer und Frauen, die er erkennen konnte, saßen meist allein in dem einen oder anderen solchen Pavillon.

Von den fünf Lagern, die auf den Höhen um den Markt herum verteilt waren, wirkten vier genauso leer. Nur ein paar Dutzend Männer und Töchter des Speers rührten sich unter Zelten, die für ein paar tausend Menschen errichtet worden waren. Das fünfte Lager bedeckte die doppelte Fläche der anderen, und dort waren hunderte von Menschen sichtbar, und wahrscheinlich noch einmal so viele befanden sich in den Zelten.

Rhuarc trabte mit seinen zehn *Aethan Dor,* den Roten Schilden, hinter Rand den Hügel hoch, gefolgt von Heirn mit zehn *Tain Shari,* Reinrassigen, und mehr als vierzig weiteren Septimenhäuptlingen mit ihren Ehrengarden, alle mit Schilden und Speeren ausgerüstet, mit Bögen und Köchern. Das war eine beachtliche Streitmacht – größere als diejenige, die den Stein von Tear eingenommen hatte. Einige der Aiel in den Lagern und den Buden blickten zu ihnen hoch. Wie Rand vermutete, wollten sie nicht die herannahenden Aiel sehen, sondern ihn: einen Mann auf einem Pferd. Das sah man selten im Dreifachen Land. Er würde ihnen noch mehr zeigen, bis er hier fertig war.

Rhuarcs Blick ruhte auf dem größten Lager, wo immer mehr Aiel im *Cadin'sor* aus den Zelten quollen, um in ihre Richtung zu spähen. »Shaido, wenn ich mich nicht irre«, sagte er leise. »Couladin. Ihr seid nicht der einzige, der die alten Bräuche mißachtet, Rand al'Thor.«

»Vielleicht war es gut, daß ich damit angefangen habe.« Rand zog sich die Schufa vom Kopf und stopfte sie in seine Tasche zu dem *Angreal*, dieser kleinen Statuette des Mannes mit dem runden Gesicht und dem Schwert über den Knien. Die Sonne brannte auf sein bloßes Haupt nieder und bewies ihm, welch guten Schutz das Tuch doch geboten hatte. »Wenn wir dem Brauch entsprechend gekommen wären…« Die Shaido trotteten in Richtung der Berge davon und hinterließen anscheinend leere Zelte. Das rief auch in den anderen Lagern und auf dem Markt etwas mehr Bewegung hervor. Die Aiel dort hörten auf, einen Mann auf einem Pferd anzustarren und blickten statt dessen den enteilenden Shaido nach. »Hättet Ihr Euch den Weg nach Alcair Dal gegen eine doppelte oder noch größere Übermacht erkämpfen können, Rhuarc?«

»Nicht vor Sonnenuntergang«, erwiderte der Clanhäuptling bedächtig, »nicht einmal gegen die räuberischen Shaido allein. Das ist nun mehr als nur ein mißachteter Brauch. Selbst die Shaido sollten zuviel Ehre im Leib haben, um so etwas zu tun!«

Von den anderen Taardad auf dem Hügelkamm erklang zornig-zustimmendes Gemurmel. Nur die Töchter standen abseits. Sie hatten sich aus irgendeinem Grund an der Seite um Aviendha herum versammelt und diskutierten ernsthaft. Rhuarc sprach ein paar leise Worte mit einem seiner Roten Schilde, einem Burschen mit grünen Augen und einem Gesicht, das aussah, als habe man damit Zaunpfosten in den Boden geschlagen. Der Mann wandte sich um und lief schnell auf die ankommenden Taardad zu.

»Habt Ihr das erwartet?« fragte Rhuarc Rand, sobald der Mann davongeeilt war. »Habt Ihr deshalb den ganzen Clan zusammenrufen lassen?«

»Nicht genau das, Rhuarc.« Die Shaido begannen,

sich rechts und links vor einem schmalen Durchgang in den Felsen aufzustellen und sich zu verschleiern. »Aber Couladin kann ja gar keinen anderen Grund gehabt haben, sich in der Nacht mit seinen Leuten fortzuschleichen, als eben schnell einen anderen Ort zu erreichen, nun, und welcher Ort wäre geeigneter, um mir Schwierigkeiten zu bereiten, als dieser hier? Sind die anderen bereits im Alcair Dal versammelt? Warum?«

»Die Gelegenheit für die Häuptlinge, sich hier zu treffen, kann man nicht versäumen, Rand al'Thor. Da diskutiert man Grenzprobleme, Weiderechte, ein Dutzend Dinge. Wasser. Wenn sich zwei Aiel aus verschiedenen Clans treffen, dann sprechen sie über Wasser. Drei aus drei verschiedenen Clans, und es geht um Wasser und Weiderechte.«

»Und vier?« fragte Rand. Fünf Clans befanden sich bereits hier, und mit den Taardad waren es sechs.

Rhuarc zögerte einen Augenblick und packte unbewußt einen seiner Kurzspeere. »Vier werden den Tanz der Speere tanzen. Doch hier sollte es anders sein.«

Die Taardad machten den Weisen Frauen Platz, die mit umgebundenen Kopftüchern herankamen. Moiraine, Lan und Egwene ritten hinterher. Egwene und die Aes Sedai machten es den Aielfrauen mit ihren Kopftüchern nach und hatten sich weiße Tücher um die Köpfe gewickelt. Auch Mat ritt heran, doch allein und abseits der anderen. Der Speer mit dem schwarzen Schaft lag quer über seinem Sattel. Sein breitrandiger Hut warf Schatten auf sein Gesicht. Er betrachtete das, was vor ihnen lag.

Der Behüter nickte in sich hinein, als er die Shaido sah. »Das könnte blutig werden«, sagte er leise. Sein schwarzer Hengst rollte die Augen in Richtung von Rands Apfelschimmel. Nicht mehr als das, und Lan blickte ja konzentriert zu den Aielreihen am Durchgang hinüber, und trotzdem hatte er es wahrgenommen und tätschelte beruhigend den Hals Mandarbs. »Aber jetzt nicht, glaube ich.«

»Nicht jetzt«, stimmte Rhuarc zu.

»Wenn Ihr mir nur ... *gestatten* würdet, mit Euch zusammen hineinzugehen.« Abgesehen von einer leichten Schwankung klang Moiraines Stimme so würdevoll wie immer. Kühle Ruhe lag über ihren alterslosen Zügen, doch ihre dunklen Augen blickten Rand an, als könne ihr Blick allein ihn zum Nachgeben zwingen.

Amys' langes, helles Haar, das unter ihrem Kopftuch hervorquoll, schwang mit, als sie den Kopf energisch schüttelte. »Diese Entscheidung steht ihm nicht zu, Aes Sedai. Das ist Sache der Häuptlinge, Sache der Männer. Wenn wir Euch jetzt nach Alcair Dal hineinlassen, wenn sich die Weisen Frauen das nächstemal treffen oder auch die Dachherrinnen, dann wird auch irgendein Clanhäuptling seine Nase hineinstecken wollen. Sie glauben, wir mischten uns in ihre Angelegenheiten ein, und dafür wollen sie sich auch in unsere einmischen.« Sie warf Rhuarc ein kurzes Lächeln zu, wohl, um ihm zu zeigen, daß er nicht gemeint sei. Die ausdruckslose Miene ihres Mannes sagte Rand, er sei anderer Meinung.

Melaine raffte ihren Schal unter dem Kinn zusammen und sah geradewegs Rand an. Wenn sie auch Moiraine nicht beipflichtete, mißtraute sie doch seinen Entscheidungen. Er hatte kaum geschlafen, seit sie die Kaltfelsenfestung verlassen hatten. Falls sie in seinen Träumen herumgeschnüffelt hatten, hatten sie nur Alpträume miterlebt.

»Seid vorsichtig, Rand al'Thor«, sagte Bair, als habe sie seine Gedanken gelesen. »Ein übermüdeter Mann begeht Fehler. Heute könnt Ihr euch keine Fehler erlauben.« Sie zog ihren Schal um die mageren Schultern und ihre dünne Stimme erklang nun beinahe zornig: »*Wir* können es uns nicht leisten, daß Ihr Fehler begeht. Die Aiel können es sich nicht leisten.«

Die Ankunft weiterer Reiter auf dem Hügelkamm hatte die Aufmerksamkeit wieder auf sie gelenkt. Zwischen den Buden hatten sich mehrere hundert Aiel, Männer im *Cadin'sor* und langhaarige Frauen in Rock und Bluse und mit dem üblichen Kopftuch, versammelt und beobachteten gespannt das Geschehen. Ihre Aufmerksamkeit wurde wieder abgelenkt, als Kaderes staubiger weißer Wohnwagen mit seinem Mauleselgespann ein Stück weiter zur Rechten erschien. Der schwere, in Beige gekleidete Händler saß auf dem Kutschbock und neben ihm Isendre, ganz in weißer Seide mit einem dazu passenden Sonnenschirm. Keilles Wagen folgte. Natael führte an ihrer Seite die Zügel. Dann kamen die Planwagen und schließlich noch die drei großen Wasserbehälter, die wie riesige Fässer auf Rädern hinter ihren langen Maultiergespannen einherrumpelten. Sie blickten Rand an, als die Wagen mit quietschenden, lange nicht mehr geschmierten Achsen vorbeischwankten: Kadere und Isendre, Natael im Flickenumhang des Gauklers, Keilles massiger, schneeweiß gekleideter Körper mit einem weißen Spitzentuch auf ihren Elfenbeinkämmen. Rand tätschelte Jeade'ens stolz geschwungenen Hals. Männer und Frauen strömten in immer größerer Zahl drunten aus dem Markt und liefen den sich nähernden Wagen entgegen. Die Shaido warteten. Bald. Bald.

Egwene führte ihre graue Stute näher an Jeade'en heran. Der Apfelschimmel versuchte, die Stute mit der Nase zu stupsen und bekam dafür prompt einen leichten Biß ab. »Du hast mir keine Chance gegeben, mit dir zu sprechen, seit wir die Kaltfelsenfestung verlassen haben, Rand.« Er sagte nichts. Sie war jetzt eine Aes Sedai, und das nicht nur, weil sie sich selbst als solche bezeichnete. Er fragte sich, ob auch sie in seinen Träumen spioniert habe. Ihr Gesicht wirkte angespannt und ihre dunklen Augen müde. »Ziehe dich nicht so in dich selbst zurück, Rand. Du kämpfst doch nicht allein. Auch andere kämpfen auf deiner Seite.«

Mit gerunzelter Stirn mied er ihren Blick. Zuerst dachte er an Emondsfeld und Perrin, aber er konnte sich nicht vorstellen, daß sie wisse, wohin Perrin gegangen war. »Was meinst du damit?« fragte er schließlich.

»Ich kämpfe für Euch«, sagte Moiraine, bevor Egwene den Mund aufbekam, »genau wie Egwene.« Die beiden Frauen tauschten einen kurzen Blick. »Es gibt Menschen, die für Euch kämpfen, ohne es zu wissen, und Ihr kennt sie nicht einmal. Ihr erkennt nicht, was es bedeutet, das Gewebe eines Zeitalters zu verändern, oder? Die Wellen, die Eure Handlungen auslösen, die Eure bloße Existenz auslöst, breiten sich durch das Muster aus und verändern das Gewebe von Lebensfäden, deren Ihr niemals gewahr werdet. Der Kampf ist ganz gewiß nicht nur Eurer. Doch Ihr steht im Herzen dieses Gewebes im Muster. Solltet Ihr versagen und fallen, dann fällt alles und vergeht. Da ich nicht mit Euch ins Alcair Dal gehen kann, nehmt wenigstens Lan mit. Ein weiteres Augenpaar, das Euch den Rücken decken kann.« Der Behüter wandte sich leicht im Sattel um und sah sie finster an. Da die Shaido verschleiert und zum Töten bereit waren, wollte er sie nicht gern allein lassen.

Rand glaubte nicht, daß er diesen Blick zwischen den beiden hatte bemerken sollen. Also hatten sie ein Geheimnis vor ihm. Egwene hatte wirklich Aes-Sedai-Augen, dunkel, und nichts war davon abzulesen. Aviendha und die Töchter hatten sich wieder zu ihm gesellt. »Laßt Lan bei Euch bleiben, Moiraine. Meine Ehrengarde sind die *Far Dareis Mai*.«

Moiraines Mundwinkel verzogen sich leicht, aber was die Töchter betraf, hatte er wohl genau das Richtige gesagt. Adelin und die anderen grinsten breit.

Unten versammelten sich bereits die Aiel um die Wagenfahrer, als die begannen, ihre Maultiere auszuspannen. Nicht jeder allerdings achtete auf die Aiel. Keille und Isendre funkelten sich aus einiger Entfernung von ihren Wagen her an, während Natael mit der einen und Kadere mit der anderen Frau sprachen und sie zu beruhigen versuchten, bis sie schließlich ihr Blickduell aufgaben. Das war seit geraumer Zeit zwischen den beiden Frauen so gegangen. Wären sie Männer gewesen, dann hätte Rand schon lange erwartet, daß sie sich prügelten.

»Sei auf der Hut, Egwene«, sagte Rand. »Seid alle auf der Hut!«

»Selbst die Shaido werden einer Aes Sedai nichts tun«, sagte Amys zu ihm, »genausowenig wie Bair oder Melaine oder mir. Einige Dinge machen nicht einmal die Shaido.«

»Paßt einfach nur gut auf!« Er hatte das nicht in so scharfem Ton sagen wollen. Selbst Rhuarc blickte ihn mit großen Augen an. Sie verstanden ihn nicht, und er wagte nicht, ihnen alles zu berichten. Noch nicht. Wer würde zuerst die Falle auslösen? Er mußte ihre Leben genauso riskieren wie das seine.

»Und was ist mit mir, Rand?« fragte Mat plötzlich. Er rollte dabei eine Goldmünze zwischen den Fingern einer Hand hindurch, als sei er sich dessen gar nicht bewußt. »Hast du irgendwelche Einwände, daß ich mit dir gehe?«

»Möchtest du? Ich dachte, du bliebst lieber bei den Händlern.«

Mat sah finster auf die Wagen hinab und dann zu den Shaido hinüber, die sich vor dem Felsdurchlaß aufgereiht hatten. »Ich glaube nicht, daß es leicht sein wird, hier wieder herauszukommen, falls du dich umbringen läßt. Seng mich, aber du bringst mich so oder so in irgendeinen Kochtopf… *Dovienya*«, knurrte er. Rand hatte schon öfters gehört, wie er das sagte. Lan hatte ihm gesagt, in der Alten Sprache heiße das soviel wie ›Glück‹. Dann warf Mat die Goldmünze hoch. Als er versuchte, sie wieder aufzufangen, prallte sie von seinen Fingerspitzen ab und fiel zu Boden. Es schien unmöglich, aber die Münze landete genau auf der Kante und rollte hinunter, selbst über die Risse im festgebackenen Lehm hinweg. Sie glitzerte im Sonnenschein, als sie ihren Weg bis zu den Händlerwagen zurücklegte und erst dort endlich kippte. »Verdammt, Rand«, grollte er. »Laß doch diese Spielchen mit mir!«

Isendre hob die Münze auf und befühlte sie, wobei sie zum Hügelkamm hochblickte. Auch die anderen starrten herüber: Kadere und Keille und Natael.

»Du kannst mitkommen«, sagte Rand. »Rhuarc, wird es nicht langsam Zeit?«

Der Clanhäuptling blickte sich nach hinten um. »Ja. In diesem…« Hinter ihm begannen Dudelsäcke eine langsame Tanzmelodie. »…Augenblick.«

Gesang erhob sich zum Klang der Dudelsäcke. Die Aieljungen hörten eigentlich mit Singen auf, wenn sie zu Männern wurden. Doch zu bestimmten Anlässen sangen sie. Wenn ein Aielmann den Speer genommen hatte, sang er nur noch Schlachtgesänge oder Totenklagen. Es waren in dieser Melodie auch Stimmen von Töchtern des Speers zu hören, aber sie wurden von den tiefen Männerstimmen übertönt.

Wasch den Speer – wenn die Sonn' am Himmel steht.
Wasch den Speer – wenn die Sonne sinkt.

Eine halbe Meile jeweils zur Rechten und zur Linken erschienen Taardad, die im Rhythmus ihres Liedes in zwei breiten Kolonnen vorwärtsliefen, die Speere kampfbereit und die Gesichter verschleiert. Die scheinbar endlosen Kolonnen wogten auf die Berge zu.

Wasch den Speer – wer hat Angst vor dem Tod?
Wasch den Speer – keiner, den ich kenn!

In dem Lagern der Clans und auf dem Marktgelände blickten die Aiel verblüfft herüber. Etwas an ihrer Haltung sagte Rand, daß sie schwiegen. Ein paar Wagenfahrer standen wie betäubt daneben, während andere die Maultiere springen ließen und sich unter ihren Wagen in Sicherheit brachten. Und Keille und Isendre, Kadere und Natael beobachteten Rand.

Wasch den Speer – solang du lebst.
Wasch den Speer – bis es zu Ende geht.
Wasch den Speer …

»Sollen wir gehen?« Er wartete nicht auf Rhuarcs Nicken, sondern lenkte Jeade'en im Schritt den Hügel hinunter. Adelin und die anderen Töchter formierten sich um ihn. Mat zögerte einen Moment, und dann trieb er Pips an, ihnen zu folgen. Rhuarc und die Septimenhäuptlinge der Taardad waren gleich mit dem Apfelschimmel losgegangen. Einmal, auf halbem Weg zu den Marktbuden, blickte sich Rand zum Hügelkamm um. Moiraine und Egwene saßen dort neben Lan auf ihren Pferden. Aviendha stand bei den drei Weisen Frauen. Alle beobachteten ihn. Er hatte schon fast vergessen, wie es war, einmal nicht von anderen Menschen beobachtet zu werden.

Als er sich dem Marktgelände näherte, kam ihm eine Delegation entgegen: zehn oder vielleicht auch ein Dutzend Frauen in Rock und Bluse und mit viel Gold und Silber und Elfenbeinschmuck behängt, und genauso viele Männer im Grau und Braun des *Cadin'sor,* doch bis auf ein Messer unbewaffnet, und diese Messer waren erheblich kleiner als die schweren Klingen, die Rhuarc benützte. Immerhin nahmen sie eine Position an, die Rand und die anderen zum Stehenbleiben zwang. Sie schienen die verschleierten Taardad, die im Osten und im Westen heranströmten, völlig zu ignorieren.

Wasch den Speer – das Leben ist ein Traum.
Wasch den Speer – jeder Traum ist irgendwann zu Ende.

»Ich habe das nicht von Euch erwartet, Rhuarc«, sagte ein schwergebauter, grauhaariger Mann. Er war nicht fett – Rand hatte noch nie einen fetten Aiel gesehen –, er hatte einfach so mächtige Muskelpakete. »Selbst von den Shaido hat es mich überrascht, aber von Euch ...!«

»Die Zeiten ändern sich, Mandhuin«, erwiderte der Clanhäuptling. »Wie lange sind die Shaido schon hier?«

»Sie sind erst bei Sonnenaufgang angekommen. Wer weiß schon, wieso sie die Nacht durch gelaufen sind?« Mandhuin runzelte leicht die Stirn beim Anblick Rands und dann neigte er den Kopf in Richtung Mat. »Wirklich seltsame Zeiten, Rhuarc.«

»Wer außer den Shaido ist noch hier?« fragte Rhuarc.

»Wir Goshien sind zuerst angekommen. Dann die Shaarad.« Der schwere Mann verzog bei der Erwähnung ihres Todfeindes das Gesicht, musterte aber weiterhin die beiden Feuchtländer. »Später kamen die Chareen und die Tomanelle. Und zuletzt eben die Shaido, wie ich schon sagte. Sevanna hat erst vor kurzer Zeit die Häuptlinge überredet, hineinzugehen. Bael dagegen hat keinen Grund gesehen, heute schon zusammenzutreffen. Einige der anderen auch nicht.«

Eine Frau von mittleren Jahren mit breitem Gesicht und hellerem Haar als Adelin stemmte die Fäuste in die Hüften, wobei ihre goldenen und elfenbeinernen Armreifen klapperten. Sie trug so viele davon, und dazu noch genauso viele Halsketten, wie Amys und ihre Schwesterfrau zusammen. »Wir haben gehört, daß Er, Der Mit Der Morgendämmerung Kommt, aus Rhuidean zu Euch gekommen ist, Rhuarc.« Sie sah Rand und Mat mißbilligend an. Die ganze Abordnung tat das. »Wir haben gehört, daß heute der *Car'a'carn* proklamiert wird. Bevor noch alle Clans angekommen sind.«

»Dann hat Euch jemand eine Weissagung mitgeteilt«, sagte Rand. Er berührte mit den Fersen die Flanken seines Apfelschimmels und die Abordnung gab den Weg frei.

»Dovienya«, murmelte Mat. *»Mia dovienya nesodhin soende.«* Was es auch bedeuten mochte, es klang jedenfalls wie ein Stoßseufzer.

Die Kolonnen der Taardad hatten sich von beiden Seiten her genähert und standen den Shaido auf wenige hundert Schritt gegenüber, immer noch verschleiert, immer noch singend. Sie machten keinerlei drohende Gebärden, sondern standen nur da, fünfzehn- oder zwanzigmal so viele wie die Shaido, und sangen. Ihre Stimmen erschallten in einem gewaltigen Chor.

Wasch den Speer – bis aller Schatten gefloh'n.
Wasch den Speer – bis das Wasser vertrocknet.
Wasch den Speer – wie weit noch nach Haus?
Wasch den Speer – bis mein Leben ist aus!

Rand ritt näher an die schwarzverschleierten Shaido heran und sah, wie Rhuarc die Hand hob, um den eigenen Schleier festzumachen. »Nein, Rhuarc. Wir sind nicht hier, um gegen sie zu kämpfen.« Er meinte damit, er hoffe, es werde nicht soweit kommen, aber der Aielmann verstand es anders.

»Ihr habt recht, Rand al'Thor. Den Shaido keine Ehre geben.« Er ließ seinen Schleier hängen und erhob die Stimme: »Keine Ehre den Shaido!«

Rand wandte sich nicht um, aber er hatte das Gefühl, daß auch hinter ihm die Schleier gelöst würden. »Oh, Blut und Asche!« knurrte Mat. »Blut und verfluchte Asche!«

Wasch den Speer – bis die Sonne erkaltet.
Wasch den Speer – bis das Wasser verrinnt.
Wasch den Speer …

Die Reihen der Shaido bewegten sich nervös. Was ihnen Couladin oder Sevanna auch gesagt haben mochten – sie konnten auf jeden Fall zählen. Mit Rhuarc und seiner Begleitung den Tanz der Speere zu tanzen war ja schön und gut, obwohl es dem Brauch widersprach, aber ihn mit so vielen Taardad zu tanzen, daß sie die Shaido wie eine Lawine wegfegen konnten, war eine ganz andere Sache. Langsam traten sie zur Seite und öffneten einen breiten Durchgang, damit Rand weiterreiten konnte.

Rand seufzte erleichtert auf. Und Adelin mit ihren anderen Töchtern des Speers schritt unbeeindruckt und hoch aufgerichtet voran, als existierten die Shaido überhaupt nicht.

Wasch den Speer – und ich hol tief Luft.
Wasch den Speer – meine Stahlspitze schimmert.
Wasch den Speer ...

Der Gesang hinter ihnen wurde immer leiser, als sie durch die schmale Schlucht mit ihren steilen Felswänden zu beiden Seiten schritten. In tiefem Schatten zog sich die Schlucht weit in die Berge hinein. Minutenlang war das lauteste Geräusch das Klappern der Hufe auf dem Felsboden und danach das leise Auftreten der Aielstiefel. Dann plötzlich weitete sich der Durchlaß, und sie befanden sich im Alcair Dal.

Rand wurde klar, warum das Tal als schüsselförmig bezeichnet wurde; allerdings war nichts daran golden. Es war beinahe kreisrund. Der graue Steinwall außenherum war nicht zu steil, außer am hinteren Ende, wo sich wie bei einem Brecher auf See ein Überhang ergab. Am gesamten Außenhang standen dichte Gruppen von Aiel mit bloßen Köpfen und unverschleiert. Es gab viel mehr Gruppen von ihnen als Clans. Die Taardad, die mit den Septimenhäuptlingen gekommen waren, gingen nun hinüber zu der einen oder anderen dieser

Gruppen. Rhuarc hatte gemeint, eine Gruppenbildung nach Kriegergemeinschaften anstatt nach Clans sei hilfreich, um besser Frieden halten zu können. Nur seine Roten Schilde und die Töchter blieben bei Rand und den Häuptlingen der Taardad.

Die Septimenhäuptlinge der anderen Clans saßen alle nach Clans geordnet im Schneidersitz vor einer langen Felsplattform unter dem Überhang. Sechs kleine Gruppen, darunter eine mit Töchtern des Speers, befanden sich zwischen den Septimenhäuptlingen und dem Felsvorsprung. Das sollten wohl diejenigen Aiel sein, die als Ehrenwachen mit den Clanhäuptlingen gekommen waren. Sechs, obwohl sich nur fünf Clans hier befanden! Die Töchter waren wahrscheinlich mit Sevanna gekommen. Obwohl – Aviendha hatte ihm schnell noch erklärt, daß Sevanna selbst nie eine *Far Dareis Mai* gewesen sei. Doch die überzählige Gruppe ... Elf Mann waren das, und nicht zehn. Rand sah wohl nur den Hinterkopf mit dem flammenfarbenen Haar, doch er war sicher, daß es Couladin sein mußte.

Auf dem Vorsprung selbst stand eine Frau mit goldenem Haar mit ebensoviel Schmuck wie jene andere Frau draußen bei den Buden, den grauen Schal über die Arme gelegt – klar, daß dies Sevanna sein mußte – und daneben vier Clanhäuptlinge, jeder bis auf sein langes Messer am Gürtel unbewaffnet. Einer davon war der größte Mann, den Rand je gesehen hatte. Der Beschreibung Rhuarcs nach mußte das Bael von den Goshien Aiel sein. Der Kerl war garantiert noch eine Handspanne größer als Rhuarc oder er selbst. Sevanna sprach gerade und durch irgendeine akustische Besonderheit war jedes ihrer Worte überall deutlich hörbar.

»... gestattet ihm, hier zu sprechen!« Ihre Stimme klang nervös und zornig. Mit hocherhobenem Kopf und steifem Kreuz bemühte sie sich, die Szenerie von dort oben zu beherrschen. »Ich verlange das als mein Recht! Bis ein neuer Häuptling erwählt ist, stehe ich für

Suladric und die Shaido. Ich bestehe auf meinen Rechten!«

»Ihr steht für Suladric, bis ein neuer Häuptling erwählt ist, Dachherrin.« Der weißhaarige Mann, der diese Worte ziemlich gereizt sprach, war Han, Clanhäuptling der Tomanelle. Mit einem Gesicht wie aus dunklem, verknittertem Leder wäre er an den Zwei Flüssen noch als überdurchschnittlich groß bezeichnet worden, doch für einen Aiel war er klein und untersetzt. »Ich habe keine Zweifel daran, daß Ihr die Rechte einer Dachherrin gut kennt, aber die eines Clanhäuptlings vielleicht nicht ganz so gut. Nur einer, der Rhuidean betreten hat, darf hier sprechen – und dazu Ihr, die an Suladrics Statt hier steht« – es klang nicht gerade glücklich, wie Han es aussprach, aber andererseits war er ein Typ, der wohl kaum jemals glücklich sein dürfte –, »aber die Traumgängerinnen haben unseren Weisen Frauen gesagt, daß Couladin das Recht, Rhuidean zu betreten, verweigert wurde.«

Couladin schrie etwas dazwischen, offensichtlich wütend, aber undeutlich, denn die Akustik im Tal wirkte sich wohl nur auf den Vorsprung aus. Dann unterbrach ihn Erim von den Chareen, dessen ebenfalls leuchtend rotes Haar schon zur Hälfte weiß war, in scharfem Ton: »Habt Ihr keinen Respekt vor Sitte und Gesetz, Shaido? Habt Ihr keine Ehre im Leib? Schweigt still!«

Ein paar Blicke von den Hängen her wandten sich den Ankömmlingen zu, um zu sehen, wer da gekommen sei. Diejenigen, die zwei Ausländer auf Pferden an der Spitze der Septimenhäuptlinge entdeckt hatten, von denen einer auch noch von Töchtern des Speers geleitet wurde, stießen ihre Nebenleute an. Rand fragte sich, wie viele Aiel ihn innerhalb kürzester Zeit neugierig anblickten. Dreitausend? Viertausend? Mehr? Keiner gab etwas von sich.

»Wir haben uns hier versammelt, um eine große

Neuigkeit zu erfahren, sobald alle Clans angekommen sind«, sagte Bael. Auch sein dunkelrotes Haar ergraute bereits. Es gab unter den Clanhäuptlingen keine jungen Männer. Seine Körpergröße und die tiefe Stimme zogen die Blicke auf sich. »Wenn alle Clans angekommen sind. Wenn Sevanna jetzt nichts anderes vorzubringen hat, als für Couladin die Erlaubnis zum Sprechen zu erbitten, dann gehe ich zu meinen Zelten zurück und warte.«

Jheran von den Shaarad, den Todfeinden von Baels Goshien, war ein schlanker Mann, in dessen hellbraunem Haar viele graue Strähnen zu sehen waren. Seine Schlankheit war die einer Stahlklinge. Er sprach niemanden unter den Clanhäuptlingen direkt an. »Ich sage, wir kehren nicht zu den Zelten zurück. Da uns Sevanna nun einmal zusammengebracht hat, sprechen wir doch über etwas, das nur ein bißchen weniger wichtig ist als die Neuigkeit, auf die wir warten: Wasser. Ich möchte mit Euch über die Wasserrechte an der Bergkettenfeste sprechen.« Bael wandte sich ihm drohend zu.

»Narren!« fuhr Sevanna sie an. »Ich habe genug vom Warten! Ich ...«

In diesem Augenblick wurden die anderen auf dem Vorsprung der Neuankömmlinge gewahr. In lähmendem Schweigen beobachteten sie, wie sie sich näherten. Die Clanhäuptlinge runzelten die Stirn. Sevanna machte eine finstere Miene. Sie war eine hübsche Frau, noch nicht einmal in mittleren Jahren und noch jünger wirkend, da sie zwischen viel älteren Männern stand. Doch ihr Mund wirkte gierig. Die Clanhäuptlinge waren würdevolle Männer, selbst Han mit seiner säuerlichen Miene, doch der Blick aus ihren blaßgrünen Augen war berechnend. Im Gegensatz zu allen Aielfrauen, die Rand je gesehen hatte, trug sie ihre lose weiße Bluse so weit geöffnet, daß man einen guten Ausblick auf ihren vom Halsschmuck eingerahmten sonnengebräunten Busen hatte. Die Männer hätte er schon an ihrem Verhalten als Clanhäuptlinge erkannt, aber wenn Sevanna Dachherrin war, dann hatte sie nicht viel mit Lian gemein.

Rhuarc ging geradewegs zu der Felsplatte hin, reichte Speere und Schild, Bogen und Köcher seinen Roten Schilden und kletterte nach oben. Rand gab seine Zügel Mat, der daraufhin knurrte: »Glück steh uns bei!« Er beäugte dabei die Aiel in ihrer Umgebung. Adelin nickte Rand aufmunternd zu, und der trat vom Pferdesattel aus direkt auf den Felsvorsprung. Ein überraschtes Murmeln erfüllte die Mulde.

»Was tust du da, Rhuarc?« wollte Han mit finsterem Blick wissen. »Bringst einen Feuchtländer hierher? Wenn du ihn schon nicht tötest, dann schicke ihn wenigstens vom Platz der Häuptlinge herunter.«

»Dieser Mann, Rand al'Thor, ist gekommen, um zu den Clanhäuptlingen zu sprechen. Haben Euch die Traumgängerinnen nicht gesagt, daß er mit mir kommen werde?« Rhuarcs Worte brachten unter den Zuhörern wieder ein lautes Murmeln hervor.

»Melaine hat mir vieles gesagt, Rhuarc«, sagte Bael bedächtig, wobei er beim Anblick Rands wieder die Stirn runzelte. »Daß Er, Der Mit Der Morgendämmerung Kommt, aus Rhuidean zurückgekommen sei. Ihr wollt doch nicht etwa sagen, daß dieser Mann ...« Er ließ die Worte ungläubig verklingen.

»Wenn dieser Feuchtländer sprechen darf«, sagte Sevanna schnell, »dann darf Couladin das auch.« Sie hob eine weich wirkende Hand, und Couladin kletterte mit zorngerötetem Gesicht auf den Vorsprung.

Han fuhr ihn an: »Geht hinunter, Couladin! Es ist schlimm genug, daß Rhuarc die Sitten mißachtet; es ist also nicht notwendig, daß Ihr das auch noch tut!«

»Es ist Zeit, mit alten, überholten Bräuchen Schluß zu machen!« schrie der Shaido mit dem Feuerkopf, wobei er sein graubraunes Wams abstreifte. Es gab keinen

Grund, von dort oben zu schreien, denn die Worte waren überall im Tal zu hören. Trotzdem senkte er die Stimme nicht. »Ich bin Der, Der Mit der Morgendämmerung Kommt!« Er schob seine Hemdsärmel bis zu den Ellbogen hoch und reckte seine Fäuste in die Luft. Um jeden Unterarm wand sich ein schlangenartiges Geschöpf mit roten und goldenen Schuppen und metallisch glitzernden Füßen, die jeweils in fünf goldenen Klauen ausliefen. Die Köpfe mit den goldenen Mähnen lagen über den Außenseiten der Handgelenke. Zwei perfekte Drachen. »Ich bin der *Car'a'carn*!« Der Aufschrei, der zurückhallte, klang wie Donner. Aiel sprangen auf und jubelten. Auch die Septimenhäuptlinge waren auf den Beinen, die der Taardad besorgt zusammenstehend, und die anderen schrien genauso laut wie die menge.

Die Clanhäuptlinge schienen betäubt – selbst Rhuarc. Adelin und ihre neun Töchter des Speers hatten ihre Speere gepackt, als rechneten sie damit, sie jeden Moment einsetzen zu müssen. Mat blickte zu der breiten Felsspalte hinüber, die aus dem Tal führte, und dann zog er den Hut tiefer und lenkte beide Pferde nahe an den Vorsprung heran, wobei er Rand verstohlen bedeutete, wieder auf sein Pferd zu steigen.

Sevanna lächelte siegessicher und rückte ihren Schal zurecht, als Couladin mit hoch erhobenen Armen an den Rand der Felsplatte trat. »Ich bringe Euch Veränderungen!« schrie er. »Wie es der Weissagung entspricht, bringe ich Euch eine neue Zeit! Wir werden die Drachenmauer wieder überqueren und zurückerobern, was unser war! Die Feuchtländer sind weich, aber auch reich! Ihr erinnert Euch sicher an die Reichtümer, die wir zurückbrachten, als wir das letzte Mal in die Feuchtlande eindrangen! Diesmal nehmen wir alles mit! Diesmal …!«

Rand ließ die Tirade des Mannes über sich ergehen. Bei allem hatte er dies nun wirklich nicht erwartet. *Wie hat er das gemacht?* Das ging ihm immer wieder durch den Kopf, und doch konnte er kaum glauben, wie gelassen er selbst dabei geblieben war. Langsam zog er sein Wams aus. Er zögerte einen Augenblick, bevor er den *Angreal* aus der Tasche nahm und ihn oben unter den Gürtel in seine Hose steckte. Dann ließ er das Wams fallen und schritt zur Kante des Vorsprungs, wobei er seelenruhig die Bänder an seinen Hemdsärmeln löste. Als er die Arme über den Kopf hob, glitten die Ärmel herab. Die versammelten Aiel brauchten einen Augenblick, bis sie die Drachen entdeckten, die sich auch im Sonnenschein glänzend um seine Unterarme zogen. Einer nach dem anderen schwieg, bis schließlich vollkommene Stille herrschte. Sevanna blieb der Mund offenstehen. Sie hatte das nicht gewußt. Offensichtlich hatte Couladin nicht gedacht, daß Rand ihm so schnell folgen werde, und er hatte ihr wohl auch nicht erzählt, daß noch ein anderer die Zeichen an den Armen aufwies. *Wie?* Der Mann mußte geglaubt haben, er habe Zeit, und sobald er sich etabliert habe, könne er Rand als Betrüger abschieben. *Licht, wie hat er das gemacht?* Wenn schon die Dachherrin der Comardafestung völlig verblüfft war, dann waren es die Clanhäuptlinge erst recht, bis auf Rhuarc. Zwei Männer so gezeichnet, wie es der Weissagung nach nur einer sein durfte.

Couladin brüllte weiter und schwenkte die Arme, damit auch bestimmt jeder herblickte: »... werden nicht bei den Ländern der Eidbrecher haltmachen! Wir werden alle Länder bis zum Aryth-Meer einnehmen! Die Feuchtländer können nicht widerstehen, wenn...« Plötzlich wurde ihm bewußt, daß alle schwiegen, wo sie ihm zuvor zugejubelt hatten. Er wußte, was das Schweigen hervorgerufen hatte. Ohne sich zu Rand umzudrehen, schrie er: »Feuchtländer! Seht Euch seine Kleider an! Ein Feuchtländer!«

»Ein Feuchtländer«, stimmte ihm Rand zu. Er erhob

die Stimme nicht, war aber überall gut zu verstehen. Der Shaido wirkte einen Augenblick lang überrascht, doch dann grinste er triumphierend – bis Rand fortfuhr: »Wie heißt es in der Weissagung von Rhuidean? ›Vom Blute geboren.‹ Meine Mutter war Shaiel, eine Tochter des Speers von den Chumai Taardad.« *Wer war sie wirklich? Wo ist sie hergekommen?* »Mein Vater war Janduin aus der Eisenbergseptime, der Clanhäuptling der Taardad.« *Mein Vater ist Tam al'Thor. Er hat mich gefunden, mich aufgezogen und mir Liebe gegeben. Ich wünschte, ich hätte dich gekannt, Janduin, aber Tam ist mein Vater.* »›Vom Blute geboren, aber bei denen aufgewachsen, die nicht vom Blute sind.‹ Wo suchten denn die Weisen Frauen nach mir? In den Festungen des Dreifachen Landes? Sie schickten ihre Späher über die Drachenmauer, wo ich aufwuchs. Wie die Weissagung es beschreibt.«

Bael und die anderen drei nickten bedächtig, wenn auch zögernd. Da war immer noch die Tatsache, daß Couladin die Drachen trug, und zweifellos wäre ihnen einer aus ihrer Mitte lieber. Sevannas Gesicht wirkte wieder entschlossen: Gleich, wer die wirklichen Zeichen trug, ihr war klar, wen sie unterstützen würde.

Couladins Selbstvertrauen kam nicht ins Wanken. Er grinste Rand höhnisch an. Es war das erste Mal, daß er ihn überhaupt ansah. »Wie lange ist es her, daß die Weissagung von Rhuidean erstmals ausgesprochen wurde?« Er schien immer noch zu glauben, er müsse schreien. »Wer weiß, wie stark die Worte verändert wurden? Meine Mutter war eine *Far Dareis Mai,* bevor sie den Speer aufgab. Wie stark hat sich der Rest verändert? Oder wurde verändert? Man behauptet, wir hätten einst den Aes Sedai gedient. Ich behaupte, sie wollen uns wieder an sich binden! Dieser Feuchtländer wurde ausgewählt, weil er uns ähnlich sieht! Er ist nicht von unserem Blut! Er kam mit Aes Sedai, die ihn an der Leine führen! Und die Weisen Frauen haben sie wie Erstschwestern begrüßt! Ihr habt alle von Weisen Frauen gehört, die Dinge jenseits aller Vorstellung vollbringen können. Die Traumgängerinnen haben die Eine Macht benützt, um mich von diesem Feuchtländer fernzuhalten! Sie benützten die Eine Macht, wie man es den Aes Sedain nachsagt! Die Aes Sedai haben diesen Feuchtländer zu uns gebracht, um uns zu täuschen! Und die Traumgängerinnen helfen ihnen!«

»Das ist Wahnsinn!« Rhuarc trat neben Rand und blickte hinaus auf die immer noch schweigende Versammlung. »Couladin ist niemals in Rhuidean gewesen. Ich hörte, wie es ihm die Weisen Frauen untersagten. Rand al'Thor aber war dort! Ich sah zu, wie er den Chaendar verließ, und ich sah ihn wiederkehren mit den Zeichen, die Ihr an ihm seht.«

»Und warum wollten sie mich nicht hinlassen?« stieß Couladin wütend hervor. »Weil die Aes Sedai es ihnen befahlen! Rhuarc erzählt Euch nicht, daß eine der Aes Sedai mit diesem Feuchtländer vom Chaendar herabstieg! Deshalb ist er mit den Drachen zurückgekehrt! Durch die Hexerei der Aes Sedai! Mein Bruder Muradin ist unter dem Chaendar gestorben, von diesem Feuchtländer und der Aes Sedai Moiraine ermordet, und die Weisen Frauen taten, was die Aes Sedai von ihnen verlangten, und ließen sie laufen! Als die Nacht kam, ging *ich* nach Rhuidean. Ich habe das bis jetzt nicht verkündet, weil nur dies hier der rechte Ort ist, an dem sich der *Car'a'carn* zum erstenmal zeigt! Ich *bin* der *Car'a'carn*!«

Lügen, aber sie enthielten genug Richtiges, um wahr zu klingen. Der Mann bestand nur aus siegessicherem Selbstvertrauen. Er war sicher, auf alles eine Antwort zu wissen.

»Ihr sagt, Ihr seid nach Rhuidean gegangen, ohne die Erlaubnis der Weisen Frauen zu haben?« wollte Han mit gerunzelter Stirn wissen. Der hochaufragende Bael schien genauso verstimmt, auch wenn er mit verschränkten Armen ruhig dastand. Erim und Jheran wirkten nicht viel weniger mißbilligend. Also wenigstens die Clanhäuptlinge schwankten noch. Sevanna hatte ihr Messer gepackt und funkelte Han an, als würde sie es ihm gern in den Rücken stoßen.

Couladin wußte auch darauf eine Antwort. »Ja, ohne Erlaubnis! Er, Der Mit Der Morgendämmerung Kommt, bringt Veränderungen mit sich. So sagt es die Weissagung! Sinnlose Dinge müssen sich ändern, und ich werde sie ändern! Bin ich nicht mit der Morgendämmerung angekommen?«

Die Clanhäuptlinge waren fast überzeugt, genau wie die vielen Zuschauer. Alle waren sie aufgestanden und blickten schweigend hinauf – Tausende von Aiel. Wenn Rand sie nicht überzeugen konnte, würde er wahrscheinlich Alcair Dal nicht mehr lebend verlassen. Mat deutete wieder auf Jeade'ens Sattel. Rand schüttelte noch nicht einmal den Kopf. Es gab für ihn einen wichtigeren Grund, nicht einfach nur lebendig entkommen zu wollen: Er brauchte diese Menschen und ihre Loyalität. Er *mußte* ein Volk haben, das hinter ihm stand, weil es an ihn glaubte und nicht, um ihn zu benützen, weil er ihnen etwas geben konnte. Es mußte sein!

»Rhuidean«, sagte er. Das Wort schien das ganze Tal zu füllen. »Ihr behauptet, Ihr wärt in Rhuidean gewesen, Couladin. Was habt Ihr dort gesehen?«

»Jeder weiß, daß man nicht über Rhuidean sprechen darf«, schoß Couladin zurück.

»Wir können auseinandergehen«, sagte Erim, »und unter uns darüber sprechen, damit Ihr uns sagt …« Der Shaido schnitt ihm mit zornrotem Gesicht das Wort ab.

»Ich werde mit niemanden darüber sprechen. Rhuidean ist ein heiliger Ort, und was ich sah, war heilig. *Ich* bin heilig!« Er hob wieder seine mit den Drachen gezeichneten Arme. »Diese machen mich heilig!«

»Ich bin unter Glassäulen neben *Avendesora* gewandelt«, sagte Rand ruhig, doch die Worte waren überall zu hören. »Ich sah die Geschichte der Aiel durch die Augen meiner Vorfahren. Was habt Ihr gesehen, Couladin? Ich habe keine Angst davor, von dort zu berichten. Wie steht es mit Euch?« Der Shaido bebte vor Zorn. Sein Gesicht hatte fast die Farbe seines Feuerhaars angenommen.

Bael und Erim, Jheran und Han warfen sich unsichere Blicke zu. »Wir müssen die Versammlung auflösen«, brummte Han.

Couladin schien nicht zu begreifen, daß er seinen Vorsprung bei den vieren verloren hatte, aber Sevanna war es wohl klar. »Rhuarc hat ihm das gesagt«, fauchte sie. »Eine von Rhuarcs Frauen ist Traumgängerin, eine von denen, die den Aes Sedai hilft! Rhuarc hat ihm das gesagt!«

»Das würde Rhuarc nicht tun!« fuhr Han sie an. »Er ist Clanhäuptling und ein Ehrenmann! Sprecht nicht über Dinge, die Ihr nicht beurteilen könnt, Sevanna!«

»Ich habe keine Angst davor!« schrie Couladin hinein. »Kein Mann darf behaupten, ich hätte Angst! Ich habe auch durch die Augen meiner Vorfahren gesehen! Ich sah unsere Ankunft im Dreifachen Land! Ich sah unseren Ruhm! Den Ruhm, den ich wieder zurückgewinnen werde!«

»Ich sah das Zeitalter der Legenden«, verkündete Rand, »und den Beginn des Zugs der Aiel ins Dreifache Land.« Rhuarc ergriff seinen Arm, doch er schüttelte die Hand des Clanhäuptlings ab. Diesen Augenblick hatte das Schicksal für ihn bereitgehalten, seit sich die Aiel das erste Mal vor Rhuidean versammelten. »Ich sah die Aiel, als man sie noch Da'schain Aiel nannte, und sie folgten dem Weg des Blattes.«

»Nein!« Der Schrei erhob sich im Rund und ertönte wie Donner. »Nein! Nein!« aus Tausenden von Kehlen. Auf den Spitzen der Speere, die wild geschwenkt wurden, glitzerte der Sonnenschein. Selbst einige der Septimenhäuptlinge der Taardad schrien mit. Adelin blickte entsetzt zu Rand auf. Mat schrie Rand etwas zu, doch es ging im Donnerhall unter. Dann deutete er eindringlich auf Jeade'ens Sattel.

»Lügner!« Die Akustik im Tal verstärkte Couladins Aufschrei, in dem sich Zorn mit Triumph mischte, so daß er noch über das Schreien der versammelten Aiel zu hören war. Sevanna schüttelte verzweifelt den Kopf und langte nach ihm. Jetzt zumindest vermutete sie, daß er der Betrüger sei, und sie versuchte, ihn zum Schweigen zu bringen, damit sie noch eine Chance hatten. Wie Rand gehofft hatte, schob Couladin sie weg. Der Mann wußte, daß Rand in Rhuidean gewesen war. Er glaubte wahrscheinlich nicht einmal die Hälfte seiner eigenen Geschichte, aber an Rands Geschichte konnte er auch nicht glauben. »Aus seinem eigenen Mund hört Ihr den Beweis, daß er ein Betrüger ist! Wir sind immer schon Krieger gewesen! Immer! Vom Beginn der Zeit an!«

Das Schreien schwoll an, die Speere wurden geschüttelt, doch Bael und Erim, Jheran und Han standen schweigend und wie versteinert da. Jetzt wußten sie Bescheid. Couladin war sich ihrer Blicke völlig unbewußt und winkte mit seinen drachengeschmückten Armen in die Menge hinein. Er genoß sichtlich ihre Begeisterung.

»Warum?« fragte Rhuarc Rand leise. »Habt Ihr nicht verstanden, warum wir nicht über Rhuidean sprechen? Das zu akzeptieren, daß wir uns einst so sehr von allem unterschieden, woran wir glauben, daß wir diejenigen waren, die wir als die Verlorenen Kinder betrachten und die Ihr Tuatha'an nennt! Rhuidean tötet diejenigen, die das nicht akzeptieren können. Nicht mehr als einer von drei Männern, die nach Rhuidean gehen, überlebt dort. Und jetzt habt Ihr es vor allen ausgesprochen. Und es bleibt nicht auf die hier Anwesenden beschränkt, Rand al'Thor. Es wird sich ausbreiten. Wie viele werden stark genug sein, um das zu ertragen?«

Er wird Euch zurückführen, und er wird Euch vernichten.
»Ich bringe Veränderungen mit mir«, sagte Rand traurig. »Keinen Frieden, sondern Aufruhr.« *Zerstörung folgt mir überall auf den Fersen. Wird es einmal einen Ort geben, den ich nicht zerrissen hinterlasse?* »Was geschehen wird, wird geschehen, Rhuarc. Ich kann es nicht ändern.«

»Was geschehen wird, wird geschehen«, wiederholte der Aielmann nach ein paar Augenblicken.

Couladin schritt immer noch auf und ab und schrie den Aiel Parolen von Ruhm und Eroberung zu. Er war sich der Blicke der Clanhäuptlinge hinter ihm nicht bewußt. Sevanna sah Couladin überhaupt nicht mehr an. Ihre blaßgrünen Augen waren eindringlich auf die Clanhäuptlinge gerichtet, ihre Zähne gefletscht, und ihr Busen hob und senkte sich heftig. Sie mußte wissen, was das Schweigen und die Blicke zu bedeuten hatten.

»Rand al'Thor«, sagte Bael laut, und der Name schnitt durch Couladins Geschrei und wie eine Stahlklinge durch das Gebrüll der Menge, die innerhalb eines einzigen Moments verstummte. Er hielt inne, um sich zu räuspern, und bewegte den Kopf suchend, als fände er keinen Ausweg. Couladin drehte sich zu ihm um und verschränkte selbstbewußt die Arme. Zweifellos erwartete er das Todesurteil für den Feuchtländer. Der hochgewachsene Clanhäuptling atmete tief durch. »Rand al'Thor ist der *Car'a'carn.* Rand al'Thor ist Er, Der Mit Der Morgendämmerung Kommt.« Couladin riß die Augen in ungläubiger Wut auf.

»Rand al'Thor ist Er, Der Mit Der Morgendämmerung Kommt«, verkündete Han mit dem Ledergesicht genauso zögernd.

»Rand al'Thor ist Er, Der Mit Der Morgendämmerung Kommt.« Das kam in grimmigem Tonfall von Jheran, und Erim sagte: »Rand al'Thor ist Er, Der Mit Der Morgendämmerung Kommt.«

»Rand al'Thor«, sagte Rhuarc, »ist Er, Der Mit Der Morgendämmerung Kommt.« Und mit so leiser

Stimme, daß es selbst bei dieser Akustik drunten nicht zu hören war, fügte er hinzu: »Und das Licht sei uns gnädig.«

Einen langen, langen Augenblick währte das Schweigen. Dann sprang Couladin vor Wut schnaubend von der Felsplatte, riß einem seiner *Seia Doon* einen Speer aus der Hand und schleuderte ihn geradewegs auf Rand. Doch als sich die Speerspitze senkte, sprang Adelin dazwischen. Die Spitze grub sich in das mehrschichtige Stierleder ihres ausgestreckten Schilds und riß sie herum.

Im ganzen Tal brach die Hölle los. Die Männer schrien durcheinander und drängten nach vorn. Die anderen Jindo-Töchter sprangen hoch und stellten sich neben Adelin, um einen Schutzschirm vor Rand zu bilden. Sevanna war herabgeklettert und schrie Couladin erregt an. Dann klammerte sie sich an seinen Arm, um ihn zurückzuhalten, als er mit seinen Schwarzaugen-Shaido gegen die Töchter des Speers zwischen ihm und Rand vorgehen wollte. Heirn und ein Dutzend weitere Septimenhäuptlinge der Taardad schlossen sich Adelin an, die Speere kampfbereit, während andere nur herumschrien. Mat kletterte mit seinem eigenen Speer in der Hand nach oben – schwarzer Schaft und mit Raben gekennzeichnete Schwertklinge – und brüllte etwas, das wohl ein Fluchen in der Alten Sprache sein sollte. Rhuarc und die anderen Clanhäuptlinge versuchten mit lauten Stimmen, die anderen wieder zur Ordnung zu rufen, doch das Tal kochte. Rand sah, wie Schleier festgemacht wurden. Ein Speer blitzte im Zustechen auf. Ein weiterer. Er mußte dem Einhalt gebieten.

Er griff nach *Saidin,* und die Macht durchströmte ihn, bis er glaubte, er werde platzen, falls er nicht vorher verbrannte. Der Schmutz der Verderbnis breitete sich in ihm aus, bis sich seine Knochen zu verbiegen schienen. Gedanken schwebten außerhalb des Nichts: kalte Gedanken. Wasser. Hier, wo Wasser so knapp war, stellte es das Hauptthema bei allen Gesprächen der Aiel dar. Selbst in dieser trockenen Luft befand sich noch etwas Wasser. Er lenkte die Macht, ohne wirklich zu wissen, was er da tat, und griff blind hinaus.

Blitze zuckten über Alcair Dal. Der Wind rauschte aus allen Richtungen heran und heulte so laut über den Überhang hinweg, daß er sogar die Schreie der Aiel übertönte. Der Wind brachte winzige Spuren von Wasser mit sich, mehr und mehr, bis etwas geschah, das noch kein Mensch hier erlebt hatte: Regen begann in einem dünnen Schleier zu fallen. Der Wind über ihnen heulte und wirbelte. Wilde Blitze zuckten immer heftiger über den Himmel. Und der Regen wurde stärker und stärker, wurde zu einem wahren Guß, fegte über den Felsvorsprung, ließ sein Haar an der Stirn kleben und sein Hemd am Rücken. Er konnte keine fünfzig Schritt weit sehen.

Mit einemmal traf ihn der Regen nicht mehr und eine unsichtbare Kuppel breitete sich um ihn aus, die Mat und die Taardad wegschob. Durch den an der Seite herabrinnenden Regenvorhang sah er verschwommen, wie Adelin mit den Fäusten darauf schlug und versuchte, sich den Weg zu ihm hinein zu erzwingen.

»Du kompletter Narr! Mit diesen anderen Narren Spielchen zu spielen! All meine Zeit und meine Mühe beim Planen verschwendest du!«

Wasser tropfte von seinem Gesicht, als er sich zu Lanfear umwandte. Ihr weißes Kleid mit dem Silbergürtel war vollständig trocken. Die schwarzen Wogen ihres Haares waren zwischen den silbernen Sternen und Halbmonden von keinem Regentropfen berührt worden. Die großen, schwarzen Augen blickten ihn zornig an; Ärger verzerrte ihr schönes Gesicht.

»Ich habe nicht erwartet, daß Ihr euch schon jetzt zu erkennen gebt«, sagte er ruhig. Die Macht erfüllte ihn noch; er schwamm auf ihrem Strom, beinahe hilflos, und hielt sich verzweifelt oben. Doch in seiner Stimme war nichts von dieser Verzweiflung. Es war nicht notwendig, noch mehr der Macht heranzuziehen. Er ließ sie nur einfach in sich hinein, bis es schien, als würden seine Knochen zu Asche verbrannt. Er wußte nicht, ob sie ihn abschirmen konnte, während *Saidin* ihn durchtobte, aber vorsichtshalber ließ er sich ganz und gar füllen. »Ich weiß, daß Ihr nicht allein seid. Wo ist er?«

Lanfears schöner Mund verzog sich. »Ich wußte, er würde sich verraten, wenn er so in deinen Traum eindringt. Ich hätte alles geradegebogen, wenn nicht seine Panik …«

»Ich wußte von Anfang an Bescheid«, unterbrach er sie. »Ich habe dies von dem Tag an erwartet, an dem wir den Stein von Tear verließen. Hier draußen, wo es jedem klarwerden mußte, daß ich nach Rhuidean und zu den Aiel wollte. Habt Ihr geglaubt, ich hätte nicht erwartet, daß mich einige von Euch verfolgen würden? Aber das ist *meine* Falle, Lanfear, und nicht Eure. Wo ist er?« Das letztere kam als kalter Schrei. Gefühle glitten unkontrolliert um das Nichts, das ihn im Innern schützte, die Leere, die nicht leer war, die von der Macht erfüllte Leere.

»Wenn du es wußtest«, fauchte sie zurück, »warum hast du ihn dann mit deinem Geschwätz verscheucht, du mußtest dein Schicksal erfüllen und tun, *was getan werden muß*?« Verachtung gab den Worten ein Gewicht, als seien sie Steine. »Ich habe Asmodean mitgebracht, um dich zu unterrichten, aber er war immer schon einer, der schnell zum nächsten Plan überging, wenn der erste nicht gleich auf Anhieb gelang. Jetzt glaubt er, er habe in Rhuidean etwas Besseres entdeckt. Und er ist fort, um es zu holen, solange du hier stehst. Couladin, der Draghkar, alles sollte deine Aufmerksamkeit binden, während er sich vergewisserte. Alle meine Pläne waren für nichts und wieder nichts, weil du so stur bist! Hast du eine Ahnung, welche Mühe es kosten wird, ihn noch einmal zu gewinnen? Aber es muß gerade er sein! Demandred oder Rahvin oder Sammael würden dich töten und gar nicht daran denken, dich auch nur darin zu unterrichten, wie du eine Hand hebst, außer sie hätten dich so sicher wie ein Schoßhündchen an der Leine!«

Rhuidean. Ja. Natürlich. Rhuidean. Wie viele Wochen im Süden? Doch er hatte schon einmal etwas fertiggebracht. Wenn er sich nur daran erinnern könnte... »Und Ihr habt ihn gehen lassen? Nach all Eurem Gerede, Ihr wolltet mir helfen?«

»Nicht offen, habe ich gesagt. Was könnte er in Rhuidean finden, das es lohnend für mich erscheinen ließe, mich offen zu bekennen? Es ist noch Zeit genug dafür, wenn du zustimmst, zu mir zu stehen. Denk daran, was ich dir gesagt habe, Lews Therin.« Ihre Stimme nahm einen verführerischen Tonfall an; diese vollen Lippen lächelten, die dunklen Augen versuchten, ihn wie grundlose Seen zu verschlingen. »Zwei große *Sa'Angreal*. Mit deren Hilfe und gemeinsam könnten wir...« Diesmal hörte sie von allein auf. Er hatte sich daran erinnert.

Mit Hilfe der Macht *faltete* er die Wirklichkeit und *verbog* ein kleines Stückchen dessen, was war. Eine Tür öffnete sich vor ihm unter der Kuppel. Anders konnte man es wohl nicht beschreiben. Eine Öffnung in die Dunkelheit, ins Anderswo.

»Wie es scheint, erinnerst du dich an ein paar Sachen.« Sie betrachtete die Tür und dann blickte sie ihn wieder an, aber mit einemmal mißtrauisch. »Warum hast du soviel Angst? Was ist dort in Rhuidean?«

»Asmodean«, sagte er grimmig. Einen Moment lang zögerte er. Er konnte nicht aus der regenüberströmten Kuppel hinaussehen. Was geschah dort draußen? Und Lanfear. Wenn er sich nur daran erinnern könnte, wie er Egwene und Elayne abgeschirmt hatte. *Wenn ich mich nur dazu zwingen könnte, eine Frau zu töten, nur weil sie mich finster anblickt. Sie ist doch eine der Verlorenen!* Es war ihm jetzt genausowenig möglich wie zuvor im Stein.

Dann trat er durch die Tür, ließ sie draußen auf der Felsplatte stehen und schloß die Tür hinter sich. Zweifellos wußte sie, wie sie selbst eine solche Tür herbeirufen konnte, aber das zu tun, würde sie Zeit kosten.

KAPITEL 19

Die Fallen von Rhuidean

Sobald die Tür verschwunden war, befand er sich in vollkommener Dunkelheit. Die Schwärze erstreckte sich in alle Richtungen, und doch konnte er sehen. Er nahm weder Wärme noch Kälte wahr, obwohl er ja naß war – überhaupt keine Sinneswahrnehmung. Er existierte nur. Einfache, graue Steinstufen erhoben sich vor ihm. Jede Stufe hing frei in der Luft, und so zog sich diese Treppe dahin, bis sie in der Entfernung nicht mehr zu sehen war. Er hatte so etwas schon zuvor gesehen, oder zumindest etwas Ähnliches, und er wußte, sie würde ihn dorthin führen, wo er hinwollte. So lief er die unmögliche Treppe empor, und immer wenn er den Fuß von einer Stufe hob und seinen feuchten Fußabdruck hinterließ, verblaßte diese Stufe hinter ihm und verschwand. Nur vor ihm warteten weitere Stufen und auch nur die, die ihn an sein Ziel führen würden. Auch das war das gleiche wie damals.

Habe ich sie mit Hilfe der Macht erzeugt, oder existieren sie auf irgendeine Weise?

Bei dem Gedanken begann der graue Boden unter seinen Stiefeln zu verblassen, und die anderen vor ihm liegenden Stufen wurden durchscheinend. Verzweifelt konzentrierte er sich auf sie: grauer Stein, ganz wirklich. Real! Das Verschwimmen hielt inne, und die Stufen konkretisierten sich. Nur waren sie jetzt nicht mehr so einfach und roh, sondern glänzten, und die Kanten waren kunstvoll eingefaßt. Er erinnerte sich schwach daran, das schon einmal so gesehen zu haben.

Er wagte nicht mehr, zu lange darüber nachzudenken, und hastete statt dessen achtlos weiter. Drei Stufen nahm er auf einmal, als er so durch die endlose Schwärze jagte. Sie würden ihn an sein Ziel bringen, aber wie lange würde es dauern? Welchen Vorsprung hatte Asmodean? Kannte der Verlorene einen schnelleren Weg? Da war eben wieder das gleiche Problem: Der Verlorene besaß alle notwendigen Kenntnisse, während er nur die Verzweiflung kannte.

Er verzog das Gesicht schmerzhaft, als er wieder nach vorn blickte. Die Treppe hatte sich seinen langen Schritten angepaßt. Die Stufen hingen in so weitem Abstand voneinander im Leeren, daß er von einer zur anderen springen mußte. Dazwischen befand sich nur die endlose, schwarze Tiefe, tief wie ... Er fand keinen Vergleich. Hier endete ein Sturz vielleicht niemals. Er zwang sich, die klaffenden Lücken zu ignorieren und weiterzulaufen. Die alte, halb verheilte Wunde an seiner Seite begann zu pulsieren. Er war sich dessen nur schwach bewußt. Doch daß er es überhaupt bemerkte, obwohl er in *Saidin* gehüllt war, zeigte ihm, daß die Wunde beinahe wieder aufgebrochen sein mußte. *Beachte es nicht.* Der Gedanke schwebte über dem Nichts in seinem Innern. Er wagte nicht, diesen Wettlauf zu verlieren, auch wenn er sich dabei umbrachte. Hörte denn diese Treppe niemals auf? Wie weit war er gekommen?

Plötzlich sah er vor sich in einiger Entfernung und etwas zur Linken eine Gestalt, einen Mann, wie ihm schien, in rotem Mantel und roten Stiefeln, der auf einer silbrig schimmernden Plattform stand und auf ihr durch die Dunkelheit glitt. Rand mußte ihn gar nicht genauer sehen, um zu wissen, daß es Asmodean war. Der Verlorene rannte nicht wie ein ausgepumpter Bauernjunge einher, sondern fuhr auf diesem Was-es-auch-war durch die Schwärze.

Rand blieb unvermittelt auf einer der Stufen stehen. Er hatte keine Ahnung, was das für eine Plattform war,

die wie Metall glänzte, doch ... Die Stufen vor ihm verschwanden. Die Steinplatte unter seinen Stiefeln begann, immer schneller vorwärts zu gleiten. Er spürte keinen Wind im Gesicht, der ihm gesagt hätte, daß er sich bewegte, sah keinen festen Anhaltspunkt, der ihm überhaupt eine Bewegung hätte deutlich machen können, aber er holte Asmodean gegenüber eindeutig auf. Er wußte nicht einmal, ob er das mit Hilfe der Macht fertigbrachte. Es schien einfach so zu geschehen. Die Steinstufe bebte, und er zwang sich, mit dem Nachdenken darüber aufzuhören. *Ich weiß noch nicht genug.*

Der dunkelhaarige Mann stand entspannt da, eine Hand in die Hüfte gestützt, und mit der anderen rieb er sich nachdenklich über das Kinn. Weiße Spitzen hingen ihm über den Nacken herunter und verbargen seine Hände fast zur Hälfte. Sein roter Mantel mit dem hohen Kragen schimmerte noch stärker als Satin und war von eigenartigem Schnitt. Rockschöße hingen ihm bis fast auf die Knie. Der Mann hing an etwas, das wie schwarze Fäden wirkte, ähnlich wie Stahldrähte, die sich von ihm in die umgebende Dunkelheit hinauszogen. Die hatte Rand mit Sicherheit bereits einmal gesehen.

Asmodean wandte den Kopf, und Rand schnappte erstmal nach Luft. Die Verlorenen konnten ja ihre Gesichter verändern oder zumindest anderen ein verändertes Gesicht vortäuschen, wie Lanfear es schon öfters gemacht hatte, aber das hier waren die Gesichtszüge von Jasin Natael, dem Gaukler! Er war so sicher gewesen, daß es Kadere sein werde, mit diesen Raubvogelaugen, deren Ausdruck sich nie änderte.

Im gleichen Augenblick bemerkte Asmodean ihn und fuhr zusammen. Die silbrige Platte unter dem Verlorenen schoß vorwärts, und plötzlich raste ein riesiger Feuervorhang, wie ein dünner Ausschnitt aus einer monströsen Flamme, nach hinten auf Rand zu – eine Meile hoch und eine Meile breit.

Er schlug verzweifelt mit der Macht zu, und in dem Augenblick, als die Feuerwand ihn zu erreichen drohte, zerbarst sie in unzählige Funken, die davonflogen und rasch verglimmten. Doch während der Feuervorhang noch verflog, raste bereits ein zweiter auf ihn zu. Er zerschlug ihn und ein dritter wurde sichtbar, und nach dem dritten dann ein vierter. Asmodean entkam mittlerweile, soviel war Rand klar. Wegen der Flammenvorhänge konnte er den Verlorenen nicht mehr sehen. Zorn glitt über die Oberfläche des Nichts, und er raffte soviel der Macht wie möglich zusammen.

Eine Feuerwalze erfaßte den auf ihn zurasenden roten Flammenvorhang und überrollte ihn. Das war nun keine dünne Scheibe mehr, sondern eine wilde, hoch aufragende Feuerwoge, wie vom Sturmwind vorwärtsgetrieben. Er bebte unter dem Ansturm der Macht, die ihn durchtobte. Zorn auf Asmodean krallte sich in die Oberfläche des Nichts.

Ein Loch öffnete sich in der feurigen Oberfläche. Nein, als Loch durfte man es nicht bezeichnen, denn als es Asmodean auf seiner schimmernden Plattform in Rands Richtung durchgelassen hatte, schloß es sich wieder. Der Verlorene hatte sich wohl mit einer Art Schutzschirm umgeben.

Rand zwang sich dazu, den fernen Zorn außerhalb des Nichts zu ignorieren. Nur in der kalten Ruhe innerhalb konnte er *Saidin* berühren. Wenn er den Zorn einließ, würde das Nichts zerspringen. Die Feuerwogen hörten zu existieren auf, als er den Strom der von ihm ausgehenden Macht unterbrach. Er wollte den Mann fangen und nicht umbringen.

Noch schneller glitt die Steinplatte durch die Dunkelheit. Er kam Asmodean immer näher. Mit einemmal blieb die Plattform des Verlorenen in der Dunkelheit stehen. Vor ihm entstand eine helle Öffnung, und durch die sprang er. Die silbrige Scheibe verschwand, und die Tür begann sich zu schließen. Rand schlug wild entschlossen mit der Macht zu. Er mußte die Tür offenhalten. Sobald sie geschlossen wäre, hätte er keine Ahnung mehr, wohin Asmodean geflohen war. Das Schrumpfen der Öffnung hielt inne. Ein von blendendem Sonnenschein erfülltes Viereck war geblieben, groß genug, um durchzusteigen. Er mußte es offenhalten und erreichen, bevor Asmodean zu weit weg war…

In dem Augenblick, als er an Anhalten dachte, stand seine Stufe auch schon still. Sie stand still, doch er wurde vorwärtsgeschleudert, direkt durch die Türöffnung hindurch. Sein Stiefel blieb an etwas hängen, doch dann überschlug er sich bereits auf hartem Boden und blieb schließlich atemlos liegen.

Er rang erst einmal nach Luft und richtete sich dann mühsam auf, denn er wagte nicht, auch nur einen Moment länger hilflos liegenzubleiben. Immer noch erfüllte ihn die Eine Macht mit Leben und Verderbnis. Seine Schrammen waren genauso fern von ihm wie sein mühevolles Luftholen, ebenso fern wie der gelbliche Staub, der ihn und seine feuchte Kleidung bedeckte. Und doch war er zur gleichen Zeit jeder winzigen Bewegung der glühendheißen Luft gewahr, jedes noch so kleinen Risses im harten Lehmboden. Schon verdunstete die Feuchtigkeit auf Hemd und Hose im Sonnenschein. Er befand sich in der Wüste, im Tal unterhalb des Chaendar, keine fünfzig Schritt vom nebelumwallten Rhuidean entfernt. Die Tür war verschwunden.

Er trat einen Schritt auf die Nebelwand zu und blieb mit bereits erhobenem linken Fuß gleich wieder stehen. Der Absatz seines Stiefels war glatt abgeschnitten. Das mußte beim Hängenbleiben an der sich schließenden Tür geschehen sein. Er war sich vage bewußt, daß er trotz der Hitze schauderte. Er hatte nicht gewußt, daß es derart gefährlich war. Der Verlorene besaß all diese Kenntnisse. Asmodean würde ihm nicht entkommen.

Grimmig ordnete er seine Kleidung und steckte die

Statuette des kleinen Mannes und sein Schwert entschlossen dorthin zurück, wo sie hingehörten. Dann rannte er auf den Nebel zu und mitten hinein. Graue Blindheit umgab ihn. Hier konnte ihm auch die in ihm angesammelte Macht nicht behilflich sein. Er rannte blindlings weiter.

Dann plötzlich warf er sich zu Boden und wälzte sich den letzten Schritt aus dem Nebel auf die rauhen Pflastersteine. Dort lag er und blickte hoch zu den drei hell leuchtenden Bändern, die im eigenartigen Licht Rhuideans silbrig blau wirkten. Sie schwebten in der Luft und erstreckten sich jeweils ein Stück nach rechts und links. Falls er aufstand, würden sie sich auf Höhe seiner Hüfte, seines Brustkorbs und seines Halses befinden. Sie waren so dünn, daß sie, von der Kante her betrachtet, beinahe nicht mehr zu sehen waren. Ihm war klar, wie sie erzeugt und dort aufgehängt worden waren, auch wenn er es nicht verstand. So hart wie Stahl und so scharf, daß dagegen eine Rasierklinge wie eine Feder gewirkt hätte. Wäre er in sie hineingelaufen, dann hätten sie ihn glatt durchschnitten. Ein kleiner Strom der Macht, und die silbernen Bänder zerfielen zu Staub. Kalter Zorn außerhalb des Nichts; innerhalb: kalte Zielstrebigkeit und die Eine Macht.

Das bläuliche Glühen der Nebelkuppel warf schattenloses Licht auf die halbfertigen, aus großen Platten gebauten Marmor- und Kristallpaläste mit den riesigen Glasflächen und die wolkendurchdringenden, kannelierten oder spiralförmigen Türme. Und auf der breiten Straße vor ihm lief Asmodean vorbei an ausgetrockneten Brunnen in Richtung des großen Platzes im Herz der Stadt.

Rand wollte die Macht gebrauchen, doch es schien auf seltsame Art schwierig geworden zu sein. Er zog an *Saidin,* riß förmlich daran, bis es in ihn hineintobte. Dann lenkte er die Macht, und mächtige gezackte Blitze schossen aus der Nebelkuppel herab. Er zielte nicht auf

Asmodean. Geradewegs vor dem Verlorenen explodierten schimmernde weiße und rote Säulen, fünfzig Fuß dick und hundert Schritt hoch, jahrhundertealt, stürzten in Schutt- und Staubwolken auf die Straße und zerbarsten.

Von riesigen Fenstern aus farbigem Glas aus schienen die Bilder majestätisch-würdevoller Männer und Frauen Rand mißbilligend anzublicken. »Ich muß ihn aufhalten«, sagte er zu ihnen. Seine Stimme warf ein Echo in den eigenen Ohren.

Asmodean blieb stehen und sprang vor den zusammenstürzenden Säulen zurück. Die auf ihn zutreibenden Staubwolken berührten seinen glänzend roten Mantel nicht, sondern teilten sich und machten ihm Platz.

Feuer erblühte um Rand, hüllte ihn ein, und die Luft wurde zu Feuer – und dann verschwand alles, bevor ihm überhaupt bewußt war, was er dagegen unternahm. Seine Kleidung war trocken und heiß, das Haar fühlte sich versengt an, und verklebter Staub fiel bei jedem Schritt von ihm ab. Asmodean kletterte über den Schutt auf der Straße. Weitere Blitze zuckten herab und brachten die Pflastersteine ein Stück vor ihm zum Aufbäumen. Steinbrocken flogen durch die Luft. Kristallene Palastwände wurden zerfetzt und verbreiteten Zerstörung vor ihm.

Der Verlorene verlangsamte seinen Schritt trotzdem nicht, und als er in den Staubwolken außer Sicht war, zuckten auch Blitze aus den leuchtenden Wolken auf Rand herab, blindlings geschleudert, aber ganz sicher in der Absicht, zu töten. Im Laufen webte Rand eine Abschirmung um sich herum. Steinbrocken prallten davon ab, als er den knisternden, blauen Blitzen auswich und über die Löcher sprang, die sie in das Pflaster rissen. Die Luft selbst sprühte Funken. Die Haare an seinen Armen stellten sich auf, und selbst sein Kopfhaar stand zu Berge.

Irgend etwas war in die Barriere aus zerschmetterten Säulen verwoben. Er festigte den Schutzschild um sich. Große Brocken roter und weißer Steine explodierten, als er sie packen und darüberklettern wollte. Reines, grelles Licht und herumfliegende Steine konnten ihn nicht aufhalten. Sicher in seiner Schutzblase geborgen, rannte er durch die Lücke und war sich des Grollens zusammenbrechender Gebäude nur am Rande bewußt. Er mußte Asmodean aufhalten. Unter großer Anstrengung – es kostete ihn wirklich Mühe – schleuderte er Blitze nach vorn. Feuerkugeln fetzten aus dem Boden empor. Alles, um den Mann im roten Mantel aufzuhalten. Er holte auf. Den großen Platz betrat er nur noch ein Dutzend Schritt hinter ihm. Er versuchte, noch schneller zu laufen, verdoppelte seine Bemühungen, Asmodean am Weiterkommen und der Flucht zu hindern. Asmodean kämpfte und versuchte, ihn zu töten.

Die *Ter'Angreal* und andere wertvolle Gegenstände, für deren Transport hierher so viele Aiel ihr Leben geopfert hatten, wurden von Blitzen hochgeschleudert, von wirbelnden Flammenrädern umgestürzt. Kunstvoll gefertigte Konstruktionen aus Silber und Kristall zersplitterten, und fremdartig anmutende Metallformen stürzten um, als der Erdboden bebte und breite Spalten aufrissen.

Asmodean suchte verzweifelt und rannte noch immer weiter. Dann warf er sich auf etwas, was inmitten all dieser Trümmer am unauffälligsten schien: eine aus weißem Stein gehauene, vielleicht einen Fuß lange Figur, die auf dem Rücken lag und einen Mann mit einer Kristallkugel in einer hochgereckten Hand darstellte. Asmodean schloß seine Hände mit einem erleichterten Aufschrei um sie.

Einen Herzschlag später ergriffen auch Rands Hände die Figur. Einen winzigen Augenblick lang nur sah er dem Verlorenen ins Gesicht. Er sah genauso aus wie vorher als Gaukler, nur lag in seinen dunklen Augen eine wilde Verzweiflung. Er war ein durchaus gutaussehender Mann von mittleren Jahren, und nichts zeigte, daß er einen der Verlorenen vor sich hatte. Ein winziger Augenblick, und dann griffen sie beide durch die Figur hindurch, den *Ter'Angreal,* nach einem der beiden mächtigsten *Sa'Angreal,* die jemals angefertigt worden waren.

Rand nahm undeutlich eine große, halb begrabene Statue im fernen Cairhien wahr, die in der Hand eine enorme Kristallkugel hielt. Sie glühte wie eine Sonne und pulsierte mit der Einen Macht. Und die Macht in ihm selbst wogte auf wie alle Meere der Welt zusammen im Sturm. Damit ließ sich alles vollbringen. Wahrscheinlich hätte er jetzt sogar das tote Kind wiederbeleben können. Die Verderbnis schwoll im gleichen Maße an und verbog jede Faser seines Seins, kroch in jede Ritze, in seine Seele. Er verspürte den Wunsch, aufzuheulen oder zu explodieren. Und doch hatte er nur die Hälfte dessen aufgenommen, was der *Sa'Angreal* geben konnte. Die andere Hälfte erfüllte Asmodean.

Hin und her zerrten sie die Figur, stolperten über verstreute und zerbrochene *Ter'Angreal,* stürzten, aber keiner wagte, auch nur einen Finger von der Figur zu lösen, aus Angst, der andere könne sie ihm entreißen. Und doch wurde gleichzeitig, während sie übereinander rollten, gegen einen Türrahmen aus Sandstein prallten, der auf wundersame Weise stehengeblieben war, dann an eine umgefallene aber unbeschädigte Kristallstatue stießen, die eine nackte Frau mit einem an die Brust gedrückten Kind darstellte, während sie also um den *Ter'Angreal* rangen, der Kampf auch auf einer anderen Ebene ausgetragen.

Hammerschläge aus purer Energie, stark genug, um Berge einzuebnen, prasselten auf Rand hernieder, und Klingen, die das Herz der Erde durchbohren konnten, stachen auf ihn ein. Ungesehene Zangen versuchten, ihm den Verstand aus dem Körper zu reißen, und rissen selbst an seiner Seele. Jeder Fetzen der Macht, den er an sich ziehen konnte, wurde gebraucht, um diese Angriffe abzuwehren. Er war sicher, daß ihn in diesen Momenten jeder vernichten könne, als habe es ihn nie gegeben. Er war dagegen nicht sicher, wohin ihr Kampf sie führte. Der Boden unter ihnen bebte und schüttelte sie bei ihrem Ringkampf durch, ließ sie in ein Wirrwarr überanstrengter Muskeln stürzen. Schwach drang ein allumfassendes Grollen in sein Bewußtsein, ein tausendfaches Baßgesumme wie von einer fremdartigen Musik. Die Glassäulen bebten und vibrierten. Er konnte sich jetzt keine Gedanken über sie machen.

All diese schlaflosen Nächte rächten sich jetzt, und nun noch diese wilde Jagd. Er war müde, und wenn er das sogar im Nichts wahrnahm, dann mußte er dem Zusammenbruch nahe sein. Als er von der sich aufbäumenden Erde durchgeschüttelt wurde, wurde ihm bewußt, daß er nicht mehr versuchte, Asmodean den *Ter'Angreal* zu entreißen. Er hing nur noch daran und wollte wenigstens nicht loslassen. Bald würde seine Kraft verbraucht sein. Selbst wenn er seinen Griff an der Steinfigur behaupten konnte, würde er doch *Saidin* aufgeben müssen, oder die Macht würde ihn wegschwemmen und genauso sicher vernichten, wie Asmodean das wollte. Er war nicht mehr in der Lage, auch nur einen einzigen weiteren Strang aus dem *Ter'Angreal* zu ziehen. Zwischen Asmodean und ihm herrschte Gleichgewicht. Jeder fühlte in sich genau die Hälfte dessen, was der große *Sa'Angreal* in Cairhien liefern konnte. Asmodean schnaufte ihm ins Gesicht, knurrte. Schweiß rann dem Verlorenen über Stirn und Wangen und tropfte herab. Der Mann war auch müde. Aber genauso müde wie er?

Die aufzuckende Erde wuchtete Rand einen Augenblick lang empor, und gleich war Asmodean ebenso schnell über ihm, doch in diesem einen Moment spürte Rand, wie sich etwas zwischen sie preßte: die kleine

Figur des fetten Mannes mit dem Schwert, die immer noch in seinem Hosenbund steckte. Ein unbedeutender Gegenstand, wenn man die ungeheure Machtfülle betrachtete, aus der sie ihre Energie bezogen. Ein Becher Wasser, verglichen mit einem gewaltigen Strom, mit einem Meer. Er wußte nicht einmal, ob er die kleine Figur benützen konnte, während er noch an den großen *Sa'Angreal* gekettet war. Und wenn es möglich war? Asmodean fletschte die Zähne. Es war keine Grimasse, sondern ein in Erschöpfung erstarrtes Lächeln. Der Mann glaubte, er werde gewinnen. Vielleicht hatte er recht. Rands Finger zitterten. Sein Griff an dem *Ter'Angreal* wurde schwächer. Trotz der Verbindung mit dem großen *Sa'Angreal* konnte er sich nur noch mühsam an *Saidin* klammern.

Er hatte diese eigenartigen Dinge, die wie schwarze Stahldrähte aussahen, nicht mehr an Asmodean erkennen können, seit er diesen Ort der Dunkelheit verlassen hatte, aber selbst im Nichts konnte er sie sich vorstellen und sie im Geist an den Verlorenen anhängen. Tam hatte ihm das mit dem Nichts als Konzentrationshilfe beim Bogenschießen beigebracht, um eins zu werden mit dem Bogen, dem Pfeil, dem Ziel. So wurde er eins mit den vorgestellten schwarzen Drähten. Er bemerkte kaum, wie Asmodean die Stirn runzelte. Der Mann mußte sich fragen, wieso sein Gesichtsausdruck mit einemmal so ruhig geworden war. Diese Ruhe war immer in dem Moment da, bevor er den Pfeil abschoß. Er griff durch den kleinen *Angreal* in seinem Hosenbund, und noch mehr Macht durchströmte ihn. Er verschwendete keine Zeit damit, sich darüber zu freuen. Es war ja nur ein so kleiner Strom, verglichen mit dem, der ihn bereits erfüllte, und dies war sein letzter Schlag. Er würde das letzte bißchen Kraft in ihm verschlingen. Er formte sie wie ein Schwert der Macht, ein Schwert des Lichts, und stieß zu, eins mit dem Schwert, eins mit den Drähten in seiner Vorstellung.

Asmodean riß die Augen auf, und er schrie, ein Heulen aus den tiefsten Abgründen des Schreckens. Der Verlorene bebte wie ein geschlagener Gong. Einen Augenblick lang schien er zweimal dazusein. Die beiden Asmodeans zitterten auseinander und vereinigten sich wieder. Er kippte nach hinten, breitete die Arme aus und lag schwer atmend da. Sein roter Mantel war nun zerfetzt und verschmutzt. Er sah hoch ins Leere. Seine dunklen Augen blickten verloren.

Als er zusammenbrach, konnte Rand *Saidin* nicht mehr festhalten, und die Macht verließ ihn. Er hatte kaum mehr genug Kraft, um den *Ter'Angreal* an seine Brust zu drücken und sich von Asmodean wegzurollen. Er rappelte sich auf die Knie hoch und fühlte sich dabei, als erklimme er einen Berg. Erleichtert drückte er die Figur das Mannes mit der Kristallkugel an sich. Die Erde hatte aufgehört zu beben. Die Glassäulen standen noch, und dafür war er dankbar. Sie zu zerstören wäre einem Auslöschen der Geschichte der Aiel gleichgekommen. Obwohl das Pflaster unter *Avendesora* mit dreifingrigen Blättern übersät war, hing nur ein Zweig des großen Baumes abgebrochen herab. Doch der Rest von Rhuidean …

Der Platz wirkte, als sei alles von einem wahnsinnigen Riesen aufgehoben und durcheinandergeworfen worden. Die Hälfte der großen Paläste und Türme waren nur noch Schutthaufen. Einiges hatte sich auf den Platz hineingeschoben. Riesige Säulen waren umgestürzt und hatten andere mitgerissen. Wände waren eingestürzt, und Löcher klafften, wo vorher großflächige Fenster aus buntem Glas gewesen waren. Durch die ganze Stadt zog sich ein Riß, eine Bodenspalte, fast fünfzig Fuß breit. Und damit endete die Zerstörung keineswegs. Die Nebelkuppel, die Rhuidean so viele Jahrhunderte lang verborgen hatte, löste sich auf. Die Unterseite leuchtete nicht mehr, und greller Sonnenschein fiel durch große Wolkenlöcher. Jenseits der

Stadt schien auch der Gipfel des Chaendar verändert, niedriger, und auf der gegenüberliegenden Seite des Tals hatten einige der Berge auf jeden Fall von ihrer Höhe verloren. Am Nordende des Tals lag ein riesiger Schuttfächer über dem Land, wo sich vorher ein Berg aufgetürmt hatte.

Ich bringe Zerstörung. Immer zerstöre ich! Licht, hört das denn niemals auf?

Asmodean rollte sich auf den Bauch herum und erhob sich auf Hände und Knie. Sein Blick fand Rand und den *Ter'Angreal,* und er machte Anstalten, auf sie zuzukriechen.

Rand hätte keinen einzigen Funken mehr mit Hilfe der Macht schlagen können, aber er hatte sich zu wehren gelernt, bevor er noch den ersten Alptraum der Einen Macht wegen erlebt hatte. Er hob drohend eine Faust. »Denkt nicht einmal daran!« Der Verlorene blieb, wo er war, und wankte erschöpft. Sein Gesicht erschlaffte, und doch kämpften sichtlich Verzweiflung und Gier darin. Haß und Furcht glitzerten in seinen Augen.

»Es macht mir Spaß, Männer kämpfen zu sehen, aber Ihr zwei könnt ja noch nicht einmal stehen.« Lanfear kam in Rands Gesichtsfeld und betrachtete kopfschüttelnd die Zerstörungen. »Ihr habt ganze Arbeit geleistet. Könnt Ihr die Spuren noch fühlen? Der Ort war irgendwie abgeschirmt. Ihr habt mir nicht genug übriggelassen, um genau feststellen zu können, auf welche Weise.« Mit plötzlich strahlenden dunklen Augen kniete sie vor Rand nieder und musterte, was er in der Hand hielt. »Also dahinter war er her. Ich glaubte, sie seien alle zerstört worden. Vom einzigen, den ich bisher zu sehen bekam, ist nur die Hälfte übriggeblieben. Eine schöne Falle für eine unvorsichtige Aes Sedai.« Sie streckte eine Hand aus, und er packte den *Ter'Angreal* noch ein wenig fester. Ihr Lächeln berührte ihre Augen nicht. »Behalte ihn ruhig. Für mich ist das nicht mehr als eine Statuette.« Sie erhob sich und klopfte sich den Staub vom weißen Rock, obwohl das gar nicht nötig war. Als sie bemerkte, daß er sie beobachtete, hörte sie auf, den schuttbedeckten Platz mit Blicken abzusuchen, und lächelte noch etwas strahlender. »Was du benützt hast, war einer der beiden *Sa'Angreal*, von denen ich dir erzählt habe. Hast du gespürt, wie unwahrscheinlich mächtig er ist? Ich habe mich schon lange gefragt, wie das ist, wenn man ihn benützt.« Sie schien sich der Gier in ihrem Tonfall nicht bewußt. »Mit den beiden zusammen können wir selbst den Großen Herrn der Dunkelheit verdrängen. Das stimmt, Lews Therin! Gemeinsam!«

»Hilf mir!« Asmodean kroch unsicher auf sie zu, Entsetzen auf dem erhobenen Gesicht. »Du weißt nicht, was er getan hat. Du mußt mir helfen. Ich wäre nicht hergekommen, wenn du nicht wärst.«

»Was hat er denn getan?« schniefte sie. »Hat dich wie einen Hund geprügelt, und das noch nicht einmal halb so fest, wie du es verdient hättest. Du warst nie für Großes bestimmt, Asmodean, nur, denen zu folgen, die wirklich groß sind.«

Rand brachte es fertig, aufzustehen, wobei er immer noch die Figur aus Stein und Kristall an seine Brust drückte. Er wollte in ihrer Gegenwart nicht weiterhin auf den Knien liegen. »Ihr *Auserwählten*« – er wußte, daß es gefährlich war, sie zu reizen, aber er konnte nicht anders – »habt Eure Seelen dem Dunklen König verschrieben. Ihr habt zugelassen, daß er sich mit Euch verband.« Wie oft hatte er seinen Kampf gegen Ba'alzamon im Geist wiederholt? Wie oft, bevor er zu ahnen begann, was diese schwarzen Drähte zu bedeuten hatten? »Ich habe ihn vom Dunklen König abgeschnitten, Lanfear. Ich habe ihn abgeschnitten!«

Sie riß entsetzt die Augen auf und blickte von ihm zu Asmodean und zurück. Der Mann hatte zu weinen begonnen. »Ich habe das nicht für möglich gehalten.

Wieso? Hast du vor, ihn zum Licht zu führen? Du hast doch damit nichts in ihm verändert.«

»Er ist noch immer der gleiche Mann, der sich einst dem Schatten verschrieben hat«, stimmte ihr Rand zu. »Ihr habt mir ja erzählt, wie wenig Ihr *Auserwählten* Euch gegenseitig vertraut. Wie lange könnte er es geheimhalten? Wie viele von Euch würden glauben, daß er es nicht irgendwie selbst fertiggebracht habe? Ich bin froh, daß Ihr es für unmöglich gehalten habt. Vielleicht werden es auch die anderen von Euch für unmöglich halten. Ihr habt mich erst darauf gebracht, Lanfear. Ein Mann, der mich im Gebrauch der Macht unterrichten kann. Aber ich lasse mich nicht von einem Mann unterweisen, der mit dem Dunklen König verbunden ist. Nun habe ich dieses Problem nicht mehr. Er mag ja der gleiche Mann sein, aber er hat nun wohl keine Wahl mehr, oder? Er kann bleiben und mich unterrichten und hoffen, daß ich gewinne, und mir zu gewinnen helfen, oder er kann hoffen, daß Ihr anderen das nicht als Ausrede benützt, um ihn fertigzumachen. Wie wird er sich Eurer Meinung nach entscheiden?«

Asmodean starrte aus seiner gebückten Haltung Rand wild an. Dann streckte er eine bittende Hand nach Lanfear aus. »Sie werden dir glauben! Du kannst es ihnen sagen! Ich wäre nicht hier, wenn du nicht gewesen wärst! Du mußt es ihnen sagen! Ich bin dem Großen Herrn der Dunkelheit treu!«

Auch Lanfear starrte Rand an. Zum erstenmal überhaupt bemerkte er eine Unsicherheit an ihr. »An wieviel kannst du dich wirklich noch erinnern, Lews Therin? Wieviel an dir bist du selbst und wieviel der Schafhirte? Das ist die Art von Plan, den du damals entworfen hättest, als wir ...« Sie holte tief Luft und wandte sich Asmodean zu. »Ja, sie werden mir glauben – wenn ich ihnen berichte, daß du zu Lews Therin übergegangen bist. Jeder weiß, daß du grundsätzlich tust, wovon du dir den größten Vorteil versprichst. Ja, so geht das.« Sie nickte befriedigt in sich hinein. »Noch ein kleines Geschenk für dich, Lews Therin. Diese Abschirmung wird ein ganz klein wenig der Macht durchlassen, gerade genug, daß er dich in ihrem Gebrauch unterweisen kann. Sie wird sich mit der Zeit auflösen, aber er wird noch monatelang nicht in der Lage sein, dich zu gefährden, und bis dahin wird ihm überhaupt nichts mehr anderes übrigbleiben, als bei dir zu bleiben. Er war noch nie sehr geschickt darin, eine Abschirmung zu durchbrechen. Dazu muß man gewillt sein, Schmerzen zu ertragen, und das hat er nie gekonnt.«

»Neeeein!« Asmodean kroch zu ihr hin. »Das kannst du mir doch nicht antun! Bitte, Mierin! Bitte!«

»Ich heiße *Lanfear*!« Im Zorn verzerrte sich ihr Gesicht so, daß es plötzlich häßlich wirkte, und der Mann schwebte mit ausgebreiteten Armen und Beinen in die Luft. Die Kleider wurden an seinen Körper gepreßt und die Gesichtshaut verzogen, als laste ein großes Gewicht darauf.

Rand konnte nicht zulassen, daß sie den Mann tötete, aber er war zu müde, um die Wahre Quelle ohne Hilfe zu berühren. Er konnte sie kaum fühlen – wie ein fernes Glühen, gerade außer Sichtweite. Einen Moment lang verkrampften sich seine Hände um den Steinmann mit der Kristallkugel. Wenn er jetzt wieder hindurch und nach dem riesigen *Sa'Angreal* in Cairhien griff, würde ihn diese Machtfülle möglicherweise zerstören. Statt dessen griff er durch die Steinfigur in seinem Hosenbund. Mit Hilfe dieses *Angreals* brachte er nur einen schwachen Strom zustande, ein haarfeines Gerinnsel im Vergleich zu dem anderen, aber er war zu müde, um mehr Macht an sich zu ziehen. Er schleuderte sie zwischen die beiden Verlorenen und hoffte, sie wenigstens damit abzulenken.

Ein weißglühender, zehn Fuß hoher Lichtstrahl stand plötzlich zwischen dem Paar. Seine Ränder verschwammen, und eine blau sprühende Entladung brannte eine schrittbreite Rinne in das Pflaster des Platzes, einen glatten Schnitt, an dessen Außenseiten geschmolzene Erde und Steine glühten. Dann schlug der Feuerstrahl in eine grüngemaserte Palastwand ein, und sie explodierte. Der nachhallende Donner wurde vom Lärm des Einsturzes übertönt. Auf der einen Seite des klaffenden Spalts ließ sich Asmodean schaudernd auf den Boden sinken, wobei ihm Blut aus Nase und Ohren rann, und auf der anderen Seite taumelte Lanfear wie geschlagen nach hinten, und dann fuhr sie zu Rand herum. Er wankte nach der kräftezehrenden Anstrengung und verlor den Zugriff auf *Saidin* wieder.

Einen Augenblick lang verzerrte abgrundtiefe Wut ihr Gesicht, wie zuvor Asmodean gegenüber. Diesen einen Moment über stand Rand am Abgrund des Todes. Dann verschwand die Wut genauso schnell, wie sie gekommen war, und wurde hinter einem verführerischen Lächeln verborgen. »Nein, ich darf ihn nicht töten. Nicht nach all der Mühe, die wir uns gegeben haben.« Sie kam zu ihm herüber und streichelte über die Seite seines Halses, wo sie ihn in seinem Traum gebissen hatte. Die Wunde heilte gerade. Moiraine hatte er nichts davon erzählt. »Du trägst noch immer mein Zeichen. Soll ich es endgültig haltbar machen?«

»Habt Ihr jemandem im Alcair Dal oder in den Lagern etwas angetan?«

Sie hörte nicht auf zu lächeln, aber ihre Geste änderte sich. Die Finger krallten plötzlich, als wolle sie ihm den Kehlkopf ausreißen. »Wen zum Beispiel? Ich glaubte, du hättest eingesehen, daß du dieses kleine Bauernmädchen gar nicht liebst? Oder liegt es an der Aielschlampe?« Eine Viper. Eine tödliche Viper, die ihn liebte. *Licht, hilf mir!* Er wußte nicht, wie er sie daran hindern konnte, falls sie zubeißen wollte, gleich, ob ihn oder jemanden anders.

»Ich will nicht, daß jemand verletzt wird. Ich brauche

sie noch. Ich kann sie benutzen.« Es schmerzte, so etwas zu sagen, besonders, weil es auch einen Anteil an Wahrheit enthielt. Aber Lanfears Giftzahn von Egwene und Moiraine, von Aviendha und anderen fernzuhalten, die ihm nahestanden, war ein wenig Schmerz wert.

Sie warf den schönen Kopf zurück und lachte herzlich. Es klang wie Glockengeläut. »Ich kann mich an Zeiten erinnern, da hattest du ein zu weiches Herz, um irgend jemanden zu benutzen. Raffiniert im Kampf, hart wie Stein und überheblich wie ein ganzes Gebirge, und doch mit dem weichen Herz eines kleinen Mädchens. Nein, ich habe keiner von deinen kostbaren Aes Sedai etwas getan, noch deiner kostbaren Aielfrau. Ich töte nicht ohne die Notwendigkeit dazu, Lews Therin. Ich verletze noch nicht einmal jemanden ohne Grund.« Er vermied es betont, Asmodean direkt anzusehen. Der Mann war leichenblaß, atmete rauh und unregelmäßig, hatte sich auf eine Hand gestützt, und mit der anderen wischte er sich das Blut von Mund und Kinn.

Lanfear drehte sich langsam um und betrachtete noch einmal den großen Platz. »Ihr habt diese Stadt genauso gründlich zerstört, wie es ein ganzes Heer vermocht hätte.« Aber sie betrachtete nicht wirklich, wie sie vorgab, die Ruinen der Paläste, sondern den Schutt und die Überreste der *Ter'Angreal* und was sonst noch hier gestanden hatte. Ihre Mundwinkel waren straff gespannt, als sie sich wieder Rand zuwandte, und in ihren dunklen Augen stand auch etwas an unterdrücktem Ärger. »Gebrauche das, was er dich lehrt, weise, Lews Therin. Die anderen warten immer noch dort draußen: Sammael, der dich so beneidet, Demandred mit seinem Haß, Rahvin und sein Machthunger. Falls – wenn – sie erfahren, daß du dies in Händen hältst, werden sie ihre Anstrengungen, dich zu stürzen, noch verstärken!«

Ihr Blick huschte zu der fußhohen Figur in seinen

Händen, und einen Moment lang hatte er das Gefühl, sie erwäge, sie ihm zu entreißen. Nicht, um ihm den Rücken den anderen gegenüber freizuhalten, sondern weil sie fürchtete, er könne zu stark für sie werden. Jetzt gerade war er wahrscheinlich zu schwach, um ihre Hände abzuwehren. Im einen Augenblick überlegte sie, ob sie ihm den *Ter'Angreal* überlassen solle, und im nächsten schätzte sie den Grad seiner Erschöpfung ab. So oft sie auch von ihrer Liebe zu ihm sprach, wollte sie doch möglichst weit weg sein, wenn er sich erholt hatte und das Ding benützt. Ihr Blick wanderte noch einmal kurz über den Platz. Sie schürzte die Lippen. Doch dann öffnete sich neben ihr eine Tür, aber keine in die Dunkelheit, sondern in etwas, das wie ein Raum in einem Palast aussah – alles in weißem Marmor gehalten und mit seidenen Wandbehängen.

»Welche von ihnen wart Ihr?« fragte er, als sie darauf zutrat, und sie blieb stehen und sah sich nach hinten zu ihm um. Ihr Lächeln wirkte nun geradezu kokett.

»Glaubst du, ich könne es ertragen, die fette, häßliche Keille zu sein?« Sie strich mit den Hände über ihren schlanken Körper, um ihren Worten Nachdruck zu verleihen. »Isendre dagegen ... Die schlanke, schöne Isendre. Ich dachte mir, wenn du einen Verdacht hättest, würde der Isendre gelten. Aber mein Stolz ist ausgeprägt genug, um, wenn es notwendig ist, auch ein wenig Fett zu ertragen.« Das Lächeln entblößte nun ihre Zähne. »Isendre glaubte, sie habe es mit einfachen Schattenfreunden zu tun. Ich wäre nicht überrascht, wenn sie gerade dabei wäre, einigen zornigen Aielfrauen verzweifelt zu erklären, warum eine Menge von ihren goldenen Halsketten und Armreifen am Grund ihrer Truhe entdeckt wurde. Sie hat auch tatsächlich einige davon gestohlen.«

»Ich habe mich wohl verhört, als Ihr sagtet, Ihr hättet niemandem etwas angetan?«

»Jetzt kommt wohl wieder dein weiches Herz zum

Vorschein. Ich kann auch ein zartes Frauenherz heraushängen, wenn ich will. Ich glaube nicht, daß du sie vor einer Prügelstrafe bewahren kannst, und das verdient sie auch, wenn ich bedenke, welche Blicke sie mir zugeworfen hat, aber wenn du schnell zurückkehrst, kannst du die anderen daran hindern, sie mit nur einem Wasserschlauch ausgerüstet zu Fuß durch dieses glühende Land zurückzuschicken. Wie es scheint, sind diese Aiel recht streng, was Diebe betrifft.« Sie lachte erheitert und schüttelte den Kopf. »So anders, als sie einmal waren. Man konnte einem Da'schain ins Gesicht schlagen, und er fragte lediglich, was er getan habe. Und wenn man noch mal zuschlug, fragte er höchstens, ob er provoziert habe. Das änderte sich nicht, und wenn man den ganzen Tag so weitermachte.« Sie warf Asmodean einen verächtlichen Seitenblick zu und fügte hinzu: »Lerne nur schnell und gut, Lews Therin. Ich will, daß wir gemeinsam regieren, und deshalb will ich auch nicht erleben, wie Sammael dich tötet oder Graendal dich ihrer Sammlung schöner junger Männer einverleibt. Lerne gut und schnell.« Sie trat in den mit weißem Marmor und Seide ausgestatteten Raum, und die Tür schien sich zur Seite zu drehen, zu verengen, und verschwand.

Rand atmete zum erstenmal seit ihrem Auftauchen richtig tief ein. Mierin. Eine Name, an den er sich von den Glassäulen her erinnerte. Die Frau, die im Zeitalter der Legenden das Gefängnis des Dunklen Königs gefunden und sich einen Weg hineingebahnt hatte. Hatte sie damals gewußt, was es war? Wie war sie diesem feurigen Verderben entronnen, das er gesehen hatte? Hatte sie sich sogar damals schon dem Dunklen König hingegeben?

Asmodean rappelte sich mühsam hoch. Er stand unsicher da und stürzte beinahe wieder. Er blutete nicht mehr, aber dünne Blutgerinnsel zogen sich immer noch von den Ohren an den Seiten seines Halses entlang nach unten, und Mund und Kinn waren blutverschmiert. Sein schmutziger roter Mantel war zerrissen, die weißen Spitzen verfilzt und zerfetzt. »Es war meine Verbindung zum Großen Herrn, die mir ermöglicht hat, *Saidin* zu berühren, ohne wahnsinnig zu werden«, sagte er heiser. »Alles, was Ihr fertiggebracht habt, war, mich genauso verwundbar zu machen, wie Ihr es seid. Ihr könnt mich genausogut laufen lassen. Ich bin kein sehr guter Lehrer. Sie hat mich nur deshalb dafür ausgewählt, weil …« Seine Lippen verzogen sich, als wolle er seine Worte zurückholen.

»Weil es niemand anderen dafür gibt«, beendete Rand den Satz und wandte sich ab.

Auf zittrigen Beinen überquerte Rand den breiten Platz, wobei er sich den Weg durch den Schutt bahnen mußte. Er und Asmodean waren von *Avendesora* aus halb um den Wald aus Glassäulen herumgeschleudert worden. Kristallsockel lagen zwischen umgestürzten Statuen von Männern und Frauen. Einige waren zu Bruchstücken zerbrochen, andere wiesen noch nicht einmal Scharten auf. Ein großer, abgeflachter Ring aus silbrigem Metall lag schief über aus Metall und Stein gefertigten Stühlen, anderen eigenartigen Gegenständen aus Metall und Kristall und Glas, alles in einem Schutthaufen unter zerschmetterten Brocken begraben. Obenauf stand ein schwarzer Metallschaft vollkommen aufrecht in unmöglich scheinendem Gleichgewicht. Aber so ähnlich sah es auf dem ganzen Platz aus.

Er suchte vom großen Baum aus ein wenig herum und hatte auch schnell gefunden, wonach er gesucht hatte. Er trat Bruchstücke von spiralförmigen Glasröhren aus dem Weg, schob einen einfachen, aus rotem Kristall geschnittenen Stuhl zur Seite und nahm eine fußhohe, weiße Steinfigur in die Hand, eine Frau mit ernstem, würdigem Gesicht in einer langen Robe. Sie hielt eine durchsichtige Kugel in einer Hand. Und die war noch ganz. Für ihn, wie für jeden Mann, war sie genauso nutzlos wie ihr männlicher Zwilling für Lanfear. Er überlegte, ob er sie zerbrechen solle. Wenn er diese Figur auf die Pflastersteine schmetterte, würde die Kristallkugel bestimmt zerplatzen.

»Danach hat sie gesucht.« Er hatte nicht bemerkt, daß ihm Asmodean gefolgt war. Wankend rieb sich der Mann über den blutverschmierten Mund. »Sie wird Euch das Herz aus dem Leib reißen, um das in die Hand zu bekommen.«

»Oder Eures, weil Ihr es vor ihr geheimgehalten habt. Sie *liebt* mich.« *Licht, hilf mir. Als würde man von einer tollwütigen Wölfin geliebt.*

Nach einem Augenblick der Überlegung nahm er die weibliche Statuette neben die männliche in seine Armbeuge. Er konnte sie vielleicht doch einmal gebrauchen. *Und ich will nicht noch mehr zerstören.* Doch als er sich umsah, entdeckte er außer Zerstörung noch etwas. Der Nebel war fast ganz von der Ruinenstadt gewichen. Nur ein paar hauchdünne Nebelschleier schwebten noch zwischen den Gebäuden, die unter der sinkenden Sonne noch immer aufrechtstanden. Der Boden des Tals senkte sich jetzt steil nach Süden zu, und aus dem großen Spalt quer durch die Stadt quoll Wasser! Die Spalte mußte tief sein und bis auf den großen, verborgenen Ozean hinabreichen, der sich dort unten befand. Jetzt lief bereits das untere Ende des Tals voll. Ein See. Er würde sich vielleicht einmal bis zur Stadt hin erstrecken. Ein möglicherweise drei Meilen langer See in einem Land, wo die Menschen schon über ein Wasserloch von zehn Fuß Durchmesser staunten. Menschen würden in dieses Tal ziehen und sich hier ansiedeln. Er sah schon die umgebenden Berge vor sich, wie man an den Hängen Terrassenfelder angelegt hatte, auf denen es grün sproß. Sie würden *Avendesora* pflegen, den letzten Chorabaum. Vielleicht würden sie sogar Rhuidean neu erbauen. Dann hatte auch die Wüste ihre Stadt. Ob er wohl lange genug leben würde, um das noch zu erleben?

Mit Hilfe des *Angreals,* des runden, kleinen Mannes mit dem Schwert, war er in der Lage, eine Tür in die Schwärze zu öffnen. Asmodean trat zögernd mit ihm zusammen hindurch, wobei er das Gesicht ein wenig verächtlich verzog, als lediglich eine einzelne verzierte Steinstufe erschien, gerade breit genug für beide. Immer noch der gleiche Mann, der sich dem Dunklen König verschrieben hatte. Seine berechnenden Seitenblicke erinnerten Rand ständig daran, soweit er daran überhaupt erinnert werden mußte. Sie sprachen nur zweimal miteinander, während die Stufe durch die Dunkelheit glitt.

Einmal sagte Rand: »Ich kann Euch nicht mit Asmodean ansprechen.«

Der Mann schauderte. »Ich hieß einst Joar Addam Nesossin«, sagte er schließlich. Es klang, als habe er sich entkleidet oder etwas verloren.

»So kann ich Euch auch nicht ansprechen. Wer weiß schon, wo dieser Name einst niedergeschrieben wurde? Schließlich muß ich Euch davor bewahren, als einer der Verlorenen getötet zu werden.« Und niemanden wissen zu lassen, daß er einen Verlorenen zum Lehrer hatte. »Ich glaube, Ihr müßt weiterhin als Jasin Natael auftreten, der Gaukler des Wiedergeborenen Drachen. Das ist doch eine gute Ausrede, um Euch bei mir zu behalten.« Natael verzog das Gesicht, sagte aber nichts.

Ein bißchen später sagte Rand: »Das erste, was Ihr mir zeigen sollt, ist, meine Träume zu schützen, damit niemand in sie eindringen kann.« Der Mann nickte nur mürrisch. Er würde noch Probleme machen, aber sicherlich nicht solch große wie die, die seinem eigenen Unwissen entsprangen.

Die Stufe glitt langsamer und blieb in der Dunkelheit stehen. Rand *faltete* wieder die Wirklichkeit, und die Tür öffnete sich auf dem Felsvorsprung im Alcair Dal.

Es hatte zu regnen aufgehört, doch der von den abendlichen Schatten verdunkelte Talboden war noch klitschnaß. Die Aielfüße hatten ihn zu Schlamm aufgewühlt. Es waren nun weniger Aiel als vorher, vielleicht um ein Viertel weniger. Aber sie kämpften nicht gegeneinander. Sie starrten zu der Felsplatte hoch, wo sich Moiraine und Egwene, Aviendha und die Weisen Frauen zu den Clanhäuptlingen gesellt hatten. Die wiederum unterhielten sich mit Lan. Mat hockte ein wenig abseits von ihnen, die Hutkrempe heruntergezogen und den Speer mit dem schwarzen Schaft an die Schulter gelehnt. Adelin und die Töchter des Speers standen um ihn herum. Sie rissen Augen und Münder auf, als Rand aus der Tür trat, und noch mehr, als ihm Natael in seinem zerfledderten, glänzend roten und mit Spitzen besetzten Mantel folgte. Mat sprang grinsend auf, und Aviendha hob eine Hand in seine Richtung. Die Aiel im Tal blickten schweigend.

Bevor jemand etwas sagen konnte, bemerkte Rand: »Adelin, würdet Ihr bitte jemanden zum Markt schicken und ihnen sagen, sie sollten aufhören, Isendre zu verprügeln? Sie ist keine solche Diebin, wie man dort glaubt.« Die blonde Frau blickte überrascht drein, sprach aber sofort mit einer der Töchter, die daraufhin davonlief.

»Woher wußtest du das?« rief Egwene, und gleichzeitig wollte Moiraine wissen: »Wo seid Ihr gewesen? Wie?« Der Blick aus ihren großen, dunklen Augen huschte von ihm zu Natael. Von ihrer typischen Aes-Sedai-Gelassenheit war diesmal nichts zu bemerken. Und die Weisen Frauen? Die blonde Melaine sah aus, als wolle sie die Antworten aus ihm herausprügeln. Bair blickte finster drein, bereit, ihn auszupeitschen, um Antworten zu erhalten. Amys rückte ihren Schal zurecht und fuhr sich unentschlossen mit den Fingern durchs Haar. Sie wußte wohl nicht, ob sie besorgt oder erleichtert sein solle.

Adelin reichte ihm sein immer noch feuchtes Wams. Er wickelte es um die beiden Steinfiguren. Auch Moiraine hatte sie genau gemustert. Er wußte nicht, ob sie eine Ahnung hatte, was sie bedeuteten, aber er hatte vor, sie so gut wie möglich vor allen zu verbergen. Wenn er sich selbst schon den Umgang mit *Callandor* nicht zutraute, um wieviel weniger konnte er sich dann die Beherrschung des großen *Sa'Angreal* zutrauen? Er mußte zuerst noch viel mehr darüber lernen, wie er die Macht und sich selbst beherrschen könne.

»Was ist hier geschehen?« fragte er, und der Mund der Aes Sedai verzog sich ärgerlich, weil er sie nicht weiter beachtete. Egwene wirkte auch nicht gerade erfreut.

»Die Shaido sind weg – mit Sevanna und Couladin an der Spitze abgezogen«, sagte Rhuarc. »Alle Übriggebliebenen erkennen Euch als den *Car'a'carn* an.«

»Die Shaido waren nicht die einzigen, die geflohen sind.« Hans ledriges Gesicht verzog sich säuerlich. »Auch ein paar von meinen Tomanelle sind mitgekommen. Und einige Goshien und Shaarad und Chareen.« Jheram und Erim nickten genauso unwillig wie Han.

»Nicht unbedingt mit den Shaido«, grollte der hochgewachsene Bael, »aber sie gingen. Sie werden verbreiten, was sich hier abgespielt hat und was Ihr uns enthüllt habt. Das war nicht gut. Ich sah, wie Männer ihre Speere wegwarfen und fortrannten!«

Er wird Euch zusammenfügen und vernichten.

»Es sind keine Taardad mitgegangen«, warf Rhuarc ein, nicht stolz, sondern als nüchterne Feststellung. »Wir sind bereit, Euch zu folgen, wohin Ihr uns führt.«

Wohin er sie führte. Er war mit den Shaido, mit Couladin oder Sevanna, noch nicht fertig. Als er sich im Tal unter den Aiel umblickte, sah er viel Erschütterung auf den Mienen, obwohl sie doch geblieben waren. Wie ging es wohl jenen, die weggelaufen waren? Doch die Aiel waren nur ein Mittel zum Zweck. Daran mußte er immer denken. *Ich muß noch härter sein als sie.*

Jeade'en wartete zusammen mit Mats Wallach unterhalb der Felsplatte. Rand bedeutete Natael, in seiner Nähe zu bleiben, und stieg in den Sattel, das in sein Wams gewickelte Bündel sicher unter dem Arm. Mit verzogenem Mund kam der ehemalige Verlorene heran und stellte sich neben den linken Steigbügel. Adelin und ihre verbliebenen Töchter des Speers sprangen herab und formierten sich um sie, und zu seiner Überraschung kam auch Aviendha herunter und nahm ihren angestammten Platz zu seiner Rechten ein. Mat sprang mit einem Satz in Pips' Sattel.

Rand warf einen Blick zurück zu den Menschen auf der Felsplatte, die ihn alle beobachteten und warteten. »Es wird ein langer Weg zurück.« Bael wandte sein Gesicht ab. »Lang und blutig.« Die Mienen der Aiel änderten sich nicht. Egwene streckte eine Hand ein Stückchen nach ihm aus. In ihren Augen stand Schmerz, doch er beachtete sie nicht. »Es beginnt, wenn der Rest der Clanhäuptlinge ankommt.«

»Es hat schon vor langer Zeit begonnen«, sagte Rhuarc leise. »Die Frage ist nur, wo und wie es endet.«

Darauf hatte Rand keine Antwort. Er ließ den Apfelschimmel wenden und ritt langsam durch das Tal, von seinem eigenartig zusammengesetzten Gefolge umgeben. Die Aiel vor ihm machten ihm Platz, blickten ihn an und warteten. Die Kühle der Nacht war bereits spürbar.

Und als das Blut auf den Boden geträufelt wurde, wo nichts wachsen konnte, erhoben sich daraus die Kinder des Drachen, das Volk des Drachen, dafür gerüstet, mit dem Tod zu tanzen. Und er rief sie herbei aus den verwüsteten Ländern, und sie überzogen die Welt mit Krieg.

– aus *Das Rad der Zeit*
von Sulamein so Bhagad
Chefhistoriker am Hof der Sonne,
im Vierten Zeitalter

GLOSSAR

VORBEMERKUNG ZUR DATIERUNG

Der Tomanische Kalender (von Toma dur Ahmid entworfen) wurde ungefähr zwei Jahrhunderte nach dem Tod des letzten männlichen Aes Sedai eingeführt. Er zählte die Jahre Nach der Zerstörung der Welt (NZ). Da aber die Jahre der Zerstörung und die darauf folgenden Jahre über fast totales Chaos herrschte und dieser Kalender erst gut hundert Jahre nach dem Ende der Zerstörung eingeführt wurde, hat man seinen Beginn völlig willkürlich gewählt. Am Ende der Trolloc-Kriege waren so viele Aufzeichnungen vernichtet worden, daß man sich stritt, in welchem Jahr der alten Zeitrechnung man sich überhaupt befand. Tiam von Gazar schlug die Einführung eines neuen Kalenders vor, der am Ende dieser Kriege einsetzte und die (scheinbare) Erlösung der Welt von der Bedrohung der Trollocs feierte. In diesem zweiten Kalender erschien jedes Jahr als sogenanntes Freies Jahr (FJ). Innerhalb der zwanzig auf das Kriegsende folgenden Jahre fand der Gazarenische Kalender weitgehend Anerkennung. Artur Falkenflügel bemühte sich, einen neuen Kalender durchzusetzen, der auf seiner Reichsgründung basierte (VG = Von der Gründung an), aber dieser Versuch ist heute nur noch den Historikern bekannt. Nach weitreichender Zerstörung, Tod und Aufruhr während des Hundertjährigen Krieges entstand ein vierter Kalender durch Uren din Jubai Fliegende Möwe, einen Gelehrten der Meerleute, und wurde von dem Panarchen Farede von Tarabon weiterverbreitet. Dieser Farede-Kalender zählt die Jahre der Neuen Ära (NÄ) von dem willkürlich angenommenen Ende des Hundertjährigen Kriegs an und ist während der geschilderten Ereignisse in Gebrauch.

A'dam (aidam): ein Gerät der Seanchan, mit dessen Hilfe man Frauen kontrollieren kann, die die Macht lenken. Er besteht aus einem Halsband und einem Armreif, die durch eine Leine miteinander verbunden sind. Alles besteht aus einem silbrigen Metall. Auf eine Frau, die mit der Einen Macht nichts anfangen kann, hat er keinen Einfluß (*siehe auch: Damane,* Seanchan, *Sul'dam*).

Adelin: eine Frau der Jindo-Septime der Taardad Aiel. Eine Tochter des Speers, die zum Stein von Tear kam.

Aes Sedai (Aies Sehdai): Träger der Einen Macht. Seit der Zeit des Wahnsinns sind alle überlebenden Aes Sedai Frauen. Man mißtraut ihnen und fürchtet, ja haßt sie. Viele geben ihnen die Schuld an der Zerstörung der Welt und allgemein glaubt man, sie mischten sich in die Angelegenheiten ganzer Staaten ein. Gleichzeitig aber findet man nur wenige Herrscher ohne Aes-Sedai-Berater, selbst in Ländern, wo schon die Existenz einer solchen Verbindung geheimgehalten werden muß. Nach einigen Jahren, in denen sie die Macht gebrauchen, beginnen die Aes Sedai, alterslos zu wirken, so daß auch eine Aes Sedai, die bereits Großmutter sein könnte, keine Alterserscheinungen zeigt, außer vielleicht ein paar grauen Haaren (*siehe auch:* Ajah; Amyrlin-Sitz).

Aiel (Aiiehl): die Bewohner der Aiel-Wüste. Gelten als wild und zäh. Man nennt sie auch Aielmänner. Vor dem Töten verschleiern sie ihre Gesichter. Das führte zu der Redensart: ›Er benimmt sich wie ein Aiel mit schwarzem Schleier‹, um einen gewalttätigen Menschen zu beschreiben. Sie nehmen kein Schwert in die Hand, sind aber tödliche Krieger, ob mit Waffen oder nur mit bloßen Händen. Während sie in die Schlacht ziehen, spielen ihre Spielleute Tanzmelodien auf. Die Aielmänner benützen für die Schlacht das Wort ›der Tanz‹ und ›der Tanz der Speere‹ (*siehe auch:* Aiel-Kriegergemeinschaften; Aiel-Wüste).

Aielkrieg (976–78 NÄ): Als König Laman von Cairhien den *Avendoraldera* fällte, überquerten mehrere Clans der

Aiel das Rückgrat der Welt. Sie eroberten und brandschatzten die Hauptstadt Cairhien und viele andere kleine und große Städte im Land. Der Konflikt weitete sich schnell nach Andor und Tear aus. Im allgemeinen glaubt man, die Aiel seien in der Schlacht, an der Leuchtenden Mauer vor Tar Valon endgültig besiegt worden, aber in Wirklichkeit fiel König Laman in dieser Schlacht und die Aiel, die damit ihr Ziel erreicht hatten, kehrten über das Rückgrat der Welt in ihre Heimat zurück (*siehe auch: Avendoraldera,* Cairhien).

Aiel-Kriegergemeinschaften: Alle Aiel-Krieger sind Mitglieder einer der Kriegergemeinschaften. Es gibt z. B. die Steinsoldaten, die Roten Schilde oder die Töchter des Speers. Jede Gemeinschaft hat eigene Gebräuche und manchmal auch ganz bestimmte Pflichten. Zum Beispiel fungieren die Roten Schilde als Polizei. Steinsoldaten schwören oftmals, sich nicht zurückzuziehen, wenn einmal eine Schlacht begonnen hat. Um diesen Eid zu erfüllen, sterben sie, wenn nötig, bis auf den letzten Mann. Die Clans der Aiel bekämpfen sich auch gelegentlich untereinander, aber Mitglieder der gleichen Gemeinschaft kämpfen nicht gegeneinander, selbst wenn ihre Clans im Krieg miteinander liegen. So gibt es jederzeit, sogar während einer offenen kriegerischen Auseinandersetzung, Kontakt zwischen den Clans (*siehe auch:* Aiel-Wüste, *Far Dareis Mai*).

Aiel-Wüste: das rauhe, zerrissene und fast wasserlose Gebiet östlich des Rückgrats der Welt. Nur wenige Außenseiter wagen sich dorthin, nicht nur, weil es für jemanden, der nicht dort geboren wurde, fast unmöglich ist, Wasser zu finden, sondern auch, weil die Aiel sich im ständigen Kriegszustand mit allen anderen Völkern befinden und keine Fremden mögen. Nur fahrende Händler, Gaukler und die Tuatha'an dürfen sich in die Wüste begeben, und sogar ihnen gegenüber sind die Kontakte eingeschränkt. Es sind keine Landkarten der Wüste bekannt.

Aile Jafar (Ajel Jahfar): eine Inselgruppe des Meervolks ungefähr westlich von Tarabon.

Aile Somera: eine Inselgruppe des Meervolks ungefähr westlich der Toman-Halbinsel.

Ajah: Gesellschaftsgruppen unter den Aes Sedai. Jede Aes Sedai gehört einer solchen Gruppe an. Sie unterscheiden sich durch ihre Farben: Blaue Ajah, Rote Ajah, Weiße Ajah, Grüne Ajah, Braune Ajah, Gelbe Ajah und Graue Ajah. Jede Gruppe folgt ihrer eigenen Auslegung in bezug auf die Anwendung der Einen Macht und die Existenz der Aes Sedai. Zum Beispiel setzen die Roten Ajah all ihre Kraft dazu ein, Männer zu finden und zu beeinflussen, die versuchen, die Macht auszuüben. Eine Braune Ajah andererseits leugnet alle Verbindung zur Außenwelt und verschreibt sich ganz der Suche nach Wissen. Die Weißen Ajah meiden soweit wie möglich die Welt und das weltliche Wissen und widmen sich Fragen der Philosophie und Wahrheitsfindung. Die Grünen Ajah (die man während der Trolloc-Kriege auch Kampf Ajah nannte) stehen bereit, jeden neuen Schattenlord zu bekämpfen, wenn Tarmon Gai'don naht. Es gibt Gerüchte über eine Schwarze Ajah, die dem Dunklen König dient.

Alanna Mosvani: eine Aes Sedai der Grünen Ajah.

al'Meara, Nynaeve (Almehra, Nainiev): eine Frau aus Emondsfeld im Distrikt der Zwei Flüsse in Andor. Sie gehört jetzt zu den Aufgenommenen.

Alte Sprache, die: die vorherrschende Sprache während des Zeitalters der Legenden. Man erwartet im allgemeinen von Adligen und anderen gebildeten Menschen, daß sie diese Sprache erlernt haben. Die meisten aber kennen nur ein paar Worte. Eine Übersetzung stößt oft auf Schwierigkeiten, da sehr häufig Wörter oder Ausdrucksweisen mit vielschichtigen, subtilen Bedeutungen vorkommen.

al'Thor, Rand: ein junger Mann aus Emondsfeld, ein Ta'veren, der einst Schäfer war und nun zum Wiedergeborenen Drachen ausgerufen wurde.

al'Thor, Tam: ein Bauer und Schäfer von den Zwei Flüssen. Als junger Mann zog er aus, um Soldat zu werden. Er kehrte später mit seiner Frau (Kari, mittlerweile verstorben) und einem Kind (Rand) zurück nach Emondsfeld.

Alteima: eine Hochlady aus Tear. Sie ist sehr ehrgeizig und um die Gesundheit ihres Mannes besorgt.

al'Vere, Egwene (Alwier, Egwain): eine junge Frau aus Emondsfeld, die in der Ausbildung zur Aes Sedai steht und mittlerweile zur Aufgenommenen erhoben wurde.

Alviarin: eine Aes Sedai von den Weißen Ajah.

Amyrlin-Sitz, der: (1.) Titel der Führerin der Aes Sedai. Auf Lebenszeit vom Turmrat, dem höchsten Gremium des Aes Sedai, gewählt; dieser besteht aus je drei Abgeordneten (Sitzende genannt, wie z. B. in ›Sitzende der Grünen‹ ...) der sieben Ajahs. Der Amyrlin-Sitz hat, jedenfalls theoretisch, unter den Aes Sedai beinahe uneingeschränkte Macht. Er hat in etwa den Rang einer Königin. Etwas weniger formell ist die Bezeichnung: die Amyrlin. (2.) Thron der Führerin der Aes Sedai.

Amys: die Weise Frau der Kaltfelsenfestung. Sie ist eine Traumgängerin, eine Aiel der Neun-Täler-Septime der Taardad Aiel. Verheiratet mit Rhuarc, Schwesterfrau der Lian, der Dachherrin der Kaltfelsenfestung, und Schwestermutter der Aviendha.

Angreal: ein Überbleibsel aus dem Zeitalter der Legenden. Es erlaubt einer Person, die die Eine Macht lenken kann, einen stärkeren Energiefluß zu meistern, als das sonst ohne Hilfe und ohne Lebensgefahr möglich ist. Einige wurden zur Benützung durch Frauen hergestellt, andere für Männer. Gerüchte über *Angreal,* die von beiden Geschlechtern benützt werden können, wurden nie bestätigt. Es ist heute nicht mehr bekannt, wie sie angefertigt wurden. Es existieren nur noch sehr wenige (*siehe auch: sa'Angreal, ter'Angreal*).

Arad Doman: Land und Nation am Aryth-Meer. Im Augenblick durch einen Bürgerkrieg und gleichzeitig ausgetragene Kriege gegen die Anhänger des Wiedergeborenen Drachen und gegen Tarabon zerrissen. Die meisten Kaufleute der Domani sind Frauen. Es gibt eine Redensart: ›Laß einen Mann mit einer Domani feilschen.‹ Sie steht für eine äußerst törichte Handlungsweise. Domani-Frauen sind berühmt und berüchtigt für ihre Schönheit, Verführungskunst und für ihre skandalös-offenherzige Kleidung.

Aram: ein gut aussehender junger Mann der Tuatha'an.

Atha'an Miere: siehe Meervolk, Meerleute.

Aufgenommene: junge Frauen in der Ausbildung zur Aes Sedai, die eine bestimmte Stufe erreicht und einige Prüfungen bestanden haben. Normalerweise braucht man ca. fünf bis zehn Jahre, um von der Novizin zur Aufgenommenen erhoben zu werden. Die Aufgenommenen sind in ihrer Bewegungsfreiheit weniger eingeschränkt als die Novizinnen, und es ist ihnen innerhalb bestimmter Grenzen sogar erlaubt, eigene Studiengebiete zu wählen. Eine Aufgenommene hat das Recht, einen Großen Schlangenring zu tragen, aber nur am dritten Finger ihrer linken Hand. Wenn eine Aufgenommene zur Aes Sedai erhoben wird, wählt sie ihre Ajah, erhält das Recht, deren Stola zu tragen, und darf den Ring an jedem Finger oder auch gar nicht tragen, je nachdem, was die Umstände von ihr verlangen.

Avendesora: in der alten Sprache der Baum des Lebens. Wird in vielen Geschichten und Legenden erwähnt, die ihn an ganz unterschiedlichen Orten ansiedeln.

Avendoraldera: ein in Cairhien aus einem *Avendesora*-Keim gezogener Baum. Der Keimling war ein Geschenk der Aiel im Jahre 566 NÄ. Es gibt aber keinen zuverlässigen Bericht über eine Verbindung zwischen den Aiel und *Avendesora* (*siehe auch:* Aielkrieg).

Aviendha (Awi-enda): eine Frau aus dem Bitteres-Wasser-Clan der Taardad Aiel; eine *Far Dareis Mai* – also eine Tochter des Speers.

Aybara, Perrin: ein junger Mann aus Emondsfeld, der früher Gehilfe eines Hufschmieds war. Er ist *ta'veren* (*siehe auch: Ta'veren*).

Ba'alzamon: in der Trolloc-Sprache ›Herz der Dunkelheit‹. Es wird fälschlich angenommen, dies sei der Trolloc-Name für den Dunklen König (*siehe auch:* Dunkler König; Trollocs).

Bain: eine Frau der Schwarzfelsen-Septime der Shaarad Aiel; eine Tochter des Speers.

Bair: Weise Frau der Haido-Septime der Shaarad Aiel; eine Traumgängerin.

Behüter: ein Krieger, der einer Aes Sedai zugeschworen ist. Das geschieht mit Hilfe der Einen Macht, und er gewinnt dadurch Fähigkeiten wie schnelles Heilen von Wunden, er kann lange Zeiträume ohne Wasser, Nahrung und Schlaf auskommen und den Einfluß des Dunklen Königs auf größere Entfernung spüren. Solange er am Leben ist, weiß die mit ihm verbundene Aes Sedai, daß er lebt, auch wenn er noch so weit entfernt ist, und sollte er sterben, dann weiß sie den genauen Zeitpunkt und auch den Grund seines Todes. Allerdings weiß sie nicht, wie weit von ihr entfernt er sich befindet oder in welcher Richtung. Die meisten Ajahs gestatten einer Aes Sedai den Bund mit nur einem Behüter. Die Roten Ajah allerdings lehnen die Behüter für sich selbst ganz ab, während die Grünen Ajah eine Verbindung mit so vielen Behütern gestatten, wie die Aes Sedai es wünscht. An sich muß der Behüter der Verbindung freiwillig zur Verfügung stehen, es gab jedoch auch Fälle, in denen der Krieger dazu gezwungen wurde. Welche Vorteile die Aes Sedai aus der Verbindung ziehen, wird von ihnen als streng gehütetes Geheimnis behandelt (*siehe auch:* Aes Sedai).

Berelain sur Paendrag: die Erste von Mayene, Gesegnete des Lichts, Verteidiger der Wogen, Hochsitz des Hauses Paeron. Eine schöne und willensstarke junge Frau und eine geschickte Herrscherin. Sie bekommt gewöhnlich, was sie will, was es sie auch koste, und sie hält immer ihr Wort (*siehe auch:* Mayene).

Birgitte: legendäre Heldin, sowohl ihrer Schönheit wegen wie auch ihres Mutes und ihres Geschicks als Bogenschütze halber berühmt. Sie trug einen silbernen Bogen, und ihre silbernen Pfeile verfehlten nie ihr Ziel. Eine aus der Gruppe von Helden, die herbeigerufen werden, wenn das Horn von Valere geblasen wird. Sie wird immer in Verbindung mit dem heldenhaften Schwertkämpfer Gaidal Cain genannt (*siehe auch:* Cain, Gaidal; Horn von Valere).

Bornhald, Dain: ein Hauptmann der Kinder des Lichts.

Byar, Jaret: ein Offizier der Kinder des Lichts.

Cadin'sor: Uniform der Aielsoldaten: Mantel und Hose in Braun und Grau, so daß sie sich kaum von Felsen oder Schatten abheben. Dazu gehören weiche, bis zum Knie hoch geschnürte Stiefel. In der Alten Sprache ›Arbeitskleidung‹.

Caemlyn: Die Hauptstadt von Andor.

Cain, Gaidal: Legendärer heldenhafter Schwertkämpfer, immer in Verbindung mit Birgitte erwähnt. Er soll genauso gut ausgesehen haben, wie sie schön war. Man sagte ihm nach, er sei unbesiegbar, solange seine Füße auf Heimaterde stehen. Einer der durch das Horn von Valere zurückgerufenen Helden (*siehe auch:* Birgitte; Horn von Valere).

Cairhien: sowohl eine Nation am Rückgrat der Welt wie auch die Hauptstadt dieser Nation. Die Stadt wurde im Aielkrieg (976–978 NÄ) wie so viele andere Städte und Dörfer niedergebrannt und geplündert. Als Folge wurde sehr viel Agrarland in der Nähe des Rückgrats der Welt aufgegeben, so daß seither große Mengen Getreide importiert werden müssen. Auf den Mord an König Galldrian (998 NÄ) folgten ein Bürgerkrieg unter den Adelshäusern um die Nachfolge auf dem Sonnenthron, die Unterbrechung der Lebensmittellieferungen und eine Hungersnot. Im Wappen führt Cairhien eine goldene Sonne mit vielen Strahlen, die sich vom unteren Rand eines himmelblauen Feldes erhebt.

Callandor: ›Das Schwert, das kein Schwert ist‹ oder ›Das unberührbare Schwert‹. Ein Kristallschwert, das im Stein von Tear aufbewahrt wurde in einem Raum, der den Namen ›Herz des Steins‹ trägt. Es ist ein äußerst mächtiger *Sa'Angreal*, der von einem Mann benützt werden muß. Keine Hand kann es berühren, außer der des Wiedergeborenen Drachen. Den Prophezeiungen des Drachen nach war eines der wichtigsten Zeichen für die erfolgte Wiedergeburt des Drachen und das Nahen von Tarmon Gai'don, daß der Drache den Stein von Tear einnahm und *Callandor* in seinen Besitz brachte (*siehe auch:* Wiedergeborener Drache; *Sa'Angreal;* Stein von Tear).

Carridin, Jaichim: ein Inquisitor der Hand des Lichts, also ein hoher Offizier der Kinder des Lichts.

Cauthon, Abell: ein Bauer von den Zwei Flüssen, Vater des Matrim Cauthon. Frau: Natti. Töchter: Eldrin und Bodewhin, Bode genannt.

Cauthon, Matrim (Mat): ein junger Mann aus Emondsfeldain den Zwei Flüssen. Er ist *ta'veren.*

Chaendaer (Kayendär): ein Berg in der Aiel-Wüste über dem Tal von Rhuidean (*siehe auch:* Aielwüste; Rhuidean).

Chiad: eine Frau der Steinfluß-Septime der Goshien Aiel, die eine Blutfehde mit den Shaarad Aiel austragen; eine Tochter des Speers.

Chronik, Behüter der: Unter den Aes Sedai ist dies die Stellvertreterin des Amyrlin-Sitzes. Sie fungiert auch als deren Sekretärin. Sie wird von der Vollversammlung auf Lebenszeit gewählt und kommt gewöhnlich aus der gleichen Ajah wie die Amyrlin (*siehe auch:* Amyrlin-Sitz; Ajah).

Congar, Daise: Eine Frau von den Zwei Flüssen, jetzt Seherin von Emondsfeld. Ehemann: Wit.

Couladin: ein ehrgeiziger Mann aus der Domai-Septime

der Shaido Aiel. Seine Kriegergemeinschaft heißt *Seia Doon,* die Schwarzen Augen.

Cuendillar: eine unzerstörbare Substanz, die im Zeitalter der Legenden erschaffen wurde. Jede Energie, die darauf angewandt wird, sie zu zerstören, wird absorbiert und macht sie nur noch stärker. Auch als Herzstein bekannt.

dämpfen (einer Dämpfung unterziehen): Wenn ein Mensch die Anlage zeigt, die Eine Macht zu beherrschen, müssen die Aes Sedai seine Kräfte ›dämpfen‹, also komplett unterdrücken, da er sonst wahnsinnig wird, vom Verderben der *Saidin* bzw. *Saidar* getroffen, und möglicherweise schreckliches Unheil mit seinen Kräften anrichten wird. Ein Mensch, der einer Dämpfung unterzogen wurde, kann die Eine Macht immer noch spüren, sie aber nicht mehr benützen. Wenn vor der Dämpfung eines Mannes der beginnende Wahnsinn eingesetzt hat, kann er durch den Akt der Dämpfung aufgehalten, jedoch nicht geheilt werden. Hat die Dämpfung früh genug stattgefunden, kann das Leben des Mannes gerettet werden. Dämpfungen bei Frauen sind so selten gewesen, daß man von den Novizinnen der Weißen Burg verlangt, die Namen und Verbrechen aller auswendig zu lernen, die jemals diesem Akt unterzogen wurden. Die Aes Sedai dürfen eine Frau nur dann einer Dämpfung unterziehen, wenn diese in einem Gerichtsverfahren eines Verbrechens überführt wurde. Eine unbeabsichtigte oder durch einen Unfall herbeigeführte Dämpfung wird auch als ›Ausbrennen‹ bezeichnet.

Damane: in der Alten Sprache: ›die Gefesselten‹. Frauen, die die Eine Macht lenken können, werden mit Hilfe eines *A'dam* unter Kontrolle gehalten und von den Seanchan zu verschiedenen Zwecken benutzt, vor allem als Wunderwaffen im Krieg. Im ganzen Reich von Seanchan werden jedes Jahr junge Frauen geprüft, bis hin zu dem Alter, in dem sich die Gabe, die Macht gebrauchen zu können, in jedem Fall bereits gezeigt hätte. Genauso wie junge Männer mit diesem Talent (die hingerichtet werden), werden die *Damane* aus den Familienbüchern und allen Bürgerlisten des Reichs gestrichen. Sie hören auf, als eigenständige Menschen zu existieren. Frauen, die dieses Talent besitzen, aber noch nicht zu *Damane* gemacht wurden, nennt man *Marath'Damane*, ›die gefesselt werden müssen‹ (*Siehe auch: A'dam;* Seanchan; *Sul'dam*).

Damodred, Lord Galadedrid: der einzige Sohn von Taringail Damodred und Tigraine; Halbbruder von Elayne und Gawyn. Im Wappen führt er ein geflügeltes, silbernes Schwert, das nach unten zeigt.

Diener, Saal der: Im Zeitalter der Legenden war dies der große Versammlungsraum aller Aes Sedai.

din Jubai Wilde Winde, Coine (dihn Jubai Koehn): eine Frau der Atha'an Miere, der Meerleute; Segelherrin des Klippers *Wogentänzer.* Schwester der Jorin.

din Jubai Weiße Schwinge, Jorin: eine Frau der Atha'an Miere, der Meerleute; Windsucherin des Klippers *Wogentänzer.* Schwester der Coine.

Domon, Bayle: in Illian geborener Schiffskapitän, einst Gefangener der Seanchan, jetzt erfolgreich als Schmuggler zwischen den von Kriegen zerrissenen Nationen Tarabon und Arad Doman. Er sammelt Altertümer und ist ein Mann, der immer seine Schulden bezahlt.

Drache, der: Ehrenbezeichnung für Lews Therin Telamon während des Schattenkriegs. Als der Wahnsinn alle männlichen Aes Sedai befiel, tötete Lews Therin alle Personen, die etwas von seinem Blut in sich trugen, und jede Person, die er liebte. So bezeichnete man ihn anschließend als Brudermörder (*siehe auch:* Hundert Gefährten; Wiedergeborener Drache, Prophezeiungen des Drachen).

Drache, falscher: Manchmal behaupten Männer, der Wiedergeborene Drache zu sein, und manch einer davon gewinnt so viele Anhänger, daß eine Armee notwendig ist, um ihn zu besiegen. Einige davon haben schon Kriege begonnen, in die viele Nationen verwickelt wurden. In den letzten Jahrhunderten waren die meisten falschen Drachen nicht in der Lage, die Eine Macht richtig anzuwenden, aber es gab doch ein paar, die das konnten. Alle jedoch verschwanden entweder, oder wurden gefangen oder getötet, ohne eine der Prophezeiungen erfüllen zu können, die sich um die Wiedergeburt des Drachen ranken. Diese Männer nennt man falsche Drachen. Unter jenen, die die Eine Macht lenken konnten, waren Raolin Dunkelbann (335–36 NZ), Yurian Steinbogen (ca. 1300–1308 NZ), Davian (FJ 351), Guaire Amalasan (FJ 939–43) und Logain (997 NÄ) (*siehe auch:* Wiedergeborener Drache; Krieg des Zweiten Drachen).

Dunkler König: gebräuchlichste Bezeichnung, in allen Ländern verwendet, für Shai'tan: die Quelle des Bösen, Antithese des Schöpfers. Im Augenblick der Schöpfung wurde er vom Schöpfer in ein Verlies am Shayol Ghul gesperrt. Ein Versuch, ihn aus diesem Kerker zu befreien, führte zum Schattenkrieg, dem Verderben der *Saidin,* der Zerstörung der Welt und dem Ende des Zeitalters der Legenden.

Dunklen König nennen, den: Wenn man den wirklichen Namen des Dunklen Königs erwähnt (Shai'tan), zieht man seine Aufmerksamkeit auf sich, was unweigerlich dazu führt, daß man Pech hat oder schlimmstenfalls eine Katastrophe erlebt. Aus diesem Grund werden viele Euphemismen verwendet, wie z. B. der Dunkle König, der Vater der Lügen, der Sichtblender, der Herr der Gräber, der Schäfer der Nacht, Herzensbann, Herzfang, Grasbrenner und Blattverderber. Jemand, der das Pech anzuziehen scheint, ›nennt den Dunklen König‹.

Egeanin: Kapitän eines Seanchan-Schiffes in geheimer Mission.

Eide, Drei: die Eide, die eine Aufgenommene ablegen muß, um zur Aes Sedai erhoben zu werden. Sie werden gesprochen, während die Aufgenommene eine Eidesrute in der Hand hält. Das ist ein *Ter'Angreal,* der sie an die

Eide bindet. Sie muß schwören, daß sie (1) kein unwahres Wort ausspricht, (2) keine Waffe herstellt, mit der Menschen andere Menschen töten können, und (3) daß sie niemals die Eine Macht als Waffe verwendet, außer gegen Abkömmlinge des Schattens oder um ihr Leben oder das ihres Behüters oder einer anderen Aes Sedai in höchster Not zu verteidigen. Diese Eide waren früher nicht zwingend vorgeschrieben, doch nach verschiedenen Geschehnissen vor und nach der Zerstörung hielt man sie für notwendig. Der zweite Eid war ursprünglich der erste und kam als Reaktion auf den Krieg um die Macht. Der erste Eid wird wörtlich eingehalten, aber oft geschickt umgangen, indem man eben nur einen Teil der Wahrheit ausspricht. Man glaubt allgemein, daß der zweite und dritte nicht zu umgehen sind.

Eine Macht, die: die Kraft aus der Wahren Quelle. Die große Mehrheit der Menschen ist absolut unfähig zu lernen, wie man die Eine Macht anwendet. Eine sehr geringe Anzahl von Menschen kann die Anwendung erlernen, und noch weniger besitzen diese Fähigkeit von Geburt an. Diese wenigen müssen ihren Gebrauch nicht lernen, denn sie werden die Wahre Quelle berühren und die Eine Macht benützen, ob sie wollen oder nicht, vielleicht sogar, ohne zu merken, was sie tun. Diese angeborene Fähigkeit taucht meist zuerst während der Pubertät auf. Wenn man dann nicht die Kontrolle darüber erlernt – durch Lehrer oder auch ganz allein (äußerst schwierig, die Erfolgsquote liegt bei eins zu vier) –, ist die Folge der sichere Tod. Seit der Zeit des Wahns hat kein Mann gelernt, die Eine Macht kontrolliert anzuwenden, ohne dabei auf die Dauer auf schreckliche Art dem Wahnsinn zu verfallen. Selbst wenn er in gewissem Maß die Kontrolle erlangt hat, stirbt er an einer Verfallskrankheit, bei der er lebendigen Leibs verfault. Auch diese Krankheit wird, genau wie der Wahnsinn, von dem Verderben hervorgerufen, das der Dunkle König über die *Saidin* brachte (*siehe auch:* Zeit des Wahns, die Wahre Quelle).

Elaida: eine Aes Sedai von den Roten Ajah; vormals Ratgeberin der Königin Morgase von Andor. Sie kann manchmal die Zukunft vorhersagen.

Elayne: Königin Morgases Tochter, die Tochter-Erbin des Throns von Andor. Sie befindet sich in der Ausbildung zur Aes Sedai und gehört mittlerweile zu den Aufgenommenen. Sie führt im Wappen eine goldene Lilie.

Fäule: *siehe* Große Fäule.

Faile (Faiehl): in der Alten Sprache: ›Falke‹. Der Name wurde von Zarine Baschere angenommen, einer jungen Frau aus Saldaea.

Falkenflügel, Artur: ein legendärer König (Artur Paendrag Tanreall, 943–994 FJ), der alle Länder westlich des Rückgrats der Welt und einige von jenseits der Aiel-Wüste einte. Er sandte sogar eine Armee über das Aryth-Meer, doch verlor man bei seinem Tod, der den Hundertjährigen Krieg auslöste, jeden Kontakt mit diesen Soldaten. Er führte einen fliegenden goldenen Falken im Wappen (*siehe auch:* Hundertjähriger Krieg).

Far Dareis Mai: wörtlich ›Töchter des Speers‹. Eine von mehreren Kriegergemeinschaften der Aiel. Anders als bei den übrigen werden ausschließlich Frauen aufgenommen. Sollte sie heiraten, darf eine Frau nicht Mitglied bleiben. Während einer Schwangerschaft darf ein Mitglied nicht kämpfen. Jedes Kind eines Mitglieds wird von einer anderen Frau aufgezogen, so daß niemand mehr weiß, wer die wirkliche Mutter war. (›Du darfst keinem Manne angehören, und kein Mann oder Kind darf dir angehören. Der Speer ist dein Liebhaber, dein Kind und dein Leben.‹) Diese Kinder sind hoch angesehen, denn es wurde prophezeit, daß ein Kind einer Tochter des Speers die Clans vereinen und zu der Bedeutung zurückführen wird, die sie im Zeitalter der Legenden besaßen (*siehe auch:* Aiel-Kriegergemeinschaften).

Flamme von Tar Valon: das Symbol für Tar Valon und die Aes Sedai. Die stilisierte Darstellung einer Flamme: eine weiße, nach oben gerichtete Träne.

Fünf Mächte, die: Das sind die Stränge der Einen Macht, und jede Person, die die Eine Macht anwenden kann, wird einige dieser Stränge besser als die anderen handhaben können. Diese Stränge nennt man nach den Dingen, die man durch ihre Anwendung beeinflussen kann: Erde, Luft, Feuer, Wasser, Geist – die Fünf Mächte. Wer die Eine Macht anwenden kann, beherrscht gewöhnlich einen oder zwei dieser Stränge besonders gut und hat Schwächen in der Anwendung der übrigen. Einige wenige beherrschen auch drei davon, aber seit dem Zeitalter der Legenden gab es niemand mehr, der alle fünf in gleichem Maße beherrschte. Und auch dann war das eine große Seltenheit. Das Maß, in dem diese Stränge beherrscht werden und Anwendung finden, ist individuell ganz verschieden; einzelne dieser Personen sind sehr viel stärker als die anderen. Wenn man bestimmte Handlungen mit Hilfe der Einen Macht vollbringen will, muß man einen oder mehrere bestimmte Stränge beherrschen. Wenn man beispielsweise ein Feuer entzünden oder beeinflussen will, braucht man den Feuer-Strang; will man das Wetter ändern, muß man die Bereiche Luft und Wasser beherrschen, während man für Heilungen Wasser und Geist benutzen muß. Während Männer und Frauen in gleichem Maße den Geist beherrschten, war das Talent in bezug auf Erde und/oder Feuer besonders oft bei Männern ausgeprägt und das für Wasser und/oder Luft bei Frauen. Es gab Ausnahmen, aber trotzdem betrachtete man Erde und Feuer als die männlichen Mächte, Luft und Wasser als die weiblichen.

Gaidin: wörtlich ›Bruder der Schlacht‹. Ein Titel, den die Aes Sedai den Behütern verleihen (*siehe auch:* Behüter).

Galad: *siehe* Damodred, Lord Galadedrid.

Gaukler: fahrende Märchenerzähler, Musikanten, Jongleure, Akrobaten und Alleinunterhalter. Ihr Abzeichen ist die aus bunten Flicken zusammengesetzte Kleidung. Sie besuchen vor allem Dörfer und Kleinstädte, da in den größeren Städten schon zuviel andere Unterhaltung geboten wird.

Gaul: ein Aiel aus der Imran-Septime der Shaarad, die eine Blutfehde mit den Goshien austragen. Ein *Shae'en M'taal,* also ein Steinsoldat.

Gawyn: Sohn der Königin Morgase, Bruder von Elayne, der bei Elaynes Thronbesteigung Erster Prinz des Schwertes wird. Er führt einen weißen Keiler im Wappen.

Gewichtseinheiten: 10 Unzen = 1 Pfund; 10 Pfund = 1 Stein; 10 Steine = 1 Zentner; 10 Zentner = 1 Tonne.

Gelb, Floran: ein früherer Seemann, der allen Grund hat, Bayle Domon zu meiden.

Grauer Mann: jemand, der freiwillig seine oder ihre Seele dem Schatten geopfert hat und ihm nun als Attentäter dient. Graue Männer sehen so unauffällig aus, daß man sie sehen kann, ohne sie wahrzunehmen. Die große Mehrheit der Grauen Männer sind tatsächlich Männer, aber es gibt darunter auch einige Frauen. Sie werden auch die ›Seelenlosen‹ genannt.

Grenzlande: die an die Große Fäule angrenzenden Nationen: Saldaea, Arafel, Kandor und Schienar.

Grimme, der alte: *siehe* Dunkler König, Wilde Jagd.

Große Fäule: eine Region im hohen Norden, die durch den Dunklen König vollständig verdorben wurde. Sie stellt eine Zuflucht für Trollocs, Myrddraal und andere Kreaturen des Dunklen Königs dar.

Großer Herr der Dunkelheit: Diese Bezeichnung verwenden die Schattenfreunde für den Dunklen König. Sie behaupten, es sei Blasphemie, seinen wirklichen Namen zu benützen.

Große Jagd nach dem Horn, die: ein Zyklus von Erzählungen über die legendäre Suche nach dem Horn von Valere in den Jahren zwischen dem Ende der Trolloc-Kriege und dem Beginn des Hundertjährigen Kriegs. Um sie vollständig zu erzählen, benötigt man viele Tage (*siehe auch:* Horn von Valere).

Große Schlange: ein Symbol für die Zeit und die Ewigkeit, das schon uralt war, bevor das Zeitalter der Legenden begann. Es zeigt eine Schlange, die ihren eigenen Schwanz verschlingt. Man verleiht einen Ring in der Form der Großen Schlange an Frauen, die unter den Aes Sedai zu Aufgenommenen erhoben werden.

Haid: Flächenmaß zur Vermessung von Land; etwa 100 x 100 Schritte.

Hochlords von Tear: Die Hochlords von Tear regieren als Rat diesen Staat, der weder König noch Königin aufweist. Ihre Anzahl steht nicht fest. Im Laufe der Jahre hat es Zeiten gegeben, wo nur sechs Hochlords regierten, aber auch zwanzig kamen bereits vor. Man darf sie nicht mit den Landherren verwechseln, niedrigeren Adeligen in den ländlichen Bezirken Tears.

Horn von Valere: das legendäre Ziel der Großen Jagd nach dem Horn. Man nimmt an, das Horn könne tote Helden zum Leben erwecken, damit sie gegen den Schatten kämpfen. Eine neue Jagd nach dem Horn wurde ausgerufen, und die Jäger haben in Illian ihren Jägereid abgelegt.

Hundert Gefährten: hundert männliche Aes Sedai, ausgewählt aus den mächtigsten des Zeitalters der Legenden, die – von Lews Therin Telamon geführt – den letzten Angriff durchführten und den Schattenkrieg beendeten, indem sie den Dunklen König erneut in seinen Kerker sperrten und diesen versiegelten. Der Gegenangriff verdarb die *Saidin;* die Hundert Gefährten verfielen dem Wahnsinn und begannen die Zerstörung der Welt (*siehe auch:* Zeit des Wahns, Zerstörung der Welt, Wahre Quelle, Eine Macht).

Hundertjähriger Krieg: eine Reihe sich überschneidender Kriege, geprägt von sich ständig verändernden Bündnissen, ausgelöst durch den Tod von Artur Falkenflügel und die darauf folgenden Auseinandersetzungen um seine Nachfolge. Er dauerte von 994 FJ bis 1117 FJ. Der Krieg entvölkerte weite Landstriche zwischen dem

Aryth-Meer und der Aiel-Wüste, zwischen dem Meer der Stürme und der Großen Fäule. Die Zerstörungen waren so schwerwiegend, daß über diese Zeit nur noch fragmentarische Berichte vorliegen. Das Reich Artur Falkenflügels zerfiel, und die heutigen Staaten bildeten sich heraus (*siehe auch:* Falkenflügel, Artur).

Illian: ein großer Hafen am Meer der Stürme, Hauptstadt der gleichnamigen Nation. Im Wappen von Illian findet man neun goldene Bienen auf dunkelgrünem Feld.

Isendre: eine schöne, geheimnisvolle Frau, die durch die Aielwüste reist.

Kadere, Hadnan: Ein fahrender Händler im Gebiet der Aiel-Wüste. Ein Mann, der zu verkaufen versteht, sofern der Preis stimmt.

Kaf: ein Getränk der Seanchan, das schwarz gebraut und dampfend heiß getrunken wird. Es wird gelegentlich, aber keineswegs immer gesüßt. Ein anregendes Getränk.

Keille Shaogi: *siehe* Shaogi, Keille.

Kinder des Lichts: eine Gemeinschaft von Asketen, die sich den Sieg über den Dunklen König und die Vernichtung aller Schattenfreunde zum Ziel gesetzt hat. Die Gemeinschaft wurde während des Hundertjährigen Kriegs von Lothair Mantelar gegründet, um gegen die ansteigende Zahl der Schattenfreunde als Prediger anzugehen. Während des Kriegs entwickelte sich daraus eine vollständige militärische Organisation, extrem streng ideologisch ausgerichtet und fest im Glauben, nur sie dienten der absoluten Wahrheit und dem Recht. Sie hassen die Aes Sedai und halten sie sowie alle, die sie unterstützen oder sich mit ihnen befreunden, für Schattenfreunde. Sie werden geringschätzig Weißmäntel genannt. Im Wappen führen sie eine goldene Sonne mit Strahlen auf weißem Feld.

Krieg des Zweiten Drachen: der Krieg der Jahre 939–943 FJ gegen den falschen Drachen Guaire Amalasan. Während dieses Kriegs erlangte ein junger König namens Artur Tanreall Paendrag, später als Artur Falkenflügel bekannt, großen Ruhm.

Krieg um die Macht: *siehe* Schattenkrieg.

Längenmaße: 10 Finger = 3 Hände = 1 Fuß; 3 Fuß = 1 Schritt; 2 Schritte = 1 Spanne; 1000 Spannen = 1 Meile.

Lan; al'Lan Mandragoran: ein Behüter, der Moiraine zugeschworen wurde. Ungekrönter König von Malkier, Dai Shan (Kriegsherr) und der letzte Überlebende Lord von Malkier (*siehe auch:* Behüter, Moiraine, Malkier).

Lanfear: in der Alten Sprache ›Tochter der Nacht‹. Eine der Verlorenen, vielleicht sogar die mächtigste neben Ishamael. Im Gegensatz zu den anderen Verlorenen wählte sie ihren Namen selbst. Man sagt von ihr, sie habe Lews Therin Telamon geliebt und seine Frau Ilyena gehaßt (*siehe auch:* Verlorene; Drache).

Laras: Herrin der Küche in der Weißen Burg, dem Zentrum der Macht der Aes Sedai in Tar Valon. Eine Frau von überraschend großem Wissen und einer schockierenden Vergangenheit.

Leane: eine Aes Sedai der Blauen Ajah und Behüterin der Chronik (*siehe auch:* Chronik, Behüter der).

Lews Therin Telamon; Lews Therin Brudermörder: *siehe* Drache.

Liandrin: eine Aes Sedai der Roten Ajah aus Tarabon. Mittlerweile wurde bekannt, daß sie in Wirklichkeit eine Schwarze Ajah ist.

Lini: Kindermädchen der Lady Elayne in ihrer Kindheit. Davor war sie bereits Erzieherin ihrer Mutter Morgase.

Logain: ein Mann, der einst behauptete, der Wiedergeborene Drache zu sein, und der jetzt nach einer Dämpfung als Gefangener in der Weißen Burg in Tar Valon lebt.

Loial, Sohn des Arent, Sohn des Halan: ein Ogier aus dem Stedding Schangtai. Er möchte ein Buch über den Wiedergeborenen Drachen schreiben.

Luhhan, Haral: ein Schmied aus Emondsfeld im Gebiet der

Zwei Flüsse und Mitglied des dortigen Rats der Gemeinde. Seine Frau Alsbet ist Mitglied der Versammlung der Frauen.

Malkier: eine Nation, einst eins der Grenzlande, mittlerweile Teil der Großen Fäule. Im Wappen führte Malkier einen fliegenden goldenen Kranich.

Manetheren: eine der Zehn Nationen, die den Zweiten Pakt schlossen; Hauptstadt des gleichnamigen Staates. Sowohl die Stadt wie auch die Nation wurden in den Trolloc-Kriegen vollständig zerstört (*siehe auch:* Trolloc-Kriege).

Mayene (Mai-jehn): Stadtstaat am Meer der Stürme, der seinen Reichtum und seine Unabhängigkeit der Kenntnis verdankt, die Ölfischschwärme aufspüren zu können. Ihre wirtschaftliche Bedeutung kommt der der Olivenplantagen von Tear, Illian und Tarabon gleich. Ölfisch und Oliven liefern nahezu alles Öl für Lampen. Die augenblickliche Herrscherin von Mayene ist Berelain. Ihr Titel lautet: die Erste von Mayene. Die Herrscher von Mayene führen ihre Abstammung auf Artur Falkenflügel zurück. Das Wappen von Mayene zeigt einen fliegenden goldenen Falken.

Meerleute, Meervolk: genauer: Atha'an Miere, das Volk des Meeres. Geheimnisumwitterte Bewohner der Inseln im Aryth-Meer und im Meer der Stürme. Sie verbringen wenig Zeit auf diesen Inseln und leben statt dessen meist auf ihren Schiffen. Sie beherrschen den Seehandel fast vollständig.

Meile: *siehe* Längenmaße

Melaine (Mehlein): Weise Frau der Jhirad-Septime der Goshien Aiel. Eine Traumgängerin.

Merrilin, Thom: ein ziemlich vielschichtiger Gaukler, einst Geliebter von Königin Morgase.

Min: eine junge Frau mit der Fähigkeit, die Aura der sie umgebenden Menschen erkennen und auf ihre Zukunft schließen zu können.

Moiraine (Moarän): eine Aes Sedai der Blauen Ajah. Sie

stammt aus dem Hause Damodred, aber nicht aus der direkten Linie der Thronfolger. Sie wuchs im Königlichen Palast von Cairhien auf.

Morgase (Morgeis): Von der Gnade des Lichts, Königin von Andor, Verteidigerin des Lichts, Beschützerin des Volkes, Hochsitz des Hauses Trakand. Im Wappen führt sie drei goldene Schlüssel. Das Wappen des Hauses Trakand zeigt einen silbernen Grundpfeiler.

Muster eines Zeitalters: Das Rad der Zeit verwebt die Stränge menschlichen Lebens zum Muster eines Zeitalters, das die Substanz der Realität dieser Zeit bildet; auch als Zeitengewebe bekannt (*siehe auch: Ta'veren*).

Myrddraal: Kreaturen des Dunklen Königs, Kommandanten der Trolloc-Heere. Nachkommen von Trollocs, bei denen das Erbe der menschlichen Vorfahren wieder stärker hervortritt, die man benutzt hat, um die Trollocs zu erschaffen. Trotzdem deutlich vom Bösen dieser Rasse gezeichnet. Sie sehen äußerlich wie Menschen aus, haben aber keine Augen. Sie können jedoch im Hellen wie im Dunkeln wie Adler sehen. Sie haben gewisse, vom Dunklen König stammende Kräfte, darunter die Fähigkeit, mit einem Blick ihr Opfer vor Angst zu lähmen. Wo Schatten sind, können sie hineinschlüpfen und sind nahezu unsichtbar. Eine ihrer wenigen bekannten Schwächen besteht darin, daß sie Schwierigkeiten haben, fließendes Wasser zu überqueren. Man kennt sie unter vielen Namen in den verschiedenen Ländern, z. B. als Halbmenschen, die Augenlosen, Schattenmänner, Lurk und die Blassen.

Natael, Jasin: ein Gaukler, der die Aiel-Wüste bereist.

Niall, Pedron: Lordhauptmann und Kommandeur der Kinder des Lichts (*siehe auch:* Kinder des Lichts).

Ogier: (1.) Eine nichtmenschliche Rasse. Typisch für Ogier sind ihre Größe (männliche Ogier werden im Durchschnitt zehn Fuß groß), ihre breiten, rüsselartigen Nasen und die langen, mit Haarbüscheln bewachsenen Ohren. Sie wohnen in Gebieten, die sie *Stedding* nennen. Nach der Zerstörung der Welt (von den Ogiern das Exil genannt) waren sie aus diesen *Stedding* vertrieben, und das führte zu einer als ›das Sehnen‹ bezeichneten Erscheinung: Ein Ogier, der sich zu lange außerhalb seines *Stedding* aufhält, erkrankt und stirbt schließlich. Sie sind weithin bekannt als extrem gute Steinbaumeister, die fast alle großen Städte der Menschen nach der Zerstörung erbauten. Sie selbst betrachten diese Kunst allerdings nur als etwas, das sie während des Exils erlernten und das nicht so wichtig ist, wie das Pflegen der Bäume in einem *Stedding,* besonders der hochaufragenden Großen Bäume. Außer zu ihrer Arbeit als Steinbaumeister verlassen sie ihr *Stedding* nur selten und wollen wenig mit der Menschheit zu tun haben. Man weiß unter den Menschen nur sehr wenig über sie, und viele halten die Ogier sogar für bloße Legenden. Obwohl sie als unkriegerisch gelten und nur sehr schwer aufzuregen sind, heißt es in einigen alten Berichten, sie hätten während der Trolloc-Kriege Seite an Seite mit den Menschen gekämpft. Dort werden sie als mörderische Feinde bezeichnet. Im großen und ganzen sind sie ungemein wissensdurstig, und ihre Bücher und Berichte enthalten oftmals Informationen, die bei den Menschen längst verlorengegangen sind. Die normale Lebenserwartung eines Ogiers ist etwa drei- oder viermal so hoch wie bei Menschen. (2.) Jedes Individuum dieser nichtmenschlichen Rasse (*siehe auch:* Zerstörung der Welt; *Stedding;* Baumsänger).

Ordeith (or-dies): in der Alten Sprache ›Wurmholz‹. Dieser Name wurde von einem Mann angenommen, der den kommandierenden Lordhauptmann der Kinder des Lichts, Pedron Niall, berät.

Prophezeiungen des Drachen: ein im *Karaethon-Zyklus* enthaltener, wenig bekannter und selten erwähnter Text, der voraussagt, daß der Dunkle König wieder befreit wird und über die Welt kommt. Lews Therin Telamon, der Drache, Zerstörer der Welt, wird wiedergeboren, um

Tarmon Gai'don, die Letzte Schlacht, gegen den Schatten zu schlagen (*siehe auch:* Drache).

Rad der Zeit: Die Zeit stellt man sich als ein Rad mit sieben Speichen vor – jede Speiche steht für ein Zeitalter. Wie sich das Rad dreht, so folgt Zeitalter auf Zeitalter. Jedes hinterläßt Erinnerungen, die zu Legenden verblassen, zu bloßen Mythen werden und schließlich vergessen sind, wenn dieses Zeitalter wiederkehrt. Das Muster eines Zeitalters wird bei jeder Wiederkehr leicht verändert, doch auch wenn die Änderungen einschneidender Natur sein sollten, bleibt es doch das gleiche Zeitalter.

Rendra: eine Frau aus Tarabon, Wirtin im Drei-Pflaumen-Hof in Tanchico.

Rhuarc: ein Aiel, der Häuptling des Taardad-Clans.

Rhuidean: ein Ort in der Aiel-Wüste, an den jeder Mann gehen muß, der Clanhäuptling werden will, und jede Frau, die als Weise Frau arbeiten will. Männer können sich nur ein einziges Mal dorthin begeben, Frauen zweimal. Nur einer von drei Männern überlebt die Reise nach Rhuidean. Bei den Frauen ist die Zahl der Überlebenden für beide Besuche wesentlich höher. Die Lage Rhuideans wird von den Aiel streng geheimgehalten. Ein Nicht-Aiel, der das Tal von Rhuidean betritt, ist eigentlich damit bereits zum Tode verurteilt. Einige wenige Bevorzugte jedoch (wie Händler oder Gaukler) werden manchmal nur nackt ausgezogen, bekommen Wasserbeutel und dürfen, wenn sie das schaffen, allein durch die Wüste zurückwandern.

Rückgrat der Welt: eine hohe Bergkette, über die nur wenige Pässe führen. Sie trennt die Aiel-Wüste von den westlichen Ländern.

Sa'angreal: ein extrem seltenes Objekt, das es einem Menschen erlaubt, die Eine Macht in viel stärkerem Maße als sonst möglich zu benützen. Ein *Sa'angreal* ist ähnlich, doch ungleich stärker als ein *Angreal.* Die Menge an Energie, die mit Hilfe eines *sa'Angreals* eingesetzt werden kann, verhält sich zu der eines *Angreals* wie die mit dessen Hilfe einsetzbare Energie zu der, die man ganz ohne irgendwelche Hilfe beherrschen kann. Relikte des Zeitalters der Legenden. Es ist nicht mehr bekannt, wie sie angefertigt wurden. Es gibt nur noch eine Handvoll davon, weit weniger sogar als *Angreale.*

Sanche, Siuan (Santschei, Swahn): eine Aes Sedai, die früher der Blauen Ajah angehörte. Im Jahre 985 NÄ zum Amyrlin-Sitz erhoben. Sie war die Tochter eines Fischers aus Tear und wurde vor dem zweiten Sonnenuntergang, nachdem man entdeckt hatte, daß sie die Fähigkeit besaß, per Schiff nach Tar Valon geschickt. So verlangt es das Gesetz von Tear.

Saidar, Saidin: *siehe* Wahre Quelle.

Sa'sara: ein anrüchiger Tanz aus Saldaea, der von einigen Königinnen dieses Landes bereits verboten wurde, was aber keinerlei Erfolg zeitigte. In der Geschichte Saldaeas wird von drei Kriegen, zwei Aufständen, unzähligen Bündnissen und Fehden zwischen den Adelsgeschlechtern und einer großen Zahl von Duellen berichtet, die alle von Frauen ausgelöst wurden, die den Sa'sara tanzten. Ein Aufstand wurde angeblich dadurch beendet, daß eine besiegte Königin für den General der Siegermächte den Sa'sara tanzte, woraufhin dieser sie heiratete und wieder auf den Thron setzte. Diese Geschichte findet sich allerdings nicht in den offiziellen Geschichtsbüchern und wurde von jeder Königin Saldaeas verleugnet.

Schattenfreunde: die Anhänger des Dunklen Königs. Sie glauben, große Macht und andere Belohnungen zu empfangen, wenn er aus seinem Kerker befreit wird.

Schattenkrieg: auch als der Krieg um die Macht bekannt; mit ihm endet das Zeitalter der Legenden. Er begann kurz nach dem Versuch, den Dunklen König zu befreien, und erfaßte bald schon die ganze Welt. In einer Welt, die selbst die Erinnerung an den Krieg vergessen hatte, wurde nun der Krieg in all seinen Formen wiederentdeckt. Er war besonders schrecklich, wo die Macht des Dunklen Königs die Welt berührte, und auch die Eine Macht wurde als Waffe verwendet. Der Krieg wurde beendet, als der Dunkle König wieder in seinen Kerker verbannt werden konnte (*siehe auch:* Hundert Gefährten, Drache).

Schattenlords: diejenigen Männer und Frauen, die der Einen Macht dienten, aber während der Trolloc-Kriege zum Schatten überliefen und dann die Trolloc-Heere kommandierten. Weniger Gebildete verwechseln sie mit den Verlorenen.

Seana: Weise Frau der Schwarzklippen-Septime der Nakai Aiel. Eine Traumgängerin.

Seanchan (Schantschan): (1.) Nachkommen der Armeemitglieder, die Artur Falkenflügel über das Aryth-Meer sandte und die zurückgekehrt sind, um das Land ihrer Vorfahren wieder in Besitz zu nehmen. (2.) Das Land, aus dem die Seanchaner kommen..

Seherin: eine Frau, die in den Frauenzirkel ihres Dorfs berufen wird, weil sie die Fähigkeit des Heilens besitzt, das Wetter vorhersagen kann und auch sonst als kluge Frau anerkannt wird. Ihre Position fordert großes Verantwortungsbewußtsein und verleiht ihr viel Autorität. Allgemein wird sie dem Bürgermeister gleichgestellt, in manchen Dörfern steht sie sogar über ihm. Im Gegensatz zum Bürgermeister wird sie auf Lebenszeit erwählt. Es ist äußerst selten, daß eine Seherin vor ihrem Tod aus ihrem Amt entfernt wird. Ihre Auseinandersetzungen mit dem Bürgermeister sind auch zur Tradition geworden. Je nach dem Land wird sie auch als Führerin, Heilerin, Weise Frau, Sucherin oder einfach als Weise bezeichne (*siehe auch:* Frauenzirkel).

Seelenloser: *siehe* Grauer Mann.

Sevanna: Eine Frau der Domai-Septime der Shaido Aiel; Witwe des Suladric, des Clanhäuptlings der Shaido, und Dachherrin der Comarda-Festung, bis ein neuer Clanhäuptling feststeht.

Shaogi, Keille: eine Händlerin, die die Aiel-Wüste bereist; eine Frau mit äußerst ehrgeizigen Plänen.

Shayol Ghul: ein Berg im Versengten Land; dort befindet sich der Kerker, in dem der Dunkle König gefangengehalten wird.

Spanne: *siehe* Längenmaße.

Stedding: eine Ogier-Enklave. Viele *Stedding* sind seit der Zerstörung der Welt verlassen worden. In Erzählungen und Legenden werden sie als Zufluchtsstätte bezeichnet, und das aus gutem Grund. Auf eine heute nicht mehr bekannte Weise wurden sie abgeschirmt, so daß in ihrem Bereich kein Aes Sedai die Eine Macht anwenden kann und nicht einmal eine Spur der Wahren Quelle wahrnimmt. Versuche, von außerhalb eines *Stedding* mit Hilfe der Einen Macht im Inneren einzugreifen, bleiben erfolglos. Kein Trolloc wird ohne Not ein *Stedding* betreten, und selbst ein Myrddraal betritt es nur, wenn er dazu gezwungen ist, und auch dann nur zögernd und mit größter Abscheu. Sogar echte Schattenfreunde fühlen sich in einem *Stedding* nicht wohl.

Stein von Tear: die mächtige Festung über der Stadt Tear. Man sagt, sie sei die erste Festung gewesen, die nach der Zeit des Wahns gebaut wurde. Manche behaupten sogar, sie sei *während* der Zeit des Wahns und mit Hilfe der Einen Macht erbaut worden. Sie wurde unzählige Male angegriffen und belagert, ist aber niemals gefallen. Der Stein wird zweimal in den Prophezeiungen des Drachen erwähnt. Zum einen steht darin, daß die Festung nur dann fallen werde, wenn das Heer des Drachen kommt. An einer anderen Stelle steht, die Festung werde erst dann fallen, wenn die Hand des Drachen das Unberührbare Schwert *Callandor* führt. Manche glauben, daß davon die Abneigung der Hochlords der Einen Macht gegenüber und auch das Gesetz der Tairen herrührt, das den Gebrauch der Macht verbietet. Trotz dieser Antipathie enthält der Stein eine Sammlung von *An'greal* und *Ter'Angreal*, die beinahe derjenigen in der

Weißen Burg gleichkommt. Es gibt Leute, die behaupten, die Sammlung sei nur deshalb angelegt worden, um den überragenden Glanz von *Callandor* zu mindern.

Sul'dam: wörtlich ›Trägerin der Leine‹. Bezeichnung der Seanchan für eine Frau mit der Fähigkeit, *Damane,* Frauen, die die Eine Macht benützen können, zu beherrschen und mit Hilfe eines *A'dam* unter Kontrolle zu halten. Junge Frauen werden von den Seanchan im gleichen Alter und zur gleichen Zeit auf diese Fähigkeit hin überprüft wie die *Damane* selbst. Eine relativ ehrenvolle Position in der Seanchan-Gesellschaft. Man findet viel mehr *Sul'dam* als *Damane* (*siehe auch: A'dam; Damane;* Seanchan).

Sursa: dünne, paarweise benützte Stäbchen, die in Arad Doman anstelle von Gabeln verwendet werden. Manche behaupten, die Schwierigkeiten und die benötigte Zeit, mit den *Sursa* zu essen, hätten zu der allseits bekannten Durchhaltefähigkeit der Kaufleute aus Arad Doman geführt, andere wiederum meinen, der Frustration beim Essen mit den *Sursa* entspringe das gefürchtete aufbrausende Temperament der Domani.

Talente: Fähigkeiten, die Eine Macht auf ganz spezifische Weise zu gebrauchen. Das naturgemäß populärste Talent ist das des Heilens. Manche sind verlorengegangen, wie z. B. das Reisen, eine Fähigkeit, sich von einem Ort zu einem anderen zu bewegen, ohne den Zwischenraum durchqueren zu müssen. Andere wie z. B. das Vorhersagen (die Fähigkeit, zukünftige Ereignisse zumindest auf allgemeinere Art und Weise vorhersehen zu können) sind mittlerweile selten oder beinahe verschwunden. Ein weiteres Talent, das man seit langem für verloren hielt, ist das Träumen. Unter anderem lassen sich hier die Träume des Träumers so deuten, daß sie eine genauere Vorhersage der Zukunft erlauben. Manche Träumer hatten die Fähigkeit, *Tel'aran'rhiod,* die Welt der Träume, zu erreichen und sogar in die Träume anderer Menschen einzudringen. Die letzte bekannte Träumerin war Corianin Nedeal, die im Jahre 526 NÄ starb, doch nur wenige wissen, daß es jetzt eine neue gibt.

Ta'maral'ailen: in der Alten Sprache ›Schicksalsgewebe‹. Eine einschneidende Änderung im Muster eines Zeitalters, die von einer oder mehreren Personen ausgeht, die *ta'veren* sind (*siehe auch:* Muster eines Zeitalters, *ta'veren*).

Tarabon: Land und Nation am Aryth-Meer. Hauptstadt: Tanchico. Einst eine große Handelsmacht und Quelle von Teppichen, Farbstoffen und Feuerwerkskörpern, die von der Gilde der Feuerwerker hergestellt werden. Jetzt von einem Bürgerkrieg und gleichzeitigen kriegerischen Auseinandersetzungen mit Arad Doman und den Anhängern des Wiedergeborenen Drachen zerrissen.

Tarmon Gai'don: die Letzte Schlacht (*siehe auch:* Drachen, Prophezeiungen des; Horn von Valere).

Ta'veren: eine Person im Zentrum des Gewebes von Lebenssträngen aus ihrer Umgebung, möglicherweise sogar *aller* Lebensstränge, die vom Rad der Zeit zu einem Schicksalsgewebe zusammengefügt wurden (*siehe auch:* Muster eines Zeitalters).

Tear: Ein großer Hafen und ein Staat am Meer der Stürme. Das Wappen von Tear zeigt drei weiße Halbmonde auf rot- und goldgemustertem Feld (*siehe auch:* Stein von Tear).

Telamon, Lews Therin: *siehe auch* Drache.

Tel'aran'rhiod: in der Alten Sprache ›die unsichtbare Welt‹, oder ›die Welt der Träume‹. Eine Welt, die man in Träumen manchmal sehen kann. Nach den Angaben der Alten durchdringt und umgibt sie alle möglichen Welten. Im Gegensatz zu anderen Träumen ist das in ihr real, was dort mit lebendigen Dingen geschieht. Wenn man also dort eine Wunde empfängt, ist diese beim Erwachen immer noch vorhanden, und einer, der dort stirbt, erwacht nie mehr.

Ter'Angreal: jedes einer Anzahl von Überbleibseln aus dem Zeitalter der Legenden, die die Eine Macht verwenden. Im Gegensatz zu *Angreal* und *Sa'Angreal* wurde jeder *Ter'Angreal* zu einem ganz bestimmten Zweck hergestellt. Z. B. macht einer jeden Eid, der in ihm geschworen wird, zu etwas endgültig Bindendem. Einige werden von den Aes Sedai benützt, aber über ihre ursprüngliche Anwendung ist kaum etwas bekannt. Einige töten sogar oder zerstören die Fähigkeit einer Frau, die sie benützt, die Eine Macht zu lenken (*siehe auch: Angreal; Sa'Angreal*).

Tochter-Erbin: Titel der Erbin des Throns von Andor. Die älteste Tochter der Königin folgt ihrer Mutter auf den Thron. Sollte keine Tochter geboren oder am Leben sein, geht der Thron an die nächste Blutsverwandte der Königin.

Tochter der Nacht: *siehe* Lanfear.

Torean: einer der Hochlords von Tear. Ein Mann, der etwas anstrebt, was er weder durch seinen enormen Reichtum noch durch sein Aussehen erreichen kann.

Träumer: *siehe* Talente

Traumgänger: Bezeichnung der Aiel für eine Frau, die *Tel'aran'rhiod* aus eigenem Willen erreichen kann.

Trolloc-Kriege: eine Reihe von Kriegen, die etwa gegen 1000 NZ begannen und sich über mehr als 300 Jahre hinzogen. Trolloc-Heere verwüsteten die Welt. Schließlich aber wurden die Trollocs entweder getötet oder in die Große Fäule zurückgetrieben. Mehrere Staaten wurden im Rahmen dieser Kriege ausgelöscht oder entvölkert. Alle Aufzeichnungen aus dieser Zeit sind fragmentarisch.

Trollocs: Kreaturen des Dunklen Königs, die er während des Schattenkriegs erschuf. Sie sind körperlich sehr groß und extrem bösartig. Sie stellen eine hybride Kreuzung zwischen Tier und Mensch dar und töten aus purer Mordlust. Nur diejenigen, die selbst von den Trollocs gefürchtet werden, können diesen trauen. Trollocs sind schlau, hinterhältig und verräterisch. Sie essen alles, auch jede Art von Fleisch, das von Menschen und anderen Trollocs eingeschlossen. Da sie zum Teil von Menschen abstammen, sind sie zum Geschlechtsverkehr mit Menschen imstande, doch die meisten einer solchen Verbindung entspringenden Kinder werden entweder tot geboren oder sind kaum lebensfähig. Die Trollocs leben in stammesähnlichen Horden. Die wichtigsten davon heißen: Ahf'frait, Al'ghol, Bhan'sheen, Dha'vol, Dhai'mon, Dhjin'nen, Ghar'ghael, Ghob'hlin, Gho'hlem, Ghraem'lan, Ko'bal und Kno'mon.

Tuatha'an: ein Nomadenvolk, auch als die Kesselflicker oder das Fahrende Volk bekannt. Sie wohnen in buntbemalten Wagen und folgen einer total pazifistischen Weltanschauung, die sie den Weg des Blattes nennen. Die von den Kesselflickern reparierten Gegenstände sind häufig besser als vorher. Sie gehören zu den wenigen, die unbehelligt durch die Aiel-Wüste ziehen können, denn die Aiel meiden jeden Kontakt mit ihnen.

Verin Mathwin: Eine Aes Sedai der Braunen Ajah.

Verlorene: Name für die dreizehn der mächtigsten Aes Sedai, die es jemals gab, die während des Schattenkriegs zum Dunklen König überliefen, weil er ihnen dafür die Unsterblichkeit versprach. Sowohl Legenden wie auch fragmentarische Berichte stimmen darin überein, daß sie zusammen mit dem Dunklen König eingekerkert wurden, als dessen Gefängnis wiederversiegelt wurde. Ihre Namen werden heute noch benützt, um Kinder zu erschrecken. Es waren: Aginor, Asmodean, Balthamel, Be'lal, Demandred, Graendal, Ishamael, Lanfear, Mesaana, Moghedien, Rahvin, Sammael und Semirhage.

Wahre Quelle, die: die treibende Kraft des Universums, die das Rad der Zeit antreibt. Sie teilt sich in eine männliche (Saidin) und eine weibliche Hälfte (Saidar), die gleichzeitig miteinander und gegeneinander arbeiten. Nur ein Mann kann von Saidin Energie beziehen und nur eine Frau von Saidar. Seit dem Beginn der Zeit des Wahns ist Saidin von der Hand des Dunklen Königs gezeichnet (*siehe auch*: Eine Macht, die).

Wahrheitssucher: eine Polizei- und Spionageorganisation

des Kaiserlichen Throns der Seanchan. Obwohl die meisten ihrer Angehörigen der kaiserlichen Familie gehören, besitzen sie weitreichende Machtbefugnisse. Selbst einer vom Blute (ein Seanchan-Adeliger) kann verhaftet werden, wenn er die Fragen eines Wahrheitssuchers nicht beantwortet oder eine Zusammenarbeit verweigert. Ob das der Fall ist, bestimmen die Wahrheitssucher selbst. Nur die Kaiserin hat das Recht, ihre Entscheidungen in Frage zu stellen.

Weißmäntel: *siehe:* Kinder des Lichts.

Weise Frau: Unter den Aiel werden Frauen von den Weisen Frauen zu dieser Berufung ausgewählt und angelernt. Sie erlernen die Heilkunst, Kräuterkunde und anderes, ähnlich wie die Seherinnen. Gewöhnlich gibt es in jeder Septimenfestung oder bei jedem Clan eine Weise Frau. Manchen von ihnen sagt man wundersame Heilkräfte nach, und sie vollbringen auch andere Dinge, die als Wunder angesehen werden. Sie besitzen große Autorität und Verantwortung sowie großen Einfluß auf die Septimen und die Clanhäuptlinge, obwohl diese Männer sie oft beschuldigen, daß sie sich ständig einmischten.

Wiedergeborener Drache: Nach der Prophezeiung und der Legende wird der Drache dann wiedergeboren werden, wenn die Menschheit in größter Not ist und er die Welt retten muß. Das ist nichts, worauf sich die Menschen freuen, denn die Prophezeiung sagt, daß die Wiedergeburt des Drachen zu einer neuen Zerstörung der Welt führen wird, und außerdem erschrecken die Menschen beim Gedanken an Lews Therin Brudermörder, den Drachen, auch wenn er schon mehr als dreitausend Jahre tot ist (*siehe auch:* Drache, Drache, falscher).

Wilde: Eine Frau, die allein gelernt hat, die Eine Macht zu lenken, und die ihre Krise überlebte, was nur etwa einer von vieren gelingt. Solche Frauen wehren sich gewöhnlich gegen die Erkenntnis, daß sie die Macht tatsächlich benützen, doch durchbricht man diese Sperre, dann gehören die Wilden später oft zu den mächtigsten Aes Sedai. Die Bezeichnung ›Wilde‹ wird häufig abwertend verwendet.

Zeit des Wahns: die Jahre, nachdem der Gegenschlag des Dunklen Königs die männliche Hälfte der Wahren Quelle verdarb und die männlichen Aes Sedai dem Wahnsinn verfielen und die Welt zerstörten. Die genaue Dauer dieser Periode ist unbekannt, aber es wird angenommen, sie habe beinahe hundert Jahre gedauert. Sie war erst vollständig beendet, als der letzte männliche Aes Sedai starb (*siehe auch:* Hundert Gefährten; Wahre Quelle; Eine Macht; Zerstörung der Welt).

Zeitalter der Legenden: das Zeitalter, welches von dem Krieg des Schattens und der Zerstörung der Welt beendet wurde. Eine Zeit, in der die Aes Sedai Wunder vollbringen konnten, von denen man heute nur träumen kann (*siehe auch:* Rad der Zeit, Zerstörung der Welt; Schattenkrieg).

Zeitgewebe: andere Bezeichnung für das Muster (*siehe auch:* Muster eines Zeitalters).

Zerstörung der Welt: Als Lews Therin Telamon und die Hundert Gefährten das Gefängnis des Dunklen Königs wieder versiegelten, fiel durch den Gegenangriff ein Schatten auf die Saidin. Schließlich verfiel jeder männliche Aes Sedai auf schreckliche Art dem Wahnsinn. In ihrem Wahn veränderten diese Männer, die die Eine Macht in einem heute unvorstellbaren Maße beherrschten, die Oberfläche der Erde. Sie riefen furchtbare Erdbeben hervor, Gebirgszüge wurden eingeebnet, neue Berge erhoben sich, wo sich Meere befunden hatten, entstand Festland, und an anderen Stellen drang der Ozean in bewohnte Länder ein. Viele Teile der Welt wurden vollständig entvölkert und die Überlebenden wie Staub vom Wind verstreut. Diese Zerstörung wird in Geschichten, Legenden und Geschichtsbüchern als die Zerstörung der Welt bezeichnet (*siehe auch:* Zeit des Wahns; Hundert Gefährten).

Zweifler: Ein Orden innerhalb der Gemeinschaft der Kinder des Lichts. Sie sehen ihre Aufgabe darin, die Wahrheit im Wortstreit zu finden und Schattenfreunde zu erkennen. Ihre Suche nach der Wahrheit und dem Licht, so wie sie die Dinge sehen, wird noch eifriger betrieben, als das bei den Kindern des Lichts allgemein üblich ist. Ihre normale Befragungsmethode ist die Folter, wobei sie der Auffassung sind, daß sie selbst die Wahrheit bereits kennen und ihre Opfer nur dazu bringen müssen, sie zu gestehen. Die Zweifler bezeichnen sich als die Hand des Lichts und verhalten sich gelegentlich so, als seien sie völlig unabhängig von den Kindern und dem Rat der Gesalbten, der die Gemeinschaft leitet. Das Oberhaupt der Zweifler ist der Hochinquisitor, der einen Sitz im Rat der Gesalbten hat. Ihr Wappen ist ein blutroter Hirtenstab.

05/1735/01/L

05/1736/01/R